全国教育科学"十一五"规划课题研究成果

# 计算机网络与通信

Jisuanji Wangluo yu Tongxin

第2版

刘化君 等编著

高等教育出版社·北京

HIGHER EDUCATION PRESS BEIJING

内容简介

本书是全国教育科学"十一五"规划课题研究成果。本书全面介绍了"计算机网络与通信"的基本原理、通信协议及其实现技术。

全书以计算机网络体系结构为总纲,按照物理层、数据链路层、网络层、传输层和应用层5层参考模型,分为4个部分共10章。第一部分(第1~2章)介绍了计算机网络及其通信的基本概念,并讨论了计算机网络的体系结构。第二部分(第3~7章)介绍了物理层、数据链路层、网络层、传输层的协议原理和技术,如局域网组网、网络互连技术等。第三部分(第8~9章)针对应用层协议,重点讨论了网络应用,包括网络多媒体通信应用以及网络安全与管理。为加强实践能力培养,在最后一部分(第10章),按照网络环境组建、网络通信协议分析和网络通信编程分3个专题介绍了网络通信实验。为帮助读者掌握基础理论知识,每章末均附有一定数量的思考与练习题。

本书使用范围较广,既可以作为计算机科学与技术、通信工程、电子信息工程、信息工程、自动化等相关专业的教材或教学参考书,也可供信息技术、计算机网络研究与工程技术、IT管理等人员参考。

**图书在版编目(CIP)数据**

计算机网络与通信/刘化君等编著. —2 版. —北京:高等教育出版社,2011.6
ISBN 978 - 7 - 04 - 032648 - 2

Ⅰ. ①计…　Ⅱ. ①刘…　Ⅲ. ①计算机网络 - 高等学校 - 教材
②计算机通信 - 高等学校 - 教材　Ⅳ. ①TP393　②TN919

中国版本图书馆 CIP 数据核字(2011)第 121509 号

策划编辑　吴陈滨　　　责任编辑　杨　希　　　封面设计　赵　阳　　　版式设计　范晓红
插图绘制　杜晓丹　　　责任校对　刘　莉　　　责任印制　张泽业

| | | | |
|---|---|---|---|
| 出版发行 | 高等教育出版社 | 网　　址 | http://www.hep.edu.cn |
| 社　　址 | 北京市西城区德外大街4号 | | http://www.hep.com.cn |
| 邮政编码 | 100120 | 网上订购 | http://www.landraco.com |
| 印　　刷 | 北京机工印刷厂 | | http://www.landraco.com.cn |
| 开　　本 | 787mm × 1092mm　1/16 | | |
| 印　　张 | 27.5 | 版　　次 | 2007 年 12 月第 1 版 |
| 字　　数 | 670 千字 | | 2011 年 6 月第 2 版 |
| 购书热线 | 010 - 58581118 | 印　　次 | 2011 年 6 月第 1 次印刷 |
| 咨询电话 | 400 - 810 - 0598 | 定　　价 | 42.60 元 |

# 第 2 版前言

计算机网络与通信是信息时代重要的科学技术之一,也是高等院校电气信息类专业的主要专业课程之一。该课程内容的特点是内容更新快、跨专业性强、覆盖面广,既要介绍基本原理,又要结合具体应用,才能使学习者建立起计算机网络的系统概念,了解该技术发展与应用的最新动态。为适应"计算机网络与通信"课程教学需要,本书在第 1 版的基础上,遵循循序渐进、深入浅出、图文并茂的编写原则进行了修订,进一步丰富了计算机网络与通信的最新发展与应用的内容。

## 一、本书的内容与结构

考虑到当代计算机网络与通信技术的新变化,本书对上一版教材的大部分章节内容进行了修订、改写,剔除了一些比较陈旧的知识点,增加了相关的新技术。其内容既包括计算机网络与通信的基本原理、主要协议及其实现技术,又分析讨论了各种具体的应用范例,还以专题形式安排了计算机网络与通信实验。全书以计算机网络体系结构为总纲,突出 TCP/IP 协议体系,按照物理层、数据链路层、网络层、传输层和应用层 5 层参考模型,分为 4 个部分 10 个章节。

第一部分包含第 1 章、第 2 章。在第 1 章中,以本书的标题为引子,首先介绍了计算机网络与通信的含义,阐释了计算机网络的定义以及与此定义相关的各种术语;接着讨论了网络通信的研究内容、以 Internet 为对象的计算机网络组成,包括局域网在内的各种不同的网络类型以及关于网络拓扑的知识,并对计算机网络的形成与发展做了概括性的说明和展望。第 2 章主要讨论了计算机网络的体系结构。这一部分内容是计算机网络与通信的全景视图。

第二部分由第 3 章、第 4 章、第 5 章、第 6 章、第 7 章组成,是本书的核心。这几章翔实地介绍了物理层、数据链路层、网络层、传输层的协议工作原理和技术,如高速局域网组网、无线局域网组网等;尤其是在第 6 章网络互连及通信中,以 IP 协议为重点,用较大篇幅介绍了网络互连,详细讨论了网络层通信的核心技术,包括分组转发、路由选择及算法等;第 7 章讨论了端到端的传输服务,主要以 TCP、UDP 协议为重点介绍了端到端的数据传输机制,并突出了套接字(Socket)的概念。

第三部分为第 8 章、第 9 章,这两章针对应用层协议,重点讨论了应用层的典型应用及其相关的实例,包括网络多媒体通信如 IP 电话的应用以及基于 Java 语言的网络编程实例;并用一章的篇幅介绍了网络安全与管理。

第四部分为第 10 章,即网络通信实验,按照网络环境组建、网络通信协议分析和网络通信编程分 3 个专题,介绍了网络通信实验。这一部分内容是为加强实践能力培养、进一步强化理论与实践相结合而设置的。

为帮助读者掌握基础理论知识,每章附有简明扼要的小结和一定数量的思考与练习题。这些题目与本书内容密切相关,以便读者巩固和复习有关的概念和理论基础知识。

## 二、本书的特色与创新

本书仍遵循第 1 版理论与实践相结合的编撰宗旨,力求反映计算机网络与通信领域的新成就和理论成果,具有"内容新、体例新、方法新"等特色。

1. 内容新

本书涵盖了计算机网络与通信技术的主要内容,体现了知识结构的科学性、知识内容的先进性和应用技术的实用性。

(1) 知识结构的科学性

全书按照物理层、数据链路层、网络层、传输层、应用层系统地分层讨论计算机网络与通信的基本概念、主要协议及其实现技术。同时,比较深入地讨论了各层之间、对等实体之间的通信原理,呈现出一个完整而系统的知识结构;反映出计算机网络通信技术的理论体系,注重知识结构的科学性。

(2) 知识内容的先进性

本书比较全面地展示了近年来计算机网络通信领域的最新研究成果,涉及当前诸多研究热点,如无线局域网、IP 电话、协议分析方法,以及基于 Java 语言的网络通信程序设计等。通过对这些内容的介绍,反映国内外网络通信的最新进展,体现了知识内容的先进性。

(3) 应用技术的实用性

本书注重理论联系实际,读者通过阅读学习能够了解有关计算机网络与通信的基本概念,掌握基本工作原理、局域网组网技术、网络协议实验分析方法,理解 Internet 采用的 TCP/IP 协议原理和实现技术,并为今后专题学习和研究各种计算机网络技术、通信技术奠定扎实的理论基础。另外,本书所涉及的网络应用编程实例均在计算机上调试通过,因此,具有很好的实用性。

2. 体例新

本书在知识体系结构等方面的特色是体例新,主要体现在以下几个方面。

(1) 模块化的知识结构

本书将知识点模块化,并组合成为有机整体,形成以计算机网络体系结构的分层模型为总纲的知识链。按照知识形成的规律,阐述基本理论及其应用,反映该学科的基本框架及科学思想和最新成就,符合认知规律。

(2) 以读者为中心的体例结构

全书内容整体设计贯彻了以读者为中心的理念,各部分内容紧密联系、图文并茂地构建计算机网络通信知识结构。全书从计算机网络通信的基本概念出发,循序渐进,紧紧围绕应用,介绍计算机网络通信原理和技术,并给出了诸多应用实例与实验指导。

(3) 全方位的实践能力训练

本书密切结合培养工程应用型人才实践能力介绍了网络工程技术。尤其在网络通信实验一章,不仅有立足于网络通信硬件环境下的网络环境组建实验内容,如以太网局域网组网、Windows 网络配置和测试命令的使用、Windows Server 应用服务器配置、路由器基本路由协议配置、防火墙配置,还有运用网络协议分析器对网络协议进行分析的内容,如 TCP 报文传输分析、无线局域网协议分析等。网络编程应该是读者很感兴趣的,为此介绍了如何用套接字来实现客户机和服务器的编程技术。读者在系统学习网络通信知识的过程中,通过循序渐进地完成实验和课程设计题目,可获得实践能力的训练与提高。

3. 方法新

实验是对课堂所学概念加深理解的有效手段。当教学条件比较完备时,在物理层的有关实验可利用示波器、频谱仪、误比特率装置等来调试系统、演示实际系统中的各种概念和原理。显然最好是建立一个拥有全套网络设备的实验室,配置大量的路由器、交换机、集线器、PC 机等,进行网络实验。也可在实际网络环境和实验室里,用网络协议分析器来调试网络系统中所使用的协议。作为示例,本书使用 Ethereal 分析、讨论了许多网络协议,如 Ethernet、IP、OSPF、UDP、TCP、DNS、HTTP 等,比较清楚地将网络通信原理和概念展现给了读者。另外,本书还介绍了一些网络实用程序,如 ping、ipconfig、netstat 和 tracert 等。

本书在体现内容丰富、实用性强等特点的基础上,还反映了编者在该领域的多年教学经验、实践技术和研究成果。

本书适用范围较广,既可以作为计算机科学与技术、通信工程、电子信息工程、信息工程、自动化等专业的教材或教学参考书,也可供信息技术、计算机网络研究与工程技术、IT 管理等人员参考。

本书是全国教育科学"十一五"规划课题研究成果。王志明(南京工程学院)编写了第 3 章、第 10 章,其余章节由刘化君编写,全书由刘化君统编定稿,由王志明审读;最后,由南京理工大学博士生导师孙亚民教授作为主审对全书进行了审改。在编写过程中得到了程勇、刘枫、解玉洁等许多同事、同学的支持和帮助;本书第 1 版由东南大学陈晓曙教授主审,自 2007 年 12 月出版发行以来,得到了众多同行的支持和广大读者的厚爱,提出了许多修订建议,在此一并表示衷心感谢!

由于计算机网络与通信技术发展速度很快,限于编者理论水平和实践经验,书中可能存在不妥之处,恳请广大读者不吝赐教,批评斧正。编者邮箱:liuhuajun003@163.com。

编　者

2011 年 3 月

# 第1版前言

计算机网络是计算机技术与通信技术相互渗透、密切结合而形成的一门交叉科学,它的内容必然要涉及通信技术。"计算机网络与通信"是它们交叉、融合、发展的产物。

在计算机网络与通信技术迅速发展的今天,人们非常希望详尽地学习和掌握计算机网络与通信技术。何谓网络通信,它包括哪些内容,网络通信的原理是什么,实现网络通信有哪些技术与方法? 怎样才能适应网络通信这个新兴学科的发展和日益强劲的社会信息化需要? 为此,充分认识并回答计算机网络与通信的基础理论问题,掌握相关的应用技术,不但是摆在教育工作者面前的紧迫任务,而且也是社会对计算机网络与通信技术人才的一项基本要求。

本书包含了计算机网络和数据通信两方面的知识,并使之融会贯通,以满足具有一定计算机网络基础且希望深入掌握网络通信知识的读者的要求。

## 一、本书的内容与结构

计算机网络技术从 20 世纪 60 年代开始发展以来,已经形成了比较完善的知识体系。目前由于应用广泛,发展十分迅速,新的技术、新的术语不断出现。不要说是初次接触网络通信知识的读者,即使是多年从事网络技术研究与教学的专业人员也经常对网络技术的快速发展感到困惑。对于这样一个迅速发展的领域,重要的是让读者能够学会处理网络通信问题的基本方法,掌握网络通信的基本工作原理,面对不断变化的技术具有跟踪学习的基础与能力。因此,本书全面介绍了计算机网络和通信领域所涉及的基本概念和方法,既包括计算机网络与通信的基本原理、主要协议及其实现技术,又分析讨论了各种具体的应用范例和网络编程,还以专题形式安排了计算机网络与通信实验。全书以计算机网络体系结构为总纲,突出 TCP/IP 协议体系,按照物理层、数据链路层、网络层、传输层和应用层五层参考模型,分为 4 个部分 10 个章节。

第一部分包含第 1 章、第 2 章。在第 1 章中,以本书的标题为引子,首先讨论了计算机网络与通信的含义,给出了计算机网络的定义以及与此定义相关的各种术语;接着讲述了网络通信的研究内容,以 Internet 为对象的计算机网络组成,包括局域网在内的各种不同的网络类型以及关于网络拓扑的知识,并对计算机网络的形成与发展状况做了概括性的说明和展望。第 2 章重点讨论了计算机网络的体系结构。这一部分内容描绘出了计算机网络与通信的全景视图。

第二部分由第 3 章、第 4 章、第 5 章、第 6 章、第 7 章组成,是本书的核心部分。这几章翔实地讲解了物理层、数据链路层、网络层、传输层的协议工作原理和技术,如局域网组网,尤其是在第 6 章网络互连及通信中,以 IP 协议为重点,用相当的篇幅讨论了网络互连,阐释了网络层通信的核心技术,包括分组转发、路由选择及算法等;第 7 章介绍了端到端的传输服务,主要以 TCP、UDP 协议为重点讨论了端到端的数据传输,并突出了套接字概念及其基于 Java 语言的网络通信编程技术。

第三部分为第 8 章、第 9 章,这两章以应用层协议为背景,重点讲述了应用层的典型应用及其相关的实例,特别是网络多媒体通信的应用。

第四部分为第 10 章,即网络通信实验,分为网络环境组建、网络通信协议分析和网络通信程序设计 3 个专题,安排了 12 个网络与通信实验。这一部分内容是为了加强实践能力培养,进一步强化理论与实践相结合而设置的。

全书所涉及的内容不仅属于新兴学科知识,也是形成通信工程师、网络工程师素质、能力所必备的专业技术知识。为帮助读者掌握基础理论知识,每章附有简明扼要的小结和一定数量的思考与练习题。这些题目与本书基本内容密切相关,方便读者巩固和复习有关的概念和理论基础知识。

## 二、本书的特色与创新

本书以理论与实践相结合为编撰宗旨,努力反映计算机网络与通信领域的新成就和理论成果,形成了"内容新、体例新、方法新"的鲜明特色。

### 1. 内容新

本书内容涵盖了计算机网络与通信技术的主要知识,体现了知识结构的科学性、知识内容的先进性和应用技术的实用性。

（1）知识结构的科学性

全书按照物理层、数据链路层、网络层、传输层、应用层系统地、分层讨论计算机网络与通信的基本概念、主要协议及其实现技术。同时,比较深入地讨论了各层之间、对等实体之间的通信原理,呈现出一个完整而系统的知识结构;反映出计算机网络通信技术的理论体系,注重知识结构的科学性。

（2）知识内容的先进性

本书比较全面地展示了近年来计算机网络通信领域的最新研究成果,涉及了当前诸多研究热点,如 P2P 模式、无线局域网、IP 电话、协议分析方法,以及基于 Java 语言的网络通信程序设计等。通过对这些内容的阐释和讲解,反映了国内外网络通信的最新进展,体现了知识内容的先进性。

（3）应用技术的实用性

本书注重理论联系实际,读者通过阅读学习能够了解有关计算机网络与通信的基本概念,掌握基本工作原理、局域网组网技术、网络协议实验分析等内容,理解 Internet 采用的 TCP/IP 协议原理和实现技术、方法,并为今后专题学习和研究各种计算机网络技术、通信技术奠定扎实的理论基础。另外,本书所涉及的网络应用编程示例均在计算机上调试通过,因此,具有很好的实用性。

### 2. 体例新

本书在知识体系结构等方面的特色是体例新,体现在以下几个方面:

（1）模块化的知识结构

本书将知识点模块化,并相互勾连成为有机整体,形成以计算机网络体系结构的分层模型为总纲的知识链。按照知识形成的规律,阐述基本理论及其应用,反映该学科的基本框架及科学思想和最新成就,符合认知规律。

（2）以读者为中心的体例结构

全书内容整体设计贯彻以读者为中心的理念,各部分内容紧密联系,图文并茂地构建计算机网络通信知识结构。全书从计算机网络通信的基本概念出发,循序渐进,紧紧围绕应用,阐述计算机网络通信原理和技术,并给出了诸多应用示例与实验指导。

（3）全方位的实践能力训练

全书内容紧紧把握为教学改革和教学服务的主线，以培养工程应用型人才的实践能力作为核心点展开，尤其在网络通信实验一章中，不仅有立足于网络通信硬件环境下的网络环境组建实验内容，如以太网局域网组网、Windows 网络配置和测试命令的使用、DHCP 服务器配置、Web 服务器的配置与管理、路由器基本路由协议配置等，而且还有运用网络协议分析器对网络协议进行分析的内容，如 TCP 报文传输分析、无线局域网协议分析等。网络编程对读者而言应该是很感兴趣的。我们假设读者对 Java 语言有一定的了解，讲述了位于网络程序底层的客户机/服务器编程模型，展现了一个程序员对 Internet 的观点，并教给学生如何用套接字（Socket）来实现 Internet 客户机和服务器编程。为满足网络通信课程设计的需要，从培养读者实际编程能力的角度出发，本书还提供了综合性比较强的网络通信程序设计课题，以加深对基本原理和实现方法的理解。读者在系统学习网络通信知识的过程中，通过循序渐进地完成实验和课程设计题目，可获得实践能力的训练与提高。课堂教学、实验与课程设计三者相辅相成，融为一体，贯穿了教学的始终。

3. 方法新

实验是对课堂上所学概念加深理解的最有效手段。当教学条件比较完备时，有关物理层的实验可利用示波器、频谱仪、误比特率装置等来调试系统、演示实际系统中的各种原理和概念。最好建立一个拥有全套网络设备的实验室，配置大量的路由器、交换机、集线器、PC 机等，进行网络实验。在实际网络环境和实验室里，可用网络协议分析器来调试网络系统中所使用的协议。如经济条件不允许，可采用本书介绍的一种新的网络实验工具与手段，即 Ethereal 虚拟实验室。Ethereal 是一种开放源代码的网络分析器，它支持大量的网络协议。本书使用 Ethereal 分析、讲解了许多网络协议，如 Ethernet、IP、OSPF、UDP、TCP、DNS、HTTP 等，将网络通信原理和概念比较有效地展现给读者。这样，即使不具备真实网络环境，读者仍能够借助 Ethereal 学习计算机网络协议。另外，本书还介绍了一些网络实用程序，如 ping、ipconfig、netstat 和 traceroute 等。

本书在体现内容丰富、实用性强等特点的基础上，还反映了编者多年在该领域的教学经验、实践技术和研究成果。

本书适用范围较广，既可以作为计算机科学与技术、通信、电子、信息、自动化等相关专业的教学用书，也可供信息技术、计算机网络研究与工程技术、IT 管理等人员参考使用。

本书由王海涛（解放军理工大学通信工程学院）编写第 2 章、第 9 章；王志明（南京工程学院通信工程学院）编写第 3 章、第 10 章；其余章节由刘化君编写。全书由刘化君统编定稿。在编写过程中，刘枫、解玉洁等做了许多工作，在此一并表示感谢。全书经东南大学陈晓曙教授审阅，对本书内容提出了许多宝贵意见和建议，在此表示衷心的感谢。

本书编者的研究工作得到了教育部立项课题"地方应用型本科院校人才培养目标、模式和方法的研究与实践"项目（高教函[2005]23 号）和中国高等教育学会"十一五"教育科学规划研究课题"工程应用型人才工程实践与创新能力培养的改革与实践"项目的支持。

由于计算机网络与通信技术发展速度很快，囿于编者理论水平和实践经验所限，书中可能存在疏漏甚至谬误之处，恳请广大读者不吝赐教，批评斧正。

编　者
2007 年 5 月

# 目　　录

# 第1章 绪 论

随着人类社会从工业化迈向信息化,信息已经成为人们改造世界和推动社会发展的直接媒体和重要力量。以 Internet 为代表的计算机网络已经成为信息社会的基础设施之一,并出现了人类的第二文化,即计算机网络文化。计算机网络与通信技术的发展改变了人们的时空观念,地球那边的信息可以在顷刻间传送到你的眼前,千里之遥似乎变得近在咫尺。可以预见,随着超高速光通信技术、高速无线网络通信技术、网格计算和生物计算技术的研究进展,网络与通信技术在未来几年内将朝着以"更大、更快、更及时、更方便、更安全和更有效"为标志的新一代互联网、物联网发展,产生新的飞跃。

21 世纪是一个计算机与网络的时代。在这个时代,信息的交流、获取和利用将成为个人发展、社会进步、经济增长的基本要素。因此,每一个希望在信息时代有所作为的人都需要了解、学习、使用计算机网络,掌握网络通信技术。这对每一个人,乃至整个社会既是一种机遇,也是一种挑战。为此,网络通信也就成为在迅速发展的信息社会中首当其冲的研究课题。什么是网络通信,它包括哪些内容,网络通信的原理是什么,实现网络通信有哪些方法,怎样创建自己的网站,怎样上网及如何从 Internet 上获取自己所需要的信息等,已不仅仅是计算机网络和通信工作者学习研究的内容,也是各行各业迫切需要了解和掌握的知识。计算机网络与通信正是为适应这种社会发展的需求而问世的。

计算机网络与通信技术发展迅速,应用广泛,涉及的内容较多,它已成为当今世界高新技术的核心技术之一。本章在简单介绍计算机网络与通信概念的基础上,主要讨论计算机网络与通信的定义和功能、网络通信研究的内容和方法,以及计算机网络通信关键技术等基本知识,并指出计算机网络通信技术的发展趋势。

## 1.1 何谓计算机网络与通信

随着计算机技术的全面普及和在各个领域的深入应用,人们在各种网络的基础上利用计算机进行通信,在全世界范围内使用互联网彼此交换信息,已经成为不争的事实。计算机网络作为整个社会结构的一个基本组成部分,被应用于社会政治、经济、军事和科学技术的方方面面,包括电子商务、电子政务、教育信息化、信息服务等。可以说,信息社会的信息化服务,无不建立在计算机网络通信系统的基础之上。计算机网络已经成为人类生活不可缺少的社会元素和工作术语。

人与人之间的思想交流一般采用两种方式,一是语言(包括直接或间接的声音),二是文字、图形图像等。人们把这种思想交流的方式称为通信(Communication),其交流内容的物理表现如声音、图形图像、文字、图表等称为数据(Data)。数据被赋予的具体意义称为信息(Information)。

例如,当拨打电话号码"121",听到的声音是"今天晴天"时,这个声音就是数据,"今天晴天"就是关于天气预报的信息。这个过程是用户和气象台工作人员之间的间接通信,该信息显然是通过电话线路传送的,所以电话网是一个人们最熟悉的,而且是无所不在的通信网。

一个简单的通信网络示意图如图 1-1 所示。在该通信网络中有两类结点:终端结点(Terminal Nodes)和通信结点(Communication Nodes)。终端结点产生或使用在网络上传输的信息,通信结点传输信息但不产生和使用信息。在图 1-1 中,当终端结点包含计算机、可视电话、打印机、文件服务器等设备时,人们就可以利用这些先进的设备,或以电子邮件的方式、或以 Web 方式等交换信息,此时的电话网就变成了一个广义的通信网络。由此可以看出:一个通信网络(Communication Network)是互连结点的一个集合,该集合中的结点可彼此交换信息。人们利用通信网络彼此交换信息就被认为是网络通信(Network Communication)。

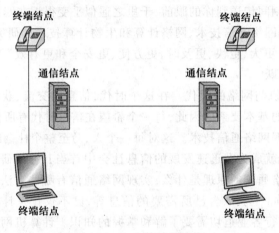

图 1-1　一个简单的网络

实际上,一般的网络概念和网络技术的应用是非常丰富的。例如在广播、无线或有线电视、电话公司等机构都有自己独立的网络。最早也是最著名的通信网络之一是电话网络。这个网络一般称之为电话系统(POTS)或公共交换电话网络(PSTN)。今天大部分人比较熟悉的通信网络是计算机通信网络,简称为计算机网络。

相对于电话网络,计算机网络的发展比较晚,只有几十年的历史。发展到今天,最大的也是大家最熟悉的计算机网络就是 Internet。Internet 是人类历史发展中的一个伟大里程碑,它是未来信息高速公路的雏形,人类正由此进入一个前所未有的信息化社会。人们用各种名称来称呼 Internet,如互联网、因特网等。Internet 正在向全世界各大洲延伸和扩散,不断增添和吸收新的网络成员,已经成为世界上覆盖面最广、规模最大、信息资源最丰富的计算机网络。Internet 实际上是网络的集合,也就是说是网络的网络。目前,它已经连接了全球 240 多个国家和地区,连网主机几千万台。在 Internet 的发展过程中,研究人员和技术人员协作解决了无数的技术问题,使之可以成功运行。实际上,在 20 多年以前,没有一个人敢设想 Internet 能够发展到这样大的规模,并且还能够成功运行。当然,目前 Internet 仍然存在着许多没有解决的问题,也不断有新问题出现。正因为如此,才需要人们不断去研究、去尝试解决这些问题,从而去推动 Internet 的发展。

1997 年,Microsoft 公司总裁比尔·盖茨在美国拉斯维加斯的全球计算机技术博览会上,提出了"网络才是计算机"的著名论点。而早在 1985 年,SUN 公司就提出了"网络就是计算机"的口号(SUN 是 Stanford University Network 的缩写,意为斯坦福大学网络)。SUN 做出的第一台计算机就是基于网络的。该公司首席执行官思考特·麦克尼利说:"我们一直在网络计算这一模式上不断创新,这不是基于主机的计算,不是基于个人计算机的计算,而是通过网络得到服务"。这就是说,计算机的关键价值是获得网络服务。

现在,人们将网络称为"高速公路",又有人把个人计算机比喻为"隐藏在丛林中的豪华汽车"。虽然,汽车是人们的代步工具,但其真正价值离不开高速公路,如果它不能让人们在高速公路上奔驰,则不论辅助设备有多么齐备,内饰如何豪华,又有多少价值呢? 个人计算机也可以说是一种代步工具,所以必须让它"上路","上路"就是把计算机连网上网。对每台计算机来说,网络不仅是它的信息来源,同时它又为网络添加了新的资源。在计算机网络业界有一个"梅特卡尔夫定理",其内容是:网络上信息的价值,与连接到网络上的计算机数量的平方成正比。如果计算机是一台单机,就很难充分发挥计算机的优越性能;如果计算机仅仅局限在一个局域网内,则只能共享有限的网络资源;如果将计算机接入 Internet,则可以共享无穷无尽的网络信息资源。

究竟什么是计算机网络? 多年来对这个问题的定义并没有一个完全统一的描述,定义的内容随着计算机网络的发展变化而不同。在 ARPANet 建成之后,有人将计算机网络定义为"以相互共享资源(硬件、软件和数据)方式而连接起来,且各自具有独立功能的计算机系统的集合"。这个定义强调了网络建设的目的,但没给出物理结构。计算机网络发展到第二代后,为了与第一代网络相区别,又有人将其定义为:"在网络协议控制下,由多台主计算机、若干台终端、数据传输设备所组成的计算机复合系统"。这个定义过于强调了网络的组成,没有给出网络的本质。计算机网络界权威人士特南鲍姆(Andrew S. Tanenbaum)教授在其 1996 年出版的《计算机网络》一书中,给出的定义是:计算机网络是一些独立自治计算机(Autonomous Computers)的互连集合。这里,自治计算机的含义是指:在网络中,每台计算机的地位都是对等的,没有谁受谁控制的问题。若有两台计算机通过通信线路(包括无线通信)相互交换信息,就认为是互连的。近年来,随着计算机网络研究的不断深入,按照计算机网络所具有的特性,人们普遍公认如下定义:

计算机网络是利用通信设备和线路将分布在地理位置不同的、具有独立功能的多个计算机系统连接起来,在功能完善的网络软件(网络通信协议及网络操作系统等)的控制下,进行数据通信,实现资源共享、互操作和协同工作的系统。

简单地说,计算机网络是由"计算机集合"加"通信设施"组成的系统。由上述定义可以看出,构建计算机网络的目的是共享资源,而技术手段则是计算机通信。

本书的书名是"计算机网络与通信"。它确切的含义是什么呢? 下面采用逐步推进的方式来讨论。

"计算机网络"是书名的第一部分内容。它表达的是连接一组计算机系统以实现资源共享的概念。这些连接的系统形成网络。网络概念涉及许多问题,主要包括:

(1) 通信协议　它规定了网络结点必须遵循的规则,以便能够理解彼此间的通信内容。

(2) 拓扑结构　描述网络系统如何连接。

(3) 编址　描述系统在网络中如何确定彼此的位置。

（4）转发与路由 说明数据穿过网络从一个系统被传输到另一个系统的方式。

（5）可靠性 是一个表达数据完整性的概念，以确保收到的数据确实是所发送的数据。

（6）互操作性 指在网络中，由不同厂商开发的软件、硬件产品相互间能成功通信的程度。

（7）安全性 是关于妥善保管或保护网络中所有构件的论题。

（8）标准 指建立需要遵循的特定的准则和规章。

标题的后一部分是"通信"这个术语，它是指数据从一个系统到另一个系统的电子传输，描述了端系统之间通过网络相互交换信息的方式。还有一个具有相似含义的常用术语是数据通信。它们虽然可互换使用，但有些人认为术语"数据（Data）"只限于包括基本的和未加工过的事物，而术语"信息（Information）"则表示了把这些事物经组织后成为对人类有意义的形式。

另外，在该书名中还隐含了"技术"一词，它涉及了已经设计出来的各种计算机网络方案。譬如，比较常用的网络技术：以太网（Ethernet）、高速以太网、令牌环网（Token Ring）、光纤分布数据接口（FDDI）、ADSL、帧中继和综合业务数据网（ISDN）等，以及如何将它们连接起来实现数据通信。网络、通信及其技术构成了本书所要讨论的内容。

## 1.2　网络通信研究的内容

大家知道，现在从个人计算机到超级计算机，大多数已互连成网，多数拥有计算机的机构都已安装或准备安装自己的局部网络。对数以千万计的人来说，在全世界范围内交换电子邮件已成为一种基本工作要求。利用计算机网络进行通信已由学术成果变成了各行各业广大用户必不可少的信息交换方式。

网络通信之所以成为人们必不可少的信息交换方式，有如下几点原因。首先，通信网络上的用户，无论他是谁，也不管他在什么地方，都可以使用网络中的程序、数据和设备，从而达到资源共享的目的。其次，依靠可替代的资源能提高数据的可靠性。由于网络中的信息资源可以在两台以上的计算机中存有副本，如果其中之一由于某种故障不能使用，即可启动文件副本。这在军事、金融、航空航天控制以及许多其他应用中是非常重要的。再次，还可以节约经费。有了计算机网络，普通人坐在家里就可以到世界任何地方获取信息服务。信息革命将像以往的工业革命一样改变整个社会。正由于计算机网络通信如此重要，所以人们必须掌握它，以便更好地用它为自己服务。对于从事计算机网络与通信的工作者，还需要进一步研究计算机网络的体系结构及其实现通信的原理、方法以及怎样解决网络通信中出现的诸如网络拥塞、纠错、服务质量（QoS）等问题，以便更好地改进和增强计算机网络通信能力，提高它的使用效率。在此关注的是与计算机网络通信有关的技术问题。

计算机网络是一个极为复杂的系统工程，要使分布在全球各地的计算机能够顺利通信并共享资源，需要一步一步地解决以下主要问题：

（1）计算机系统、传输介质等硬件均要顺利接通，可以正确地发送和接收数据信号。

（2）要保证通信链路上的所有结点都正确连通。

（3）要保证能够在通信链路中找到一条最佳路径，若某个结点被堵塞，必须能够找到另外的通路。

（4）要保证数据信息能够正确到达对方主机。

（5）要保证能够找到接收方的通信实体，如某种应用程序。

（6）要保证通信双方的数据格式一致或能够互相理解。

（7）当要求对方做什么事情时，要保证对方有能力做到。

以上这些技术问题可归纳为下面几个小节将要介绍的研究领域。

## 1.2.1 数据通信基本原理

为将信息从一个地方传送到另一个地方，需要一个发送者、一个接收者和一种传输介质。信息作为传输对象，它是以数据的形式呈现在机器语言中被传递的。因此，数据通信主要研究如何通过数据通信系统将携带信息的数据以某种信号方式从信源（发送方）安全、可靠地传输到信宿（接收方）。数据通信所涉及的内容主要包括数据传输技术、兼容性、接口、网络互连参考模型、协议以及同步方式等。

### 1. 模拟和数字传输技术

在通信系统中，数据是以电信号的形式从一端传到另一端的。一般地，模拟信号用来表示语音、图像等模拟数据，数字信号用来表示文本、字符串等数字数据。但如果使用调制解调器（Modem），数字数据也能用模拟信号表示；使用编码译码器，模拟信号也能用数字信号表示。

模拟信号和数字信号都可以在相应的传输介质上传输。由于传输系统对信号的处理方式不同，而有模拟传输和数字传输之分。在早期的通信领域中主要采用模拟通信技术，随着计算机技术与数字设备的不断发展，数字通信技术在通信领域中发挥出越来越重要的作用。这是因为模拟信号传输至远距离处时由于衰减会逐渐减弱以至于消失，它必须被定期地重新放大以阻止信号的消失。十分遗憾的是噪声也自始至终伴随信号被重新放大而导致信号的失真。当然，模拟信号能容忍一个相当高的失真度，例如，人们的声音即使在有点嘈杂的条件下也能被听清楚并理解。

### 2. 兼容性

位于通信网络上的任何两个结点要进行通信，必须首先具备某些先决条件。例如两个人要交换想法，必须说相同的语言，否则因语言交换有障碍而无法彼此进行交流。在网络通信中，设备之间进行通信也必须用相同的语言并遵循彼此都了解的规则，在一些地方还必须设置某种机构以确保数据从一种设备送到另一种设备而无错误。然而，若数据通信设备使用多种语言及若干不同的规则，会在通信中引起某些混乱。对此，通信的标准化和各类通信设备的兼容性是首先要考虑的问题，也是数据通信的必备条件。

### 3. 接口

通信网络上的计算机系统一般都不相同，在不同计算机之间通信，一种可行的办法就是研制一个大家彼此都能接受的通信接口。一个接口（Interface）是两个通信设备之间的物理连接。由于通信网络的布局已超出省界、国界，所以还要求这种通信接口应标准化，使各种通信设备之间都能实现收发。美国电子工业协会（Electronics Industries Association，EIA）推荐的工业标准界面 RS-232 已为大家所接受，它用于数据终端设备和数据通信设备之间的连接。除 EIA RS-232 外，还有其他一些接口标准。

4. 网络互连参考模型

为了建立一个开放的、能为大多数机构和组织承认的网络互连标准,国际标准化组织(International Organization for Standardization,ISO)在充分考虑到已有网络体系结构的基础上,由 ISO 分委员会提出了开放系统互连参考模型(Open System Interconnection Reference Model,OSI/RM)。OSI 参考模型定义了异构计算机连接标准的框架结构,为连接分布式应用处理的"开放"系统提供了理论基础。所谓"开放"是指任何两个系统只要遵守参考模型和有关标准,都能够进行互连。虽然 OSI 参考模型的实际应用意义不是很大,但对于理解网络协议内部的运作是很有帮助的。

5. 协议

为了在各网络单元之间进行数据通信,通信的双方必须遵守一种能够彼此理解、全网一致遵守的网络通信语言。网络成员使用的这种语言(Language)称为网络通信协议(Network Communication Protocol)。它表示了特定的术语以及成员之间在通信时必须遵循的、共同达成的规则。

也就是说,要想让两台计算机进行通信,必须使它们采用相同的信息交换规则。一般说来,网络通信协议是控制特定行为或语言、已经被接受或建立起来的过程、准则或正式规范的集合。比如说,当在一个豪华餐厅吃饭时,顾客通常被要求遵守一定的穿着标准。如果要去参加一个重要且特殊的会议,则可能又要遵守另外一种特殊的穿着规定。当把这种理念应用到计算机通信和网络时,网络协议是一个正式的规范,定义了结点如何"表现"或相互通信。

6. 数据同步方式

所谓同步就是指接收端要按发送端所发送的每个码元的重复频率以及起止时间来接收数据,也就是在时间基准上必须取得一致。在通信时,接收端要校准自己的时间和重复频率,以便与发送端取得一致,这一过程称为同步。同步是数据通信的一个重要问题,同步不良会导致通信质量下降直至不能正常工作。在数据通信中,若按照同步的功能可分为载波同步、位同步(码元同步)、群同步(帧同步)、字符同步和网同步。针对不同的数据传输方式也有不同的同步方法,在串行通信中,按通信约定的格式有异步传输方式和同步传输方式之分。

## 1.2.2　数据传输设施

数据传输设施指的是网络传输介质,该传输介质连接局部及地理位置分散的设备、结点和主机。

1. 网络传输介质

用来连接网络结点的物理介质称为网络传输介质。网络传输介质可分为有线和无线两大类。有线传输介质包括双绞线、同轴电缆和光纤等。无线传输介质包括无线电波(包括微波和卫星通信)以及红外辐射等。

2. 设备、结点和主机

从最通常的意义上讲,术语"设备(Device)"用来表示网络中互连的实体。这些实体可能是终端、打印机、计算机或与特定网络相关的硬件单元,例如通信服务器、中继器、网桥、交换机、路由器和其他各种具有特殊目的的设备,并将其统称为结点(Node)。例如在电话网络中,所使用的电话机就是一个设备,在电话公司中互连电话的硬件设备保证电话机之间的通话。为了网络的正常运行,需要各种不同类型的设备。

需要记住的一个重要概念是,在网络中,几乎所有的网络设备都要采用某种方式唯一地标志自己。一般而言,这是网络协议的责任。但是许多设备都有内部标识符,在制造时,就被唯一地确定。这相当于电视机或其他消费性电子产品的序列号。例如,一台有以太网卡的设备被分配一个由生产商提供的不能被其他设备使用的硬件地址。当系统连接到网络时,硬件地址用于唯一识别该设备。

之所以表述为"几乎所有"的设备是因为在某些情形下,特别是在网络安全技术中,连入网络的设备可能没有地址也不支持任何协议,但是它们监控网络的行为并通过设备本身的控制台报告安全问题,这种类型的设备称为"透明"或"秘密(Stealth)"设备。譬如,在一些使用防火墙和入侵检测系统中所配置的一些设备。

当描述网络组成的时候,计算机作为网络设备,常称为主机或工作站,以便与其他网络互连设备相区分。也就是说,称为主机或工作站的计算机应该具有自己的操作系统(如 Windows)。因此,一个工作站可能就是一台个人计算机。

3. 数据传输设施性能

数据传输设施的性能对网络通信质量有很大的影响。例如,数据传输方式、带宽、多路复用技术、检错纠错方法等。

## 1.2.3  以计算机为基础的通信网络

一个非常简单的计算机网络可由一个称为宿主的计算机、一个发送设备以及一个接收设备组成。当终端与一个计算机系统连接时,可用点到点链路。除点到点链路外,通信网络结构还有多点、多链及多分支结构等。图 1-2 所示为一个早期以单计算机为中心的远程联机系统示意图。在远程终端比较集中的地方,设置集中器(或多路复用器),通过近程低速线路把附近群集的终端连起来,再由调制解调器(Modem)及高速线路与远程中心计算机的前端机相连。

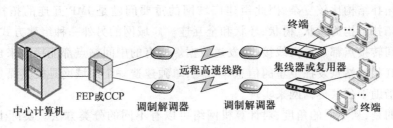

图 1-2  以单计算机为中心的远程联机系统

由于通信覆盖区域的差异,通信网络有局域通信网络、城域网和广域通信网络之分。

1. 局域网

局域网(Local Area Network,LAN),是指地理覆盖范围在几米到几千米以内的计算机相互连接起来的计算机网络。一般局域网络建立在某个机构所属的一个建筑群内,例如大学的校园内,也可以是办公室或实验室。局域网连接这些用户的微型计算机及其作为资源共享的设备(如打印机等)进行数据交换。决定局域网的主要技术要素有拓扑结构、传输介质、介质访问控制(Medium Access Control, MAC)技术和网络软件。局域网有别于其他类型网络的典型技术特征是:

(1) 局域网的覆盖范围较小,一般覆盖距离在 0.5 m ~ 10 km 之间。

(2) 信道带宽大,数据传输率高,一般在 10 ~ 1 000 Mbit/s;数据传输延迟小、误码率低($10^{-8}$ ~ $10^{-11}$);另外局域网易于安装,便于维护。

(3) 局域网的拓扑结构简单,一般采用广播式信道的总线状、星状和环状结构,容易实现。常用双绞线、同轴电缆和光纤作为传输介质,目前采用无线传输介质的无线 LAN 正在得到迅速发展应用。

**2. 城域网**

城域网(Metropolitan Area Network, MAN)基本上是一种大型的 LAN,通常使用与 LAN 相似的技术。将 MAN 单独列出的一个主要原因是已经有了一个标准:分布式队列双总线(Distributed Queue Dual Bus, DQDB, 即 IEEE 802.6)。DQDB 由双总线构成,所有的计算机都连接在上面。DQDB 城域网中的两条总线均有一个端点,这是一个启动传输活动的设备。MAN 的关键之处是使用了广播式传输介质(使用两条电缆),所有的计算机都连接在上面。

**3. 广域网**

广域网(Wide Area Network, WAN)地理覆盖范围在 50 km 以上,往往遍布一个国家甚至世界,规模十分庞大而复杂。广域网包含运行用户程序的机器和通信子网两部分。运行用户程序的计算机通常称为主机(Host),在有的文献中称为端点系统(End System)。主机通过通信子网(Communication Subnet)进行连接。

在大多数广域网中,通信子网一般包括传输信道和转接设备两部分。传输信道用于在主机之间传输数据;转接设备也称为接口报文处理机(IMP),由专用计算机担任,用来连接两条或多条传输线。在广域网中,通信子网包含大量租用线路或专用线路,每一条线路连接一对 IMP;而每一台主机都至少连接一台 IMP,所有出入该主机的报文都必须经过与该主机相连的 IMP。除了使用卫星的广域网之外,几乎所有的广域网都采用存储转发方式。

广域网的拓扑结构比较复杂,因此组建广域网的重要问题是 IMP 互连的拓扑结构设计,可能的几种网络拓扑结构为星状、树状、环状和全互连。广域网的另外一种组建方式是卫星或无线网络。每个中间转接点都通过天线接收、发送数据。所有的中间站点都能接收来自卫星的信息,并能同时监听其相邻站点发往卫星的信息。可见,单独建造一个广域网是极其昂贵和不现实的,所以人们常常借助于公共传输网来实现。

值得指出的是,从不同的角度,对计算机网络可以有不同的分类方法。实际上,目前世界上有许多类型的网络,而不同网络的物理结构、协议和所采用的标准也各不相同。如果连接到不同网络的用户需要进行相互通信,还需要将这些不兼容的网络通过网关(Gateway)连接起来,并由网关完成相应的转换功能。通常把多个网络相互连接构成的集合称为互联网。实际上,互联网指的是一个互相连接的网络的集合,该集合完成与单个网络相似的功能。互联网的最常见形式是将多个局域网通过广域网连接起来。

通常,通信子网、计算机网络和互联网这三个概念经常混淆。通信子网作为广域网的一个重要组成部分,通常由 IMP 和通信线路组成。通信子网和主机相结合构成计算机网络。对于局域网而言,是由传输介质(如电缆)和主机构成的,没有通信子网。而互联网一般是异构计算机网络的互相连接,如局域网和广域网的连接,两个局域网的互相连接或多个局域网通过广域网的连接等。

对通信而言,主要涉及怎样在存在的通信网络中选择其最佳通信线路,以及怎样解决通信线路中的拥塞问题。

### 1.2.4　网络通信软件

利用计算机网络进行通信时,需要控制信息传送的协议以及其他相应的网络通信软件。计算机网络通信软件是实现计算机网络功能不可缺少的软环境。硬件一般支持线路、设备的功能,而软件则控制任务的执行顺序。因此,大多数应用程序依靠网络软件通信,并不直接与网络硬件打交道。

计算机网络通信软件通常由网络操作系统和网络通信协议软件等组成。

1. 网络操作系统

网络操作系统(Network Operation System,NOS)是网络的心脏和灵魂,是向网络中的计算机提供数据通信和资源共享功能的操作系统。网络操作系统运行在网络硬件之上,为网络用户提供共享资源管理服务、基本通信服务、网络系统安全服务及其他网络服务。其他应用软件系统需要在网络操作系统的支持下才能运行。

网络操作系统与运行在工作站上的单用户操作系统或多用户操作系统因提供的服务类型不同而有所差别。一般情况下,计算机操作系统,如 DOS 和 OS/2 等,目的是让用户与系统及在此操作系统上运行的各种应用之间的交互作用最佳。而网络操作系统以使网络相关特性最佳为目的,如共享数据文件、应用软件以及共享硬盘、打印机、调制解调器、扫描仪和传真机等。

目前,计算机网络操作系统主要有 Windows、Linux 和 UNIX 等。

(1) Windows 类　Microsoft 公司的 Windows 系统不仅在个人操作系统中占有绝对优势,它在网络操作系统中也具有非常强劲的力量。这类操作系统配置局域网时最为常见,但由于对服务器的硬件要求较高,且稳定性不是很高,所以 Microsoft 的网络操作系统一般只用在中低档服务器中,高端服务器通常采用 UNIX、Linux 或 Solaris 等非 Windows 操作系统。在局域网中,Microsoft 的网络操作系统主要有 Windows NT 4.0 Server、Windows Server 2003,以及 Windows Server 2008,包括个人操作系统 Windows XP/7 等。这些操作系统可运行在个人计算机上,支持客户机/服务器模式(Client/Server)。

(2) Linux　Linux 是一种新型的网络操作系统,最大特点是源代码开放,可以免费得到许多应用程序。目前也有中文版本的 Linux,如 Redhat(红帽子)、红旗 Linux 等。在安全性和稳定性方面,Linux 得到了用户充分肯定。目前,Linux 操作系统仍主要应用于中、高档服务器。

(3) UNIX 系统　UNIX 网络操作系统历史悠久,拥有丰富的应用软件支持,功能强大,其良好的网络管理功能已为广大网络用户所接受。UNIX 采用一种集中式分时多用户体系结构,稳定和安全性能非常好。由于它是针对小型机主机环境开发的操作系统,多数以命令方式进行操作,不容易掌握,特别是初级用户。因此,UNIX 一般用于大型网站或大型企、事业单位的局域网,小型局域网基本不使用。目前常用版本主要有 UNIX SUR 4.0、HP – UX 11.0,SUN 的 Solaris 8.0 等。

总的来说,对特定计算机环境的支持使得每一个网络操作系统都有适合于自己的工作场合,这就是系统对特定计算机环境的支持。例如,Windows 7 适用于桌面计算机,Linux 目前较适用于小型网络,而 Windows Server 2008 和 UNIX 则适用于大型服务器应用程序。因此,对于不同网络应用,需要有目的地选择合适的网络操作系统。

2. 网络通信协议软件

为了在各网络单元之间进行数据通信,通信的双方必须遵守一套能够彼此理解、全网一致遵守的网络协议,而网络通信协议依靠具体协议软件的运行支持才能工作,因此,凡是连入计算机网络的服务器和工作站都必须运行相应的网络通信协议软件。例如,Internet 是一个异构计算机网络的集合,用 TCP/IP 协议把各种类型的网络互连起来才能进行数据通信。通信协议软件一般完成如下任务:①各种设备之间的通信;②用户终端之间或用户终端与应用程序之间的通信;③数据库之间的通信;④应用程序之间的通信。

综上所述,可以进一步深入理解计算机网络的概念。在任何一个计算机网络环境中,都有三个潜在的假定:第一,一个网络必须包括结点;第二,结点必须以某种网络传输介质相互连接;第三,为了通信的有效完成,网络中所有结点必须遵守协议,清楚地理解相互间的通信内容。

## 1.2.5　需要解决的其他问题

在计算机网络与通信领域需要研究的问题还有许多。譬如,在任何通信系统中,首先需要解决设备的兼容性问题。如果设备的物理属性不一样,为使其能相互通信,对电信号而言,必须在电流或电压一级使其信号兼容。对光纤通信系统而言,必须在脉冲级别上,要求频率带宽占用、脉冲时间持续以及其他方面兼容。此外,编码信息技术必须相同,设备的速度必须与发送者、通信信道及接收者相匹配。

与此同时,还要求通信可靠,尽可能避免传输错误并使通信性能得到最大发挥,且成本费用最低等。

# 1.3　计算机网络的组成

与计算机系统一样,计算机网络系统也可以划分为硬件与软件系统两部分,网络硬件及其连接形式对网络的性能起着决定性作用,是网络运行的主体;而网络软件则是支持网络运行、提高效益和开发网络资源的工具。在此将以一种特定的计算机网络即 Internet 作为讨论计算机网络的主要对象。

## 1.3.1　计算机网络的组成结构

计算机网络的早期是联机系统,随着 APPANet 的研究与发展产生了分组交换网,可以说,分组交换网才称得上是真正的计算机网络。由于计算机和通信技术的进步,计算机网络也在不断变化,但所采用的交换方式仍然以分组交换为主,因此在这里讨论分组交换网的基本组成。

　　按照分组交换计算机网络所具有的数据通信和数据处理功能,可以将其划分为通信子网和资源子网两部分,其基本组成结构示例如图1-3所示。

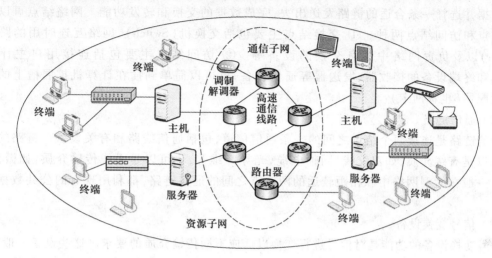

图1-3　一个典型的计算机网络组成结构

#### 1. 资源子网

　　资源子网主要是对数据信息进行收集、加工和处理,面向用户提供入网的途径、各种网络资源与网络服务。它包括访问网络和处理数据的硬软件设施,主要有主计算机系统(主机)、终端控制器和端系统、计算机外设、有关软件与可共享的数据(如公共数据库)等。

　　(1) 主机(Host)

　　主计算机系统可以是大型机、小型机或局域网中的微型计算机,它们是网络中的主要资源,也是数据和软件资源的拥有者,一般都通过高速线路将它们和通信子网的结点相连。

　　(2) 终端控制器和端系统

　　终端控制器连接一组端系统,并与主计算机系统相通信,或直接作为网络结点;在局域网中它相当于集线器(Hub);端系统是直接面向用户的交互设备,可以是由键盘和显示器组成的简单终端,也可以是微型计算机系统,以及一些非常规终端,如个人数字助理(PDA)、TV、移动电话等。

　　(3) 计算机外设

　　计算机外设主要是网络中的一些共享设备,如超大容量的硬盘、高速打印机、绘图仪等。

#### 2. 通信子网

　　通信子网主要负责计算机网络内部信息流的传输、交换和控制以及信号的变换和通信中的相关处理工作,间接地服务于用户。它主要包括网络结点、通信链路、交换机、路由器和信号变换设备等软、硬件设施。

　　(1) 网络结点

　　网络结点主要有两个作用。一是作为通信子网与资源子网的接口,负责管理和收发本地主机和网络所交换的信息,相当于通信控制处理机(CCP)。在 APPANet 中,网络结点称为接口信息处理机(IMP - Interface Message Processor),在 Internet 中则称为网关,也可称为路由器。二是作为发送数据、接收数据、交换和转发数据的通信设备,负责接收其他分组交换结点传送来的数据并选择一条合适的链路发送出去,完成数据的交换和转发功能。网络结点可以分为交换结点和访问结点两种。① 交换结点主要包括交换机(Switch)、网络互连时用的路由器(Router)以及负责网络中信息交换的设备等。② 访问结点主要包括连接用户主计算机(Host)和终端设备的接收器、发送器等通信设备,也可以简单到插在计算机扩展槽上的一块网络适配器(也称网卡)。

(2) 通信链路

通信链路是连接两个结点之间的一条通信信道,包括通信线路和有关设备。链路的传输介质可以是有线介质,如双绞线、同轴电缆、光导纤维等,也可以是无线传输介质,如微波、卫星等。一般在大型网络中和相距较远的两结点之间的通信链路,都利用现有的公共数据通信线路。

(3) 信号变换设备

信号变换设备的功能是对信号进行变换以适应不同传输介质的要求。这些设备一般有:将数字信号变换为模拟信号的调制解调器、无线通信接收和发送器、用于光纤通信的编码解码器等。

## 1.3.2　计算机网络拓扑结构

为了便于分析计算机网络各组成部分之间彼此互连的形状与其性能的关系,常采用拓扑学(Topology)中研究与大小形状无关的点、线特性的方法,讨论网络中的通信结点和通信线路或信道的连接所构成的各种几何构形,用以反映网络的整体结构。计算机网络拓扑结构就是指计算机网络结点和通信链路所组成的几何形状。

计算机网络拓扑结构有逻辑拓扑结构和物理拓扑结构两层含义,要特别注意它们之间概念的不同:①逻辑拓扑结构指各组成部分的逻辑关系,即信息如何流动;②物理拓扑结构指各组成部分的物理关系,即物理连接方式。实际上,考虑较多的是通信子网的拓扑结构问题。一般地讲,通信子网可以设计成点对点通信(Point to Point)和广播通信(Broadcast)两种通信(信道)类型。

1. 点对点通信

点对点通信的特点是一条线路连接一对结点。两台主机常常经过几个结点相连接,信息传输采用存储转发方式。由这种信道构成的通信子网常见的拓扑结构有星状、树状、全连接结构及不规则结构。若按照网络拓扑结构划分网络类型,则相应的网络称为星形网络、树形网络和网状网络等。常见的几种网络拓扑结构及其应用如图 1-4 所示。

2. 广播通信

广播通信的特点是只有一条供诸结点共享的通信信道。任一结点所发出的信息报文可被所有其他结点接收,当然对信道需要有一定的访问控制机制。由这种信道构成的通信子网拓扑结构有总线状、环状形式,相应的网络称为总线网络和环状网络等。

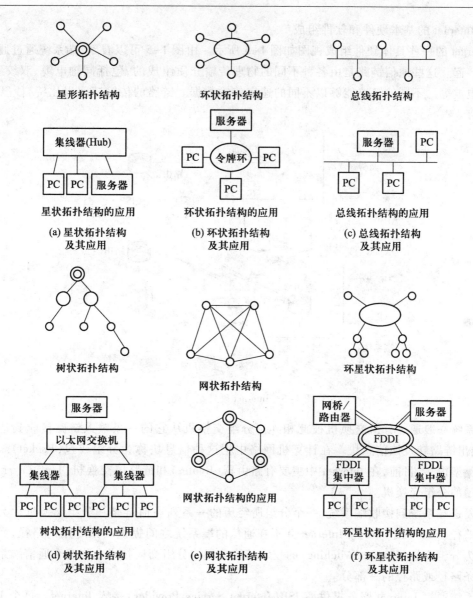

图 1-4 计算机网络拓扑结构及其应用

## 1.3.3 Internet 的构成

Internet 是一个世界范围的计算机网络,也就是说,它是一个互连了遍及全世界的数以百万计的计算机设备的网络。这些设备多数是个人桌面计算机、基于 UNIX 的工作站以及所谓的服务器。然而,越来越多的非传统的 Internet 端系统,如个人数字助理(PDA)、TV、移动电话以及家用电器等也正在与 Internet 相连接形成物联网。人们希望能比较完整地描述 Internet 并给出一个定义,但由于它非常复杂,很难做到令人满意。下面从构成 Internet 的基本硬件和软件组成、互连网络数据通信过程,以及为应用所提供的分布式服务三个方面介绍 Internet 的具体构成。

1. Internet 的基本硬件和软件组成

Internet 的一些具体硬件组成视图如图 1-5 所示。由图 1-5 可以看到,端系统通过通信链路连接到一起。这些通信链路是由各种不同的物理传输介质组成的,包括同轴电缆、双绞线、光纤和无线电波等。不同的链路能够以不同的速率传输数据。链路的传输速率以比特/秒(bit/s)为单位计算。

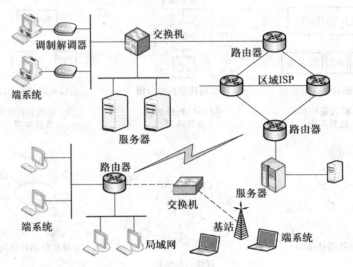

图 1-5 Internet 硬件组成视图

端系统一般通过分组交换机彼此相连。分组交换机从它的一条输入链路接收到达的信息块,从输出链路转发该信息块。在计算机网络中把这种信息块称为分组或包(Packet)。分组交换机的类型很多,目前,在 Internet 中主要有路由器(Router)和链路层交换机(Link Layer Switch)两种类型的分组交换机。

从发送端系统到接收端系统,一个分组所经历的一系列通信链路和分组交换机称为通过该网络的路径(Route 或 Path)。Internet 并不在通信的端系统之间提供一条专用的路径,而是采用一种称为分组交换(Packet Switching)的技术传输分组。分组交换技术允许多个通信端系统同时共享一条路径或路径的一部分。

端系统通过 Internet 服务提供商 ISP(Internet Service Provider)接入 Internet。每个 ISP 是一个由多个分组交换机和多段通信链路组成的网络。不同的 ISP 为端系统提供不同类型的网络接入,包括 56 kbit/s 拨号调制解调器接入、ADSL 宽带接入、高速局域网接入和无线接入等。ISP 也对内容提供者提供 Internet 接入服务,将 Web 站点直接接入 Internet。为了允许 Internet 用户之间相互通信,允许访问世界范围的 Internet 内容,区域 ISP 通过国家、国际的高层 ISP 互连起来。高层 ISP 主要由通过高速光纤链路互连的高速路由器组成。无论是高层 ISP 还是区域 ISP 网络,都是独立管理的,运行 IP 协议,遵从一定的域名命名、地址编址规定。端系统、分组交换机和其他一些 Internet 构件,都要运行接收和发送信息的一系列协议。其中传输控制协议 TCP 和网际互连协议 IP 是 Internet 中两个最重要的协议,因此,把 Internet 的协议统称为 TCP/IP 协议栈。

2. 互连网络数据通信过程

图 1-6 所示是两个局域网 LAN1、LAN2 通过一台路由器(Router)连接而成的简单互连网络

示例,它描述了在互连网络上,数据是如何从一台主机传送到另一台主机的。具体地说,一个客户机运行在主机 A 上,主机 A 与 LAN1 相连,它发送了一串数据字节到运行在主机 B 上的服务器,主机 B 连接在 LAN2 上。图 1-6 中,符号 PH 表示互连网络报头,FH1 表示 LAN1 的帧头,FH2 表示 LAN2 的帧头。可以把这个数据通信过程划分为以下 8 个基本步骤:

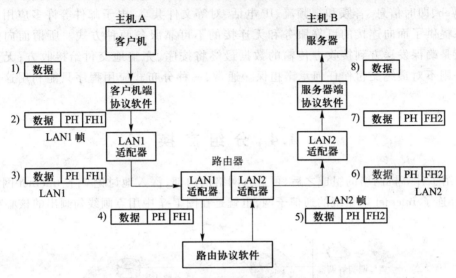

图 1-6   互连网络数据通信过程

(1) 运行在主机 A 上的客户机进行一个系统调用,从客户机的虚拟地址空间复制数据到内核缓冲区。

(2) 主机 A 上的客户机端协议软件通过在数据前附加互连网络报头 PH 和 LAN1 帧头 FH1,创建一个 LAN1 帧。互连网络报头 PH 寻址到互连网络主机 B。LAN1 帧头首先寻址到路由器,然后它传送此帧到 LAN1 适配器。注意,LAN1 帧的有效载荷是一个互连网络报文,该报文的有效载荷是实际的用户数据,并称之为封装(Encapsulation)。

(3) LAN1 适配器复制该帧到网络上。

(4) 当此帧到达路由器时,路由器的 LAN1 适配器从电缆上读取它,并把它传送到路由协议软件。

(5) 路由器从互连网络报头 PH 中提取出目的 IP 地址,并用它作为路由表的索引,确定向哪里转发这个报文,在本例中是 LAN2。路由器剥去 LAN1 的帧头,加上寻址到主机 B 的 LAN2 帧头 FH2,并把得到的帧传送到 LAN2 适配器。

(6) 路由器的 LAN2 适配器复制该帧到网络上。

(7) 当此帧到达主机 B 时,它的适配器从电缆上读到此帧,并将它传送到服务器端协议软件。

(8) 最后,主机 B 上的协议软件剥落报文头 PH 和帧头 FH2。当服务器进行一个读取这些数据的系统调用时,服务器端协议软件最终将得到的数据复制到服务器的虚拟地址空间。

当然,在这里掩盖了许多复杂问题。譬如,若不同网络有帧大小的不同限制,该怎么办? 路由器如何知道向哪里转发帧? 当网络拓扑变化时,如何通知路由器? 如果一个报文丢失了又怎样？这些问题将在以后相关章节中具体描述。该示例的目的是给出互连网络数据通信中数据封装的重要思想。

3. Internet 所提供的分布式服务

Internet 允许分布式应用程序运行在它的端系统上，使得彼此能够交换数据。这些应用程序包括 Web、即时信息、音频和视频流、IP 电话、对等文件共享、电子邮件等许多应用。TCP/IP 协议体系提供了面向连接的可靠服务和无连接的不可靠服务两种方式。所谓面向连接的可靠服务就是确保发送方到接收方传输的数据最终将按序、完整地交付给接收方；无连接的不可靠服务则不对最终交付作任何承诺担保。通常，一种分布式应用程序只能利用这两种服务中的一种。

## 1.4　分　组　交　换

在介绍了计算机网络的组成之后，可进入网络的内部，深入地讨论一下 Internet 网络的核心部分，即互连了 Internet 端系统的通信子网，也就是在图 1-7 中用点画线勾画出的核心部分。

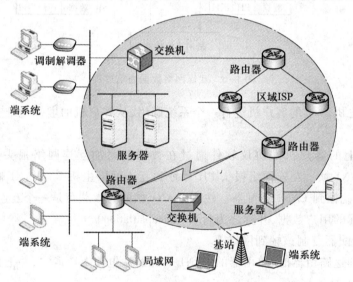

图 1-7　Internet 网络的核心部分

### 1.4.1　电路交换与分组交换

随着微电子技术、计算机技术的飞速发展，交换技术得到了空前的发展。从电话交换一直到当今的分组交换，交换技术经历了人工交换到自动交换的过程。人们对可视电话、可视图文、图像通信和多媒体等宽带业务的需求，也将有力地推动各种数据交换技术，如 ATM 和同步数字系列技术（SDH）及宽带用户接入网技术的不断进步和广泛应用。

分组交换网络的拓扑结构如图 1-8 所示，其中，A、B、C、D、E 和 F 为网络结点，H1、H2、H3、H4、H5 和 H6 为主机系统。构建网络核心的基本方法有电路交换（Circuit Switching）与分组交换（Packet Switching）两种。

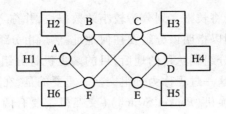

图 1-8　分组交换网络的拓扑结构

1. 电路交换

电路交换就是计算机终端之间通信时,一方发起呼叫,独占一条物理线路。当交换机完成接续,对方收到发起端的信号,双方即可进行通信。在整个通信过程中双方一直占用该电路。实现电路交换需要电路建立、数据传输和电路拆除三个过程。

(1)电路建立　在传输任何数据之前,要先经过呼叫过程建立一条端到端的电路。在图 1-8中,若主机 H1 要与 H3 连接,典型的做法是,主机 H1 先向与其相连的 A 结点提出请求,然后 A 结点在通向 C 结点的路径中找到下一个支路。比如 A 结点选择经 B 结点的电路,在此电路上分配一个未用的通道,并告诉 B 它还要连接 C 结点;B 再呼叫 C 结点,建立电路 BC;最后,结点 C 完成到主机 H3 的连接。这样 A 与 C 之间就建立了一条专用电路 A－B－C,用于主机 H1 与 H3 之间的数据传输。

(2)数据传输　电路 A－B－C 建立以后,数据就可以从 A 发送到 B,再由 B 交换到 C;C 也可以经 B 向 A 发送数据。在整个数据传输过程中,所建立的电路必须始终保持连接状态。

(3)电路拆除　数据传输结束后,由某一方(A 或 C)发出拆除请求,然后逐点拆除到对方结点。

电路交换的特点是实时性强、时延小,但同时也有线路利用率低、电路接续时间长、通信效率低等缺点。电路交换比较适用于信息量大、长报文、固定用户之间的通信。

2. 分组交换

分组交换技术是在计算机技术发展到一定程度后,为了实现计算机与计算机之间的通信应运而生的一种交换技术。

(1)分组交换技术

从交换技术的发展历史看,数据交换经历了电路交换、报文交换、分组交换的发展过程。

报文(Message)是指能够包含数据(如电子邮件数据、JPEG 图像或 MP3 音频文件)或可以执行一种控制功能的文件,可以认为它包含了协议设计者所需要的任何东西。所谓报文交换就是以"存储转发(Store and Forward Transmission)"机制在网络内传输数据,即将用户的报文存储在交换机的存储器中,当所需要的输出电路空闲时,再将该报文发向接收交换机或终端。报文交换的优点是中继电路利用率高,可使多个用户同时在一条线路上传送,实现不同速率、不同规程终端之间的互通。但它的缺点也是显而易见的:以报文为单位进行存储转发,网络传输时延大,且占用大量的交换机内存和外存,不能满足实时性要求高的用户需求。报文交换适用于传输报文较短、实时性要求较低的网络用户之间的通信,如公用电报网。

分组交换也称包交换,它实质上是在"存储转发"基础上发展起来的,兼有电路交换和报文交换的优点。

在计算机网络中,源主机将长报文划分为较小的数据块,并称之为分组(Packet)。在每个分组的前面加上一个分组头,用以指明该分组发往何地址,然后由分组交换机根据每个分组的地址标志,将它们转发至目的地;分组到达目的地后,目的端主机将分组头去掉并将各数据字段按顺序重新装配成完整的报文。这一过程称为分组交换。重要的是,在源和目的地之间,每一个分组都要通过通信链路和分组交换机(Packet Switch)(交换机主要有两类:路由器和链路层交换机)传送。多数分组交换机在链路的输入端使用存储转发传输机制。存储转发传输机制是指在交换机能够开始向输出链路传输该分组的第一个比特之前,必须接收到整个分组。因此,存储转发式分组交换机沿着该分组的路径在每条链路的输入端都存在存储转发时延。这种时延与分组的长度(以 bit 为单位)成正比。特别是,如果一个分组由 $L$ bit 组成,且该分组以 $R$ bit/s 速率向出站链路转发,则该交换机的存储转发时延是 $L/R$ s。

另外,异步传输模式(Asynchronous Transfer Mode,ATM)。ATM 是用于宽带综合业务数字网的一种交换技术,它也是在分组交换基础上发展起来的。ATM 要求将所有的信息流转换成 53B 固定长度的分组(也称为信元),并使用空闲信元来填充信道。由于光纤通信提供了低误码率的传输通道,因而流量控制和差错控制便可移到用户终端,网络只负责信息的交换和传送,从而使传输时延减小,所以 ATM 适用于高速数据交换业务。

(2)分组交换的特点

在分组交换方式中,分组交换的主要特点有:

① 线路利用率高 分组交换若以虚电路的形式进行信道的多路复用,可在一条物理线路上提供多条逻辑信道,极大地提高线路的利用率。比报文交换的传输时延小,交互性好。

② 不同种类的终端可以相互通信 数据以分组为单位在网络内存储转发,很容易实现不同速率、不同协议终端之间的通信。

③ 信息传输可靠性高 当网络中某条路由发生故障时,网络中的路由机制会使分组自动地选择一条新的路由避开故障点,不会造成通信中断。

④ 分组多路通信 由于每个分组都包含控制信息,因此可以同时与多个用户终端进行通信,把同一信息发送到不同用户。

⑤ 分组交换的网络管理功能强 网络计费按时长、信息量计费,与传输距离无关,特别适合非实时性、通信量不大的用户。

## 1.4.2 分组交换网络

分组交换网是继电路交换网络和报文交换网络之后的一种新型交换网络,它主要用于数据通信。分组交换网络有数据报网络和虚电路网络两大类。两者的差异主要在于,其交换机是使用目的地址还是使用所谓的虚电路号向其目的地转发分组。因此,将任何根据主机目的地址转发分组的网络称为数据报网络(Datagram Network)。Internet 中的路由器根据主机目的地址转发分组,所以,Internet 是一个数据报网络。将任何根据虚电路号转发分组的网络称为虚电路网络(Virtual Circuit Network)。如 X.25、帧中继和异步传输模式(ATM)等都使用虚电路分组交换技术。虽然使用目的地址和虚电路号之间的差异看起来不大,但对建立路由和管理路由有很大影响。

虽然分组交换和电路交换都是电信网络普遍采用的方式,但趋势无疑是朝着分组交换方向发展。甚至许多今天的电路交换电话网也正在缓慢地向分组交换迁移。

### 1. 虚电路网络

虚电路分组交换在传送分组之前需要在源端和目的端之间建立一条固定的路径，通常称为虚电路（Virtual Circuit，VC）或虚连接。虚电路的建立过程首先要确定通过网络的一条路径，然后通过交换连接请求和连接确认消息来设置交换机中的参数。所经路径上的每个交换机都需要交换信令消息来建立虚电路。在每个交换机的入口，虚电路通过虚电路标识符（Virtual Circuit Identifier，VCI）来识别。当分组到达输入端口时，根据报头中的 VCI 访问路由表。通过查表，可以得知分组被转发到的输出端口和将在下一个交换机的输入端口使用的 VCI。也就是说，当一个分组到达分组交换机时，该交换机检查该分组的 VCI，索引它的表，并向目的端的输出链路转发该分组。注意就 VC 而言，一条 VC 的源和目的端仅间接地通过 VCI 标志出来，源和目的端系统的实际地址并不必执行交换。这意味着分组交换能被迅速地执行（在较小的 VC 转换表中查找分组的 VCI，而不是在相当大的地址空间中查找目的地址）。

如上所述，VC 网络中的交换机为进行中的连接维护状态信息。特别是，每次跨越交换机创建一个新连接时，必须在交换机的转发表中添加一个新的连接项；每次释放一个连接，必须在该表中去除该项。即使没有 VCI 转换，仍然有必要维护联系 VCI 与输出端口号的状态信息。

### 2. 数据报网络

在数据报网络中，每个通过该网络传输的分组在它的首部都包含了该分组的目的地址。如同邮政地址那样，该地址具有一种等级结构。当一个分组到达网络的分组交换机时，分组交换机检查该分组的目的地址的一部分，并向相邻交换机转发该分组。更具体地说，是每台分组交换机具有一个转发表，用于将目的地址（或目的地址的一部分）映射成为输出链路。当一个分组到达交换机时，该交换机检查该地址，并用这个目的地址索引其转发表，以发现适当的输出链路。该交换机则将该分组指向输出链路。

### 3. 虚电路和数据报网络的由来

虚电路与数据报网络的演化反映了它们的由来。作为一条重要的组织原则，虚电路的概念来源于电话产业界，它采用了真正的电路。由于要在网络中的路由器上维持呼叫建立及每次呼叫的状态，因此，一个虚电路网络要比数据报网络复杂得多。

另一方面，Internet 作为一种数据报网络，由计算机系统的互连需求发展而来。由于端系统设备很复杂，网络层服务模型应尽可能简单。例如，按序交付、可靠数据传输、拥塞控制与 DNS 名字解析等，并由此产生了一系列颇有意义的结果。比如所提供的"尽力而为"服务保证（并对网络层施加了最小限度的需求）的 Internet 服务模型，使得互连各种不同数据链路层技术的网络变得更加容易。再就是，在网络上增加一项新服务能力只需把一台主机连入网络，定义一个新的应用层协议（如 HTTP）即可。这种功能可以使如 Web 之类的新服务能在相当短的时间内在 Internet 上得到广泛应用。

### 4. 分组交换网络的组成

一般地，分组交换网络由分组交换机、网络管理中心、远程集中器与分组装拆设备、分组终端/非分组终端和传输线路等基本网络元素组成。

（1）分组交换机

分组交换机实现数据终端与交换机之间的接口协议（X.25），交换机之间的信令协议（如

X.75 或内部协议），并以分组方式进行存储转发、提供分组网络服务的支持，与网络管理中心协同完成路由选择、监测、计费、控制等。根据分组交换机在网络中的地位，分为转接交换机和本地交换机两种。

（2）网络管理中心（NMC）

网络管理中心与分组交换机共同协作保证网络正常运行。其主要功能有路由选择管理、网络配置管理、用户管理、测量管理、计费管理、运行及维护管理、路由管理、日常运行数据的收集与统计以及必要的控制功能等，是全网管理的核心。

（3）远程集中器（RCU）与分组装拆设备（PAD）

远程集中器允许分组终端和非分组终端接入，有规程变换功能，可以把每个终端集中起来接入分组交换机的中、高速线路上交织复用。

分组装拆设备将来自异步终端（非分组终端）的字符信息去掉起止比特后组装成分组，送入分组交换网络。在接收端再还原分组信息为字符，发送给用户终端。随着分组交换技术的发展，RCU 与 PAD 的功能已没有什么差别。

（4）分组终端/非分组终端（PT/NPT）

分组终端 PT 是具有 X.25 协议的接口，能直接接入分组交换网络。它可以通过一条物理线路与网络连接，并可建立多条虚电路，同时与网上的多个用户进行对话。对于那些执行非 X.25 协议的终端和无规程的终端通常称为非分组终端 NPT。非分组终端需经过分组装拆设备，才能连到交换机端口。通过分组交换网络，分组终端之间、非分组终端之间，以及分组终端与非分组终端之间都能互相通信。

（5）传输线路

传输线路是分组交换网络的主要组成部分之一。目前，中继传输线路有 PCM 数字信道、数字数据线路，也有利用 ATM 连接及其卫星通道的。用户线路一般有数字数据电路和市话模拟线路等。

## 1.5　计算机网络的形成与发展

计算机网络开始于 20 世纪 60 年代的早期，那时电话交换网络是世界上占统治地位的通信网络。20 世纪 60 年代早期计算机性能逐步提高，其价格也较昂贵，同时，出现了分时的计算机，因此，考虑如何将计算机连接起来，并使它们能够在不同的地理位置上实现信息、资源共享，就成了一件很自然的事情。当时，全世界有 MIT、Rand 和 NPL 3 个研究组首先提出了分组交换的概念，并发展成为电路交换的一种有效替代技术，奠定了今天 Internet 的基础。下面简单介绍 Internet 的形成与发展过程，并讨论计算机网络技术的发展趋势。

### 1.5.1　Internet 的起源与发展

在众多大型计算机网络中，Internet 是现今世界上流行的最大计算机互连网络，接入 Internet 的局域网不计其数，用户更是难以准确统计。Internet 是在 ARPANet 的基础上经过不断发展变化而形成的。从 ARPANet 问世到今天的 Internet，其起源与发展过程大致经历了以下三个阶段。

1. 研究试验网阶段

Internet 的研究试验网阶段从 1969 年开始,结束于 1983 年主干网的形成。

从某种意义上,Internet 可以说是美苏冷战的产物。它的由来可以追溯到 1962 年。当时,美国国防部为了保证美国本土防卫力量和海外防御武装在受到苏联第一次核打击以后仍然具有一定的生存和反击能力,认为有必要设计出一种分散的指挥系统:它由一个个分散的指挥点组成,当部分指挥点被摧毁后,其他结点仍能正常工作,并且这些结点之间能够绕过那些已被摧毁的结点而继续保持联系。为了验证这一构思,1969 年,美国国防部研究计划署 ARPA 资助建立了一个命名为 ARPANet 的网络。这个网络把位于洛杉矶的加利福尼亚大学、位于圣芭芭拉的加利福尼亚大学、斯坦福大学,以及位于盐湖城的犹他州州立大学的计算机主机连接起来,位于各个结点的大型计算机采用分组交换技术,通过专门的通信交换机(IMP)和专门的通信线路相互连接。人们普遍认为这个 ARPANet 就是 Internet 的雏形。

1972 年,ARPANet 网上的主机数量已经达到 40 台,这 40 台主机彼此之间可以发送电子邮件和利用文件传输协议发送大文本文件,同时也设计实现了 Telnet。同年,全世界计算机业和通信业的专家、学者在美国华盛顿举行了第一届国际计算机通信会议。会议决定成立 Internet 工作组,负责建立一种能保证计算机之间进行通信的标准规范,即通信协议。1974 年,TCP/IP 协议问世,随后美国国防部决定向全世界无条件免费提供 TCP/IP,即向世界公布解决计算机网络之间通信的核心技术。TCP/IP 协议核心技术的公开促成了 Internet 的大发展。

1980 年,世界上既有使用 TCP/IP 协议的美国军方的 ARPANet,也有很多使用其他通信协议的网络。为了将这些网络连接起来,美国人 Vinton Cerf 提出一个想法:在每个网络内部各自使用自己的通信协议,在与其他网络通信时使用 TCP/IP 协议。这个思想促成了 Internet 的诞生,并确立了 TCP/IP 协议在网络互连方面不可动摇的地位。1983 年初,ARPANet 上所有主机完成了向 TCP/IP 协议的转换,并使 TCP/IP 协议作为美国的军用标准,同时 SUN 公司也将它正式引入商业领域,以致形成了今天席卷全球的 Internet。发展 Internet 时沿用了 ARPANet 的技术和协议,而且在 Internet 正式形成之前,已经建立了以 ARPANet 为主的国际网,这种网络之间的连接模式,也是随后 Internet 所用的模式。

2. 推广普及网阶段

1983 年至 1989 年,是 Internet 在教育、科研领域发展和普及的阶段,核心是美国国家科学基金会(The National Science Foundation,NSF)建设形成的主干网 NSFNet。

1986 年,NSF 在美国普林斯顿大学、匹兹堡大学、加州大学圣地亚哥分校、依利诺斯大学和康纳尔大学投资建立 5 个超级计算中心及国家教育科研网,并通过 56 kbit/s 的通信线路连接形成 NSFNet 的雏形。1987 年,NSF 对 NSFNet 的升级、营运和管理公开招标,结果 IBM、MCI 和由多家大学组成的非赢利性机构 Merit 获得 NSF 的合同。1989 年 7 月,NSFNet 的通信线路速度升级到 T1(1.5 Mbit/s),并且连接 13 个骨干结点。MCI 提供通信线路,IBM 提供路由设备,Merit 则负责 NSFNet 的营运和管理。1989 年 MeritNet(由 ARPANet 分离出来)实现和 NSFNet 连接后,开始采用 Internet 这个名称。由于 NSF 的鼓励和资助,很多大学、政府甚至私营的研究机构纷纷把自己的局域网并入 NSFNet 中,从 1986 年至 1991 年,NSFNet 的子网从 100 个迅速增加到 3 000 多个。NSFNet 的正式营运以及实现与其他已有和新建网络的连接使其开始真正成为 Internet 的基础。自此以后,其他部门的计算机网相继并入 Internet，ARPANet 宣告解散。

更为重要的是，1989 年日内瓦欧洲粒子物理实验室开发成功万维网（World Wide Web，WWW），为在 Internet 存储、发布和交换超文本图文信息提供了强有力的工具。WWW 技术给 Internet 带来了生机和活力，从此 Internet 进入了高速增长时期。

1986 年至 1989 年，Internet 的用户主要集中在大学和有关研究机构。这一时期，Internet 处于推广时期。

3. 商用发展网阶段

从 20 世纪 90 年代初开始，商业机构开始进入 Internet，使 Internet 开始了商业化的新进程，也成为 Internet 大发展的强大推动力。1991 年，NSFNet 建立了 Advanced Network and Service Inc 公司，推出了 Internet 商业化的股份公司。1991 年底，NSFNet 的全部主干网点同 ANS 公司（Advanced Network and Service Inc）提供的 T3 主干网 ANSNet 连通。1992 年，Internet 学会成立，该学会把 Internet 定义为"组织松散的、独立的国际合作互连网络"，"通过自主遵守计算机协议和过程支持主机对主机的通信"。1993 年，美国伊利诺斯大学国家超级计算中心成功开发了网上浏览工具 Mosaic（后来发展成为 Netscape），使得各种信息都可以方便地在网上浏览。浏览工具的实现引发了 Internet 发展和普及的高潮。1994 年 NSF 宣布停止对 NSFNet 的支持，由 MCI、Sprint 等公司运营维护，由此 Internet 进入了商业化时代。

与此同时，很多国家相继建立了本国的 Internet 主干网，并接入 Internet，成为 Internet 的组成部分。例如，中国的 CHINANet、加拿大的 CANet、欧洲部分国家的 EGBONE 和 NORDUNET、英国的 PIPEX 等，由此形成了全球性的 Internet 网络。由于 Internet 规模日益扩大，不同地域和国家之间开始建立相应的交换中心。Internet 的管理中心 InterNic 也开始把相应的 IP 地址分配权向各地区交换中心转移。这种把不同网络连接在一起的技术，使计算机网络的发展进入一个新的时期，形成了由网络实体相互连接而构成的超级计算机网络，人们把这种网络形态称为 Internet（互连网络）。

随着商业网络和大量商业公司进入 Internet，计算机网络的商业应用取得高速发展，同时也使 Internet 能为用户提供更多的服务，于是 Internet 迅速普及和发展起来。E - mail、FTP、新闻组等 Internet 应用越来越受到人们的欢迎。TCP/IP 协议在 UNIX 系统中的实现进一步推动了 Internet 的普及应用，成为一个名副其实的"全球互联网"。

20 世纪 90 年代后期，Internet 发展速度更为惊人，连入 Internet 的主机数量、上网的人数、信息流量每年都在成倍增长。目前 Internet 连接着 240 多个国家和地区，连网主机达几千万台，而且还正在迅速地增加。特别是多媒体计算机技术的应用，实现了文字、数据、图形、图像、动画、声音的再现和传输，使 Internet 把世界连成一体，形成"信息高速公路"，令人真正感到"天涯咫尺"。基于 Internet 的应用包括电子邮件、远程登录、文件传输、远程医疗、可视会议、远程教育等。Internet 商业化后，给现代通信、资料检索、客户服务等方面提供了巨大的发展潜力。各种商业机构、企业、机关团体、军事、政府部门和个人开始大量进入 Internet，并在 Internet 上大做主页广告，进行电子商务活动，一个网络上的虚拟空间（Cyberspace）开始形成。可以说，20 世纪 90 年代的计算机网络以商业网络为主，Internet 得到空前发展，Web 技术在 Internet/Intranet 中得到了广泛应用。因此，人们称其为信息高速公路网络时代。

## 1.5.2　Internet 在中国的发展

Internet 经过 20 多年的发展,取得了意想不到的成功,它已成为世界上覆盖面最广、规模最大、信息资源最丰富的计算机网络。随着全球信息高速公路的建设,我国政府也开始推进中国信息基础设施(China Information Infrastructure,CII)的建设,连接 Internet 成为最关注的热点之一。回顾我国 Internet 的发展,可以分为两个阶段。

第一阶段是与 Internet 的 E-mail 连通。1987 年 9 月 20 日,钱天白教授从中国学术网络 CANet(China Academic Network),通过意大利公用分组交换网 ITAPAC 向世界发出我国第一封 E-mail"越过长城,通向世界",与德国卡尔斯鲁厄(Karlruhe)大学进行了通信,揭开了中国人使用 Internet 的序幕,标志着我国开始进入 Internet。中国学术网是我国第一个与国外合作的网络,使用 X.25 技术,通过德国卡尔斯鲁厄大学的一个网络接口与 Internet 交换 E-mail。中国数十个教育和研究机构加入了中国学术网。1990 年 10 月,中国学术网在 InterNic 中注册登记了中国国家最高域名"cn",并且从此开通了使用中国顶级域名 cn 的国际电子邮件服务。

第二阶段是与 Internet 实现全功能的 TCP/IP 连接。1989 年 9 月,中国国家计划委员会和世界银行开始支持"国家计算设施"(National Computing Facilities of China,NCFC)的项目。该项目包括在 1 个超级计算中心和在 3 个院校间建设高速互连网络,即中国科学院网络(CASNet)、清华大学校园网(TUNet)、北京大学校园网(PUNet),称为中关村地区教育与科研示范网络。1992 年,NCFC 工程的院校网全部完成建设。1993 年 3 月 2 日,中国科学院高能物理研究所租用 AT&T 公司的国际卫星信道接入美国斯坦福大学线性加速器中心(SLAC)的 64 kbit/s 专线正式开通。专线开通后,美国政府以 Internet 上有许多科技信息和其他各种资源,不能让社会主义国家接入为由,只允许这条专线进入美国能源网而不能连接到其他地方。尽管如此,这条专线仍是我国部分连入 Internet 的第一条专线。1993 年 12 月,NCFC 主干网工程完工,采用高速光缆和路由器将三个院校网互连。1994 年 4 月 20 日,NCFC 工程通过美国 Sprint 公司连入 Internet 的 64 kbit/s 国际专线开通,实现了与 Internet 的全功能连接。从此我国被国际上正式承认为有 Internet 的国家。实现这些全功能的连接,标志着我国正式加入了 Internet。

1994 年 5 月 15 日,中国科学院高能物理研究所设立了国内第一个 Web 服务器,推出了中国第一套网页,内容除介绍我国高科技发展外,还有一个栏目叫"Tour in China"。1994 年 5 月 21 日,在钱天白教授和德国卡尔斯鲁厄大学的协助下,中国科学院计算机网络信息中心完成了中国国家顶级域名(cn)服务器的设置,改变了中国的顶级域名(cn)服务器一直放在国外的历史。

到 1996 年底,中国的 Internet 已形成了四大主流网络体系,分别归属于国家指定的四个当时的部级管理单位:中科院、教育部、原邮电部和原电子工业部①。其中,中科院科技网(CSTNet)和中国教育科研网(CERNet)主要以科研和教育为目的,从事非经营性活动;原邮电部的中国公用计算机网(CHINANet)和原电子工业部吉通公司的金桥信息网(CHINAGBNet)属于商业性网络,以经营手段接纳用户接入,提供 Internet 服务。这些网络的建成,为计算机网络的应用和普及起到了积极的推动作用。

---

① 1998 年 3 月,国家在当时邮电部和电子工业部的基础上建立信息产业部,邮电部和电子工业部从此被撤销;2008 年 3 月,国家又组建了工业和信息化部,信息产业部从此被撤销。

　　Internet 进入我国才十几年的时间,但其发展速度、网络规模、技术水平、用户数量、应用领域及其对社会经济发展、信息文化的传播和交流以及对政府管理方式等方方面面产生的影响,都足以令世人刮目相看。Internet 已经改变并还在继续改变着人们的工作、学习和生活方式,而且还在以超出人们想象的深度和广度影响着我们的社会。但是,Internet 在我国社会生活各个方面的深入应用还有待大力拓展;网络安全的整体状况还有待全面加强;网上科技、文化和各类信息资源还有待积极建设;网络文明和先进文化氛围的创造还有待多方努力。总之,当前 Internet 在中国的发展还处于初级阶段,可以说是刚刚举步。

　　目前,我国 Internet 发展环境更加宽松灵活,发展速度明显加快,整体发展势头趋于强劲。以自主知识产权为代表的核心网络技术以及关键网络设备和产品的研发生产取得了一系列突破。中国第一个下一代互联网主干网的试验网 CERNET2 建成并提供服务,标志着我国下一代互联网建设拉开了序幕。

### 1.5.3　影响计算机网络发展的主要因素

　　回顾计算机网络发展的过程,可以看出,影响计算机网络发展的因素有很多,但应用、技术、标准以及政府的作用是推进计算机网络快速发展的关键。

　　1. 用户的作用

　　网络应用需求是推动网络技术发展的源动力。也就是说,用以推进技术进步的第一要素并非一定是技术水平本身。新技术中的许多失败都是由非技术因素造成的。例如,在 20 世纪 70 年代初期,美国用大量的投资致力于发展可视电话服务,以提供音频和视频通信。但是接受这种技术服务的用户并不成熟,随后的多次尝试也相继失败。只是最近随着个人计算机的广泛应用,才开始看到这种服务的可用性。再如,蜂窝式无线电话技术。这种技术最早出现在 20 世纪 70 年代后期,最初,这种技术的服务对象是相对较少的、需要进行移动通信的高端用户。由于技术应用对象比较明确,成功地建立起了最初的用户群体。此后,又因技术本身在移动通信时的效用具有广泛的吸引力,使得该技术在很短的时间内得到了急速的发展。蜂窝式电话用户数量的爆炸式增长促使了新的无线技术的应用。可见,新技术成功与否最终由用户是否愿意接受来决定,当然这也依赖于技术本身的成本、效用和吸引力。而基于网络的应用,应用效果的好坏经常依赖于是否存在一定数量的用户。

　　2. 技术的作用

　　无需多言,技术水平本身的不断进步是构建新应用的基础。在过去的两个世纪中,各种技术都取得了巨大的进步,20 多年前许多简直不可想象的系统,现在已经变得不仅可行而且具有很高的性价比。例如,当通信传输接近其基本极限时,出现了电缆传输技术,它随即又被光纤传输技术所取代。光纤传输技术在传输速率方面核心技术的发展体现在更高的传输速率、更大的存储容量和更强的处理能力上。传输技术的发展催生出更大、更复杂的网络系统。这些发展允许实现和配置更加智能的、基于软件的算法,以此来控制和管理规模不断扩大的网络。

　　3. 政府的作用

　　一项新技术的问世,首先政府的法规必须允许它提供这样的技术服务。譬如,以电报和电话形式出现的传统通信服务就是由政府管制的。由于控制通信的重要性,部署必需的通信基础设施需要投资高昂成本,政府经常作为垄断者来选择运行通信网络。尽管总的趋势是取消管制,但网络与通信业不可能完全脱离政府的监控与调节。

## 1.6 计算机网络的标准化

计算机网络的标准化是发展计算机网络的一项关键措施,除了网络通信协议标准,还有许多其他标准,如应用系统编程接口标准、数据库接口标准、计算机操作系统接口标准以及用户接口标准等。若没有一套全球共同遵守的标准,将无法实现网络的互连。实际上,计算机网络的发展就是伴随着标准化工作而发展的。计算机网络的标准化工作在其发展中起到了非常重要的推动作用。

### 1.6.1 制订标准的重要组织

网络标准是由标准化组织、论坛及政府管理机构共同制订的。标准化组织的作用是在飞速发展的通信领域中确立行业规范。然而,为了规范通信技术的各个不同方面,出现了数以百计的标准。下面列出的标准组织在计算机网络和数据通信领域有着重要的地位。

1. 国际标准化组织

国际标准化组织(ISO)成立于 1947 年,是一个涉及范围很广的国际标准开发机构,包括很多政府或民间标准研究机构。ISO 下属多个技术委员会(Technical Committees,TC),TC 又由多个分委员会(SC)组成。每个 SC 下包括多个工作组(Working Groups,WG)。例如,ISO/TC97 主要负责与计算机有关标准的制订,ISO/TC97/SC6 主要处理电信领域的标准,ISO/TC97/SC6/WG1 则主要负责数据链路协议标准。一个 ISO 标准从最初提名到真正发布要经历 7 个步骤。ISO 最有意义的工作就是它对开放系统的研究。在开放系统中,任意两台计算机可以进行通信,而不必理会各自不同的体系结构。具有 7 层协议结构的开放系统互连参考模型 ISO/OSI – RM(ISO7498)就是由 ISO/TC97/SC16 制订的,其原理以及其中的很多协议被广泛使用。

2. 国际电子技术委员会

国际电子技术委员会(International Electrotechnical Commission,IEC)成立于 1906 年,是世界上最早的国际性电工标准化机构,负责有关电工、电子领域的国际标准化工作。另外,该组织参与了图像专家联合组(JPEG),为图像压缩制订标准。IEC 关心的主要是电子和电气工程标准。在信息技术领域,IEC 强调的是硬件,ISO 强调的是软件,但它们的职能在很多地方有重叠。1987 年由 ISO 和 IEC 两个组织联合成立了联合技术委员会 JTC,而 ISO/TC97 同时宣告解散,代之以 ISO/IEC JTC1。这个委员会负责信息技术领域文档的开发,这些文档最终可能成为 ISO 及 IEC 的标准。

3. 国际电信联盟

国际电信联盟(International Telecommunications Union,ITU)的前身是国际电报电话咨询委员会(CCITT)。CCITT 开始主要从通信的角度考虑标准的制订。很多 ISO 制订的标准,CCITT均有与之对应的标准。CCITT 的建议书 X. 200 就是开放系统互连参考模型,它与 ISO 7498 基本上是相同的。ITU 于 1865 年 5 月在巴黎成立,是一家联合国机构,共分为 3 个部门。ITU – R 负责无线电通信,ITU – D 是发展部门,而 ITU – T 负责电信。ITU – T 成立于 1993 年 3 月 1 日,主要任务是制订电话、电报和数据通信接口的技术建议。ITU – T 的实际工作是由研究组(Study

Group,SG)完成的。研究组又分成很多工作组,后者再分为专家小组(Expert Team),最后分成特别小组(Ad Hoc Group)。ITU已经制订了许多网络和电话通信方面的标准。众所周知的有V系列建议、X系列建议和Q系列建议。V系列建议针对电话通信,X系列建议针对网络接口和公用网络,而Q系列建议针对交换和信令。

4. Internet工程特别任务组

Internet工程特别任务组(Internet Engineering Task Force,IETF)是一个国际性团体,成员包括网络设计者、制造商、研究人员以及所有对Internet的正常运转和持续发展感兴趣的个人或组织。Internet体系结构研究委员会(IAB)负责开发和发布有关Internet的标准,它分为Internet研究部(IRTF)和Internet工程部(IETF),后者又分成多个工作组,分别处理Internet的应用、实施、管理、路由、安全和传输服务等不同方面的技术问题。这些工作组同时也承担着对各种规范加以改进发展,使之成为Internet标准的任务。Internet所有的技术文档都可从Internet上免费下载,而且任何人都可以用电子邮件随时发表对某个文档的意见或建议。这种方式对Internet的迅速发展影响很大。

5. 电气电子工程师协会

电气电子工程师协会(Institute of Electrical and Electronic Engineers,IEEE)于1963年由美国电气工程师学会(AIEE)和美国无线电工程师学会(IRE)合并而成,是世界上最大的专业性技术团体,由计算机和工程学专业人士组成。它创办了许多刊物,定期举行研讨会,还有一个专门负责制订标准的下属机构。IEEE的标准制订内容有:电气与电子设备、试验方法、元器件、符号以及测试方法等。IEEE在通信领域最著名的研究成果之一是802局域网标准,该标准定义了总线网络和环状网络的通信协议。

6. 美国国家标准协会

美国国家标准协会(American National Standards Institute,ANSI)是一个非政府部门的民间标准化机构,但它实际上已成为美国国家标准化中心,其成员包括制造商、用户和其他相关企业。通过它,使政府有关系统和民间系统相互配合,起到了政府和民间标准化系统之间的桥梁作用。ANSI标准广泛存在于各个领域,比如光纤分布式数据接口(FDDI)就是一个适用于局域网光纤通信的ANSI标准,而美国标准信息交换码(ASCII)则被用来规范计算机内的信息存储方式。

7. 电子工业协会

电子工业协会(EIA)的成员包括电子公司和电信设备制造商,它也是ANSI的成员。EIA的首要课题是设备间的电气连接和数据的物理传输。最广为人知的EIA标准是RS-232(或称EIA-232),该标准已成为大多数PC机与调制解调器或打印机等设备通信的规范。

8. 中国国家标准局

中国国家标准局是中国有关工程与技术标准的权威机构,所颁布的标准具有法律效力。目前,国家标准局的主要工作是采纳有关国际标准为国家标准。1983年全国计算机与信息处理标准化技术委员会成立,负责ISO/TC97所对应的标准化工作。该技术委员会下设13个分技术委员会,其中,于1984年7月组建的开放系统互连分技术委员会的主要任务与ISO/TC97/SC21相对应,所制订的第一个国家标准"开放系统互连基本参考模型"基本上等同于ISO7498标准。

## 1.6.2　标准及 RFC 文档

标准是最基本的协定,作用范围可以是一个国家,也可能是全世界的。这里所说的标准是指网络产品的制造者和服务者应遵循的一组技术规范,它允许不同厂商制造的网络设备可以实现互操作。标准提供了框架,用以指导与网络发展相关的各种商业、工业和政府组织的各种活动。

### 1. 标准

标准对通信系统而言极为重要,因为通信网络的价值很大程度上取决于它所能影响的用户群。早在 20 世纪 70 年代后期,计算机网络的发展就曾出现过危机,原因就在于当时网络体系结构和协议标准不统一,限制了计算机网络自身的发展、普及和应用。这也逐渐促使世界著名的标准化组织与大公司、大企业达成共识:网络体系结构与网络协议必须走国际标准化的道路。

所谓标准是指一组规定的规则、条件或要求,如名词术语的定义、部件的分类、材料、性能或操作规范和规程的描述等。目前,可把计算机网络标准划分为两种类型。第一种标准为事实标准,即被广泛使用而产生的标准。事实标准是无计划而客观形成的,也就是在发展交流中逐渐成为人们共同遵守的法则,只有遵循它们的产品才会有广阔的市场。譬如,很多 IBM 的产品就已成为事实标准,基于 Intel 微处理器和 Microsoft Windows 操作系统的个人计算机也是基于事实标准的例证之一。第二种标准为法定标准,是由那些得到国家或国际公认的权威标准化机构制订的正式、合法的标准。想要建立标准的人需向标准机构提交申请,等候查看。通常,如果其建议确有优点并被广泛接受,标准机构将会对它提出进一步的修改意见,并送返申请人加以改进。经过几轮反复磋商后,标准机构做出决定,或加以采纳,或是予以拒绝。一经通过,标准就成为约束厂商设计生产新产品的规范。

标准旨在为生产厂商、用户创建和维护一个开放、竞争的环境,并确保计算机网络和数据通信技术在国际和国内的互操作性、互连互通性。因此,计算机网络标准化的两大优点是:①可以确保符合标准的设备与部件能够迅速占领市场,从而降低生产成本,提高产品质量,使用户受益;②标准化允许不同厂商生产的产品能够相互通用,使用户对设备的选择有更大的自由度。

### 2. RFC 文档

Internet 标准是以称为请求评注(Request for Comment,RFC)的文档形式发布的。RFC 最初是关于解决与 Internet 相关的特定问题的书面评注(http://www.ietf.org)。但是,现在 RFC 是包括两个子系列的正式的文档。第一个子系列包括供参考信息(For Your Information,FYI)文档,它以一种不是非常专业的方式,提供总体的概述和各种 Internet 主题的介绍性信息。第二个子系列 STD 引用了那些规定 Internet 标准的 RFC。在发布一个 RFC 之前,它首先应成为 Internet 草案,在被正式作为 RFC 公布之前,Internet 团体可以阅读和评论这个已提议的 Internet 相关文档。Internet 草案被认为是临时的文档,只有 6 个月的保存期限,因此它们并不存档。为了促进传播过程以及维护开放性的精髓,RFC Internet 草案可以在 http://www.rfc-editor.org 处在线获得。可见,制订 Internet 正式标准需要经过以下四个阶段:

（1）Internet 草案(Internet Draft)　　此时还不是 RFC 文档。

（2）建议标准(Proposed Standard)　　可供正式发布的正式 RFC 文档。

（3）草案标准(Draft Standard)。

（4）Internet 标准(Internet Standard)。

除了上述几种 RFC 文档之外,还有历史的、实验的和提供信息的三种 RFC 文档。

# 本 章 小 结

本章从计算机网络与通信的基本概念、定义开始,介绍了网络通信研究的内容,给出了计算机网络构建元素;然后针对网络关键要素讨论了分组交换;最后通过回顾网络发展史总结出了应用是技术发展的源动力。这是一幅描绘计算机网络的全景视图,此后各章节将对这张全景视图进行具体诠释。

首先以标题作为引子,讨论了计算机网络与通信的概念,给出了计算机网络的定义:计算机网络是计算机和其他设备(结点)的集合,能够通过网络传输介质使用通用的网络协议相互共享资源。同时,介绍了与此定义相关的常用术语。目的是希望对这些概念有一个概括性的了解。

计算机网络与通信所涉及的内容很广泛,主要包括:①数据通信原理;②数据传输设施;③以计算机为基础的通信网络;④使通信起作用的各种必要因素,如网络通信软件;⑤特定网络(如以太网)的相关技术。

接着,介绍了以 Internet 为对象的计算机网络组成,包括局域网在内的各种不同网络类型以及关于网络拓扑的知识。计算机网络一般根据所服务的地理区域进行分类,通常分为局域网、城域网、广域网。描述网络的另一种方式是网络的拓扑结构。点到点拓扑的特点在于邻接的概念,有星状、环状、树状拓扑;广播式信道的特点是只有一条供诸结点共享的通信信道,包括总线网络、环状网络和卫星网络。

然后,针对网络的关键要素讨论了计算机网络领域的一个重要主题,即分组交换。介绍了电路交换、报文交换、分组交换、虚电路网络、数据报网络等概念。重要的是要清楚:电信网络要么应用了电路交换,要么应用了分组交换。分组交换网络要么是虚电路网络,要么是数据报网络。虚电路网络中的交换机根据分组的 VCI 转发分组,需要维护连接状态;数据报网络中的交换机根据分组的目的地址转发分组,不需要维护连接状态。

最后,对计算机网络的形成与发展状况、Internet 的发展进程作了概括性的介绍;网络的发展进步源自于技术及应用,同时,政府的作用也至关重要。同时,介绍了一些重要的标准化组织,简要讨论了制订标准的重要性及 RFC 文档。

# 思考与练习

1. 简述计算机网络的定义。
2. 网络传输介质在计算机网络中具有什么样的作用?
3. 何谓网络协议?它在计算机网络中起什么作用?
4. 简述网络通信研究的主要内容。
5. Internet 给应用程序提供哪些服务?这些服务的每一类有哪些特征?
6. 计算机网络可以从哪些方面进行分类?LAN 具有哪些主要特征?试分别举出一个局域网、城域网和广域网的例子,并说明它们的区别。
7. 什么是计算机网络拓扑结构?常用的计算机网络的拓扑结构有哪几种?各自有何特点?

局域网常采用哪几种拓扑结构？各有何特点？

8. 简述 Internet 的诞生与发展过程。

9. 简述 Internet 的组成。Internet 在我国的发展经历了哪几个阶段？目前，有哪几大互连网络？

10. 简述分组交换网的组成。解释电路交换、报文交换、分组交换的术语。

11. 用 Web 浏览器访问 IETF 的主页（http://www.ietf.org），并学习 RFC 2026 中记录的 Internet 标准的形成过程。

（1）RFC 的各种类型是什么？

（2）何谓 Internet 草案（Internet Draft）？

（3）建议标准、草案标准和标准的区别在哪里？

（4）IETF 中的哪个工作组负责将规范批准为待批准的标准？

（5）如何解决工作文件中的争议问题？

12. 以一个熟悉的 Internet 应用为例，说明对计算机网络定义和功能的理解。

# 第2章　计算机网络体系结构

计算机网络是现代通信技术与计算机技术相结合的产物,计算机技术构筑网络的高层建筑,通信技术构筑网络的低层基础。随着计算机网络系统变得异常庞大和复杂,必须采用合适的体系结构(Architecture)来构建网络以解决整个网络的系统设计问题。

本章首先概述数据通信的基本概念、数据通信系统的组成及性能指标,然后介绍层次型网络体系结构,详细地讨论 ISO/OSI-RM、TCP/IP 协议体系。最后,讨论层次型网络体系结构的查看与分析方法。这些内容对于了解和掌握计算机网络的工作原理十分重要,也是学习后续章节的基础。

## 2.1　数据通信的基本概念

自古以来,人们一直在寻求解决远距离、快速通信的方法,传递信息的能力成为衡量人类历史进步的尺度之一。在当今和未来的信息社会中,通信是人们获取、传递和交换信息的重要手段。随着大规模集成电路技术、激光技术、空间技术等新技术的不断发展以及计算机技术的广泛应用,现代通信技术日新月异。近30年来出现的数据通信、卫星通信、光纤通信是现代通信中最具代表性的新领域。在这些新领域中,数据通信尤为重要,它是现代通信系统和计算机网络的基础。

### 2.1.1　什么是数据通信

数据通信(Data Communication)是通信技术和计算机技术相结合而产生的一种通信方式,是各类计算机网络赖以建立的基础。在计算机中,数据以二进制数字 0 和 1 形式表示,并称之为二进制符号。把单个的符号 0 和 1 代码,称为二进制数字(Binary Digits)。这些二进制数字代表文字、符号、图像和声音等信息;表示成二进制(或多进制)形式的数据本质上被认为是数字的(Digital),因此数据通信意味着传输数字数据。如何在通信线路上正确地传输这些离散的二进制符号,是数据通信要解决的基本问题。数据通信依据一定的通信规则,利用数据传输技术实现计算机与计算机、计算机与终端之间的数据信息传递。

简而言之,数据通信是指通过某种类型的传输介质在两地之间传输数字数据(可由计算机处理的任何类型信息)的过程。若信源本身发出的是数字信号,无论采用何种传输方式,都称为数据通信。数据通信把计算机与通信紧密结合起来,将计算机和终端设备通过通信线路连接起来,对计算机输入和输出的数据信息进行传输和交换,以实现远程终端设备与计算机以及计算机与计算机之间的通信,实现软、硬件和信息资源的共享。根据传输介质的不同,数据通信可以分为有线数据通信与无线数据通信。数据通信将数据的传输和处理融为一体,目的是实现计算机资源与软、硬件的共享以及进行远程数据传输和处理等。

从数据通信系统的功能来看,它所研究的内容主要为以下三个方面:

(1) 传输　解决如何为消息提供传输通路,研究适合传输的电信号形式,研究传输介质和用来控制电信号的各种传输设备。

(2) 通信接口　解决怎样把源点的信号变换成适合于传输的电信号,或者把传送到接收端的电信号变换成终端设备可接收的形式。

(3) 通信处理　其内容涉及:①编辑,包括差错控制、格式化处理和编辑;②转换,包括速度转换和代码转换,速度转换是为了补偿源点与终点之间速度上的差别,代码转换则是将源点采用的代码(如 ASCII 码)转换为终点采用的代码(如 EBCDIC 码);③控制,包括网络控制、查询和路由选择等。

需要注意的是,数据通信与数字通信不是两个等价的概念。数据通信主要是指计算机传输数据信号的通信,而数据信号通常指数字化的信号,是一种二进制数字信号。数据通信既可以使用模拟通信手段,也可以借助于数字通信手段。例如,计算机中的数据在传输到对方计算机的过程中,首先采用数字信号比特流的方式,而后经过调制解调器转变为模拟信号在电话线上进行传输,在接收端又通过调制解调器转换为数字比特流传递到接收端计算机上。与此不同,数字通信指基于数字信号的通信,广义的数字信号不仅包括数字数据信号,还包括音频、视频信息经过模/数转换得到的数字信号。一般而言,所谓的数字传输线路和数字通信网,是指传送各种数字信号的线路和通信网。

另外,常用的电信(Telecommunications)一词是个通用术语,意思是可以传输和处理任何类型的数据,包括模拟数据,如语音、无线电、电视和视频以及数字数据。从这个意义上讲,数据通信是电信的一个子集。

## 2.1.2　一般概念与术语

通常,一个学科都有自己特定含义的符号、名词和术语,计算机网络与通信也不例外,也有自己的语言。

1. 消息

所谓消息(Message),是指通信过程中传输的具体原始对象,例如,电话中的语音,电视中的图像画面。雷达中目标的距离、高度和方位,遥测系统中测量的数据等。很显然,这些语音、图像、参量、数据、符号等消息在物理特征上极不相同,各种具体消息的组成亦不可能相同。

消息通常可以分成两大类:一类是离散消息,另一类是连续消息,它们的共同特点是都具有随机性,并且都可以进行度量。

2. 信息

数据通信的目的是交换信息(Information)。什么是信息? 信息一词在概念上与消息的意义相似,但它的含义却更普遍化、抽象化。信息可被理解为消息中包含的有意义的内容。通信中通常把有用的消息认为是信息,消息可以包含信息,但消息不完全等于信息。信息在本质上看是事物的不确定性的一种描述。例如,"今天中午我们去吃饭"这句话是消息,对消息的接收者来说,是经常发生的情况,可能没有什么信息。但如果是"今天中午我们吃满汉全席",这一消息平常不可能出现,或出现概率很小,则就可能包含着较多信息。可见消息的有用程度与信息的多少有关系。消息出现的概率越小,则消息中包含的信息就越大。

信息可以进行度量,消息中信息的多少可直观地用信息量来衡量。根据香农(Shannon)的理论,对于离散消息,信息量的计算公式 $I$ 可表述为

$$I = \log_2 \frac{1}{P}$$

$I$ 表明一个消息所承载的信息量,等于它所表示的事件发生的概率 $P$ 的倒数的对数。若一个消息为必然事件,即该事件发生的概率为 1,则该消息所传递的信息量为 0;不可能发生的事件的信息量为 ∞。信息总是与一定的形式相联系,这种形式可以是语音、图像、文字等。信息是人们通过通信系统要传输的内容。

### 3. 数据

数据(Data)一词是人们日常工作和生活中使用频率很高的术语,例如各种实验数据、测量数据、统计数据、计算机数据等。尽管人们经常遇见各种各样的数据,也经常处理和运用数据,但却很难给出一个严格地定义。一般可这样认为:数据是传递(携带)信息的实体,是用来描述任何物体、概念、形态且预先具有特定含义的数字、字母和符号。

数据是事物的形式,信息是数据的内容或解释。数据有模拟数据和数字数据两种形式。模拟数据是指描述连续变化量的数据,例如,声音、视频图像、温度和压力等都是连续变化的值。数字数据是指描述不连续变化量(离散值)的数据,如文本信息、整数数列等。

在数据通信中,通常认为数据是指具有数字形式的数据,即由二进制或多进制数组成的数字序列(串)。计算机数据是指所有能输入到计算机中,被计算机处理的符号。数据分为模拟数据和数字数据两大类。模拟数据是用连续的物理量来表示的,如温度、压力的变化是一个连续的值,又如声音、电视图像等都是模拟数据。数字数据是用离散的物理量来表示的,用来反映在取值上为离散文字或符号的数据形式。在传送时,一段时间内传送一个符号,所以在时间上是离散的。由于数字数据便于存储、处理和传输,因而数字数据越来越广泛地被采用。

### 4. 信号

信号(Signal)是数据的物理量编码(通常为电编码),是消息的承载者。在通信中所使用的信号,指的是电信号或光信号,即随时间变化的电压、电流或光强。信号是通信系统中传输的主体,它存在于系统的每个环节中,因此,了解信号的特性及分析方法是非常有用的。

在传输过程中,数据以电编码、电磁编码或光编码为表现形式就是信号,它是传递数据的载体。根据两种不同的数据类型,若表示成时间的函数,信号可以是连续的,也可以是离散的,相应有模拟信号和数字信号两种。模拟信号是指表示信息的信号的振幅、频率、相位等参数是连续变化的。连续变化的信号,它的取值可以是无限多个。用数学方法定义,如果 $\lim\limits_{t \to a} S(t) = S(a)$,$t$ 对于所有的 $a$ 都成立,那么信号 $S(t)$ 可被看成是连续的,如语音信号等。数字信号是指离散的一系列电脉冲,它的取值是有限的几个离散数值,其强度在某个时间周期内维持一个常量级,然后改变到另一个常量级,如计算机所用的二进制代码 1 和 0 表示的信号。图 2-1 给出了采用波形描述模拟信号和数字信号的特征。

根据在信道上传输信号的方式,信号又可分为基带信号和频带信号。基带信号是指用两种不同的电压来直接表示数字信号 1 和 0,再将该数字信号送到信道上进行传输。频带信号是指将基带信号进行调制后形成的频分复用模拟信号。基带信号经过调制后,其频谱搬移到较高的

频率处。由于每路基带信号的频谱被搬移到不同的频段,所以合成在一起后不会相互干扰,实现了在一条线路中同时传输多路信号,提高了线路利用率。

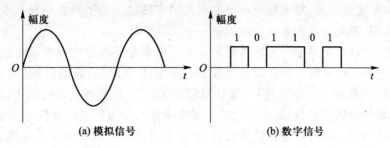

(a) 模拟信号　　　　　　　　(b) 数字信号

图 2-1　模拟信号与数字信号表示

虽然模拟信号与数字信号有明显的区别,但两者之间并不存在不可逾越的鸿沟,在一定条件下它们是可以相互转化的。模拟信号可以通过采样、量化、编码等步骤转变成数字信号,而数字信号也可以通过解码、平滑等方法恢复为模拟信号。

数据涉及事物的形式,而信息涉及的则是数据的内容和解释。信息的载体可以是数字、文字、语音、图形等,可以用数据表示。数据在信道中进行传输的形式可以用信号表示。计算机及其外围设备产生和交换的信息都是二进制代码信息,表现为一系列脉冲信号。正确掌握信息、数据和信号这三个术语的含义,才能理解网络通信系统的实质问题。

**5. 码元**

码元是时间轴上的一个信号编码单元,如图 2-2 所示,其中同步脉冲用于码元的同步定时,识别码元从何时开始。一个码元就是一个单位电脉冲,也可有多个同步脉冲相对应。同步脉冲也可位于码元的中部。一个码元所承载的信息量,由脉冲信号所能表示的数据有效离散值的个数决定。例如一个仅可取 0 和 1 两个有效值(如调频的高与低)的码元(脉冲)只能携带 1 位(bit)二进制信息,一个可取 00、01、10、11 四个有效值(如调相的四相位)的码元能携带 2 位二进制信息。一个码元可取 $N$ 个有效值时,则该码元能够携带 lg $2N$ 位二进制信息。

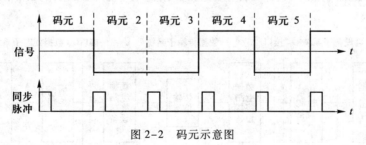

图 2-2　码元示意图

**6. 模拟通信和数字通信**

通信的任务是将表示消息的信号从发送端(信源)传递到接收端(信宿)。既然信号可分为模拟信号和数字信号,与之相对应,通信也可分为模拟通信和数字通信。模拟通信是指以模拟传输为基础的通信方法,它利用模拟信号来传递消息;而数字通信是指以数字传输为基础的通信方法,它利用数字信号来传递消息。按传送模拟信号而设计的通信系统称为模拟通信系统,按传送数字信号而设计的通信系统称为数字通信系统。

### 2.1.3　数据通信系统的组成

对于任何一个通信系统,都可以用一个抽象模型来描述。为了对数据通信及其系统有一个概括的了解和认识,首先对通信系统的组成做一个简单介绍。

通信系统是指用电、光等信号传输信息的系统。用户相互通信时要求通信设备之间由信道相连,并遵循一定的通信规程。因此通信系统的三个基本要素是:通信设备(包括传输、交换和终端设备)、信道(包括通信传输介质)和通信规程(协议)。各种通信系统都可以抽象为图 2-3 所示的模型,该模型包括信源、信道和信宿三个基本构件。信源产生的消息通过变换器转变为适合在信道中传输的信号,经过信道传输到对方,然后再通过反变换器将信号还原为消息,送给信宿(也称受信者)。

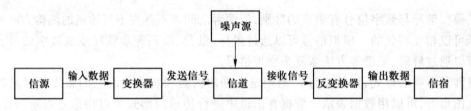

图 2-3　通信系统模型

在图 2-3 中,信源发出的消息可以包括多种形式,如语音、文字、数据和图像等。传输信道也有多种类别,包括电缆、光缆等有线信道,以及微波、短波和卫星等无线信道。一般来说,在电通信中消息通过变换器变换为电信号,而在光通信中则将消息变换为光信号。信道噪声包括源于自然界的电气干扰(如雷电和地球电磁场)、电子设备产生的热噪声和人为的干扰等。设计通信系统的目标就是在满足系统约束条件下确保信宿接收到的信息的畸变尽量少,系统的约束条件包括限定的传输能量、信号带宽和传输时延等。

数据通信系统的具体组成可以从不同的角度予以不同的描述。若从该系统设备级的构成来看,可以认为数据通信系统由终端设备子系统、数据传输子系统和数据处理子系统三个部分组成,如图 2-4 所示。

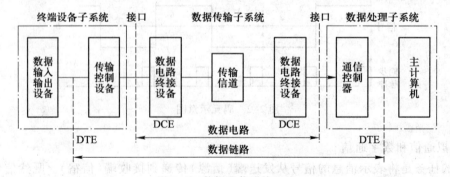

图 2-4　数据通信系统组成

1. 终端设备子系统

终端设备子系统由数据终端设备(DTE)及有关的传输控制设备组成。

数据终端设备有数据输入设备和数据输出设备之分,它在数据通信系统中的作用是将发送的信息变换为二进制数字信号输出,或者把接收的二进制数字信号转换为用户能够理解的信息形式,因而它具有编解码的功能。数据终端设备的形式很多,可以是一台计算机、打印机、传真机等,或是任何其他产生或消耗数据的设备。DTE 是数据通信的源或宿,即数据通信的起点或终点。

传输控制设备用于数据传输的控制,借助传输控制代码完成线路的控制等功能。在图 2-4 中,传输控制设备主要负责数据链路的建立和释放、同步的建立和保持、传输顺序的控制、防止数据重复和丢失,以及检测和纠正错误等。集中器就是一种典型的传输控制设备,它能将多条低速线路集中成一条较高速的线路与数据传输子系统相连。

2. 数据传输子系统

数据传输子系统由传输信道及两端的数据电路终接设备(DCE)构成。传输信道从不同的角度看有不同的分类方法,如模拟信道和数字信道,有线信道和无线信道,频分信道和时分信道。DCE 指的是任何能够通过网络发送和接收模拟或数字数据的功能单元,是 DTE 和传输线路之间的一种连接转换设备,也可以看作是 DTE 和通信子网的接口设备。

如果传输信道是模拟信道,DCE 的作用就是把 DTE 送来的数据信号变换为模拟信号再送往信道,或者反过来把信道送来的模拟信号变换成数据信号再送到 DTE,如调制解调器。如果信道是数字信道,DCE 的作用就是实现信号码型与电平的转换、信道特性的均衡、收发时钟的形成与提供,以及线路接续控制等。

3. 数据处理子系统

数据处理子系统包括通信控制器和主计算机。通信控制器主要是为了减轻主计算机的通信处理负担而设置的一个外围设备,有时也称为前置计算机。通信控制器把来自主计算机的数据经通信控制器送给相应的通信线路,或者把来自通信线路的数据经由通信控制器送往主计算机,它是主计算机与各条通信线路之间的"桥梁"。通信控制器的功能包括:线路控制、传输控制、接口控制、码型变换、差错控制、报文处理、速率变换等。主计算机主要完成数据处理和存储等功能。

当数据电路建立之后,为了进行有效的通信还必须按一定的规程对传输过程进行控制,以达到双方协调和可靠工作。因此,在图 2-4 中还可以看到,数据电路加上传输控制协议则成为数据链路。实际上,通信双方必须建立数据链路之后才能真正有效地进行数据传输。在大多数情况下,正是由于数据链路遵循严格的传输控制规则,使得所提供的数据传输质量要远高于数据电路提供的传输质量。例如,后者的平均误码率为 $10^{-4} \sim 10^{-5}$,而前者的平均误码率为 $10^{-8} \sim 10^{-10}$。

数据通信和电话通信的重要区别之一是,电话通信必须有人直接参与,而数据通信是人(通过终端)和机器(计算机)之间或机器与机器之间的通信,可以脱离人的直接干预。电话通信需要一定的通信规程进行通信,数据通信中也必须对传输过程按一定的规则进行控制,以便双方能协调可靠地工作,其中包括通信线路的连接、收发双方的同步、工作方式的选择、传输差错的检测与校正等。这些功能都需要按照双方事先约定的传输控制协议来完成。

## 2.1.4 数据通信系统的性能指标

数据通信系统的性能是备受关心的重要问题,常用若干指标来描述,下面介绍几个常用的指标。

1. 数据传输速率、带宽和宽带、吞吐量

（1）数据传输速率

数据传输速率简称为数据速率，是指单位时间内传输的数据量，数据量的单位可以是比特和字符等，时间单位可以是 s 和 min 等。数据传输速率的单位是 bit/s，可简写为 b/s。

习惯上，在表示比特率时，千、兆和吉分别用 k、M 和 G 表示，分别代表 $10^3$、$10^6$、$10^9$。在表示数据量时（单位为字节 B，Byte），千、兆和吉一般分别用 K、M 和 G 表示，分别代表 $2^{10}$、$2^{20}$、$2^{30}$。

当在模拟线路上传输数字信号时，以调制速率表示数据传输速率。调制速率表示单位时间内线路上传送的波形个数，即线路状态变化的次数［波特（Baud）率］。在二进制调制方式中，数据传输速率和调制速率的值相等。但在多元（$M$ 元）调制情况下，它们是不同的。波特率和比特率的关系为：比特率 = 波特率 $\times \log_2 M$，其中 $M$ 为调制信号波的状态数。

（2）带宽和宽带

在计算机网络中，与数据传输速率具有同样含义的另一个术语是带宽（Bandwidth）。带宽是指某个信号所具有的频带宽度。由信号的频谱分析可知，一个信号可能包含不同的频率成分，因此它的带宽也就是该信号的各种频率成分所占用频率范围。当通信线路传送模拟信号时，把通信线路允许传送的信号频率范围称为线路的带宽（通频带），单位是赫兹（或千赫兹、兆赫兹等）。当网络通信的通信线路传送数字信号时，常把带宽表示为线路传送数据的能力，即从网络中某一点到另一点所能达到的最高数据传输速率，也就是每秒钟内能通过的比特数，单位是比特每秒（bit/s）。

与带宽相关的一个术语是宽带（Broadband）。宽带即宽的带宽，在通信技术中，宽带解释为宽的频带。在计算机网络技术中，宽带则解释为高的数据传输速率。人们常说的宽带 IP 网，就是指以 IP 为核心协议的支持宽带业务的高速计算机网络。宽带业务是指包含文本、语音、图像、视频等多媒体信息的各种传输业务，如 Web 信息浏览、远程教学、远程医疗和视频点播等。

（3）吞吐量

吞吐量也是一个与数据传输速率具有同样含义的术语。它是指单位时间内通过某个网络（或信道、接口）的数据量，其单位为比特每秒（bit/s）。吞吐量常用于对某个网络的性能测试。与带宽相比，吞吐量表示信道在特定情况下实际能够达到的数据传输速率。

2. 时延

时延（Delay）是指数据（或一个报文或分组或比特）从网络（或链路）的一端传送到另一端所需要的时间。这是一个非常重要的指标。计算机网络的时延由以下几个部分组成。

（1）传输时延　指主机或路由器发送数据帧所需要的时间，也称为发送时延，其计算公式为：传输时延 = 数据帧长度/信道带宽。

（2）传播时延　指电磁波在信道中传播一定距离所花费的时间。其计算公式为：传播时延 = 信道长度/电磁波在信道中的传播速率。电磁波在自由空间中的传播速率为光速，即 $3.0 \times 10^5$ km/s。它在网络信道中的传播速率则视采用的传输介质而异，在铜线电缆中的传播速率为 $2.3 \times 10^5$ km/s，在光缆中的传播速率约为 $2.0 \times 10^5$ km/s。1 000 km 长的光纤线路产生的传播时延约为 5 ms。

（3）处理时延　指主机或网络结点（结点交换机或路由器）处理分组所花费的时间。这包括对分组报头的分析、从分组提取数据部分、进行差错检验和查找路由等。

（4）排队时延 指分组进入网络结点后，需要在输入队列等待处理，及处理完毕后在输出队列等待转发的时间。排队时延是处理时延的重要组成部分。排队时延的长短与网络的通信量相关。当网络的通信量很大时，可能产生队列溢出，致使分组丢失，则相当于处理时延无穷大。

综上所述，数据在网络中的总时延是上述 4 种时延之和，即：总时延 = 传输时延 + 传播时延 + 处理时延 + 排队时延。

3. 时延带宽积

时延带宽积指传播时延与带宽的乘积，即：时延带宽积 = 传播时延 × 带宽，单位是 bit。例如，某一链路的传播时延为 500 μs，带宽为 100 Mbit/s，则时延带宽积为 50 000 bit。这意味着，当发送的第一个比特到达终点时，发送端已发出了 50 000 bit，它们充满了整个链路。对于一条传输链路，当链路在传输过程中充满比特流时，链路才得到充分的利用。

时延带宽积又称为比特长度，即以比特为单位的链路长度。在对数据链路控制协议 ARQ 及以太网的性能进行分析时，常使用比特长度的概念。

在 TCP 中，定义报文段往返时间 RTT 和带宽的积为往返时延带宽积，在窗口比例因子的分析设计中常使用这一概念。

4. 误码率和比特误码率

误码率和比特误码率是衡量计算机网络和数据通信系统传输质量的重要指标。

误码率是衡量数据通信系统正常工作情况下传输质量的指标，定义为二进制数据位传输时出错的概率，即：误码率 $P_e$ = 传错的码元数/传输的总码元数。在计算机通信网络中，误码率一般要求低于 $10^{-8}$。

比特误码率是传输的比特被传错的概率，当传输的总比特数很大时，比特误码率 $P_b$ = 传错的比特数/传输的总比特数。

5. 利用率

频带利用率是单位频带内所能传输的信息速率，用来描述数据传输速率和带宽之间的关系，其表达式为：$\eta_B = \dfrac{R_b}{B} = \dfrac{1}{BT}\log_2 M$，其中，$B$ 是系统频带宽度，$R_b$ 是系统比特率，$T$ 是单位调制信号波的时间长度（单位为 s），$M$ 是调制信号波的状态数。在频带宽度相同的前提下，比特传输速率越高，频带利用率越高。

利用率还有信道利用率和网络利用率之说。信道利用率是指在规定的时间内信道上用于传输数据的时间比例，如果信道根本没有传输数据，那么信道利用率为零。网络利用率是指全网络的信道利用率的加权平均值。通常，力求信道利用率高一些，但并非越高越好。这是因为随着信道利用率的提高，网络通信量也随之增大，分组在网络结点上都必须排队处理，时延也会迅速增加。

除了上述这些性能指标外，还有一些衡量数据通信系统性能的指标，如费用、质量、标准化、可扩充性、可升级性和可维护性等，在进行网络性能评估时，也常需要考虑。

## 2.2 层次型网络体系结构

一个计算机网络必须为连入的所有计算机提供通用、高效益、公平、坚固、高性能的连通性。但这还不够，因为网络不是一成不变的，必须适应基本技术和应用程序需求的不断变化。设计一个满足这些需求的网络并非易事。为此,网络设计者制订了层次型的网络体系结构(Architecture)用以指导计算机网络的设计与实现。

## 2.2.1　网络体系结构的分层

为了减少网络协议设计的复杂性,网络设计者并不是设计一个单一、复杂的协议来实现所有形式的通信,而是把复杂的通信问题划分为许多个子问题,然后为每个子问题设计一个单独的协议。这样就使得每个协议的设计、分析、编码和测试都比较容易了。

1. 网络协议

计算机网络是由多个互连的结点组成的,结点之间需要不断地交换数据与控制信息。要做到有条不紊地交换数据,每个结点都必须遵守一些事先约定好的规则。协议就是一组控制数据通信的规则。网络协议是由标准化组织和相关厂商参与制订的,计算机执行的协议则是用某种程序设计语言编写的程序代码。所以,可以概括地说协议是实现某种功能的算法或程序,具体包含语义、语法和时序 3 个要素。

(1) 语法　用于规定网络中所传输的数据和控制信息的结构组成或格式,如数据报文的格式。也就是对所表达内容的数据结构形式的一种规定,亦即"怎么讲"。例如,在传输一份报文时,可采用适当的协议元素和数据,譬如按 IBM 公司提出的二进制同步通信 BSC 协议格式来表达,其中 SYN 是同步字符,SOH 是报头开始,STX 是正文开始,ETX 是正文结束,BCC 是块校验码。

| SYN | SYN | SOH | 报头 | STX | 正文 | ETX | BCC |
|-----|-----|-----|------|-----|------|-----|-----|

(2) 语义　指对构成协议的协议元素含义的解释,亦即"讲什么"。不同类型的协议元素规定了通信双方所要表达的不同内容(含义)。例如,在基本数据链路控制协议中规定,协议元素 SOH 的语义表示所传输报文的报头开始,而协议元素 ETX 的语义则表示正文结束。

(3) 时序　指对事件执行顺序的详细说明。例如在双方通信时,首先,由源站发送一份数据报文,如果目的站收到的是正确的报文,就应遵守协议规则,利用协议元素 ACK 来回答对方,以使源站知道所发报文已被正确接收。如果目的站收到的是一份错误报文,便按规则用 NAK 元素做出回答,以要求源站重传刚刚所发过的报文。

综上所述,网络协议实质上是实体之间通信时所预先制订的一整套双方相互了解和共同遵守的格式或约定。它是计算机网络不可或缺的组成部分。网络协议要靠具体网络协议软件的运行支持才能工作。因此,凡是连入计算机网络的服务器和工作站都必须运行相应的协议通信软件。例如,Internet 是一个异构计算机网络的集合,用 TCP/IP 协议把各种类型的网络互连起来才能进行数据通信,其中 IP 协议用来给各种不同的通信子网或局域网提供一个统一的互连平台,TCP 协议则用来为应用程序提供端到端的通信和控制。

2. 网络体系结构的分层模型

人类的思维能力不是无限的,如果面临的因素太多,就不可能做出精确的判断。处理复杂问题的一个有效方法就是用抽象和层次的方法去构造和分析。同样,对于计算机网络这类复杂的大系统,亦是如此。早在最初设计 ARPANet 时就提出了分层模型(Layering Model),它是一种用于开发网络协议的设计方法。为了减少计算机网络设计的复杂性,人们往往按功能将计算机网络划分为多个不同的功能层。如图 2-5 所示,就是将计算机网络抽象为五层结构的一种模型,它清楚地描述了应用进程之间如何进行通信的情况。

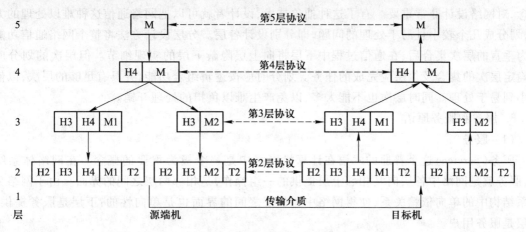

图 2-5 计算机网络的分层模型

在本质上,这个分层模型描述了把通信问题分为几个子问题(称为层次)的方法,每个子问题对应于特定的层,以便于研究和处理。譬如,在第 5 层运行的某应用进程产生了消息 M,并把它交给第 4 层进行发送。第 4 层在消息 M 前加上一个信息头(Header),信息头主要包括控制信息(如序号),以便目标主机上的第 4 层在低层不能保持消息顺序时把乱序的消息按原序装配好。在有些层中,信息头还包括长度、时间和其他控制字段。在许多网络中,第 4 层对接收的消息长度没有限制,但在第 3 层通常存在一个限制。因此,第 3 层必须将接收的消息分成较小的单元,如报文分组(Packet),并在每个报文分组前加上一个报头。在本实例中,消息 M 被分成 M1 和 M2 两部分。第 3 层确定使用哪一条输出线路,并将报文传给第 2 层。第 2 层不仅给每段消息加上报头信息,而且还要加上尾部信息,构成新的数据单元,通常称之为帧(Frame),然后将其传给第 1 层进行物理传输。在接收端,报文每向上递交一层,该层的报头就被剥掉,绝不可能出现带有 $N$ 层以下报头的报文交给接收端第 $N$ 层实体的情况。

深刻理解图 2-5 中的通信过程,关键是要弄清楚虚拟通信与物理通信之间的关系,以及协议与接口之间的区别。网络中对等层之间的通信规则就是该层使用的协议,例如,有关第 $N$ 层的通信规则的集合,就是第 $N$ 层的协议。而同一计算机的相邻功能层之间通过接口(服务访问点)进行信息传递的通信规则称为接口(Interface),在第 $N$ 层和第 $N+1$ 层之间的接口称为 $N/(N+1)$ 层接口。总的来说,协议是不同机器对等层之间的通信约定,而接口是同一机器相邻层之间的通信约定。不同的网络,分层数量、各层的名称和功能,以及协议都各不相同。然而,在所有的网络中,每一层的目的都是向它的上一层提供一定的服务。比如,第 4 层的对等进程,在概念上认为它们的通信是水平方向地应用第 4 层协议。每一方都好像有一个称为“发送到另一方去”的进程和一个称为“从另一方接收”的进程,尽管实际上这些进程是跨过第 3 层/第 4 层接口与下层通信而不是直接同另一方通信。

协议层次化不同于程序设计中模块化的概念。在程序设计中,各模块可以相互独立、任意拼装或者并行,而层次则一定有上下之分,它是根据数据流的流动而产生的。

在研究开放系统通信时,常用实体(Entity)来表示发送或接收信息的硬件或软件进程。每一层都可看成由若干个实体组成。位于不同计算机网络对等层的交互实体称为对等实体。对等实体不一定非是相同的程序,但其功能必须完全一致,且采用相同的协议。抽象出对等进程这一概念,对网络设计非常重要。有了这种抽象技术,设计者就可以把网络通信这种难以处理的大问题,划分成几个较小且易于处理的问题,即分别设计各层。分层设计方法将整个网络通信功能划分为垂直的层次集合后,在通信过程中下层将向上层隐蔽下层的实现细节。但层次的划分应首先确定层次的集合及每层应完成的任务。划分时应按逻辑组合功能,并具有足够的层次,以使每层小到易于处理。同时层次也不能太多,以免产生难以负担的处理开销。

3. 服务和服务原语

(1) 服务

服务(Service)这个普通的术语在计算机网络中是一个极为重要的概念。在网络体系结构中,服务就是网络中各层向其相邻上层提供的一组操作,是相邻两层之间的界面。由于网络分层体系结构中的单向依赖关系,使得网络中相邻层之间的界面也是单向性的:下层是服务提供者,上层是服务用户。

在网络中每一层中至少有一个实体。实体既可以是软件实体(比如一个进程),也可以是硬件实体(比如一块网卡)。$N$ 层实体实现的服务为 $N+1$ 层所利用,而 $N$ 层则要利用 $N-1$ 层所提供的服务。$N$ 层实体可能向 $N+1$ 层提供几类服务,如快速而昂贵的通信或慢速而便宜的通信。$N+1$ 层实体是通过 $N$ 层的服务访问点(Service Access Point, SAP)来使用 $N$ 层所提供的服务。$N$ 层 SAP 就是 $N+1$ 层可以访问 $N$ 层服务的接口。每一个 SAP 都有一个唯一地址。例如,可以把电话系统中的 SAP 看成标准电话插孔,而 SAP 地址是这些插孔的电话号码。要想与他人通话,必须知道他的 SAP 地址(电话号码)。在伯克利版本的 UNIX 系统中,SAP 是套接字(Socket),而 SAP 地址是 Socket 号。邻层间通过接口交换信息,$N+1$ 层实体通过 SAP 把一个接口数据单元(Interface Data Unit, IDU)传递给 $N$ 层实体,如图 2-6 所示。IDU 由服务数据单元(Service Data Unit, SDU)和一些控制信息组成。为了传送 SDU,$N$ 层实体可以将 SDU 分成几段,每一段加上一个报头后作为独立的协议数据单元(Protocol Data Unit, PDU)送出。PDU 报头被同层实体用来执行它们的同层协议,以及辨别哪些 PDU 包含数据,哪些包含控制信息,并提供序号和计数值等。

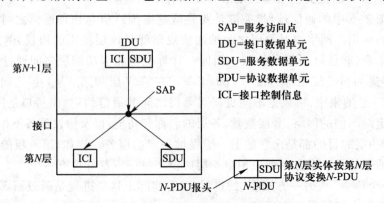

图 2-6　相邻层之间通过接口进行交互

在网络中,下层向上层提供的服务分为两大类:面向连接服务和无连接服务。面向连接服务是电话系统服务模式的抽象。每一次完整的数据传输都必须经过建立连接、数据传输(发送或接收数据)和终止连接(连接释放)三个过程。连接本质上类似于一个管道,发送者在管道的一端放入数据,接收者在另一端取出数据。其特点是接收到的数据与发送端发出的数据在内容和顺序上是一致的。无连接服务是邮政系统服务模式的抽象,其中每个报文带有完整的目的地址,每个报文在系统中独立传送。无连接服务不能保证报文到达的先后顺序,一般也不对出错报文进行恢复和重传。换句话说,无连接服务不保证报文传输的可靠性。

(2) 服务原语

服务在形式上是用一组服务原语来描述的。服务原语是指用户实体与服务提供者交互时所要交换的一些必要信息,以表明需要本地的或远端的对等实体做哪些事情。在计算机系统中,原语指一种特殊的广义指令(广义指令是指不能中断的指令)。计算机网络提出的服务原语概念,是指相邻层在建立较低一层对较高一层提供服务时两者交互所用的广义指令。服务原语描述提供的服务,并规定通过服务存取端口所必须传递的信息。一个完整的服务原语包括原语名、原语类型、原语参数三部分。

① 原语名(Primitive Name)表示服务类别,分为以下几种:

(N) Connect　　　　　　　　(网络连接)
(N) Disconnect　　　　　　　(连接拆除)
(N) Data　　　　　　　　　　(正常数据传送)
(N) Expedited-Data　　　　　(优先数据传送)
(N) Reset　　　　　　　　　　(复位)

② 原语类型。对于面向连接的服务,有四种类型的服务原语,即请求原语、指示原语、响应原语和确认原语,见表2-1。这些原语供用户和其他实体访问该服务时调用。

表 2-1　四类服务原语

| 原　　语 | 意　　义 |
| --- | --- |
| Request | 请求:用户实体请求服务做某种工作,如建立连接、发送数据、拆除连接、报告状态等 |
| Indication | 指示:用户实体被告知某事件发生,如连接指示、输入数据、拆除连接等 |
| Response | 响应:用户实体对某事件的响应,如接受连接等 |
| Confirm | 确认:用户实体收到关于它的请求的答复 |

第1类原语是"请求"(Request)原语,服务用户用它促成某项工作,如请求建立连接和发送数据。服务提供者执行这一请求后,将用"指示"(Indication)原语通知接收端的用户实体。例如,发出"连接请求"(Connect_request)原语之后,该原语地址段内所指向的接收端的对等实体会得到一个"连接指示"(Connect_indication)原语,通知它有人想要与它建立连接。接收到"连接指示"原语的实体使用"连接响应"(Connect_response)原语表示它是否愿意接受建立连接的建议。但无论接收端是否接受该请求,请求建立连接的一方都可以通过接收"连接确认"(Connect_confirm)原语而获知接收端的态度。服务用户要拒绝建立连接的请求采用"拒绝连接响应"(Disconnect_request)原语。

③ 原语参数种类较多,原语不同,参数也有差别。主要参数为目的服务访问点地址、源服务访问点地址、数据、数据单元、优先级、断开连接理由,以及与数据交换有关的其他信息。

"连接请求"原语的参数指明它要与哪台机器连接、需要的服务类别和拟在该连接上使用的最大报文长度。例如,一个用于建立网络连接的请求服务原语,其书写格式为:

Name_Connect. Request(主叫地址,被叫地址,确认,加速数据,QoS,用户数据)。

"连接指示"原语的参数包含呼叫者的标志、需要的服务类别和建议的最大报文长度。如果被呼叫的实体不同意呼叫实体建立的最大报文长度,它可能在"连接响应"原语中提出一个新的建议,呼叫方会从"连接确认"原语中获知。这一协商过程的细节属于协议的内容。例如,在两个关于最大报文长度的建议不一致的情况下,协议可能规定选择较小的值。

需要注意:服务和协议是迥然不同的两个概念。协议是"水平的",协议是控制两个对等实体进行通信的规则或约定。服务是"垂直的",即服务是由下层向上层通过层间接口提供的。尽管服务定义了该层能够代表它的用户完成的操作,但丝毫未涉及这些操作是如何实现的。服务描述两层之间的接口,下层是服务提供者,上层是服务用户。而协议是定义同层对等实体间交换帧、数据包的格式和意义的一组规则。网络各层实体利用协议来实现它们的服务。只要不改变提供给用户的服务和接口,实体可以随意地改变它们所使用的协议。在协议控制下,两个对等实体间的通信使本层能够向上一层提供服务。要实现本层协议,还需要使用下层提供的服务。本层的服务用户只能看见服务而无法看见下面的协议,下面的协议对上面的服务用户是透明的。这样,服务和协议就完全被分离开了。在 ISO/OSI-RM 之前的很多网络并没有把服务从协议中分离出来,造成网络设计的困难,现在人们已经普遍承认这样的设计是一种重大失策。

4. 网络体系结构

网络的体系结构是指计算机网络各层的功能、协议和接口的集合。上层是下层的用户,下层是上层的服务提供者。也就是说,计算机网络的体系结构就是计算机网络及其部件所应完成的功能的精确定义。需要强调地是,网络体系结构本身是抽象的,而它的实现则是具体的,是在遵循这种体系结构的前提下用何种硬件或软件完成这些功能的问题。不能将一个具体的计算机网络说成是一个抽象的网络体系结构。从面向对象的角度看,体系结构是对象的类型,具体的网络则是对象的一个实例。

世界上最早出现的分层体系结构是美国 IBM 公司于 1974 年提出的系统网络体系结构(SNA)。此后,许多公司都纷纷制订了自己的网络体系结构。这些体系结构大同小异,各有特点,但都采用了层次型的体系结构,例如 Digital 公司提出的适合本公司计算机组网的数字网络体系结构(DNA)。层次型网络体系结构的出现,加快了计算机网络的迅速发展。随着全球网络应用的不断普及,不同网络体系结构的用户之间也需要进行网络互连和信息交换。为此,国际标准化组织(ISO)在 1977 年推出了著名的开放系统互连参考模型(Open System Interconnection-Reference Model),简称 ISO/OSI-RM。ISO 试图让所有计算机网络都遵循这一标准,但是由于许多大的网络设备制造公司及软件供应商已经各自形成了相对成功的体系结构和商业产品,又由于 Internet 的迅猛发展,这个良好的愿望并没有实现。在 Internet 中得到广泛应用的 TCP/IP 协议及其相应的体系结构反而成为了事实上得到广泛接受的网络体系结构。

## 2.2.2　ISO/OSI 参考模型

在网络发展的初期,许多研究机构、计算机厂商和公司都大力发展计算机网络。从 ARPA-

Net 出现至今,已经推出了许多商品化的网络系统。这种自行发展的网络,在网络体系结构上差异很大,以至于它们之间互不相容,难以相互连接以构成更大的网络系统。为此,许多标准化机构积极开展了网络体系结构标准化方面的工作,其中最为著名的就是 ISO 提出的开放式系统互连参考模型。

1. ISO/OSI 的 7 层参考模型

ISO/OSI-RM 是一个开放体系结构,它规定将计算机网络分为 7 层,如图 2-7 所示。从最底层开始,分别是物理层(Physical Layer)、数据链路层(Data Link Layer)、网络层(Network Layer)、传输层(Transport Layer)、会话层(Session Layer)、表示层(Presentation Layer)和应用层(Application Layer)。所谓开放式互连就是可在多个厂家的环境中支持互连。

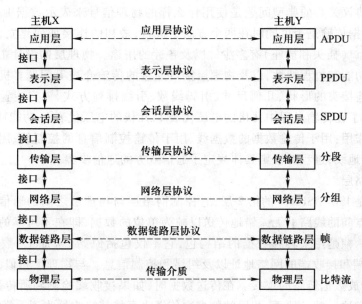

图 2-7　ISO/OSI-RM

ISO/OSI-RM 为计算机间开放式通信所需要定义的功能层次建立了全球标准。当 ISO/OSI-RM 在 20 多年前被开发出来时,被认为是非常激进的。因为,当时的计算机产业将用户锁定在专利私有产品的单一厂家体系结构中,从生产制造商的角度看,是不期望竞争的,因此,所有的功能都被尽可能紧密地结合在一起。功能模块或者层次概念似乎不符合制造商的需求。ISO/OSI-RM 的提出对这种闭关自守观念给予了沉重打击,早先的专利极端集成方式逐步消失。ISO/OSI-RM 为实现网络功能结构提供了可行的机制。

值得注意的是,ISO/OSI-RM 本身不是网络体系结构的全部内容,这是因为它并未确切地描述用于各层的协议及实现方法,而仅仅告诉人们每一层应该完成的功能。不过,ISO/OSI-RM 已经为各层制订了相应的标准,但这些标准并不是模型的一部分,而是作为独立的国际标准被发布的。在 ISO/OSI-RM 中,有服务、接口和协议三个基本概念。ISO/OSI-RM 是在其协议开发之前设计出来的。这意味着它不是基于某个特定的协议集而设计的,因而更具有通用性。但另一方面,也意味着它在协议实现方面存在某些不足。实际上,ISO/OSI-RM 协议过于复杂,这也是它从未真正流行开来的原因所在。虽然 ISO/OSI-RM 并未获得巨大成功,但是在计算机网络发展过程中仍然起到了非常重要的指导作用。作为一种参考模型,对计算机网络的标准化、规范化发展仍具有指导意义。

2. ISO/OSI-RM 各层的主要功能

ISO/OSI-RM 将通信会话需要的各种进程划分成 7 个相对独立的功能层次,每一层均有自己的一套功能集,并与紧邻的上层和下层交互作用。在顶层,应用层与用户使用的软件(如字处理程序或电子表格程序)进行交互。在 ISO/OSI-RM 的底端是携带信号的网络电缆和连接器。总的说来,在顶端与底端之间的每一层均能确保数据以一种可读、无错、排序正确的格式被发送。

(1)物理层

物理层是 ISO/OSI-RM 的最低层或第 1 层,该层产生并检测电压以便发送和接收携带数据的信号。物理层协议关心的典型问题是使用什么样的物理信号来表示数据 1 和 0;一个比特持续的时间多长;数据传输是否可同时在两个方向上进行;最初的连接如何建立,通信结束后连接如何终止;物理接口(插头和插座)有多少针以及各针的用途。物理层的设计主要涉及物理层接口的机械、电气、功能和过程特性,以及物理层接口连接的传输介质等问题。机械特性规定线缆与网络接口卡的连接头的形状、几何尺寸、引脚线数、引线排列方式、锁定装置等一系列外形特征;电气特性规定了在传输过程中几伏的电压代表 1,几伏的电压代表 0;功能特性规定了连接双方每个连接线的作用:用于传输数据的数据线、用于传输控制信息的控制线、用于协调通信的定时线、用于接地的地线;过程特性则具体规定了通信双方的通信步骤。

(2)数据链路层

数据链路层是 ISO/OSI-RM 的第 2 层,它控制网络层与物理层之间的通信。数据链路层负责在两个相邻结点间的线路上无差错地传送以帧为单位的数据,即在不可靠的物理线路上保证数据的可靠传输。帧是用来转移数据的结构包,它不仅包括原始(未加工)数据,或称"有效载荷",还包括发送端和接收端的网络地址以及纠错和控制信息。与物理层相似,数据链路层要负责建立、维持和释放数据链路的连接。在传送数据时,如果接收端检测到所传数据中有差错,就要通知发送端重发这一帧。然而,相同帧的多次传送也可能使接收端收到重复帧。比如,接收端给发送端的确认帧被破坏后,发送端也会重传上一帧,此时接收端就可能接收到重复帧。数据链路层必须解决由于帧的损坏、丢失和重复所带来的问题。数据链路层要解决的另一个问题是防止高速发送端的数据把低速接收端"淹没"。因此需要某种信息流量控制机制使发送端得知接收端当前还有多少缓存空间。为了方便控制,流量控制常常和差错处理一同实现。

(3)网络层

网络层,即 ISO/OSI-RM 的第 3 层,其主要功能是在开放系统之间的网络环境中提供网络对等层对等实体建立、维持、终止网络连接的手段,并在网络连接上交换网络层协议数据单元,通常称之为分组。网络层有一个重要功能,即网络寻址功能。一般来说,在计算机网络中进行通信的主机之间可能要经过许多结点和数据链路,也可能还要经过很多通信子网,网络层的任务就是选择合适的网间路由和交换结点,使发送端的网络协议数据单元能正确地到达自己的目的结点的网络层。网络层将数据链路层提供的帧组成数据包,包中封装有网络层包头,其中含有逻辑地址信息——源站点和目的站点地址的网络地址。

事实上,网络层的一些协议解决了异构网络的互连问题。网络层负责在源机器和目标机器之间建立它们所使用的路由。

（4）传输层

传输层有时也称为运输层，是 ISO/OSI-RM 的第 4 层。在通信子网中没有传输层，传输层只存在于端开放系统中，即主机中。传输层提供类似于数据链路层所提供的服务，确保数据在端到端之间可靠、顺序、无差错地传输。如果没有传输层，数据将不能被接收端验证或解释。传输层协议同时进行流量控制或基于接收端可接收数据的快慢程度规定适当的发送速率。在网络中，传输层发送一个应答（ACK）信号以通知发送端数据已被正确接收。如果数据有错，传输层将请求发送端重新发送数据。同样，假如数据在给定时间内未被应答，发送端的传输层也将认为发生了数据丢失而重新发送它们。

传输层向高层屏蔽了下层数据通信的细节，是真正的从源到目标"端到端"的层。因此，它是计算机网络体系结构中关键的一层。

（5）会话层

会话层也可以称为会晤层或对话层。这里会话的意思是指两个应用进程之间为交换面向进程的信息而按一定规则建立起来的一个暂时联系。会话层提供的会话服务可分为两类：一类是把两个表示实体结合在一起，或者把它们分开，这称为会话管理服务。另一类是控制两个表示实体间的数据交换过程。在半双工情况下，会话层提供一种数据权标来控制某一方何时有权发送数据。会话层还提供在数据流中插入同步点的机制，使得数据传输因网络故障而中断后，可以不必从头开始而仅重传最近一个同步点以后的数据。

（6）表示层

表示层主要解决用户信息的语法表示问题。它将欲交换的数据从适合于某一用户的抽象语法转换为适合于 OSI 系统内部使用的传送语法，即提供格式化的表示和转换数据服务。值得一提的是，表示层以下各层只关心从源端机到目标机可靠地传送比特，而表示层关心的是所传送的信息的语法。

表示层服务的一个典型例子是用一种大家一致选定的标准方法对数据进行编码。大多数用户程序之间并非交换随机的比特，而是交换诸如人名、日期、货币数量和发票之类的信息。这些信息对象用字符串、整型数、浮点数的形式，以及由几种简单类型组成的数据结构来表示。网络上的计算机可能采用不同的数据表示，所以需要在数据传输时进行数据格式的转换。例如，在不同的机器上常用不同的代码来表示字符串（ASCII 和 EBCDIC）、整型数（二进制反码或补码）以及机器字的不同字节顺序等。为了让采用不同数据表示法的计算机之间能够相互通信并交换数据，在通信过程中使用抽象的数据结构（如抽象语法表示 ASN.1）来表示传送的数据，而在机器内部仍然采用各自的标准编码。管理这些抽象数据结构，并在发送端将机器的内部编码转换为适合网络传输的传送语法以及在接收端做相反的转换等工作都由表示层来完成。另外，表示层还涉及数据压缩和解压、数据加密和解密等工作。例如，在 Internet 上查询银行账户，就需要使用一种安全连接。账户数据在发送前被加密；在网络的另一端，表示层对接收到的数据解密。

（7）应用层

应用层是 ISO/OSI-RM 的最高层，它确定进程之间通信的性质，为通信应用程序提供服务，负责用户信息的语义表示，并提供网络与应用软件（程序）之间的接口服务。它是用户使用 OSI 环境的唯一窗口。应用层是面向用户的层，它确定应用进程之间通信的性质，负责信息的语义表示。注意,术语"应用层"并不是指运行在网络上的某个特定应用程序,如 Microsoft Word,而是提供用户应用进程的接口,进行信息的语义表示。

在 ISO/OSI-RM 的 7 个层次中,应用层是最复杂的,包含大量人们普遍需要的协议。例如,PC 机用户使用仿真终端软件通过网络仿真某个远程主机的终端并使用该远程主机的资源。这个仿真终端程序使用虚拟终端协议将键盘输入的数据传送到主机的操作系统,并接收显示于屏幕的数据。由于每个应用有不同的要求,应用层的协议集在 ISO/OSI-RM 中并没有定义,但是,有些确定的应用层协议,包括虚拟终端、文件传输和电子邮件等都可作为标准化的候选。

### 2.2.3 TCP/IP 体系结构

TCP/IP 体系结构常称为 TCP/IP 协议,也可称为 TCP/IP 模型,它是一个计算机网络工业标准,在计算机网络体系结构中具有非常重要的地位。TCP/IP 正在支撑着 Internet(互联网)的正常运转。

#### 1. TCP/IP 体系结构概述

正如介绍 ISO/OSI-RM 时所述,协议分层模型包括层次结构和各层功能描述两个部分。与 ISO/OSI-RM 不同的是,TCP/IP 体系结构是从早期的分组交换网络(ARPANet)发展而来,没有正式的协议模型。然而,根据已经开发的协议标准,可以将 TCP/IP 体系结构归纳成一个相对独立的 4 层协议模型,如图 2-8 所示。由图 2-8 可以看出 TCP/IP 体系结构及其与 ISO/OSI-RM 的对应关系。

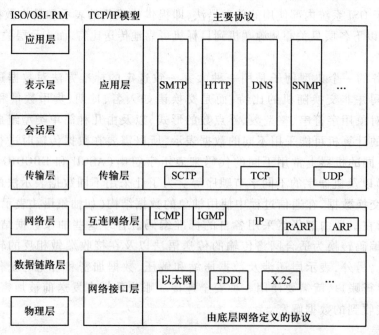

图 2-8 ISO/OSI-RM 和 TCP/IP 体系结构对比

由图 2-8 可知,TCP/IP 体系结构是由一些交互性的模块组成的分层次的协议体系结构,其中的每个模块都提供特定的功能。术语"分层次的协议"是指每一个上层协议由一个或多个下层协议支持。在网络接口层有多种由底层网络定义的协议,如以太网、FDDI、X.25 等,这些协议由硬件(如网络适配器)和软件(如网络设备驱动程序)共同实现。在互连网络层有一个核心协议(IP),这个协议支持多种网络技术互连为一个逻辑网络;这一层还有一些其他的支撑数据传输的协议。在传输层 TCP/IP 定义了 3 个协议:传输控制协议(TCP)、用户数据报协议(UDP)和流控制传输协议(SCTP);其中,TCP 和 UDP 为应用程序提供可选逻辑信道:TCP 提供可靠的字节流信道,UDP 提供不可靠的数据报传送信道;SCTP 是一个对新应用(如 IP 电话)提供支持的新协议,它综合了 UDP 和 TCP 协议的优点。在应用层定义了许多协议,可以认为它组合了 ISO/OSI-RM 的应用层和表示层,并包括 ISO/OSI-RM 会话层的部分功能。

与 ISO/OSI-RM 相比,TCP/IP 协议主要有三大优点。第一,TCP/IP 协议体系结构的层次观念并不严格,在 TCP/IP 中($N$)实体可以越过($N-1$)实体而调用($N-2$)实体,使($N-2$)实体直接提供服务。譬如应用层可以直接运行在互连网络层之上。第二,TCP/IP 协议体系的顶层和低层的协议丰富,而中间两层的协议较少。IP 作为体系结构的焦点,它定义一种在各种网络中交换分组的共同方法。在 IP 层之上可以有 TCP、UDP 传输协议,每个协议为应用程序提供一种不同的信道抽象。在 IP 层之下,这个体系结构允许很多不同的网络技术,从以太网、FDDI 到 ATM 以及单一的点到点链路都是允许的。第三,TCP/IP 使跨平台或异构网络互连成为可能。例如,一个 Windows NT 网络可以支持 UNIX 和 Macintosh 工作站互连,也可以支持 UNIX 网络或 Macintosh 组成的异构网络互连。

2. TCP/IP 体系结构各层功能描述

(1)网络接口层

这是 TCP/IP 协议体系结构的最低层,相当于 ISO/OSI-RM 的物理层及数据链路层,在这一层传送的数据称为帧。该层负责接收从 IP 层交来的 IP 数据报并将 IP 数据报通过底层物理网络发送出去,或者从底层物理网络上接收物理帧,抽出 IP 数据报,交给 IP 层。事实上,TCP/IP 协议体系并未定义这一层的协议,换言之,它可以架构在多种网络接口之上,如 Ethernet、Token Ring、FDDI 等,只需 TCP/IP 协议体系提供这些接口的地址映射即可。

(2)互连网络层

互连网络层对应于 ISO/OSI-RM 的网络层部分,负责在多个网络间通过网关/路由器传输信息。它的主要功能包括以下三个方面。第一,处理来自传输层的分组发送请求,将分组装入 IP 数据报,填充报头,选择去往目的结点的路径,然后将数据报发往适当的网络接口。第二,处理输入数据报。首先检查数据报的合法性,然后进行路由选择,假如该数据报已到达目的结点(本机),则去掉报头,将 IP 报文的数据部分交给相应的传输层协议;假如该数据报尚未到达目的结点,则转发该数据报。第三,处理 ICMP 报文,即处理网络的路由选择、流量控制和拥塞控制等问题。互连网络层主要协议包括网际协议 IP、网际控制报文协议 ICMP、地址解析协议 ARP 和反向地址解析协议 RARP。

(3)传输层

TCP/IP 协议体系中传输层的作用与 ISO/OSI-RM 中传输层的作用一样,即在源结点和目的结点的两个进程实体之间提供可靠的端到端的数据传输。为保证数据传输的可靠性,传输层协议规定接收端必须发回确认;若分组丢失,必须重新发送。另外,传输层还要解决不同应用进程的标志,以及校验等问题。传输层以上各层不再关心信息传输问题,所以传输层常被认为是计算机网络体系结构中最重要的一层。

TCP/IP 传输层提供两种基本类型的服务:第一种服务是传输控制协议 TCP,它为字节流提供面向连接的可靠传输;第二种是用户数据报协议 UDP,这是一个不可靠的、无连接的传输层协议,它可为各个数据报提供尽力而为的无连接传输服务。UDP 协议常用于那些对可靠性要求不高,但要求网络延迟较小的场合,如语音和视频数据的传送。

随着 IP 和电信网络的融合,必然需要在 IP 网上传输电话信令。现今的 IP 网大部分业务通过 TCP 或 UDP 来传输,但都无法满足在 IP 网中传输电话信令的要求。为实现 IP 网与电信网络的互通,IETF 设计并制订了流控制传输协议(SCTP)。SCTP 处于 SCTP 用户应用层与 IP 网络层之间,主要用于在 IP 网中传输 PSTN 的信令消息,同时,也可以用于其他信息在 IP 网中传输。SCTP 运用“耦联”(Association)定义交换信息的两个对等 SCTP 用户间的协议状态。SCTP 也是面向连接的,但在概念上,SCTP“耦联”比 TCP 连接更为广泛。

(4) 应用层

应用层是 TCP/IP 协议体系结构中的最高层,确定进程之间通信的性质以满足用户需要,直接为用户的应用进程提供服务。应用层包括所有的高层协议。早期的应用层有远程登录协议(Telnet)、文件传输协议(FTP)和简单邮件传输协议(SMTP)等。远程登录协议允许用户登录到远程系统并访问远程系统的资源。文件传输协议提供在两台机器之间进行有效的数据传送手段。简单邮件传输协议最初只是文件传输的一种类型,后来慢慢发展成为一种特定的应用协议。近年来出现了很多新的应用层协议:如用于将网络中的主机名字地址映射成网络地址的域名服务 DNS、用于传输网络新闻的 NNTP(Network News Transfer Protocol)和用于从万维网(WWW)上读取页面信息的超文本传输协议 HTTP 等。

TCP/IP 协议体系的应用层涵盖了 ISO/OSI-RM 的应用层、表示层、会话层功能,事实上 TCP/IP 并未定义表示层及会话层的相关协议,相关功能由应用程序自行处理。

3. TCP/IP 协议体系的特点

(1) TCP/IP 协议体系的两大边界

TCP/IP 层次型模型中有两大重要边界:一个是地址边界,它将 IP 逻辑地址与底层网络的硬件地址分开;另一个是操作系统边界,它将网络应用与协议软件分开,如图 2-9 所示。

TCP/IP 分层模型中的地址边界位于网络互连层与网络接口层之间,网络互连层及其以上各层均使用 IP 地址,网络接口层则使用各种物理网络的物理地址,即底层网络的硬件地址。TCP/IP 提供在两种地址之间进行映射的功能。划分地址边界的目的也是为了屏蔽底层物理网络的地址细节,以便使互联网软件在地址问题上显得简单而清晰,易于实现和理解。TCP/IP 的不同实现,可能会使

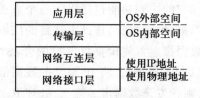

图 2-9 TCP/IP 协议体系
的两大边界

得 TCP/IP 软件在操作系统内的位置有所不同。影响操作系统边界划分的最重要因素是协议的效率问题,在操作系统内部实现的协议软件,其数据传递的效率明显要高。

(2) 无连接和面向连接服务的结合

在 TCP/IP 协议体系中,IP 层作为通信子网的最高层,提供无连接的数据报传输机制,但 IP 协议并不能保证 IP 报文传输的可靠性。在 TCP/IP 网络中,IP 协议对数据进行“尽力传递”,即

只管将报文尽力传送到目的主机,无论传输正确与否,不做验证,不发确认,也不保证报文的顺序。TCP/IP 的可靠性体现在传输层,传输层协议之一的 TCP 协议提供面向连接的服务。因为传输层是端到端的,所以 TCP/IP 的可靠性被称为端到端可靠性。端到端可靠性思想有两个优点:第一,面向连接协议的复杂性比无连接协议要高出许多,而 TCP/IP 只在 TCP 层提供面向连接的服务,比若干层同时向用户提供连接服务的协议族要显得简单。第二,TCP/IP 的效率相当高,尤其是当底层物理网络很可靠时。因为只有 TCP 层为保证可靠性传输做必要的工作,不像 ISO/OSI-RM 中需要多层来保证可靠传输。

（3）包容性和对等性

TCP/IP 协议体系是为包容各种物理网络技术而设计的,这种包容性主要体现在 TCP/IP 协议的沙漏形结构中,如图 2-10 所示。这种沙漏形结构使得 TCP/IP 协议的功能非常强大,不同网络上 IP 协议的运行不受底层网络技术（如各种局域网和广域网）的影响。TCP/IP 的重要思想之一就是通过 IP 将各种底层网络技术统一起来,达到屏蔽底层细节,提供统一平台的目的。在这个平台上可以进行各种应用软件开发。由于允许多种网络技术共存,可使 Internet 提供普遍适用的连接。

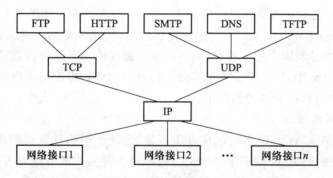

图 2-10　TCP/IP 协议的沙漏形结构视图

TCP/IP 的另一个重要思想是:任何一个能传输数据报文的通信系统,均可被看作是一个独立的物理网络,这些通信系统均受到网络互连协议的平等对待。大到广域网小到局域网,甚至两台机器之间的点到点专线以及拨号电话线路都可以认为是网络,这就是互联网的网络对等性。网络对等性为协议设计者提供了极大方便,简化了对异构网的处理。可见,TCP/IP 完全撇开了底层物理网络的特性,是一个高度抽象的概念。正是这一抽象的概念,为 TCP/IP 赋予了巨大的灵活性和通用性。

## 2.2.4　五层实用参考模型

TCP/IP 体系结构和 ISO/OSI-RM 有许多相似之处。例如,两者都包含能提供可靠的端到端传输服务的传输层,而在传输层之上是面向用户应用的传输服务。尽管两种体系结构基本类似,但是它们还是有许多不同之处。

1. ISO/OSI-RM 与 TCP/IP 体系结构的异同

在 ISO/OSI-RM 中,有 3 个基本概念:服务、接口和协议。每一层都为其上层提供服务,服务的概念描述了该层所做的工作,并不涉及服务的实现以及上层实体如何访问的问题。层间接口描述了高层实体如何访问低层实体提供的服务。接口定义了服务访问所需的参数和期望的结果。接口也不涉及某层实体的内部机制,而只有不同机器同层实体使用的对等进程才涉及层实体的实现问题。只要能够完成它必须提供的功能,对等层之间可以采用任何协议。如果愿意,对等层实体可以任意更换协议而不影响高层软件。这种思想也非常符合面向对象的程序设计思想。

TCP/IP 模型并不十分清晰地区分服务、接口和协议等概念。相比 TCP/IP 模型,ISO/OSI-RM 中的协议具有更好的隐蔽性并更容易被替换。ISO/OSI-RM 是在其协议被开发之前设计出来的,这意味着 ISO/OSI-RM 并不是基于某个特定的协议集而设计的,因而它更具有通用性。但另一方面,也意味着 ISO/OSI-RM 在协议实现方面存在某些不足。而 TCP/IP 模型恰好相反,先有协议,后有模型,模型只是对现有协议的描述,因而协议与模型非常吻合。但 TCP/IP 模型不适合其他协议栈,因此,在描述其他非 TCP/IP 网络时用处不大。

在具体表现形式上,显而易见的差异是两种模型的层数不一样:ISO/OSI-RM 有 7 层,而 TCP/IP 模型只有 4 层。二者都有网络层、传输层和应用层,但其他层是不同的。二者的另外一个区别是服务类型。ISO/OSI-RM 的网络层提供面向连接和无连接两种服务,而传输层只提供面向连接服务。TCP/IP 模型在网络层只提供无连接服务,但在传输层却提供面向连接和无连接两种服务。使用 ISO/OSI-RM 可以很好地讨论计算机网络,但是 OSI 协议并未流行。TCP/IP 模型则正好相反,其模型本身实际上并不存在,只是对现存协议的一个归纳和总结。然而,TCP/IP 协议却被广泛使用,原因是 TCP/IP 协议注重实效。另外,TCP/IP 协议与流行的 UNIX 操作系统密切结合,也是 TCP/IP 取得巨大成功的原因。

2. 五层实用参考模型

鉴于 ISO/OSI-RM 与 TCP/IP 各自的优点和不足,为便于阐明计算机网络原理,往往采取折中的办法,即综合 ISO/OSI-RM 和 TCP/IP 的优点,采用一种实用的五层参考模型,如图 2-11 所示。这个模型也是 Andrew S. Tanenbaum 最早建议的一种层次型参考模型。

显然,图 2-11 所示实用参考模型是 ISO/OSI-RM 与 TCP/IP 协议体系的混合产物,也可看作是 ISO/OSI-RM 的修正模型。考虑到 TCP/IP 协议体系的实用性,本书将使用这个模型作为网络体系框架,讨论计算机网络与通信的原理与技术,并侧重讨论 TCP/IP 协议体系。

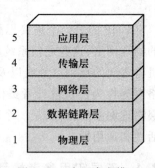

| 5 | 应用层 |
| 4 | 传输层 |
| 3 | 网络层 |
| 2 | 数据链路层 |
| 1 | 物理层 |

图 2-11　实用参考模型

3. 五层实用参考模型的数据传输过程

垂直方向的结构层次是当今普遍认可的数据处理流程,每一层都有与其相邻的层间接口。为了通信,两个系统必须在各层之间传递数据、指令、地址等信息。虽然通信流程垂直通过各层,但每一层都在逻辑上能够直接与通信对端计算机系统的相应层直接通信。为创建这种层间逻辑连接,发送端通信机器的每一层协议都要在数据报文前增加报文头。该报文头只能被其他计算机的相应层识别和使用。接收端机器的协议层删去报文头,每一层都删去该层负责的报文头,最后将数据传向应用层。如图 2-12 所示,描述了层次型五层结构模型中数据的实际传输过程。在图 2-12 中,L5 数据指第 5 层(应用层)的数据,L4 指第 4 层(传输层)的数据,依此类推,并在此后相关章节内容中均表示该含义。发送进程送给接收进程的数据,实际上是经过发送端各层从上到下传递到传输介质。整个过程从第 5 层(应用层)开始,然后一层一层向下移动。

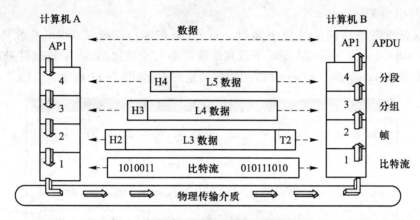

图 2-12 数据的实际传输过程

在发送端从上到下逐层传递的过程中,每层都要加上适当的控制信息,即图 2-12 中称为报头的 H4、H3、H2。在第 2 层同时还要加上一个尾部信息 T2。当格式化的数据单元经过物理层(第 1 层)时,成为由 0 和 1 组成的数据比特流,然后再转换为电信号在物理传输介质上传输至接收端。

接收端在向上传递时过程恰好相反,要逐层剥去发送端相应层加上的控制信息。信号到达目的地后,传入第 1 层并被重新转换成比特形式。然后,数据单元就由从下到上逐层传递,最后到达接收进程。因接收端的某一层不会收到底下各层的控制信息,而高层的控制信息对于它来说又只是透明的数据,所以它只阅读和去除本层的控制信息,并进行相应的协议操作。发送端和接收端的对等实体看到的信息是相同的,就好像这些信息通过虚通信直接传给了对方一样。当数据到达第 5 层时,报文又回到应用层的格式,并可以为接收者使用。

## 2.3 协议层次结构的查看与分析

在讨论了计算机网络体系结构的基本概念之后,可以通过一种协议分析工具软件捕获数据包,查看分析协议与协议动作、协议数据单元格式、协议封装及交互过程,以加深对层次型网络体系结构的理解。

网络协议分析器是用于捕获、显示、分析对等进程之间交换 PDU 的一种工具。它在定位和排除网络故障时非常有用,也可以作为教学工具使用。目前,有许多不同的网络协议分析器,比较有代表性的有:Network Associates 公司的 Sniffer、NetXray 公司的 Sniffer Pro、Shomiti Systems 公司的 Surveyor,以及 Ethereal 协议分析器等。其中,Ethereal 是一个免费的网络分析系统,也是目前比较好的开放源码的网络协议分析器,支持 Linux 和 Windows 平台。利用它完全可以查看 Web 交互过程中各协议层是如何协同工作的。

Ethereal 起初由 Gerald Combs 开发,随后由一个松散的 Ethereal 团队组织进行维护开发。它目前所提供的强大的协议分析功能完全可以媲美商业的网络分析系统,自从 1998 年发布最早的

0.2 版本至今,大量的志愿者为 Ethereal 添加新的协议解析器,如今 Ethereal 已经可以支持五百多种协议解析。

1. 安装与启动 Ethereal

网络协议分析需要在网络环境下运行。首先,要在客户端安装 Ethereal 软件(可直接从 Ethereal 网站 http://www. ethereal. com 下载其最新版本),安装之后,由于该软件基于 Winpcap,因此还需要安装 Winpcap 库。Ethereal 应用程序的主界面,如图 2-13 所示。

图 2-13　Ethereal 的主窗口及协议层信息

2. 启动捕获数据包过程

单击系统窗口上方主菜单 Capture 中的 Start 菜单项,出现一个参数设置窗口。在 Interface 选项框中选择要捕获的网络接口(网卡),单击 OK 后出现一个小窗口,动态显示程序的运行状况,即已经捕获各种协议的包的数量。此时,用户可以进行一些网络操作,如浏览网页、收发电子邮件等,以便产生所要捕获的协议类型包。

3. 协议分析

当认为捕获的包数量足够多时,单击小窗口的 Stop 按钮,程序把所有捕获的包显示到上面的窗口中。Ethereal 的显示窗口分为上、中、下三个子窗口。

顶层窗口显示了交互过程中传输的每一个数据包的摘要信息,如序号(No.)、时间(Time)、源地址(Source)、目的地址(Destination)、协议类型(Protocol)、该数据包的含义(Info)等。

中间窗口是所选数据包的详细信息。当在最上面的窗口选中一个数据包时,中间的窗口就显示了该数据包的层次结构及各层封装的报头字段值。若从上到下浏览中间窗格的各行,可以看到 TCP 建立连接时所经历的协议栈:先从 Ethernet 到网络互连层 IP 协议,然后到传输层 TCP 协议，再到应用层 HTTP 协议。点击相关的协议层，就可以看到该层协议报文头格式，并在下面窗口中看到所选定报文分组中的数据（十六进制，反色显示），以方便用户对各字段的理解。

用鼠标点击最上面窗口中的"No."、"Time"、"Source"、"Destination"、"Protocol"所在的标签，Ethernet 将所有捕获的数据包按所选顺序从大到小或从小到大排序，方便用户对数据包的统计或查找。

# 本 章 小 结

计算机网络体系结构描述了计算机网络体系的总体架构，是网络功能的结构性划分。本章系统地讨论了数据通信和网络体系结构的相关内容，这些内容是学习后续章节的基础，对于深入理解计算机网络和其他复杂的通信系统十分必要。

本章首先介绍了数据通信的基本概念，给出了衡量数据通信系统性能的主要指标。其中，讨论区分数据通信与电信两个常用术语的含义是有重要意义的。数据通信是指通过某种类型的传输介质在两地之间传输数据（可由计算机处理的任何类型信息）的过程。计算机处理过的数据表示为一系列的 0 和 1，称之为二进制符号，把单个的符号 0 和 1 称为二进制数字；表示成二进制形式的数据本质上被认为是数字的。因此数据通信意味着传输和接收数字数据。电信是个通用的术语，含义是可以传输和接收任何类型的数据，包括传统的模拟数据，如语音、无线电、电视和视频以及数字数据。

然后，详细分析和讨论了构建在分层概念上的计算机网络体系结构，包括协议分层、服务和服务原语、ISO/OSI-RM、TCP/IP 体系和实用的参考模型。计算机网络的体系结构是层次型结构，是层的功能、协议和接口的集合。所谓分层就是将网络功能划分成能够协同工作的不同层。每一层都为它的上一层提供一系列的服务；每一层所提供的服务都构建在下一层所提供的服务之上。根据这样的层次型体系结构，可以利用应用层协议来设计应用程序，而应用层协议构建在 TCP 和 UDP 协议提供的传输服务之上；传输层协议构建在 IP 提供的数据报服务之上，这些数据报服务则可以在采用不同技术组建的网络上运行。

# 思考与练习

1. 与传统的电话、电报相比较，数据通信具有哪些特点和要求？
2. 如何理解信息、数据和信号这几个概念的含义以及它们之间的关系？举例说明。简单解释模拟通信和数字通信的区别。
3. 什么是数据通信系统？试从设备级说明数据通信系统的基本组成。
4. 计算机网络体系结构为什么要采用分层结构？
5. 协议与服务有哪些区别？
6. 什么是数据单元？有几种数据单元？它们之间的关系如何？
7. 什么是服务访问点？
8. 说明四种服务原语的概念和意义。

9. 试说明层次、协议、服务和接口的关系。

10. 什么是 ISO/OSI-RM？简述 ISO/OSI-RM 中每一层的主要功能。

11. 描述 ISO/OSI-RM 中的数据传输基本过程,并解释物理层、数据链路层、网络层和传输层的数据传送单元分别是什么?

12. 简述 TCP/IP 协议的体系结构及各层的主要功能。

13. 简述五层实用参考模型的要点。

14. 名词解释:数据速率、带宽、吞吐量、网络体系结构、协议、实体、对等层、协议数据单元、服务访问点、服务原语。

# 第3章 物理层中的数据传输

物理层是实用参考模型的第一层,它虽然处于最低层,却是整个开放系统互连的物理基础。物理层的上一层是数据链路层,向下直接与传输介质相连,负责解决如何为信息提供传输通路,将信息变换为适合网络传输的电流脉冲或其他信号,或者把所传输的信号变换成终端设备可接收的形式。物理层是唯一直接提供原始比特流传输的层,它必须解决好与比特流的物理传输有关的一系列问题,包括传输介质、信道类型、数据与信号之间的转换、信号传输中的衰减和噪声以及设备之间的物理接口等。

本章首先简单介绍物理层的基本概念和功能、多媒体信息的数字化表示,然后讨论传输介质、多路复用技术、数字信号的基带传输、频带传输、差错控制方法,以及数据传输方式和同步控制等问题,最后介绍物理层接口与标准。

## 3.1 何谓物理层

物理层并非是指连接计算机的具体物理设备,也不是指负责信号传输的具体物理设备,而是指在连接开放系统的传输介质上,为数据链路层提供传输比特流的一个物理连接,即构造一个传输各种数据比特流的透明通信信道。目前,由于计算机网络可以利用的通信设备和传输介质种类繁多,而且特性各异,物理层的一个重要作用就是要屏蔽这些差异,使数据链路层不必考虑具体的通信设备和传输介质。

### 3.1.1 物理层的基本概念

ISO/OSI-RM 对物理层的定义是:在物理信道实体之间合理安排的中间系统,为比特流传输所需物理连接的建立、维持和释放提供机械性的、电气性的、功能性的和规程性的手段。对应于传输介质与数据链路层的物理层位置如图 3-1 所示。

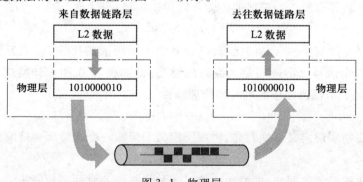

图 3-1 物理层

物理层定义了在物理传输介质上传输比特流所必需的功能,它向数据链路层提供的服务主要包括以下内容:

1. 物理连接的建立、维持和释放

当数据链路层实体有建立物理连接的请求时,物理层实体使用有关的接口协议来完成这种连接的建立。在数据信号传输过程中要维持这个连接,当传输结束后释放这个连接。

2. 传输数据

物理层要形成适合数据传输需要的实体,为数据传输服务。一是要保证数据能正确通过,二是要提供足够的带宽,以减少信道上的拥塞。传输数据的方式要能满足点到点、一点到多点、串行或并行、半双工或全双工、同步或异步传输的需要。

3. 物理层管理

对物理层内的一切活动进行管理。也就是说,在将数据发送到网络之前,本地结点必须处理原始的数据流,把从数据链路层(第二层)接收的帧转换为用 0 和 1 表示的电、光或电磁信号。

## 3.1.2　物理层解决的主要问题

物理层为设备之间的数据通信提供传输介质及互连设备,为数据传输提供可靠的环境。它由计算机和传输介质之间的实际界面组成,可定义电气信号、符号、线的状态和时钟要求、数据编码和数据传输用的连接器。如最常用的 RS-232 标准、10BaseT 的曼彻斯特编码以及 RJ-45 等都属于第一层。具体说来,物理层需要考虑解决以下问题。

1. 传输介质与接口的物理特性

物理层定义了设备与传输介质之间的接口特性,也定义了传输介质的类型。简单来讲,物理层相当于"导线"。但实际上,它不仅仅是导线,因为与数据通信相关的传输介质,包括有线和无线环境,都由物理层协议定义。当然还包括了所用连接器类型、插脚引线或引线管脚分配,以及将比特值转换为电信号的方式。例如,对于局域网,物理层在定义其他协议的同时,还定义了允许使用的电缆类型、将网络电缆连接到硬件设备的连接器类型、电缆长度限制以及终端类型等。

物理层的传输介质包括架空明线、平衡电缆、光纤、无线信道等。通信用的互连设备指的是 DTE 和 DCE 间的互连设备。DTE 即数据终端设备,又称物理设备,如计算机、终端等都包括在内;而 DCE 则是数据通信设备或电路终接设备,如调制解调器等。电路连接设备指将 DTE、DCE 连接起来的装置,如各种插头、插座。LAN 中的各种粗、细同轴电缆、双绞线、T 形接头、插头、接收器、发送器、中继器等都属于物理层的传输介质和连接器。

2. 比特的表示

物理层的数据是没有任何含义的比特流(由 0 和 1 所组成的比特流)。为了传输,比特必须编码成为电信号或光信号。物理层定义编码的类型,即如何将 0 和 1 转换成信号。例如,EIA RS-232 C 标准规定了串行通信中的电气和物理特性。

3. 数据速率

数据速率也在物理层定义。换言之,物理层定义了传输一个比特所要持续的时间。

4. 位同步

发送端与接收端必须位同步,即发送端的时钟与接收端的时钟必须同步。

5. 线路配置

物理层涉及设备与传输介质的连接。在点到点配置中,两个设备通过一条专用链路连接。在多点配置中,许多设备共享一条链路。

6. 物理拓扑

物理拓扑定义如何将物理设备连接成网络。结点的连接方式可以为网状拓扑、星状拓扑、环状拓扑和总线拓扑。

7. 传输方式

物理层还需要定义两台设备之间的传输方向:单工、半双工和全双工(或称双工)。在单工方式中,只有一个设备能发送,另一个只能接收。单工方式是单向通信。在半双工方式中,两台设备都能发送与接收,但不能在同一时刻。在全双工方式中,两个设备能在同一时刻发送与接收。

## 3.2 多媒体信息的数字化表示

计算机是信息处理的工具,它采用数字技术对信息进行处理,所有的信息在计算机内部都以二进制形式进行存储、加工和处理。在信息时代,几乎一切信息都要转换成数字,才能采用计算机通信技术进行传播和交流。用数字表示各种信息,称为信息的数字化表示。在网络通信系统中,内部信息是用二进制数表示的,而外部信息则以各种图形、字符来表示。在数据通信的终端设备中,会遇到如何把原始消息(如字符、文字、语音等)转换成代码表示的问题,通常把这个转换过程称为信源编码。与信源编码相对应的另一类编码是信道编码(Channel Coding),这是为提高数字信号传输的可靠性而采用的一种差错控制技术。

多媒体(Multimedia)信息是指多种媒体(文本、图形、图像、声音、动画、视频等)信息的集成。可将多媒体信息分为两大类:一类以单独数据块的形式出现,如文本文件、扫描的黑白文档、彩色图像等;另一类以连续信息流的形式出现,信息流在产生后需要立即发送,如音频、视频等。

一般说来,与应用程序相关的信息产生于应用层之上,应用层产生的信息块或信息流应该通过所有底层协议栈的处理。最终,物理层需将这些应用程序和底层协议栈产生的比特流发送出去。下面以面向块的信息和面向流的信息为例,将传输需求与传输系统提供的比特率联系起来,讨论对不同类型的信息需要多少比特才能表示。对于面向块的信息,主要关心需要用多少比特来表示;而对于面向流的信息,则主要考虑表示信息所需要的比特率(bit/s)。

### 3.2.1 块信息的数字化表示

最常见的块信息是指包含文本、数字、符号和图片等信息的文件。通常发送电子邮件或者检索文件时,需要处理这种类型的信息。

目前,把字符转换成二进制代码的信息编码方案主要有国际基准编码(International Reference Alphabet, IRA)、EBCDIC 码和国际 2 号码(ITA2)等。IRA 早期以 ITU 的国际 5 单位字符编码(IA5)而闻名,并称之为美国标准信息交换码(ASCII 码)。ASCII 码用于计算机内码,是数据通信中的一种常用编码标准。国际 5 号码 IA5 用 7 位二进制代码表示每个字母、数字、符号及一些常见控制符。7 位二进制代码共有 $2^7 = 128$ 种组合,可以表示 128 个不同的字符(状态)。为提高传输的可靠性,通常 7 位 IA5 码与 1 位二进制码配合,进行字符校验。为了使汉字能够在计算机中存储和处理,中国国家标准局于 1981 年 5 月颁布了"国家标准信息交换用汉字编码字符集(基本集 GB 2312 – 1980)",它采用与 ASCII 码相容的 8 位码方案,用两个 8 位码字符构成一个汉字内部码。

随着计算机技术的发展,多媒体技术得到了广泛应用。在多媒体技术中,语音与图形图像首先要进行信息化处理。对于位图图像,可分为黑白图像、灰度图像、彩色图像等类型。通常将数字化文件图像中的单独一个点阵称为像素(Pixel),像素是位图图像的基本单元。对于黑白图像,常用 1 bit 存储一个像素的信息,用 0 表示黑色,1 表示白色。例如:一幅 800 pixel × 600 pixel 的黑白图像所需存储空间为 $800 \times 600/8 = 60\,000$ B。通常,彩色照片的数据量比较大,例如,当扫描分辨率为 $400 \times 400$ pixel/in$^2$ 时($1$ in $\approx 25.4$ mm),一张 8 in × 10 in 的照片总共将产生 400 pixel × 400 pixel/in$^2$ × 8 pixel × 10 pixel = 12.8 Mpixel。而一张彩色照片可由红、绿、蓝三种颜色以适当的比例混合形成,这三种颜色成分一般均采用 8 bit 来表示,可求得总字节数为 12.8 Mpixel × 3 B/pixel = 38.4 MB。若传输速率为 28.8 kbit/s,传输这幅图像需要 3 h,显然需要使用数据压缩技术来减少传输时间。

### 3.2.2 流信息的数字化表示

通常,语音、音乐及视频信息表现为连续的信息流形式。对于音频信号,声音由空气压强的变化产生,它被转换为在连续时间范围内不断变化的电压,称之为模拟信号,一般用波形来表示。脉冲编码调制(PCM)技术是将语音信号转换为数字信号最常用的一种方法。脉冲编码调制以采样定理为基础,对连续变化的模拟信号进行周期性采样,利用大于等于有效信号最高频率或其带宽 2 倍的采样频率,通过低通滤波器从这些采样中重新构造出原始信号。模拟信号数字化的变化过程包括采样、量化和编码三个步骤。

1. 采样

采样是模拟信号数字化的第一步。采样的理论基础是采样定理:

$$f_s \geqslant 2B \text{ 或 } f = 1/T \geqslant 2f_{max} \tag{3-1}$$

采样定理如图 3-2 所示,对语音模拟信号经过采样后,形成 PAM 脉冲信号。根据奈奎斯特(Nyquist)准则,以大于或等于通信信道带宽 2 倍的速率定时对信号进行采样,其样本可以包含足以重构原模拟信号的所有信息。

2. 量化

量化是将采样样本幅度按量化级别决定取值的过程。经过量化后的样本幅度由原来的连续值转换为离散量,波形是一系列离散的脉冲信号。

3. 编码

编码是用相应位数的二进制代码表示量化后的采样样本的量化级。如果有 $K$ 个量化级,则二进制的位数为 $\log_2 K$,形成 PCM 数字信号。

发送端经过上述三个步骤的转换,就可将原始模拟信号转换为二进制数码脉冲序列,然后经过信

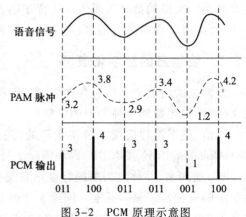

图 3-2 PCM 原理示意图

道传输到接收端。接收端再将二进制数码转换成相应幅度的量化脉冲,然后将其输入到一个低通滤波器,就可恢复成原来的模拟信号。

每秒钟对声音波形采样的次数称为采样频率,采样频率与音质的关系是:频率越高,音质越佳,但是,需要的存储空间越大。在电话系统中,假定信号带宽为 4 kHz,则信号的采样频率为 8 kHz,若用 8 bit 来表示 PCM 采样值,可得到 PCM 的比特率为 8 kHz × 8 bit = 64 kbit/s。

由于人耳敏感的频率可以达到 22 kHz,对于音乐之类的音频信号,必须以较高的采样频率才能获得高质量的效果。由带宽 $B = 22$ kHz 可推得奈奎斯特采样频率为 44 kHz。高质量的音频需要更小间隔的量化级。一般说来,每个采样点需要 16 bit 或更多。譬如,对于立体声信号,可求得其比特率为:44 kHz × 16 bit × 2 个信道 = 1.4 Mbit/s。

对于视频信息,组成视频的基本单位是帧,每一帧其实是一幅图像。按每秒显示的帧数不同可分为:PAL 制式(每秒 25 帧)和 NTSC 制式(每秒 30 帧)两种。一般的视频会议系统每帧有 176 pixel × 144 pixel,传输速率为 10~30 帧/s。若每一个像素的颜色用 24 bit 表示,即每一种颜色成分用 8 bit;可见视频文件容量很大,需要采用压缩技术(如 MPEG)进行压缩。经压缩后,视频会议系统的比特率大概为几百千比特每秒。

由此看出,不同应用产生的信息,其大小、比特率相差很大。信息块范围可从几字节到几百字节,甚至达到几十兆字节。一般说来,这类文件会有相当数量的统计冗余信息,比如在英文文件中,某些字母或单词(如 h 和 this)的使用频率非常高。因此,可以使用 Compress、ZIP 或其他的数据压缩实用程序找出冗余,对文件的原始信息进行编码,以减少传输的字节数以及存储空间。目前,数据压缩有无损压缩和有损压缩两种技术。对于无损压缩,常采用压缩软件 WinZIP、Arj、WinRar 等对文件进行压缩;对于有损压缩,采用图像的 JPEG 压缩、视频的 VCD、DVD、MPEG 压缩等方式。表 3-1 给出了不同类型信息数字化表示的大小或比特率示例。

表 3-1 不同类型信息数字化表示的大小或比特率

| 信息类型 | 数据压缩 | 格 式 | 压 缩 前 | 压缩后(压缩率) | 应 用 |
|---|---|---|---|---|---|
| 文本文件 | ZIP 等 | ASCII | 1KB~1MB | 1/6~1/2 | 磁盘存储、文件传输 |
| 黑白图像 | CCITT3 | A4 页面 | 256KB | 15~54KB(一维) | 传真传输、文档存储 |
| 彩色图像 | JPEG | 400 pixel/in | 38.4MB | 1.2~8MB | 图像存储或传输 |
| 语音 | 自适应 PCM | 4 kHz 语音 | 64 kbit/s | 8~32 kbit/s | 数字电话、语音邮件 |
| 音频 | MPEG 音频 | 16~24 kHz | 512~748 kbit/s | 32~384 kbit/s | MPEG 音频 |
| 视频 | MPEG-2 | 30 帧/s | 249 Mbit/s | 2~6 Mbit/s | 全活动广播视频 |

## 3.3 数据传输信道

信道是组成网络通信系统的重要部分之一,也是一个非常重要的概念。在数据通信系统中,对传输信道可以从两个角度理解:一是将传输介质和完成各种形式的信号变换功能的设备都包含在内,统称为广义信道。二是仅指传输介质本身,如双绞线、电缆、光纤、微波、短波等。这类信道称为狭义信道。通常,把信道看作是以信号传输介质为基础的信号通路,即采用狭义信道的概念。信道的作用就是传输信号。信道主要有频域（Frequency Domain）和时域（Time Domain）两种表示方法。信道特性直接影响网络通信的质量。

信道可以按照多种方式进行分类。譬如按照信道采用的传输介质不同，信道可分为有线信道和无线信道。若按照信道上允许传输的信号类型分类，可将信道分为模拟信道和数字信道。

模拟信道允许传输在幅度和时间上都连续变化的模拟信号。如利用电话线通过调制解调器实现与 Internet 连接时，电话线就是一个模拟信道。普通无线电广播（采用振幅调制/调频方式）的中波、短波信道也是模拟信道。

数字信道允许传输离散取值的数字信号。例如，数字电话（PCM）信道、计算机局域网、计算机 – 计算机之间的信道通常被认为是数字信道。

## 3.3.1   信道容量

信道容量（Channel Capacity）是指通信系统的最大传输速率，也就是指信道极限传输能力。实际上任何信道都不是理想的，若把能通过该信道的频率范围定义为信道带宽，显然，信道带宽总是有限的，也就是说，所能通过的信号频带是有限的。信道的数据传输速率受信道带宽的限制。香农和奈奎斯特分别从不同角度描述了这种限制关系。

对任何一个通信系统而言，人们总希望它既有高的通信速度，又有高的可靠性，可是这两项指标却是相互矛盾的。也就是说，在一定的物理条件下，提高其通信速度，就会降低它的通信可靠性。数据通信设计者总是在给定的信道环境下，千方百计地设法提高信息传输速率。那么，对于给定的信道环境，信息传输速率与误码率之间是否存在某种关系呢？或者说，在一定的误码率要求下，信息传输速率是否存在一个极限值呢？信息论中证明了这个极限值的存在，并给出了相应的计算公式。这个极限值就称为信道容量。信道容量可定义为：信道在单位时间内所能传送的最大信息量。信道容量的单位是 bit/s，即信道的最大传输速率。

信道的最大传输速率要受信道带宽的制约。对于无噪声信道，奈奎斯特准则给出了这种关系：

$$C = 2B\log_2 n \tag{3-2}$$

式中，$B$ 为低通信道带宽（Hz），即信道能通过信号的最高和最低频率之差；$n$ 为调制电平数（2 的整数倍），即一个脉冲所表示的有效状态，应用最广的是一个脉冲表示两种状态，即 $n = 2$；$C$ 为该信道的最大数据传输速率。

例如，某理想无噪声信道带宽为 4 kHz，$n = 4$，则信道的最大数据传输速率为

$$C = 2 \times 4\,000 \times \log_2 4\ \text{bit/s} = 16\,000\ \text{bit/s}$$

实际上，信道是有噪声的。现引用信息论中的信道容量公式，即香农公式作为估算有噪声信道的最高极限速率的依据

$$R_b = B\log_2(1 + S/N) \tag{3-3}$$

式中，$R_b$ 为信道容量，即极限传输速率；$B$ 为信道带宽（Hz），即信道能通过信号的最高和最低频率之差；$S$ 为信号功率；$N$ 为噪声功率；$S/N$ 为信噪比，即信号功率与噪声功率的比值，通常用分贝（dB）表示。

例如，假定信道带宽为 3 000 Hz，$S/N = 1\,000$，即信噪比为 30 dB，则极限传输速率为 30 000 bit/s。

需要指出的是,这个计算结果是理论上的极值,实际应用中的传输速率与信道容量的差距还相当大。

香农公式描述了在有限带宽并存在随机噪声分布的信道中,最大数据传输速率与信道带宽的关系。香农公式还指出,为维持同样大小的信道容量 $R_b$,可以通过调整信道的 $B$ 与 $S/N$ 来达到,即信道容量可以通过增加信道带宽的方法或减少信道带宽而同时增加信号功率的方法来保持不变。例如,如果 $S/N = 7$,$B = 4\,\text{kHz}$,则 $R_b = 12\,\text{kbit/s}$;如果 $S/N = 15$;$B = 3\,\text{kHz}$,同样可得 $R_b = 12\,\text{kbit/s}$。所以,为了达到某个实际的传输速率,在设计时可以利用香农公式的互换原理,来确定合适的传输系统的带宽与信噪比。若减小带宽,则加大发信功率,即增大信噪比;若有较大的传输带宽,则可用较小的信号功率来传送。可见宽带系统的抗干扰性较好,这就是扩展频谱技术的理论基础,而移动通信正是在此基础上发展起来的。

需要指出的是,在一定 $S$(信号功率)和确定的噪声功率谱密度 $n_0$ 条件下,无限增大 $B$,并不能使 $R_b$ 值趋于无限大,这是因为噪声的功率 $N = n_0 B$ 在 $B$ 趋于无穷大时,$N$ 也趋于无穷大。因此,信道容量 $R_b$ 为

$$\lim_{B \to \infty} R_b = \frac{S}{n_0} \log_2 e \approx 1.44 \frac{S}{n_0}$$

【例 3.1】 若一理想低通信道带宽为 $6\,\text{kHz}$,并通过 4 个电平的数字信号,则在无噪声的情况下,信道容量为

$$C = 2 \times 6 \times \log_2 4\,\text{kbit/s} = 24\,\text{kbit/s}$$

信道容量与数据传输速率的区别是,前者表示信道的最大数据传输速率,是信道传输数据能力的极限;而后者是实际的数据传输速率。这一点可类比交通公路最大限速与汽车实际运行速度的关系。

【例 3.2】 信噪比为 $30\,\text{dB}$,带宽为 $4\,000\,\text{Hz}$ 的随机噪声信道的最大数据传输速率为 $10\lg(S/N) = 30$,则 $S/N = 1000$

$$C = 4\,000\,\text{Hz} \times \log_2(1 + 1\,000) = 4\,000\,\text{Hz} \times \log_2 1\,001 \approx 40\,000\,\text{bit/s}$$

即数据传输速率不会超过 $40\,\text{kbit/s}$。

### 3.3.2 多路复用技术

在数据通信系统中,通常信道所提供的带宽往往比要传输的某种信号的带宽大得多,所以,在一条信道中只传输一种信号会浪费信道资源。多路复用技术就是为了充分利用信道容量以提高信道传输效率的。

物理层上的多路复用技术是指在数据传输系统中,允许两个或两个以上的连接或信息流共享一个公共传输介质,把多个信号组合起来在一条物理信道上进行传输。多路复用技术的实现方法包括信号复合、传输和分离三个方面。信道多路复用的原理框图如图 3-3 所示。在发送端,待发送信号 $S_k(t)$($k = 1, 2, \cdots, n$)进行复用,并送往信道传输,在接收端经分离后变为输出信号 $S'_k(t)$。理想情况下,$S_k(t)$ 与 $S'_k(t)$ 应该是完全相同的,实际中可能存在一定误差。

信道多路复用的理论依据是信号分割原理。实现信号分割的依据是信号之间的差别,这种差别可以表现在信号频率参量上,也可以表现在时间参量以及波长结构等方面。因此,物理层的多路复用技术可以分为频分多路复用、时分多路复用和波分多路复用等多种类型。

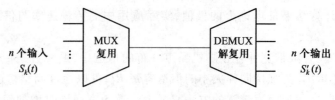

图 3-3  物理层信道多路复用原理

### 1. 频分多路复用

频分多路复用(FDM,简称为频分复用)的基本工作原理如图 3-4 所示,基于频带传输方式将信道的带宽划分为多个子信道,每个子信道为一个频段,然后分配给多个用户。相当于将线路的可用带宽划分成若干个较小带宽,当有多路信号输入时,发送端分别将各路信号调制到各自所分配的频段范围内的载波上,接收端将载波解调后恢复成原来的信号。为了防止频分复用中两个相邻信号频率交叉重叠形成干扰,在两个相邻信号的频段之间通常设置一个保护带。当然,这会损失一些带宽资源。

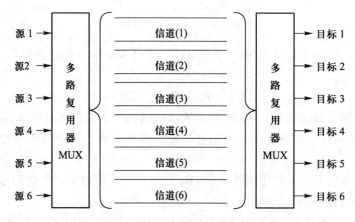

图 3-4  频分多路复用的工作原理

假设,某一个信道的带宽为 $B$,信道保护带宽为 $\Delta B$,则信道实际占有的带宽 $B_s = B + \Delta B$。由 $N$ 个信道组成的频分多路复用系统所占用的总带宽为 $B = N \times B_s = N \times (B + \Delta B)$。

频分多路复用以信道的频带作为分割对象,采用为多个信道分配互不重叠频带的方法实现多路复用。因此,频分多路复用技术适于模拟数据信号的传输。

在 20 世纪 30 年代,人们就将 FDM 引入了电话网。基本的模拟复用器可将 12 路语音信道合成为 1 路。每个语音信号带宽为 3.4 kHz,但实际分配了 4 kHz 带宽,这样可在信道上提供防卫频带。复用器对每个语音信号进行调制,使它们占用 60 ~ 108 kHz 间的一个 4 kHz 频率时隙。合成信号称为基群。FDM 示例如无线电广播和有线电视,每个站点都被分配一个频带。AM、FM 电台和电视台分别被分配 10 kHz、200 kHz 和 6 MHz 的频带;FDM 也用于移动电话网中。

### 2. 时分多路复用

时分多路复用(TDM,简称为时分复用)是以信道传输时间为分割对象,通过为多个信道分配互不重叠的时隙的方法来实现多路复用,因此,TDM 更适于数字信号的传输。

TDM 将信道中用于传输的时间划分为若干个时隙,每个用户分得一个时隙,用户在其占有的时隙内,用户使用通信信道的全部带宽。时分多路复用的工作原理如图 3-5 所示。

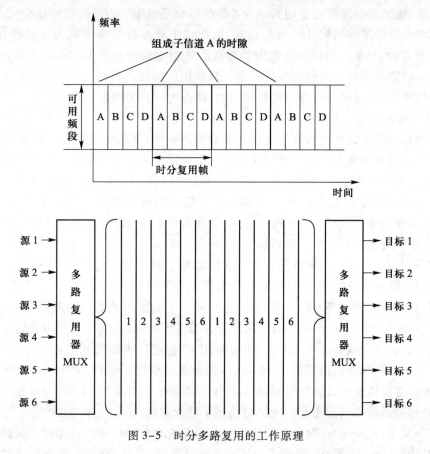

图 3-5 时分多路复用的工作原理

TDM 是在 20 世纪 60 年代早期引入电话网的,它存在两种不同的制式,即北美的 24 路 T1 载波与欧洲的 32 路 PCM 的 E1 载波。

T1 载波系统是将 24 路音频信道复用在一条通信线路上,以 8 000 次/s 的速率对语音波形进行采样,再用 8 bit 表示每个采样,得到数字语音信号。每帧包含 24 路音频信号(共 192 位)和附加的 1 位帧起始标志。因为发送 1 帧需要 125 ms,T1 载波的数据传输速率为 $(1 + 24 \times 8)$ bit/帧 $\times 8\ 000$ 帧/s = 1.544 Mbit/s。

E1 标准是 ITU 标准,其中 30 路传送语音信息,2 路传送控制信息。每个信道包括 8 位二进制数,这样在一次采样周期 125 ms 中要传送的数据共 256 位,E1 速率为 2.048 Mbit/s。对 E1 进一步复用还可以构成 E2、E3 和 E4 等级的传输结构和速率。

TDM 又分为同步时分多路复用(STDM)和异步时分多路复用(ATDM)两类技术。

(1)同步时分多路复用(STDM) STDM 是指时分方案中的时隙是预先分配好的,时隙与数据源一一对应,某一个数据源不管有无数据要发送,对应的时隙都是属于它的。在接收端,根据时隙的序号来分辨是哪一路数据,以确定各时隙上的数据应当送往哪一台主机。由于 STDM 技术中的时隙是预先分配且固定不变的,无论时隙拥有者是否传输数据都占有一定的时隙,会形成空闲时隙。为了克服这一缺点,又提出了异步时分多路复用技术。

（2）异步时分多路复用（ATDM） ATDM 也称为统计时分多路复用，它是指各时隙与数据源无对应关系，系统可以按照需要动态地为各路信号分配时隙。为使数据传输顺利进行，所传送的数据中需要携带供接收端辨认的地址信息，因此也把异步时分复用称为标记时分复用技术。采用 ATDM 技术时，当某一路用户有数据要发送时才把时隙分配给它，当用户暂停发送数据时则不分配给它时隙。这样空闲的时隙就可用于其他用户的数据传输，所以每个用户的传输速率可以高于平均速率，最高可达线路总的传输能力，即占用所有的时隙。

### 3. 波分多路复用

通常把波长分隔多路复用的方法简称为波分多路复用（WDM，简称为波分复用），它是一种光信号的频分多路复用技术。波分复用主要用于全光纤组成的计算机网络。为了能在同一时刻进行多路传输，需将光纤信道划分为多个波段（类似于 FDM 中的频段），每一路信号占用一个波段。不同的是，WDM 是在光学系统中，利用衍射光栅来实现多路不同频率光波的合成与分解。WDM 系统一般使用单模光纤的 $1.55\,\mu\text{m}$ 波段，宽度有 $0.2\,\mu\text{m}$，带宽可达 25 THz。如果波长间隔为 $1.6\,\text{nm}$，一根光纤上可以传输 100 多路光波。

通过波分复用能够增加单根光纤所能传送的能量。最初，在一根光纤上只能实现两路光载波信号的复用。随着光纤通信技术的发展，可以实现在一根光纤上复用更多路光载波信号，即密集波分复用（Dense WDM，DWDM）。DWDM 是指同一个波段中通道间隔较小的波分复用技术，ITU－T 建议的光波间隔是 $0.8\,\text{nm}$。目前采用干涉滤波器技术，将满足 ITU 波长的光信号分开或将不同波长的光信号合成到一根光纤上，可以复用 80 路或更多路的光载波信号。例如，第四代掺铒光放大器的单模光纤信道能够以 10 Gbit/s 的速率传输数据信息，对于处在全容量的 128 个信道的 DWDM 交换机来说，每对光纤能够传输 1.28 Tbit/s 的带宽，可支持 1 600 万个并发的电话呼叫。目前，这种系统在高速主干网中已经得到了广泛应用。

稀疏波分复用（Coarse WDM，CWDM）是一种低成本的 WDM，光波分布得更稀疏，ITU－T 建议的光波间隔是 20 nm。CWDM 降低了对波长的窗口要求，以比 DWDM 系统宽得多的波长范围（$1.26 \sim 1.62\,\mu\text{m}$）进行波分复用，从而降低了对激光器、复用器和解复用器的要求，使系统成本下降。CWDM 可用于 MAN，在 20 km 以下有较高的性价比。

WDM 的主要特点是扩展了现有光纤网络的容量，而不需要铺设更多的光缆。在现有光缆的两端分别安装波分多路复用器就可以实现对原有光纤系统的升级。现有的光纤传输系统能够以几十个吉比特每秒的速度传输单个光信号，相关联的激光二极管和电子器件的最大极限速度也是几十个吉比特每秒。

1966 年，Charles Kao 发表了用光纤进行通信的可行性报告。1977 年，速度为 DS3 的 45 Mbit/s 光纤传输系统在伊利诺斯州的芝加哥实验成功。到了 1988 年，40 Gbit/s 的光纤传输系统已经进入了实际应用阶段。同年，美国国家标准协会（ANSI）通过了最早的两个 SONET（Synchronous Optical Network）标准，即 ANSI T1.105 与 ANSI T1.106。SONET 标准 ANSI T1.105 为使用光纤传输系统定义了线路速率标准的等级结构，它以 51.840 Mbit/s 为基础，大致对应于 T3、E3 的速率，称为第一级光载波 OC－1（Optical Carrier－1），并定义了 8 个 OC 级速率。ANSI T1.106 定义了光接口标准，以便于实现光接口的标准化。

### 4. 码分复用

当不同主机共享一个传输介质通信时，需要有一个协议来保证多个发送端发送的信号不在接收端互相干扰。为此,产生了多种共享介质访问协议,如时分多址(Time Division Multiple Access,TDMA)、频分多址(Frequency Division Multiple Access,FDMA)等。目前,在通用移动电信系统(UMTS)的主要技术中,经常用到的术语是码分多址(Code Division Multiple Access,CDMA)。CDMA 是按照码型结构的差别来分割信号的一种技术,是在 IS-95 和 IS-2000 中定义的一种扩频多址数字式通信技术。它通过独特的代码序列建立信道,以区别同一信道上不同用户的特征。CDMA 作为一种共享介质访问协议,在无线局域网中应用很广泛。

CDMA 是建立在波分复用基础上的,它既利用了每一个波长不同的信道,又可使不同用户同时使用一个信道,每个用户都采用不同的标记序列(Signature Sequence),以区别同一信道上不同用户的特征。也可以说,CDMA 是一种直接序列扩频通信(Direct Sequence Spread Spectrum)技术,即将需传送的具有一定信号带宽的信息数据,用一个带宽远大于信号带宽的高速伪随机码进行调制,使原数据信号的带宽被扩展,再经载波调制并发送出去。接收端使用完全相同的伪随机码作相关处理,把频带信号还原成原信息数据的窄带信号即解扩,以实现通信。譬如,以窄带CDMA(IS-95)为例,一个 CDMA 的呼叫以标准的 9 600 bit/s 开始,然后将它扩展到 1.23 Mbit/s,并与其他用户的信号合成在一起,在同一个小区内传送。接收时正好相反,将数字代码从传播信号中分离,即与其他的用户区分开,还原成 9 600 bit/s 的数字信号。

CDMA 系统基于码型分割信道,每个用户分配唯一的地址码,共享频率和时间资源。CDMA 主要是通过分配不同的标记序列给不同的用户,用该标记序列对携带信息的信号进行调制或扩频。在接收端,通过求接收信号与用户标记序列的互相关,来分离出各用户的信号。由此可知,由于各用户使用经过特殊挑选的不同标记序列,因此各用户之间不会造成干扰。采用 CDMA 可提高通信的语音质量和数据传输的可靠性,减少干扰对通信的影响,增大通信系统的容量。

(1) 扩频码

扩频码(Spreading Code)也称为标记码(Signature Code),所以按标记来划分信道称为码分多址,其信道也称为码道。在许多文献中,扩频码也称为地址码(Address Code)或码片序列(Chip Sequence)或标记序列,一般由伪随机噪声(也称为伪码)或正交码构成。标记序列可以是余弦波或离散脉冲波等,其性能取决于相关性。目前常用的扩频码的波形是矩形脉冲。

CDMA 的工作原理是,任何一个发送站点都把自己要发送的 0 和 1 代码串中的每一位,变换成一个唯一的 $m$ bit 扩频码(或称扩频序列)。通常 $m$ 取 64 或 128,也就是将原来的信号速率或带宽提高了 64 或 128 倍。然后,把这些扩频码表示成由 +1 和 -1 组成的序列。为简单起见,现假定 $m$ 取 8 位。一个站点如果要发送 1,则发送它自己的 $m$ bit 序列。如果要发送 0,则发送该码片序列的二进制反码。例如,指派给 S 站的 8 bit 序列是 00011011。当 S 发送 1 时,它就发送其扩频码本身 00011011,而当站 S 发送 0 时,就发送其扩频码的反码 11100100(或者是 +1 和 -1;0时不发送)。为方便起见,按惯例将扩频码中的 0 写为 -1,将 1 写为 +1,因此,S 站的扩频码为:$(-1, -1, -1, +1, +1, -1, +1, +1)$。

CDMA 系统的一个重要特点是给每一个站分配的扩频码不仅必须各不相同,还必须互相正交。正交性的含义是:设 $S$ 和 $T$ 是两个不同的时隙序列,其内对称积必须为 0。所谓内对称积就是对双极型时隙序列中的 $m$ 位的各对称位相乘之和,再除以 $m$。为方便起见,在此用符号"×"表示内对称积运算。不同时隙序列内对称积结果必然为 0,可用下式表示

$$S \times T = \frac{1}{m} \sum_{i=0}^{m} S_i T_i = 0 \tag{3-4}$$

同时,任一时隙序列本身的内对称积,即各位自乘之和再除以 $m$ 其结果必为 1,如下式所示

$$S \times S = \frac{1}{m} \sum_{i=1}^{m} S_i S_i = \frac{1}{m} \sum_{i=1}^{m} (\pm 1)^2 = 1 \tag{3-5}$$

可见,正交性就是指任意两个时隙序列中对称的 0 和 1 相同的和不同的对数都必须是相同的。也就是说,每个扩频码与本身内对称积得 +1,与反码内对称积得到 −1;一个扩频码与不同的扩频码内对称积得 0。例如,如果 $C1 = (-1, -1, -1, -1)$,$C2 = (+1, -1, +1, -1)$,那么

$C1 \times C1 = (-1, -1, -1, -1) \times (-1, -1, -1, -1) = +1$

$C1 \times -C1 = (-1, -1, -1, -1) \times (+1, +1, +1, +1) = -1$

$C1 \times C2 = (-1, -1, -1, -1) \times (+1, -1, +1, -1) = 0$

$C1 \times -C2 = (-1, -1, -1, -1) \times (-1, +1, -1, +1) = 0$

这种特性表明任意两个扩频码序列相互正交。这些序列称为 Walsh 码,可以从一个二进制 Walsh 矩阵导出。

当多个终端发送多个信号时,信号会在空中叠加。例如扩频码是 $(-1, -1, -1, -1)$ 和 $(+1, -1, +1, -1)$,叠加后变成 $(0, -2, 0, -2)$。接收端如果希望接收某个站点的信息,则只需要计算该站点对应的扩频码和空中信号的内对称积即可。例如 $(-1, -1, -1, -1) \times (0, -2, 0, -2) = +1$。如果发送的数字是 −1,则空中的信号将是 $(+2, 0, +2, 0)$,而内对称积将是 $(-1, -1, -1, -1) \times (+2, 0, +2, 0) = -1$。

CDMA 只能部分过滤干扰信号。如果任一或者全部噪声信号强于有用信号,则有用信号将被淹没。这样在 CDMA 系统中就要求每个终端有一个近似合适的信号功率。在 CDMA 蜂窝网络中,基站使用一个快速闭环功率控制方案来紧密控制每一个移动终端的发送功率,根据上面的计算能够推断出功率控制需求。

(2) CDMA 的信道划分

在 CDMA 系统中,数据流的复用采用双重扩频,其目的是分别解决用户和基站的识别。前向链路和反向链路采用不同的调制和扩频技术。前向链路采用正交 Walsh 序列进行码分信道的划分。Walsh 序列长 64 码片,有 64 个码型,分别记作 $W_0$,$W_1$,$\cdots$,$W_{63}$,提供 64 个码分信道。因此,理论上可以同时容纳 64 个用户通信。但由于多径传输,实际可用码道要少得多。反向链路的码道是用长码(PN)的不同码片段扩频构成的。最多可设置的接入信道和反向业务信道分别为 32 个和 64 个。

按照现在的分析,CDMA 比 TDMA 频谱利用率高。

(3) CDMA 与 TDM、FDM 的区别

CDMA 与 TDM、FDM 的区别就好像在一个会议上,TDM 是任何时间只有一个人讲话,其他人轮流发言;FDM 则是把与会人员分组,每组同时进行讨论;CDMA 则像多个人同时各自使用自己能懂的民族语言讲话,别人并不理解某个人在讲什么,仅视为噪声而已。

这里对 CDMA 的讨论是简要的,在实际中还必须解决许多困难。比如,为了使 CDMA 接收端能够提取特定的发送端的信号,必须仔细选择 CDMA 编码。另外,上述讨论是基于接收端接收到的来自不同发送端的信号强度相同这样一个假设,这在实际中可能很难实现。

目前,由于对移动通信技术的需求不断提高,CDMA 技术已经发展至 CDMA 2000 以适应各种挑战。CDMA 2000 是基于 IS-95 的第三代产品,与其他第三代移动通信技术(3G)不同的是,它由现有 CDMA 无线标准改进而来。CDMA 2000 支持由 ITU 为 IMT-2000 定义的 3G 服务。

### 3.3.3 有线传输介质

传输介质也称为传输媒体或传输媒介,指网络中连接收发两端的物理通路,也是通信中实际传送信息的载体。计算机网络中常用的传输介质可分为有线和无线两大类。双绞线、同轴电缆、光纤是常用的三种有线传输介质;无线电波、微波和卫星通信信道是常用的无线传输介质。不同的传输介质具有不同的传输特性,而传输介质的特性又影响数据的传输质量。数据传输速率越高且传输距离越长的传输介质为首选。了解各种传输介质的特性,有利于在实际应用中正确选择使用。

1. 双绞线

无论是在模拟通信还是数字通信中,也不论是广域网还是局域网,双绞线是最常用的传输介质。双绞线一般由 2 根、4 根或 8 根 22~26 号绝缘铜导线相互缠绕而成,如图 3-6 所示。线对在每厘米长度上相互缠绕的次数决定了其抗干扰的能力和通信质量。一对线可以作为一条通信线路,每个线对螺旋扭合的目的是为了使一根导线在传输中辐射的电磁波被另一根导线上发出的电磁波抵消,从而使各线对之间的电磁干扰达到最小。线对的扭合程度越高,抗干扰能力越强。

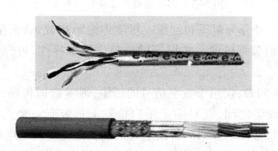

图 3-6 双绞线的结构示意图

局域网中所使用的双绞线分为两类:屏蔽双绞线(STP)与非屏蔽双绞线(UTP)。

非屏蔽双绞线就是普通的电话线,由外部保护层与多对双绞线组成。非屏蔽双绞线分为 3 类、4 类、5 类和增强型 5 类、6 类等形式,通常简称为 3 类线、5 类线等。在典型的以太网中,3 类线的最大带宽为 16 MHz,适用于语音及 10 Mbit/s 以下的数据传输;5 类线的最大带宽为 100 MHz,适用于语音及 100 Mbit/s 以上的高速数据传输,并支持 155 Mbit/s 的 ATM 数据传输。随着千兆以太网的出现,高性能双绞线标准不断推出,如增强型 5 类线、6 类线,以及使用金属箔的 7 类屏蔽双绞线等,7 类屏蔽双绞线的带宽已经达到 600~1 200 MHz。

非屏蔽双绞线 UTP 在现有传输介质中价格最为低廉,应用广泛。由于无屏蔽外套,因而直径小,重量轻,易弯曲,节省所占用的空间,易于安装。同时,UTP 具有独立性和灵活性,适用于结构化综合布线。

屏蔽双绞线 STP 由外部保护层、屏蔽层与多对双绞线组成,外层护套和导线束之间由铝箔包裹,受外界干扰较小,能有效地防止电磁干扰,传输数据可靠。根据它们在计算机网络中的传输特性,屏蔽双绞线可分为 3 类和 5 类。在理论上 100 m 距离内的数据传输速率可达到 500 Mbit/s。实际中使用的传输速率在 155 Mbit/s 内。STP 的价格相对 UTP 高一些,安装类似于同轴电缆,需要带屏蔽功能的特殊连接器及相关的安装技术,比 UTP 困难。

　　双绞线的线芯一般是铜质的,能提供良好的传导率。从传输特性分析,双绞线既可用于传输模拟信号,也可以传输数字信号,最常用于语音的模拟传输,采用频分复用技术可实现多路语音信号的传输。从连通性上分析,双绞线常用于点对点的连接。双绞线在远距离传输时受到限制,一般作为楼宇内或建筑物之间的传输介质使用。

　　2. 同轴电缆

　　同轴电缆的结构如图 3-7 所示,按同轴的形式构成线对,它的特性参数由内导体、外屏蔽层及绝缘层的电参数与机械尺寸决定。同轴电缆的结构使得它具有高带宽和极好的抗干扰性能。相对于双绞线,同轴电缆中间的导体传递电流,网状金属层作为另一个导体起接地作用,防止能量的辐射,并保护信号避免外界干扰。

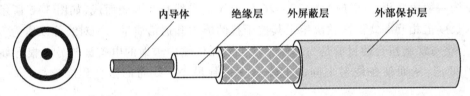

图 3-7　同轴电缆的结构示意图

　　按照同轴电缆的直径,可分为粗缆和细缆。粗缆传输距离较远,而细缆由于功率损耗较大,一般只用于 500m 距离内的数据传输。按照同轴电缆的传输特性,可分为基带同轴电缆和宽带同轴电缆。

　　基带同轴电缆阻抗为 50 Ω,仅用于数字信号的传输,通常数据传输速率为 10 Mbit/s,在局域网中,一般安装在设备与设备之间,在每一个用户位置上都装有一个连接器,为用户提供接口。宽带同轴电缆阻抗为 75 Ω,常用的 CATV 有线电视电缆就是宽带同轴电缆,宽带同轴电缆可使用的频带高达 500 MHz。宽带系统中可以使用频分多路复用方法传输信号,将同轴电缆的频带分为多个信道,实现电视信号和数据信号在同一条电缆上混合传输。

　　3. 光纤

　　光纤是光导纤维的简称,由多种玻璃或塑料外加保护层构成。为了提高机械强度,必须将光纤做成很结实的光缆。光缆的结构是在折射率较高的单根光纤外面,用折射率较低的包层包裹起来,形成一条光纤信道。一根光纤只能单向传送信号,如果要进行双向通信,光缆中至少要有两根独立的芯线,分别用于发送和接收。一根光缆可以含有 2 至数百根光纤,同时还要加上缓冲保护层和加强件保护,并在最外围加上光缆护套。光缆的结构如图 3-8 所示。

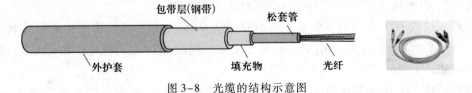

图 3-8　光缆的结构示意图

用光纤传输电信号时,在发送端先将其转换为光信号,在接收端再由光检测器还原成电信号,如图3-9所示。在光纤中光波是通过内部的全反射来传播一束经过编码的光信号的。由于光纤的折射系数高于外部包层的折射系数,因此可以形成光波在光纤与包层的界面上的全反射。光纤工作常用的3个频段的中心波长分别为0.85 μm、1.30 μm与1.55 μm,所有3个频段的带宽都在25 000～30 000 GHz之间,因此光纤的通信容量很大。

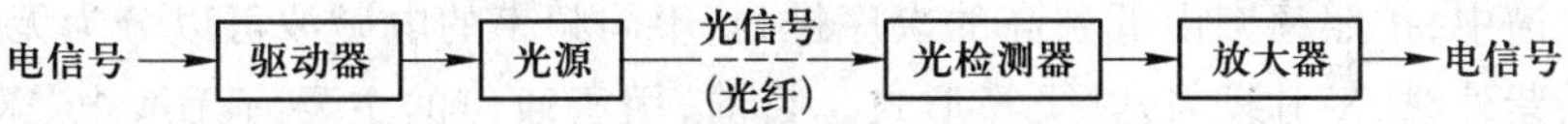

电信号 → 驱动器 → 光源 → 光信号（光纤） → 光检测器 → 放大器 → 电信号

图3-9　电信号在光纤中的传送过程

根据传输类型,光纤分为单模和多模两类。单模光纤(SMF)是指光纤中的光信号仅与光纤轴成单个可分辨角度的单光线传输,多模光纤(MMF)是指光纤中的光信号与光纤轴成多个可分辨角度的多光线传输,如图3-10所示。光纤类型由所采用的材料及纤芯尺寸决定。单模光纤的纤芯很细,传输速率较高,单模光纤的性能优于多模光纤。

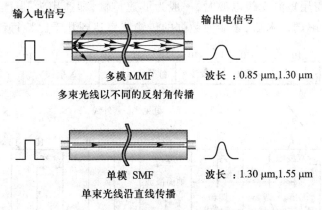

图3-10　单模光纤与多模光纤的传播示意图

光纤的传输特性主要用损耗和色散来衡量。损耗是光信号在光纤中传播时单位长度的衰减,直接影响光纤的传输距离。色散是光信号到达接收端的时延差,即脉冲展宽,色散会影响传输速率。研究表明,单模光纤在光波长为1.30 μm与1.55 μm时,其损耗分别为0.5 dB/km和0.2 dB/km,中继站的距离可达到50～100 km,码速增加到2.4 Gbit/s,色散接近零。采用光放大器和单光子结合的方法传输后,单模光纤在13 000 km距离内的传输速率可达20 Gbit/s。

光纤不受外界电磁干扰与噪声的影响,能在长距离、高速率的传输中保持低误码率,而且具有很好的安全性与保密性。总之,光纤具有低损耗、宽频带、高数据传输速率、低误码率、小体积、耐腐蚀与安全保密性好等特点,是一种应用范围广泛的传输介质。目前,光纤主要用于路由器、交换机、集线器之间的连接。随着宽带网络的普及和光纤产品价格的不断下降,光纤连接到桌面系统成为网络发展的新趋势。当然,光纤也存在一些缺点,在光纤的接续中操作工艺和设备精度的要求都很高,很难从中间随意抽头,只能实现点到点的连接,且光纤接口比较昂贵。

### 3.3.4　无线传输介质

无线传输介质是指利用大气和外层空间作为传播电磁波的通路,但由于信号频谱和传输介质技术的不同,主要有无线电波、微波和红外线等类型。

**1. 电磁波频谱**

无线传输是利用在自由空间中传播的电磁波进行数据传输的,不需要架设或铺设电缆或光缆。在自由空间中,电磁波的传播速率是恒定的光速 $c$。电磁波的波长和频率满足关系式:

$$c = f\lambda \tag{3-6}$$

其中,$f$ 和 $\lambda$ 分别是频率和波长,数据传输速率越高意味着波长越短。

在电磁波谱中,按照频率由低到高的次序排列,不同频率的电磁波可以分为无线电、微波、红外线、可见光、紫外线、X 射线与 γ 射线等形式。目前,用于通信的主要有无线电、微波、红外线与可见光。图 3-11 所示为国际电信联盟 ITU 对波段取的正式名称。LF 波长是 1 ~ 10 km(对应频率 30 ~ 300 kHz)。LF、MF 和 HF 分别是低频、中频和高频,更高频段中的 V、U、S、E 和 T 分别对应于甚高频、特高频、超高频、极高频和至高频。在低频 LF 的下面其实还有几个更低的频段,如甚低频 VLF、特低频 ULF、超低频 SLF 和极低频 ELF 等。短波通信主要是靠电离层的反射,但电离层的不稳定性所产生的衰落现象和电离层反射所产生的多径效应,使得短波信道的通信质量较差。因此,当必须使用短波无线电波时,一般为低速传输,即速率为几十至几百比特每秒。只有在采用复杂的调制解调技术后,才能使数据的传输速率达到几千比特每秒。

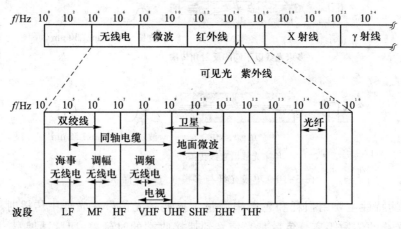

图 3-11　电磁波谱及其应用

**2. 无线电传输**

无线电波位于电磁波谱的 1 GHz 以下。它易于产生,容易穿过建筑物,传播距离可以很远,因此得到广泛应用。

无线电波的发送和接收通过天线进行。无线电波的传输属于全方向传播,其特性与频率有很大关系,在高频段可用于短波通信。它是通过地面发射无线电波,经过电离层的多次反射到达接收端的一种通信方式。由于电离层随季节、昼夜以及太阳黑子活动的情况而变化,所以通信很难达到稳定,相邻的传输码元会产生干扰。在甚高频和特高频波段 30 ~ 300 MHz 频率范围内的无线电波可穿过电离层趋于直线传播,不会因反射引起干扰,因而这个波段的无线电波可用于数据通信。例如,夏威夷 ALOHA 系统使用上行频率 407.35 MHz,下行频率 413.35 MHz,两个信道的带宽都为 100 kHz,数据传输速率达到 9 600 bit/s。

用无线电作为传输介质的网络,不需要在计算机系统之间有直接的物理连接,而是给每台计算机配一个进行发送和接收无线数据信号的天线,实现无线通信。

### 3. 微波传输

在电磁波谱中,频率在 $10^8 \sim 10^{10}$ Hz 之间的信号称为微波信号,它们对应的信号波长为 3 m ~ 30 mm。微波信号只能进行直线传播,所以两个微波信号必须在可视距离的情况下才能正常通信。微波信号的波长短,采用尺寸较小的抛物面天线就可将微波信号能量集中在一个很小的波束内发送出去,进行远距离通信。微波通信可以分为地面微波通信系统和卫星通信系统两种形式。

#### (1)地面微波

地球上两个微波站之间的微波传输方式定义为地面微波通信系统。由于微波在空间直线传输,并且能穿透电离层进入宇宙空间,而地球表面是个曲面,所以地面微波信号的传输距离受到限制,一般为 50 km 左右。利用天线可提高传输距离,天线越高则传输距离越远。如果中继站采用 100 m 高的天线塔,则接力距离可延长到 100 km。长途通信时必须在两个终端之间建立若干个中继站。中继站把前一站送来的信号经过变频和放大后再送到下一站,这种通信方式称为微波中继通信。微波中继通信可传输电话、图像、数据等信息。微波传输有三个主要特点:一是频率高,频段范围宽,通信信道容量较大;二是由于工业干扰和天线干扰的主要频率比微波频率低,因此,微波传输受到的干扰影响小;三是直线传播,没有绕射功能,传输中间不能有障碍物。

#### (2)卫星通信

卫星通信就是以射频(RF)传输为基础,利用位于 36 000 km 高空、相对地球静止的人造地球卫星作为太空无人值守的微波中继站的一种特殊形式的微波中继通信。卫星通信可以克服地面微波通信的距离限制,应用于远程通信干线。卫星通信通常是由一个大型的地面卫星基站收发信号,然后通过地面有线或无线网络到达用户的通信终端设备。

图 3-12 所示的卫星通信系统是由地球站(发送站、接收站)和一颗通信卫星组成的。卫星上可以有多个转发器,作用是接收、放大与发送信息。目前,一般是 12 个转发器拥有一个 36 MHz 带宽的信道,不同的转发器使用不同的频率。地面发送站使用上行链路(Uplink)向通信卫星发射微波信号。卫星起到一个中继器的作用,它接收通过上行链路发送来的微波信号,经过放大后再使用下行链路(Downlink)发送回地面接收站。由于上行链路与下行链路使用的频率不同,因此可以将发送信号与接收信号区分出来。

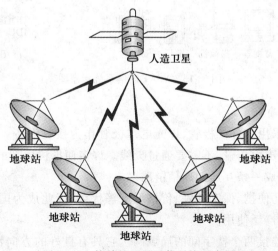

图 3-12 简单的卫星通信系统示意图

近年来,若干个商用卫星方案已经被提出或部署。譬如以比尔·盖茨作为合伙人之一的 Teledesic 网络计划。Teledesic 计划在 2002 年启动,包括 84 颗相互连接的近地轨道(LEO)卫星,在全球范围内提供对语音、数据和视频通信的访问。除了 LEO 卫星系统,还有中地球轨道(MEO)卫星系统。MEO 需要 20 颗卫星的星座图来覆盖全球。

卫星通信的不足之处是:传输时延较大,空间传播损耗比较严重,可能会和地面其他无线电系统信号发生干扰,保密性差;制造和发射卫星需要复杂的技术和高昂的成本,同时同步轨道资源紧张,而且不能覆盖极区;卫星和用户终端的体积和成本都很大。为了解决这些问题,通常可使用甚小口径终端系统。

甚小口径终端(Very Small Aperture Terminal,VSAT)系统是 20 世纪 80 年代末发展起来并于 20 世纪 90 年代得到广泛应用的新一代数字卫星通信系统,如图 3-13 所示。VSAT 通常由一个卫星转发器、一个大型主站和大量的 VSAT 小站组成,能单、双向传输数据、语音、图像、视频等多媒体综合业务。VSAT 小站主要由室外单元(ODU)及室内单元(IDU)两大部分组成。其中,ODU 包括天线、天线放大器和变频器等,IDU 则包括卫星 Modem、路由器等,其中体积最大的是天线部分。VSAT 具有很多优点,如:设备简单、体积小、耗电少、组网灵活、安装维护简便、通信效率高等,尤其适用于大量分散的业务量较小的用户共享主站,所以许多部门都使用 VSAT 来建设内部专用网。

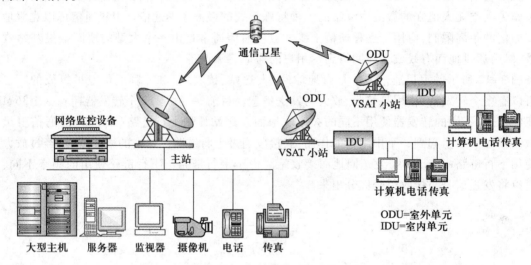

图 3-13　VSAT 通信系统示意图

### 4. 红外线和激光传输

红外线的发射源可采用红外二极管,以光电二极管作为接收设备。在调制不相干的红外光后,直接在视线距离的范围内传输,不需要通过天线。许多便携机内部的接收端和发送端都已安装有红外线通信装置,形成一条互通的通信链路。

红外线传输具有轻巧便携、保密性好、价格低廉等优势,因此成为国际统一标准,在手机、掌上电脑、笔记本计算机中广泛使用。

激光一般用于室外连接两个楼宇间的局域网。它具有良好的方向性,相邻系统之间不会产生相互干扰,因此数据传输的可靠性很高。

　　传输介质的选择使用,通常取决于网络拓扑的结构、实际需要的通信容量、可靠性要求,以及能承受的价格等因素。

# 3.4　数字信号的传输

　　在数据通信中,有多种用二进制符号表示数字信号的方法,但无论是由数字终端设备输出的数字信号,还是模拟输入信号经过编码后形成的数字信号,一般说来都不一定适合于在信道中直接传输。这是因为实际的传输信道存在各种缺陷,其中以频率的不理想和噪声对传输的影响为最大。为了适应实际信道的客观需要,通常需要对原始数据信号进行码型变换和波形处理,使之真正成为在相应系统中传输的信号。所以,二进制信号在原理上可以用 0 和 1 代表,但是,在实际传输中,可能采用不同的传输波形和码型来表示 0 和 1。因此,经过编码的信号在传输前还要进行各种处理。

## 3.4.1　数字信号的基带传输

　　原始的数据信号不仅包含直流分量在内的低频率分量,而且也还含有其他频率成分的谐波分量,它所占用的频带称为基本频带,简称基带。因此,通常把来自计算机等终端设备的原始数据信号(包括 PCM 等信号)称为基带信号,把基带信号波形也称为码型。所谓基带传输是指从计算机等终端设备(信源)出来的基带信号,不经过任何频谱搬移而直接送到信道上传输的一种方式。例如,在计算机与打印机之间的近距离数据传输,在局域网和一些城域网中计算机之间的数据传输等都是基带传输。基带传输实现简单,但传输距离受限。

　　在数据通信中,从计算机发出的二进制数据信息,虽然是由符号 0 和 1 组成的,但其电信号形式(波形)可能有多种。以用矩形电压脉冲表示为例,常见的基带信号波形有:单极性不归零码(NRZ)、单极性归零码(RZ)、双极性不归零码(NRZ)、双极性归零码(RZ)、差分码、传号交替反转码(AMI)、三阶高密度双极性码(HDB3)、曼彻斯特(Manchester)码等。如图 3-14 所示,以101011100 序列为例描绘了实际使用的几种基带信号波形。

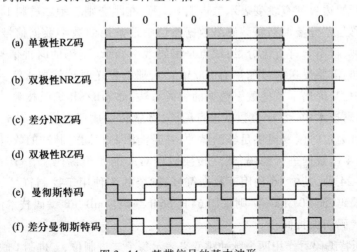

图 3-14　基带信号的基本波形

**1. 不归零(NRZ)码**

NRZ 码的波形如图 3–14(b)、(c)所示。NRZ 码可以用低电平表示逻辑 0,用高电平表示逻辑 1,同步时钟的上升沿作为采样时刻,判决门限采用幅度电平的一半(0.5 V),当采样时刻的信号值在 0.5～1.0 V 之间,就判定为 1;若信号值在 0～0.5 V 之间,就判定为 0。

显然,最简单的方案是单极性不归零码,发送 $+AV$ 电压代表二进制的 1,发送 0 电压代表二进制的 0。如果 0 和 1 出现的概率均为 1/2,则数据编码后信号的平均发送功率为 $(1/2) \times A^2 + (1/2)0^2 = A^2/2$。双极性不归零码将二进制的 1 映射为 $+A/2$,0 映射为 $-A/2$。从平均发送功率来看,该编码方案的效率比单极性不归零码的要高,可求得其平均发送功率为 $(1/2)(+A/2)^2 + (1/2)(-A/2)^2 = A^2/4$。

NRZ 编码是最容易实现的编码技术,但 NRZ 编码的缺点是难以判断一个比特的开始与另一个比特的结束,收发双方不能保持同步,需要在发送 NRZ 码的同时,用另一个信道同时传送同步信号。若信号中 0 或 1 连续出现,信号直流分量将累加。另外,当信号中 1 与 0 的个数不相等时,存在直流分量,因此在数据通信中不采用 NRZ 编码的数字信号。

**2. 曼彻斯特编码**

为了使接收端和发送端的时钟保持同步,可以采用曼彻斯特编码方式。典型的曼彻斯特编码波形如图 3–14(e)所示。它采用自同步方法,任一跳变既可以作为时钟信号,又可以作为数字信号。编码规则是:每一码元中间都有一个跳变,由高电平跳到低电平表示 1;由低电平跳到高电平表示 0。若出现连续的 1 或 0 码时,码元之间也存在跳变。曼彻斯特编码的优点是:克服了 NRZ 码的不足,电平跳变可以产生收发双方的同步信号,无需另发同步信号,且曼彻斯特编码信号中不含直流分量。

**3. 差分曼彻斯特编码**

差分曼彻斯特(Difference Manchester)编码是对曼彻斯特编码的改进,典型差分曼彻斯特编码波形如图 3–14(f)所示。在差分曼彻斯特编码中,每一码元的中间虽然存在跳变,但它仅用于时钟,而不表示数据的取值。数据的取值是利用每个码元开始时是否有跳变来决定为 1 或 0 的,可以设定在码元开始边界处有跳变表示二进制 0,不存在跳变则表示二进制 1。

曼彻斯特编码与差分曼彻斯特编码是数据通信中最常用的数字数据信号编码方式,信号内部均含有定时时钟,且不含有直流分量;缺点是编码效率较低,编码的时钟信号频率是发送信号频率的两倍。例如,需要发送信号速率为 100 Mbit/s,那么发送时钟就要求达到 200 MHz。因此,在高速网络研究中,又提出了其他数字数据的编码方法,如 $mB/nB$ 编码技术。

在 $mB/nB$ 编码技术中,将 $m$ 位数据进行编码,然后转换成所对应的 $n(n>m)$ 位编码比特,选择的编码比特可为定时恢复提供足够的脉冲,并且能限制相同电脉冲的数量。例如,在 4B/5B 编码技术中,将每 4 位数据进行编码,然后转换成所对应的 5 位编码。在 5B 编码的 32 种组合中,实际只使用了 24 种,其中 16 种用于数据符号,剩余的 8 种用于控制符号。1 000 BaseT 使用的就是 8 B/10 B 编码,而 10 GbaseW 则采用 64 B/66 B 编码。mB/nB 编码技术的目的是使发送端与接收端的信号代码间保持同步。

如果将曼彻斯特编码看作用两个脉冲跳变来表示每个二进制位,二进制 1 映射为 10,对应地发送 2 bit 的极性编码;0 则映射为 01。曼彻斯特编码则是 $mB/nB$ 编码的特例,其中 $m=1,n=2$。

### 3.4.2　数字信号的频带传输

目前,有许多信道是以传输语音为主的模拟信道,不能直接传输基带数字信号,必须对信号加以变换(调制)才能传输,即要采用频带传输(接收端采用相反的过程)。也就是说,当两台计算机通过公共电话交换网进行数据传输时,发送端需要经过调制器完成数/模转换,将数字数据编码后形成适合在模拟信道上传输的模拟信号;接收端经过解调器将模拟信号恢复为计算机能识别的数据信息。所谓频带传输是指数据信号在送入信道之前,要对其进行调制,实现频率搬移,随后通过功率放大等环节后,再送入信道传输的一种传输方式。例如,目前普通家庭用户通过调制解调器与电话线连接上网就是频带传输方式。

数字信号的调制是指利用数字信号来控制一定形式的高频载波的参数,以实现其频率搬移过程。高频载波信号 $S(t) = A\sin(2\pi f t + \phi)$ 有幅度 $A$、频率 $f$ 和相位 $\phi$ 三大参数,数字数据可以针对载波的不同参数或它们的组合进行调制。因此,形成了移幅键控(ASK)、移频键控(FSK)、移相键控(PSK)三种基本数字信号调制方式,如图 3-15 所示。

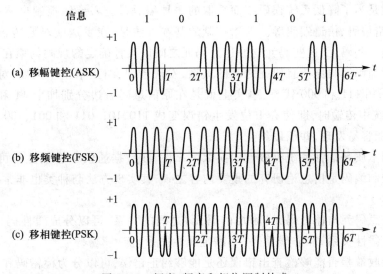

图 3-15　幅度、频率和相位调制技术

移幅键控通过改变载波信号的振幅 $A$ 来表示数字信号 1、0。例如,用载波幅度 1 表示数字 1,用载波幅度 0 表示数字 0。ASK 系统的解调只需要在指定时间间隔中判断正弦信号的有或无。移幅键控信号实现容易,技术简单,但抗干扰能力较差。

移频键控通过改变载波信号角频率来表示数字信号 1、0。例如,用角频率 $\omega_1$,表示数字 1,用角频率 $\omega_2$ 表示数字 0。FSK 的解调必须在指定时刻内判定这两种频率。移频键控信号实现容易,技术简单,抗干扰能力较强,是目前最常用的调制方法之一。

移相键控是通过改变载波信号的相位值来表示数字信号 1、0。如用相位的绝对值表示数字信号 1、0。例如,相位 0° 表示 0,相位 180° 表示 1,即为绝对调相。如果用相位的相对偏移值表示数字信号 1、0,例如载波不产生相移表示 0,则称为相对调相。使用移相键控解调时必须能够根据某个参考相位判断出接收正弦信号的相位。

在实际应用中,移相键控方法经常采用多相调制方法,例如,四相调制方式是将两位数字信号组合为 4 种,即 00、01、10、11,并用 4 个不同的相位值来表示。在移相信号传输过程中,相位每改变一次,传送两个二进制数。同理,八相调制是将发送的数据每 3 位形成一个码元组,共有 8 种组合,相应采用 8 种不同的相位值表示。采用多相调制方法可以达到高速传输的目的。

为了进一步提高数据传输速率,可以采用在技术上较为复杂的振幅相位混合调制方法,如正交调制 QAM 方法是移相键控方法与振幅调制的混合,抗干扰能力强,但实现技术较复杂。

### 3.4.3 差错控制

在数据通信中,总是要求数据在传输时,具有高可靠性(即低误码率)。然而在实际中,由于信道的非理想性和噪声的影响,大多数信道都无法避免一定级别的误码,即使经过优化处理,传输错误概率已经很小,但仍然不可能为零。例如,采用铜线的系统误码率在 $10^{-6}$ 的数量级以上,现在的光纤系统误码率可达到 $10^{-9}$ 甚至更低。不同的应用对误码率也有不同的要求,例如语音通信能忍受很高的误码率,而在电子商务交易应用中几乎就不能发生错误。

1. 基本概念

差错控制就是为了降低系统误码率而采取的一种编码措施。差错控制也称差错控制编码、抗干扰编码、纠错编码、信道编码等。差错控制的基本方法是:在发送端对要传输的数字信号按照一定规则附加一些码元,这些码元与原信息码元之间以某种确定的规则约束在一起;在接收端通过检查这些附加码元与原信息码元之间的关系,发现错误,纠正错误。例如,对二进制数字信号 1 和 0,分别采用 111 和 000 代替,事实上就是在原信息码后边分别加上 11 和 00 码。这样,111 和 000 在系统中传输时,即使有 1 位发生错误变成 110、101、011 和 001、100、010,接收端根据其规则,也很能容易发现,并予以纠正。

差错控制的本质是牺牲系统有效性而换取可靠性,在数据通信中有效性与可靠性始终是一对矛盾。差错控制编码是信息论研究的重要内容之一,其实现方法与种类也非常多,主要有以下几种:

(1)根据信息码元与监督码元(附加的码元)之间的关系,可以分成线性码(信息码元与监督码元之间满足线性关系)和非线性码(不满足线性关系)。

(2)根据接收端是否能够检查出错误还是能够纠正错误,可以分为检错码和纠错码。

(3)根据信息码元与监督码元的关系是否局限在一个码字内,可以分为分组码和卷积码。

(4)根据码字中的信息位是否与原始数字信息一致,可以分为系统码和非系统码。

为了方便叙述差错控制技术,对几个基本名词的含义先予以说明。

信息码元:指原始的数字码元(1 和 0 组成的数字序列),如 A 字母的 ASCII 码为 1000001。

监督码元:指为纠检差错而在信息码元后增加的"多余"码元。

码字:由信息码元与监督码元组成的定长数字序列。

码重:码字中 1 的数目,常用 $W$ 表示。如 101011 的码重 $W=4$。

码距:两个等长码字之间,对应位上不同取值的个数。如 1010011 和 1101001 的码距为 4。码距用符号 $d$ 表示。码距也称为汉明(Hamming)距离。

码集:码字的集合体,有时称为码组。有一些资料把码字称为码组,不要混淆。

最小码距:在一个码集中,全部码距的最小者,用 $d_{\min}$ 表示。

编码效率:指一个码字中信息位所占的比重,是衡量纠错编码性能的一个重要参数,用 $R$ 表

示,即

$$R = k/n \tag{3-7}$$

式中,$k$ 为信息码元的数目(长度),$n$ 为码字的长度(位数)。

2. 差错控制的基本方式

对差错进行控制,有检错重传、前向纠错(Forword Error Correction,FEC)和混合纠错(Hybrid Error Correction,HEC)三种基本的方式。

(1) 检错重传方式

检错重传又称自动请求重传(Automatic Repeat Request,ARQ)。在这种方式中,发送端发送的是具有一定检错能力的检错码,当接收端在接收的码字中检测到错误时,通过反馈信道自动重传请求,通知发送端重传该码字,直到正确接收为止。ARQ 在实际中通常有三种形式:停止等待重传、选择重传和后退重传。

应用检错重传方式的前提条件是,必须存在可用的反馈信道,该信道用于重传请求。译码设备简单,对突出错误和信道干扰严重时很有效,采用电话线的计算机通信系统中广泛应用了 ARQ,ARQ 也应用于 Internet 上的可靠传输。

(2) 前向纠错方式

前向纠错(FEC)又称自动纠错。在这种方式中,发送端发送的是具有一定纠错能力的纠错码,接收端对接收码字中不超过纠错能力范围的差错自动进行纠正。其优点是不需要反馈信道,但如果要纠正大量错误,必然要求编码时插入较多的监督码元,因此编码效率低,译码电路复杂。

目前,FEC 用于卫星和太空通信,此外,CD 唱片中也通过 FEC 提供巨大的容错性,即使光盘表面划伤或者污染,该方法也会尽可能复原声音信号。

(3) 混合纠错方式

混合纠错(HEC)是检错重发与前向纠错方式的结合。在这种方式中,发送端发送的是具有一定纠错能力并具有更强检错能力的码,如果接收端接收到的码字错误较少且在码的纠错能力范围内,则译码器自动将错误纠正;如果错误较多,超过了码的纠错能力,但又没有超出码的检错能力范围,则译码器通过反馈信道通知发送端重发该码字,以达到正确传输的目的。这种方式兼有前向纠错与检错重传的特点。虽然既需要反馈信道又需要复杂的译码设备,但它能更好地发挥差错控制编码的检错和纠错性能,即使在较复杂的信道中仍然可以获得较低的误码率。

3. 几种常用的检错码

下面介绍几种在数据通信中常用的检错码。这些编码实现简单,有一定的检错能力,个别还具有纠错能力。

(1) 奇偶校验码

奇偶校验码又称奇偶监督码,是一种最简单的检错码,在 $k$ bit 信息位之后附加一个校验位以构成码字。ASCII 码中就采用了这种校验码,例如,英文字母 A 的 ASCII 码为 1000001,在传输过程中为了能检测错误,常在这 7 位码元前加 1 位校验位,形成一个带 1 位监督码元的 8 位码字。如果加上这 1 位校验位后使得整个码字的 8 位码元中 1 的个数为偶数,则称为偶校验码;否则称为奇校验码。显然字母 A 的偶校验码为 01000001,奇校验码为 11000001。如果传输过程中码字的 8 位码元中任一位发生错误,势必破坏这种奇偶监督关系,从而可以发现错误。因此,这种校验码在计算机通信中得到了广泛应用。

一般情况下,对任意长的信息码字,奇偶校验码的编码规则是:将各位二元信息码及附加的校验位进行模 2 加,如果是偶校验,则保证模 2 和结果为 0;如果是奇校验,则保证模 2 和结果为 1。设信息码字长为 $k$,码字为 $(a_{k-1}a_{k-2}\cdots a_1 a_0)$,在信息位后加上一位校验位 $v$ 后形成的码字为 $(a_{k-1}a_{k-2}\cdots a_1 a_0 v)$。

对于模 2 运算,其运算规则为:$0+0=0, 0+1=1, 1+0=1$ 和 $1+1=0$。如果信息位中包含偶数个 1,则校验位应当为 0;如果有奇数个 1,则校验位为 1。因此,按照上述规则对校验位取值后,产生的码字总是有偶数个 1。可见,奇偶校验码只能检查出单个或者奇数个错误,但不能检测出偶数个错误,也不能纠正错误。

（2）二维奇偶校验码

二维奇偶校验码亦称水平垂直奇偶校验码,它是将若干个信息码字按每个码字一行排列成矩阵形式,然后在每一行和每一列的码元后面附加 1 位奇(偶)校验码元。例如,由 4 个 5 位信息码字构成的二维奇偶校验码如下:

$$
\begin{array}{ccccc|c}
1 & 0 & 0 & 1 & 0 & 0 \\
0 & 1 & 0 & 0 & 0 & 1 \\
1 & 0 & 0 & 1 & 0 & 0 \\
1 & 1 & 0 & 1 & 1 & 0 \\
\hline
1 & 0 & 0 & 1 & 1 & 1
\end{array}
$$

最后一列由行的校验位组成

最后一行由每列的校验位组成

发送时可逐行传输也可以逐列传输。如采用逐列传输,则发送的码序列为:

10111 01010 00000 10111 00011 01001

接收端将接收到的码元仍然排成发送时的矩阵形式,然后根据行列的奇偶校验关系来检测是否有错。与简单的奇偶校验码相比,二维奇偶校验码不但能检测出某一行或某一列的所有奇数个错误,有时还能检测出某些偶数个错误。如某行的码字中出现了两个错误,虽然本行的校验码不能检测出来,但错码所在的两列的校验码有可能把它们检测出来。

二维奇偶校验码早期用于数据链路控制,每列 8 bit(其中包括 1 个校验位),所有的校验位均加在最后。二维奇偶校验码也是线性编码的示例,其检错性能很容易看出,但一般达不到好的效果。

（3）Internet 校验和

在 Internet 中,有些协议(如 IP、TCP 和 UDP)使用校验位来检测错误。IP 协议通过计算报文头和特殊域的内容得到校验和。由于每个路由器都能根据报文头中的内容重新计算出校验和,所以选择的校验和算法应当是在软件上容易实现的校验和算法,而不是看其错误检测性能的优劣。

该算法假设报文头有确定的数量,也就是有 $L$ 个 16 bit 的字:$b_0, b_1, b_2, \cdots, b_{L-1}$ 加上校验和 $b_L$。这 $L$ 个字对应于“信息”。而 16 bit 的校验和 $b_L$ 也就对应于校验位,按如下方法计算:

① 将 16 bit 的字看作一个整数,$L$ 个整数相加,然后对 $2^{16}-1$ 取模:

$$X = b_0 + b_1 + b_2 + \cdots + b_{L-1} \quad \text{对 } 2^{16}-1 \text{ 取模}$$

② 校验和包括 $X$ 的负数:

$$b_L = -X$$

③ 将校验和 $b_L$ 插入报文头的指定位置,则报文头所有内容包括校验和满足下列关系式:

$$0 = b_0 + b_1 + b_2 + \cdots + b_{L-1} + b_L \quad 对 \ 2^{16} - 1 \ 取模$$

接收到报文头后,每个路由器按上式进行计算,由此来检测报文头中的错误。

例如,假设采用 4 bit,校验和采用对 $2^4 - 1 = 15$ 取模,则对 1100 和 1010 求和为 $12 + 10 = 22$,对 15 取模等于 7,再对模 15 取反得 8。因此 1100 和 1010 的校验和为 1000。

接下来考虑采用普通二进制加法实现上述算法。1100 加上 1010 得到 10110。但 10000 对应为 16,取模后为 1。因此将最高位(本例中为第 4 位)移去,并且移回至最低位。因此取 $2^4 - 1 = 15$ 的模,得到 $1100 + 1010 = 0111$,也就是 7。取 0111 的补码为 1000,即 8。

实际中的 Internet 校验和运算算法均取 1 的补码形式。在该算法中,整数加法相当于模 $2^{16} - 1$ 的加法运算,16 bit 的整数 $b$ 取反相当于取 1 的补码,也就是 0 变成 1,1 变成 0。这种处理会导致一种奇怪的情况,0 会有两种表示方法 $(0, 0, \cdots, 0)$ 和 $(1, 1, \cdots, 1)$,这样会给错误检测带来额外的冗余。下面给出 1 的补码算法。第一步只将 16 bit 的整数相加:$b_0 + b_1 + b_2 + \cdots + b_{L-1}$,采用正规的 32 位加法。然后将和的高 16 位右移 16 bit,然后加到和值上,这样就实现了模 $2^{16} - 1$ 运算。第二步对结果求反,可取 1 的补码形式。计算 Internet 校验和的 C 函数实现(RFC 1071)如下:

```
unsigned short checksum ( unsigned short * addr, int count )
{
    /* Compute Internet checksum for "count" bytes
     *    beginning at location "addr".
     */
    register long sum = 0 ;
    while( count > 1 )   {
        /*   This is the inner loop */
            sum + =  * addr ++ ;
            count  − = 2 ;
    }
        /*   Add left − over byte, if any */
    if( count > 0 )
            sum += * addr;
    /*   Fold 32 − bit sum to 16 bits */
    while ( sum >> 16 )
            sum = ( sum & 0xffff) + ( sum >> 16 );
    checksum =  ~ sum ;
}
```

(4) CRC 冗余校验

为了检测多位差错,最精确、常用的检错技术是 CRC 循环冗余校验。这种编码方式是基于将一串二进制数看成是系数为 0 或 1 的多项式,一个由 $k$ 位组成的帧可以看成从 $x^{k-1}$ 到 $x^0$ 的 $k$

次多项式的系数序列,这个多项式的阶数为 $k-1$。最高位是 $x^{k-1}$ 项的系数,次高位是 $x^{k-2}$ 的系数,依次类推。例如,110001 可以看成是多项式 $x^5+x^4+1$,它的 6 个多项式系数分别是 1、1、0、0、0 和 1,多项式以 2 为模运算。按照它的运算规则,加法不进位,减法不借位,加法和减法两者都与异或运算相同。

采用 CRC 编码法,发送端和接收端事先确定一个生成多项式 $G(x)$,生成多项式的高位和低位必须是 1。计算 $m$ 位的帧 $M(x)$ 的校验和,生成多项式必须比该校验和的多项式短。基本方法是将校验和加在帧的末尾,使这个带校验和的帧的多项式能被 $G(x)$ 除尽,当接收端收到校验和的帧时,用 $G(x)$ 去除它,如果出现余数,则表明传输有错。校验和的算法如下:

① 设生成多项式 $G(x)$ 为 $n$ 阶,在帧的末尾附加 $n$ 个 0,使帧为 $m+n$ 位,相应的多项式是 $X^nM(x)$。

② 按模 2 除法,用对应于 $G(x)$ 的位串去除对应于 $X^nM(x)$ 的位串,并得到余数。

③ 余数多项式就是校验和,形成的带校验和的帧 $T(x)$ 由数据帧和余数多项式组成。

下面通过实例来说明这个算法。假设数据帧是 1101011011,多项式是 $x^4+x+1$ 时,则数据帧的 CRC 校验码计算如下:

① 因为 $r=4$,多项式是 4 阶的,数据 1101011011 后面加上 4 个 0 变成 11010110110000。

② 多项式为 $x^4+x+1$,也就是说 $G(x)=10011$。

③ 用 11010110110000 去除以 10011,因此,得到余数为 1110。

④ 将 1110 加到数据帧 1101011011 后面,变成 11010110111110,这就是要传输的带校验和的帧。

```
                            1100001010
                10011 ) 11010110110000
                        10011
                         10011
                         10011
                           00001
                           00000
                            00010
                            00000
                             00101
                             00000
                              01011
                              00000
                               10110
                               10011
                                01010
                                00000
                                 10100
                                 10011
                                  01110
                                  00000
                                  1110          余数
```

帧:1101011011
除数:10011
附加 4 个 0 后形成的串:11010110110000
传输的帧:11010110111110

显然,$T(x)$ 能被 $G(x)$ 除尽,当余数为 0 时表示传输正确,有一位出错时余数就不为 0。进一步研究发现,如果有一位码字出错时,用 $G(x)$ 除后得到一个不为 0 的余数,如果对该余数补 0,继续除,根据余数可判断出传输错误的模式。可见,这种方法除了检测不到 $G(x)$ 的整数倍数据的多项式差错外,其他的错误均能捕捉到。这种方法的检错率是非常高的,能检测出所有奇数个错、单比特和双比特的错,以及所有小于等于校验码长度的突发错。

采用 CRC 码时生成多项式 $G(x)$ 应满足下列要求:任何一位发生错误都不应使余数为 $0$;不同位发生错误时,余数的情况各不相同,并应满足余数循环规律。

目前,生成多项式 $G(x)$ 的国际标准有以下几种:

$$CRC - 12 = x^{12} + x^{11} + x^3 + x^2 + x + 1;$$
$$CRC - 16 = x^{16} + x^{15} + x^2 + 1;$$
$$CRC - CCITT = x^{16} + x^{12} + x^5 + 1。$$

## 3.5 数据传输方式

传输方式不但定义了比特流从一个端点传输到另一个端点的方式,还定义了比特流是同时在两个方向上传输,还是必须轮流发送和接收。至于能否有效、可靠地实现数据通信,在很大程度上取决于有无良好的同步系统。按照要求同步的对象不同,数据通信系统的同步控制方式有异步和同步两种。

### 3.5.1 数据通信方式

传输方式这个术语的含义可以从不同的角度理解。根据数据信号在信道上传输方向与时间的关系有单工、半双工和全双工传输方式之分;根据设备与设备之间数据流的配线则有并行传输和串行传输之分,而对串行传输又可以分为异步或同步两种方式进行。

1. 单工、半双工和全双工传输

根据数据信号在信道上的传输方向与时间的关系,数据通信可分为单工、半双工和全双工通信三种传输方式,如图 3-16 所示。

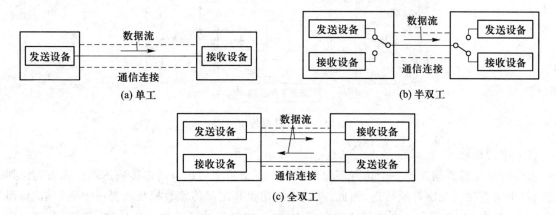

图 3-16 单工、半双工、全双工传输方式

在单工通信方式中,信号只能沿一个方向传输,任何时候都不能改变信号的传输方向。常用的无线电广播、有线电广播或电视广播通信都属于这种类型。

在半双工通信方式中,信号可以双向传输,但必须交替进行。在任意给定的时间,传输只能沿一个方向进行。对讲机就是采用半双工通信方式、轮流使用信道进行语音数据传输的。

全双工通信方式是指信号可以同时双向传输。它相当于把两个传输方向不同的单工通信方式结合起来了。全双工通信可更好地提高传输速率,目前所使用的调制解调器就采用了全双工通信方式。

通常情况下,一条物理链路上只能进行单工通信或半双工通信,需要进行全双工通信时,通常需要两条物理链路。由于电信号在有线传输时要求形成回路,所以一条传输链路一般由 2 条电线组成,称为二线制线路。这样,全双工通信需要 4 条电线组成两条物理链路,并称为四线制线路。

2. 并行传输与串行传输

当从一个设备向另一个设备发送数据时,需要考虑的问题是如何根据数据流配线。换言之,通过链路传输二进制数据,是一次只发送一个比特,还是将比特成组发送。如果成组发送,那么如何成组?因此有并行模式或串行模式供采用。对于串行传输又可以分为异步或同步两种方式进行,这也是数据传输的两种同步控制方式。

（1）并行传输

并行传输是指数字信号以成组的方式在多个并行信道上传输。通常的方法是,将 0 和 1 组成的二进制数据组成每组 $n$ bit 的组,分别在几个并行的信道上同时传输,同时要有一条同步控制线来通知接收端,表示各条信道上已出现一个字符,可以对各信道上的信号进行同时接收。

在并行传输方式中,在每个时钟脉冲到来时多个比特被同时发送,其实现机制也很简单,一次使用 $n$ 条导线来传输 $n$ bit。在这种方式下,每个比特都使用专用的线路,而一组中的 $n$ bit 可以在每个时钟脉冲从一个设备传输到另一个设备。图 3–17 所示为 $n = 8$ 时并行传输的工作状况。通常将 8 根导线捆成一根电缆,两端都有连接头。

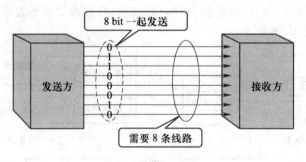

图 3–17　并行传输

（2）串行传输

串行传输是指数据流的各个比特逐位依次在一条信道上传送。通常传输的顺序为由高位到低位,一个字符接一个字符地传送,因此,在两个通信设备之间传输数据只需要一条通信信道,而不是 $n$ 条,如图 3–18 所示。在串行传输方式中,每个时钟脉冲只发送一个比特,显然,保持收发双方的同步是非常重要的。

串行传输相对于并行传输有许多特点。最大的优点是只需要一条通信信道,设备成本低,而且易于实现,是目前计算机通信中主要采用的一种传输方式。其缺点是必须解决收发双方保持码组或字符同步问题,这常需要外加同步措施,而且串行传输的效率比并行传输效率低。

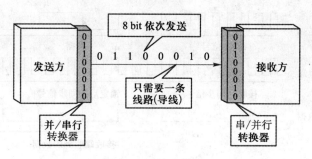

图 3-18 串行传输

### 3.5.2 数据同步控制

同步就是接收端要按发送端所发送的每个码元的重复频率以及起止时间来接收数据。在通信时,接收端要校准自己的时间和重复频率,以便和发送端取得一致,这一过程称为同步控制。

在串行传输时,每一个字符是按位串行传送的。为使接收端能准确地接收到所传输的数据信息,接收端必须知道:① 每一位的时间宽度,即传输的比特率;② 每一个字符或字节的起始和结束;③ 每一个完整的信息块(或帧)的起始和结束。这三个要求分别称为位(或时钟)同步、字符同步和块(或帧)同步。目前,数据传输的同步方式有异步式和同步式两种。

1. 异步式

异步式(Asynchronous)又称为起止同步方式,属于字符同步。所谓字符同步,就是使之找到正确的字符边界。因此,需要把各个字符分开传输,在字符之间插入同步信息。具体是要在传输的字符前设置启动用的起始位,预告字符的信息代码即将开始,在信息代码和校验位(一般总共为 8 bit)结束以后,再设置 1~2 bit 的终止位,表示该字符已结束。终止位也反映了平时不进行通信时的状态,即处于"传号"状态。图 3-19 所示为字母 A 的代码(1000001)在异步式时的代码结构。

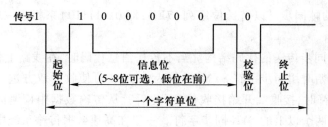

图 3-19 异步式代码结构

异步传输,各字符之间的间隔是任意的、不同步的,但在一个字符时间之内,收发双方各数据位必须同步,所以这种通信方式又称为起止同步方式。

所谓位同步就是使接收端接收的每一位信息都要与发送端保持同步,通常有 2 种位同步方法:

(1) 外同步 发送端在发送数据之前发送同步脉冲信号,接收端用接收到的同步信号来锁定自己的时钟脉冲频率,如图 3-20 所示。

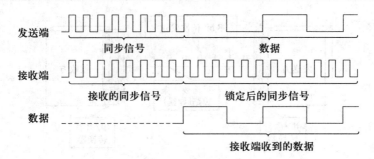

图 3-20　外同步法

（2）自同步　通过特殊编码，如曼彻斯特编码使数据编码信号中包含同步信号，接收端从数据编码信号中提取同步信号来锁定自己的时钟脉冲频率。

异步式实现起来简单容易，频率的漂移不会积累，每个字符都为该字符的位同步提供了时间基准，对线路和收发器要求较低。其缺点是线路效率低，因为每个字符需多占用 2～3 位的开销。例如，采用 1 个起始位、8 个数据位、2 个停止位时，其传输效率为 8/11≈73%。异步式在低速终端信道上获得了广泛应用。

2. 同步式

同步式（Synchronous）不是对每个字符单独进行同步，而是对一组字符组成的数据块进行同步。同步的方法不是加一位停止位，而是在数据块前面加特殊模式的位组合（如 01111110）或同步字符（SYN），并且通过位填充或字符填充技术保证数据块中的数据不会与同步字符混淆。

在同步传输中，比特流被组装成更长的"帧"，一个帧包含许多个字节。与异步方式不同的是，引入报文内的字节与字节之间没有间隙，需要接收端在解码时将比特流分解成字节。也就是说，数据被当作不间断的 0 和 1 比特流传输，而由接收端来将比特流分割成重建信息所需的一个个字节，并识别一个帧的起始和结束。帧同步有两种情况：

（1）面向字符的帧同步　以同步字符（SYN,16H）来标志一个帧的开始，适用于数据为字符类型的帧。

（2）面向比特的帧同步　以特殊位序列（7EH,即 01111110）来标志一个帧的开始，适用于任意数据类型的帧。

图 3-21 所示为同步传送的代码结构。当不传送信息代码时，在线路上传送的是全 1 或其他特定代码；在传输开始时用同步字符 SYN（编码为 0010110）使收发双方进入同步。当搜索到两个以上 SYN 同步字符时，接收端开始接收信息，此后就从传输数据中检测同步信息。在两个连续的帧之间，应插入两个以上的 SYN 同步字符。一般在高速数据传输系统中采用同步式。

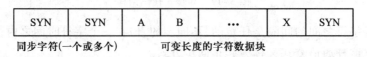

| SYN | SYN | A | B | ... | X | SYN |
|-----|-----|---|---|-----|---|-----|
| 同步字符(一个或多个) | | | 可变长度的字符数据块 | | | |

图 3-21　同步式代码结构

由于同步式没有间隙和起始/停止位，就没有了比特流内部的同步机制来帮助接收端设备在处理比特流时调整比特同步。接收数据的准确性完全依赖于接收端设备根据比特到达情况进行精确的比特计数的能力，使得时序变得十分重要。

同步式传输的优点是速度快。因为在发送端不需要插入附加的比特和间隙,在接收端也不需要去掉这些比特和间隙,在传输线路上就只需传输更少的比特数,所以同步式传输比异步式传输的速度更快。

## 3.6 物理层接口与标准

由信息处理设备所产生的编码信号,通常还需要其他协助才能在通信链路上传输。例如一台 PC 机产生的数字信号,在将信号通过电话线发送之前,还需要一台附加设备来调制载波频率。在这个过程中,怎样才能把数据由产生的源设备传送到下一个设备呢? 解决的办法是使用一捆导线,即一种微通信链路,或者称为接口。因此,物理层的作用归根到底就是提供在物理传输介质上传送和接收比特流的能力,并且向上对数据链路层屏蔽掉因为物理组件以及传输介质的多样性所产生的物理传输上的差异。为此,物理层必须解决好各种物理组件或设备之间的接口问题。

因为接口连接的两个设备很可能不是一个厂家生产的,所以必须规定接口的特性并建立标准。通信接口特性包括机械规范(使用多少条导线来传输信号)、电气规范(预期信号的频率、振幅和相位)以及功能规范(如果使用多条导线,每条导线的功能是什么)。这些特性在一些常用标准中都有描述,并且被集成到了 ISO/OSI – RM 的物理层中。

### 3.6.1 物理层接口

物理层协议规定了建立、维持及断开物理信道所需的机械、电气、功能和规程的特性,其作用是确保比特流能在物理信道上传输。

物理层接口协议实际上是 DTE 和 DCE 或其他通信设备之间的一组约定,主要解决网络结点与物理信道如何连接的问题,DTE-DCE 的接口框图如图 3–22 所示。物理层协议规定了标准接口的机械连接特性、电气信号特性、信号功能特性以及交换电路的规程特性,这样做的目的主要是为了便于不同的制造厂家能够根据公认的标准各自独立地制造设备,使各个厂家的产品都能够相互兼容。

1. 机械特性

机械特性规定了物理连接时对插头和插座的几何尺寸、插针或插孔芯数及排列方式、锁定装置形式等。例如,图 3–23 所示就是一种符合 ISO 标准的 DCE 连接器的几何尺寸、插孔芯数和排列方式。

图 3–22　DTE-DCE 接口框图

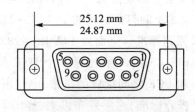

图 3–23　常用连接器机械特性

一般说来,DTE 的连接器常用插针形式,其几何尺寸与 DCE 连接器相配合,插针芯数和排列方式与 DCE 连接器成镜像对称。

**2. 电气特性**

电气特性规定了在物理连接上导线的电气连接及有关的电路特性,一般包括接收器和发送器电路特性的说明、表示信号状态的电压/电流电平的识别、最大传输速率的说明,以及与互连电缆相关的规则等。

物理层的电气特性还规定了 DTE-DCE 接口线的信号电平、发送器的输出阻抗、接收器的输入阻抗等电气性能参数。

DTE 与 DCE 接口的各根导线(也称电路)的电气连接方式有非平衡方式、采用差动接收器的非平衡方式和平衡方式三种。

(1) 非平衡方式　采用分立元件技术设计的非平衡接口,每个电路使用一根导线,收发两个方向共用一根信号地线,信号速率≤20 kbit/s,传输距离≥15 m。由于使用共用信号地线,会产生比较大的串扰。ITU-T V. 28 建议采用这种电气连接方式,EIA RS – 232 C 标准基本与之兼容。

(2) 采用差动接收器的非平衡方式　这类采用集成电路技术的非平衡接口,与前一种方式相比,发送器仍使用非平衡式,但接收器使用差动接收器。每个电路使用一根导线,但每个方向都使用独立的信号地线,使串扰信号较小。这种方式的信号速率可达 300 kbit/s,传输距离为10 m。ITU-T V. 10/X. 26 建议采用这种电气连接方式,EAI RS – 423 标准与之兼容。

(3) 平衡方式　采用集成电路技术设计的平衡接口,使用平衡式发送器和差动式接收器,每个电路采用两根导线,构成各自完全独立的信号回路,使得串扰信号减至最小。这种方式的信号速率≤10 Mbit/s,传输距离为 10 m。ITU-T V. 11/X. 27 建议采用这种电气连接方式,EAI RS – 423 标准与之兼容。

**3. 功能特性**

功能特性规定了接口信号的来源、作用以及其他信号之间的关系。

**4. 规程特性**

规程特性规定了使用交换电路进行数据交换的控制步骤,这些控制步骤的应用使得比特流传输得以完成。

### 3. 6. 2　EIA RS – 232 标准

多年来,各标准化组织为定义数据终端设备 DTE 和数据通信设备 DCE 之间的接口制订了许多标准。尽管它们的解决方案不同,但每种标准都提供了关于连接的机械、电气和功能特性的模型。电子工业协会(EIA)和国际电信联盟电信标准化部(ITU-T)参与制订了 DTE-DCE 接口的标准。EIA 制订的标准称为 EIA – 232、EIA – 442、EIA – 449 等等。ITU-T 制订的标准是 V 系列和 X 系列标准。下面以 EIA RS – 232 C 作为示例介绍通信接口标准。

EIA RS – 232 标准是一个 DTE 和 DCE 之间串行二进制数据交换接口技术标准,它定义了DTE 和 DCE 之间接口的机械、电气以及功能特性。EIA RS – 232 标准从最早在 1962 年以 RS – 232(推荐标准)名字发布以来,经历了若干次修订,EIA – 232 D 是最新版本。其中 EIA 代表美国电子工业协会,RS(Recommended Standard)代表推荐标准,232 是标识号,字母 C 或 D 代表 RS – 232 的新一次修改。

1. 机械特性

EIA RS－232 C 标准的机械规范规定的接口是两端分别有一个阳性和阴性的连接头；电缆长度不可超过15m(大约 50 ft)。由于 EIA RS－232 C 并未定义连接头的物理特性,因此,出现了 DB－25、DB－15 和 DB－9 各种类型的连接头,其引脚的定义也各不相同。图 3-24 所示是常用的 DB－25 和 DB－9 连接头接口图。

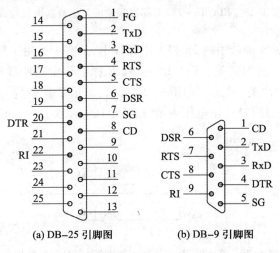

(a) DB-25 引脚图　　(b) DB-9 引脚图

图 3-24　DB－25 和 DB－9 连接器接口图

EIA RS－232 C 标准规定,一个 DB－25 连接头是一个带有 25 根针或孔的插头,每个针/孔都与一根有特定功能的导线相连。25 线电缆的一端是阳性连接头,另一端是阴性连接头。阳性连接头是指电缆中每根导线都与插头中的一根针相连的连接头。阴性连接头是指电缆中每根导线都与插头中的一个金属管或鞘相连的连接头。通过这种方式,EIA 建立了 DTE 设备与 DCE 设备之间 25 种独立交互操作的可能性。目前,在实际应用中只用了很少一部分,但它使将来引入新功能成为可能。

2. 电气特性

EIA RS－232 C 标准的电气规范规定了在 DTE 和 DCE 设备之间任何一个方向上传输数据所采用的电压值和信号类型。EIA RS－232 C 标准指出,所有数据必须以逻辑 1 和 0(称为传号和空白)形式传输,采用非归零电平(NRZ-L)编码,其中 0 对应正电压而 1 对应负电压。重要的是,EIA RS－232 标准定义了两个不同的电压范围,一个在正电压区,另一个在负电压区。接收端只接收所有落在这两个范围内的电压值,而对位于范围外的电压值可以忽略。也就是说,要想把所传输的信号作为数据识别出来,对应的电压值必须在 3～15 V 或 －3～－15 V 之间。通过这种让有效信号落在两个 12 V 区间之内的办法,使得噪声造成的信号衰减对数据识别的影响减到了最小。图 3-25 所示为 EIA RS－232 C 标准规定的发送数据电气规范。

在图 3-25 中,还显示了一条因噪声而衰减为一条曲线的方波。可以看出,第四个比特的振幅比预期的要低,未能稳定在一个电压值上,而是跨越了一段电压值。如果接收端只查找固定的一个电压值,那么这个脉冲的衰减将使该比特不可恢复。如果接收端只接受一个电压值,那么该比特仍将不能恢复。反之则不然。

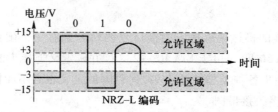

图 3-25　EIA RS – 232 C 标准规定的发送数据电气规范

在 EIA RS – 232 C 标准接口中的 25 根可用导线中,只有 4 根用于数据功能,其余 21 根都用于诸如控制、时序、接地以及测试等。EIA RS – 232 C 标准规定这些导线上传输的电压高于 3 V 为"开"状态,低于 – 3 V 为"关"状态。如图 3–26 所示,显示了其中的一个信号。控制信号的规范在概念上与数据传输正好相反,正电压表示开,负电压表示关。

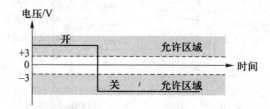

图 3–26　在 EIA RS – 232 标准中控制信号的电气规范

（1）逻辑电平

① 在 TxD 和 RxD 上:逻辑 1(MARK) = – 3 ~ – 15 V,逻辑 0(SPACE) = + 3 ~ + 15 V。

② 在 RTS、CTS、DSR、DTR 和 CD 等控制线上:信号有效(接通,ON 状态,正电压) = + 3 ~ + 15 V,信号无效(断开,OFF 状态,负电压) = – 3 ~ – 15 V。

由以上定义可以看出,信号无效的电平低于 – 3 V,也就是当传输电平的绝对值大于 3 V 时,电路可以有效地检查出来,介于 – 3 ~ + 3 V 之间的电压无意义,低于 – 15 V 或高于 + 15 V 的电压也认为无意义。因此,实际工作时,应保证电平的绝对值在 3 ~ 15 V 之间。

当计算机和 TTL 电平的设备通信时,如计算机和单片机通信时,需要使用 RS – 232C/TTL 电平转换器件,常用的有 MAX232。

还有一个重要的电气规范,即比特率。EIA RS – 232 C 标准允许的比特率是 20 kbit/s,实际中常常超过这个值。

（2）传输距离

EIA RS – 232 C 标准规定在码元畸变小于 4% 的情况下,传输电缆长度应为 15 m,其实这个 4% 的码元畸变是很保守的,在实际应用中,约有 99% 的用户是按码元畸变 10% ~ 20% 的范围工作的,所以实际使用中最大距离会远超过 15 m。

3. 功能特性

EIA RS – 232 C 标准有 DB – 25 和 DB – 9 两种不同的实现方法。

EIA RS – 232 C 标准对 DB – 25 连接头上每一根针的功能都进行了定义,给出了一个阳性连接头每根针脚的序号和功能。因为阴性连接头就是阳性连接头的镜像,所以阳性连接头上 1 号针的功能就是阴性连接头上 1 号插孔的功能,依此类推。为实现全双工传输,每个传输功能在反方向上必然存在一个镜像或是回应功能。比如,针脚 2 用于发送数据,则针脚 3 就用于接收数据。通过这种方式,两部分都能同时传输数据。

在 DB – 25 标准接口的 25 条线中,有 4 条数据线、11 条控制线、3 条定时线、7 条备用和未定义线,常用的只有 9 根。

（1）状态线

① 数据准备就绪（Data Set Ready,DSR）　当它有效（ON 状态）时,表明数据通信设备可以使用（DCE→DTE）。

② 数据终端就绪（Data Terminal Ready,DTR）　当它有效（ON 状态）时,表明数据终端设备可以使用（DTE→DCE）。

这两个设备状态信号有效,只表示设备本身可用,并不说明通信链路可以开始进行通信了,能否开始进行通信要由下面的控制信号决定。

（2）联络线

① 请求发送（Request to Send,RTS）　DTE 准备向 DCE 发送数据,DTE 使该信号有效（ON 状态）,通知 DCE 要发送数据给 DCE 了（DTE→DCE）。

② 允许发送（Clear to Send,CTS）　这是对 RTS 的响应信号。当 DCE 已准备好接收 DTE 传来的数据时,使该信号有效,通知 DTE 开始发送数据（DCE→DTE）。

RTS/CTS 请求应答联络信号是用于半双工 Modem 系统中发送端式和接收端式之间的切换。在全双工通信系统中,因配置双向通道,故不需要 RTS/CTS 联络信号,可使其变高。

（3）数据线

① 发送数据（Transmitted data）　通常用 TxD 符号标志,DTE 发送数据到 DCE（DTE→DCE）。

② 接收数据（Received data）　通常用 RxD 符号标志,DCE 发送数据到 DTE（DCE→DTE）。

（4）地线

有信号地 SG 和保护地 FG 两根地线。

（5）其余

① 载波检测（Carrier Detection,CD）　用来表示 DCE 已接通通信链路,告知 DTE 准备接收数据（DCE→DTE）。

② 振铃指示（Ringing Indication,RI）　当 DCE 收到交换台送来的振铃呼叫信号时,使该信号有效（ON 状态）,通知 DTE,已被呼叫（DCE→DTE）。

通常,在应用系统中,往往是 CPU 与 I/O 设备之间传送信息,两者都是 DTE,譬如 PC 和单片机之间的通信,双方都能发送和接收,这时只需要使用三根线即可连接,即 RxD、TxD 和 GND。

EIA RS – 232 C 标准的另一种实现是有 9 线电缆的 DB – 9 连接头。它的一端是 DB – 9 阳性连接头,另一端是 DB – 9 阴性连接头,如图 3-27 所示。注意,在 DB – 25 与 DB – 9 两种实现中不存在针脚的对应关系。

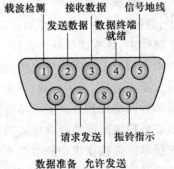

图 3-27　DB – 9 标准中
各针脚的功能

由于 EIA RS-232 C 接口标准出现较早,难免有不足之处,主要存在以下几个缺点:

(1) 接口的信号电平值较高,易损坏接口电路的芯片,又因为与 TTL 电平不兼容,故需使用电平转换电路方能与 TTL 电路连接。

(2) 传输速率较低,在异步传输时,最大传输速率为 19 200 bit/s。

(3) 接口使用一根信号线和一根信号返回线而构成共地的传输形式,这种共地传输容易产生共模干扰,所以抗噪声干扰性弱。

(4) 传输距离有限。

# 本 章 小 结

在本章首先介绍了与物理层相关的基本概念和术语,描述了物理层的功能以及物理层所要解决的主要问题。物理层是参考模型的最低层。任何与数据传输相关的物理电路的连接、维护和拆除都在该层出现。这包括所使用的电缆和连接器的类型、与每个引线和接线柱相关的电信号以及比特转换为物理信号的方式。

二进制数是现代通信的核心。所有信息均可以表示成比特块或比特流的形式,因此用于传输比特的现代通信网也必须能够处理任何类型的信息。为此,在阐述多媒体信息(包括文本、图像、语音、音频以及视频)的基本性质的基础上,讨论了如何将多媒体信息转换成二进制信息序列的形式。

在数据传输信道一节,提出了信道容量以及带宽的概念。信道容量是指信道能达到的最大可靠传输速率。带宽是指通信信道的总容量。多路复用是将多个信号放置在单个信道上的技术。频分复用就是将信道的频率分割成更小、更窄的频率;时分复用就是为结点提供特定的时隙用于传输。为适应无线移动通信技术应用发展需要,介绍了另一种共享信道的方法,即码分多址访问(CDMA)的概念。CDMA 系统基于码型分割信道,每个用户分配唯一的地址码,共享频率和时间资源。然后比较详细地讨论了不同类型传输介质的属性,包括有线系统中的双绞线、同轴电缆和光纤,无线系统中的无线电波、微波和红外线,并且给出了几个重要的物理层标准实例。

接下来,讨论了数字信号的基带传输和频带传输,以及用于差错控制的编码技术。在介绍网络标准所采用的检错机制的基础上,讨论了二维奇偶校验、Internet 校验和。

在数据传输方式一节,介绍了三种数据传输模式,包括单工、半双工和全双工。在单工通信中,数据仅在一个方向流动;在半双工通信中,数据可在任一方向流动,但不能同时流动;在全双工通信中,数据能够同时在任一方向流动。数据传输方式包括串行和并行传输。串行传输是以在单个信道上顺序传输比特为特征的数据传输方式;并行传输指同时传输组成字符串的所有比特。重要的是,为了有效、可靠地实现数据通信,按照要求同步的对象不同,有异步传输和同步传输两种同步控制方式。异步传输包括开始-停止比特以指定传输字符的开始和结束;同步传输以在数据块前面加特殊模式的位组合(如 01111110)或同步字符(SYN),并通过位填充或字符填充技术保证数据块中的数据不会与同步字符混淆。

最后,以 EIA RS-232 C 标准为对象介绍了物理层接口与标准。数据终端设备和数据通信设备之间的接口定义了其机械、电气以及功能特性。EIA RS-232 C 标准定义了一种常用的 DTE-DCE 接口。这种接口由 25 针或 9 针的连接头(DB-25 或 DB-9)组成,每一根针都有特定的功能。功能可以归类于接地、数据、控制、时钟、保留以及未定义。

# 思考与练习

1. 物理层要解决哪些问题？简述物理层在 ISO/OSI – RM 中的地位和作用。

2. 分别用 NRZ 编码、曼彻斯特编码和差分曼彻斯特编码画出 01010101 的波形图。

3. 什么是基带传输？什么是频带传输？试就两者进行比较。

4. 比较频分多路复用和时分多路复用的异同点。

5. 多路复用技术主要有哪几种类型？它们各有什么特点？

6. 简述无线电的频谱划分，并简要说明各个波段无线电的应用范围。

7. 光纤传输有哪些优点？单模光纤与多模光纤的主要区别是什么？为什么多模光纤允许的传输距离较短？

8. 设单路语音信号的最高频率为 4 kHz，采样频率为 8 kHz，该信号在 PCM 系统中传输时，试分析：

（1）采样后按 8 级量化，PCM 系统的最小带宽是多少？

（2）采样后按 128 级量化，则 PCM 系统的最小带宽是多少？

9. 数字脉冲信号如何调制为模拟信号？若有数字脉冲信号 101101110，分别用调幅、调频、调相描述信号的波形。

10. 设有 4 路模拟信号，带宽分别为 4 kHz，有 16 路数字信号，数据传输速率都为 8 kbit/s。当采用同步 TDM 方式将 12 路信号复用到一条通信线路上进行数字传输，对模拟信号进行 PCM 编码，量化级数为 16 级，求复用线路需要的信道容量至少需要多少？

11. 对于带宽为 3 kHz 的信道，若采用 0、$\pi/2$、$\pi$、$3\pi/2$ 四种相位，且每种相位又有两种不同的幅度来表示数据，信噪比为 20 dB。试求：按照奈奎斯特定理和香农定理，其最大数据传输速率是多少？

12. 若某信道带宽为 6 MHz，假定不考虑热噪声并使用 4 电平的数字信号，其比特率是多少？

13. 给出一个 10 位比特序列 1010011110 以及 1011，试计算 CRC 码，并校验答案。

14. 如果采用异步传输方式传输 1 000 个 ASCII 字符，最少需要多少额外的比特？用百分比表示的效率是多少？

15. 何谓 CDMA？简述 CDMA 的信道划分。

16. CDMA 为什么可以使所有用户在同一时间使用同样的频带进行通信而不会相互干扰？

17. 一个完整的 DTE-DCE 标准接口应包括哪些方面的特性（或内容）？

18. EIA RS – 232 C 接口的电气规范定义了哪些内容？

19. EIA RS – 232 C 接口能直接与 TTL 器件相连接吗？为什么？

# 第4章 数据链路控制

为了在 DTE 与网络之间或 DTE 与 DTE 之间有效、可靠地传输数据信息,需要解决许多问题,譬如:① 在端到端通信路径中,数据信息如何通过各段链路? ② 为了在单段链路上传输,怎样把比特流封装成数据链路层帧? ③ 在数据链路层中,怎样对数据信息的传输进行控制?

为此,本章在引入数据链路层基本概念的基础上,首先介绍组帧的各种方法,然后讨论如何利用组帧、差错控制和流量控制进行数据链路控制,包括停止等待式 ARQ、后退 $N$ 帧式 ARQ、选择重传式 ARQ 等滑动窗口协议,并将重点介绍 ISO 提出的高级数据链路控制(HDLC)规程和 IETF 提出的点对点协议(PPP),以及数据链路层的网络连接设备和组件 。

## 4.1 数据链路层

数据链路层位于参考模型的第二层,介于物理层和网络层之间。数据链路层主要有组帧、流量控制、差错控制、链路访问控制、物理寻址以及链路管理等功能。下面首先介绍有关链路与数据链路的基本概念。

1. 链路和数据链路

物理链路与数据链路的含义是不同的。在通信技术中,常用链路这个术语来描述一条点对点的线路段。

为方便讨论,将主机和路由器均称为结点(Node),注意,网络中的 Node 应译为结点而不是节点(MINGC 194),尽管有些文献也将 Node 译为节点。把沿着通信路径连接相邻结点的通信信道称为链路(Link)。在进行网络通信时,两台计算机之间的通路往往由许多链路串接而成,一条链路只是一条通路的一个组成部分。物理链路是指一条无源的点到点的物理线路段,中间没有任何其他交换结点。数据链路又称为逻辑链路,是指从发送结点到接收结点之间用于数据传输的一条逻辑通路。这条逻辑通路,除了必须有一条物理链路之外,还必须有一些必要的通信协议来控制数据的传输。由此可见,当需要在一条线路上传输数据时,不但必须有一条物理线路,而且还必须把实现控制数据传输的协议软件加到链路上,才能构成数据链路,如图 4-1 所示。

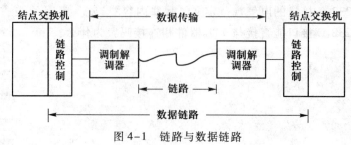

图 4-1 链路与数据链路

可见,数据链路就如同一条可以在其中传输信息的数字管道。在实际应用中,物理链路常采用多路复用技术,此时一条物理链路可以由多条数据链路构成,从而提高了物理链路的利用率。在两个结点之间可以有一条或多条数据链路。现在最常用的方法是用适配器(网卡)来实现这些功能。

**2. 数据链路层存在的必要性**

首先,尽管物理层采取了一些必要的措施来减少信号传输过程中噪声的干扰,但数据在物理传输过程中仍然可能受到影响。又由于物理层只关心原始比特流的传送,所以物理层也不可能考虑所传输信号的意义和信息的结构,也就是说物理层不可能识别或判断数据在传输过程中是否发生了变化,从而也更谈不上采取什么方法进行补救。其次,物理层也不考虑当发送站点的发送速率过快而接收站点的接收速率过慢时,应采取何种策略控制发送站点的发送速率,以避免接收站点来不及处理而丢失数据。可见,仅有物理层的功能是不够的,位于物理层之上的数据链路层就是为了克服物理层的这些不足而设立的。

数据链路层旨在实现网络上两个相邻结点之间的无差错传输。它利用了物理层提供的原始比特流传输服务,检测并校正物理层的传输差错,在相邻结点之间构成一条无差错的链路,从而向网络层提供可靠的数据传输服务。

**3. 数据链路层的主要功能**

为实现相邻结点之间的可靠传输,数据链路层必须要解决以下问题:在相邻结点之间确定一个接收目标,即实现物理寻址;提供一种机制使得接收端能识别数据流的开始与结束;提供相应的差错检测与控制机制以使有差错的物理链路对网络层表现为一条无差错的数据链路;提供流量控制机制以保证源和目标之间不会因发送和接收速率不匹配而引起数据丢失。因此,数据链路层的主要功能是在物理层提供物理连接和透明传输比特流服务的基础上,将物理层提供的不可靠的物理链路变为逻辑上无差错的数据链路,向网络层提供一条透明的数据链路。这样可以将物理层的数据无差错地传给网络层。图4-2表明了数据链路层与网络层及物理层之间的关系。

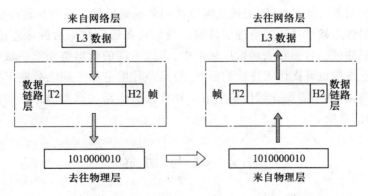

图4-2　数据链路层与网络层、物理层的关系

为了完成在不太可靠的物理链路上实现可靠的数据帧传输任务,需要数据链路层具有以下具体功能:

(1)组帧(Framing)　数据链路层将来自网络层的比特流划分成易处理的数据单元,即帧。

一个帧中包括地址信息、控制信息、数据和校验信息几个部分。由帧头 H2 和帧尾 T2 来标志帧的开始和结束,而且包含帧序号。当出现传输差错时,只需要将有差错的帧重传即可,避免了将全部数据都进行重传,因此也称为帧控制或帧同步。帧结构由数据链路层协议规定,详见 4.2.2 小节。

(2) 流量控制(Flow Control)　如果接收结点接收数据的速率小于发送结点发送的速率,那么数据链路层就会采用流量控制机制,以避免接收结点缓冲区溢出。

(3) 差错控制(Error Control)　差错控制实际指的是差错检错及纠错。数据链路层采用了一定的纠错编码技术进行差错检测,对接收正确的帧进行认可,对接收有差错的帧要求发送端重传,以确保可靠的传输。数据链路层也采用了一定的机制来防止重复帧。差错控制通常在一个帧的结束处增加一个尾部来处理。

(4) 链路访问控制(Link Access)　当两个以上的结点连接到同一条链路上时,数据链路协议必须能决定在任意时刻由哪一个结点来获取对链路的控制权。介质访问控制协议定义了帧在链路上传输的规则。对于点对点链路,MAC 协议比较简单或者不存在;对于多结点共享广播链路,MAC 协议用来协调多个结点的帧的传输,属于多址访问问题。

(5) 物理寻址　在一条点到点直达的链路上不存在寻址问题。在多点连接的情况下,发送结点必须保证数据信息能正确地送到接收结点,而接收结点也应该知道发送结点是哪一个结点。如果帧是发给网络中不同系统的,数据链路层需要在帧的头部添加发送结点的物理地址(源地址)与接收结点的物理地址(目的地址)。如果帧要发往发送结点网络以外的系统,那么接收结点的地址就是连接一个网络到下一个网络的设备地址。

(6) 数据链路管理　当数据链路两端的结点进行通信时,需要根据具体情况配置数据链路层,使之能为网络层提供不同多种类型的服务。一般,可将数据链路层提供的服务分为三类:面向连接的确认服务(Acknowledged Connection Oriented Service)、无连接确认服务(Acknowledged Connectionless Service)和无连接不确认服务(Unacknowledged Connectionless Service)。面向连接的确认服务可提供无差错的、有序的分组传输。这包含三个阶段。首先是建立一条数据链路,每个网络层都有一个服务访问点 SAP,通过它可以访问数据链路层。然后是进行数据传输,也就是将分组封装在数据链路帧中并通过物理层传输。最后是在通信结束后拆除连接,释放原来分配给连接的变量和缓冲区。目前在大多数广域网中,通信子网的数据链路层一般采用面向连接的确认服务。数据链路层也可提供无连接的服务,与第一种服务的不同之处在于它不需要在帧传输之前建立数据链路,也不需要在帧传输结束后释放数据链路。这类服务主要用于不可靠的传输信道,如无线通信系统。

## 4.2　帧 与 组 帧

为了实现数据链路层诸如差错控制、物理寻址和流量控制等一系列功能,数据链路层必须要使自己所看到的数据是有意义的,其中除了要传送的用户数据外,还要提供关于寻址、差错控制和流量控制所必需的信息,而不再是物理层所谓的原始比特流。为此,数据链路层采用了被称为帧的协议数据单元作为数据链路层的数据传送逻辑单元。不同的数据链路层协议的核心任务就是根据所要实现的数据链路层功能来规定帧的格式。

### 4.2.1 帧的基本格式

尽管不同的数据链路层协议给出的帧格式存在一定的差异,但它们的基本格式大同小异,如图 4-3 所示。将帧格式中具有特定意义的部分称为域或字段。

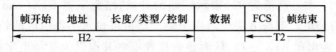

| 帧开始 | 地址 | 长度/类型/控制 | 数据 | FCS | 帧结束 |
|---|---|---|---|---|---|

图 4-3　帧的基本格式

在图 4-3 中,帧开始字段和帧结束字段分别用以指示帧或数据流的开始和结束。地址字段给出结点的物理地址信息,物理地址可以是局域网网卡地址,也可以是广域网中的数据链路标志。地址字段用于设备或机器的物理寻址。长度/类型字段提供有关帧长度或类型的信息,也可能是其他一些控制信息。数据字段承载来自高层即网络层的数据分组。帧检验序列(Frame Check Sequence,FCS)字段提供与差错检测有关的信息。通常把数据字段之前的所有字段统称为帧头 H2,数据字段之后的所有字段称为帧尾 T2。

### 4.2.2 组帧

所谓组帧就是把比特流分割成离散的数据单元或块。组帧的前提是物理层必须充分同步,以标志单个比特或字节。根据位同步不同的精确程度,有不同的组帧方法。每种帧类型都有特定的格式和时标序列。在精确性最差时,通常采用 EIA RS－232 标准的串行线路接口进行异步数据传输。在这种情况下,信息不是以固定时隙进行传输的,因此,需要在每个 8 bit 字符前后分别加上 1 bit,来表示该字符的开始和结束,接收端利用这些比特进行同步。但在同步传输方式中,数据按照固定时隙传输,接收结点需要利用特定电路,如用窄带滤波器或锁相环提取位定时分量,再经脉冲形成电路输出为同步脉冲。

不同的组帧方式在某些方面的要求有所不同。组帧方式大致可分为两大类,一是固定长度帧组帧方法,即帧中信息字段长度为某个固定的整数字节,如 8 个字节或 32 个字节;二是可变长度帧组帧方法,即帧中信息字可为任意长度。

对于固定长度帧的组帧,例如,在 T1 载波系统的物理层中,每 1 帧由一个组帧比特和 24 个字节组成,而组帧比特总是紧随在序列 101010…之后。当接收结点需要同步比特流时,它首先处于"搜索"状态,在该状态中检测组帧比特的位置。从统计学上可证明,因为任意位置都不可能长时间携带序列 1010…,所以接收结点总能锁定正确组帧比特的位置。因此,只有发生比特差错、比特丢失和信号丢失时,帧才可能不同步。再如,在 ATM 网络中,每个信元由 53 个字节组成,用 CRC 报头校验对信元进行组帧处理可以看作是数据链路层的功能。在这些例子中,组帧的基本方法就是字符统计。一旦找到组帧比特或字符,系统就可根据帧的长度找到帧尾,从而确定帧的位置是否改变或丢失。

对于可变长度帧的组帧,则需要更多的信息来标志。比较有效的方法是:用特殊字符识别帧的开始和结束,或用特殊比特形式组成的标志(Flag)来识别帧的开始和结束;此外还有字符计数和 CRC 校验等组帧方法。在此主要讨论可变长度帧的组帧方式。

## 1. 基于字符的组帧

当采用基于字符的帧同步方法时,帧的信息字段为整数字节。例如,异步传输系统广泛用于传输 8 位 ASCII 码的可显示字符序列。为了表示字符帧,用 8 位不可显示的特殊字符作为控制字符。ASCII 码中所有的十六进制字符值比相应的不可显示字符值小 20。通常用起始控制字符 STX(Start of Text)(十六进制值为 02)表示一帧的开始,结束字符 ETX(End of Text)(十六进制值为 03)表示一帧的结束。但该方法仅适用于帧全部由可显示字符组成的情况。如果携带有计算机数据,则帧中可能出现 ETX 字符,从而导致接收端将其误以为是结束字符,并且过早地截断该帧。因此帧中不能含有某些特定的比特序列,称为不透明的方法。

可以用比特填充的方法来实现透明传输,具体操作为:引入一个十六进制值为 10 的转义字符 DLE(Data Link Escape,数据链路转换),用字符组 DLE STX 表示一个帧的开始,DLE ETX 表示一个帧的结束。因此,只要找到这两个字符组,接收端就可以识别帧的开始和结束。但传输的数据中也可能存在 DLE STX 或 DLE ETX,为了避免它们和真正的转义字符混淆,需要在帧中的每个 DLE 字符前再插入(或者说是"填充")一个 DLE 字符,变为两个连续 DLE 字符,从而单个的 DLE 就只出现在标志字符组中。关于字节填充的具体示例如图 4-4 所示。

| A | DLE | B | ETX | DLE | STX | E |

**所发送的数据**

| DLE | STX | A | DLE | DLE | B | ETX | DLE | DLE | STX | E | DLE | ETX |

**在缓存和成帧后**

图 4-4　借助于 DLE 字符的填充示例

## 2. 基于比特的组帧

通常的组帧过程涉及在所传输的数据消息的头部和尾部插入标志字符。基于标志的帧同步方法可以实现任意长度帧的传输。例如,如果使用比特模式 01111110(6 个连续的 1)作为开始 – 停止标志,假如数据集合(即所传输的数据)由 11101111 构成,那么形成的帧是 0111111011101111101111110。

由于在数据流中引入了开始 – 停止比特序列,出现了一个需要关注的问题:如果数据消息与开始 – 停止比特串有相同的模式,接收结点如何分辨真实的用户数据和开始 – 停止比特呢? 如果数据消息包含与开始 – 停止标志相同的比特模式,那么就必须改变数据集合以保证开始 – 停止比特模式的唯一性。实现这个功能的一种方式是使用称为比特填充(Bit Stuffing)的方法。例如,假设某个数据集由比特串 0111111001111101 构成,而开始 – 停止比特是 01111110。注意数据信息中包括一个开始 – 停止标志的实例。所实现的比特填充方式是:在数据流中每 5 个连续比特 1 后紧接着"填充"一个比特 0。通过删除每 5 个连续 1 后面的比特 0,接收结点"解填充"这些比特 0。具体说,比特填充的具体过程如下:

将要传输的数据集实例: 1111110011111011

比特填充后的数据集:1111101001111110011

经过比特填充和插入开始 – 停止比特后的数据集:01111110 1111101001111110011 01111110

因此,将要传输的帧是:01111110　　　1111101001111110011　　　　01111110

　　　　　　　　　　　帧的开始　　　带比特填充的用户数据　　　　帧的结束

可以看到,帧的开始和结束用一个 8 bit 的标志 01111110(即十六进制值 0x7E)来标志。比特填充是为了避免在帧的其他字段中也出现 01111110。一旦检测到 5 个连续的 1,发送端就在其后插入一个 0,然后再加上帧的开始和结束标志。接收端在接收序列中查找 5 个连续的 1,若其后有一个 0,则表明这个 0 是填充比特,接收端将其丢弃。

3. 通用组帧规程

通用组帧规程(Generic Framing Procedure,GFP)是属于 ITU-T G.704 的一个新组帧标准,它提供的组帧机制支持多种数据流量类型向 SONET/SDH 帧的直接映射,使得类似以太网和光纤通道的协议具有了在现有的可靠 SONET/SDH 基础设施上远距离传输的灵活性。GFP 克服了其他组帧方法的一些缺点。比如,对于字节填充,每当帧中出现 0x7E 或 0x7D 时,都要插入一个附加字节,显然无法预测传输的帧长。另外,由于字节填充可以通过向帧中插入大量标志来消耗传输带宽,也给恶意用户提供了可乘之机。

GFP 帧由三个主要组件组成:核心头、载荷头和载荷区,如图 4-5 所示。其中,核心头和载荷头构成了 GFP 头,而载荷区表示客户数据服务流量。载荷头提供了所携带内容的载荷类型信息(以太网、光纤通道等),而核心头携带的是 GFP 帧自身的大小信息,这些组件共同构成 GFP 帧。该帧可被映射到 T-Carrier/PDH 通道,并最终通过 SONET/SDH 网络得以传输。

在图 4-5 中,核心头包含净荷长度指示器(Payload Length Indicator,PLI)和核心报头差错校验(core Header Error Checking,cHEC)前两个字段,它们用于标志一个帧。其中,2B 的 PLI 指明 GFP 净荷域的长度,从而指示了下一个 GFP 帧的开始;cHEC 可用于纠正一个差错和检测多个差错。

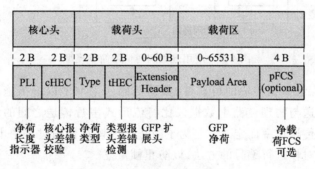

图 4-5　通用组帧规程的帧结构

GFP 结点通过搜索状态、预同步状态和同步状态的进程与 GFP 帧边界进行同步。即:

(1)接收结点首先处于搜索状态,它每次检测 4 个字节,并且检验前两个字节得到的 CRC 是否与后两个字节的 CRC 相等。如果不相等,接收结点就向前移一个字节(GFP 物理层是字节同步),重复上面的计算,直到它们相等为止。

(2)接收结点进入预同步状态(中间状态),用暂定的 PLI 字段确定下一帧的边界位置。如果连续收到 N 个正确的帧校验,接收结点就转移到同步状态。

(3)在同步状态,接收结点用 cHEC 验证每一个帧的 PLI,同时提取帧的净荷,然后继续处理下一个帧。

GFP 用于在字节同步的物理层上进行操作。GFP 的净荷可含有若干字节。GFP 的帧可以是可变长度或固定长度。在帧映射(Frame Mapped)模式中,GFP 可传送可变长度的净荷,如以太网帧、PPP/IP 分组或 HDLC 帧的 PDU。而在透明映射（Transparent Mapped）模式中，GFP 用固定长度的帧传送低延时的同步信息流，这一点适用于处理计算机存储器产生的流量，所用的标准包括光纤信道、企业系统连接体系结构（Enterprise System Connection Architecture，ESCON）、光纤连接器（Fiber Connector，FICON）和千兆以太网。GFP 是目前一个非常重要的标准，因为它支持最普通传输设备 SONET/SDH 上的以太网和 IP 接入。

## 4.3　自动重传请求协议

由位于不同计算机上的应用进程通信过程可知，发送端的应用进程将数据由应用层逐层往下传送，经数据链路层到物理链路，并通过物理链路传送至另一端主机的物理层，然后再逐层往上传，经由应用层交给接收端的应用进程。在本节内容中，为了把注意力集中在讨论数据链路层的协议上，不妨采用一个如图 4-6 所示的简单模型，即把数据链路层以上的各层用一个主机来代替，将物理层并入物理链路。那么，发送端向接收端发送一个一个的帧，发送端如何知道发送的帧是否正确到达了接收端，从而保证传输的可靠性呢？

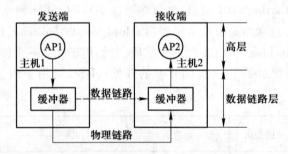

图 4-6　应用进程间通信的简单模型

在图 4-6 中，为保证数据传输的可靠性，数据链路层采取了以下措施。一是为了解决计算机内部信息的并行传送与物理链路上数据以比特流形式串行传送之间的矛盾，设置了缓冲器。缓冲器的深度视数据传送速率而定。二是为了防止出现帧在传输过程中出现丢失的现象，设置了计时器。三是采取对帧进行编号的方法，以防止帧重复。

在讨论实用数据链路协议时，必须考虑到两大因素：一是数据信息在信道上传输时，可能会出现差错；二是发送端与接收端的操作很难做到准确同步，有可能会造成数据信息丢失。下面由简单到复杂，介绍三个典型的数据链路协议，即停止等待式 ARQ、后退 N 帧式 ARQ 和选择重传式 ARQ 协议，以实现发送、接收端的可靠传输。

### 4.3.1　停止等待式 ARQ 协议

采用单工或半双工通信方式的停止等待式（Stop and Wait）ARQ 协议是一种基本的数据链路协议，其核心思想是，发送端每发送一帧数据信息后，必须停下来等待接收端返回了确认信息后才能继续操作下去。停止等待式协议就是由于操作过程中停止等待的特点而得名的。

1. 停止等待式 ARQ 协议操作方式

停止等待式 ARQ 协议的工作方式是：发送端首先向接收端发送一个数据帧，然后停止发送并等待接收端对这一帧数据的应答,收到正确的确认信息后,接着再发送下一帧数据。如果在超时时间内没有收到应答信息,发送端就会重发此数据帧,并再次停止发送以等待应答。具有简单流量控制的停止等待式控制协议的传输过程如图4-7所示。

图4-7 单工停止等待控制方式

图4-7描述了单工停止等待控制方式,即当数据帧丢失时,停止等待式协议如何使用确认帧(Acknowledgement,ACK)和超时机制对帧进行重传。所谓确认帧是协议传输给它的对等实体的一个小控制帧,告知对等实体已收到了刚才的帧。发送端收到一个ACK,表明帧传输成功。如果发送端在合理的一段时间后未收到ACK,那么它重传(Retransmit)原始帧。

在图4-7中,进程A向进程B传输数据帧。注意,进程A在发送数据帧的同时将启动数据帧定时器(I-frame Timer),该定时器将在超时后自动中止;所设定的超时时间要大于A收到相应ACK帧所需的时间。停止等待式ARQ协议的工作过程如下:

(1)进程A向进程B发送数据帧0,同时启动定时器,然后停止发送并等待B的ACK。

(2)B在正确收到数据帧0后向进程A返回ACK帧。

(3)A正确收到来自B的ACK,知道B已正确接收到数据帧0。

(4)进程A继续发送数据帧1,同时重新启动定时器。

(5)数据帧1在传送过程中出错。这可能是进程B对其进行CRC校验时发现错误,也有可能是数据帧1由于不完整而未被接收。总而言之,进程B没有收到正确的数据帧1,因此将不作任何应答。

(6)定时器超时,进程A重新发送数据帧1。

停止等待式ARQ协议按照这种方式继续传送数据帧1,直到数据帧1被正确接收,且发送端A收到确认ACK。然后,协议开始传送后续的数据帧。

可见在停止等待式ARQ协议中,接收端可以控制发送端的发送速率。需要说明的是,接收端反馈到发送端的ACK帧是一个无任何数据的帧,相当于一段时延标志。

2. 停止等待式ARQ协议的讨论

停止等待式ARQ协议的优点是控制简单,但也造成了传输过程中吞吐量降低,导致信道利用率不高。下面讨论可能出现的几种情况,如图4-8所示。

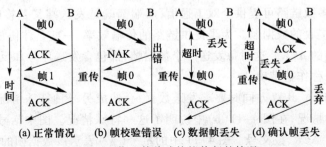

图4-8 停止等待式协议执行的情况

（1）发送端发送的数据帧，顺利地被接收端接收，接收端检验数据帧时没有发现差错，且数据帧的编号与接收端期待的相符，那么接收端就发送 ACK 给发送端，表示允许发送端继续发送下一帧数据信息，发送端顺利接收确认帧后就可发送下一帧数据，如图 4-8(a)所示。

（2）发送端发送的数据帧，被接收端顺利接收，但接收端检验数据帧时发现有错误，那么接收端就发送否认帧(Negative Acknowledgement，NAK)给发送端，表示请求发送端重传数据帧。发送端接收到否认帧后，就重新发送刚才的数据帧，直到接收端顺利接收并且返回确认帧后，发送端再发送下一帧数据。为此，发送端必须具有暂时保存已发送的数据帧副本的功能。如图 4-8(b)所示。

（3）发送端发送的数据帧，在传输过程中丢失了，没有被接收端接收，导致发送端计时器超时，那么这时发送端必须重新发送已发送过的数据帧，直到接收端发送 ACK 给发送端，发送端才能发送下一帧数据，如图 4-8(c)所示。

（4）发送端发送的数据帧，顺利地被接收端接收，接收端检验数据帧没有发现差错，且数据帧的编号与接收端期待的也相符，但是接收端发送给发送端的 ACK 却在传输过程中丢失了，导致发送端定时器超时。因此，发送端也必须重新发送刚才发送过的数据帧，如图 4-8(d)所示。

发送端发送的数据帧，顺利地被接收端接收，接收端检验数据帧没有发现差错，但接收端收到了两次帧 1，说明 ACK 的丢失将导致数据帧的重复传送，如图 4-9 所示。这可以通过在每个数据帧的报头中加上不同的发送序号来解决数据帧重复问题。如果接收端收到序号相同的帧 1，那么接收端就可以识别出第二次接收到的帧 1 是一个重复帧，便将初始数据帧丢弃，并重新发送 ACK 给发送端，发送端顺利接收 ACK 后，再发送下一帧数据。

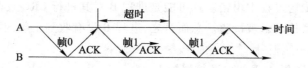

图 4-9　ACK 丢失的情况

停止等待式 ARQ 协议规定只有一帧完全发送成功之后，才能发送新的数据帧，因此只要用 1 位二进制数对数据帧进行编号即可。根据上述，表示发送端和接收端执行停止等待式 ARQ 协议的流程如图 4-10 所示。由于发送端是自动地对出错帧进行重传，通常将这种使用确认和超时实现可靠传输的策略称为自动重传请求(Automatic Repeat Request，ARQ)。利用 ARQ 的检错和重传机制，即使数据帧在传输过程中出错，也能够保证数据帧正确传输到接收端。

由于在上述停止等待式 ARQ 协议中，假定数据帧是单向传送的，反向路径仅简单地用于传送确认帧。然而，大多数链路可提供全双工通信，两端都既是发送端又是接收端，前者控制发送的数据帧，后者控制接收的数据帧。为了提供链路的传输效率，一些具体协议中利用返回的数据携带相反方向数据帧的 ACK。这时每发送一个数据帧，都包含发送序号和反向数据帧 ACK 帧的接收序号。这种方法称作捎带确认。

但是，如果开始时 A、B 双方同时要求发送数据，会造成另一种特殊情况。图 4-11(a)中给出了协议正常工作的情况，在图 4-11(b)中说明了这一特殊情况。图中括号内的含义依次表示帧号 seq、捎带确认号 ACK、报文号。图 4-11 中的星号( * )表示该数据帧的内容第一次收到，且正确接收。

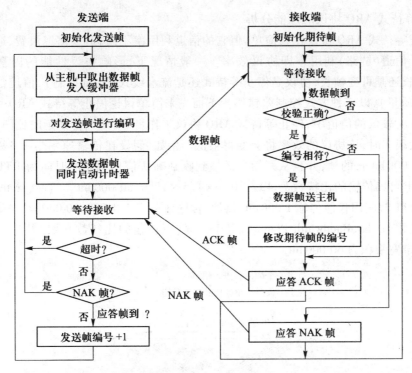

图 4-10 发送端和接收端执行停止等待式 ARQ 协议流程图

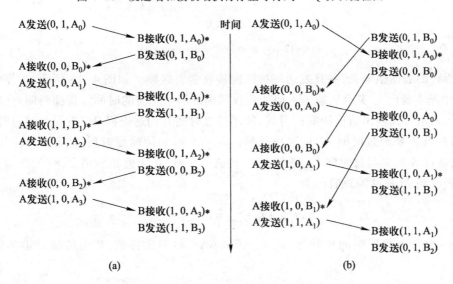

图 4-11 停止等待式 ARQ 协议的捎带确认

如果 B 在发送它的一个帧之前,等待 A 的第一个帧,那么次序就像图 4-11(a)所示的那样。如果 A 和 B 同时开始通信,它们的第一个帧交叉,就出现图 4-11(b)所示的情况。

在图 4-11(a)中没有出现重复的帧;在图 4-11(b)中,即使网络传输没有差错,其中也有一半的帧是重复的,这个问题是由于第 1 帧未发确认帧而引起的。当设置的计时器超时时间过短时,也会发生类似的情况;严重时,甚至会出现数据帧可能发送 3 次或者更多的次数。

### 3. 停止等待式 ARQ 协议的性能分析

虽然停止等待式 ARQ 协议比较简单,但它的信道利用率不高,造成信道浪费,通常用信道利用率来衡量。信道(链路)利用率即协议效率。一般情况下,影响协议性能的因素有多种。譬如,是固定帧长还是可变帧长,协议是停止等待式还是流水线式(流量控制),信道是半双工还是全双工(信道质量),以何种方式控制差错等。下面先来简单讨论停止等待式 ARQ 协议的性能。

在传播延时较低的信道中,停止等待式 ARQ 协议工作良好,而当传播延时比图 4-12 中所示帧传输时间大很多时,该协议的效率将会变得很低。例如,假设在传输速率为 1.5 Mbit/s 的信道中传送一个 1 000 bit 长的帧,并且从开始发送帧到收到确认信息所需的时间为 RTT = 40 ms。在 40 ms 内信道上可以传输的比特数为 $40 \times 10^{-3} \times 1.5 \times 10^{6} = 60\ 000$ bit。然而,停止等待式 ARQ 协议在每个 RTT 时间内仅能传输 1 000 bit,显然,传输效率只有 1 000/60 000 = 1.6%。若定义参数延时带宽乘积(Delay Bandwidth Product)等于带宽(可传输的比特数)乘以往返时间,那么,在该例中,延时带宽乘积为 60 000 bit。

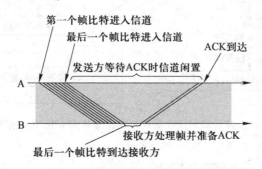

图 4-12　停止等待式 ARQ 协议效率

假设所有的数据帧等长,并且发送端持续向接收端发送帧。如图 4-13 所示,在停止等待式 ARQ 协议中基本延时 $t_0$ 表示从帧送入信道到收到确认消息所需的时间。传播时间 $t_{prop}$ 表示第一个比特从送入信道到输出信道所需的时间,帧尾经过时间 $t_f$ 到达进程 B。进程 B 经过时间 $t_{proc}$ 生成确认帧,并且需要经过时间 $t_{ack}$ 传送确认帧。在一个附加传输延时后,进程 A 收到这个确认帧。最后,进程 A 需要经过时间 $t_{proc}$ 进行 CRC 校验。显然,在无差错的情况下,发送端从开始发送一个帧到收到 ACK 共需总时间为

$$t_0 = 2t_{prop} + 2t_{proc} + t_f + t_{ack} = 2t_{prop} + 2t_{proc} + \frac{n_f}{R} + \frac{n_a}{R} \tag{4-1}$$

其中 $n_f$ 为每个数据帧的比特数,$n_a$ 是 ACK/NAK 帧的比特数,$R$ 为传输信道的数据传输速率。

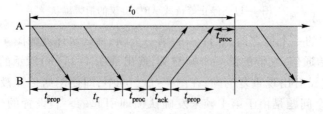

图 4-13　停止等待式 ARQ 的时延示例

在无差错的情况下,若将该协议的有效数据传输速率定义为

$$R_{\text{eff}}^0 = \frac{\text{传送到目的端的信息比特数}}{\text{传送这些信息比特所需要的总时间}} = \frac{n_f - n_0}{t_0} \tag{4-2}$$

其中,$n_0$ 表示帧的开销字节,即报头比特和 CRC 校验位的总和。定义 $R_{\text{eff}}^0$ 与 $R$ 之比为停止等待式 ARQ 协议的传输效率,可得到

$$\eta_0 = \frac{\dfrac{n_f - n_0}{t_0}}{R} = \frac{1 - \dfrac{n_0}{n_f}}{1 + \dfrac{n_a}{n_f} + \dfrac{2(t_{\text{prop}} + t_{\text{proc}})R}{n_f}} \tag{4-3}$$

由式(4-3)可清楚地获知影响停止等待式 ARQ 协议效率的主要因素。分子上的 $n_0/n_f$ 项表示由于传输报头和 CRC 校验而降低的效率。分母上的 $n_a/n_f$ 项表示因传输确认帧而损失的效率。最后一项 $2(t_{\text{prop}} + t_{\text{proc}})R$ 是延时带宽乘积值或响应时间,很明显,传播时延的增加会使系统效率降低。

在有传输错误的情况下,一个帧可能要经过多次传输才能成功。假设每次传输或重传都需要 $t_0$ 秒,若 $p_f$ 表示帧传输出错并重传的概率,如果 10 个帧中有 1 个帧正确传输,则 $1 - p_f = 0.1$,即平均一个帧要发送 10 次才可以通过。显然,在帧传输出错概率为 $p_f$,且不同帧的差错是相互独立的,则每一帧要发送 $1/(1 - p_f)$ 次才可能成功。因此,在停止等待 ARQ 机制下,传输一个帧平均需要时间 $t_{\text{sw}} = t_0/(1 - p_f)$。对式(4-3)进行修正,可得到在有传输差错情况下停止等待式 ARQ 协议的效率

$$\eta_{\text{SW}} = \frac{\dfrac{n_f - n_0}{t_{\text{sw}}}}{R} = \frac{1 - \dfrac{n_0}{n_f}}{1 + \dfrac{n_a}{n_f} + \dfrac{2(t_{\text{prop}} + t_{\text{proc}})R}{n_f}}(1 - p_f) = \eta_0(1 - p_f) \tag{4-4}$$

式(4-4)表明系统效率 $\eta_{\text{SW}}$ 由 $\eta_0(1 - p_f)$ 决定,其中 $\eta_0$ 为无差错时的系统效率。由此可见,传输差错对停止等待式 ARQ 协议的性能也有很大影响。

## 4.3.2 后退 *N* 帧式 ARQ 协议

为提高停止等待式 ARQ 协议的效率,可以允许发送端发送完一数据帧后,不必停下来等待对方的应答,而是按照帧编号的顺序连续发送若干帧。如果在发送过程中,收到接收端发送来的确认帧,可以继续发送,因此也把这种控制方式称为连续 ARQ 协议。若收到对其中某一帧的否认帧或者当发送端发送了 $N$ 个帧后,发现该 $N$ 帧的前一个帧在计时器超时后仍未返回其确认信息,则该帧被判为出错或丢失,此时发送端就不得不重新发送出错帧及其后的 $N$ 帧。这种方法称为后退 $N$ 帧式 ARQ,也是后退 $N$(Go Back N)帧名称的由来。因为对接收端来说,由于这一帧出错,就不能以正常的序号向它的高层递交数据,对其后发送来的 $N$ 帧也不能接收而必须丢弃。

### 1. 后退 *N* 帧式 ARQ 协议的工作过程

后退 $N$ 帧式 ARQ 协议的工作过程如图 4-14 所示。图中假定发送完 8 号帧后,发现 2 号帧的 ACK2 在计时器超时后还未收到,则发送端只能退回从 2 号帧开始重传。

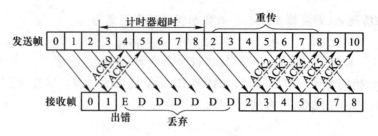

图 4-14　后退 $N$ 帧式 ARQ 协议的工作过程

从后退 $N$ 帧式 ARQ 协议的工作过程可以看出,如果某一帧没有正确确认时,该帧以及后面的所有数据帧都要被重传,即一旦出差错,发送端就要后退 $N$ 个帧,然后再开始重传。可见,未被确认帧的数目越多,需要重传的帧也就越多,占用的时间和开销也会增加,数据传输效率较低。为了提高传输效率,引入了滑动窗口协议来进行流量控制。

2. 滑动窗口协议

滑动窗口协议是指一种采用滑动窗口机制进行流量控制的方法。它通过限制已经发送但还未得到确认的数据帧的数量,来调整发送端的发送速度。在滑动窗口协议中,窗口的大小由往返传输的时间决定,这一技术称为流水线(Pipeline)。许多使用位填充技术的数据链路层协议(如 HDLC 协议)都使用滑动窗口协议进行流量控制。

(1) 发送窗口和接收窗口

① 发送窗口指发送端允许连续发送帧的序列表;即在任何时刻,发送过程保持与允许发送的帧相对应的一组序列号。发送窗口的大小(宽度)规定了发送端在未得到应答的情况下,允许发送的数据单元数。换言之,窗口中能容纳的逻辑数据单元数,就是该窗口的大小。

② 接收窗口指接收端允许接收帧的序列表。接收窗口用来控制接收端应该接收哪些帧。

发送窗口和接收窗口不需要有相同的窗口上限和下限,两个窗口的大小也可以不相等。通常窗口的大小是固定的,但也可以根据帧的发送和接收状况对窗口进行放大和缩小。

(2) 窗口滑动过程

在滑动窗口协议中,每一个要发送的帧都要赋予一个序列号,其范围从 0 到某一个值。如果在帧中用以表达序列号的字段长度为 $n$,则序列号的最大值为 $2^n - 1$。例如,若在帧中序列号为 3 即 $n = 3$,则编号可以从 0 至 7 中进行选择。序列号是循环使用的,若当前帧的序号已达到最大编号(即 $2^n - 1$)时,则下一个待发送的帧序列号将重新为 0,此后再依次递增。

在发送端,要维持一个发送窗口。如果发送窗口的大小为 $W_s$,则表明已经发送出去但仍未得到确认的帧总数不能超过 $W_s$。在发送窗口内所保持着的一组序列号,对应于允许发送的帧,并形象地称这些帧落在发送窗口内。显然,在初始状态下,发送窗口内允许发送的帧的个数为 $W_s$,而每发出一个帧,允许发送的帧数就减 1。一般情况下,窗口的下限对应当前已经发送出去但未被确认的最后一帧,一旦这个帧的确认帧到达后,发送窗口的下限和上限各加 1,相当于窗口向前滑动一个位置,同时当前允许发送的帧数加 1。若发送窗口内已经有 $W_s$ 个没有得到确认的帧,则不允许再发送新帧,需要发送的帧必须等待接收端传来的确认帧并使窗口向前滑动,直至其序列号落入发送窗口内才能被发送。

在接收端则要维持一个接收窗口。在接收窗口中也保持着一组序列号,并对应着允许接收的帧,只有发送序列号落在窗口内的帧才能被接收,落在窗口之外的帧将被丢弃。

窗口滑动的过程是:发送端每发送一帧,窗口便向前滑动一个格,直到发送帧数等于最大窗口数目时停止发送。图4-15给出了一个3位长度的序列号,发送与接收窗口尺寸大小均为4的滑动窗口协议的窗口滑动过程实例。

发送窗口                                                                          接收窗口

 初始状态:发送方等待发送帧,可以发送0、1、2和3号帧;接收方等待接收帧,可以接收0、1、2和3号帧。

 状态2:发送方发送帧0和帧1,接收方等待接收帧

 状态3:接收方正确接收了帧0和帧1,并给发送方确认消息。接收窗口向前滑动,表明可以接受帧2、帧3、帧4和帧5。

 状态4:发送方收到了关于帧0和帧1的确认消息,发送窗口向前滑动,表明可以发送帧2、帧3、帧4和帧5。

图4-15　滑动窗口协议的工作实例(3位序列号,窗口大小为4)

从上面例子中可以看出,发送窗口是随接收窗口的滑动而滑动的,只有在接收窗口向前滑动时,发送窗口才有可能向前滑动。接收窗口如果不向前滑动,发送端就不能发送更多的帧(最多只能发送 $W_s$ 个帧)。由于在数据传输过程中收、发窗口在不断滑动,所以称为滑动窗口。就像图4-15中那样,只有收到0号和1号帧的确认帧之后,发送窗口才能发送4号和5号帧,从而达到了流量控制的目的。

显然,取3位二进制码作为帧序号,则帧序号在0~7之间循环。这时,发送窗口的最大尺寸长度 $W_{smax}=7$。若将 $W_{smax}=8$,则当第一个循环周期中全部数据帧的响应帧丢失时,发送端在等待重发时间 $t_{out}$ 后,又重传第一个周期的全部帧;而接收端无法辨认出是第一周期的重复帧,从而造成重复帧差错。因此,当用 $n$ 个二进制码进行数据帧编号时,若接收窗口 $W_r=1$,发送窗口的最大长度 $W_{smax}=2^n-1$。

由后退 $N$ 帧式 ARQ 协议可知,若某一帧出错,需要后退 $N$ 个帧后,从有差错的帧开始重传。显然,在滑动窗口机制下有 $N \leqslant W_s$,即每次需要重传帧的个数小于发送窗口的长度。

(3) 滑动窗口协议的主要功能

① 在不可靠链路上可靠地传输帧,这是该协议的核心功能。

② 用于保持帧的传输顺序(缓存错序到达的帧)。

③ 支持流量控制,它是一种接收端能够控制发送端使其降低速度的反馈机制。

正是滑动窗口协议的这种集帧确认、差错控制、流量控制为一体的良好特性才使得该协议不仅被广泛地应用于数据链路层中,还被作为传输层实现相应功能的重要机制。因此,后退 $N$ 帧式 ARQ 协议中采用了滑动窗口技术对连续传送帧的数量进行控制。

3. 后退 $N$ 帧式 ARQ 协议的性能分析

为便于分析后退 $N$ 帧式 ARQ 协议的性能,令 $t_{GBN}$ 表示在 $1-p_f=0.1$(也就是 10 帧中的 1 帧被正确传输)时成功传输一帧所需的时间。传输第一帧需要时间 $t_f=n_f/R$,因为第一帧出错的概率为 $p_f=0.9$,所以需要进行额外的重传。在后退 $N$ 帧式 ARQ 协议中,每次重传都要发送 $W_s$ 个帧,每帧需要时间 $t_f$,平均重传次数为 $1/(1-p_f)$,在本例中就是 10 次。因此,在后退 $N$ 帧式 ARQ 协议中,成功传输一帧需要的总时间为

$$t_{GBN}=t_f+p_f\frac{W_s t_f}{1-p_f} \tag{4-5}$$

代入以上数据,$t_{GBN}=t_f+9W_st_f$。将 $t_{GBN}$ 代入(4-3)式,就可得到后退 $N$ 帧式 ARQ 协议的效率为

$$\eta_{GBN}=\frac{\dfrac{n_f-n_0}{t_{GBN}}}{R}=\frac{1-\dfrac{n_0}{n_f}}{1+(W_s-1)p_f}(1-p_f) \tag{4-6}$$

显然,如果信道无差错,即 $p_f=0$,那么后退 $N$ 帧式 ARQ 协议可获得很好的效率,也就是 $1-n_0/n_f$。对于有差错的信道,由于需要传输的总帧数为最先传输的一帧加上以后每次后退重传的 $W_s$ 帧,致使后退 $N$ 帧式 ARQ 协议的效率不会比停止等待式 ARQ 有多大的改善。

### 4.3.3　选择重传式 ARQ 协议

当信道差错率较高时,后退 $N$ 帧式 ARQ 协议会显得效率很低,因为它需要将已经传输到目的端的帧再重传一遍,这显然是一种浪费。为了进一步提高信道利用率并减少重传次数,另一种效率更高的策略是当接收端发现某帧出错后,其后继续送来的正确帧虽然不能立即递交给接收端的高层,但接收端仍可收下来,暂存在一个缓冲区中,同时要求发送端重新传输出错的那一帧。一旦收到重新传输来的帧以后,就可以与原已存于缓冲区中的其余帧一并按正确的顺序递交高层。这种方法称为选择重传(Selective Repeat)式 ARQ 协议。

1. 选择重传式 ARQ 协议的工作过程

选择重传式 ARQ 协议的工作过程如图 4-16 所示。图中 2 号帧的否认返回信息 NAK2 要求发送端选择重传 2 号帧。显然,选择重传减少了浪费,但要求接收端要有足够大的缓冲区空间。

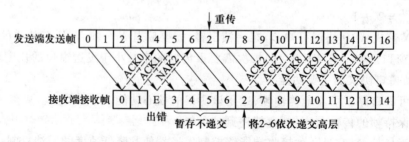

图 4-16　选择重传式 ARQ 示例

选择重传式 ARQ 协议的关键是当某个数据帧出错时,不需要重传后面所有的帧,但需要接收端用一个缓冲区来存放未按顺序正确收到的数据帧。即凡是在一定范围内到达的帧,即使未

按顺序收到,也要接收下来。这个范围用接收窗口表示。由于选择重传式 ARQ 协议的接收窗口大于 1,可见后退 $N$ 帧式 ARQ 协议是选择重传式 ARQ 协议接收窗口等于 1 时的特例。

对于选择重传式 ARQ 协议,若用 $n$ 位二进制码进行编号,则发送窗口 $W_s \leqslant 2^n - 1$,接收窗口不应该大于发送窗口,因此,$1 < W_r \leqslant 2^n - 1$。表 4-1 中采用滑动窗口的方法对以上 3 种协议进行了比较,其中 $n$ 为帧编号的二进制位数。

**表 4-1 停止等待、后退 $N$ 帧和选择重传式 ARQ 的比较**

| 协议类型 | 发送窗口 $W_s$ | 接收窗口 $W_r$ |
|---|---|---|
| 停止等待式 ARQ | 1 | 1 |
| 后退 $N$ 帧式 ARQ | $2^n - 1 \geqslant$ 发送窗口 $W_s > 1$ | 1 |
| 选择重传式 ARQ | $2^n - 1 \geqslant$ 发送窗口 $W_s > 1$ | $> 1$ |

**2. 选择重传式 ARQ 的性能分析**

为了定量分析选择重传式 ARQ 的性能,假设任何帧的传输成功概率都是 $1 - p_f$,且每个帧的传输都相互独立,则成功传输一帧所需的平均传输次数为 $1/(1 - p_f)$,因此平均传输时间为

$$t_{SR} = \frac{t_f}{1 - p_f} \tag{4-7}$$

于是由式(4-3)可以得到选择重传式 ARQ 协议的效率简化公式为

$$\eta_{SR} = \frac{\dfrac{n_f - n_0}{t_{SR}}}{R} = \left(1 - \frac{n_0}{n_f}\right)(1 - p_f) \tag{4-8}$$

当帧的差错率 $p_f$ 为 0 时,可获得最佳效率为 $1 - n_0/n_f$。需要注意的是,只有当发送窗口尺寸大于延时带宽乘积时,该等式才成立。如果窗口尺寸太小,发送端发送的帧数量就可能超出给定的序号范围,导致系统效率下降。

**3. 选择重传式 ARQ 协议、后退 $N$ 帧式 ARQ 协议和停止等待式 ARQ 协议性能比较**

选择重传式 ARQ 协议、后退 $N$ 帧式 ARQ 协议和停止等待式 ARQ 协议在执行的复杂度和传输有效性等方面都有所不同。影响传输效率的因素有:报头和 CRC 开销、延时带宽乘积、帧的大小和帧的差错率。当帧较长时,可以忽略报头和 CRC 开销,则这些协议的效率表达式可分别简化为

$$\eta_{SR} = (1 - p_f), \quad \eta_{GBN} = \frac{(1 - p_f)}{1 + L P_f}, \quad \eta_{SW} = \frac{1 - p_f}{1 + L} \tag{4-9}$$

其中 $L = 2(t_{prop} + t_{proc})R/n_f$ 是若干帧中的"通信信道"大小,发送窗口尺寸设为 $W_s = L + 1$。利用这些简化公式有助于分析影响 ARQ 协议效率的主要因素。

很明显,在各种 ARQ 协议中,选择重传式 ARQ 协议效率最高,因为在同样情况下,它需要重传的帧数最少。由选择重传式 ARQ 的效率 $\eta_{SR}$ 表达式可以看出,帧的差错率 $p_f$ 是影响传输效率的主要因素。提高传输效率的唯一途径是减少 $p_f$,比如通过帧的纠错编码来减少 $p_f$。上述公式还说明选择重传式 ARQ 协议是后退 $N$ 帧式和停止等待式 ARQ 协议的一个基准。后退 $N$ 帧式 ARQ 协议比选择重传式 ARQ 协议的效率要低,这主要表现在因子 $1 + L p_f$ 上。而停止等待式

ARQ 协议比选择重传式 ARQ 协议的效率还要低,这主要表现在因子 $1+L$ 上。当 $Lp_f$ 很小时,后退 $N$ 帧 ARQ 几乎与选择重传 ARQ 协议性能相同。另一方面,当 $p_f$ 接近于 1 时,后退 $N$ 帧式 ARQ 协议的效率就很接近停止等待式 ARQ 协议。另外,停止等待式 ARQ 协议的效率仅是选择重传式 ARQ 协议的 $1/(L+1)$ )。

## 4.4   高级数据链路控制协议

数据链路层协议基本上可以分为面向字符型与面向比特型两大类,并且经历了一个不断改进的发展过程。最早出现的数据链路层协议是面向字符型的协议,其典型实例是(Binary Synchronous Communication,BSC)协议。BSC 协议的特点是利用已经定义好的标准编码(如 ACSII 码、EBCDIC 码)的一个子集来执行通信控制功能。其明显的缺点是使用不同的字符集的两台计算机很难进行通信。另外,控制字符的编码也不能在用户数据中出现。

针对面向字符型协议的缺点,人们认识到需要设计一种新的协议来代替面向字符型协议。1974 年,IBM 公司推出了 SNA 体系结构,在数据链路层采用面向比特型的(Synchronous Data Link Control,SDLC)协议。后来,IBM 建议 ANSI 与 ISO 组织将 SDLC 协议变成国际标准。ANSI 将 SDLC 修改后的先进数据通信规程(Advanced Data Communication Control Procedure,ADCCP)作为美国国家标准。ISO 将 SDLC 修改后的高级数据链路控制协议(High-level Data Link Control,HDLC)作为国际 ISO 3309。CCITT 将 HDLC 修改为链路接入规程(Link Access Procedure,LAP),并作为 X.25 建议书的数据链路层协议部分。下面以高级数据链路控制协议(HDLC)为例,讨论面向比特型协议的设计与使用。

### 4.4.1   HDLC 的帧格式

HDLC 是比较常用的数据链路层协议之一,它的功能很齐全;但对于某一特定用途,没有必要去实现 HDLC 的全部功能,而只需选择符合特定系统要求的部分功能即可。在这种意义上来说,只选择 HDLC 的一个子集即可。目前,在工业界有重要应用的 HDLC 子集为 SDLC、LAP、LAPB、LAPD 以及 LAPF 等。通常,这些子集与站的类型、链路结构、数据传输方式和协议等概念有关。同步数据链路控制 SDLC 和平衡链路访问过程 LAPB 是 HDLC 的两个重要子集。其中,SDLC 用于 IBM 公司的 SNA 网络环境,分类代号为 UN–1、UN–2、UN–3、UN–4、UN–5、UN–6、UN–12;而 LAPB 用于 X.25 网络环境中。

在 HDLC 中,数据和控制报文均以帧的标准格式传输。一个完整的 HDLC 标准帧由标志字段 F、地址字段 A、控制字段 C、信息字段 Info、帧校验序列字段 FCS 组成,格式如图 4–17 所示。

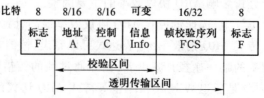

图 4–17   HDLC 帧格式

### 1. 标志字段 F

标志字段 F(Flag)占用 1B,为比特组合序列 01111110(7E)。当连续发送一系列帧时,标志字段可同时用作一个帧的结束和下一个帧的开始,具有帧同步的功能。当帧与帧之间有空闲时间时,可连续地发送标志字段作为时间填充。

为了保证标志字段 F 的唯一性,必须避免在除了 F 字段以外的其他字段中出现与 F 字段相同的比特串模式。为此,HDLC 采用基于 0 比特插入与删除技术。在其他字段中,只要发现 5 个连续 1,就在其后插入 1 个 0;在接收帧时,除了 F 字段外,只要发现 5 个连续的 1 就删除其后 1 个 0。这样经过 0 比特插入与删除处理后,就可以保证除 F 字段外不会出现 6 个连续 1 的比特串模式。

### 2. 地址字段 A

开始标志字段后是地址字段 A(Address),占用 1B 或 2B,它只能标明一个地址。在命令帧中,该字段表示执行该命令的次站地址;在响应帧中,该字段表示响应的次站地址。若地址字段用 8 位表示,共有 256 种组合。全 1 地址是广播地址,全 0 地址是无效地址;因此,有效地址为254 个。当需要扩展地址字段时,方法是用地址字段的第一位置 0 作为扩展位,表示下一个 8 位地址字段是基本地址的扩展。

地址字段的具体内容取决于所采用的操作模式。在非平衡链路中,不论是正常响应模式NRM,还是异步响应模式 ARM,地址字段总是写入次站地址。在平衡链路中,采用异步平衡模式ABM,这时地址字段总是填入响应站的地址。因此,地址字段的内容就是次站或响应站的地址。

### 3. 控制字段 C

帧的控制字段 C(Control)占用 1B 或 2B,用以标志和区别帧的类型和功能。根据控制字段前 2 位的取值,可以将 HDLC 帧划分为信息帧(I)、监督帧(S)和无编号帧(U)三类。其中所包含的计数信息用来统计已发送帧和已接收帧的总数,以便进行流量控制。

### 4. 信息字段 Info

信息字段 Info (Information)用来存放用户信息,是网络层传下来的服务数据单元 SDU。数据链路层在其头和尾各加 24 位的控制信息就构成了一个完整的 HDLC 标准帧。信息字段可以是任意的比特串,其长度没有限制。对于大多数 HDLC 结点而言,该字段的长度通常不大于256B 或 512B,虽然有一些方案可能允许发送更长的帧。

### 5. 帧校验序列字段 FCS

帧校验序列字段 FCS 使用 16 位的循环冗余码,采用的生成多项式是 ITU-CRC 规定的生成多项式 $G(x) = X^{16} + X^{12} + X^5 + 1$,用以保证数据的完整性。为增强检错能力,后来又提出了采用32 位 CRC 码的生成多项式 $G(x) = X^{32} + X^{26} + X^{23} + X^{22} + X^{16} + X^{12} + X^{11} + X^{10} + X^8 + X^7 + X^5 + X^4 + X^2 + X + 1$ 的 FCS。FCS 的校验范围是每帧除 F 字段以外的全部内容,即地址字段 A、控制字段 C和信息字段 Info。

## 4.4.2 HDLC 的帧类型及功能

根据 HDLC 帧中控制字段 C 前 2 位的取值不同,有三种类型的帧,即信息帧(I)、监督帧(S)和无编号帧(U)。图 4-18 给出了这三种类型帧的控制字段格式。

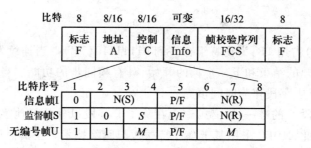

图 4-18　HDLC 三种类型帧的控制字段

1. 信息帧(I)

信息帧简称 I 帧。当控制字段的 $b_1$ 位为 0 时,表示该帧为信息帧。I 帧控制字段的各参数意义如下:

(1) N(S)和 N(R)

I 帧控制字段的 $b_2 \sim b_4$ 位为 N(S),用于存放发送序号;$b_6 \sim b_8$ 位为 N(R),用于存放接收序号。按照 HDLC 操作规程,每个站都把它的发送帧序号 N(S)和接收帧序号 N(R)保存下来。当发送一个帧的时候,要以 N(S)和 N(R)来指示发送/接收顺序情况。HDLC 协议采用滑动窗口流量控制技术。

(2) P/F(询问/终止比特)

I 帧控制字段 $b_5$ 位为询问/终止比特。这个比特功能较多,在 S 帧和 U 帧中都要用到,其意义和功能在 S 帧中具体介绍。

2. 监督帧(S)

监督帧简称 S(Supervisory)帧。当控制字段第 1~2 段为 10 时,则表示该帧为 S 帧。S 帧无信息字段,因此它只有 6 个字节,共 48 位。由于监督帧不包括信息字段,不需要有发送序号 N(S),但是其控制字段第 6~8 位的 N(R)却是十分重要的,在 S 帧的类型中将对此进行详细分析。

(1) S 帧的类型

S 帧共有 4 种类型,分别用 S 帧控制字段的 $b_3 \sim b_4$ 位,即 $S_1$、$S_2$ 的 4 种组合标志,见表 4-2。

表 4-2　S 帧的 4 种类型

| $S_1$ | $S_2$ | 帧　　名 |
|---|---|---|
| 0 | 0 | 接收准备就绪 RR 帧(Receive Ready) |
| 0 | 1 | 拒绝接收 REJ 帧(Reject) |
| 1 | 0 | 接收准备未就绪 RNR 帧(Receive Not Ready) |
| 1 | 1 | 选择拒绝接收 SREJ 帧(Selective Reject) |

接收准备就绪 RR 帧:任何一站发送该帧,都表示本站已准备好接收序号为 N(R)的帧,并确认序号小于 N(R)的所有 I 帧全部收到。

拒绝接收 REJ 帧:REJ 帧相当于后退 N 帧式 ARQ 协议的否认帧 NAK,用以请求发送端重传 N(R)序号以后的所有帧,但是确认序号小于 N(R)的所有 I 帧收到。当收到一个帧后,其发送序号等于 REJ 帧的 N(R)时,REJ 状态可清除。

接收准备未就绪 RNR 帧:该帧用来对链路进行流量控制,表示本站处于忙状态,未准备就绪接收序号为 N(R) 的 I 帧,但需要确认序号小于 N(R) 的 I 帧已收到。表示本站有能力接收 I 帧时,可以发送 RR 帧、REJ 帧或者带 P/F = 1 的 I 帧,以表明本站已消除忙状态。

选择拒绝接收 SREJ 帧:SREJ 帧相当于选择重传式 ARQ 协议中的否认帧 NAK,请求发送端只重传序号为 N(R) 的 I 帧,并对其他序号的 I 帧全部确认。

（2）P/F 功能

S 帧的 $b_5$ 位是 P/F 比特。若 P/F 为 0,则没有任何意义。在不同的操作模式下,P/F 比特的用法不同。

① P 功能:查询。只有主站发送的命令帧中才有该 P 比特。在 NRM 操作模式下,主站可以采用 P = 1 的 S 帧或 I 帧作为命令帧,表示主站对次站的响应请求。次站不能主动向主站发送数据,只有收到主站发出的 P = 1 的命令帧后才能发送响应帧。在 ARM 型 ABM 操作模式下,任何站都可以主动发送 P = 1 的 S 帧或 I 帧作为向对方的响应请求,对方收到 P = 1 的帧后,即发送响应帧。

② F 功能:终止。只有次站发送的响应帧中才有该 F 比特。在 NRM 操作模式下,次站必须在最后一个 I 帧的响应帧中,将 P/F 置 1,即 F = 1,然后次站停止发送,直到又收到主站发送来的 P = 1 的命令帧时再开始下一次的发送。在 ARM 或 ABM 操作方式下,当收到对方 P = 1 的命令帧时,应发送 F = 1 的响应帧,但此时次站不需要停止发送,其他的响应帧可以跟在 F = 1 的响应帧后继续发送。因此,在 ARM 或 ABM 操作模式下,F = 1 不表示次站的传输结束。

需要指出的是,主站发送了一个带 P 比特的命令帧后,次站必须回送一个带 F 比特的响应帧。数据帧中 P/F = 1 表示最后一帧的终结信息。

3. 无编号帧（U）

无编号帧简称 U(Unnumber) 帧,控制字段中不包括 N(S) 和 N(R)。当控制字段的 $b_1 \sim b_2$ 位为 11 时,该帧为 U 帧。

U 帧用于提供链路的建立和拆除以及其他各种控制功能。这些功能用 5 个 $M$ 位（$M_1$、$M_2$、$M_3$、$M_4$、$M_5$）构成的修正码来定义,共有 32 种组合。目前仅定义了 15 种 U 帧。几种常用的 U 帧及其控制字段编码见表 4-3。

表 4-3　常用 U 帧及其控制字段编码

| 帧　名　称 | 命　令 | 响　应 | 控制字段各比特 | | | | | |
| --- | --- | --- | --- | --- | --- | --- | --- | --- |
| | | | $M_1$ | $M_2$ | P/F | $M_3$ | $M_4$ | $M_5$ |
| 置正常响应模式 | SNRM | | 1 | 1 | 0 | P | 0 | 0 | 1 |
| 置异步响应模式 | SARM | | 1 | 1 | 1 | P | 0 | 0 | 0 |
| 置异步平衡模式 | SABM | | 1 | 1 | 1 | P | 1 | 0 | 0 |
| 拆除链路 | DISC | | 1 | 1 | 0 | P | 0 | 1 | 0 |
| 无编号确认 | | UA | 1 | 1 | 0 | F | 1 | 1 | 0 |
| 命令拒绝 | | CMDR | 1 | 1 | 1 | F | 0 | 0 | 1 |

综上所述,HDLC 是一种典型的面向比特的协议,具有完善的链路控制功能,使用比特填充来保证数据的透明性,而且是其他协议（如点到点协议 PPP）的基础。HDLC 的明显特点有:①协

议不依赖于任何一种字符编码集;②数据报文可透明传输,用于实现透明传输的"0 比特插入与删除法"易于硬件实现;③全双工通信,不必等待确认便可连续传输数据帧,有较高的数据链路传输效率;④所有帧均采用 CRC 校验,对数据帧进行顺序编号,可防止漏收或重传,传输可靠性高;⑤传输控制功能与处理功能分离,具有较大的灵活性。

　　HDLC 协议在计算机网络发展应用中发挥过重要的作用,然而,由于它设计得很复杂,随着计算机网络技术的发展,通信信道的可靠性已是今非昔比,已经没有必要在数据链路层使用过于复杂的控制协议。不可靠的数据链路层协议 PPP 目前在 Internet 中应用得更为广泛,可靠性主要由传输层的 TCP 来承担。

## 4.5　互联网数据链路控制协议

　　目前,用户接入互联网有多种方式,常用的方法有两种:一种是通过电话线,拨号接入互联网;另一种是使用宽带接入。不管使用哪一种方法,在传送数据时都需要有数据链路层协议。点到点链路协议(Point to Point Protocol,PPP)是串行线上最常用的数据链路层通信协议,它为在点到点链路上直接相连的两个设备之间提供一种传送数据报的方法。

### 4.5.1　PPP 协议概述

　　早在 1984 年,互联网就使用一个简单的链路层协议(Series Line Internet Protocol,SLIP)(RFC 1055,因特网标准),即串行 IP 协议。SLIP 面向字符,只支持 IP,没有差错校验功能。为了克服 SLIP 存在的一些致命缺陷,1992 年 Internet 工程任务部 IETF 推出了点到点链路的数据链路层协议 PPP(RFC 1661,RFC 1662,因特网标准)取代 SLIP,它既支持 IP 协议也支持其他协议,并增加了差错校验和链路管理功能。

　　就用户接入互联网而言虽然有多种方式,但无论采用何种方式都不能直接连接到互联网上去,而是需要通过某一种接入网连接到互联网服务提供者(ISP),才能接入,如图 4-19 所示。PPP 就是用户计算机与 ISP 进行通信时所使用的数据链路层协议。PPP 协议所运行的点对点链路可以是一个串行的拨号电话线路,例如一个 56 kbit/s 的调制解调器连接、一个 SONET/SDH 链路、或者一个 X. 25 连接、或者一个 ISDN 链路。

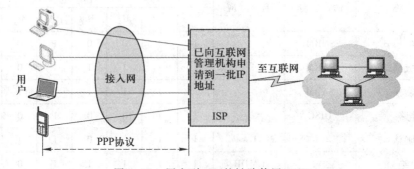

图 4-19　用户到 ISP 的链路使用 PPP

　　PPP 协议是一个运行于点对点链路(Point to Point Link)之上的数据链路层协议,而点对点链路是指一条连接两个结点的链路,锛路的每一个端点有一个结点。PPP 协议由以下三个部分组成。

（1）一个基于 HDLC 数据帧的将 IP 数据报封装到串行链路的方法，它既支持异步链路（无奇偶校验的 8 比特字符），也支持面向比特的同步链路。

（2）一个用来建立、配置和测试数据链路连接的链路控制协议（Link Control Protocol，LCP），它允许通信双方协商一些配置选项。RFC 1661 定义了 11 种 LCP 帧的类型。

（3）一组网络控制协议（Network Control Protocol，NCP），它包含多个协议，其中的每一个协议支持不同的网络层协议，如 IP、OSI 网络层和 Netware 的网络层 IPX 等。

为了通过点对点链路建立通信，PPP 链路的每个端结点都必须首先发送链路控制协议（LCP）数据帧，以配置和测试数据链路。当链路建立之后，PPP 发送网络控制协议（NCP）数据帧，以选择和配置网络层协议。一旦每个所选的网络层协议如 IP 或 IPX 已经配置好，来自每个网络层协议的 IP 数据报就可以通过 PPP 数据帧相互传输。

## 4.5.2 PPP 协议的帧格式

PPP 采用基于 HDLC 的帧格式封装点对点链路上的数据报，如图 4-20 所示。PPP 协议的帧格式（RFC 1662）类似于 HDLC 的帧格式。与 HDLC 协议不同的是，PPP 协议是面向字符的，而 HDLC 是面向比特的，所有的 PPP 帧长为字节的整数倍。HDLC 的比特填充技术也不适用于 PPP，需要采用字节插入方法。PPP 协议的帧格式包含了以下字段。

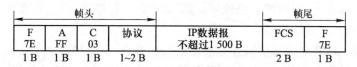

图 4-20　PPP 数据帧格式

（1）标志字段　所有 PPP 帧都以标志字节 01111110（0x7E）开始和结束。定义控制转换字节为二进制序列 01111101，即 0x7D。若帧的其他字段出现了标志或控制转换字符，系统就将它们和 0x20（即 00100000）执行异或运算，并将得到的字节插入到控制转换字符后面，分别得到 0x7D 和 0x5D，分别用于代替原来的标志和控制转换字符。

（2）地址字段 A　PPP 帧的第二个字段是地址字段，默认值为 11111111（0xFF），因为点对点链路不存在寻址问题。

（3）控制字段 C　同 HDLC 的控制字段一样，用来定义帧的类型。默认值为 00000110（0x03），表示是一个无编号的 PPP 帧，即在默认情况下，PPP 不使用带序号的帧和应答帧来提供可靠的数据传输。也可使用该字段给出帧的编号，以实现可靠的数据传输。在默认配置的情况下，PPP 的地址域和控制字段均为固定的内容，因此可以用 LCP 给通信双方提供进行选项功能的协商，省掉这两个字段，从而可以少传 2 B。

（4）协议字段　PPP 帧的协议字段为 1～2 B，它告知对方在数据段中的数据报是什么类型的数据。RFC 1700 和 RFC 3232 定义了 PPP 使用的 16 bit 协议代码。PPP 可同时支持多个网络协议，即可以传输不同网络层协议生成的数据报，这与多协议路由器类似。因此，对应于 LCP、NCP、IP、AppleTalk 及其他协议，分别有不同的协议类型值；其值的码字以 0 开始时，表示网络层的协议。常见的几种协议类型为：0021H，TCP/IP；0023H，OSI；0027H，DEC；002BH，Novell；

003DH，Multilink（多链路）。当以"1"开始时，用于协商其他协议，包括 LCP、NCP 等。协议字段默认值为 2 B，也可用 LCP 协商减为 1 B。

（5）信息字段（IP 数据报）　信息字段长度是可变的，最大值可通过协商来确定。如果在建立链路时未协商这个长度，那么就使用 1 500 B 的默认值。如果有必要，可以使用填充。

协议字段和信息字段合起来对应于普通 HDLC 帧中的信息字段。

（6）校验字段 FCS　用于存放校验和，一般为 2 B，也可以通过 LCP 协商使用 4 B。可利用 ITU 16 或 ITU 32 多项式生成器产生 CRC。

PPP 协议可在点对点链路上对 IP 数据分组进行封装，可以作为数据链路控制在两个路由器之间建立连接，或利用电话线和调制解调器将一台个人计算机连接到 ISP。PPP 几乎可用于任何类型的全双工点对点数据链路，也可用于传统的异步传输链路、比特同步链路、非对称数字用户线（Asymmetric Digital Subscriber Line，ADSL）和 SONET 等新的传输系统。PPP 协议的主要有以下优点：

（1）支持多种协议　PPP 帧头中有一个协议域，用来标志链路上传送的不同的网络协议（包括公用的和自定义的）。

（2）错误检测　PPP 中包括 FCS 域，用来检测错误，一旦发现错误，就丢弃收到的数据包，并报告一个输入错误。

（3）链路管理　整个 PPP 结构是基于在串行线两端通信双方建立的点到点链路的概念上的。该链路有几种状态，由单独的链路控制协议 LCP 进行管理，可以进行选项协商、链路层用户授权、链路质量管理和环路检测等。

（4）选项协商　PPP 允许通信双方动态协商某些选题，从某种意义上来说，它允许链路一方配置另一方。这在异构的环境下，当 PPP 服务器要通知对方某些参数（如最大接收单元 MRU）时尤其有用。

（5）授权　PPP 利用两个授权协议 PAP 和 CHAP，可进行链路层授权，这两个协议通过发送和接收口令信息检查对方是否被授权与本机建立链路。

（6）IP 地址协商　PPP 允许一方作为服务器，在客户端拨入时分配 IP 地址，在 PPP 链路终止之后，IP 地址可被重新使用。

总之，PPP 是一种具有多协议装帧机制的数据链路层协议，适用于 Modem 线路、HDLC 比特流线路、SONET 高速线路以及其他物理层连接。它支持差错检测、选项协商、标头压缩和有选择地使用 HDLC 装帧功能。

## 4.6　数据链路层的设备与组件

数据链路层的设备与组件是指那些同时具有物理层和数据链路层功能的设备或组件。这类设备与组件主要有网络接口卡和交换机。

### 4.6.1　网络接口卡

网络接口卡（Network Interface Card，NIC），也称为网络适配器。现在，许多人都使用更为简单的名称"网卡"。网卡是局域网中提供各种网络设备与网络通信传输介质相连的接口，其品种和质量的好坏,直接影响网络通信的性能及其所运行软件的效果。对于桌面型个人计算机,网卡被插入到一个扩展槽或嵌入到系统内部。便携式计算机通常使用更小的 PCMCIA 卡,它被插入到一个也可供调制解调器或其他设备使用的插槽中。

网卡负责协调计算机与网络之间的信息传递。如图 4-21 所示,计算机或网络设备通过网卡连接到物理链路。传输结点(也就是主机或者路由器)的网络层将网络层数据报传递到负责通信链路的发送端的网卡。该网卡在一个帧内封装网络层数据报,并将该帧传输到通信物理链路。在另一端,网卡接收到整个帧,在帧中提取出网络层数据报,并递交给网络层。如果数据链路层协议提供差错检测,那么若发送端的网卡设置差错检测比特,接收端的网卡就完成差错检测。如果数据链路层协议提供可靠交付,那么可靠交付的机制(例如序号、定时器和确认)也在网卡中实现。如果数据链路层协议提供随机访问,则随机访问协议亦在网卡中实现。

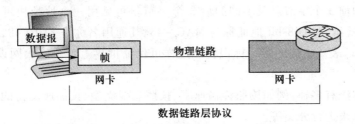

图 4-21 数据链路层协议在链路两端的网卡中实现

网卡作为一种 I/O 接口卡插在主机板的扩展槽上,其基本结构包括数据缓冲器、MAC 层协议控制电路、编码解码电路、内收发器、传输介质接口装置几部分,如图 4-22 所示。网卡主要实现数据的发送与接收、帧的封装与拆封、编码与解码、介质访问控制和数据缓存等功能(关于介质访问控制在局域网一章中予以介绍)。因为网卡的功能涵盖了实用参考模型的物理层与数据链路层,所以通常将其归于数据链路层组件。

图 4-22 网卡的基本结构

网卡与计算机之间的通信是通过计算机主板上的 I/O 总线以并行传输方式进行的。也就是说,网卡以并行的形式把信息传送到计算机的主存(RAM)中,或者从主存中读取信息。另一方面,网卡以串行的形式在自身和网络之间来回传送信息。

每一网卡在出厂时都被分配了一个全球唯一的地址标志,该标志被称为网卡地址或物理地址或 MAC 地址。这个地址是网卡生产厂家在生产时烧入 ROM(只读存储芯片)中的,且保证绝对不会重复。网卡地址由 48 bit 长度的二进制数组成。其中,前 24 bit 表示生产厂商,后 24 bit 为生产厂商所分配的产品序列号。若采用 12 位的十六进制数表示,则前 6 个十六进制数表示厂商,由厂商向 IEEE 购买这 3 B 以构成一个厂商编号(称为地址块);后 6 个十六进制数表示该厂商网卡产品的序列号。这个厂商编号的正式名称为机构唯一标识符(Organizationally Unique

Identifier,OUI)。OUI 允许每个供应商最多拥有 $2^{24}$ = 16 777 216 个网卡地址。网卡地址主要用于设备的物理寻址。

例如,Cisco 地址的前 3 个字节是 00:00:0C,3Com 的地址以 02:50:8C 开始。后 3 位十六进制数 00:11:4D 代表该制造商所制造的某个网络产品(如网卡)的序列号,由厂商自行分配给每一块网卡或设备的网络硬件接口,称为扩展标识符(Extended Identifier)。如图 4-23 所示,网卡地址为 00:90:27:99:11:CC,其中前 6 个十六进制数 00:90:27 表示该网卡由 Intel 公司生产,相应的网卡序列号为 99:11:CC。

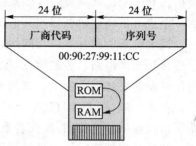

图 4-23 网卡的地址

每个网络设备制造商必须确保它所制造的每个以太网设备都具有相同的前 3 个字节以及不同的后 3 个字节。可见用一个地址块可以生成 $2^{24}$ 个不同的地址,用这种方式得到的 48 bit 地址称为 MAC-48,其通用名称是 EUI-48,其中 EUI(Extended Unique Identifier)表示扩展的唯一标识符。这样可保证世界上每个以太网设备都具有唯一的物理地址。

网卡的分类方法有多种,例如按照传输速率、按照总线类型、按照所支持的传输介质、按照用途或按照网络技术来进行分类等。

按照网络技术的不同可分为以太网网卡、令牌环网卡、FDDI 网卡等。据统计,目前约有80% 的局域网采用以太网技术,因此以太网网卡最常见。本书今后所提到的网卡主要是指以太网网卡。

按照数据传输速率,仅以太网网卡就提供了 10 Mbit/s、100 Mbit/s、1 000 Mbit/s 和 10 Gbit/s等多种速率。数据传输速率是网卡的一个重要指标。

按照总线类型分类,网卡可分为 ISA 总线网卡、EISA 总线网卡、PCI 总线网卡及其他总线网卡等。由于计算机中主要采用 ISA 总线标准和 PCI 总线标准,所以网卡也相应分为 ISA 网卡和PCI 网卡。由于 16 位 ISA 总线网卡的带宽一般为 10 Mbit/s,没有 100 Mbit/s 以上带宽的 ISA 网卡,因此,ISA 接口的网卡已越来越不能满足网络高带宽的需求。目前 PCI 网卡最常用。常用的PCI 总线网卡为 32 位,带宽从 10 Mbit/s 到 1 000 Mbit/s。目前用于桌面环境的 PCI 网卡有 10MPCI 网卡、10M 和 100M PCI 自适应网卡、100M PCI 网卡等。

按照网卡所支持的传输介质,可分为双绞线网卡、粗缆网卡、细缆网卡、光纤网卡和无线网卡。网卡提供了用来与传输介质连接的接口,传输介质不同,接口也不同。连接双绞线的网卡带有 RJ-45 接口,连接粗缆的网卡带有 AUI 接口,连接细缆的网卡带有 BNC 接口,连接光纤的网卡则带有光纤接口。当然有些网卡同时带有多种接口,如同时具备 RJ-45 接口和光纤接口。目前,市场上还有带 USB 接口的网卡,这种网卡可以用于具备 USB 接口的各类计算机网络。

## 4.6.2 交换机

交换机(Switch)是工作在数据链路层的网络互连设备。交换机由称为网桥的数据链路层连接设备发展而来。网桥一般端口数很少(2 至 4 个),它桥接两个网段,每个端口有一块网卡,有自己的 MAC 子层和物理层,其基本功能是在不同网段之间实现帧的存储和转发。目前已很少采用网桥来桥接网络。交换机实质上是一种多端口的网桥,具有较高的端口密度,多个端口可以并行工作。交换机的每个端口都可以连入一个网段,也可以直接连入用户主机。随着技术的发展,交换机通过在其内部配备大容量的交换式背板实现了高速数据交换,增加了许多新的功能。

1. 交换机的工作原理

交换机以 MAC 地址为基础进行工作,其工作原理是通过学习生成并维护一个包含端口 - MAC 地址映射的转发表,并根据转发表进行帧的转发。具体地说,交换机拥有一条很高带宽的内部总线和内部交换机构。交换机的所有端口都挂接在这条内部总线上,控制电路收到数据帧后,端口处理程序会直接查找端口号/物理地址映射关系的转发表,以确定目的 MAC 地址的网卡挂接在哪个端口上,通过内部交换机构迅速将数据帧传送到目的端口。当目的 MAC 地址不存在时,则将数据帧广播到所有的端口。接收端口响应后,交换机会学习新的地址,并把它加到转发表中。

(1)过滤和转发

过滤(Filtering)是指交换机判断一个帧是应该转发到某个端口还是应该将其丢弃的能力。转发(Forwarding)是决定一个数据帧应该被导向哪个端口,并且引导到这个端口的能力。交换机的过滤和转发通过交换机的转发表来完成。交换机转发表包含一个 LAN 网段上的部分但不必是全部结点的表项。交换机转发表的一个表项包含:①结点的物理地址;②到达该结点的交换机端口;③结点的表项放置在表中的时间。表 4-4 给出了某局域网的交换机转发表示例。注意,交换机所用的地址是物理地址(MAC 地址)而不是网络层地址。

表 4-4 交换机转发表

| 地 址 | 端 口 | 时 间 |
|---|---|---|
| 62:FE:F7:11:89:A3 | 1 | 9:32 |
| 7C:BA:B2:B4:91:10 | 3 | 9:36 |
| … | … | … |

为了理解交换机过滤和转发工作原理,假设目的地址为 DD:DD:DD:DD:DD:DD 的帧从端口 x 到达交换机。交换机用物理地址 DD:DD:DD:DD:DD:DD 作为它的转发表索引,找到通往目的地址 DD:DD:DD:DD:DD:DD 的对应端 y。

如果 x 等于 y,那么该帧来自一个包含适配器 DD:DD:DD:DD:DD:DD 的 LAN 网段。不需要将该帧转发到任何其他端口,该交换机通过丢弃该帧来完成过滤功能。

如果 x 不等于 y,那么将该帧转发到连接端口 y 的 LAN 网段。该交换机通过将该帧放到端口 y 之前的输出缓冲区来完成转发功能。

这些规则允许交换机为连接到端口的每个不同的 LAN 网段保持独立的碰撞域,也使得在不同 LAN 网段的两组结点同时通信而互不干扰。

(2)自学习

交换机的一个重要特性是:转发表是自动、动态和自主建立的。换句话说,交换机是自学习的。这种自学习能力由下述方式实现。

① 交换机表初始为空。

② 当一个数据帧到达其中一个接口并且该帧的目的地址不在转发表中时,那么交换机将该帧的副本转发到所有其他端口前的输出缓冲区。

③ 对于在一个端口上收到的每个入帧,交换机在转发表中存储的信息有:①该帧源地址字段中的物理地址;②该数据帧到达的端口;③当前时间。通过这种方式,交换机在转发表中记录了发送结点所在的 LAN 网段。如果局域网上的每个结点最终都发送了一帧,那么每个结点都将最终记录在这个转发表中。

④ 当一个数据帧到达其中一个端口,并且该帧的目的地址在转发表中,交换机将该帧转发到合适的端口。

⑤ 如果在一段时间(老化时间)后,没有接收到以转发表中的某个地址作为源地址的帧,交换机将把转发表中的这个地址删除。因此,若一台 PC 机被另一台 PC 机(有不同的网卡)所代替,原来 PC 机的物理地址将从该交换机转发表中删除。

例如,在某网络中,假设在时间为 9:39 时,源地址为 01:12:23:34:45:56 的一个帧从端口 2 到达。假若在交换机的转发表中没有这个地址,就在转发表中增加一个新的表项,见表 4-5。

表 4-5　交换机学习到地址为 01:12:23:34:45:56 的网卡所在位置

| 地　　址 | 端　　口 | 时　　间 |
|---|---|---|
| 01:12:23:34:45:56 | 2 | 9:39 |
| 62:FE:F7:11:89:A3 | 1 | 9:32 |
| 7C:BA:B2:B4:91:10 | 3 | 9:36 |
| … | … | … |

假若该交换机的老化时间是 60min,在 9:32 到 10:32 之间没有源地址是 62:FE:F7:11:89:A3 的帧到达该交换机。那么在时刻 10:32,交换机将从它的转发表中删除该地址。

2. 交换机的基本类型

交换机的种类很多,有许多分类方法,如以太网交换机、FDDI 交换机、帧中继交换机、ATM交换机和令牌环交换机等。从交换技术来看有三种基本类型的交换机已经成为商业产品:存储转发式(Store and Forward)、直通(Cut Through)式和混合(Hybrid)式交换机。

(1) 存储转发式交换机

存储转发式交换机有时也称缓存交换机(Buffering Switch)。这种交换机在输入链路上接收帧,并作简单缓存,然后再选择路由,在相应的输出链路上进行转发。当交换机从一个网段收到一个帧时,它首先将其存放在端口的缓存中直到收完整个帧并完成错误检查。因此,该类型交换机的数据可靠性非常好。检查错误之后,交换机从帧的地址域抽取目的地址,查找地址表以确定该帧应该发往的目的端口,如果目的端口与源端口不同(如果相同就丢弃该帧)就转发该帧到目的端口,其间其他端口看不到该帧。图 4-24 所示是一个具有独立端口缓存的存储转发交换机示意图。

显然,存储转发式交换机在发送端和接收端之间存在一个时延,若采用基于硬件的交叉矩阵,交换时延约为 30 μs。这种产品适用于需要进行速率匹配、协议转换或差错检测的场合,支持异构网络互连。

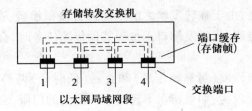

图 4-24 具有端口缓存的存储转发以太网交换机

（2）直通式交换机

直通式结构使得该类交换机区别于传统的存储转发式交换机。直通式交换机从输入链路上接收帧的同时，并不对其进行缓存处理，而是立即按数据帧的目的物理地址决定该帧的转发端口，从相应的输出链路上进行转发。这种方法由于帧在转发过程中无时延，有利于提高帧的转发速度。直通式交换机可以通过交叉结构或背板结构实现。

① 交叉结构（Crossbar Design）确定一个帧的目的地址及该帧到达目的端口应该走的交换机内部路径。一旦知道目的地址之后，交换机立刻发送它收到的帧的一部分（前同步码、帧开始定界符和目的地址）到目的端口。所有剩下的部分（源地址、长度计数、数据、填充部分及校验和）将在交换机接收到后立即沿该路径发送。图 4-25 所示是基于交叉结构的直通式交换机的示意图，在这种交叉结构中，连接端口的所有路径都互相连接。如果一条路径被正在进行的通信占用，将产生时延。例如，假定来自网段 2 的帧去往网段 3，如果到网段 3 的路径忙（如网段 1 与网段 3 之间正在进行数据传输），该帧必须保存在网段 2 的缓存里直到该路径空闲，这将延迟网段 2 的流量。

② 背板结构（Back Plane Design）与交叉结构不同的是，背板结构将帧放在一个连接所有端口的高速背板上。一旦目的端口空闲就立即传送帧。如果目的端口忙，帧将缓存在背板上直到端口空闲。这消除了交叉结构固有的拥塞时延问题。该结构的关键在于背板，它要求速率比交换机的总吞吐量还要高。例如，一个 8 端口的以太网交换机总的吞吐量是 80 Mbit/s，考虑到一个通信至少涉及两个结点，可能会有 4 个并发的通信同时在进行。为了避免瓶颈，10 Mbit/s 的交换机必须能够处理至少 40 Mbit/s 的汇聚数据流。通常，基于背板结构的直通交换机的背板的吞吐量至少要等于所有端口的吞吐量之和。也就是说，假如每个端口到主机的数据速率是 10 Mbit/s，由于一个用户在通信时是独占而不是与其他网络用户共享传输介质带宽，对拥有 $N$ 个端口的交换式以太网而言，其总容量应为 $N \times 10$ Mbit/s。这是以太网交换机的最大优点之一。从这个角度来说，交换机并没有提高 10 Mbit/s 网段的速度，只是提高了整个网络的吞吐量。因此，交换机是使得多个网段之间能够进行并发通信的高吞吐量设备。图 4-26 所示是基于背板的直通式交换机示意图。由于直通式交换机需要的电路复杂，要比存储转发式交换机贵得多。

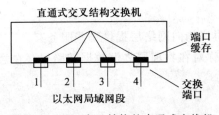

图 4-25 基于交叉结构的直通式交换机

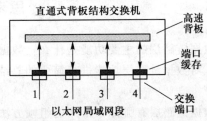

图 4-26 基于背板的直通式交换机

直通式交换机的缺点是：由于在转发帧之前不能进行差错检验，存在转发无效帧的可能性；不能连接不同传输速率的链路；当转发端口正忙于其他传输任务时，会出现转发冲突。

（3）混合式交换机

混合式交换机是集存储转发（可靠帧传送）和直通（低时延）两种类型性能的交换机。混合式交换机可以将每个端口配置为：如果错误率超过用户定义的门限，自动从直通交换变成存储转发交换；当错误率低于该门限时，又返回直通交换。此外，混合式交换机还有一个防小包模式的功能。在该模式中，交换机丢弃小于 64 B（以太网规定的最小长度）的帧。这不仅保留了直通交换的低时延特性，同时也保证了对冲突片断的过滤。

交换机是即插即用设备。当安装交换机时，只需将 LAN 网段连接到交换机的端口，不需要做其他任何事。交换机作为网络连接的主要设备，决定着网络的性能。用户单位规模大小不同，网络的结构也有很大差别，需要视具体情况选用交换机。为了让网络能承担大量的数据传输且能持久稳定、安全可靠，须选用性能优异且价格适宜的交换机。

# 本 章 小 结

在这一章中讨论了数据链路层，包括它的服务、操作所依据的原则和若干使用这些原则实现数据链路层服务的重要协议。

数据链路层的基本服务是将网络层的数据报从一个结点传送到一个相邻的结点。所有数据链路层协议的操作都在通过链路向相邻结点传输之前，将网络层数据报封装在链路层帧中，即组帧的方法。本章介绍了比特和字节填充功能，以及如何利用帧长度指示来进行数据链路 PDU 的组帧操作。然后讨论了数据链路层的帧结构，并重点介绍了帧头中决定协议操作的控制信息。

接下来研究了滑动窗口机制，该机制是在有限序列空间中提供序列编号的一种方法。为了使 ARQ 协议能够正确执行，任何时候都只有一部分序列空间可以使用。滑动窗口机制还可以提供流量控制，以此来调节发送端向接收端传送信息的速率。

然后讨论了 HDLC 和 PPP 两个重要的数据链路控制协议。数据链路控制协议的主要功能是提供数据链路上面向连接的或无连接的信息块传输。HDLC 协议具备多种控制帧和完善的协议机制，可以适应多种数据链路层协议，其范围从简单的未确认无连接传输到面向连接的、可靠的、有序的传输。作为一种通用的数据链路层协议，PPP 可以加强链路监控，具有认证功能，并且可以同时支持多种网络层协议。

最后，简单介绍了网卡和交换机两种数据链路层常用的网络连接设备与组件。

# 思 考 与 练 习

1. 数据链路层的主要功能是什么？数据链路层协议能向网络层提供哪些服务？

2. 试对数据链路层功能进行简要的总结，并说明你对在物理层之上数据链路层存在意义的认识。

3. 数据链路层有哪几个常用的组帧方法？

4. 比较判断数据帧起始和结束的常用方法。

5. 若传输数据为 011110111000111111,采用比特填充的首尾标志法处理后,传输数据的形式如何?

6. 写出二进制序列 11011111101111110101 的比特填充过程;写出二进制序列 111011111101111100111110 的比特解填充过程。

7. 若传输数据是 DLE、STX、A、B、DLE、DLE、c、DLE、ETX,采用带字符填充的首尾定界法,填充后的数据是什么?

8. 什么是停止等待式 ARQ 协议? 什么是连续 ARQ 协议? 连续 ARQ 协议有哪几种方式?

9. 在停止等待式 ARQ 协议中,为什么接收端在每次收到序号错误的帧时都要发送一个确认 ACK?

10. 阐述当检测出帧有差错时,需要考虑哪些因素来决定是否使用 ARQ 协议?

11. 简述滑动窗口的原理。

12. 在选择重传式 ARQ 协议中,接收窗口大于 1;若在 A、B 两端进行通信,窗口的序列号为 3 位,接收窗口能否大于 7,为什么?

13. 假设发送窗口是 4,要发送 0~7 号帧。当发送 2 号帧时,0 号帧确认,但无法收到 5 号帧的确认信息。试用滑动窗口协议描述传输过程。

14. 简述 HDLC 帧各字段的意义。HDLC 帧可分为哪几个大类? 画出 HDLC 帧格式及控制字段格式。

15. 在 HDLC 中,为什么需要 0 比特插入删除?

16. PPP 协议的主要特点是什么? 适合在什么情况下使用?

17. 假设采用 PPP 的字节填充方法,写出下面的字节序列经过字节填充后的内容:0x7D 0x5E　0xFE　0x24　0x7D 0x5D 0x7D 0x5D 0x62 0x7D 0x7D 0x5E。

18. 网卡的主要功能是什么?

19. 简述交换机的工作原理。列举目前市场上常见的几种交换机,并说明其主要性能。

# 第5章 局 域 网

社会对信息资源的广泛需求及计算机技术的普及应用,促进了计算机网络技术的迅猛发展。在 20 世纪 60 年代后期到 70 年代前期,计算机连网技术发生了急剧变化。为适应社会发展对信息资源的共享需求,研究人员研发了一种称为计算机局域通信网络,简称局域网(LAN)的计算机通信形式。在当今的计算机网络技术中,局域网技术已经占据了十分重要的地位。局域网是应用最为广泛的计算机网络。

本章在介绍局域网概念的基础之上,从局域网体系结构、协议标准及拓扑结构入手,详细讨论 CSMA/CD 等介质访问控制方法,并介绍目前比较先进的高速局域网技术,以及无线局域网(Wireless Local Area Network,WLAN)基础知识。

## 5.1 局域网体系结构

20 世纪 60 年代末 70 年代初广域网迅速发展,网络体系结构也日益成熟,在 ISO/OSI – RM 完善的同时,20 世纪 80 年代初局域网的体系结构也得到迅速发展。这对规范局域网产品的开发,推动局域网技术应用起到了极大的促进作用。

### 5.1.1 局域网的基本概念

最早的计算机通信系统大多数都采用点对点网络(Point to Point Network)或网状网络(Mesh Network),即每一条通信信道(例如租用的数据线路)只连接两台计算机,且只为这两台计算机所专用。当两台以上的计算机需要相互通信时,这种点对点连接方案的缺点会非常明显。为了为每一对计算机提供独立的通信信道,连接线路的数量会随着计算机数量的增加而迅速增加。计算可知,$N$ 台计算机所需要的连接线路数目为 $(N^2 - N)/2$,与 $N$ 的平方成比例。可见,这种连接代价特别高,因为许多连接都具有相同的物理路径。

局域网是一个数据通信系统,它允许在有限地理范围内的许多独立设备相互之间直接进行通信。局域网作为对昂贵的、专用的点对点连接的替代物,在设计原理上有很大不同。它允许多台计算机共享传输介质;而点对点连接用于远程网络和一些其他的特殊场合。目前,局域网已经成为计算机网络最流行的形式,是一种在有限地理范围内将大量微型计算机及各种设备互连在一起,实现数据通信和资源共享的计算机通信网络。

1. 局域网的特点

局域网具有如下一些主要特点:

(1)局域网是一个计算机通信网络,以实现数据通信为目的,所连接的设备具备数据通信功能,能方便地共享外部设备、主机、以及软件数据。局域网一般以 PC 机为主体,包括终端及各种外设,网络中一般不设中央主机系统。

(2)连网范围较小,通常限于一幢建筑物、一所校园或一个企业内部。局域网一般为一个单位所拥有,且地理范围和站点数目均有限制。地理覆盖范围大约在 0.5 m ~ 25 km 以内。

(3)数据传输速率高、误码率低。数据传输速率一般为 10 ~ 1000 Mbit/s,目前可高达 10 Gbit/s。误码率一般在 $10^{-11}$ ~ $10^{-8}$ 以下。这是因为局域网通常采用短距离基带传输,可以使用高质量的传输介质,从而提高了数据传输质量。

(4)局域网协议中所用到的数据链路控制部分基于 HDLC 协议,当然,每一种协议都对 HDLC 协议进行了适当的修改,以满足自己的特殊需求。

(5)易于安装,配置和维护简单,造价低廉。

2. 局域网的拓扑结构

经过研究与发展,已有多种类型的局域网。它们在诸如所用的电压与调制技术等技术细节,以及传输介质共享方式等方面都有所区别。因此,可从不同的角度对局域网进行分类,但主要还是按网络的拓扑结构将其分为星状网、环状网、总线网以及树状网等几种类型,如图 5-1 所示。

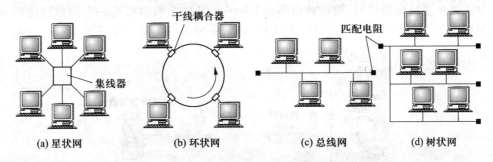

(a)星状网　　　(b)环状网　　　(c)总线网　　　(d)树状网

图 5-1 局域网常用拓扑结构

(1)星状拓扑　如图 5-1(a)所示是星状拓扑网,所有结点都连接到中心结点上。因为星状拓扑网很像车轮子的轮毂(英文词汇是 Hub),所以把它的中心结点称为集线器(Hub)。近年来,由于集线器和双绞线大量用于局域网中,星状拓扑网以及多级星状结构的以太网获得了非常广泛的应用。星状网往往采用集中式介质访问控制方法。星状拓扑网结构简单、实现容易、便于管理,但中心结点是全网可靠性的瓶颈,它出现故障会造成全网瘫痪。

(2)环状拓扑　如图 5-1(b)所示是环状拓扑网,各结点连接成一个封闭的圆环,所以由此产生了环状的名字。最典型的环状拓扑网是令牌环网(Token Ring),常称为令牌环。环状拓扑网采用分布式介质访问控制方法。环状拓扑网控制简单、信道利用率高、通信电缆长度短、不存在数据冲突问题,在局域网中应用较广泛,典型实例有 IBM 令牌环网和剑桥环(Cambridge Ring)网。另外还有一种 FDDI 结构,它是采用光纤作为传输介质的高速通用令牌环网,常用于高速局域网和城域网(MAN)中。环状拓扑网的缺点是对结点接口和传输线的要求较高,一旦接口发生故障可能导致整个网络不能正常工作。

(3)总线拓扑　如图 5-1(c)所示为总线拓扑网,所有结点都直接连接到共享信道上。任何连接在总线上的计算机都能通过总线发送信号,并且所有计算机也都能接收信号。总线拓扑网可使用两种协议。一种是传统以太网使用的 CSMA/CD,另一种是令牌传递总线网。图 5-1(d)所示是树状拓扑网,这是总线网的变形。总线拓扑网一般采用分布式介质访问控制方法。总线拓扑网可靠性高、扩充性能好、通信电缆长度短、成本低,是早期用来实现局域网的最常用拓扑结构。另一种是总线拓扑网与令牌环相结合的变形,即在物理连接上是总线拓扑结构,而在逻辑结构上则采用令牌环,兼有总线和令牌环拓扑结构的优点。总线拓扑网络的缺点是若主干电缆某处发生故障,整个网络将瘫痪;另外,由于总线作为公共传输介质为多个结点共享,就有可能出现同一时刻有两个或两个以上结点通过总线发送数据的情况,因此会出现冲突并造成传输失败。

局域网的拓扑结构对网络性能有很大影响。选择网络拓扑结构,首先要考虑采用何种介质访问控制方法,因为特定的介质访问控制方法一般仅适用于特定的网络拓扑结构;其次要考虑性能、可靠性、成本、扩充灵活性、实现的难易程度及传输介质的长度等因素。

局域网的特性主要涉及拓扑结构、传输介质和介质访问控制等三项关键技术问题,其中最重要的是介质访问控制方法,后面将给予具体讨论。

3. 局域网的组成

局域网是一个集中在一个地理区域的计算机网络,例如在一个建筑物中或一个大学校园内。当用户从一个大学或者公司的园区接入 Internet 时,几乎总是以局域网的方式接入。比较典型的接入方式是从主机到局域网,再经路由器到 Internet,图 5-2 所示就是一个局域网访问 Internet 的组成示例。

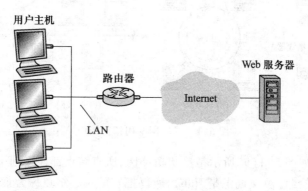

图 5-2   局域网组成示例

有线局域网采用的共享传输介质通常是一个电缆系统。电缆系统可以使用双绞线电缆、同轴电缆或光纤。在某些情况下,可由基于无线电或红外信号的无线传输介质替代电缆系统。局域网标准定义了电缆或无线系统的物理特性。例如,连接器和最大电缆长度以及数字传输系统特性,如调制、线性编码和传输速率等。

大多数局域网的传输速率都非常高,早在 20 世纪 80 年代,10 Mbit/s 的局域网已经很普遍,现在 100 Mbit/s 的局域网已很普通,并且 1 Gbit/s 和 10 Gbit/s 的局域网也已经普及可用。

## 5.1.2   IEEE 802 局域网标准系列

在局域网发展早期,由专用的厂商标准占据统治地位。1980 年 2 月 IEEE 成立了一个 802 委员会,专门从事局域网标准的制订工作。局域网的标准化工作,能使不同生产厂家的局域网产品之间有更好的兼容性,以适应各种不同型号计算机的组网需求,并有利于产品成本的降低。IEEE 802 委员会使用 ISO/OSI - RM 作为框架,发布了一系列局域网标准,并不断增加新的标准,现有的 IEEE 802 局域网标准及其内部结构关系如图 5-3 所示。

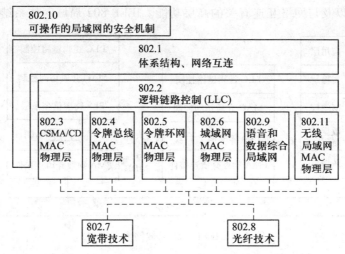

图 5-3 IEEE 802 局域网标准的内部结构关系

由图 5-3 可知,每一方框代表一个标准。IEEE 802.1 为倒 L 形,其垂直部分包含了所有协议的纵向部分。IEEE 802 局域网标准系列中的主要标准有:

IEEE 802.1A:体系结构综述;

IEEE 802.1B:描述了 LAN 中的网络互连标准以及寻址、网络管理等;

IEEE 802.2:通用的逻辑链路控制 LLC 规范;

IEEE 802.3:描述 CSMA/CD 介质访问控制协议及相应物理层技术规范;

IEEE 802.3i:描述 10BaseT 介质访问控制方法及相应物理层技术规范;

IEEE 802.3u:描述 100BaseT 介质访问控制方法及相应物理层技术规范;

IEEE 802.4:描述令牌总线(Token Bus)介质访问控制方法及相应物理层技术规范;

IEEE 802.5:令牌环网(Token Ring)介质访问控制方法及相应物理层技术规范;

IEEE 802.6:城域网分布式双总线队列(DQDB)介质访问控制方法及物理层技术规范;

IEEE 802.7:宽带网介质访问控制方法及相应物理层技术规范;

IEEE 802.8:光纤分布数据接口(FDDI)介质访问控制方法及相应物理层技术规范;

IEEE 802.9:描述语音和数据综合局域网技术;

IEEE 802.10:描述局域网的信息安全与保密问题;

IEEE 802.11:无线局域网(WLAN)介质访问控制方法及相应物理层技术规范;

IEEE 802.12:100VG Any LAN 介质访问控制方法及相应物理层技术规范;

IEEE 802.13:保留;

IEEE 802.14:描述了交互式电视网(包括 Cable Modem)以及相应的技术参数规范;

IEEE 802.15:描述了无线个人区域网络;

IEEE 802.16:描述了宽带无线接入技术。

### 5.1.3 IEEE 802 局域网体系结构

IEEE 802 委员会以定义在 802.1 中的体系结构模型开发了一系列局域网标准。这个体系结构模型对应于实用参考模型的最低两层,定义了物理层和数据链路层的功能、这两层之间及与网络层的接口服务以及与网络互连有关的高层功能。IEEE 802 局域网体系结构如图 5-4 所示。

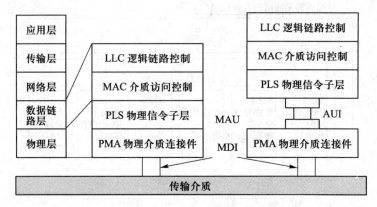

图 5-4　IEEE 802 局域网参考模型

1. 局域网的物理层

对于局域网来说,物理层是必需的,它的主要功能体现在机械、电气、功能和规程方面的特性,以建立、维持和拆除物理链路,保证二进制位信号的正确传输,包括了信号编码和译码、同步信号的产生与识别、比特流的正确发送与接收。

IEEE 802 局域网参考模型定义了多种物理层,以适应不同的网络传输介质和不同的介质访问控制方法。为便于物理实现,IEEE 802.3 标准根据物理层是否在同一个设备中实现,把物理层又分为物理层信令(Physical Layer Signaling,PLS)和物理介质连接(Physical Medium Attachment,PMA)两个子层。PLS 子层的功能是向 MAC 子层提供服务,负责比特流的编码、译码和载波监测。PMA 子层的功能是向 PLS 子层提供服务,完成冲突检测、超长控制(Jabber Control)和发送或接收串行的比特流。

根据 PLS 和 PMA 是否处在同一设备内,又有两种接口。图 5-4 的右侧图是表示 PLS 和 PMA 不处在同一设备的一种实现。PLS 子层通过连接单元接口(Attachment Unit Interface,AUI)与 PMA 子层相连接。PMA 子层又通过介质相关接口(Medium Dependent Interface,MDI)与物理传输介质相连。通常将 PMA 和 MDI 合在一起,称为介质连接单元(Medium Attachment Unit,MAU)。AUI 接口定义了连接 PLS 与 MAU 的电缆和其他连接件的电气、机械特性以及该接口上的电信号特性,仅用于粗同轴电缆。MDI 接口定义了电缆段、连接电缆段的连接器以及电缆末端终接负载的特性。当 PLS 和 PMA 处在同一设备内时,就不需要 AUI 了,如图 5-4 的左侧图所示。

2. 局域网的数据链路层

由于局域网的种类繁多,其介质访问控制方式也各不相同,为了使局域网中数据链路层不致过分复杂,在 IEEE 802 局域网标准中,将其划分为逻辑链路控制(Logical Link Control,LLC)和介质访问控制(Medium Access Control,MAC)两个子层,如图 5-4 所示。

数据链路层也是必需的,它负责把不可靠的传输信道转换成可靠的数据链路,传送带有校验和的数据帧,并采用差错检测和帧确认技术。在局域网中,由于多个设备共享传输介质,在传输数据帧之前,首先要解决由哪些设备占用介质。因此,数据链路层必须具有介质访问控制功能。由于局域网采用的传输介质和拓扑结构有多种,相应就有多种介质访问控制方法。为了使数据帧传输独立于所采用的物理介质和介质访问控制方法,IEEE 802 协议把数据链路层分成了 MAC

和 LLC 两个子层,目的是使数据链路层数据单元(数据帧)的传输独立于传输介质和介质访问控制方法,让 MAC 子层与传输介质、拓扑结构密切相关;而让 LLC 层与所有传输介质访问控制方法、拓扑结构无关,从而使局域网体系结构能适应多种传输介质。换言之,在 LLC 不变的条件下,只需改变介质访问控制方法(MAC)便可适应不同传输介质和访问控制方法。

（1）介质访问控制子层及 MAC 地址

MAC 子层位于 LLC 子层的下层,为 LLC 子层提供服务,其基本功能是解决共享介质的竞争使用问题。

MAC 子层提供数据帧的无连接传输。MAC 实体接收来自 LLC 子层或直接来自网络层的数据帧。该实体构造一个包含源和目的 MAC 地址以及帧校验序列(Frame Check Sequence,FCS)的 PDU,FCS 是一个简单的 CRC 校验和。MAC 地址指定了工作站到局域网的物理连接。MAC 实体的主要任务是执行 MAC 协议,该协议控制何时应将帧发送到共享传输介质上。

在局域网中,每个网卡都有一个唯一的物理地址,称为 MAC 地址,有时也称为 LAN 地址或链路地址。由于这种地址用在 MAC 帧中,所以 MAC 地址是比较流行的一个术语。MAC 地址是在介质访问控制子层上使用的地址,是网络结点在全球唯一的标识符,与其物理位置无关。

对于大多数局域网,包括以太网和 802.11 无线 LAN,MAC 地址可采用 6 B(48 bit)或 2 B(16 bit)两种中的任意一种。但随着局域网规模越来越大,一般都采用 6 B 的 MAC 地址,即表示为 12 个十六进制数,每 2 个十六进制数之间用冒号隔开,如 00:02:3f:00:11:4d 就是一个 MAC 地址。MAC 地址与具体的物理局域网无关,即无论将带有这个地址的硬件(如网卡等)接入到局域网的何处,都有相同的 MAC 地址,它由厂商写在网卡的只读存储器 ROM 里。可见 MAC 地址实际上就是网卡地址或网络标识符 EUI-48。当这块网卡插入到某台计算机后,网卡上的标识符 EUI-48 就成为这台计算机的 MAC 地址。由于 MAC 地址固化在网卡中的 ROM 中,可以通过 DOS 命令查看,例如,Windows2003/XP 等用户可以使用 ipconfig/all 命令查看 MAC 地址,其中用十六进制表示的 12 位数就是 MAC 地址。

由于网卡插在计算机中,因此网卡上的 MAC 地址可用来标志插有该网卡的计算机;同样当路由器用网卡连接到局域网时,网卡上的 MAC 地址可用来标志插有该网卡的路由器的某个端口,如图 5-5 所示。可见,互联网中结点的每一个局域网端口都有一个 MAC 地址。

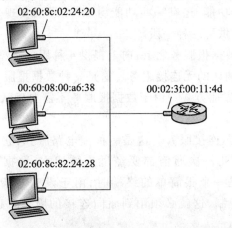

图 5-5　与 LAN 相连的每个网卡都有唯一的 MAC 地址

一个结点允许有多个 MAC 地址,其个数取决于该结点局域网端口的个数。例如,安装有多块网卡的计算机,有多个以太网端口的路由器。网络端口的 MAC 地址可以认为就是宿主设备的局域网物理地址。因此,MAC 地址有 3 种类型,如图 5-6 所示。

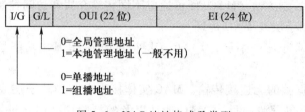

图 5-6  MAC 地址格式及类型

① 单播地址(Unicast Address)(I/G = 0)是永久分配给一个网卡的地址。拥有单播地址的 MAC 帧将发送给网络中一个由单播地址指定的结点。因此,每当网卡从网络上收到一个 MAC 帧时,就首先用该卡的 MAC 地址与所接收的 MAC 帧中的 MAC 地址进行比较,若是发给本结点的 MAC 帧则收下,然后再进行其他处理;否则就将其丢弃。

② 组播地址(Multicast Addresses)(I/G = 1)也称为多播地址,用于识别一组准备接收一个特定 MAC 帧的结点。拥有组播地址的帧将发送给网络中由组播地址指定的一组结点。网卡具体的组播地址由它们的主机进行设置。组播在一些场合中是一种分发信息的方法。

③ 广播地址(Broadcast Address)由全 1(FF:FF:FF:FF:FF:FF)的 MAC 地址表示,用来指示所有结点要接收同一个特定的帧。拥有广播地址的 MAC 帧将发送给网络中所有的结点。

所有的网卡都能够识别单播和广播两种地址;有些网卡用编码的方法可识别组播地址。显然,只有目的地址才能使用广播地址和组播地址。另外,网卡也可以设置成混杂模式,以便侦听所有传输。系统管理员可以使用混杂模式定位网络中的故障;电脑黑客也可利用此模式截获未加密的账户和其他信息,以便未经授权就可以访问局域网中的计算机。

注意:MAC 地址在数据链路层进行处理,而不是在物理层。

(2)逻辑链路控制子层

IEEE 802.2 定义了在所有 MAC 标准之上运行的 LLC 子层的功能、特性和协议。LLC 子层实现了数据链路层的大部分功能,还有一些功能由 MAC 子层实现。LLC 还为在使用不同 MAC 协议的局域网之间交换帧提供了一种手段。

LLC 子层构建于 MAC 数据报服务之上,向上提供 4 种服务类型。

① 类型 1,即 LLC1,不确认的无连接服务。这是一种数据报服务,数据传输模式可以是单播(点对点)方式、组播方式和广播方式。由于数据报服务不需要确认,实现起来也最简单,因而在局域网中得到了广泛应用。

② 类型 2,即 LLC2,面向连接服务。这是一种虚电路服务,它基于数据链路层的点到点连接提供的数据传输服务,因此每次通信都要经过连接建立、数据传送和连接释放 3 个阶段。当连接到局域网中的结点是一个很简单的终端时,由于没有复杂的高层协议软件,必须依靠 LLC 子层来提供端到端的控制,这就必须用到面向连接的服务。这种方式比较适合传送很长的数据文件。

③ 类型 3,即 LLC3,带确认的无连接服务,也就是带有确认的单个帧的无连接传输。这一服

务类型目前只用于在令牌总线网络中传送某些非常重要且时间性也很强的信息。

④ 类型 4,即 LLC4,所有上述类型的高速传送服务,是专为城域网用的。

LLC 子层中的数据单元称为协议数据单元(PDU)。LLC PDU 与 HDLC 类似,包含目标服务访问点(DSAP)地址字段、源服务访问点(SSAP)地址字段、控制字段以及数据字段四个字段,如图 5-7 所示。

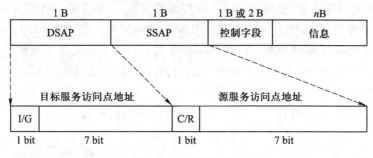

图 5-7 LLC PDU 结构

其中,DSAP 和 SSAP 各占 1 B。DSAP 和 SSAP 是 LLC 子层所使用的地址,用来标明接收和发送数据的计算机上的协议栈。DSAP 地址字节的第一个比特为 I/G 位,用于指示它是单播地址还是一个组播地址。该位为 0 表示后面的 7 bit 代表单播地址,该位为 1 代表它是组播地址。SSAP 地址字节的第一个比特为 C/R 位,它不用于寻址,而是用来指示一个帧是命令帧还是响应帧,当该位为 0 时,表示 LLC 帧为命令帧,否则为响应帧。PDU 的控制字段为 1 个字节(LLC 帧为 U 帧基本格式)或 2 个字节(LLC 帧为 I 帧或 S 帧的扩充格式)。数据字段的长度并无限制,但实际上受 MAC 帧格式的制约,其字节数应是整数。

**3. 局域网的网络层和更高层**

在局域网情况下,对于是否需要网络层,有肯定和否定两种答案。从网络层的功能来看,答案是否定的,由于 IEEE 802 网络拓扑结构比较简单,一般不需中间转接,不存在路由选择问题,即在网络层以上存在的路由选择、数据单元交换、流量控制、差错控制等都没有必要存在,只要有数据链路层的流量控制、差错控制等功能就可以了。因此,IEEE 802 标准没有单独设立网络层和更高层。

值得指出的是,虽然 IEEE 802 局域网体系结构模型只定义了最低两层协议标准,并不意味着在一个实际应用的局域网上的计算机只需要这两层协议即可运行。一个局域网要为用户提供各种应用服务,必须要有高层协议的支持;但高层协议是独立于具体局域网的,局域网的协议体系不涉及高层协议。因此,从 IEEE 802 局域网体系结构模型的角度看,局域网只是一个提供帧传输服务的通信网络。

## 5.2 以太网工作原理

以太网是由施乐公司(Xerox)的 Robert Metcalfe 和他的同事在 Palo Alto 研究中心(PARC)在 20 世纪 70 年代中期联合开发的。它作为一种允许工作站、办公设备互连的技术而设计。以太网的名字来源于古老电磁理论中被称作"发光的以太(Luminiferous Ether)"的物质。该物质被假定为一种电磁波的传播介质,具有绝对连续性、高度弹性、极其稀薄等特性。因此,一个以太网就是连接与网有关的所有部件的网络。

虽然以太网的概念最初由 PARC 提出,但却起源于 20 世纪 60 年代后期到 70 年代早期夏威夷大学的 ALOHA 网络,此后也一直在不断发展。1980 年,美国 DEC、Intel、Xerox 公司合作共同提出了以太网规范(The Ethernet, A Local Area Network, Data Link Layer and Physical Specification),即著名的以太网蓝皮书,也称为 DIX 1.0 以太网规范。1982 年 DIX 以 2.0 版作为终结,完成了基于同轴电缆传输的 10 Mbit/s 局域网的 DIX 以太网标准。但 DIX v2.0 的标准并不是一种被接受的国内或者国际局域网标准。因此,IEEE 成立了 802.3 委员会并发布了一种与 DIX v2.0 标准在技术上十分接近的 IEEE 802.3 标准。据说,IEEE 本来想将 DIX v2.0 作为它的标准,但是 DEC、Intel、Xerox 联盟想继续保留其专利权。为避免任何侵权专利的行为,IEEE 对 DIX v2.0 进行了修改,于 1985 年首次发布了 IEEE 802.3 标准,用于粗同轴电缆,并最终成为 ISO 的标准 ISO 88023。

### 5.2.1 介质访问控制方法

在数据链路层中存在两种不同类型的链路信道。一种是点对点链路信道,由链路一端的单个发送结点和链路另一端的单个接收结点组成。例如,PPP、HDLC 等协议就是用来实现两台路由器之间的通信或调制解调器与 ISP 路由器之间的通信的。另一种类型由广播信道组成,许多主机被连接到相同的链路信道上,即有多个发送和接收结点连接到同样的、单一的、共享的广播信道上。例如,总线拓扑局域网使用广播信道,多个结点共享同一信道。显然,使用广播信道通信需要解决的主要问题是:各结点如何访问、共享信道? 如何解决同时访问造成的冲突(信道争用)? 解决这些问题的方法称为介质访问控制协议。

为了实现对多个结点使用共享传输介质来发送和接收数据,经过多年的研究,人们提出了多种介质访问控制方法,如竞争、令牌传递和轮询等机制。其中竞争和轮询机制使用最为广泛。

1. 竞争

竞争介质访问控制方式一般用于总线拓扑结构的网络。在竞争系统中,网络上的所有设备在它们想要发送时都能发送,如果两个结点或多个结点同时发送,将会产生冲突(或称为碰撞)。这时发送的所有帧都会出错(冲突为碎片帧),每个发送结点必须有能力判断冲突是否发生。如果发生冲突,则应等待随机时间间隔后重传以避免再次发生冲突。

一种典型的竞争介质访问控制协议就是载波侦听多址访问(Carrier Sense Multiple Access, CSMA)协议。常用的 CSMA 协议有 IEEE 802.3 中以太网采用的 CSMA/CD 和 CSMA/CA。在 CSMA/CD 协议中,计算机需要在发送数据帧之前对信道进行预约,表明自己想发送数据,并通过侦听判断是否会有冲突,若有冲突发生则设法避免冲突。

2. 令牌传递

令牌传递通常使用一个称为令牌(Token)的比特控制信号控制与令牌环网连接的计算机发送数据。环上的结点只有获得令牌才能发送数据帧。令牌有"空"(例如为 01111111)和"忙"(例如为 01111110)两种状态,空闲令牌表示没有被占用,否则表示令牌正在携带信息发送。在用于环状总线网络中的令牌传递方式中,令牌沿通信信道传送,有规律地经过每个结点。在一个结点占有令牌期间,其他结点只能处于接收状态。每个结点持有令牌的时间由协议加以控制。

常用的令牌传递协议有 IEEE 802.5 令牌环和 IEEE 802.4 令牌总线等,这些都是在 20 世纪 80 年代与 IEEE 802.3 以太网并列的 IEEE 802 局域网技术,包括在 20 世纪 90 年代风行一时的光纤分布式数据接口(FDDI),从技术发展和市场占有情况看,它们已远远落伍于主流的以太网。

3. 轮询

轮询是一种指定一个中心结点来管理网络访问权的介质访问控制方式。中心结点称为主站,它以一些事先安排好的顺序,访问网络中的每一个结点(即用户站),查看它们是否有信息要发送。如有信息要发送,则被询问的用户站立即将信息发给主站。如无信息发送,则接着询问下一个用户站。轮询能保证给每一个结点一定的访问权。

轮询的特点是介质访问控制权在时间上可预测,所以访问是确定的;可设定访问的优先级;无冲突发生。

## 5.2.2 CSMA/CD 协议

在以太网中,比较常见的介质访问控制协议是带冲突检测的载波侦听多址访问(CSMA/CD)。它的核心技术起源于无线分组交换网,即 ALOHA 技术。

1. ALOHA 技术

ALOHA 是夏威夷大学 20 世纪 70 年代初期研制成功的集中控制式随机访问系统,可谓是随机接入技术的先驱,它允许地理上分散的多个用户通过无线电信道来使用计算机。随后在此基础上,相继出现了许多改进的协议,如 CSMA、CSMA/CD 等协议标准。

(1)纯 ALOHA

纯 ALOHA 通信协议很简单,网络中的任何结点都可以随时发送数据。数据发送后,发送端侦听信道等待确认。如果得到了确认信息就认为传输成功;如果在一段时间内,例如 200 ~ 1500 ns 内没有收到确认信息,这个结点就认为有另一个结点或多个结点在同一时刻也在进行数据传送,也就是出现冲突(碰撞)。冲突导致多路数据信号的叠加,叠加后的信号波形将不等于任何一路发送的信号波形,因此接收结点不可能接收到有效数据信号,这样多个结点此次发送都失败。这时,发生冲突的多个结点需要各自随机后退一个延迟时间,并再次发送数据,直至发送成功为止。

在纯 ALOHA 协议中,任何帧试图同时使用信道就会产生冲突,即使一个帧的第一位与前一个帧的最后一位重叠,这两个数据帧也会被破坏。因为帧的校验和不能区分信息是全部丢失还是部分丢失,因此只要数据帧遭到一点点破坏,就要重新发送。如图 5-8 所示,假设发送一帧所需的时间为 $t$,在纯 ALOHA 系统中结点在传送前并不侦听信道,所以它不知道是否在信道中有帧传输,如果在 $t_0$ ~ $t_0 + t$ 时间内,产生了一帧,该帧的尾部就会和阴影帧的头部产生冲突。同样,如果在 $t_0 + 2t$ ~ $t_0 + 3t$ 时间内结点产生了另一帧数据,该帧就会和阴影帧的尾部产生冲突。

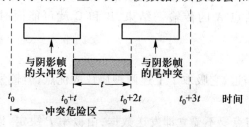

图 5-8 与阴影帧产生冲突的情况

纯 ALOHA 系统只能工作在负载不是很大的场合,当负载稍大时冲突将很频繁,因而其吞吐量不大。只有在没有其他站点发送信息时,一个站点的发送才能成功,信道利用率很低。人们通过计算得到 ALOHA 控制方式的信道利用率不会超过 18%,所以在实际中不常采用这种方法。

(2)分隙 ALOHA

为了提高纯 ALOHA 系统的信道利用率,可使各站在同步状态下工作,把时间离散化,分为一个个的时间段,每段时间设为一帧数据的发送时间。同时规定无论帧何时到达,都只能在每个时隙的开始时刻才能发送出去。这样,在分隙 ALOHA 系统中,只有那些在同一时隙开始同时进行传输的帧才有可能冲突,发生冲突的可能性就比纯 ALOHA 降低了许多。

2. CSMA 技术

网络结点侦听网络上是否有载波存在的协议被称为载波侦听多址访问(CSMA)协议。CSMA 是 ALOHA 的一种改进协议,其思路是在发送数据之前,每个结点侦听信道状态,相应调整自己要进行的网络操作,降低发生冲突的可能性,提高整个系统的信道利用率。

在 CSMA 方式中,根据每个结点所采用的载波侦听策略,CSMA 有以下 3 种方法。

(1)非持续 CSMA

这种协议可描述如下:网络中的一个结点在传输数据之前,先侦听信道。

① 若信道空闲,立即发送,反之转②。

② 如果信道忙,该结点将不再继续侦听信道,而是根据协议的算法延迟一个随机时间再重新侦听。重复①。

由于延迟了随机时间,从而减少了冲突的概率;然而,可能出现的问题是因为延迟而使信道闲置一段时间,使信道的利用率降低,却增加了发送时延。

(2)1-持续 CSMA

这种协议可描述如下:当网络中的一个结点要传送数据时,它先侦听传输信道。

① 如果传输信道空闲,立即发送,否则转②。

② 若传输信道忙,继续坚持侦听,并持续等待直到当它侦听到信道空闲,立即将数据发送出去。

这种协议的优缺点是与非持续 CSMA 恰好相反:有利于抢占信道,减少信道空闲时间,但多个结点同时都在侦听信道时,必然发生冲突,不利于吞吐量的提高。譬如,一个结点已经开始发送数据,但由于传输时延,数据帧还未到达另一个在侦听状态的结点处,而这个结点也要发送数据,它这时侦听到的信道状态是空闲的,按规定它可以立即开始发送数据,显然这会导致冲突。传输时延越长,影响就越大,就会造成系统性能下降。即使将传输时延降为 0,也仍然可能发生冲突。例如,在某一时刻有一个结点 A 在传输数据,而另外的两个结点 B 和 C 都准备要发送数据,并处于等待状态。当结点 A 的传输一结束,B 和 C 就可能同时争相发送数据,从而导致冲突。

(3)P-持续 CSMA

这种协议采用了时隙信道,它吸取了上述两种协议的优点,但较为复杂。即一个结点在发送之前,首先侦听信道。

① 如果信道空闲,该结点要不要立即发送数据,由概率 $P$ 决定,以 $P$ 概率立即发送,而以概率 $Q-1-P$ 把该次发送推迟到下一时隙。

② 如果下一时隙信道仍然空闲,便再次以 $P$ 概率决定是否立即发送,而以 $Q$ 概率决定是否把该次发送再推迟到下一时隙。此过程一直重复,直到数据发送成功为止。

这种协议的困难是决定概率 $P$ 的值,$P$ 的值应在重负载下能使网络有效地工作。通常是根据信道上通信量的多少来设定不同的 $P$ 值,以提高信道的利用率。

3. CSMA/CD 协议

CSMA 在发送前先侦听减少了发生冲突的几率,但是由于传播时延的存在,冲突还是不能完全避免。对 CSMA 协议作进一步改进,就出现了带冲突检测的载波侦听多址访问(CSMA/CD)协议。CSMA/CD 采用了在数据传输过程中边发送边侦听是否有冲突发生的策略,即信道空闲就发送数据,并继续侦听下去;一旦检测到冲突,冲突双方就立即停止本次帧的发送。这样可以节省剩余的无意义的发送时间,减少信道带宽的浪费。

(1) CSMA/CD 协议的发送过程

CSMA/CD 具体发送的工作过程如图 5-9(a)所示。

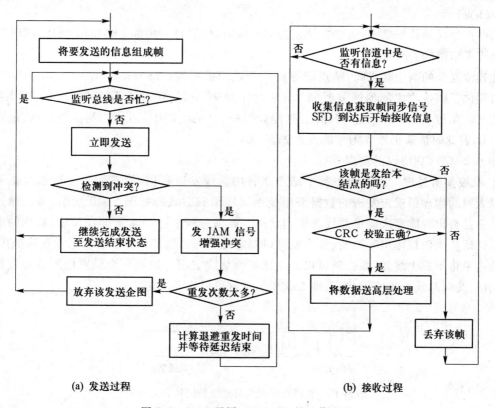

(a) 发送过程      (b) 接收过程

图 5-9 MAC 子层 CSMA/CD 的工作流程

① 发送结点侦听总线,若总线忙,则推迟发送,继续侦听。

② 发送结点侦听总线,若总线空闲,则立即发送。

③ 开始发送信息后,一边发送,一边检测总线是否有冲突产生。

④ 若检测到有冲突发生,则立即停止发送,并随即发送一强化冲突的 32 位长的阻塞信号(Jam Signal),以使所有的结点都能检测到冲突。

⑤ 发送阻塞信号以后,为了减少再次冲突的概率,需要等待一个随机时间,然后再回到上述第 1)步重新开设信道访问。

⑥ 当因产生冲突而发送失败时,记录重发的次数,若重发次数大于某一规定次数(如 15 次)时,则认为可能是网络故障而放弃发送,并向上层报告。

(2) CSMA/CD 协议的接收过程

CSMA/CD 协议在接收发送站发送来的数据帧时,首先检测是否有信息到来,若有信息则置本结点载波侦听信号为"ON",禁止发送任何信息,以免与发送来的帧产生冲突,为接收帧作好准备。当获得帧前序字段的帧同步信号后,一边接收帧一边将接收到的信号进行处理。对接收到的信息进行处理时,首先将前序和起始帧分界符 SFD 丢弃,处理目的地址字段,判断该帧是否为发往本结点的信息。如果是发给本结点的信息,则将该帧的目的地址、源地址、数据字段的内容存入本结点的缓冲区,等候处理。接收帧校验序列字段 FCS 后,对刚才存入缓冲区的数据进行 CRC 校验,若校验正确则将数据字段交高层处理,否则丢弃这些数据。该接收过程的流程如图 5-9(b)所示。

若结点发送的数据量大,需要连续发送多个帧时,传送每一帧都需要使用 CSMA/CD,以保证所有结点对信道的公平竞争。

在连续发送的两个帧之间,结点需等待一个帧间隙时间(InterFrame Gap,IFG),IFG 为以太网接口提供了帧接收之间的恢复时间。IFG 设计为 96 位时,10、100 和 1000 Mbit/s 以太网 IFG 分别为 9.6、0.96 和 0.096 μs。实际上,执行 CSMA/CD 的流程中,当侦听到信道空闲,还要等待一个 IFG,若此时信道仍然空闲才能发送数据。

(3) CSMA/CD 协议的实现

① 载波侦听过程　以太网中每个结点在利用总线发送数据时,首先要侦听总线是不是空闲。以太网的物理层规定发送的数据采用曼彻斯特编码方式。如图 5-10 所示,可以通过判断总线电平是否出现跳变来确定总线的忙闲状态。如果总线上已经有数据在传输,总线的电平将会按曼彻斯特编码规律出现跳变,那么就可以判定此时为总线忙。如果总线上没有数据在传输,总线的电平将不发生跳变,那么就可以判定此时为总线空闲。如果一个结点已准备好发送的数据帧,并且此时总线处于空闲状态,那么这个结点就可以启动发送。

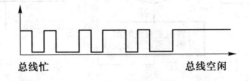

图 5-10　总线电平跳变与总线忙闲状态的判断

② 冲突检测方法　从物理层来看,所谓冲突是指总线上同时出现两个或两个以上的发送信号,它们叠加后信号波形将不等于任何结点输出的信号波形。例如,总线上同时出现了结点 A 与结点 B 的发送信号,它们叠加后的信号波形将既不是结点 A 的信号,也不是结点 B 的信号。另外,由于两路信号发送时间没有固定的关系,两路波形的起始比特在时间上也可以不同步。因此,从电子学的具体角度讲,冲突检测可以有比较法和编码违例判决法两种。

比较法是指发送结点在发送帧的同时,将其发送信号波形与总线上接收到的信号波形进行比较。当发送结点发现这两个信号波形不一致时,表示总线上有多个结点同时发送数据,冲突已经发生。如果总线上同时出现两个或两个以上的发送信号时,它们叠加后的信号波形将不等于任意一个结点的发送信号波形。

编码违例判决法是指检查从总线上接收到的信号波形。接收到的信号波形不符合曼彻斯特编码规律,就说明已经发生了冲突。如果总线上同时出现两个或两个以上的发送信号,它们叠加后的信号波形将不符合曼彻斯特编码规律。

③ 随机延迟重传 检测到冲突之后,通信双方都要各自延迟一段随机时间实行退避,然后再继续侦听载波。计算延迟重传时间间隙的算法可采用二进制指数后退算法。实质上就是根据冲突的状况,估计网络中的信息量而决定本次应等待的时间。当发生冲突时,延迟随机长度的间隔时间是前次等待时间的 2 倍。计算公式为

$$t = R \times A \times 2^N$$

在该式中:$N$ 为冲突次数,$R$ 为随机数,$A$ 为计时单位,$t$ 为本次冲突后等待重发的间隔时间。具体来说,结点尝试争用信道,连续遇到冲突,退避等待时间(时隙个数)的策略为:

第 1 次冲突,等待时间为 0 或 1;

第 2 次冲突,等待时间随机选择 0 ~ 3 中之一;

第 3 次冲突,等待时间随机选择 0 ~ 7(即 $2^3 - 1$)中之一;

……

在发生 $i$ 次冲突后,等待的时隙数就从 0 ~ $(2^i - 1)$ $(0 \leqslant i \leqslant 15)$ 个时隙中随机挑选。但是,当达到 10 次冲突后,随机等待的最大时隙数就被固定在 $2^{10} - 1 = 1023$,不再继续增加。如果发生了 15 次冲突,系统将发出请求发送失败报告。

二进制指数后退算法可以动态地适应试图发送的结点数的变化,使随机等待时间随着冲突产生次数按指数递增,不仅可以确保在少数结点冲突时的时间延迟比较小,而且可以保证在很多结点冲突的情况下,能在较合理的时间内解决冲突问题。但采用二进制指数后退算法的不足是:一个没有遇到过冲突或者遇到冲突次数少的结点,比一个遇到过多次冲突而等待了很长时间的结点更有机会得到访问权。

根据上述分析,在共享介质的以太网中,任何一个结点发送数据都要通过 CSMA/CD 方式去竞争总线访问权,从准备发送到成功发送的发送等待时延是不确定的。因此以太网所使用的 CSMA/CD 方式也称为一种随机竞争型介质访问控制方式。CSMA/CD 方式可以有效地控制多结点对共享总线的访问,简单并且容易实现。

## 5.2.3 以太网帧格式及数据封装

为了更加具体地讨论帧的概念,下面对 IEEE 802.3/DIX v2.0 帧格式分别进行分析讨论。在分析之前,需要注意区别 DIX v2.0 和 IEEE 802.3 以太网两个术语。尽管人们称 IEEE 802.3 为以太网,但以太网与 IEEE 802.3 的 MAC 帧格式有所不同。

1. IEEE 802.3 的 MAC 帧格式

图 5-11 所示为 IEEE 802.3 的 MAC 帧格式。IEEE 802.3 帧包括 8 个字段:先导字段(PR)、帧开始定界符(SFD)、目的地址(DA)、源地址(SA)、长度计数字段(Length)、数据字段(LLC PDU)、填充字段(Pad)和 CRC 校验和字段(FCS)。

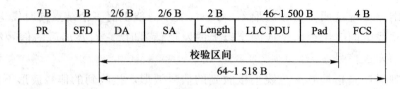

图 5-11　IEEE 802.3 MAC 帧格式

（1）先导字段（PR）　PR 又称为前导码，包括 7 个相同的字节（56 bit），每个字节的比特模式是 10101010 序列。该部分的作用是通知接收结点有数据到来，使其与输入的时钟保持同步。

（2）帧开始定界符（SFD）　前导码之后是由比特模式 10101011 构成的帧首 SFD，SFD 中两个连续的 1 表明数据帧的开始。当接收结点收到这两个连续的 1 时，就知道接下来的 2/6B 是目的结点的 MAC 地址。

（3）目的地址（DA）　DA 是接收结点的 MAC 地址，长度为 2/6 B（通常为 48 bit，也提供 16 bit 的值，但未被使用）。目的地址的第 1 位用来区分单播地址和用于向一组用户组播一个帧的组播地址。下一个比特表示该地址是一个本地地址还是一个全局地址。因此在采用 6 B 的地址中，该标准可以提供 $2^{46}$ 个全局地址。前 3B 指明网卡供应商。

（4）源地址（SA）　SA 是发送结点的 MAC 地址，长度也是 2/6 B。

（5）长度计数字段（Length）　2 B 长度的 Length 字段值在 0x0000 – 0x05DC 之间，表示后面跟随的数据字段中的字节数。允许最长的 802.3 帧有 1518 B，包括 18 B 的开销，但是不包括前导码和帧首定界符 SFD。

（6）数据字段（LLC PDU）　LLC PDU 包含了实际的用户数据（也就是需传输的信息）。数据字段受最小长度和最大长度的控制，它们分别是 46 B 和 1500 B。

（7）填充字段（Pad）　Pad 包含伪数据，当数据字段长度小于 46 B 时，它将数据字段填充到最小长度 46 B，确保帧长度总是不少于 64 B。如果需要，它的长度范围为 $0 \sim n$ B，其中 $n$ 是所需要的字节数。

（8）CRC 校验和字段（FCS）　CRC 校验和字段也称为帧校验序列，长度是 4 B。CRC 校验和字段涵盖了地址、长度、信息和填充字段。每当接收到一个帧，网卡需要检查该帧的长度能否接受，然后对接收的数据进行 CRC 差错校验。如果检测到错误，该帧被丢弃，而不传送到网络层。

2. DIX v2.0 标准的帧格式

图 5-12 所示为 DIX v2.0 标准的 MAC 帧格式，该标准也称为以太网 2（Ethernet Ⅱ）。DIX v2.0 MAC 帧与 802.3 以太网帧的不同之处，是有一个位置与长度字段相同的类型（Type）字段。Type 字段用来识别网络层协议。由于 DIX v2.0 中的主机可以使用除了 IP 以外的其他网络协议，因此当 DIX v2.0 帧到达目的结点时，目的结点需要知道它应该将数据字段的内容传递给哪一个网络层协议。DIX v2.0 标准分配从 0x0600 – 0xFFFF 范围内的 Type 字段值。如前文所述 IEEE 802.3 MAC 帧的长度字段不允许取大于 0x05DC 的值，因此该字段的值能够使 DIX V2.0 控制器知道它是在处理一个 DIX v2.0 MAC 帧还是一个 IEEE 802.3 MAC 帧。

| 7 B | 1 B | 2/6 B | 2/6 B | 2 B | 46~1 500 B | | 4 B |
|-----|-----|-------|-------|-----|------------|-----|-----|
| PR | SFD | DA | SA | Type | LLC PDU | Pad | FCS |

图 5-12　DIX v2.0 的 MAC 帧格式

为了允许 DIX v2.0 标准的软件能兼容 IEEE 802.3 MAC 帧,子网访问协议(Subnetwork Access Protocol,SNAP)提供了一种将 DIX v2.0 标准的 MAC 帧封装在类型 1 LLC PDU 中的方法,如图 5-13 所示。LLC 头部的 DSAP 和 SSAP 字段被设置为 AA,用于通知 LLC 层已包含 DIX v2.0 帧,并且可进行相应的处理。控制字段的值 0x03 表明类型 1 服务。SNAP 头部由一个 3 B 的供应商代码(ORG,通常设为 0)和兼容所需的 2 B 的 Type 字段构成。

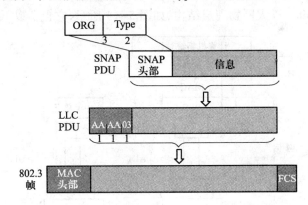

图 5-13    用于将 DIX v2.0 帧封装在 802.3 帧中的 LLC SNAP 头部

**3. IEEE 802.3 标准与 DIX v2.0 的区别**

IEEE 802.3 标准和 DIX v2.0 的不同之处主要在于头字段的定义。IEEE 802.3 标准每隔几年就会被修改和扩充一次,已经发布了运行在细同轴电缆、双绞线以及单模和多模光纤上的一系列规范。支持更高速度的版本分别在 1995 年(100 Mbit/s 快速以太网)、1998 年(1000 Mbit/s 吉比特以太网)和 2002 年(10 Gbit/s 以太网)得以通过。

为使 802.3 标准与 DIX v2.0 两种帧能够兼容,需要辨识 Type 和 Length 的区别。判断帧中的一个字段是 Length 还是 Type 字段的方法是:该字段中的值大于帧的最大长度(1518 B),则表示 Type 字段;否则表示 Length,即 802.3 帧格式。具体做法是以 1536((0x0600)为界限,大于或等于 0x0600 认为是 DIX v2.0,按 Type 处理,如 IP 为 0x0800,XNS 为 0x0600,IPX 为 0x8137 等。Type 字段指明上层所用的协议。

目前,设备供应商对 IEEE 802.3 的支持远远超过了对 DIX v2.0 的支持,通常所安装的任何以太网都将基于 IEEE 802.3 标准。因此,在许多场合,都把 IEEE 802.3 标准用以太网来称谓,今后对这两个术语也不加区别地使用。但应该意识到在技术上它并不是以太网,只有 DIX v2.0 才是。当需要严格区分其概念时,再将其称为 DIX v2.0、IEEE 802.3 以太网。

# 5.3    以太网技术

自 1985 年出现 10 Mbit/s 以太网以来,局域网技术得到了迅速发展。近年来,在传统以太网和快速以太网的基础上,发展出来千兆以太网、万兆以太网。目前大多数局域网采用交换机作为核心设备,组成交换局域网以提高数据传输速率。而在交换技术基础上组成的虚拟局域网(Virtual Local Area Network,VLAN)呈现出良好的应用发展前景。

### 5.3.1　传统以太网

传统以太网一般是指数据传输速率为 10 Mbit/s 的以太网,虽然这种以太网现在已不常用,但目前的快速以太网、千兆以太网技术,都是基于 10 Mbit/s 以太网基本技术原理的。

1. 传统以太网的物理层

IEEE 802.3 10 Mbit/s 以太网物理层结构,如图 5-14 所示,它包括以下 3 个部分。

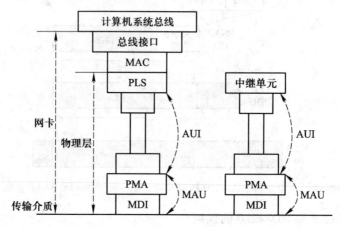

图 5-14　10 Mbit/s 以太网的物理层

(1) 介质连接单元(MAU)

MAU 也称为收发器,包括物理介质连接(PMA)子层和介质相关接口(MDI),在计算机和传输介质之间提供机械和电气的接口。物理层的各个部分只有 MAU 与介质有关。MAU 的主要功能有:

① 连接传输介质　MDI 实际上是连接传输介质的连接器,传输介质不同,MDI 也不同。例如 UTP 以太网的 MDI 为 RJ-45 连接器。

② 信号发送与接收　发送时将曼彻斯特编码信号向总线发送,提供发送驱动;接收时从总线上接收曼彻斯特编码信号。

③ 冲突检测　即检测总线上发生的数据帧冲突。

④ 超长控制　当发生故障时,站点有可能向总线连续不断地发送无规律的数据使其他结点不能正常工作。为此,对发送数据帧的长度要设置一个上限,当检测到某一数据帧超过此上限时,就认为该结点出现故障,自动禁止该结点的发送。

(2) 物理层信令(PLS)

PLS 的主要功能有:

① 编码解码　发送时,把由 MAC 层送来的串行数据编为曼彻斯特编码并通过收发器电缆送到 MAU;反之,接收接入单元接口(AUI)送来的曼彻斯特编码信号并进行解码,然后以串行方式送给 MAC。

② 载波侦听　确定信道是否空闲,载波侦听信号送给 MAC 部分。

(3) 连接单元接口(AUI)

AUI 连接 PLS 和 MAU,AUI 上的信号有四种:发送和接收的曼彻斯特编码信号、冲突信号和电源。

以上是 IEEE802.3 物理层的层次结构,具体实现依不同的 10 Mbit/s 以太网有所不同。

2. 以太网及其连网方式

以太网采用如下通用格式进行标志,如图 5-15 所示。因此,使用 UTP 电缆的 100 Mbit/s 基带以太网命名为 100BaseT,T 表示采用了双绞线作为传输介质,Base 表示采用基带传输;100 Mbit/s 的细同轴电缆的基带以太网命名为 10Base2,2 代表 185 m 的网段长度。

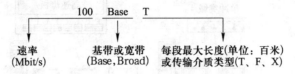

图 5-15 以太网的标志方法

表 5-1 给出了 IEEE 802.3 标准定义的以太网各种规范,其中,每一种可选用的传输介质由 3 个参数予以标志。通过这 3 个参数分别规定了数据传输速率、传输技术和最大段长度。

**表 5-1 IEEE 802.3 定义的各种物理层参数**

| 项 目 | 10Base5 | 10Base2 | 100BaseT | 100BaseF |
|---|---|---|---|---|
| 传输介质 | 粗同轴 | 细同轴 | 双绞线 | 光纤 |
| 最大段长/m | 500 | 185 | 100 | 2000 |
| 每段结点个数 | 100 | 30 | 1024 | 1024 |
| 拓扑结构 | 总线 | 总线 | 星状 | 点到点链路 |

粗同轴电缆以太网通常沿着建筑物走廊的天花板布线,而且将其分接到办公室的工作站上,如图 5-16(a) 所示。AUI 收发器挂接在粗缆总线上,收发器通过本身的 AUI 接口(15 针 D 型接口),采用 AUI 电缆连接到计算机网卡的 AUI 接口上。用粗同轴电缆组网比较难。10Base2 标准采用细(5 mm)同轴电缆,拓扑为总线结构,传输速率为 10 Mbit/s,最大段长为 185 m,单个网段最多可支持 30 个结点。结点通过 BNC T 形连接器与电缆连接,连接器之间必须间隔 0.5 m 以上以防止信号干扰。电缆的每一端用一个 50 Ω 的电阻终结,电缆的一端必须接地。10Base2 价格便宜并且易于安装、操作,如图 5-16(b) 所示。10Base5 和 10Base2 网段都可通过使用一种可以将信号从一个网段转发到另一个网段的中继器进行连接。

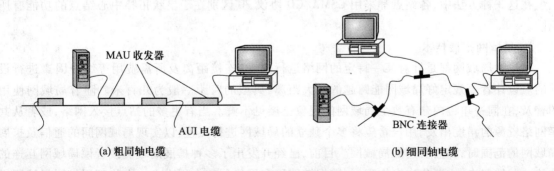

图 5-16 以太网电缆的连接

100BaseT 使用两对无屏蔽的双绞线（UTP）（直径为 0.4～0.5 mm）组网。首先在双绞线（UTP）两头压接 RJ-45 连接器,并且与一个集线器（Hub）相连;所有站点都与集线器（Hub）相连接;单个网段的最大长度为 100 m,如图 5-17（a）所示。100BaseT 的优点是成本低廉、轻便、安装密度高、便于维护。

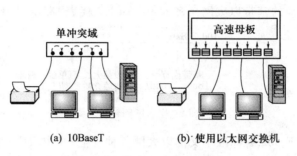

（a）10BaseT      （b）使用以太网交换机

图 5-17　采用双绞线缆的以太网

100BaseT 是早期使用较为广泛的局域网。这种局域网从物理上来看属于树状结构。其中树的叶结点就是网络中装有网卡的计算机,中间的分支结点就是集线器或交换机。100BaseT 为局域网的运行提供了以下 3 种方法。

在第一种方法中,集线器监视所有站点的发送。集线器实质上是多端口中继器,同时又是一个共享总线。如同中继器不能隔离以太网的冲突域一样,集线器也不能隔离以太网的冲突域。集线器相连接的网络中的所有计算机属于同一个冲突域,集线器将每一个端口收到的数据信号经整形后广播到其他所有端口。

第二种方法采用以太网交换机作为集线器运行,如图 5-17（b）所示。以太网交换机通常是指实现了透明桥接功能的产品。在一个交换机中,每个输入端口缓存所接收的帧,所接收的帧经过检查后将被传送到正确的输出端口上。每个输出端口以 MAC 协议来发送帧。如果只有一个站点连接到线路上,不会出现冲突。当有几个站点共享一条输入线路时,连接到相同线路的一组站点就会构成一个冲突域。另外要注意,局域网中站点的数量不能无限制地增加。最终,各站点产生的业务量会接近共享传输介质的极限。交换式局域网的引入提供了一种互连大量站点而不会达到这个极限的方法。

在第三种方法中,各站点按照全双工模式传送。

在这 3 种方法中,各站点都采用 CSMA/CD 协议,其区别在于星状拓扑中心结点的功能有所不同。

3. 局域网扩展技术

每一种局域网都是针对某一特定的网络运行速度、连接距离及所需费用等综合因素进行设计的。设计者要规定好局域网能跨越的最大距离,典型的跨距一般为几百米。随着局域网使用的普及,在同一单位内建有数个局域网的现象已屡见不鲜。当有更多的站点接入网络,或者从共享网络资源的角度出发,用户希望将多个独立的局域网进行互连,以实现局域网间的通信及扩展局域网的范围时,都需要扩展局域网。目前,已经开发出了多种扩展局域网或者说局域网互连的方法。归纳起来,主要集中在物理层、数据链路层和网络层三个层次上。在物理层扩展局域网需要的设备称为中继器;当在 MAC 层或数据链路层扩展局域网时,需要称为交换机的设备;当两个或多个局域网在网络层互连时,需要称为路由器的设备。局域网扩展很少在高层进行。在此集中讨论在物理层、数据链路层的局域网扩展技术。

(1)集线器式局域网

局域网的连接距离之所以受到限制,是因为电信号在传输时会减弱。当问题仅涉及局域网的范围扩展时,只要不超出两个站点之间允许的最大距离,中继器即可解决问题。

中继器亦译成重发器,是扩展同一个局域网距离的设备。中继器具有两个或多个网络端口,主要功能是把通过传输介质的电信号(比特流)由网络的一段传输到另一段,并进行补偿整形、放大及转发,延长传输距离。中继器的关键部件是再生放大器,并且转发是双向的,是一种可靠性很高的设备。由于传输信道中存在一定的电磁噪声和干扰,电磁信号经过传输后变得越来越微弱,且信号会产生畸变,使用中继器可以实现对损伤数据信号的整形放大,使得信号继续传输到其他网段上。因此,使用中继器在物理层上扩展局域网,不管增加多大距离范围,该网络在逻辑上和物理上仍是一个网络整体,并使用 CSMA/CD 介质访问控制技术。

中继器可用于总线拓扑、星状及树状拓扑网络,即符合 IEEE 802.3 标准的局域网扩展连接。如图 5-18 所示,说明一个电缆中继器连接两根称为网段的以太网缆线,每个网段都连有常规的终结器。通过连接两个最大网段,把一个以太网的有效连接距离扩大了一倍。

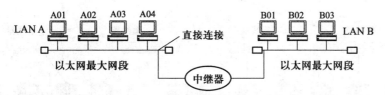

图 5-18　连接两个以太网的中继器

中继器按其接口个数可分为双口中继器和多口中继器。前者有两个端口,一个用于输入,一个用于输出;后者端口数大于两个,又称集线器(Hub)。显然,集线器是端口大于两个的中继器,又称集中器。把集线器作为一个中心结点,可用它连接多种传输介质,也可以把总线拓扑网连接成星状或树状网络。100BaseT、100BaseF 及许多其他专用网络都依靠集线器来连接各段电缆及把数据分发到各个网段。集线器的基本功能是信息分发,它把一个端口接收的所有信号向所有端口分发出去。一些集线器在分发之前将弱信号重新生成,一些集线器整理信号的时序以提供所有端口间的同步数据通信。具有多个 100BaseF 端口的集线器就像是使用镜子来把光线分到各个端口的。

图 5-19 所示是一种利用多个集线器将分散的局域网连接成的多级星状局域网。它表示了某公司的 4 个单位各有一个 100BaseT 以太网局域网,通过一个主干集线器和 4 个中间集线器互连起来的情况。由于集线器之间的距离可以是 100 m(使用双绞线)或 700 m(如使用光纤)左右,从而可扩展不同单位主机之间的连接距离。

集线器式局域网的主要优缺点:①简单、成本低;②网络规模不能太大;③站点数量受到限制,冲突随站点数量的增多会变得越来越严重;④地域范围受微时隙时间的限制;⑤只能互连相同类型的网络。

(2)交换机式局域网

如前所述,当问题仅涉及局域网范围扩展时,只要不超出两个结点之间允许的最大距离,集线器即可解决问题。但有两种情况需要考虑：一是以太局域网需要共享传输介质，通过集线器互连的局域网冲突域是整个网络，利用集线器不能解决局域网的饱和问题；二是集线器只能互连相距较近、类型相同的网络。然而，实际情况却是各部门的局域网可能位于不同的建筑物内，使用不同的网络层协议，网络类型也可能不相同。这些问题需要通过在数据链路层上进行局域网扩展予以解决。

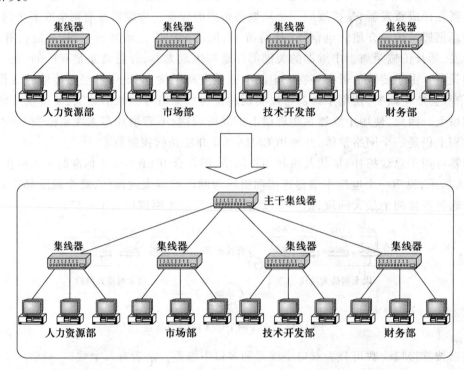

图 5-19　利用多个集线器将分散的局域网连接成多级星状局域网

在数据链路层上扩展局域网，需要的设备主要有网桥、交换机。交换机的一个主要功能就是可以把使用不同以太网技术的以太网段连接起来。例如，如图 5-20 所示，电子信息工程系、计算机工程系与通信工程系分别有一个 100BaseT 的以太网，那么可以采用以太网交换机来互连这些局域网。

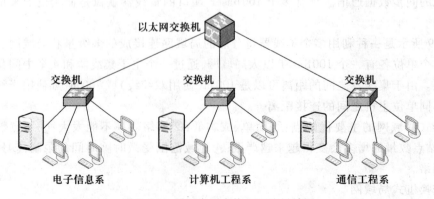

图 5-20　用以太网交换机互连局域网

　　当交换机作为互连设备时,对于局域网所能到达的地理范围在理论上没有限制。从理论上可以建立一个长的、线性的拓扑结构,来互连横跨全球的局域网,其中每一对相邻的集线器通过交换机来互连。采用这个设计,每个集线器都有自己的冲突域,并且对于局域网能够有多长没有限制。然而可以证明,完全使用交换机作为互连设备建立一个很大的网络是很不理想的,大型网络需要路由器来构建。

　　交换机式局域网的主要特点是:①一个网段上的帧有条件地被转发到另一个网段,转发速度会有所降低;②扩展后的网络被网桥/交换机隔离成多个冲突域;③扩展后的网络仍是一个广播域,不能隔离广播帧;④远程网桥可将局域网的范围扩展到几十公里以上。

　　(3)局域网的光纤扩展

　　另一种局域网扩展机制是在计算机与网络之间使用光纤和一对光纤调制解调器(Fiber Modem),延长两个以太网网段的连接距离。所谓的光纤中继器内连接(Fiber Optic Intra-Repeater Link,FOIRL)技术,由通过光纤相连的两个设备组成。每个设备都像中继器那样连接一个网段,两个设备之间用光纤连接起来进行通信。因为光纤具有短时延、高带宽特性,采用这种机制能使计算机与一个远距离的网络相连。图 5-21 所示是用光纤调制解调器扩展一个以太网的情况。

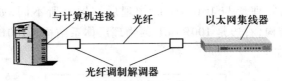

图 5-21　使用光纤调制解调器连接计算机和远程 LAN

　　如图 5-21 所示,在连接的两端各设置一个光纤调制解调器,用光纤将它们连接起来。计算机用产生常规信号的网络端口与网络进行通信,并发送信号到本地的光纤调制解调器。同样,远端的光纤调制解调器也产生标准信号发送到收发器。

　　每一个光纤调制解调器都含有专门的硬件来完成两项工作:调制解调器中的电路实现 AUI 信号与数字表示之间的转换,光驱动器硬件实现数字表示与在光纤中传输的光脉冲之间的转换。每端的设备也都像中继器那样侦听局域网上的信号,再对信号进行编码并在光纤上传输。远端的设备接收编码形式的信号,然后转发到远地的局域网。例如,计算机端的调制解调器必须既能接收通过光纤传来的数字数据并转换为计算机能接收的信号,又能把从计算机发送过来的信号转换为传输到收发器去的数字数据。

　　光纤调制解调器的主要优点是能提供连接远距离网络的能力,而不必改变原来的局域网和计算机。由于光纤的时延短、带宽高,所以这种扩展机制能在几公里的范围内正常工作。当需要把相距较远的两幢大楼内的局域网连接起来时,常采用这种扩展方式。

## 5.3.2　快速以太网

　　为了提高网络传输速率,IEEE 于 1995 年 5 月发布了 IEEE 802.3u 标准,把以太网的数据传输速率从 10 Mbit/s 提高到 100 Mbit/s。100 Mbit/s 以太网的概念最早出现于 1992 年,最终在 3 年后通过了两种 100 Mbit/s 以太网标准:即快速以太网 LAN(IEEE 802.3u)称为 100Base T,和

100VG Any LAN(IEEE 802.12)。通常将在这两个标准之下运行的网络系统称为快速以太网。其中,100VG Any LAN 是一种与快速以太网竞争的技术,于 1995 年 6 月作为 IEEE 的标准通过,但与 100Base T 相比,市场占有率较小。

1. 快速以太网的特性

100BaseT 是由 10BaseT 发展而来的,在物理层同样采用星状拓扑结构,支持双绞线和光纤。可以从 MAC 层和物理层两个方面说明 100BaseT 所具有的特性。

(1) 100BaseT 的 MAC 层

100BaseT 保持了与 10 Mbit/s 以太网同样的 MAC 层,使用同样的介质访问控制协议(CSMA/CD)和相同的帧格式,使用同样的基本运行参数:最大帧长 1518 B,最小帧长 64 B,重试上限 15 次,后退上限 10 次,时槽 512 位时,阻塞信号 32 位,帧间隙时间(IFG)96 位。

由于 100BaseT 的传输速率是传统以太网的 10 倍,因此,100BaseT 512 位时的时槽变为 5.12 μs,使得 100BaseT 冲突域的最大跨距差不多减小了 10 倍,减小到 200 m。

(2) 100BaseT 的物理层

100 Mbit/s 的数据传输速率使得 100BaseT 的物理层结构发生了较大变化,主要体现在以下几个方面。

① 100BaseT 以太网物理层与 10BaseT 的物理层结构有所不同,如图 5-22 所示,左边是 10BaseT 的物理层体系结构,右边是 100BaseT 的物理层体系结构。100BaseT 以太网物理层所包含的部分及其主要功能如下。

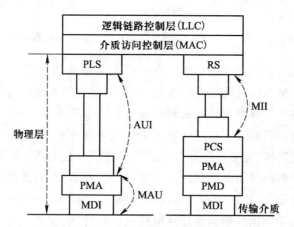

图 5-22　10BaseT(左)和 100BaseT(右)以太网物理层的结构

a. 介质无关接口(MII)　MII 是指介质访问控制子层与物理层连接的接口。在逻辑上 MII 与 10BaseT 以太网的 AUI 接口对应。"介质无关"表明在不对 MAC 硬件重新设计或替换的情况下,任何类型的物理层设备都可以正常工作。MII 包括一个数据接口、一个 MAC 和 PHY 之间的管理接口。数据接口包括分别用于发送器和接收器的两条独立信道。每条信道都有自己的数据、时钟和控制信号;MII 数据接口总共需要 16 个信号。管理接口是个双信号接口,一个是时钟信号,另一个是数据信号。通过管理接口,上层能监视和控制物理层。

b. 协调子层(RS)　对于 10/100Base TX 来说,需要协调子层(RS)将 MAC 层的业务定义映射成 MII 接口的信号。

c. 收发器 MII 和 RS 使 MAC 层可以连接到不同类型的传输介质上。对于物理层又可分成:物理编码(PCS)子层、物理介质连接(PMA)子层、物理介质相关(PMD)子层和介质相关接口(MDI)4 个部分,以形成收发器。PCS 子层的主要功能是 4B/5B 编码、解码、碰撞检测和并串转换。PMA 子层用于产生和接收线缆中的信号,完成链路监测、载波检测、NRZI 编译码和发送时钟合成、接收时钟恢复的功能。PMD 子层提供与线缆的物理连接。例如,100BaseTX 的 PMD 子层采用 ANSIX3.263 规定的 TP - PMD 规范为基础修改而成,以完成数据流的扰码、解扰、MLT - 3 编解码、发送信号波形发生和双绞线驱动,以及接收信号自适应均衡和基线漂移校正。介质相关接口(MDI)是指物理层与实际物理介质之间的接口,它规定了 PMD 和传输介质之间的连接器,例如 100BaseTX 的 RJ - 45 连接器。

② 100BaseT 标准包括 4 个不同的物理层标准,支持多种传输介质。

③ 不再采用统一的曼彻斯特编码,不同的物理层标准使用不同的编码方式,因此编码解码功能也在与传输介质相关的收发器中实现。

④ 增加了 10 Mbit/s 和 100 Mbit/s 自动协商功能。

⑤ 定义了 I 类和 II 类两种类型的中继器。

2. 快速以太网的物理层标准

100BaseT 快速以太网有 4 个不同的物理层标准,见表 5-2。快速以太网仍然使用与 10BaseT 相同的连接器类型,并仍然支持 512 bit 的冲突域,但有一个明显的速度区别。快速以太网比 10BaseT 要快十倍,这种成十倍增长的直接含义是当发送速率从 10 Mbit/s 增到 100 Mbit/s 时,帧发送时间减少到原来的 1/10。为了使介质访问控制协议(CSMA/CD)能正常工作,必须将最小帧的长度增加到原来的 10 倍,或者将结点之间的最大长度减少到原来的 1/10。

表 5-2 快速以太网的物理层标准

| 项 目 | 100BaseT4 | 100BaseT2 | 100BaseTX | 100BaseFX |
|---|---|---|---|---|
| 传输介质 | 4 对 UTP 3 类双绞线 | 2 对 UTP 3 类双绞线 | 2 对 UTP 5 类双绞线 | 2 根多模光纤 |
| 最大段长/m | 100 | 100 | 100 | 2000 |
| 拓扑结构 | 星状 | 星状 | 星状 | 星状 |

(1) 100BaseT4 100BaseT4 是为了 3 类音频级布线而设计的。它使用 4 对双绞线,3 对用于同时传输数据,第 4 对线用于冲突检测时的接收信道,信号频率为 25 MHz,因而可以使用数据级 3、4 或 5 类非屏蔽双绞线,也可使用音频级 3 类缆线。最大网段长度为 100 m,采用 ANSI/TIA/EIA 568 布线标准。100BaseT4 采用 8B/6T - NRZI 编码法。8B/6T - NRZI 编码法是用 8 位二进制/6 位三进制编码,三进制编码对应着 3 种电平信号。6 位三进制可表示 $3^6 = 729$ 种码,其中的 256 种表示 8 位二进制码。100Mbit/s 的数字信号用 8B/6T 编码后电信号的速率为 $100 M \times 6/8 = 75$ Mbaud,它又以循环发送分别送到 3 对线上传输,每对线上电信号的波特率仅为 25 M,因此可以使用 3 类 UTP 传输。

(2) 100BaseT2 随着数字信号处理技术和集成电路技术的发展,只用 2 对 3 类 UTP 电缆就可以传送 100 Mbit/s 的数据,因而针对 100BaseT4 不能实现全双工的缺点,IEEE 制订了 100BaseT2 标准。100BaseT2 采用 2 对音频或数据级 3、4 或 5 类 UTP 电缆,一对用于发送数据,另一对用于接收数据,可实现全双工操作;采用 ANSI/TIA/EIA 568 布线标准、RJ-45 连接器,最长网段为 100 m;100BaseT2 采用了非常复杂的 PAM5 的 5 级脉冲调制方案。

(3) 100BaseTX    100BaseTX 使用两对 5 类 UTP 双绞线,一对用于发送数据,另一对用于接收数据,最大网段长度为 100 m,采用 ANSI/TIA/EIA 568 布线标准。100BaseTX 采用 4B/5B 编码法,可以 125 MHz 的串行数据流传送数据;使用 MLT-3(3 电平传输码)波形法来降低信号频率到 125/3 ≈ 41.6 MHz。4B/5B 编码法是取 4 bit 的数据并映射到对应的 5 bit 中,再使用非归零码传送。100BaseTX 是 100BaseT 中使用最广的物理层标准。

(4) 100BaseFX    100BaseFX 使用多模(62.5 μm 或 125 μm)或单模光纤,连接器可以是 MIC/FDDI 连接器、普通的 ST 连接器或廉价的 SC 连接器;最大网段长度根据连接方式不同而变化。100BaseFX 采用 4B/5B 编码机制,可以工作在 125 MHz 并提供 100 Mbit/s 的数据传输速率。例如:对于多模光纤的交换机-交换机连接或交换机-网卡连接,最大允许长度为 412 m。如果是全双工链路,则可达到 2000 m。100BaseFX 主要用于高速主干网上的快速以太网的集线器、或远距离连接、或有强电气干扰的环境、或要求较高安全保密链接的环境。100BaseFX 在校园网中常用于互连配线室和建筑物。

3. 10 Mbit/s 和 100 Mbit/s 自动协商模式

100BaseT 问世以后,在以太网 RJ-45 连接器上,可能出现 5 种以上不同的以太网帧信号,即 10BaseT、10BaseT 全双工、100BaseTX、100BaseTX 全双工或 100BaseT4 等中的任意一种。为了简化管理,IEEE 推出了自动协商模式。自动协商功能允许一个结点向同一网段上另一端的网络设备广播其传输容量。对于 100BaseT 来说,自动协商将允许一个结点上的网卡或一个集线器能够同时适应 10 Mbit/s 和 100 Mbit/s 两种传输速率,能够自动确定当前的速率模式,并以该速率进行通信。IEEE 自动协商模式技术避免了由于信号不兼容可能造成的网络损坏。

自动协商是在链路初始化阶段进行的。一个 100BaseT 设备(网卡或集线器)初始启动时,将速率模式设置为 100 Mbit/s,并产生一个快速连接脉冲(FLP)序列来测试链路容量。如果另一端设备接收到 FLP 并能辨识其中的内容,则说明该设备也是一个 100BaseT 设备,它会向对方发送响应脉冲信号。这时,双方都知道对方是一个 100BaseT 设备,将链路容量设置为 100 Mbit/s。如果另一端设备不能辨识这个 FLP,则说明该设备不是一个 100BaseT 设备,而是一个 10BaseT 设备,它不会响应对方的 FLP。这时,100BaseT 设备将速率模式设置成 10 Mbit/s,重新发送一个正常连接脉冲(NLP)序列。如果对方给予响应,说明对方确实是一个 10BaseT 设备,并将链路容量设置为 10 Mbit/s。

此外,在两端都是 100BaseT 设备的情况下,也可根据需要将该网段的链路容量设置为 10 Mbit/s。链路容量测试和自动协商功能也可由网络管理软件来驱动。

链路类型自动协商的优先级顺序依次为:100BaseT2 全双工、100BaseT2、100BaseTX 全双工、100BaseT4、100BaseTX、100BaseT 全双工和 10BaseT。这是增强型的 10BaseT 链路一体化信号方法,并与链路一体化反向兼容。

4. 快速以太网应用

快速以太网主要应用于主干连接、需要高带宽的服务器和高性能工作站,以及向桌面系统的普及应用等场合。100BaseT 网络可以采用集线器或交换机进行组网,如图 5-23 所示。

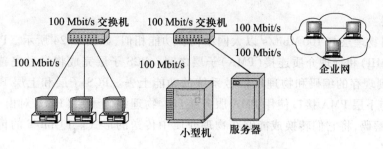

图 5-23 快速以太网的组成

100BaseT 采用了与 10BaseT 相同的星形拓扑结构,并对网络拓扑规则进行了适当的调整和重定义。100BaseT 网络的主要拓扑规则为:

(1) 采用 UTP 电缆连接时,计算机结点与交换机或集线器之间的最大电缆长度为 100 m。

(2) 采用光纤连接时,计算机结点与交换机之间的最大光纤长度为 400 m。如果采用远程光收发器,两台设备之间的连接距离可达 2 000 m。

(3) 采用集线器进行网络级连时,一个网段中最多允许有两个集线器,集线器之间的最大电缆长度为 5 m,两个计算机端点之间的最大网络电缆长度为 205 m(100 m + 5 m + 100 m = 205 m)。

(4) 采用交换机进行网络级连时,允许使用多个交换机,计算机结点与交换机之间以及交换机之间的最大电缆长度均为 100 m。

### 5.3.3 千兆以太网

在快速以太网标准公布之后,IEEE 在 1996 年 3 月委托高速研究组(HSSG)调查研究,将快速以太网的数据传输速率又提高 10 倍,达到了 1000 Mbit/s,称之为千兆以太网或吉比特以太网。

1. 千兆以太网的特性

千兆以太网标准完全与以太网和快速以太网相兼容。千兆以太网与 10 Mbit/s 和 100 Mbit/s 以太网相比,在 MAC 层和物理层主要有如下一些特性。

(1) 千兆以太网的 MAC 层

在千兆以太网的 MAC 层中,支持全双工模式和半双工模式两种协议模式,以全双工模式为主。MAC 层支持两种 MAC 协议模式的目的是为了兼容两种 MAC 协议,支持全双工以太网与半双工以太网的平滑连接和互通。

半双工千兆以太网使用了与 10 Mbit/s 和 100 Mbit/s 以太网相同的帧格式和基本相同的 CSMA/CD 协议,包含了原 CSMA/CD 的基本内容,仅做了部分修改。千兆以太网的数据传输速率再次增加了 10 倍,使得 CSMA/CD 协议的限制成为关注焦点。例如,在 1 Gbit/s 的速率下,一个最小长度为 64B 的帧的发送会导致在发送站侦听到碰撞之前,此帧发送已经完成。鉴于这个原因,时槽扩展到 512 B 而不是 64 B。这个改动在对半双工模式中维持 200 m 的冲突域直径很有必要。如果不这样做,那么最大冲突域直径会变成快速以太网的 1/10(25 m)。

全双工 MAC 协议提供了全双工通信能力,在协议功能上简单得多,只保留了原来的帧格式以及帧发送与接收功能,关闭了载波侦听、冲突检测等功能。同时,也不需要像半双工 MAC 协议那样规定很多的协议参数。

（2）物理层

千兆以太网物理层与 100 Mbit/s 以太网结构和功能相似,如图 5-24 所示。PCS 子层位于协调子层（通过 GMII）和物理介质连接（PMA）子层之间。PCS 子层完成将经过完善定义的以太网 MAC 功能映射到现存的编码和物理层信号系统的功能上去。PCS 子层和上层 RS/MAC 的接口由 GMII 提供,与下层 PMA 接口使用 PMA 服务接口。物理编码子层（PCS）对由 GMII 传送来的数据进行编码/解码,将它们转换成能够在物理介质中传送的形式。1 Gbit/s 的传输速率使得物理层有如下变化。

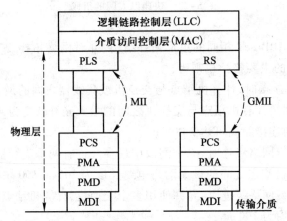

图 5-24　千兆以太网（右）与 100BaseT 物理层（左）的结构

① MII 扩展为千兆介质无关接口（GMII）。GMII 的发送和接收数据宽度由 MII 的 4 位增加到 8 位,使用 125 MHz 的时钟就可实现 1000 Mbit/s 的数据速率。GMII 不支持连接器和电缆,只是内置做 IC 和 IC 之间的接口。

② 包括多个不同的物理层标准,支持不同类型的光纤和铜缆。

③ 主要使用 8B/10B - NRZ 编码方式,物理层 10B 的码流首尾使用数据码元中没有的码流开始标识符和码流结束标识符,它们起到测试帧定界的作用。一个 8 位二进制码组编成一个 10 位二进制码组,产生 25% 的编码开销,千兆数据传输速率产生 1.25 G 波特的发送信号。

2. 千兆以太网物理层标准

千兆以太网物理层有 IEEE 802.3z 和 IEEE 802.3ab 两个标准。IEEE 802.3z 千兆以太网标准于 1998 年 6 月被批准,是一个关于光纤和短程铜线的连接方案,也称为吉比特以太网。IEEE 802.3ab 于 1998 年 10 月公布,是关于 5 类双绞线上较长距离的连接方案。它们建立了一个传输速率比快速以太网高 10 倍的以太网 LAN 标准。表 5-3 列出了 IEEE 802.3 千兆以太网（全双工）的物理层标准。

表 5-3　千兆以太网的物理层标准

| 项　　目 | 1000BaseSX | 1000BaseLX | 1000BaseCX | 1000BaseT |
|---|---|---|---|---|
| 传输介质 | 2 根多模光纤 | 2 根单模光纤 | 屏蔽铜电缆线 | 5 类 UTP 双绞线 |
| 最大段长/m | 550 | 5000 | 25 | 100 |
| 拓扑结构 | 星状 | 星状 | 星状 | 星状 |

（1）IEEE 802.3z

IEEE 802.3z 工作组负责制订光纤（单模或多模）和同轴电缆的全双工链路标准。IEEE 802.3z 定义了基于光纤和短距离铜缆的 1000BaseX，采用 8B/10B 编码技术，信道传输速率为 1.25 Gbit/s，去耦后实现 1000 Mbit/s 传输速率。在物理层，IEEE 802.3z 支持以下 3 种千兆位以太网标准：

① 1000BaseSX（短波长光纤）只支持多模光纤，可以采用直径为 62.5 μm 或 50 μm 的多模光纤，工作波长为 770 ~ 860 nm，传输距离为 260 ~ 550 m。

② 1000BaseLX（长波长光纤）支持直径为 62.5 μm 或 50 μm 的多模光纤，工作波长范围为 1270 ~ 1355 nm，传输距离为 550 m。1000BaseLX 也可以采用直径为 9 μm 或 10 μm 的单模光纤，工作波长范围为 1270 ~ 1355 nm，传输距离为 5 km 左右。

③ 1000BaseCX（短距离铜线）采用 150 Ω 屏蔽对绞线（STP），传输距离为 25m。

（2）IEEE 802.3ab

IEEE 802.3ab 工作组制订了基于 5 类 UTP 的半双工链路的千兆以太网标准。制订 1000BaseT 标准的目的是在 5 类 UTP 上以 1000 Mbit/s 速率传输 100 m。这个距离限制与快速以太网中的相同。IEEE 802.3ab 标准主要有以下两点意义：

① 保护用户在 5 类 UTP 布线系统上的投资。

② 1000BaseT 是 100BaseT 的扩展，与 10BaseT、100BaseT 完全兼容。不过，在 5 类 UTP 上达到 1000 Mbit/s 的传输速率需要解决 5 类 UTP 的串扰和衰减问题，因此，IEEE 802.3ab 工作组的开发任务要比 IEEE 802.3z 复杂一些。

3. 载波扩展

为了使千兆以太网覆盖范围达到实用标准，半双工千兆以太网时槽长度扩展到了 4096 位，这样半双工千兆以太网的覆盖范围扩展到了 160 m。为了兼容以太网和快速以太网中的帧结构，半双工千兆以太网的最小帧长度仍需要保持为 64 B 不变。如果将最小帧长度改变，在使用网络设备互连不同速率的以太网时，对短帧要进行重构，显然会很麻烦。

千兆以太网中最小帧长的传输时间远小于 512 B 的时槽长度，不能进行冲突检测。为了能够使最小帧长与大时间槽长度匹配，以保证正常进行冲突检测，千兆位以太网在 MAC 层定义了载波扩展机制。即当发送一个长度小于 512 B 的短帧时，载波扩展机制将在正常发送数据之后发送一个载波扩展序列直到一个时槽结束，使得载波信号在网络上保持 4096 位时的长度。对于长度为 46 ~ 493 B 的数据字段，载波扩展的长度为 448 ~ 1 B。载波扩展的帧如图 5-25 所示。例如：某 DTE 发送一个 64 B 帧，MAC 将会在其后加入（512 - 64）B = 448 B 的载波扩展序列。如果 DTE 发送的帧长度大于 512 B，则 MAC 不做任何改变。

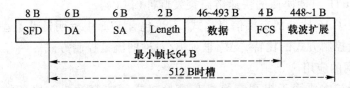

图 5-25　载波扩展的帧结构

虽然载波扩展位不是帧的有效成分,但也要进行冲突检测,检测到冲突时也会停止发送并发出阻塞信号,然后执行后退重试算法。

若接收端接收到的帧长度小于一个时槽,则作为冲突碎片丢弃,即使前面的有效部分是完全正确,只是在载波扩展部分发生了冲突,此帧也要丢弃,因为此时发送端因检测到冲突要进行重传,接收端会收到重复帧,而以太网协议不能处理接收重复帧的情况。

千兆以太网在全双工模式下不使用 CSMA/CD,因此也不需要载波扩展。

**4. 帧突发**

载波扩展扩大了冲突域,但在传送以太网较短的帧时带来了额外开销,影响了发送效率。譬如,对于一个 64 B 的帧来说,尽管发送速度较快速以太网增加了 10 倍,但发送时间增加了 8 倍。这样的效率并不比快速以太网提高多少。为了改善短帧的传输效率,千兆以太网在 MAC 层定义了帧突发机制。

帧突发机制如图 5-26 所示。发送端被允许连续发送几个帧,其中第一个帧按 CSMA/CD 规则发送。如果第一个是短帧,必须发送载波扩展位直至发送时间满一个时槽。若该帧发送成功,发送端就继续发送其他帧直至发送完数据或达到一次帧突发的最大长度限制。帧突发机制规定,连续发送的最大长度为 8 KB(8192 B)。

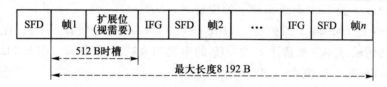

图 5-26  帧突发机制

发送端为了连续占有信道,用 96 比特载波扩展填充帧间隙(IFG)时间,其他主机在 IFG 期间仍然会侦听到载波,发送主机成功发送第一个帧后不会再遇到冲突,可连续进行发送。后续发送的各个帧,不必再进行冲突检测,因此即使是短帧也不必再进行载波扩展。可见,连续发送多个短帧时,帧突发机制能够改善载波扩展引起的传输效率低的问题。

**5. 1000BaseX 自动协商**

1000BaseT 双绞线千兆以太网支持 UTP 自动协商功能,对 10BaseT 和 100BaseT 向后兼容以太网数据传输速率。

1000BaseX 光纤千兆以太网也具有自动协商功能,与 UTP 的自动协商不同,其特点是:

(1)只用于配置 1000BaseX 类型,包括半双工/全双工模式和流量控制方式。1000BaseX 只支持 1000 Mbit/s 的数据传输速率,不需要数据传输速率的协商。

(2)属于网络编码层(PCS)的一个功能,使用 8B/10B 编码中的控制码元组合传递自动协商的信息,不再使用 UTP 自动协商的快速链路突发脉冲(FLP)。

(3)重新定义了 16 比特的交换信息格式,不再包含 FLP 中标明链路类型的比特,只包含配置双工模式和流量控制方式的比特,支持非对称/对称的流量控制方式。

**6. 千兆以太网的应用**

千兆以太网最初主要用于提高交换机与交换机之间或交换机与服务器之间的连接带宽。10 Mbit/s 和 100 Mbit/s 交换机之间的千兆连接极大地提高了网络带宽,使网络可以支持更多的

10 Mbit/s 和 100 Mbit/s 的网段。也可以通过在服务器中增加千兆网卡,将服务器与交换机之间的数据传输速率提升至前所未有的水平。

千兆以太网的设备主要有中继器、交换机和缓冲分配器三种。目前,所有厂商的主要网络产品都支持千兆以太网标准,其中包括 HP、3Com、Cisco 等公司。采用千兆交换机或缓冲器的千兆以太网拓扑结构如图 5-27 所示。由于该技术不改变传统以太网的桌面应用、操作系统,因此可与 10 Mbit/s 和 100 Mbit/s 的以太网很好地配合。千兆以太网不必改变网络应用程序、网管部件和网络操作系统,能够最大限度地保护用户投资。

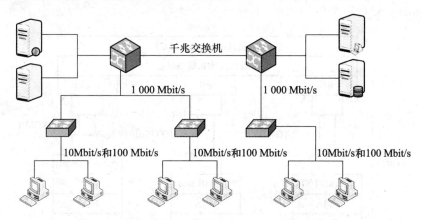

图 5-27　千兆以太网拓扑结构

### 5.3.4　万兆以太网

当千兆以太网开始进入商业应用的时候,万兆以太网(又称 10G 以太网)又横空出世。在经过 1999 年的组织成型、2000 年的方案成型及互操作性测试之后,2002 年 6 月,10G 以太网标准 IEEE 802.3ae 被 IEEE 标准委员会批准,开始步入技术生命期。

1. 10G 以太网的特性

10G 以太网将数据传输速率提高到 10Gbit/s 所遇到的主要问题是:若不采用特殊措施,网络跨距将只有 2m;若使用载波扩展(帧长至少 4095 B),短帧的传输效率将降低到 1.5%;同时使用帧突发机制,最大传输效率也只能达到 30%;载波扩展的额外开销使吞吐量下降,冲突概率增大。解决这些问题的方法是:抛弃 CSMA/CD 协议,只工作在全双工模式下;只使用光纤作为传输介质。因此,10G 以太网的基本特性为:

(1) MAC 层仍使用 IEEE802.3 帧格式,维持最大、最小帧长度,但不再采用 CSMA/CD 协议。所以就其本质而言,10G 以太网仍是以太网的一种类型。

(2) 通过不同的编码方式或波分复用将数据传输速率提高到 10Gbit/s 后,由于往返传播延时和帧发送时间的比率变得很小,所以只能工作在全双工模式下,提供点到点的以太网连接服务。

(3) 在通用网的指导思想下,定义了 LAN 和 WAN 两种物理层,都使用光纤。因此,多个 10G 以太网可以通过同步光网络(SONET/SDH)实现广域连接;使用单模光纤时,端到端的传输距离可达近百公里。

（4）采用点对点连接,支持星状以太网拓扑结构和结构化布线技术。

2. 10 G 以太网的体系结构

10 G 以太网的 OSI 和 IEEE802 层次结构仍与传统以太网相同,即 OSI 层次结构包括了数据链路层的一部分和物理层的全部。IEEE802 层次结构包括 MAC 子层和物理层,但各层所具有的功能与传统以太网相比差别较大,特别是物理层具有明显的特点,如图 5-28 所示。注意,10 G 以太网的物理层与千兆以太网物理层结构相似;不同的是 GMII 变为万兆介质无关接口(XG-MII),这是一个 64 位信号宽度的接口,发送与接收用的数据链路各占 32 位。10 G 以太网物理层各个子层的功能如下。

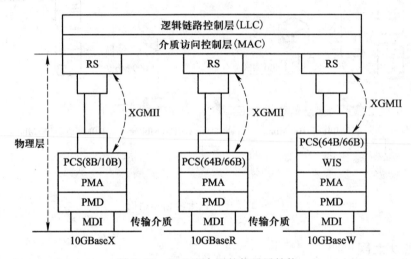

图 5-28　10 G 以太网的物理层结构

（1）传输介质　10 G 以太网的物理传输介质包括多模光纤(MMF)和单模光纤(SMF)两类,MMF 又分为 50 μm 和 62.5 μm 两种。由 PMD 子层通过介质相关接口(MDI)连接光纤。

（2）物理介质相关(PMD)子层　PMD 子层是物理层的最低子层,其功能包括两个方面:一是负责向(从)网络传输介质上发送(接收)信号。在 PMD 子层中包含了多种激光波长的 PMD 方式源设备。二是把上层 PMA 所提供的代码位符号转换成适合光纤介质传输的信号或反之。

（3）物理介质连接(PMA)子层　PMA 子层的功能主要是提供与上层之间的串行化服务接口以及接收来自下层 PMD 的代码信号,并从代码信号中分离出时钟同步信号;在发送时,PMA 把上层形成的相应编码与同步时钟信号融合后,形成传输介质上所传输的代码位符号传送至下层 PMD。

（4）广域网接口(WIS)子层　对于 WAN 物理层,10GBaseW 增加了广域网接口子层(WAN Interface Sublayer,WIS)。WIS 子层是处在 PCS 与 PMA 之间的可选子层,它可以把以太网数据流适配成 ANSI 所定义的 SONET STS - 192c 传输格式或 ITU 定义的 SDH VC - 4 - 64c 传输格式。该速率数据流可以直接映射到传输层而不需要高层处理。

（5）物理编码(PCS)子层　PCS 子层位于协调子层(RS)和物理介质连接(PMA)子层之间。PCS 子层将经过完善定义的以太网 MAC 功能映射到现存的编码和物理层信号系统的功能上去。PCS 子层和上层 RS/MAC 的接口通过万兆介质无关接口(XGMII)连接,与下层连接通过 PMA 服务接口。PCS 的主要功能是把正常定义的以太网 MAC 代码信号转换成相应的编码和物理层的代码信号。

(6) 协调子层（RS）和万兆介质无关接口（XGMII） RS 的功能是将 XGMII 的通路数据和相关控制信号映射到原始 PLS 服务接口定义（MAC/PLS）接口上。XGMII 接口提供了 10 Gbit/s 的 MAC 和物理层间的逻辑接口。XGMII 和协调子层使 MAC 可以连接到不同类型的物理传输介质上。显然，对于 10GbaseW 类型来说，RS 的功能要求是最复杂的。

3. 10 G 以太网的物理层标准

10 G 以太网支持两种类型的物理层：10 Gbit/s 局域网物理层（LAN PHY）和 10 Gbit/s 广域网物理层（WAN PHY）。这两种类型的组帧方式不同，但是在可支持的距离上具有相同的能力。LAN PHY 主要用于支持已有的以太网应用，而 WAN PHY 允许 10 Gbit/s 以太网终端通过 SONET OC - 192c 设备进行连接。

目前，在 10 G 以太网的体系结构中定义了 10GBaseX、10GBaseR 和 10GBaseW 三种类型的物理层标准。

（1）10GBaseX

10GBaseX 是一种与使用光纤的 1000BaseX 相对应的物理层标准，在 PCS 子层中使用 8B/10B 编码。数据传输速率为 10 Gbit/s。

10GBaseX 只包含一个规范：并行的 LAN 物理层 10GBaseLX4。为了保证获得 10 Gbit/s 数据传输速率，利用稀疏波分复用（CWDM）技术在 1310 nm 波长附近每隔约 25 nm 间隔并列配置 4 个激光发送器，形成 4 对发送器/接收器，组成 4 条通道。为了保证每个发送器/接收器对的数据传输速率达到 2.5 Gbit/s，每个发送器/接收器对必须在 3.125 G 波特下工作。采用并行物理层技术的优势是，将原来速率很高的比特流拆分成多列，使 PCS 和 PMA 子层的处理速度降低，进而降低对器件的要求。

10GBaseLX4 使用 MMF 和 SMF 的传输距离分别为 300 m 和 10 km。

（2）10GBaseR

10GBaseR 是一种在 PCS 子层中使用 64 B/66 B 编码的串行物理层技术，相比千兆以太网的 8 B/10 B 编码，它产生的编码开销由 25% 降到 3.125%。数据传输速率为 10 Gbit/s。所谓串行物理层技术是指数据流发送接收直接进行，不拆分；66 B 码的码元速率高达 10.3125 G 波特。串行技术在逻辑上比并行技术简单，但对物理层器件的要求较高。

10GBaseR 包含 3 个规范：10GBaseSR、10GBaseLR 和 10GBaseER，分别使用 850 nm 短波长、1310 nm 长波长和 1550 nm 超长波长。10GBaseSR 使用 MMF，传输距离一般为几十米；10GBaseLR 和 10GBaseER 使用 SMF，传输距离分别为 10 km 和 40 km。

（3）10GBaseW

10GBaseW 是一种工作在广域网方式下的物理层标准（即广域网接口），在 PCS 子层中采用 64 B/66 B 编码；定义的广域网方式为 SONET OC - 192，因此其数据流的数据传输速率必须与 OC - 192 兼容，即为 9.58464 Gbit/s，其时钟为 9.953 Gbit/s。SONET 是使用光纤进行数字化通信的一个标准，它通过把光纤传输通道分割成多个逻辑通道（即分支），分支的基本传输单元是 STS - 1（第 1 层同步传输信号）或 OC - 1（第 1 层光承载）信号。OC 是当传输信号转换成为光信号后描述同样的传输信号。OC - 1 工作在 51.84 Gbit/s，OC - 192 是其 192 倍。

10GBaseW 包含 3 个规范：10GBaseSW、10GBaseLW 和 10GBaseEW，分别使用 850 nm 短波长、

1310 nm 长波长和 1510 nm 超长波长。10GBaseSW 使用 MMF,传输距离一般为几十米,10GBaseLW 和 10GBaseEW 使用 SMF,传输距离分别为 10 km 和 40 km。

除了上述 3 种物理层标准外,IEEE 正在制订一项使用铜缆的称为 10GBaseCX4 的万兆以太网标准 IEEE802.3ak,可以在同轴电缆上实现 10 Gbit/s 的数据传输速率,提供数据中心的以太网交换机和服务器群的短距离(15 m 之内)10 Gbit/s 连接方式。10GBaseT 是另一种正在研究的万兆以太网物理层,通过 5/6 类双绞线提供 100 m 以内的 10 Gbit/s 的传输链路。

### 4. 10G 以太网应用

10G 以太网物理层支持多种光纤类型,IEEE 802.3ae 任务组选定的 PMD、使用的光纤类型、传输距离和应用领域如表 5-4 所列。

**表 5-4　10 G 以太网的收发器、光纤类型号、传输距离及应用**

| 光学收发器 | 光纤型号 | 光纤带宽 | 传输距离 | 应用领域 |
|---|---|---|---|---|
| 850 nm 串行 | 50/125 μm MMF | 500 MHz·km | 65 m | 数据中心 |
| 1310 nm CWDM | 62.5/125 μm MMF | 160 MHz·km | 300 m | 企业网、园区网 |
| 1310 nm CWDM | 9.0 μm SMF | 不适用 | 10 km | 园区网、城域网 |
| 1310 nm 串行 最大距离 | 9.0 μm SMF | 不适用 | 10 km | 园区网、城域网 |
| 1550 nm 串行 | 9.0 μm SMF | 不适用 | 40 km | 城域网、广域网 |

目前,10 G 以太网主要应用于企业网、园区网和城域网等大型网络的主干网连接,尚不支持与端用户的直接连接。例如,利用 10 Gbit/s 以太网实现交换机到交换机、交换机到服务器以及城域网和广域网的连接。如图 5-29 是一种 10 G 以太网应用示例。该图中主干线路使用 10 Gbit/s 以太网,校园网 A、校园网 B、数据中心和服务器群之间用 10 Gbit/s 以太网交换机连接。

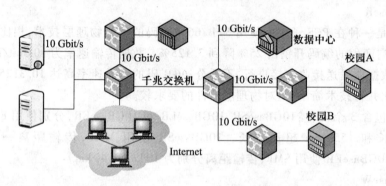

图 5-29　10 G 以太网在局域网中的应用示例

10 G 以太网在城域网主干网方面具有很好的前景。首先,带宽 10 Gbit/s 足够满足现阶段以及未来一段时间内城域网带宽要求。其次,40 km 的传输距离可以满足大多数城市 MAN 的覆盖范围。再者,10 G 以太网作为 MAN 可以省略骨干网的 SONET/SDH 或者 ATM 的链路,简化网络设备,使端到端传输统一采用以太网帧成为可能,省略传输中多次数据链路层的封装和解封装,以及可能存在的数据包分片。另外,以太网端口的价格也具有很大优势。

### 5.3.5 虚拟局域网

为解决局域网的冲突域、广播域、带宽等问题,在交换机式局域网的基础上,IEEE 于 1999 年颁布了 802.1Q 协议标准,用于实现虚拟局域网(Virtual Local Area Network,VLAN)。

1. 何谓虚拟局域网

VLAN 是一种通过将局域网内的设备逻辑地而不是物理地划分成一个个网段从而实现虚拟工作组的网络技术。虚拟的概念在于网络的同一个工作组内的用户站点不一定都连在同一个物理网段上,它们只是因某种性质关系或隶属关系等原因逻辑地连接在一起,而不是物理地连接在一起。它们的划分和管理是由虚拟网管理软件来实现的。属于同一虚拟工作组的用户,如因工作需要,可以通过软件划归到另一个工作组网段上去,而不必改变其网络的物理连接,以增加组网的灵活性。一个包含 3 个虚拟局域网的示意图,如图 5-30 所示。

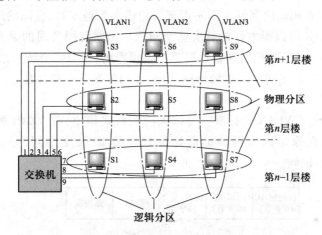

图 5-30 虚拟局域网的物理分区和逻辑分区

由图 5-30 可以看出,对比基于交换式以太网,虚拟局域网呈现出以下几个主要特点。

(1)利用 VLAN 技术,可以将由交换机连接成的物理网络划分成多个逻辑子网。也就是说,一个虚拟局域网中的站点所发送的广播数据帧将仅转发至属于同一 VLAN 的站点,可以方便地建立自己的私有安全网络。

(2)各站点可以分别属于不同的虚拟局域网。构成虚拟局域网的站点不拘泥于所处的物理位置,它们既可以挂接在同一个交换机中,也可以挂接在不同的交换机中。虚拟局域网技术使得网络的拓扑结构变得非常灵活,在网络中添加、移动设备时,或设备的配置发生变化时,能够减轻网络管理人员的负担。例如位于不同楼层的用户或者不同部门的用户可以根据需要加入不同的虚拟局域网。

(3)实现虚拟工作组,使不同地点的用户就好像是在一个单独的 LAN 上那样通信。虚拟局域网 VLAN 是对连接到交换机的网络用户的逻辑分段,不受网络用户的物理位置限制,根据用户需求进行网络分段。一个 VLAN 可以在一个交换机中或者跨交换机实现。VLAN 可以根据网络用户的位置、作用、部门或者根据网络用户所使用的应用程序和协议来进行划分。

2. 为什么要划分虚拟局域网

划分虚拟局域网主要基于以下三个原因:

（1）抑制网络广播风暴。对于大型网络,现在常用的 Windows NetBEUI 是广播协议,当网络规模很大时,网上的广播信息会很多,会使网络性能恶化,甚至形成广播的风暴,引起网络堵塞。基于网络性能的要求,可以通过划分很多虚拟局域网而减少整个网络范围内的广播风暴。因为广播信息是不会跨过 VLAN 的,可以把广播限制在各个虚拟局域网的范围内,也就是说缩小了广播域,从而提高网络传输效率。

（2）增加网络安全性。由于各虚拟网络之间不能直接进行通信,而必须通过路由器转发,为安全控制提供了可能性,可在一定程度上增强网络的安全性。在大规模的网络中,比如说某集团公司的网络中,财务部、采购部和客户部等部门均建有自己的局域网,它们之间的数据是保密的,相互之间只能提供接口数据。基于数据安全性的考虑,可以通过划分虚拟局域网对不同部门进行网络隔离。

（3）便于集中化管理与控制。每一个 VLAN 都包含一组有着相同需求的计算机工作站,与物理上形成的 LAN 有着相同的属性。当一个部门位于多个地点时,分隔的广播域设计会给布线带来很大困难,用 VLAN 可以很方便地解决这个问题。比如集团公司的财务部在各子公司均设有分部,但都属于财务部管理,虽然这些数据都是要保密的,但当需要统一结算时,就可以跨地域（也就是跨交换机）将其设在同一虚拟局域网之内,实现数据安全和共享。

3. 虚拟局域网的帧格式

IEEE 802.1Q 定义了 VLAN 的标准。与以太网帧格式相比,在 VLAN 帧中增加了一个 4 字节的 VLAN Tag,插入在原始以太网帧的源地址域和类型/长度之间,如图 5-31 所示。带有 VLAN Tag 的帧称为标记帧。

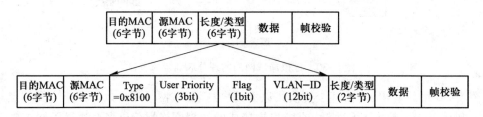

图 5-31　虚拟局域网的帧格式

VLAN Tag 中各字段的含义如下：

Type:取固定值 0x8100,占 16 bit,用于标志报文的封装类型为以太网的 802.1Q。

User Priority:占用 3 位,指明帧的优先级。共有 8 种优先级,取值范围为 0~7。主要用于当交换机出端口发生拥塞时,交换机通过识别该优先级优先发送优先级高的数据帧。

Flag:该比特在以太网中总被设置为 0。

VLAN - ID:该字段为 12 位,用于对 VLAN 的识别,可支持 $2^{12}$ = 4096 个 VLAN 的识别。在 4096 个识别中,VLAN ID =0 用于识别帧优先级,4095（FFF）作为预留值,所以 VLAN 配置的最大可能值为 4094。

4. 划分虚拟局域网的基本策略

基于交换式的以太网要实现虚拟局域网主要有三种策略:基于端口的虚拟局域网、基于 MAC 地址（网卡的硬件地址）的虚拟局域网和基于 IP 地址的虚拟局域网。

（1）基于端口的虚拟局域网

基于端口的虚拟局域网划分是最早的和比较常用的划分方式，而且配置也相当直观简单，是最实用的虚拟局域网。其特点是将交换机按照端口进行分组，每一组定义为一个虚拟局域网。这些交换机端口分组可以在一台交换机上也可以跨越几个交换机。例如在图 5-30 中，网络管理员必须首先配置交换机，使得交换机的端口 1、4 和 7 与 VLAN1 相关联，使交换机的端口 2、5 和 8 与 VLAN2 相关联，使交换机的端口 3、6 和 9 与 VLAN3 相关联。这样把交换机按照端口分组后，一个虚拟局域网内的各个端口上的所有终端都在一个广播域中，它们相互可以通信，不同的虚拟局域网之间进行通信则需要经过路由器来进行。显然，基于端口的虚拟局域网主要优点是简单，容易实现；从一个端口发出的广播，直接发送到虚拟局域网内的其他端口，也便于直接监控。但是，基于端口的 VLAN 的一个限制是，到达相同端口的所有帧必须共享同一个 VLAN，存在使用不够灵活的局限性。例如，当一个网络站点从一个端口移动到另外一个新的端口的时候，如果新端口与原端口不属于同一个虚拟局域网，需要网络管理员对该站点重新进行网络地址配置，否则，该站点将无法进行网络通信。当然，这一点可以通过网络管理软件来予以弥补。

在基于端口的虚拟局域网中，每个交换端口可以属于一个或多个虚拟局域网组，比较适用于连接服务器。

（2）基于 MAC 地址的虚拟局域网

在基于 MAC 地址的虚拟局域网中，交换机对站点的 MAC 地址和交换机端口进行跟踪，在新站点入网时根据需要将其划归至某一个虚拟局域网，而无论该站点在网络中怎样移动，由于其 MAC 地址是固化到工作站的网卡上的，因此用户不需要进行网络地址的重新配置，这台工作站能自动地保持它原有的虚拟局域网成员资格。这种基于 MAC 地址的虚拟局域网技术的不足之处是在站点入网时，需要对交换机进行比较复杂的手工配置，以确定该站点属于哪一个虚拟局域网。

按照基于 MAC 地址划分的虚拟局域网，可以视为基于用户的虚拟局域网。

（3）基于 IP 地址的虚拟局域网

在基于 IP 地址的虚拟局域网中，新站点在入网时无需进行太多配置，交换机根据各站点 IP 地址自动将其划分成不同的虚拟局域网。

在实现虚拟局域网的三种技术中，基于 IP 地址的虚拟局域网智能化程度最高，实现起来也最复杂。

# 5.4  无线局域网

随着 Internet 的飞速发展，计算机网络从传统的有线网络发展到了无线网络，作为无线网络之一的无线局域网（WLAN），满足了人们实现移动办公的梦想，为人们创造了一个丰富多彩的自由天空。WLAN 已经成为局域网应用领域的一个重要组成部分。WLAN 属于介质访问子层的范畴。

## 5.4.1  WLAN 和无线链路特征

无线局域网是指以无线电波、激光、红外线等无线传输介质来代替有线局域网中的部分或全部传输介质而构成的通信网络。

**1. 无线局域网的应用范畴**

无线局域网是计算机网络与无线通信技术相结合的产物,提供有线局域网的功能,能够使用户真正实现随时、随地、随意的宽带网络接入。无线局域网的最高数据传输速率目前已经达到 54 Mbit/s(802.11g),传输距离可远至 20 km 以上。它不仅可以作为有线数据通信的补充和延伸,而且还可以与有线网络环境互为备份。无线局域网的应用较为广泛,其应用场合主要包括以下几个方面:

(1) 多个普通局域网及计算机的互连。

(2) 多个控制模块(Control Module,CM)通过有线局域网的互连,每个控制模块又可支持一定数量的无线终端系统。

(3) 具有多个局域网的大楼之间的无线连接。

(4) 为具有无线网卡的便携式计算机、掌上电脑、手机等提供移动、无线接入功能。

(5) 无中心服务器的某些便携式计算机之间的无线通信。

**2. 无线局域网采用的传输介质**

无线局域网采用的传输介质是红外线 IR(Infrared)或无线电波(RF)。红外线的波长是 750 nm ~ 1 mm,是频率高于微波而低于可见光的电磁波,是人的肉眼看不见的光线。利用红外线进行数据传输就是视距传输,对临近的类似系统不会产生干扰,也很难窃听。红外数据协会(IRDA)为了使不同厂商的产品之间获得最佳的传输效果,规定了红外线波长范围为 850 nm ~ 900 nm。无线电波一般使用 3 个频段:L 频段(902 ~ 928 MHz)、S 频段(2.4 ~ 2.4835 GHz)和 C 频段(5.725 ~ 5.85 GHz)。S 频段也称为工业科学医疗频段,大多数无线产品使用该频段。

**3. 无线链路的基本特征**

首先,考虑一个简单有线局域网。它用一台有线以太网交换机互连主机。如果用无线 802.11 局域网代替这一有线以太网,只要用无线网卡代替主机上的有线以太网卡、用接入点 AP 代替以太网交换机即可。这表明,当寻找有线局域网与无线局域网之间的区别时,所要关注的是数据链路层。有线传输介质和无线传输介质之间有许多重要区别,举例如下:

(1) 递减的信号强度 电磁波在穿过物体(如无线电信号穿过墙壁)时强度将减弱,即使在自由空间,信号也将扩散。这使得信号强度随着发送端和接收端距离的增加而减弱[有时称其为路径损耗(Path Loss)]。

(2) 来自其他源的干扰 无线电信号会因为地形起伏、高山峡谷和高大建筑物的阻挡而造成电磁波的变化。在同一个频段发送信号的电波源也会相互干扰。例如,2.4 GHz 无线电话和 802.11b 无线 LAN 使用同一频率传输。因此,802.11b 无线 LAN 用户若同时利用 2.4 GHz 无线电话通信,将会导致网络和电话都不能很好地工作。除了来自发送源的干扰,环境中的电磁噪声(如附近的电动机、微波)也能形成干扰。

(3) 多路径传播 当电磁波的一部分受物体或地面反射,在发送端和接收端之间走了不同长度的路径时,会出现多路径传播(Multipath Propagation)现象。这使得接收端收到的信号变得模糊。另外,位于发送端和接收端之间的移动物体也可导致多路径传播随时间而改变。

这说明,无线链路中的比特错误将比有线链路中更加普遍。因此,无线链路协议(如 802.11 协议)不仅应采用有效的 CRC 错误检测码,还应采用数据链路层 ARQ 协议来重传错误帧。

譬如,在图 5-32(a)所示的环境中,发射信号可能经过直射、折射和反射等多路径到达接收机,使接收信号的到达时间、信号的幅度和相位都发生变化。如图 5-32(a)所示,假设站点 A 和 C 都正在向站点 B 发送。由于隐藏终端问题(Hidden Terminal Problem),使 A 和 C 的传输在目的地 B 发生了干扰,环境中的物理障碍物(例如,一座大山或者一幢建筑)也可能会妨碍 A 和 C 互相听到对方的传输。另一种导致在接收端无法检测的碰撞情况是通过无线介质传播时信号强度的衰减。如图 5-32(b)所示,A 和 C 所处的位置使得它们的信号强度不足以使它们相互检测到对方的传输,然而它们的传输足以强到在站点 B 相互干扰。可见,隐藏终端问题和衰减使得多址访问在无线网络中的复杂性远远高于有线网络中的情况。

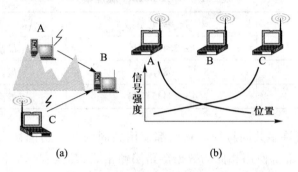

图 5-32    WLAN 中的隐蔽站问题

以上这些因素需要在无线信号处理过程中予以考虑,使得无线传输技术变得更为复杂。

## 5.4.2    IEEE 802.11 WLAN

WLAN 在办公室、家庭、教育机构以及机场等场所得到了广泛应用,已经成为一种十分重要的 Internet 接入技术。早在 20 世纪 90 年代,研究人员就研发了许多有关 WLAN 的标准和技术,其中 1997 年发布的 IEEE 802.11WLAN 标准得到了广泛使用。WLAN 也称为 Wi-Fi(Wireless Fidelity,无线保真)。

国家原信息产业部已制订 WLAN 的行业配套标准,包括《公众无线局域网总体技术要求》和《公众无线局域网设备测试规范》。该标准涉及的技术体制包括 IEEE 802.11X 系列(IEEE 802.11、IEEE 802.11a、IEEE 802.11b、IEEE 802.11g、IEEE 802.11h、IEEE 802.11i)和 HIPER LAN2。由原信息产业部科技司批准成立的"中国宽带无线 IP 标准工作组(www.chinabwips.org)"在移动无线 IP 接入、IP 的移动性、移动 IP 的安全性、移动 IP 业务等方面进行标准化工作。2003 年 5 月,国家首批颁布了由"中国宽带无线 IP 标准工作组"负责起草的 WLAN 两项国家标准:"信息技术系统间远程通信和信息交换局域网和城域网特定要求第 11 部分:无线局域网媒体访问控制和物理层规范"、"信息技术系统间远程通信和信息交换局域网和城域网特定要求第 11 部分:无线局域网媒体访问控制和物理层规范:2.4 GHz 频段较高速物理层扩展规范"。这两项国家标准所采用的依据是 ISO/IEC 8802.11 和 ISO/IEC 8802.11b,这两项国家标准的发布,规范了 WLAN 产品在我国的应用。

在此主要讨论 802.11WLAN,分析 802.11 帧结构、802.11 介质访问协议,以及 802.11W LAN 与有线以太网 LAN 的互连。

1. IEEE 802.11 标准系列

802.11 是 IEEE 最初制订的一个无线局域网标准,用于解决办公室局域网和校园网中用户与用户终端的无线接入,主要限于数据存取,速率最高只能达到 2 Mbit/s。由于它在速率和传输距离上都不能满足人们的需要,因此,IEEE 随后又相继推出了 802.11b 和 802.11a 两个新标准,2001 年 11 月,第三个新的标准 802.11g 面世。表 5-5 总结了这些标准的主要特征。其中被广泛使用的标准是 IEEE 802.11b,并且已经有成熟的无线产品推向市场。然而,802.11a 和 802.11g 产品也备受业界关注,并且这些更高速率的 WLAN 在未来几年内应该会有很大发展。

表 5-5    IEEE 802.11 标准系列

| 标　准 | 频 率 范 围 | 数据传输速率 |
|---|---|---|
| 802.11b | 2.4 ~ 2.485 GHz | 最高为 11 Mbit/s |
| 802.11a | 5.1 ~ 5.8 GHz | 最高为 54 Mbit/s |
| 802.11g | 2.4 ~ 2.485 GHz | 最高为 54 Mbit/s |

802.11 标准系列有许多共同特征。它们都使用共同的介质访问协议 CSMA/CA,稍后将对其进行讨论。这 3 个标准都使用相同的数据链路层帧格式,都具有降低传输速率以到达更远距离的能力,并且这 3 个标准都允许基础设施模式和自组织模式。然而,如表 5-5 所示,这 3 个标准在物理层有一些重要的区别。

IEEE 802.11bWLAN 具有 11 Mbit/s 的数据传输速率,这对大多数使用宽带线路或者 ADSL Internet 接入的网络而言已足够。IEEE 802.11bWLAN 工作在不需要许可证的 2.4 ~ 2.4835 GHz 的无线频谱段上,与 2.4 GHz 电话等争用频谱。它对无线局域网定义了物理层和介质访问控制 MAC 层。与码分多址访问 CDMA 技术相类似,物理层使用直接序列扩频(Direct Sequence Spread Spectrum,DSSS)技术将每个比特编码为码片的比特模式,使信号的能量在更宽的频率范围内扩展。这样就增加了接收端恢复数据信号的能力。

IEEE 802.11aWLAN 可以工作在更高的比特率上,但它在更高的频谱上运行,采用正交频分复用 OFDM 技术,提供的数据传输速率可达 54 Mbit/s。然而,由于运行的频率更高,IEEE 802.11a WLAN 对于一定的功率级别而言传输距离较短,并且受多路径传播的影响更大。IEEE 802.11g WLAN 与 802.11b WLAN 工作在同样的较低频段上,然而与 IEEE 802.11a 有相同的高数据传输速率,能使用户更好地享受网络服务。

所有的 IEEE 802.11 标准都具有同样的体系结构和同样的 MAC 协议。

2. IEEE 802.11WLAN 体系结构

一般地,WLAN 有自组网络和基础结构网络两种网络类型。

(1)自组网络

自组网络是指无固定基础设施的无线局域网。在 WLAN 的覆盖范围之内,一些处于平等状态的移动站进行相互通信。主要应用于诸如在会议室或汽车中举行"膝上型"会议、与个人使用的电子设备进行互连,以及战场上等。

(2)基础结构网络

在基础结构无线网络中,具有无线网卡的无线终端以无线访问接入点(AP)为中心,通过无线网桥 AB、无线接入网关 AG、无线接入控制器 AC 和无线接入服务器 AS 等,将无线局域网与有线网网络连接起来,可以组建多种复杂的无线局域网接入网络,实现无线移动办公的接入。

如图 5-33 所示,是 IEEE 802.11 工作组开发的一种无线局域网组成结构,在这种组成结构中,WLAN 的最小基本构件是基本服务集(Basic Service Set,BSS),由 AP 和无线站点组成,通常把 BSS 称为一个单元(Cell)。一个基本服务集 BSS 所覆盖的地理范围称为一个基本服务区(Basic Service Area,BSA)。基本服务区 BSA 和无线移动通信的蜂窝小区相似。在 WLAN 中,一个基本服务区 BSA 的范围可以有几十米的直径。

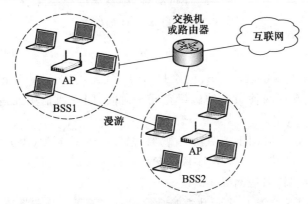

图 5-33　IEEE 802.11 WLAN 组成结构

在 802.11 标准中,基本服务集里面的中央基站(Base Station)使用了一个新名词,称为接入点(Access Point,AP)。一个基本服务集可以是单独的,也可通过接入点 AP 连接到一个主干分布式系统(Distribution System,DS),然后再接入到另一个基本服务集,这样就构成了一个扩展的服务集(Extended Service Set,ESS)。在图 5-33 中,展示了 BSS1 和 BSS2 中的 AP,它们连接到一个互连设备上(如交换机或路由器),互连设备又连接到互联网中。

与以太网设备类似,每个 IEEE 802.11 无线站点都具有一个 6 B 的 MAC 地址。该地址存储在该站点的无线网卡中,即 IEEE 802.11 网络接口卡的 ROM 中。每个 AP 的无线端口也具有一个 MAC 地址。基于无线 LAN 的移动性,IEEE 802.11 标准定义了以下三种节点:

① 无转移　这种类型的节点可以是固定的,也可以在它所属的 BSS 内节点直接覆盖的通信范围内移动。

② BSS 转移　指节点可以在同一个 ESS 中的不同 BSS 之间移动。在这种情况下,节点之间数据的传输需要具有寻址能力来确定节点的新位置。

③ ESS 转移　指节点从一个 ESS 的 BSS 移动到另一个 ESS 的 BSS。在此情况下,IEEE 802.11 所支持的高层连接并不一定能得到保证,因此 WLAN 提供的服务可能失败。

### 5.4.3　IEEE 802.11 帧结构

IEEE 802.11 定义了 3 种不同类型的帧:管理帧、控制帧和数据帧。管理帧用于站点与 AP 发生关联或解关联、定时和同步、身份认证以及解除认证,控制帧用于在数据交换时的握手和确认操作,数据帧用来传送数据。MAC 头部提供了关于帧控制、持续时间、寻址和顺序控制的信息。每种帧包含用于 MAC 子层的一些字段的头。图 5-34 给出了 MAC 数据帧格式,它包括一个 MAC 帧头、有效载荷和一个帧校验字段。

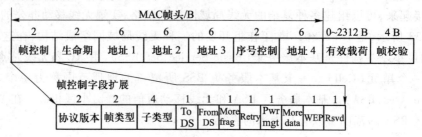

图 5-34　IEEE 802.11 帧格式

1. 帧控制字段

MAC 帧头部中的帧控制字段长 2 B,包含 11 个子字段。它规定了以下内容:

(1) 协议版本　它允许两种版本的协议在同一时间、同一通信单元运行。IEEE 802.11 当前版本号为 0。

(2) 帧类型字段　该字段用于指明帧类型,管理帧(00)、控制帧(01)和数据帧(10)。

(3) 子类型字段　这个字段与类型字段一起用于区分关联。例如,若类型 = 管理,则子类型 = 关联请求,若类型 = 控制,则子类型 = 确认。

(4) To DS 位　To DS 位置 1,表示数据帧是发往通信单元的分布系统(如以太网)。

(5) From DS 位　From DS 位置 1,表示数据帧来自通信单元的分布系统(如以太网)。

(6) 更多标志(More frag)位　表示有更多的分段将要传输。

(7) 重试(Retry)位　该位用于标记重传先前的帧。在数据帧和管理帧中,重试字段设为 1,表示重传先前的帧,以利于接收端处理重复帧。

(8) 功率管理(Pwr mgt)位　该位用来说明站点的电源管理模式,是置为休眠状态还是退出休眠状态。

(9) 更多的数据(More data)位　该位指明发送端是否还有帧发送给接收端。

(10) 等效加密(WEP)位　该位指明帧主体中的信息是否使用了 WEP 算法加密处理。若已经 WEP 加密处理,WEP 位置 1。

最后,Rsvd 位告诉接收端帧序列是否必须严格按照顺序处理。

2. 生命期字段

数据帧的第二个字段是生命期,长度为 2 B,告诉帧及其应答占用信道的时间。这个字段也可用在控制帧中。

3. 地址字段

MAC 帧头部包含了 IEEE 802 标准格式的 4 个具有 6 B 的 MAC 地址域。前两个地址域表明数据帧的源地址、目的地址。如果一个移动无线站点发送数据帧,该站点的 MAC 地址就被插入在地址 2 字段。类似地,如果一个接入点 AP 发送数据帧,该 AP 的 MAC 地址也被插入在地址 2 字段。地址 1 是要接收数据帧的移动无线站点的 MAC 地址。因此,如果一个移动无线站点传输数据帧,地址 1 包含该目的 AP 的 MAC 地址。类似地,如果一个接入点 AP 传输数据帧,地址 1 包含该目的无线站点的 MAC 地址。由于数据帧可以通过基站进入或离开一个通信单元,因此地址 3 和地址 4 用来表示跨越通信单元时的源基站地址和目的基站地址。地址 3 在 BSS 和有线局域网互连中起着重要作用。地址 4 用于自组织网络中,而不用于基础设施网络中。在仅考虑基础设施网络时,只关注前 3 个地址字段即可。

IEEE 802.11 的 4 个地址字段的具体使用,由帧控制字段中的 To DS 和 From DS 字段规定,见表 5-6。

表 5-6　IEEE 802.11 地址字段的使用

| To DS | From DS | 地址 1 | 地址 2 | 地址 3 | 地址 4 | 含 义 |
|---|---|---|---|---|---|---|
| 0 | 0 | 目的地址 | 源地址 | BSS ID | N/A | BSS 内站点到站点的数据帧 |
| 0 | 1 | 目的地址 | BSS ID | 源基站地址 | N/A | 离开主干分布系统的数据帧 |
| 1 | 0 | BSS ID | 源地址 | 目的基站地址 | N/A | 进入到主干分布系统的数据帧 |
| 1 | 1 | 接收端地址 | 发送端地址 | 目的基站地址 | 源基站地址 | 从接入点 AP 发布到 AP 的有线等效加密帧 |

(1) To DS = 0, From DS = 0　这种情况对应从 BSS 中的一个站点向同一个 BSS 内的另一个站点传送数据帧。BSS 内的站点通过查看地址 1 字段来获悉数据帧是否是发给本站点的帧。地址 2 字段包含 ACK 帧将被送往的站点地址,地址 3 字段指定 BSS ID。

(2) To DS = 0, From DS = 1　这种情况对应从 DS 向 BSS 内的一个站点传送帧。BSS 内的站点查看地址 1 字段来了解该帧是否是发给它的帧。地址 2 字段包含 ACK 帧将被送往的地址,地址 3 字段指定源基站 MAC 地址。

(3) To DS = 1, From DS = 0　这种情况对应从 BSS 内的一个站点向 DS 传送数据帧。BSS 内的站点包括 AP,查看地址 1 字段来了解该数据帧是否是发给它的帧。地址 2 字段包含 ACK 帧将被送往的地址,这里是源地址。地址 3 字段指明主干分布系统 DS 将帧发送到的目的基站地址。

(4) To DS = 1, From DS = 1　这种特殊情况应用在具有一个在 BSS 之间传送数据帧的无线分布系统(WDS)。地址 1 字段包含了 WDS 中的 AP 内站点的接收端地址,该站点是该帧的下一个预期的直接接收端。地址 2 字段指明 WDS 中的 AP 内正在发送帧并接收 ACK 的站点的目的地址。地址 3 字段指明 ESS 中准备接收帧的站点的目的地址。地址 4 字段是 ESS 中发起帧传送站的源地址。

4. 序号控制字段

序号控制字段的长度是 2 B,其中 4 bit 用于指示每个分段的编号,12 bit 用于表示序列号,因此可有 4096 个序列号。

5. 有效载荷字段

有效载荷字段包含了帧控制字段中规定的类型和子类型的信息。有效载荷字段是帧的核心,通常由一个 IP 数据报或者 ARP 分组组成。尽管这一字段允许最大长度为 2312 B,但通常小于 1500 B。

6. 帧校验字段

最后 4 B 是帧校验(CRC)字段,用于 MAC 帧头部和有效载荷字段的循环冗余校验。

### 5.4.4　IEEE 802.11 MAC 协议

IEEE 802.11 的数据链路层由逻辑链路层 LLC 和介质访问控制层 MAC 两个子层构成。

IEEE 802.11 使用和 IEEE 802.3 完全相同的 LLC 层和 48 位的 MAC 地址,这使得无线和有线之间的连接也非常方便;但 MAC 地址只对无线局域网唯一。

　　就像在有线 IEEE 802.3 以太网中一样,IEEE 802.11 无线局域网中的站点必须协调好对共享通信介质的访问和使用。但是,在无线局域网中却不能简单地搬用 CSMA/CD 技术,这主要有两个方面的原因。一是检测冲突的能力需要首先有同时发送(自己的信号)和接收(用来确定是否有其他站点的传送而干扰了自己的传送)的能力,这样才能实现冲突检测。这在无线局域网的设备中要实现这个功能需要花费很高的代价。二是即便它有冲突检测功能,并且在发送的时候没有侦听到冲突,由于存在隐藏终端等问题,在接收端也还是会发生冲突。这表明冲突检测对无线局域网没有什么作用。因此,无线局域网不能使用 CSMA/CD,而只能使用改进的带有冲突避免(Collision Avoidance)策略的 CSMA。为此,IEEE 802.11 协议使用了载波侦听多点访问/冲突避免(CSMA/CA)技术。CSMA/CA 的基本思想是:发送端激发接收端,使其发送一短帧,接收端周围的节点会侦听到这个短帧,从而使得它们在接收端有数据帧到来期间不会发送自己的帧,其原理可通过图 5-35 说明。图 5-35(a)表示站点 A 在向 B 发送数据帧之前,先向 B 发送一个请求发送帧(Request To Send,RTS)。在 RTS 帧中说明将要发送的数据帧长度。B 收到 RTS 帧后就向 A 响应一个允许发送帧(Clear To Send,CTS),在 CTS 帧中也附上 A 欲发送的数据帧长度(从 RTS 帧中将此数据复制到 CTS 帧中)。A 收到 CTS 帧后就可发送其数据帧了。

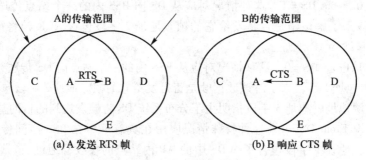

图 5-35　CSMA/CA 协议中的 RTS 帧和 CTS 帧

　　作为一个例子,讨论 A 和 B 两个站点附近的一些站点的行为。站点 C 位于 A 的传输范围内,但不在 B 的传输范围内。因此,C 能够收到 A 发送的 RTS,但 C 不会收到 B 发送的 CTS 帧。这样,在 A 向 B 发送数据时,C 也可发送自己的数据而不会干扰 B(C 收不到 B 的信号同时 B 也收不到 C 的信号)。对于 D 站,它收不到 A 发送的 RTS 帧,但能收到 B 发送的 CTS 帧。由于 D 知道 B 将要与 A 通信,所以,D 在 A 和 B 通信时的一段时间内不能发送数据,因而不会干扰 B 接收 A 发来的数据。至于站点 E,它能收到 RTS 和 CTS 帧,因此 E 和 D 一样,在 A 发送数据帧和 B 发送确认帧的整个过程中都不能发送数据。可见,CSMA/CA 协议实际上就是在发送数据帧之前,先对信道预约一段时间。

　　使用 RTS 和 CTS 帧会使整个网络的效率有所下降,这两种控制帧都很短,长度分别为 20 B 和 14 B,而数据帧最长可达 2346 B。若不使用这类控制帧,一旦发生冲突而导致数据帧重发浪费的时间会更多。尽管如此,在 CSMA/CA 协议中还是设置了 3 种情况供用户选择:第一种是使用 RTS 和 CTS 帧;第二种是只有当数据帧的长度超过某一数值时,才使用 RTS 和 CTS 帧;第三种情况是不使用 RTS 和 CTS 帧。

虽然 CSMA/CA 协议经过了精心设计,但冲突仍然会发生。譬如,当 B 和 C 同时向 A 发送 RTS 帧时,则会发生冲突。这两个 RTS 帧发生冲突后,使得 A 收不到正确的 RTS 帧,因而 A 就不会发送后续的 CTS 帧。这时,B 和 C 像以太网发生冲突那样,各自随机地后退一段时间后再重发其 RTS 帧,后退时间的计算与 IEEE 802.3 一样,采用二进制指数退避算法。

为了尽量减少冲突,IEEE 802.11 设计了如图 5-36 所示的 MAC 子层,它包括两个子层。低子层称为分布协调功能(Distributed Coordination Function, DCF)子层。DCF 在每个节点使用 CSMA 机制的分布式访问算法,让各个站点通过争用信道来获取发送权。因此 DCF 可向上提供争用服务。高子层称为点协调功能(Point Coordination Function, PCF)子层。PCF 使用集中控制的访问算法(一般在访问点实现集中控制),用类似于轮询的方法将发送权轮流交给各个站点,从而避免了冲突的发生。

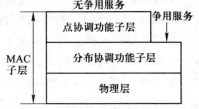

图 5-36  IEEE 802.11 的 MAC 子层

对于时间敏感的业务,如分组语音,可使用点协调功能 PCF 提供的无争用服务。

为了尽量避免冲突,IEEE 802.11 还规定了 3 种不同的帧间间隔(Inter Frame Space, IFS),其长短各不相同:①SIFS,即短(Short)IFS,典型的数值只有 10 $\mu$s;②PIFS,即点协调功能 IFS,比 SIFS 长,在 PCF 方式中轮询时使用;③DIFS,即分布协调功能 IFS,是最长的 IFS,其典型数值为 50 $\mu$s,主要用于 DCF 方式。

图 5-37 说明了这些帧间间隔的作用。由图 5-37(a)可以看出,当很多站点都在侦听信道时,使用 SIFS 可具有最高的优先级,因为它的时间间隔最短。

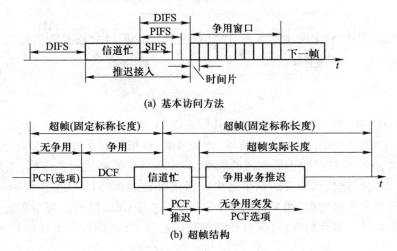

(a) 基本访问方法

(b) 超帧结构

图 5-37  IEEE 802.11 标准 MAC 子层中的时序关系

为了说明各自的工作原理,下面通过一种 IFS 的 CSMA 访问算法进行分析。

(1) 欲发送站先侦听信道,若信道空闲,则继续侦听一段时间 IFS,看信道是否仍是空闲。若是,则立即发送。空闲信道中插入帧间间隔的原因是通过三种不同的 IFS 划分不同类型数据的优先级,IFS 值越小,数据的优先级就越高,这样做可减小冲突概率。

(2) 若信道忙(无论是一开始,还是在后来的 IFS 时间内),则继续侦听信道,直到信道由忙变闲。

（3）一旦信道空闲，该站点延迟另一个时间 IFS。若信道在该 IFS 内仍为空闲，则按截断二进制指数后退算法再延迟一段时间。只有当信道一直保持空闲时，该站才能发送数据。这样做可使网络在重负荷的情况下，有效地减小冲突概率。

### 5.4.5 无线局域网组网设备

无线局域网（WLAN）与有线局域网（LAN）在硬件上没有太大的差别，WLAN 的组网设备主要包括 4 种：无线网卡、无线访问接入点（AP）、无线路由器和无线天线。当然，并不是所有的 WLAN 都需要这 4 种设备。事实上，只需要几块无线网卡，就可以组建一个小型的对等式无线网络。当需要扩大网络规模时，或者需要将无线网络与有线局域网连接在一起时，才需要使用无线 AP。只有当实现 Internet 接入时，才需要无线路由器。而无线天线主要用于放大信号，以接收更远距离的无线信号，从而扩大无线网络的覆盖范围。

**1. 无线网卡**

无线局域网网卡简称无线网卡，是集微波收发、信号调制与网络控制于一体的网络适配器，除了具有有线网卡的网络功能之外，还具有天线接口、信号的收发及处理、扩频调制等功能。目前，无线网卡采用 802.11 无线网络协议，一般工作在 2.4 GHz 或 5 GHz 的频带上。

（1）无线网卡的组成原理

无线网卡的硬件部分一般由一块包含专用的组件和大规模集成电路板构成，包含射频单元、中频单元、基带处理单元和网络接口控制单元等部分，如图 5-38 所示。在物理实现上可能会将不同功能单元组合到一起。例如 NIC 与 BBP 都工作在基带，常将两者集成到一起。

图 5-38    无线网卡的组成原理

① 网络接口控制（NIC）单元用于实现 IEEE802.11 协议的 MAC 层功能，主要负责接入控制，具有 CSMA/CA 介质访问控制、分组传输、地址过滤、差错控制及数据缓存功能。当移动主机有数据要发送时，NIC 负责接收主机发送的数据，并按照一定的格式封装成帧，然后根据 CSMA/CA 介质访问控制协议把数据帧发送到信道中。当接收数据时，NIC 根据接收帧中的目的地址，判断是否是发往本主机的数据，如果是则接受该帧，并进行 CRC 校验。为了实现这些功能，NIC 还需要完成发送和接收缓存的管理，通过计算机总线进行 DMA 操作和 I/O 操作，与计算机交换数据。

② 由射频单元（RF）、中频单元（IF）、基带处理（BBP）单元组成通信机，用来实现物理层功能，并与 NIC 进行必要的数据交换。在接收数据时，先由 RF 单元把射频信号变换到中频上，然后由 IF 进行中频处理，得到基带接收信号；BBP 对基带信号进行解调处理，恢复位定时信息，把最后获得的数据交给 NIC 处理。在发送数据时，BBP 对数据进行调制，IF 处理器把基带数据调制到中频载波上，再由 RF 单元进行上变频，把中频信号变换到射频上发射。

无线网卡的软件主要包括基于 MAC 控制芯片的固件和主机操作系统下的驱动程序。固件是网卡上最基本的控制系统，主要基于 MAC 芯片来实现对整个网卡的控制和管理。在固件中完成了最底层、最复杂的传输－发送模块功能,并可向下提供与物理层的接口,向上提供一个程序开发接口,为程序开发员开发附加的移动主机功能提供支持。

（2）无线网卡的类型

无线网卡根据接口类型不同,主要分为以下 3 种类型:

① PCMCIA 无线网卡  这种无线网卡只适用于笔记本计算机,支持热插拔,可以非常方便地实现移动式无线接入。

② PCI 无线网卡  这种无线网卡适用于普通的台式计算机,其实 PCI 无线网卡只是在 PCI 转接卡上插入一块普通的 PC 卡。

③ USB 无线网卡  这种无线网卡适用于笔记本计算机和台式计算机,支持热插拔。

2. 无线访问接入点

无线访问接入点（AP）的作用类似于以太网中的集线器或交换机,它能够把多个无线客户机连接起来,在所覆盖的范围内,提供无线工作站与有线局域网的互相通信。通常情况下,一个 AP 最多可以支持多达 80 台计算机的接入（推荐台数为 30 左右）。从逻辑上讲,AP 由无线收发单元、有线收发单元、管理与软件、天线组成,如图 5-39 所示。AP 上有两个端口:一个是无线端口,所连接的是无线区域中的移动终端;另一个是有线端口,连接的是有线网络。在 AP 的无线端口,接收无线信道上帧经过格式转换后成为有线网络格式的帧结构,再转发到有线网络上。同样,AP 把有线端口上接收到的帧转换成无线信道上的帧格式转发到无线端口上。AP 在对帧处理的过程中,可以相应地完成对帧的过滤及加密工作,从而保证无线信道上的数据安全性。

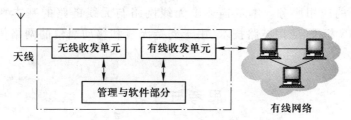

图 5-39  无线访问接入点组成示意图

安装在室外的 AP 通常称为无线网桥,主要用于实现室外的无线漫游,无线网络的空中接力,或单间点对点、一点对多点的无线连接。

3. 无线路由器

无线路由器是 AP 与宽带路由器构成。借助无线路由器可实现无线网络中的 Internet 的连接共享,实现 ADSL、Cable Modem 和小区宽带的无线共享接入。无线路由器通常拥有一个或多个以太网接口。如果家庭中原来拥有安装双绞线网卡的计算机,可以选择多端口无线路由器,实现无线与有线的连接,并共享 Internet。另外,无线路由器可以将与它连接的无线和有线终端分配到一个子网里,以便于子网内的各种设备交换数据。

4. 无线天线

无线网络设备如无线网卡、无线路由器等自身都带有有线天线,同时还有单独的无线天线。因为,当计算机与无线接入点或其他计算机相距较远时,随着信号的减弱,或者传输速率明显下降,或者根本无法实现与 AP 的或其他计算机之间的通信,此时就必须借助于无线天线对所收发的信号进行增益,以达到延伸传输距离的目的。

　　按照天线辐射和接收在水平面的方向性,可分为定向天线与全向天线两类。定向通信只对某个特定方向传来的信号灵敏,并且发射信号时也是集中在某个特定的方向上。全向天线可以接收来自各个角度的信号和向各个角度辐射信号。

　　若按照天线使用的地方分类,有室内和室外两种。室内通信又有板状定向和柱状全向天线之分。室外天线的类型也比较多,一般要防雷、防水、防老化措施,常见的有锅状通信和棒状全向天线。

# 本 章 小 结

　　本章对局域网以及 IEEE 802 的以太网协议进行了详细地讨论介绍。

　　首先介绍了局域网的特点、局域网拓扑结构、技术特征、IEEE 802.3 和以太网局域网标准系列以及它们的体系结构,重点讨论了局域网参考模型及 LLC 和 MAC 两个子层协议;分析了 CS-MA/CD 介质访问控制方法;介绍了各种主流的局域网技术。这是以太网的核心内容。

　　局域网可以处理的站点数量是有限制的,因此需要使用集线器、交换机等网络设备来构建、扩展。本章比较详细地讨论了组建局域网的各种技术方法,还说明了如何使用 VLAN 以一种逻辑的方式任意地划分局域网,而不考虑各结点的物理地址。VLAN 是目前网络配置管理中普遍采用的技术,也是必须掌握的内容。

　　无线网络对计算机网络产生了革命性的影响。随着它的发展,不仅使网络接入变得更容易,而且产生了许多新的应用服务。本章描述了无线网络与无线链路的基本特征,介绍了 IEEE 802.11(WiFi)WLAN 标准、通用链路技术、用于支持无线和移动通信的网络体系结构以及无线局域网组网设备。

# 思 考 与 练 习

1. 画出局域网参考模型,简述其各层的主要功能。

2. 常见的局域网拓扑结构有哪几种,各有何特点?

3. 局域网中数据链路层中的两个子层是什么? 它们有哪些主要功能?

4. 逻辑链路控制(LLC)子层向上可提供哪几种操作类型?

5. 简述介质访问控制子层的功能和介质访问控制技术。

6. IEEE 802 协议标准主要包括哪些内容?

7. CSMA/CD 协议中的冲突域是什么?

8. 以太网中的数据帧为什么要限制最大帧长度和最小帧长度?

9. 分析以太网 MAC 帧格式的各字段含义。

10. 试画出 CSMA/CD 工作流程图。

11. 100 Mbit/s 以太网升级到 1000 Mbit/s 时,需要解决哪些技术问题?

12. CSMA/CD 以太网中,有两个结点正在试图发送长文件,在发出每一帧后,采用二进制避退算法竞争信道,竞争 $n$ 次成功的概率是多少? 每个竞争周期的平均竞争次数为多少?

13. 某个采用 CSMA/CD 技术的电缆总线局域网,总线长度为 4 km,均匀分布 100 个结点,总线传输速率为 5 Mbit/s，帧平均长度 1000 B，试计算每个结点每秒钟发送的平均帧数的最大平均值。

14. 为什么需要 VLAN？如何划分 VLAN？一个网络内可能有多少个 VLAN？不同 VLAN 之间如何连接？

15. 为什么无线局域网采用 CSMA/CA 协议而不是 CSMA/CD？

16. 无线局域网的 MAC 协议中的 SIFS、PIFS 和 DIFS 的作用是什么？

17. 使用 IEEE 802.3 和 IEEE 802.11 来讨论有线局域网和无线局域网的不同之处。

18. 组建一个局域网时需要考虑哪些问题？请撰写一个关于局域网设计方法与设计步骤的报告。

# 第6章　网络互连及通信

在计算机网络中的每一台主机和路由器中都有一个网络层。怎样将异构网络互连起来实现主机到主机的通信是网络层所要解决的核心技术问题。正因如此,网络层的协议是协议体系中最具挑战性也是最令人感兴趣的内容之一。同时,网络层也是网络协议体系中最复杂的层次之一,涉及许多基础知识。下面从网络层所能够提供的服务开始,介绍两种用于构造网络层分组转发的方法,即数据报和虚电路方式,讨论 IP 地址在分组转发中所起的重要作用,研究用于将多个物理网络连成一个大型、统一的通信系统的网络互连技术。

在网络层,转发(Forwarding)和路由(Routing)在功能上有很大差别。转发涉及分组从一条输入链路到一台路由器中的输出链路的传送。路由涉及一个网络中的所有路由器,它们集体经路由协议交互,来决定分组从源结点到目的结点所采用的行程。为了深化有关分组转发的理解,首先介绍著名的网际互连协议(IPv4)、网络层 IP 编址和 IPv4 的数据报格式,讨论数据报分段、报文控制协议(ICMP),以及在 Internet 中的分组转发和 IPv6 协议。接下来介绍路由技术、路由器的硬件体系结构和组织。然后将注意力转向网络层的选路功能,路由算法的基本任务是决定从发送端到接收端的最佳路径(等价为路由)。

简言之,本章主要有 3 项内容:一是在介绍网络互连概念的基础上,阐述网络层的功能和所提供的服务;二是涉及 IP 分组转发;三是讨论路由技术。

## 6.1　网　络　互　连

网络互连的目的是使一个网络上的用户能访问其他网络上的资源,使不同网络上的用户能互相通信和交换数据。ISO 提出了 OSI – RM,目的是解决世界范围内网络的标准化问题,使一个遵守 OSI 标准的系统可以与位于世界任何地方且遵守同一标准的其他任何系统互相通信。但是,并非所有厂商都愿意很快让它们的产品符合 OSI 标准要求。同时,在 ISO/OSI – RM 出现以前已大量存在非 OSI 网络体系结构,在这些网络中,物理结构、协议和所采用的标准各不相同,且不同的网络类型有着不同的通信手段,如采用总线的、采用分组交换的、采用卫星通信的,以及采用无线电、红外线和激光等不同技术的数据传输。随着硬件技术的不断发展,还会出现新的通信网络类型,甚至在某些情况下,仍然会采用非 OSI 系统来支持网络应用的运行。这就需要将各种相同的、不同的网络连接起来,才能满足人们各种各样的应用需要。下面,从广域网(WAN)的角度介绍网络互连概念,讨论网络层的主要功能(转发和路由)以及网络层的服务模型。

### 6.1.1　网络互连的概念

每一种网络技术,都满足特定的一组约束条件。由于网络硬件和物理编址的不兼容性,连接到给定网络的计算机只能与连接到同一网络的其他计算机通信,这就使得每一个网络形成了一个个信息孤岛。尽管网络技术互不兼容,研究人员仍然设计出了一种支持异构网络,而且提供全局服务的通信系统方案,并称之为网络互连(Internetworking)。网络互连既要使用硬件,也要使用软件。附加的硬件系统用于将一组物理网络互连起来,然后在所有相连的计算机中运行附加的软件,即可允许任意两台计算机之间进行通信。

1. 何谓网络互连

一般说来,对计算机网络的定义是:使用网络协议通过网络传输介质互相共享资源的计算机系统及其他设备的集合。正如计算机系统(或其他设备)能够互相连接起来一样,计算机网络也可以互连。计算机网络可能是同一种类型的,也可能是不同类型的。因此,实际网络系统的互连必然涉及异构性问题。所谓异构性是指网络和通信协议、计算机硬件和操作系统的差异性。这种差异性主要表现在以下几个方面:

(1) 网络的类型不同,如广域网、城域网和局域网。

(2) 所使用的数据链路层的协议不同,如 Ethernet、Token Ring 以及 X.25 等。

(3) 计算机系统的类型不同,如微型机、小型机、大型机。

(4) 使用不同操作系统的计算机,如 Windows、OS/2、UNIX 以及 Linux 等。

通常,利用路由器将两个或两个以上的网络相互连接起来构成的网络系统称为互联网(Internet 或 Internetworking)。互联网一般是指将异构网络相互连接而形成的网络,如局域网和广域网连接、两个局域网相互连接或多个局域网通过广域网连接所形成的网络系统。组成互联网的单个网络常被称为子网(Subnetwork),连接到子网的设备称为端结点(End Node)(或端系统),连接不同子网的设备称为中间结点(Intermediate Node)(或中间系统)。互联网的最常见形式是将多个局域网通过广域网连接起来形成的网络。

在计算机网络中,经常遇到"网络互连"和"网络互联"两个词组。从概念上讲,当连接各种不同低层(网络层以下)协议的网络时,常用网络互连这个词组,以体现是采用线路和互连设备连接网络的,强调的是物理连接。当利用应用程序网关实现不同高层(传输层以上)协议的网络之间的连接时,常用网络互联一词来描述,强调的是逻辑连接。但在有些场合并不加以严格区分。

网络互连技术非常重要而且应用广泛。它可能涉及本地网连接,比如 LAN 到 LAN 的连接、LAN 到大型机的连接;也可能是网络之间的远程连接,比如 LAN 到 WAN 的连接,以及 WAN 到 WAN 的连接。例如,在一栋大楼的某一层办公室的网络可以与其他楼层的网络互连。这两个互连起来的网络就构成了一个互联网。图 6-1 描绘了一个简单的 LAN 到 LAN 连接的互联网。这是一个使用点到点拓扑将地理上分散的 LAN 互连起来的广域网,广域网的传输设施由远程网桥或路由器及数据通信电路组成。大学校园网络也是一个非常好的互联网示例,它通常由几个自治的院系网络通过校园范围的骨干网互连起来。在校园网中,院系网络被视为子网,而整个校园网则被视为互联网。

同样,互联网中连入每个网络的计算机数目也是可变的,有些网络没有连接任何计算机,而有些网络则连接了几百台计算机。

目前,比较频繁使用的一个术语 internet,是 internetwork 的简略形式。一般说来,一个 internet 就是互连起来的网络集合。而当 i 大写之后,即使用 Internet 时,则特指当今世界上最大的互

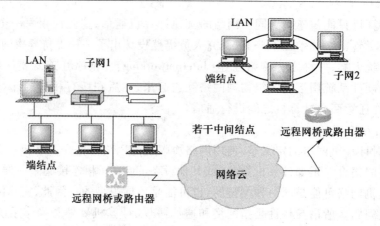

图 6-1　LAN 到 LAN 连接的互联网

联网——Internet,常译为因特网。Internet 由分布在世界各地的成千上万的互连起来的网络组成,已经具有了特定的文化含义。事实上,可以把 Internet 看作广域互联网(Wide Area Internetwork,WAI)。Internet 也指支持同一网络协议即 TCP/IP 的网络集合。因此,也可以说 Internet 是基于特定网络标准 TCP/IP(描述各个网络的计算机相互之间如何通信)的计算机网络的集合。Internet 允许单个自治的网络作为一个大的子网。需要注意的是,通常意义上的互联网与互联网是不同的。互联网是网络互连技术发展与应用的产物,是一种覆盖世界范围的大型网际网。

既然提到 Internet,就不得不介绍 Internet 热潮带来的两个产物:内联网(Intranet)和外联网(Extranet)。内联网是限制在一个公司或机构内部的实现传统 Internet 应用的内部网络。公司或机构内联网的典型应用是 Web 服务和电子邮件。当然还有许多其他的应用。因此,从严格意义上来讲,内联网是指公司或机构的内部网络,也是互联网。而外联网连接是用来表示内部互联网与客户或公司外部网络之间的互连(非 Internet 连接)的。它包括租用专线连接或者一些其他类型的网络连接,也包括一些使用安全协议穿过 Internet 隧道的应用。总的来说,内联网是实现传统 Internet 应用的机构内部网络;而外联网是到一些非本机构网络的网络连接;互联网代表了互连起来的网络的集合;而 Internet 是一个世界范围的网络,可以通过 Internet 服务提供商(ISP)访问。

2. 网络互连的方式

网络互连的具体方式有很多,但总的来说,进行网络互连时应当做到以下几点:

(1) 网络之间至少提供一条物理上连接的链路及对这条链路的控制协议。

(2) 不同网络进程之间提供合适的路由,以便交换数据。

(3) 选定一个相应的协议层,使得从该层开始,被互相连接的网络设备中的高层协议都是相同的,其低层协议和硬件差异可通过该层屏蔽,从而使得不同网络中的用户可以互相通信。

在提供上述服务时,要求在不修改原有网络体系结构的基础上,能适应各种差别。如不同的寻址方案,不同的最大分组长度,不同的网络访问控制方法,不同的检错纠错方法,不同的状态报告方法,不同的路由选择方法,不同的用户访问控制,不同的服务(面向连接服务和无连接服务),不同的管理与控制方式以及不同的传输速率等。因此,一个网络与其他网络连接的方式与网络的类型密切相关。

通过互连设备连接起来的两个网络之间要能够进行通信,两个网络上的计算机使用的协议在某一个协议层以上所有的协议必须是一致的。因此,根据网络互连所在的层次,常用的互连设备有:①物理层互连设备,即转发器;②数据链路层互连设备,交换机;③网络层互连设备,即路由器;④网络层以上的互连设备,统称网关(Gateway);目前的路由器通常已可实现网关的功能。

一般地,有三种方法构建互联网,它们分别与五层实用参考模型的低三层一一对应。例如,用来扩展局域网长度的中继器(即转发器)工作在物理层,用它互连的两个局域网必须是一模一样的。因此,中继器提供物理层的连接并且只能连接一种特定体系的局域网,图 6-2 所示就是一个基于中继器的互联网,两个局域网体系结构必须一致。

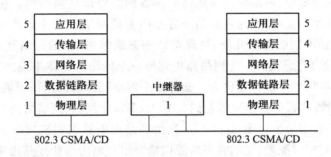

图 6-2　基于中继器的互联网

在数据链路层,提供连接的设备是网桥和第 2 层交换机。这些设备支持不同的物理层并且能够互连不同体系结构的局域网,图 6-3 所示是一个基于桥式交换机的互联网,两端的物理层不同,并且连接不同的局域网体系(注:基于 MAC 的网桥只能连接两个同样的局域网体系)。

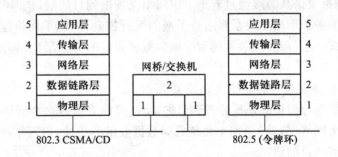

图 6-3　基于桥式交换机的互联网

由于网桥和第 2 层交换机独立于网络协议,且都与网络层无关,这使得它们可以互连不同网络协议(如 TCP/IP、IPX 协议)的网络。网桥和第 2 层交换机根本不关心网络层的信息,它通过使用硬件地址而非网络地址在网络之间转发帧来实现网络的互连。此时,由网桥或第 2 层交换机连接的两个网络组成一个互联网,可将这种互联网络视为单个的逻辑网络。

对于在网络层的网络互连,所需要的互连设备应能够支持不同的网络协议(比如 IP、IPX 和Apple Talk),并完成协议转换。用于连接异构网络的基本硬件设备是路由器。使用路由器连接的互联网可以具有不同的物理层和数据链路层。图 6-4 所示就是一个基于路由器和第 3 层交换机的互联网,它工作在网络层,连接使用不同网络协议的网络。

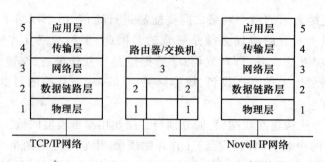

图 6-4 基于路由器和第 3 层交换机的互联网

在一个异构连网环境中,网络层设备还需要具备网络协议转换功能。在网络层提供网络互连的设备主要是路由器。实际上,路由器是一台专门完成网络互连任务的计算机。它可以将多个使用不同技术(包括不同的传输介质、物理编址方案或帧格式)的网络互连起来,利用网络层的信息(比如网络地址)将分组从一个网络路由到另一个网络。具体来说,它首先确定到一个目的结点的路径,然后将数据分组转发出去。支持多个网络层协议的路由器被称为多协议路由器。因此,如果一个 IP 网络的数据分组要转发到一个 AppleTalk 网络,两者之间的多协议路由器必须以适当的形式重建该数据分组以便 AppleTalk 网络的结点能够识别该数据分组。由于路由器工作在网络层,如果没有特意配置,它们并不转发广播分组。路由器使用路由协议来确定一条从源结点到特定目的结点的最佳路径。

## 6.1.2 网络层的主要功能

网络层在数据链路层提供的两个相邻端点之间数据帧的传输功能之上,进一步管理网络中的数据通信,将数据报设法从源端经过若干个中间结点传输到目的端,从而向传输层提供最基本的端到端数据传输服务。网络层关系到通信子网的运行控制,体现了网络应用环境中资源子网访问通信子网的方式,是五层实用参考模型中面向数据通信的低三层(也即通信子网)中最为复杂、关键的一层。

1. 网络层与数据链路层及传输层之间的关系

网络层负责将数据分组从源地址传递到目的地址,可能会通过多个网络(链路)。尽管数据链路层会监视同一个网络(链路)上两个系统之间数据分组的传递,但网络层仍要保证每个数据分组能够从出发点到达目的地。

如果两个系统连接在同一条链路上,则通常不需要网络层。然而,如果两个系统在不同的网络(链路)上,并通过网络(链路)之间的设备连接,通常就需要网络层以完成源端到目的端的传递。图 6-5 所示为网络层与数据链路层及传输层之间的关系。

网络层介于传输层和数据链路层之间,其功能是在数据链路层服务的基础上,把源端计算机发出的数据分组,通过适当的路径一跳一跳地经过若干个路由器(每经过一个路由器称为一跳),传输到目的端计算机。选择最佳路径向目的结点透明地传输简称为寻由。网络层的功能与数据链路层有很大的区别,数据链路层仅把数据帧从数据链路的一端传输到另一端,而网络层则是"端到端"传输数据分组。网络层提供分组转发和路由的功能,使两终端系统能够互连,并且具有一定的拥塞控制和流量控制能力。在 TCP/IP 协议体系中的网络层功能由 IP 协议规定和

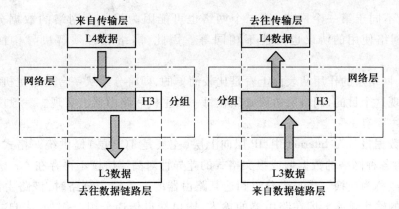

图 6-5　网络层与数据链路层及传输层之间的关系

实现,故又称 IP 层。

2. 网络层的功能与服务

为了阐明网络层是如何工作的,应该具有哪些功能,提供什么样的服务,首先来考察如图 6-6 所示的一个示例。图 6-6 表示了一个具有 A 和 B 两台主机,且在主机 A 与 B 之间的路径上有 6 台路由器 R1、R2、R3、R4、R5 和 R6 组成的网络。下面讨论在这两台主机与中间结点(路由器)中网络层所起的作用。

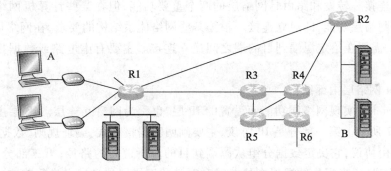

图 6-6　由若干个路由器组成的简单网络

假如接收主机 B 与发送主机 A 位于同一个局域网,分组一般由发送主机直接发送到目的主机,不需要路由器路由。为了传送目的地为远程网络的某个主机的分组时,则需要使用路由器。路由器的主要作用是将分组从输入链路转发到输出链路。作为路由的例子,假设 A 发送分组到 B,至少需要经过路由器 R1 和 R2。从 A 发送到 B 的分组也可以走如下任何一条路由,譬如:R1 – R3 – R4 – R2, 或 R1 – R3 – R5 – R4 – R2,或 R1 – R3 – R5 – R6 – R4 – R2。如果网络连接是基于无连接数据报服务方式,这些路由都有可能会被用到。

在发送主机 A 中,A 的网络层接收来自于传输层的每个报文段,按照 IP 分组格式将其封装成一个 IP 分组,然后将这些分组向目的端主机 B 传输,即它将 IP 分组向相邻路由器 R1 发送。

在接收端主机 B 中,其网络层接收来自相邻路由器 R2 的分组,并视分组情况进行重装,得到完整的 IP 分组后,提取出传输层报文段,将其向上交付给 B 的传输层。

当数据分组不得不跨越两个或多个网络时,又会产生很多新问题。例如第二个网络的寻址方法可能不同于第一个网络;第二个网络也可能因为第一个网络的数据分组太长而无法接收;两个网络使用的协议也可能不相同等。因此,网络层必须解决异构网络的互连互通问题。

由此可知,网络层的作用从表面上看是比较简单的,即将分组从一台发送主机传送到一台接收主机。为实现这个目的,网络层协议必须在每一台主机和路由器上实现。一般说来,网络层应当提供的功能主要有:

(1) 封装数据报　在 Internet 中,IP 层向上层(主要是 TCP 层)提供统一格式的 IP 分组,即 IP 数据报,使得各种网络的数据帧或报文格式的差异性对高层协议不再存在。

(2) 转发或称为交换　当一个分组到达某路由器的一条输入链路时,该路由器必须将该分组传送到适当的输出链路。即在路由器的输入、输出端口传递分组。例如,来自主机 A 到路由器 R1 的一个分组,必须向在主机 B 路径上的下一个路由器转发。

(3) 路由或称为寻由、路径决策　当分组从发送端流向接收端时,网络层必须决定这些分组所采用的最佳路由或路径。计算这些路径的算法称为路由选择算法,简称路由算法。例如,从主机 A 到主机 B 的分组可以走不同的路径通过网络,一个路由算法将决定分组从主机 A 到主机 B 所遵循的最佳路径。在广域网中,这包括从源端到目的端的路由,并要求这条路由经过尽可能少的中间结点。

在讨论网络层时,许多时候经常误将转发和路由这两个术语互换使用,实际上应区分使用。

(4) 建立连接　转发和路由是网络层的两个重要功能,但在某些计算机网络中实际上还有第三个重要的网络层功能,即建立连接。根据某些网络体系结构的要求,在网络层数据分组能够开始流动之前,需要在给定源端到目的端之间建立连接。主要有虚电路或数据报两种操作方式用于建立连接。

3. Internet 网络层内部结构

作为 Internet 为实现网络层功能而设置的 IP 层,也称为网络互连层。IP 层主要有三个组成部分,如图 6-7 所示。第一部分是 IP 协议,主要阐明数据报格式、编址规则、数据报处理规则等;第二部分是路由协议,它决定数据分组从源端到目的端所遵守的路径;第三部分是 Internet 报文控制(ICMP)协议,负责报告数据报中的差错和对某些网络层信息请求进行响应。

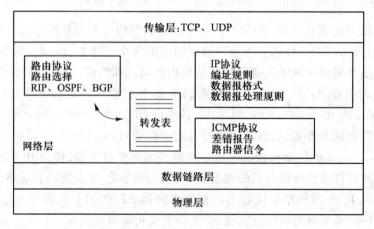

图 6-7　Internet 网络层内部结构

### 6.1.3　网络层服务模型

在讨论网络层服务模型之前,先考虑几个问题。当位于发送主机的传输层向网络层传输分组时(即在发送主机中将分组向下交给网络层),该传输层能依靠网络层将该分组交付给目的端吗? 它们会按发送顺序交付给接收主机的传输层吗? 传输两个连续分组的时间间隔与接收到这两个分组的时间间隔相同吗? 网络层会提供关于网络中拥塞的反馈信息吗? 在发送主机与接收主机中连接传输层通道的特性是什么? 这些问题的答案是由网络层提供的服务模型来确定的。网络层服务模型定义在网络的一侧边缘到另一侧边缘之间(即在发送端与接收端系统之间)端到端的数据传输特性。

网络层为传输层提供服务是通过网络层与传输层之间的接口来实现的。网络层究竟应该提供面向连接的服务还是无连接服务,曾经有过争议。主张无连接服务者认为,无论怎样设计通信子网,都不可能保证完全可靠。通信子网就是传输分组,差错控制和流量控制等应当有高层承担。主张面向连接服务者认为:通信子网应该提供可靠的面向连接的服务。可靠服务模型意味着网络层保证发送的每一个数据报都能按顺序、没有重复、没有丢失地到达目的端。

争论的焦点在于将一些复杂的工作放在哪一层去完成。结果导致网络设计者分成了两个独立阵营:主张面向连接服务者认为应该在网络层完成,主张无连接服务一方却认为应在传输层完成。结果,两种观点都被 ISO 接受,既定义了面向连接服务,又定义了无连接服务。在 Internet 中,IP 协议是网络层面向无连接服务的一方,但也在提供服务保证方面做了一些努力。例如加入了资源预留协议 RSVP(RFC 2205),但这又偏向了面向连接服务。

因此,网络层提供的服务可分为面向连接的网络服务(虚电路服务)和无连接的网络服务(数据报服务)两种。

1. 虚电路服务

面向连接的网络服务模型也称为虚电路(VC)服务。虚电路分为两种:一种为永久虚电路(PVC);另一种为交换虚电路(SVC)。虚电路的工作过程类似于电路交换。具有虚电路性能的网络包括 X.25 连接、帧中继以及 ATM 网络。采用虚电路进行数据传输,包含以下 3 个阶段。

(1) 虚电路建立

在进行数据传输之前,需要建立连接。在虚电路建立阶段,发送端发送含有地址信息的特定控制信息块(如呼叫分组),该信息块途经的每个中间结点根据当前的逻辑信道(LC)使用状况,分配 LC,建立起输入和输出 LC 映射表。所有中间结点分配的LC,串接后形成虚电路(VC)。

通常,每个结点到其他任一结点之间可能有若干条虚电路支持特定的两个端系统之间的数据传输,两个端系统之间也可以有多条虚电路为不同的进程服务,如图 6-8 所示。这些虚电路的实际路径可能相同,也可能不同。

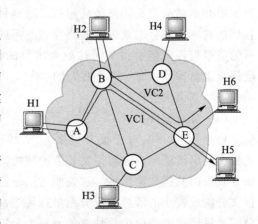

图 6-8　一个简单的虚电路网络

假设有两条虚电路经过某结点,当一个数据分组到达时,该结点可利用下述方法判明该分组属于哪条虚电路,并且能将其转送至下一个正确结点。一个端系统每次在建立虚电路时,选择一个未被使用的虚电路号分配给该虚电路,以便区别于本系统中的其他虚电路。如在图 6-8 中的结点 B,有 VC1、VC2 两条虚电路。在每个被传送的数据分组上不仅要有分组号、校验和等控制信息,还有它要通过的虚电路的号码以区别于其他虚电路的数据分组。在每个结点上都保存一张虚电路表,表中各项记录了一个打开的虚电路信息,包括虚电路号、前一个结点、下一个结点等。这些信息是在虚电路建立过程中所确定的。

(2) 数据传输

一旦创建了虚电路,站点发送的所有分组就可以开始沿该虚电路传输了。每个分组携带 VC 标志(而不是信宿主机的 ID)沿着相同的 VC 流动,分组的发收顺序完全相同。

(3) 虚电路释放

数据传输完毕,采用特定的控制信息块(如拆除分组)释放该虚电路。通信双方都可发起释放虚电路的动作。

在虚电路网络中,该网络的路由器必须为进行中的连接维持连接状态信息。特别是:每当跨越一台路由器则创建一个新连接,一个新的连接项必须加到该路由器转发表中;每当释放一个连接,必须从该表中删除该项。注意,即使没有 VC 号转换,仍有必要维持连接状态信息,该信息将 VC 号与输出端口号联系起来。其中,路由器是否对每条进行中的连接维持连接状态信息是一个关键问题。

2. 数据报服务

无连接的网络服务模型又称数据报服务。采用数据报方式传输时,有报文交换和分组交换之分。

(1) 报文交换

所谓报文交换是指,将报文从一个结点转发到另一个结点,直至到达目的结点的一种数据传输过程,如图 6-9 所示。在这种传输方式中,每一数据报都是独立发送的,并且携带完整的源地址及目的地址。这与邮局寄信类似,每一封信都携带着完整的地址注入邮政系统。主机只要想发送数据就随时可发送,每个数据报独立地选择路由。重要的是,每个数据报并不都沿着相同路径从源端发送到目的端,而且到达的顺序也会因其传输的路径状况不同而不同,有的数据报还可能会丢失。这就要求目的结点要有数据报重新排序功能,并对丢失的(或出错的)数据报向源结点请求重传。

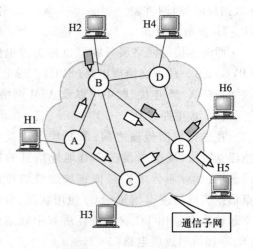

图 6-9　报文交换

(2) 分组交换

计算分析可知,对于报文交换方式,传送一个传送报文的出错概率会随着报文长度的增加而增加,进而导致较高的报文重传率。这说明对网络能够传输报文的最大尺寸需要进行限制,应将长(大)报文分割成较小的信息块或分组进行传送,即采用无连接的分组交换。在分组交换方式中,每个分组通过网络的路由也是独立的。每个分组有一个附带的头部,以便提供将分组路由到目的端所需的所有信息。当一个分组到达分组交换机时,分组交换机首先检查分组头部中的目的地址(以及其他可能的字段),以便确定到目的端的下一跳路径。

# 6.2 IPv4 协议

1981 年完成的 IPv4 协议(RFC 791)是 TCP/IP 协议体系中的核心协议,它向传输层提供了一种无连接的尽力而为的数据传输服务。IPv4 定义了互联网在处理数据时可以应用的简单规则、帮助处理数据的一组头以及寻址机制,成为当前使用 IP 协议的标准。随着 Internet 技术的进步,之后又有许多 RFC 阐明并定义了 IPv4 寻址、在某种特定网络介质上运行的 IP 协议以及 IPv4 的服务类型位(TOS)等技术规范。

## 6.2.1 IPv4 数据报格式

网络层数据分组也被称为数据报。为了理解 IP 实体提供的服务,掌握 IP 数据报格式是非常重要的。IP 数据报是 IP 协议的基本处理单元,它由 IP 数据报头和数据两部分组成。IP 数据报头包含一个 20 B 的固定长度部分和一个可变长度的部分,后者最多可达 40 B。传输层的数据交给 IP 层后,IP 协议要在前面加上一个 IP 数据报头,用于控制数据报的转发和处理。IP 数据报按照如下给出的字节按顺序发送:先是 0 ~ 7 位,然后是 8 ~ 15 位,16 ~ 23 位,最后是 24 ~ 31 位。IPv4 数据报头格式如图 6-10 所示,其中各字段含义如下:

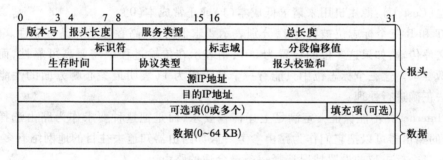

图 6-10 IPv4 数据报头格式

(1)版本号

IP 数据报头部的第一项就是用于建立 IP 分组的版本号,占用 4 位,而且必须是 4 位,表明是 IPv4 数据报。当前的 IP 版本号是 4。此字段用来确保发送端、接收端和相关路由器使用一致的 IP 数据报格式。

(2)报头长度

在 IP 数据报头中有两个长度字段,一个表示 IP 数据报头长度,另一个表示 IP 数据报的总长度。

报头长度字段占用 4 位。报头长度指明报头中所包含的 4 B 的个数,可接受的最小值是 5,最大值是 15(意味着报文头共有 60 B,其中 IP 选项占用了 40 B),缺省值是 5。IP 数据报头又分为固定部分和选项部分,固定部分正好是 20 B,而选项部分为可变长度,因此需要有用一个字段来给出 IP 数据报的长度。而且若选项部分长度不为 4 的倍数,则还应根据需要填充 1 ~ 3 B 以凑成 4 的倍数。

总长度字段指定整个 IP 数据报的字节数量(既包括数据报头又包括数据部分),以字节为单位。总长度字段占用 16 位,因此 IP 数据报的最大长度为 64 KB。实际上,极少会用到长度字段的最大值,因为大多数物理网络都有它们自己的长度限制。由于 IP 数据报中没有关于"数据报结束"的字符或序列,这个字段是必要的。

（3）服务类型（TOS）

IP 数据报头中的服务类型字段规定了对于本数据报的处理方式。该字段总共 8 位,划分为 5 个子域。图 6-11 给出了服务类型字段位的分布情况。

其中优先级（共 3 位）指示本报文的重要程度,其取值范围为 0 到 7。用 0 表示一般优先级,而 7 表示网络控制优先级,即值越大,优先级越高。它提供了一种区分不同 IP 数据报的手段,例如,让重要的网络控制信息比一般 IP 数据报具有更高的优先级。

| 0 | 1 | 2 | 3 | 4 | 5 | 6 | 7 |
|---|---|---|---|---|---|---|---|
| 优先级 | | | D | T | R | C | 未用 |

图 6-11 服务器类型字段位分布

起初,Internet 上的大多数设备都忽略服务类型字段中 D、T、R、C 位的作用。D、T、R 三位表示本数据报所希望的传输类型。典型情况下,路由信息协议（RIP）忽略服务类型位,随着开放最短路径优先（OSPF）路由协议的出现,IP 路由器开始支持服务类型路由。

延迟位（Delay,D）:源主机用来请求低时延(1)或正常时延(0);

吞吐量位（Throughput,T）:源主机用来请求高吞吐量(1)或正常吞吐量(0);

可靠性位（Reliability,R）:源主机用来请求高可靠性(1)或正常可靠性(0);

成本位（Cost,C）:源主机用来请求低成本(1)或正常成本(0)。

若 D、T 和 R 三个标志位被置为 1,分别表示要求低时延、高吞吐量和高可靠性。例如,当前的会话为文件传输,如果这 3 位的设置为 001,则表示在传输过程中需要高可靠性,而对时延或吞吐量不做要求。这三个标志位中只能有一个被设置为 1（表明最关心哪方面的性能）,否则路由器将无法正确进行处理。

当然,Internet 并不能保证一定满足上述传输要求,而是把这种要求作为路由选择时的一个提示,途经的路由器可以把它们作为路由参考。假如路由器知道去往目的地网络有多条路由,则可以根据这三个标志位的设置情况选择一条最合适的路由。

（4）数据报的分段和重组

IP 协议组装的 IP 数据报要封装在数据帧中进行传输,不同的物理网络所使用的帧格式以及允许的帧长度是不一样的。例如,以太网允许最大帧长 1518 B,X.25 允许最大帧长为 1024 B。IP 数据报在经路由器穿越互联网传递时,一般说来在传输过程中要跨越若干个不同的物理网络,所容许的最大帧长度不同。因此,IP 协议需要一种分段机制,把一个大的 IP 数据报,分成若干个小的分段进行传输,到达目的地后再重新组合还原成原来的数据报。

所谓分段就是将一个大型 IP 数据报分解成几个较小 IP 数据报段的过程。当 IP 协议在小 IP 数据报网络或者具有较小最大传输单元（MTU）的网络中传输大型 IP 数据报时,必须这么做。在 IP 报头中,用标识符（Identification）、标志域（Flag）和分段偏移值（Fragment Offset）三个字段来实现对数据报的分段和重组。

① 标识符　数据报 ID 是一个无符号整型值,ID 占用 16 位,它是 IP 协议赋予报文的标志,属于同一个报文的分段具有相同的标识符。标识符的分配绝不能重复,IP 协议每发送一个 IP 报文,则要把该标识符的值加 1,作为下一个报文的标识符。

② 标志域　占用 3 位,但只有低两位有效。每个位的意义如下:

第 1 位(MF 位)——最终分段标志(More Fragment);

第 2 位 1(DF 位)——禁止分段标志(Don't Fragment);

第 3 位——未用。

当 DF 位置为 1 时,则该报文不能被分段。假如此时 IP 数据报的长度大于网络的 MTU 值,则根据 IP 协议把该报文丢弃,同时向源端返回出错信息。MF 标志位置为 0 时,说明该分段是原报文的最后一个分段。

③ 分段偏移值  占用 13 位,以 8 B 为单位表示当前数据报相对于初始数据报的开头位置。

分段在其到达目的端的传输层之前需要重新组装。当然,TCP、UDP 都希望从网络层收到完整的未分段的数据报。为了重组分段的 IP 数据报,目的结点必须有足够的缓冲空间。随着带有相同标识符数据段的到达,它们的数据字段被插入在缓冲器中的正确位置,直到重组完这一 IP 数据报。分段可以在任何必要的中间路由器上进行,而重组仅在目的结点中进行。接收结点把标志位和分段偏移值一起使用,以重组分段的数据报。

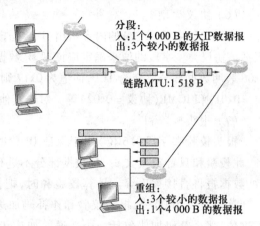

图 6-12   IP 数据报分段和重组

例如,若有一个 4000 B 的 IP 数据报(20 B 的 IP 报头加上 3980 B 的有效载荷数据)到达一台路由器,且必须转发到一条 MTU 为 1518 B 的链路上。这就意味着原始数据报中 3980 B 数据必须分配到 3 个独立的数据报段中,如图 6-12 所示。

每个分段的最大数据长度 =(1518 − 20)B = 1498B。但是,1498 不是 8 的整数倍,需要将最大的数据分段长度设为 1496 B,因此可以将 3980 分成 1496 + 1496 + 988,也可以使用其他的组合。假设原始数据报附加上的标识号为 Identification = 777,三个分段的特点见表 6-1。该表中的值反映了除最后一个分段的所有原始有效载荷数据的数量应当是 8 B 的倍数,并且偏移值应当规定为以 8 字节块为单位。

表 6-1   IP 数据报分段

| 分 段 | 字节数 | 标 识 号 | 偏 移 值 | 标 志 位 |
|---|---|---|---|---|
| 第 1 分段 | 1496 | Identification = 777 | Offset = 0(表示插入的数据开始于字节 0) | Flag = 1(表示后面还有分段) |
| 第 2 分段 | 1496 | Identification = 777 | Offset = 187(表示插入的数据开始于字节 1496) | Flag = 1(表示后面还有分段) |
| 第 3 分段 | 988 | Identification = 777 | Offset = 374(表示插入的数据开始于字节 2992) | Flag = 0(表示这是最后一个分段) |

IP 数据报的有效载荷仅当在 IP 层已经完全重组成为原始 IP 数据报时,才能传递给目的端的传输层。如果一个或多个分段没有到达目的端,则该不完整的 IP 数据报将被丢弃且不交给传输层。

(5) 生存时间

数据报生存时间(TTL)占用8位,指明数据报在进入 Internet 后能够存留在网络中的时间,以秒为单位。数据报头的生存时间初始化设置最大值是255,当 TTL 到达0时,数据报将被网络丢弃。设定 TTL 的本意是让每个路由器计算出处理每个数据报所需的时间,然后从 TTL 中把这段时间减去。实际上,数据报穿越路由器的时间远小于1s,因此路由器厂商在实现中采用了一个简单的减法:在转发数据报时把 TTL 减1。在实践中,大多数路由器将 TTL 解释为数据报在网络中被丢弃前允许经过的最大跳数。这样,即使在网络中出现循环路由,循环转发的 IP 数据报也会在有限的时间内被丢弃。

(6) 协议类型

协议类型字段(8位)的内容指出 IP 数据报中数据部分属于哪一种协议(高层协议),接收端则根据该协议类型字段的值来确定应该把 IP 数据报中的数据交给哪个上层协议去处理。例如,值为0x06 表明数据部分要交给 TCP,而值为0x17 则表明要交给 UDP。常见的上层协议还包括 ICMP(协议=0x01)和 IGMP(协议=0x02)等。对于其他协议及其对应的编号请参见 RFC 1700、RFC 3232。

(7) 报头校验和

报头校验和字段(16位)用于保证 IP 数据报头部数据的正确性。IPv4 中不提供任何可靠服务,此校验和只针对报文头,对数据部分不进行验证,只将它们交给上层协议处理。如果验证失败,数据报将直接被丢弃。计算校验和时,把报文头作为一系列16位二进制数字(校验和本身在计算时被设为0),与报头校验和作补码加法,并取结果的补码,便得到校验和。如果加法产生了进位,那么补码加法包括一个普通的加法和一个总和的增量。

IP 协议没有提供对数据部分的校验。

(8) 源 IP 地址和目的 IP 地址

在 IP 数据报的头部,有32位的源 IP 地址和目的 IP 地址两个字段,分别表示 IP 数据报的发送端及接收端的 IP 地址。在传输过程中,这两个字段保持不变。IP 地址的格式将在此后再进行详细介绍。

(9) 可选项和填充项

IP 数据报可选项是一个可选的且不经常使用的字段。它允许 IP 数据报请求特殊的功能特性,如安全级别、IP 数据报将采用的路由,以及在每个路由器处的时间戳。在 IP 数据报头中可以包括多个选项。每个选项第1个字节为标识符,标志该选项的类型。如果该选项的值是变长的,则紧接在其后的1个字节给出其长度,之后才是该选项的值。在 IP 协议中的一些 IP 数据报可选项类型见表6-2。

表6-2 IP 数据报中的可选项

| | |
|---|---|
| 安全选项(Security) | 表示该 IP 数据报的保密级别 |
| 严格源选路(Strict Source Routing) | 给出完整的路由表 |
| 宽松源选路(Loose Source Routing) | 给出该数据报在传输过程中必须经历的路由器地址 |
| 路由记录(Record Route) | 让途经的每个路由器在 IP 数据报中记录其 IP 地址 |
| 时间戳(Timestamp) | 让途经的每个路由器在 IP 数据报中记录其 IP 地址及时间值 |

其中,宽松源选路指明报文在发往其目的结点的过程中必须经过一组路由器,严格源选路则指定了该报文只能由列出的路由器处理。例如,有的选项要求发送端指定数据报必须经过的路由,即定义了由哪些路由器来处理该数据报。选路选项中包括一个记录路由的功能,让每个处理报文的路由器都将自己的地址记录到该数据报中,另一个时间戳的功能是让每个路由器在报文中记录自己的地址和处理报文的时间,以加强传输数据的安全性。一些选项,尤其是在指出数据报必须经过哪些 IP 地址的报文中,要求在选项后附加一些数据。选项的引入(不论是指定路由、记录路由器或增加时间戳等)增加了 IP 报头的长度。如果使用选项,IP 选项以没有间隔字符的方式串在一起,如果它们的字节数不是 4 B 的整数倍,还要加上填充数据,整个选项字段可以包括不超过 40 B 的选项和选项数据。

填充项是为了使有可选项的 IP 数据报头的长度为 32 位的整数倍而设计的。此字段由附加的 0 位串构成的特定编号组成,以保证 IP 数据报头以 32 位结束。填充项的有无或所需要的长度取决于可选项的使用情况。

(10) 数据(有效载荷)

在大多数情况下,IP 数据报中的数据字段含有要交付给目的端的传输层(TCP 或 UDP)报文段。当然,数据字段也可承载其他类型的数据,如 ICMP 报文等。

一个 IP 数据报头的典型示例,如图 6-13 所示。中间的窗格给出了帧 2 的 IP 数据报头的所有字段。该数据报使用 IPv4 协议,因此版本号为 4。报头长度为 20 B。给出的 TOS 字段是用作区分服务字段的,以便与该字段的最新定义保持一致。标志域的详细信息表明"禁止分段标志(Don't Fragment)"被置位。TTL 被设为 128,并且协议类型字段被设为 0x06 以表示 TCP。随后是报头校验和以及源 IP 地址和目的 IP 地址。

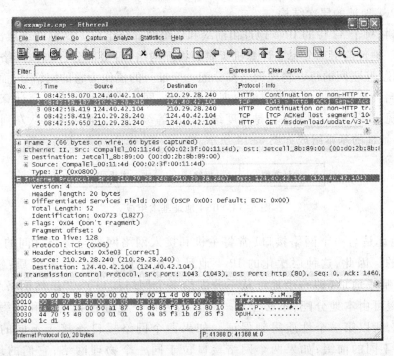

图 6-13　Ethereal 捕获的 IP 数据报头信息

## 6.2.2　IPv4 地址

IP 协议除定义了 IP 数据报及其确切的格式之外,还定义了一套规则,即 IPv4 地址及其分配方法,用于指明 IP 数据报如何处理、怎样控制错误。

### 1. IPv4 编址方案

为了识别互联网上的每个结点,必须为每个结点分配一个唯一的地址。在 TCP/IP 协议体系中,由网际协议(IP)来进行编址。IP 协议规定:每台主机分配一个 32 位二进制数作为该主机的网际协议地址,常称为 IP 地址或 Internet 地址。在互联网上发送的每个分组中都含有这种 32 位的发送端(源) IP 地址和接收端(目的)IP 地址。这样,为了在使用 TCP/IP 的互联网上发送信息,计算机必须知道接收信息的远程计算机的 IP 地址。也就是说,IPv4 地址是分配给主机并用于该主机进行所有通信活动的一个唯一的 32 位二进制数。这些主机可能是个人计算机、终端服务器、终端服务器端口、路由器、网络管理站和 UNIX 主机等。

IPv4 地址由网络管理机构管理。一个机构(企业或学校)需要向 Internet 上的最高一级网络信息中心申请所属网络的 IP 地址的网络地址,主机号则由申请的组织机构自行分配和管理。自治域系统负责自己内部网络的拓扑结构、地址建立与更新。这种分层管理的方法能够有效地防止 IP 地址冲突。但是,分层管理的方法也意味着某个特定网络内的 IPv4 地址可能没有全部配置使用。从理论上计算 32 位全部用上,IPv4 寻址范围可以允许有 $2^{32}$ 即超过四十亿的地址! 这几乎可以为全球三分之二的人每人提供一个 IPv4 地址。事实上,正是 IPv4 地址的分级管理等原因,导致了 IPv4 地址空间的浪费,随着 Internet 的发展,可用的 IPv4 地址资源已经快要枯竭了。

### 2. 分类 IPv4 地址的层次结构

从概念上讲,每个 32 位的 IPv4 地址由前缀和后缀两部分组成。这种两级层次结构的设计,使寻径更有效。地址前缀部分标志计算机所属的物理网络,后缀部分标志该网络上的某一台计算机。也就是说,互联网的每一物理网络都分配一个唯一的值作为它的网络号,而网络号在从属于该网络的每台计算机地址中作为前缀出现。换言之,同一物理网络上每台计算机分配唯一的地址后缀。可见,IPv4 地址体系结构是高度结构化的等级地址。通常按照从左到右的顺序进行读写。一个 IP 地址的基本组成如图 6-14 所示。

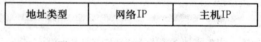

图 6-14　IPv4 地址基本组成

一个 IP 地址是与一个网络接口(常将主机和接入网络网卡与链路之间的边界称为网络接口)相关联的。因此,这种层次化的 IPv4 地址结构保证了两个重要性质:①每个网络接口只分配一个唯一地址(即一个地址从不分配给多个网络接口);②虽然网络号分配必须全球一致,但后缀可由本地分配,不必全球一致。因为整个地址包括前缀和后缀,它们分配时需保证唯一性,所以第一个性质得到保证。如果两个网络接口连接于不同的物理网络,它们的地址会有不同的前缀;如果两个网络接口位于同一个物理网络,它们的地址会有不同的后缀。

3. IP 地址的两种表示方法

在主机或路由器中存放的 IP 地址都是长度为 32 位(4 B)的二进制代码,并分成 4 组 8 位表示,称之为 32 位二进制格式表示。例如,一个用二进制格式表示的 IP 地址为:10000001 00001111 00010001 00000011。显然,如果用诸如 10100110 01101111 00000001 00000110 二进制格式表示 IP 地址是复杂难以识记的。为易于阅读和理解 IP 地址,通常将 IP 地址以 4 组由句点分隔开的十进制数字表示,即将每 8 位二进制数转换为一个十进制数表示,每个字节表示为从 0 ~ 255 的十进制数(8 位二进制数最大为 11111111,即十进制数 255),这种表示方式称为 IPv4 地址的点分十进制表示法。对于上述 IPv4 地址,用点分十进制表示就是 166.111.1.6。因此,连在 Internet 网上的某一台主机的 IPv4 地址可以由以下两种格式表示:

(1) 二进制格式表示:00000000.00000000.00000000.00000000。

(2) 点分十进制表示:XXX.XXX.XXX.XXX (XXX 取值范围:0 ~ 255)。

这两种表示方法实质是一样的。对于用户而言,点分十进制格式只是便于记忆,因此在实际应用中,采用点分十进制格式来描述一个 TCP/IP 网络结点的 IPv4 地址。

4. IPv4 地址的分类及其格式

IPv4 地址的设计人员确定了 IPv4 地址的长度并决定将它分为前缀和后缀两部分之后,还必须决定每部分要包含多少位。前缀部分需要足够的位数,才足以分配唯一的网络号给互联网的每一个物理网络;后缀部分也需要足够位数,才能对连接于某一网络的每一台计算机都分配一个唯一的后缀。简单的选择是不行的,因为在某一部分增加一位就意味着在另一部分减少一位。选择大的前缀可容纳大量网络,但限制了每个网络的规模;选择大的后缀意味每个物理网络能包含大量计算机,但却限制了网络的总数。

由于互联网可能包括任意的网络技术,所以某个互连网络可能由少量大的物理网络构成,而同时另一个互连网络则可能由许多小的网络构成。更重要的是,单个互连网络又可能包含大网络和小网络混合的形式。因此,需要选择一个能满足大网和小网组合情况的折中编址方案。这个方案将 IPv4 地址分为 A、B 和 C 三个基本类,用作主机地址;D 类用于组播,允许传递给一组计算机;E 类保留未用。IPv4 地址的原分类及其格式如图 6-15 所示。

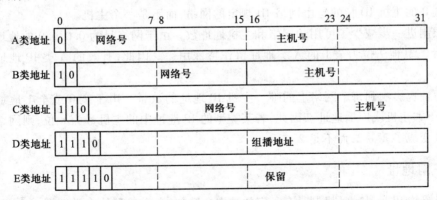

图 6-15  IPv4 地址的分类及其格式

(1) A 类地址　第一位(最高位)为 0,网络 ID 由后续的 7 位定义。故第一个 Octet 用于网络号而其余的三个 Octet 用于每个网络中的主机号。这意味着最多有 $2^7$ 即 128 个 A 类网络地址组合,而地址中剩余的 24 位用于主机地址,这意味着可以有 $2^{24}$ 即 16777216 个唯一主机标识符,每个网络最多可容纳$(2^{24}-2)$台主机。也就是说,任何一个 0 到 127 间的网络地址均是一个 A 类地址。

(2) B 类地址    前两位为 10,网络由后续 14 位定义。故前两个 Octet 用于网络地址而其余的两个 Octet 用于每个网络中的主机地址。这意味着最多有 $2^{14}$ 即 16384 个 B 类网络地址组合,而每个网络最多可容纳$(2^{16}-2)$台主机。也就是说,任何一个 128 到 191 间的网络地址是一个 B 类地址。

(3) C 类地址    前三位为 110,网络地址由后面的 21 位定义。故前三个 Octet 用于网络地址而最后的一个 Octet 用于每个网络中的主机地址。这意味着最多有 $2^{21}$ 即 2097152 个 C 类网络地址组合,而每个网络中的主机数不能超过$(2^{8}-2)$,即每个网络最多可容纳 254 台主机。也就是说,任何一个 192 到 223 间的网络地址是一个 C 类地址。

(4) D 类地址    前四位为 1110。组播中不使用网络地址的概念,因为任何网络上的主机无论是否在同一网络上均可接收组播。这意味着最多有 $2^{28}$ 即 268435456 个组播地址组合,而所有组播地址可以由第一个 Octet 的值来确定。任何一个在 224 到 239 间的网络地址是一个组播地址。

(5) E 类地址    前五位为 11110。在 IPv4 地址中保留该地址。任何一个在 240 到 247 间的网络地址是一个 E 类地址。

5. 特殊地址

由于有一些网络地址有特殊含义,下列 IPv4 地址不分配给实际的网络。

(1) 第一个 8 位域是 127 的地址(如 127.0.0.1)被定义为回送地址,即主机将 IP 数据报回传自身的地址。这个约定是必要的。对于所有发往回送地址的数据,网络栈将视为传输给自己的数据,尽管数据沿网络栈向下传递,并没有真正发送到网络传输介质上。这种方法允许主机通过其网络接口与自己通信,这对网络测试很有用。

(2) IPv4 地址中的主机号部分为全 1 的地址是广播地址,用于由网络 ID 指定网络上的所有主机之间通信。如果网络 ID 包含的也是全 1,数据报将在本地网络上广播。

(3) 全 0 的主机 ID 指的是由网络 ID 规定的网络,而不是一个主机。

这些限制进一步减少了可用的网络和主机地址数。由于网络号为 0.0.0.0 的地址以及网络号第 1 位为 0,其他 7 位为全 1 的 A 类地址留作特殊用途。因此,有效的 A 类 IP 地址的网络只有 126 个。

保留地址也影响到每个网络上的唯一一主机 IP 地址的数量。由于全 0 或全 1 地址分别保留下来,以用于本主机或广播地址。因此,若某类型的 IP 地址中的主机号为 $n$ 位,则网络上的最大可用主机数变成了 $2^n-2$,而不是 $2^n$。

## 6.2.3    子网地址

上述介绍的 IP 地址编址机制具有一定的缺点。譬如,一个典型的大学拥有一个 B 类地址,可支持大约 64000 台主机连接到 Internet 上。若使用原始的编址方式,本地网络管理员要管理所有的64000 台主机是一项非常大的任务。而且校园网通常包含多个局域网,要求使用多个网络地址。为解决这个问题,在 20 世纪 80 年代中期人们提出了子网(Subnet)和超网(Supernet)的概念。

1. 子网

所谓子网就是将一个大的网络进一步划分成几个较小的网络,而每一个小网络都有其自己的地址。子网允许网络管理者对其地址空间分级组织。超网就是将一个组织所属的几个 C 类网络合并成一个更大地址范围的逻辑网络。

为便于理解子网的概念,先考察图 6-16 所示 IP 编址与接口的例子。在该图中,一台具有 3 个接口的路由器用于互连 7 台主机。在图中左侧部分的 3 台主机以及它们连接的路由器接口,都有一个形如 223.1.1.xxx 的 IP 地址。即在它们的 IP 地址中,最左侧的 24 比特是相同的。3 台主机的接口通过一台以太网集线器或者以太网交换机连接起来形成一个网络(如以太网局域网),然后与路由器的一个端口互连起来。用 IP 的术语讲,互连这 3 台主机的端口与路由器一个端口的网络形成一个子网(RFC 950)。在 Internet 文献中,一个子网也称为一个 IP 网络。

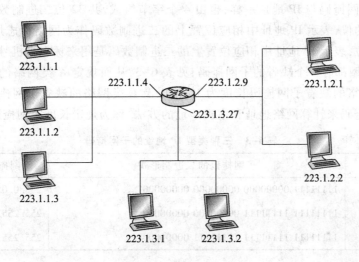

图 6-16　接口地址与子网

2. 子网编址

由于 IP 地址并不标志某台机器,而是标志一个主机与网络的一个连接。IP 协议要求在一个网络中,主机接口的 IP 地址中的网络部分地址应该是一样的。但是在实际的物理网络(如以太网等)中,一般不可能有 16000(B 类)台主机,更不可能有 1600 万(A 类)台之多。这样像 B 类 IP 地址中用 16 位来表示主机部分,A 类 IP 地址中用 24 位来表示主机部分是一个巨大的浪费。在 Internet 迅速发展的今天,IP 地址很快会耗尽,网络地址已经成为珍贵的资源,显然需要改进这种 IP 地址分配方式。于是,将 IP 地址的主机部分再次划分为子网地址与主机地址两部分。用 IP 地址的网络部分和主机部分的子网地址一起来代表网络标志部分。这样,既可以充分利用 IP 地址的主机部分来拓展 IP 地址的网络标志,又可灵活划分网络的大小。例如一个 B 类网,可以把主机地址中前 8 位用来表示子网地址,后 8 位留作主机地址,这种 B 类网的 IP 地址格式如图 6-17 所示。这称为子网编址。

| 10 | 网络ID | 子网ID | 主机ID |
|---|---|---|---|

图 6-17　包含子网地址的 B 类 IP 地址

可见,划分子网就是将网络 IP 地址空间划分为几个独立的自治的子网。实际上就是在两级 IP 地址系统中增加一个层次而成为三级 IP 地址结构。三级 IP 地址的表示方法为:网络 ID、子网 ID、主机 ID。第一级网络 ID 定义网络的位置,第二级子网 ID 定义物理子网,第三级主机 ID 定义主机和路由器到物理网络的连接。

当三级层次的 IP 地址提出后,一个现实问题是,如何从一个 IP 地址中提取出子网号。为了界定 IP 地址的网络标志和主机标志,引入了子网掩码(Subnet Mask)的概念。子网掩码有时也称为地址掩码。子网掩码的定义是:将网络中某结点 IP 地址中的网络 ID 位全改为 1,主机 ID 位全改为 0,即是该结点所在网络的子网掩码。子网掩码应用于从 IP 地址中分辨出该设备所在的网络号以及该设备在该网络的主机号,将子网掩码与 IP 地址进行逻辑与运算,用来分辨网络号和主机号。

具体来说,子网掩码与 IP 地址一样,也由 4 个字节组成,共 32 位二进制数码。子网掩码中二进制数码为 1 的位,表示 IP 地址中相应位置上的二进制数码作为网络标志用;子网掩码中二进制数码为 0 的位,表示 IP 地址中相应位置上的二进制数码是用来标志主机号的。IPv4 还规定了每种 IP 地址类型都有一个缺省的子网掩码,见表 6-3,从而规定 A 类网络的缺省子网掩码长度为 8 位,B 类网络的缺省子网掩码长度为 16 位以及 C 类网络的缺省子网掩码长度为 24 位。凡是以缺省子网掩码来计算网络地址和主机地址的方法,称为规定长度子网掩码(DLSM)方法。

**表 6-3　三种类型 IP 地址的子网掩码**

| 地 址 类 别 | 子网掩码的二进制形式 | 子网掩码的十进制形式 |
|---|---|---|
| A 类地址 | 11111111 00000000 00000000 00000000 | 255. 0. 0. 0 |
| B 类地址 | 11111111 11111111 00000000 00000000 | 255. 255. 0. 0 |
| C 类地址 | 11111111 11111111 11111111 00000000 | 255. 255. 255. 0 |

在 Internet 中,为了方便寻址,需要使用网络地址,将整个 32 位的 IP 地址与 32 位的子网掩码各位进行二进制与运算,屏蔽掉主机号,得到一个新的 32 位地址便是网络地址。

**【例 6.1】**　某 B 类 IP 地址为 131. 107. 33. 10,子网掩码是 255. 255. 0. 0,求其网络号和主机号。

**解**　把 IP 地址和其子网掩码都化为二进制点分形式,并对两者作逻辑与运算,其结果为网络号。然后用 IP 地址去减网络号,其结果为主机号。计算如下:

131. 107. 33. 10 = 10000011. 01101011. 00100001. 00001010

255. 255. 0. 0 　= 11111111. 11111111. 00000000. 00000000

$$
\begin{array}{l}
\phantom{\wedge}\ \ 1\,0\,0\,0\,0\,0\,1\,1.\ 0\,1\,1\,0\,1\,0\,1\,1.\ 0\,0\,1\,0\,0\,0\,0\,1.\ 0\,0\,0\,0\,1\,0\,1\,0 \\
\wedge\ \ 1\,1\,1\,1\,1\,1\,1\,1.\ 1\,1\,1\,1\,1\,1\,1\,1.\ 0\,0\,0\,0\,0\,0\,0\,0.\ 0\,0\,0\,0\,0\,0\,0\,0 \\
\hline
\phantom{\wedge}\ \ 1\,0\,0\,0\,0\,0\,1\,1.\ 0\,1\,1\,0\,1\,0\,1\,1.\ 0\,0\,0\,0\,0\,0\,0\,0.\ 0\,0\,0\,0\,0\,0\,0\,0 \\
\end{array}
$$

$1\,0\,0\,0\,0\,0\,1\,1.\ 0\,1\,1\,0\,1\,0\,1\,1.\ 0\,0\,0\,0\,0\,0\,0\,0.\ 0\,0\,0\,0\,0\,0\,0\,0$ ( = 131. 107. 0. 0)

$1\,0\,0\,0\,0\,0\,1\,1.\ 0\,1\,1\,0\,1\,0\,1\,1.\ 0\,0\,1\,0\,0\,0\,0\,1.\ 0\,0\,0\,0\,1\,0\,1\,0$

$-\ \ 1\,0\,0\,0\,0\,0\,1\,1.\ 0\,1\,1\,0\,1\,0\,1\,1.\ 0\,0\,0\,0\,0\,0\,0\,0.\ 0\,0\,0\,0\,0\,0\,0\,0$

$0\,0\,0\,0\,0\,0\,0\,0.\ 0\,0\,0\,0\,0\,0\,0\,0.\ 0\,0\,1\,0\,0\,0\,0\,1.\ 0\,0\,0\,0\,1\,0\,1\,0$ ( = 0. 0. 33. 10)

故网络号为:131. 107. 0. 0,主机号为:0. 0. 33. 10。

由上述讨论可知,对于分类式 IP 编址机制,IP 主机或路由器只能识别 8 位、16 位或 24 位三种长度的网络号。有时也把子网掩码称为 IP 地址的前缀,指 IP 地址最左边的连续有效位。在实际应用中,通常采用可变长度子网掩码(VLSM)方法对申请到的网络地址进行子网划分,以提高网络管理性能。这时长度通常使用网络号/前缀长度的格式,例如 192.12.158.0/21,这类路由选择是不分类的,子网掩码不必遵循缺省的长度限制。这样,IP 主机可以识别的前缀长度可以通过使用加长的子网掩码来实现相应的扩展。例如:某 B 类网络(使用 16 位来标志网络号)171.18.0.0 的子网掩码是 255.255.254.0,而不是缺省的 255.255.0.0,则表明该网络有 7 位子网掩码扩展位[$254 = (11111110)_2$,其高七位均为 1]。这种扩展方法可将 B 类网络划分为 126($2^7 - 2 = 126$)个子网。这种扩展技术的代价是:

(1) 每个子网要保留 2 个 IP 地址(主机号为全 1 和全 0)不能用于结点,子网划分得越多,IP 地址的浪费也越多,IP 地址的利用率就越低。

(2) 若子网掩码扩展位为 1,而 IP 地址类的主机号长度为 $h$ 位(C 类 $h = 8$、B 类 $h = 16$,A 类 $h = 24$),则每个子网上的最大结点数被限制在 $2^{h-1} - 2$ 个。

由于目前大部分 IP 网络地址是 C 类地址,而对 C 类地址再进行划分子网,会导致 C 类 IP 地址空间使用效率降低。原因很简单,由于对全 0 地址和全 1 地址的保留,在 C 类地址中划分子网,限制了划分子网后的每个子网的主机数量。

【例 6.2】 某 B 类 IP 地址为 172.109.33.10,子网掩码 255.255.254.0,求其网络号和主机号。

**解**

$$172 \ . \qquad 109 \qquad . \qquad 33 \qquad . \qquad 10$$

10101100 . 01101101 . 00100001 . 00001010

11111111 . 11111111 . 11111110 . 00000000

---

10101100 . 01101101 . 00100000 . 00000000

故网络号为:172.109.32.0/23,主机号为:0.0.1.10。

值得注意的是,一旦网络作了子网划分,尽管各子网在物理上仍属于同一网络,但不同子网的主机之间就不能直接通信了,因为在逻辑上各子网之间是独立的。这时,子网之间的连通需要用路由器来连接。

## 6.2.4 无分类域间路由

综合以上讨论不难发现:将 IP 地址空间分为 A、B 和 C 类的结果是编址不够灵活。一方面,许多机构在低效率地利用 B 类地址空间。一个 B 类网址可以容纳($2^{16} - 2$)台主机,但可能被一个只有 2048 台主机的单位占据。B 类地址在 1992 年就已使用了近一半。另一方面,大多数机构通常需要的地址数大于一个 C 类地址空间所能提供的地址数。划分子网也导致了 IP 地址的浪费:当某个 IP 地址类划分了子网后,其前后的子网以及前后的 IP 地址便不能使用了。例如,当一个 C 类等级的 IP 网络想要划分成 8 个子网时,结果肯定是 IP 地址不足。划分子网带来的另一个问题是路由表暴涨,从几千个增长到几万个。为了解决这些问题,NIC 组织提出了两种解决方案:一种是淘汰现有系统规范,采用全新的网络协议来解决此问题(引入 IPv6);另一种是修改原来的规范,使其符合 TCP/IP 协议体系,而这个修正的规范就是无分类域间路由选择(Classless Inter – domain Routing,CIDR)协议(RFC 1517 ~ 1520)。目前,所有的网络操作系统均支持 CIDR 协议。

CIDR 的实质是取消了 A 类、B 类和 C 类地址以及划分子网的概念,因而可以更加有效地分配 IPv4 的地址空间,缓解地址紧张问题。

**1. CIDR 无分类二级编址标记方法**

CIDR 协议将子网寻址的概念一般化了,对于子网寻址,它把 32 位的 IP 地址划分为网络前缀和主机号两个部分,即 CIDR 使用各种长度的网络前缀来代替分类地址中的网络号和子网号,而不是像分类地址中只能使用 1 B、2 B 和 3 B 的网络号。由于 CIDR 不再使用子网的概念而使用网络前缀,使 IP 地址从三级编址(使用子网掩码)又回到了二级编址,但这已是无分类的二级编址。CIDR 的标记方法是:

IP 地址: : = | <网络前缀>,<主机号> |

CIDR 也可以使用斜线标记法,又称为 CIDR 标记法,即在 IP 地址后面加上一个斜线"/",然后写上网络前缀的位数,其余的就是主机号的位数,使之具有点分十进制形式 a. b. c. d/x,其中 x 表示 IP 地址中网络前缀的位数。例如,200. 23. 16. 0/23,表示在 32 位的 IP 地址中,前 23 位表示网络前缀,而后面的 9 位为主机号,如图 6–18 所示。有时需要将点分十进制的 IP 地址写成二进制表示的地址,才能看清楚网络前缀和主机号。例如,上述地址的前 23 位是 11001000 00010111 0001000(即网络前缀),而后面的 9 位是 0 00000000(即主机号 Host ID)。

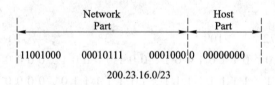

图 6–18  CIDR 无分类编址标记方法

**2. CIDR 地址块的标记**

CIDR 标记法给编址增加了灵活性。网络前缀的长度一般为 13 ~ 27 位,CIDR 协议将网络前缀都相同的连续的 IP 地址组成一个 CIDR 地址块。即,一个 CIDR 地址块由地址块的起始地址(即地址块中地址数值最小的一个)和地址块中的地址数来定义,并用斜线标记法来标记。例如,130. 14. 32. 0/20 表示的地址块共有 $2^{12}$ 个地址,因为斜线后面的 20 是网络前缀的位数,所以主机号的位数是 32 – 20 = 12,因而地址数就是 $2^{12}$;而该地址块的起始地址是 130. 14. 32. 0。当不需要指出地址块的起始地址时,将地址块简称为"/20 地址块"。上面地址块的最小地址和最大地址是:

最小地址:130. 14. 32. 0  　　10000010　00001110　00100000　00000000
最大地址:130. 14. 47. 255  　10000010　00001110　00101111　11111111

当然,全 0 和全 1 的主机号地址一般并不使用,通常只使用在这两个地址之间的地址。当遇到斜线标记法表示的地址时,需要根据上下文理解它是指单个的 IP 地址还是一个地址块。

由于一个 CIDR 地址块可以表示很多地址,所以在路由表中就利用 CIDR 地址块来查找目的网络,而不必知道在地址块内实际存在多少个子网络。这种使用单个网络前缀通告多个网络的能力通常称为地址聚合(Address Aggregation),也称为路由聚合(Route Aggregation)。当 IP 地址按块分配给 ISP,然后 ISP 又分给用户组织时,地址聚合工作特别有效,它使得路由表中的一个项目可以表示很多个(例如上千个)原来传统分类地址的路由。路由聚合也称为构成超网(Supernetting)。路由聚合有利于减少路由器之间的路由选择信息的交换,从而提高整个 Internet 的性能。

CIDR 虽然不再使用子网概念,但仍然使用掩码这一术语(但不称子网掩码)。对于/20 地址块,它的掩码是:11111111 11111111 11110000 00000000(20 个连续的 1)。斜线标记法中的数字就是掩码中 1 的个数。

CIDR 标记法还有几种等效形式,例如:10.0.0.0/10 可简写为 10/10,也就是将点分十进制中低位连续的 0 省略。10.0.0.0/10 相当于指出 IP 地址 10.0.0.0 的掩码是 255.192.0.0。

比较清楚的表示方法是直接使用二进制。例如,将 10.0.0.0/10 写为 00001010 00xxxxxx xxxxxxxx xxxxxxxx。这里的 22 个 x 可以是任意值的主机号(但全 0 和全 1 的主机号一般不使用)。因此 10/10 可表示包含 $2^{22}$ 个 IP 地址的地址块,这些地址块都具有相同的网络前缀 00001010 00。

另一种简化表示方法是在网络前缀的后面加一个星号 *,如:00001010 00 *。意思是在星号 * 之前是网络前缀,而星号 * 表示 IP 地址中的主机号,可以是任意值。

3. 最长前缀匹配

由于 CIDR 使用了网络前缀和主机号两部分标记 IP 地址,因此在路由表中的项目也要相应地由网络前缀和下一跳地址组成。这样,在查找路由表时可能会得到不止一个匹配结果。为解决这个问题,CIRD 采用最长前缀匹配方式来选择路由,即从匹配结果中选择具有最长网络前缀的路由,称之为最长前缀匹配(Longest Prefix Matching)。这是因为网络前缀越长,其地址块就越小,因而路由就越具体。最长前缀匹配又称为最长匹配或最佳匹配。

从对 CIDR 的讨论可以看出,可以按照网络所在的地理位置来分配地址块,以减少路由表中的项目。为此,RFC 1519 对 C 类网络地址的分配作了新的规定:将全球划分为 4 个区,每一个区分配一部分 C 类地址(约 3200 万个),剩余的保留未用:

地址 194.0.0.0 ~ 195.255.255.255 分配给欧洲;

地址 198.0.0.0 ~ 199.255.255.255 分配给北美;

地址 200.0.0.0 ~ 201.255.255.255 分配给中美和南美;

地址 202.0.0.0 ~ 203.255.255.255 分配给亚洲和太平洋地区;

地址 204.0.0.0 ~ 223.255.255.255 保留。

这样分配的好处是将上述每个地区的约 3200 万个地址压缩成一项存入该地区的标准地区路由器中,极大减少了路由表的容量。例如,若某个在亚太地区以外的路由器向目的地址为 202.xx.yy.zz 或 203.xx.yy.zz 的网络发送数据报,只需将它发送到标准亚太地区路由器即可。其他区域类推。

CIDR 的核心是以可变长分块的方式分配所剩的 C 类网络。每一个标准地区路由器的路由表项由一个 32 位的屏蔽值予以扩展(除 IP 地址外,还增加一个 32 位的屏蔽值)。当一个数据报进来后,首先从中获取其目的 IP 地址,然后对路由表项逐条扫描,将目的 IP 地址屏蔽,再与其余表项进行比较,以找到相匹配的地址。

例如,假设某 A 大学需要 2048 个地址,分配了从 202.197.0.0 到 202.197.7.255 的地址和一个 255.255.248.0 的屏蔽值;某 B 大学需要 4096 个地址,分配了从 202.197.16.0 到 202.197.31.255 的地址和一个 255.255.240.0 的屏蔽值;某 C 大学需要 1024 个地址,分配了从 202.197.8.0 到 202.197.11.255 的地址和一个 255.255.252.0 的屏蔽值。则全亚太地区的路由表都加入以下三个表项条目,每个表项条目包含一个地址和一个屏蔽值:

| 地　　　　址 | 屏　蔽　值 |
| --- | --- |
| 11001010.11000101.00000000.00000000 | 11111111.11111111.11111000.00000000 |
| 11001010.11000101.00010000.00000000 | 11111111.11111111.11110000.00000000 |
| 11001010.11000101.00001000.00000000 | 11111111.11111111.11111100.00000000 |

当目的 IP 地址为 202.197.17.5 的数据报到达时,亚太标准地区路由器将作如下处理:

(1) 将目的 IP 地址与 A 大学的屏蔽值作与运算

数据报目的 IP 地址:11001010.11000101.00010001.00000101(202.197.17.5)

A 大学屏蔽值:　　 11111111.11111111.11111000.00000000(255.255.248.0)

与运算结果:　　　 11001010.11000101.00010000.00000000(202.197.16.0)

运算结果与 A 大学的地址不匹配,路由器需要进行下一次扫描。

(2) 将目的地址与 B 大学的屏蔽值作与运算

数据报的目的地址:11001010.11000101.00010001.00000101(202.197.17.5)

B 大学屏蔽值:　　 11111111.11111111.11110000.00000000(255.255.240.0)

与运算结果:　　　 11001010.11000101.00010000.00000000(202.197.16.0)

运算结果与 B 大学的基地址匹配,因此,路由器停止扫描,将数据报发送到 B 大学的路由器。为了加速路由选择表的扫描速度,通常引用索引技术来进行查找。若同时有多个条目匹配,CIDR 以屏蔽值中 1 最多的优先。

#### 4. CIDR 协议的优点

CIDR 协议的一个突出优点是可以更加有效地分配 IPv4 的地址空间,因此现在的 ISP 都愿意使用 CIDR。在分类地址的环境中,ISP 向其用户分配 IP 地址时(指固定 IP 地址用户而不是拨号上网的用户),只能以/8、/16 或/24 为单位来分配。但在 CIDR 环境,ISP 可根据每个用户的具体情况进行分配。例如,某 ISP 已拥有地址块 206.0.64.0/18(相当于有 64 个 C 类网络),现在某大学需要 800 个 IP 地址,在不使用 CIDR 时,ISP 可以给该大学分配一个 B 类地址(但这将浪费 64 734 个 IP 地址),或者分配 4 个 C 类地址(但这会在各个路由表中出现对应于该大学的 4 个相应的项),然而在 CIDR 环境下,ISP 可以给该大学分配一个地址块 206.0.68.0/22,它包括 1024 个 IP 地址,相当于 4 个连续的 C 类/24 地址块,占该 ISP 拥有的地址空间的 1/16。这样很明显地提高了地址空间利用率。像这样的地址块有时也称为一个编址域或域(Domain)。显然,用 CIDR 分配的地址块中的地址数一定是 2 的整数次幂。

## 6.2.5　地址解析协议

IP 协议是根据 IP 数据报中的目的 IP 地址进行数据传输的。但 IP 地址中所指示的网络地址、主机地址和路由器地址都是 TCP/IP 内部使用的逻辑标识符,不能真正地用它们来发送数据报,因为数据链路层硬件不能识别 IP 地址,只能识别网络设备的 48 位 MAC 地址。为了能正确识别连网设备的物理地址,准确找到某个网络设备,TCP/IP 协议体系用地址解析协议(Address

Resolution Protocol,ARP)来实现将 IP 地址映射(或转换)为 MAC 地址(RFC 826)。而另一个逆向地址解析协议(Reverse Address Resolution Protocol,RARP)用来实现将 MAC 地址映射(或转换)为 IP 地址(RFC 903)。这两个地址解析协议均是 IPv4 协议的子集。ARP/RARP 协议简单易行,可在以太网和任一使用 48 位 MAC 地址的网络上运行,也可用于任意长度的 MAC 地址。RARP 一般用于无盘机,现在已很少使用。

将 IP 协议地址翻译成等效的硬件地址的过程称为地址解析。当主机或路由器需要向同一物理网络内的另一台计算机发送数据时,需要进行地址解析。地址解析是限于在一个网络内进行的本地行为,只有在两台计算机都连在同一物理网络的情况下,一台计算机才能解析另一台计算机的 IP 地址。

1. ARP 地址解析机制

用地址解析协议 ARP 将 IP 地址转换为 MAC 地址的方法很简单。它定义了两类基本的报文:一类是请求,另一类是应答。请求报文包含一个 IP 地址和对应的 MAC 地址的请求;应答报文既包含发来的 IP 地址,也包含相应的硬件地址。ARP 可以通过发送网络广播信息的方式,确定与某个网络层 IP 地址相对应的 MAC 地址。ARP 的地址解析过程如下:

(1)假如,在同一物理网络譬如以太网内,主机 A 希望发送 IP 数据报给主机 E,但不知道主机 E 的 MAC 地址。

(2)主机 A 在本网广播一个 ARP 请求报文,如图 6-19 所示,要求主机 E 用它的 MAC 地址来应答。

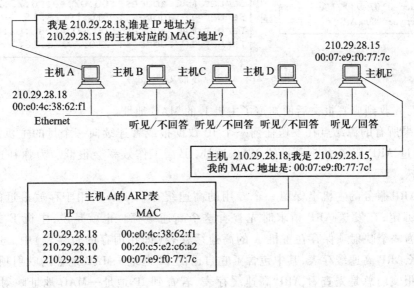

图 6-19  ARP 协议的工作原理

ARP 的请求报文内包含主机 E 的 IP 地址(如 210.29.28.15),如图 6-20 所示。需要注意的是,由于请求报文要在网络内广播,物理帧头的目的 MAC 字段要填充为 ff:ff:ff:ff:ff:ff。

(3)在以太网上的所有主机都收到这个 ARP 请求报文。

(4)主机 E 收到此 ARP 请求报文后,识别出自己的 IP 地址,发出一个 ARP 应答报文,内含自己的 MAC 地址(如:00:07:e9:f0:77:7c),如图 6-21 所示,即告诉主机 A 自己的 MAC 地址。

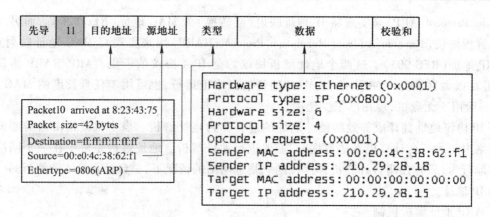

图 6-20   ARP 请求报文（Request）

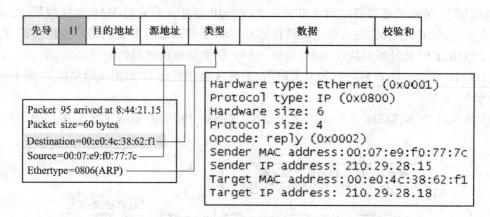

图 6-21   ARP 应答报文（Reply）

（5）主机 A 收到应答报文后便知道了主机 E 的 MAC 地址。

显然，如果所有的源结点在发送任何一个 IP 数据报或者连续向一个目的主机发送 IP 数据报时，都要通过 ARP 服务去获取目的 MAC 地址，那么工作效率会很低。为弥补这个不足，对 ARP 改进如下：

在使用 ARP 服务的主机上保留一个专用的高速缓存（Cache），用于存放最近的 IP 地址和 MAC 地址的绑定，在发送 ARP 请求时先查看这个高速缓存。也就是说，主机 E 的 IP 地址和 MAC 地址作为一个映射项保存在主机 A 的高速缓存表（即在内存的暂存表）中。这样，所有主机都维持一张 ARP 高速缓存表，其中包含了它自己的 IP 地址—MAC 地址的映射项。主机在广播 ARP 请求报文前总是先查看 ARP 高速缓存表，若查到 IP 地址—MAC 地址映射项就不再广播。如果主机的以太网网卡因故障被更换，它的 MAC 地址也随着改变，所以需要能动态地将 IP 地址转换成 MAC 地址。ARP 就是这样一种动态地址转换协议。

例如，在 DOS 命令窗口中键入：arp-a，则可得到如下信息：

Internet Address               Physical Address              Type

192. 168. 1. 1                 00 – 0a – eb – c9 – d3 – 22      dynamic

这就是该计算机里存储的 IP 地址与 MAC 地址的对应关系，dynamic 表示临时存储在 ARP

缓存中的条目,过一段时间系统就会删除。当该计算机要和另一台计算机 210.29.28.41 通信时,它会先去检查 ARP 缓存表,查找是否有与 210.29.28.41 对应的 ARP 条目。如果没有找到,它就会发送 ARP 请求报文,广播查询与 210.29.28.41 对应的 MAC 地址。210.29.28.41 发现 ARP 请求报文中的 IP 地址与自己的一致,就会发送 ARP 应答报文,通知自己 IP 地址与 MAC 地址的对应关系。于是,计算机的 ARP 缓存表就会相应更新,增加如下信息:

| Internet Address | Physical Address | Type |
|---|---|---|
| 210.29.28.41 | 00 – 40 – ca – 6c – 7b – 86 | dynamic |

**2. ARP 报文格式**

ARP 又称为以太网 ARP 协议,原本就是为以太网制订的,但是在具有类似机制的其他网络上同样可以运用,但地址字段长度可能不同。在以太网上使用的 ARP 报文格式如图 6-22 所示。

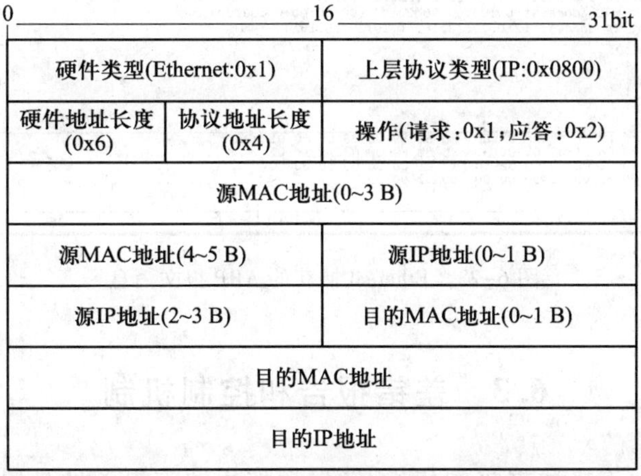

图 6-22　用于以太网的 ARP 报文格式

硬件类型(16 位):指示 ARP 支持的网络类型,以适应不同类型网络的 MAC 地址格式及协议地址格式。诸如是以太网,还是令牌环网、FDDI、X.25 和 ATM 等,如值为 1 则表示以太网。

上层协议类型(16 位):指明发送端在 ARP 分组中所给出的高层协议的类型,规定 0x0800 表示 IP 地址。

硬件地址长度(8 位):指示 MAC 地址的字节数,以太网是 6 B。

协议地址长度(8 位):指示网络层地址位数,IP 协议地址长度为 4 B。

操作(16 位):指明该 ARP 是用于 ARP 请求(值为 1),还是 ARP 应答(值为 2)服务。

源/目的 MAC 地址:等于或小于 6 B,若小于 6 B 则用填充位填充。

源/目的 IP 地址:源 IP 地址是指发送 ARP 报文的主机或路由器的 IP 地址;目的 IP 地址指接收 ARP 报文的 IP 地址,占 4 B。

图 6-23 所示是一个典型的在本网广播的一个 ARP 请求报文消息。

注意,ARP 协议不是 IP 协议的一部分,它不包括 IP 头,而是直接封装在以太网帧的数据部分。ARP 广播只限于一个物理网段,不能穿越路由器。ARP 协议主要用于 IP 地址和 MAC 地址之间的转换,但从 ARP 协议的报文格式看,ARP 协议适用于任何协议地址和 MAC 地址之间的转换,有通用性。

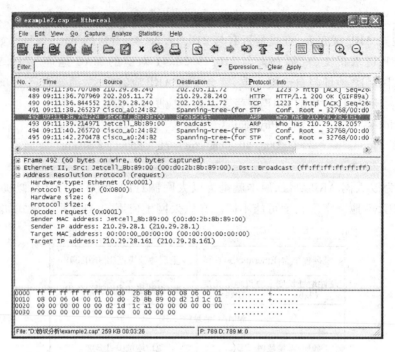

图 6-23  Ethereal 捕获的 ARP 报文消息

# 6.3  差错报告和控制机制

IP 协议提供的是无连接数据报的传送,能发挥作用的前提条件是假设一切都没问题。然而,在当今如此复杂的网络环境中,这种前提条件是难以保证的。因为设置可能有误、线路可能会断、设备可能发生故障、路由器可能负载过载等状况都是没办法确保的。显然,必须有一套机制专门用来处理差错报告和控制,这就是 RFC 792 定义的 Internet 控制报文协议(Internet Control Message Protocol,ICMP)的功能了。ICMP 能由出错结点向源结点发送差错报文或控制报文,源结点接收到这种报文后由 ICMP 软件确定错误类型,或确定重传出错数据报的策略。

## 6.3.1  ICMP 报文格式

ICMP 协议虽然与 IP 协议同属网络层协议,通常认为是 IP 协议的一部分,但从体系结构上看它位于 IP 之上,因为 ICMP 报文是装载在 IP 数据报中的。实际上,ICMP 不是一个独立的报文,而是被封装在 IP 数据报中的。ICMP 报文作为 Internet 网络层数据报的数据,加上 IP 数据报的报头,组成 IP 数据报发送出去。因此,只要网络之间能支持 IP 协议,那就可通过 ICMP 进行网络的错误检测与报告。ICMP 报头格式及报文封装格式如图 6-24 所示,ICMP 报头中各个字段的含义如下:

| 1B | 1B | 2B |
| --- | --- | --- |
| 类型 | 代码 | 校验和 |
| 参数(没有可不用) | | |
| 数据(可变长度) | | |

(a) ICMP 报头格式

| IP数据报报头 | ICMP报头 | ICMP数据 |
| --- | --- | --- |

(b) ICMP 报文封装格式

图 6-24  ICMP 报文封装格式

（1）1 B 的类型字段　它指出 ICMP 报文类型，ICMP 报文有差错报告报文和查询报文两大类型。常用类型（Type）字段定义的 ICMP 报文名称见表 6-4。

表 6-4　ICMP 报文的类型

| 类　　型 | ICMP 报文 | 说　　明 |
|---|---|---|
| 0 | Echo Reply | 一个响应信息 |
| 3 | Destination Unreachable | 表示目标不可到达 |
| 4 | Source Quench | 当路由器负载过载时，用来阻止源端继续发送信息 |
| 5 | Redirect | 用来重新定向路由路径 |
| 8 | Echo Request | 请求响应信息 |
| 11 | Time Exceeded for a Datagram | 当数据报文在某些路由段超时时，告知源端该数据报被忽略 |
| 12 | Parameter Problem on a Datagram | 当 ICMP 报文重复之前的错误时，回复源主机关于参数错误的信息 |
| 13 | Time Stamp Request | 要求对方发送时间信息，用于计算路由时间差异，以满足同步要求 |
| 14 | Time Stamp Replay | Time Stamp Request 的响应信息 |
| 17 | Address Mask Request | 用来查询子网掩码设定信息 |
| 18 | Address Mask Reply | 响应子网掩码查询信息 |

（2）1 B 的代码字段　该字段是对不同报文类型的进一步细分。在应用 ICMP 报文时，用不同的代码描述不同类型的具体状况。

（3）2 B 的校验和字段　校验和算法与 IP 头的校验和算法相同，但检查范围仅限于 ICMP 报文。即该字段是对全部 ICMP 报文的校验和。

（4）参数字段　该字段根据 ICMP 报文的类型而定，多数情况下不用。

（5）ICMP 数据部分　该部分的长度可以变化，原则是在保证 ICMP 报文总长度不超过 567B 的条件下尽可能更长一些。这一部分是必需的，用来提取传输层的端口号和传输层的发送序号。

（6）IP 数据报报头　由于 ICMP 报文是利用 IP 数据报格式来传输的，必须有 IP 数据报报头。

## 6.3.2　ICMP 差错报告报文

ICMP 用于主机和路由器彼此传送网络层信息，最典型的用途是差错报告。例如，当运行一次 Telnet、FTP 或 HTTP 会话时，可能会遇到一些诸如目的网络不可达之类的差错报文。这种报文就是 ICMP 产生的。差错报告报文可以进一步细分，下面介绍几种常见的差错报告报文。

1. 目标不可达

当路由器有无法转发交付的 IP 数据报时，ICMP 就产生一个目标不可达报文，其格式如图 6-25 所示。

其中类型为 3，代码取值为 0 ~ 15，是对目标不可达

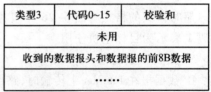

图 6-25　目标不可达报文格式

的原因的说明,见表 6-5。

**表 6-5　ICMP 报文中代码的含意**

| 代码 | 含　意 | 代码 | 含　意 |
|---|---|---|---|
| 0 | 目的网络不可达 | 8 | 源主机被隔离 |
| 1 | 目的主机不可达 | 9 | 同目的网络通信管理地禁止 |
| 2 | 目的协议不可达 | 10 | 同目的主机通信管理地禁止 |
| 3 | 目的端口不可达 | 11 | 网络不能到达指定的服务类型 |
| 4 | 需要分段且已设置 DF | 12 | 主机不能到达指定的服务类型 |
| 5 | 源路由失败 | 13 | 因管理机构在主机上设置了过滤器而使主机不可达 |
| 6 | 目的网络未知 | 14 | 因主机所设置的优先级受到破坏而主机不可达 |
| 7 | 目的主机未知 | 15 | 因优先级被删除而使主机不可达 |

**2. 源端控制**

由于 IP 本身没有流量控制功能,当源主机发送速度过快则会导致拥塞发生,使得数据在路由器或目标主机上被丢弃,这时由它们向源主机发出 ICMP 源端控制报文,通知源主机放慢发送速度,直到不再收到源端控制报文为止,才可以恢复原来的发送过程。

源端控制的报文格式与图 6-25 类似,但类型为 4,代码为 0。

**3. 重定向**

ICMP 重定向报文是指在同一网络中路由器发给主机的报文(不允许主机发送重定向报文),其格式如图 6-26 所示。ICMP 重定向报文的作用是修改主机的路由表。一般主机的路由表开始时只有很少的信息,路由器通过路由协议不断更新路由表,使主机获得更多更有效的路由信息。

其中,代码 0 表示对指定网络的路由改变,代码 1 表示对特定主机的路由改变,代码 3 表示按一定服务类型对特定网络的路由改变。

| 类型5 | 代码0~3 | 校验和 |
|---|---|---|
| 目标路由器IP地址 | | |
| 收到的IP报头和数据报的前8个字节 | | |

图 6-26　重定向报文格式

**4. 超时**

当数据报在传输过程中发生了环路路由或其他原因,致使经过的路由器数目过多,每经过一个路由器,则生存期 TTL 的跳数减 1,当路由器发现生存期 TTL 为 0 的数据报时,就丢弃这个数据报,并向源主机发出超时报文,当目标主机收到生存期 TTL 为 0 的数据报时,不仅向源主机发出超时报文,还要将此前已收到的该报文的分段全部丢弃。

超时报文的格式与图 6-26 类似,只是类型为 11,代码为 0 或 1,代码 0 表示为路由器使用,代码 1 表示为目标主机使用。

**5. 报文参数出错**

IP 数据报在 Internet 上传输时,路由器和目标主机如果发现 IP 数据报报头中出现差错,或缺少某个字段的值,都立即向源主机返回参数出错报文,其格式如图 6-27

| 类型12 | 代码0或1 | 校验和 |
|---|---|---|
| 指针 | 未用或全0 | |
| 收到的IP报头和数据报的前8个字节 | | |

图 6-27　参数出错报文格式

所示。

其中,代码 0 表示在报头中出错,指针指出出错的位置;代码 1 表示缺少必要的选项,此时不用指针。

### 6.3.3 ICMP 查询报文

ICMP 查询报文用来对网络问题进行诊断,以达到正常通信的目的,包括为其他结点通告当前时间和所用子网掩码的请求提供响应。目前共有 4 对查询报文。

1. 回应请求/应答报文

主机或路由器都可以发出回应请求报文,目的主机和路由器予以应答,如果发送端收到了应答,就可以证明到达目的端所经过的路由器和目的主机能够接收、转发和处理 IP 数据报报文。该报文的格式如图 6-28 所示。其中,类型 8 代表回应请求,类型 0 代表应答。标识符和序列号没有明确定义,可以由发送端任意使用。

2. 时间戳请求/应答报文

任何主机和路由器都可以使用时间戳请求报文查知双方之间往返通信所需要的时间,也可以用于双方主机的时钟同步,其报文格式如图 6-29 所示。

| 类型8/0 | 代码0 | 校验和 |
|---|---|---|
| 标识符 | | 序列号 |
| 请求方发送,应答方重复 | | |

图 6-28 回应请求/应答报文格式

| 类型13/14 | 代码0 | 校验和 |
|---|---|---|
| 标识符 | | 序列号 |
| 原始时间戳 | | |
| 接收时间戳 | | |
| 发送时间戳 | | |

图 6-29 时间戳请求/应答报文格式

其中,时间戳以 ms 为单位,可以表示 $2^{32}$ 个数字。原始时间戳是源端发送时的标准时间,接收时间戳为 0。由目的端创建时间戳应答报文,即目的端先将原始时间戳复制到应答报文中,在接收时间戳字段中写入收到请求报文时的标准时间;发送时间戳则为应答报文离开时的标准时间。

3. 子网掩码请求/应答报文

该报文用于正确解释子网地址。由于主机 IP 地址包括网络标志 ID 和主机 ID,一台主机可能知道自己的 IP 地址,但可能分不出网络标志 ID 和主机 ID,这时主机若知道它所在网络的路由器的 IP 地址,可直接向该路由器发出子网掩码请求报文。路由器收到子网掩码请求报文后,就向请求方主机发回子网掩码应答报文。请求方主机收到应答之后,将子网掩码和已知的 IP 地址作与运算,即可获得自己的网络标志 ID。子网掩码请求/应答报文的格式如图 6-30 所示。

其中,类型 17 为子网掩码请求报文,这时在子网掩码段内填入全 0。当类型取值为 18 时为子网掩码应答报文,此时路由器写入请求主机所在网络的子网掩码。

| 类型17/18 | 代码0 | 校验和 |
|---|---|---|
| 标识符 | | 序列号 |
| 子网掩码 | | |

图 6-30 子网掩码请求/应答报文格式

例如子网掩码为 255.255.240.0,则子网掩码字段写为:11111111 11111111 11110000 00000000。

#### 4. 路由查询/通告报文

当主机 A 要与 Internet 上的其他网络中的主机 B 通信时,必须知道主机 B 所在网络路由器的地址,同时需要知道是否可以通达,途中经过了哪些路由器。这时就需要由主机 A 采用广播或多播的方式,发出一个路由查询报文,所有收到该查询报文的路由器,就用路由通告报文的形式,广播自己所知道的路由选择信息。路由查询报文的格式如图 6-31 所示。

路由通告报文格式如图 6-32 所示,其中地址数是一个路由器所知道的相邻路由器的数目。生存期是以秒为单位的生存时间。地址参考等级用来表示对应的路由器是否可以作为默认路由器,当其取值为 0 时,就是默认路由器;当取值为 0x 80000000 时,则永远不可能作为默认路由器。

| 类型9 | 代码0 | 校验和 |
|---|---|---|
| 地址数 | 地址项目长度 | 生存期 |
| 路由器地址1 | | |
| 地址参考等级1 | | |
| 路由器地址2 | | |
| 地址参考等级2 | | |
| …… | | |

| 类型10 | 代码0 | 校验和 |
|---|---|---|
| 标识符 | | 序列号 |

图 6-31　路由查询报文格式　　　　　　　图 6-32　路由通告报文格式

实际上即使没有路由查询报文,路由器也会周期性地发送路由通告报文,以证明自己的存在和可通达性,也就是说与所要到达的那个主机没有多大关系。

### 6.3.4　ICMP 协议应用实例

ICMP 是个非常有用的协议,在网络中经常用到。例如,如果路由器接收到一个目的主机不可达的数据报,该路由器将发送一个 ICMP 主机不可达的报文给报文的发送端。当因链路故障(例如线缆断裂或者没有连接到端口上)、错误配置的网络地址掩码或者错误输入 IP 地址等因素,不能到达目的网络时,路由器将发送一个 ICMP 网络不可达的报文。比如经常使用的用于检查网络通不通的 ping 命令,ping 的过程实际上就是 ICMP 协议的工作过程。

ping 允许一个结点测试它到目的结点的通信路径。简单地说,ping 就是一个测试程序,如果 ping 运行正确,大体上就可以排除网络访问层、网卡、Modem 的输入输出线路、电缆和路由器等存在的故障,从而减小故障查找的范围。

按照缺省设置,Windows XP 上运行的 ping 命令发送 4 个 ICMP 回复请求,每个报文为 32 B 数据,如果一切正常,应能得到 4 个回复应答。ping 以 ms 为单位显示发送回复请求到返回回复应答之间的时间量。如果回复应答时间短,表示数据报不必通过太多的路由器或网络连接速度比较快。ping 还显示 TTL 值,可以通过 TTL 值推算数据报文已经通过了多少个路由器:源地址 TTL 起始值比返回 TTL 略大一个 2 的乘方数。例如,返回 TTL 值为 119,那么可以推算数据报离开源地址的 TTL 起始值为 128,而源地址到目标地址要通过 9 个路由器网段(128～119)。

例如,在 DOS 命令窗口中键入:C:\ > ping 210.29.28.2,则可得到如下信息:

Pinging 210. 29. 28. 2 with 32 bytes of data：

Reply from 210. 29. 28. 2：bytes = 32 time = 1ms TTL = 255

Reply from 210. 29. 28. 2：bytes = 32 time = 1ms TTL = 255

Reply from 210. 29. 28. 2：bytes = 32 time = 1ms TTL = 255

Reply from 210. 29. 28. 2：bytes = 32 time = 1ms TTL = 255

Ping statistics for 210. 29. 28. 2：

　　Packets：Sent = 4，Received = 4，Lost = 0（0% loss），

Approximate round trip times in milli – seconds：

　　Minimum = 1ms，Maximum = 1ms，Average = 1ms

图 6-33 所示为使用 ICMP 报文 ping 主机 220. 181. 28. 43 时捕捉的报文。在该图上面的窗格中显示了帧 583 包含一个 ICMP 回复请求报文。中间的窗格说明 ICMP 报文字段的详细情况。类型 8 指示这是一个 ICMP 回复请求报文。标识符(0x0300)和序号(0x2400)用来辅助确认回复应答消息。

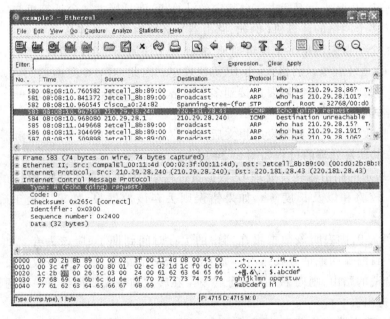

图 6-33　ping 命令中 ICMP 请求报文示例

此外，其他的网络命令如跟踪路由的 traceroute 命令也是基于 ICMP 协议的。traceroute 允许使用者跟踪从一台主机到世界上任意一台其他主机之间的路由。

## 6.4　IP 数据报转发

IP 数据报转发是指在互连网络中路由器转发 IP 数据报的物理传输过程与交付机制。Internet 网络互连层的一项重要功能就是 IP 数据报转发。源结点和路由器参与数据报的转发，主要是路由器。在此主要讨论路由器是如何进行数据报的转发操作的。

### 6.4.1　IP 数据报转发处理过程

通常,一台主机通过一条链路连接到网络,当主机中的 IP 想发送一个数据报时,它就在该链路上发送。在 Internet 中,路由器是实现 IP 数据报转发的关键部件。当 IP 数据报被传送到路由器时,路由器依据路由表中的指定表项对它进行转发。

现在考虑一台路由器及其接口。因为路由器的任务是从一条链路接收数据报并将这些数据报从某些其他链路转发出去,路由器必须拥有两条或更多条链路与之连接。路由器与它的任意一条链路之间的边界也称为接口。因为每台主机与路由器都能发送和接收 IP 数据报,IP 协议要求每台主机和路由器接口拥有自己的 IP 地址。显然,除了给每个主机分配一个 IP 地址之外,IP 协议规定也应给路由器分配 IP 地址。事实上,每个路由器分配了两个或更多的 IP 地址。其原因有两个:① 一个路由器与多个物理网络相连接,因此有多个接口,每个接口有一条链路;② 每个 IP 地址只包含一个特定物理网络的前缀。

这说明,一个 IP 地址在技术上是与一个接口相关联的,而不是与包括该接口的主机或路由器相关联的。一个 IP 地址并不标志一台特定的计算机,而是标志一台计算机与一个网络之间的连接。一台连接多个网络的计算机(例如,路由器) 必须为每一个连接分配一个 IP 地址。IP 地址对网络上的某个结点来说是一个逻辑地址,它独立于任何特定的网络硬件和网络配置,不管网络的类型如何,IP 地址有统一的格式,由 IP 协议规定。因此,对一个路由器而言,单用一个 IP 地址是不够的,因为每个路由器一般要连接到多个网络。当路由器物理连接到一个以上网络时,必须对应每个网络连接给结点分配一个唯一的 IP 地址。

那么,路由器收到一个需要转发的报文后,如何处理呢? 一般说来,当路由器在某一接口收到 IP 数据报时,其转发处理的过程如图 6-34 所示。

在图 6-34 所示的路由器转发处理 IP 数据报过程中,IP 协议首先检验 IP 头的各个域的正确性,包括版本号、校验和以及长度等。如果错误则丢弃该数据报;如果完全正确,则把 TTL 值减 1。

如果 TTL 值为 0,则表明该数据报在网中的生存时间到期了,应该丢弃。如果 TTL 值大于 0,则根据报文中目的端的地址寻找路由。如果没有合适的路由,则丢弃该数据报。

如果找到合适的路由,则向下一跳地址转发。在转发前首先要得到下一跳的物理地址,进行帧封装,然后发送出去。

在路由器中,路由器修改了 IP 报头中的 TTL 域,所以要重新计算 IP 报头中的校验和。如果 IP 报文带有 IP 选项,则还要根据选项的要求进行处理。在处理过程中,凡是出现错误、路径不通等情况,IP 协议都要向报文的源端发送 ICMP 报文,报告不能转发的原因。IP 数据报转发具有以下几个主要特点。

(1) 每个 IP 数据报都应包含目的 IP 地址与源 IP 地址。

(2) IP 地址中的网络地址唯一地标志一个连入 Internet 的子网。

(3) 所有连接到相同子网上的主机和路由器共享其地址中的网络地址部分,所以它们能在这个网络上通过帧来通信。

(4) 每个连接到 Internet 的子网有一个,并且至少有一个路由器与其他子网的主机或路由器相连,这个路由器可在被连接的子网之间交换 IP 数据报。

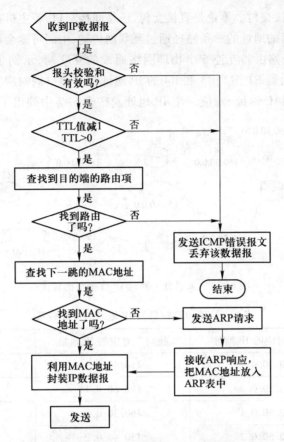

图 6-34　IP 数据报转发处理过程

## 6.4.2　IP 数据报转发算法

在同一个网络上的两台计算机使用 IP 协议通信的过程很简单,只要利用 ARP 协议得到对方的 MAC 地址,然后把要传输的 IP 数据报利用 MAC 地址封装,交给数据链路层发送即可。若源端和目的端主机不在同一个网络上,则必须经过路由器的转发,在其传输中间可能还会经过多个路由器。当路径上的每个路由器收到 IP 数据报时,先从头部取出目的地址,根据这个地址决定 IP 数据报应该向哪一个下一跳系统发送。这些工作是根据 IP 路由器的路由表中的内容来完成的。路由器通过路由表查找路由信息。利用路由表为数据报选择下一跳的过程称为路由。因此,IP 数据报的转发机制是基于路由表的下一跳转发,整个传送过程是逐跳进行的。每个结点只负责转发到下一跳。路由器的作用之一就是存储转发 IP 数据报,为 IP 报文寻找一条最优路径。因此,针对网络 IP 地址分配情况,又有不同的 IP 数据报转发算法。

### 1. 未划分子网的 IP 数据报转发

通过对路由器 IP 数据报转发处理过程的讨论可知,路由器从一个网络接口接收到数据报后,关键是查找选择转发的路由,然后从选定的路由所对应的另一个网络接口把数据报发送出去。显然,如果在同一个子网的主机之间交换 IP 数据报,它们可以不通过路由器,直接进行数据报的物理传输,即直接交付。如果两个主机不属于同一个子网,那它们之间的 IP 数据报交换需要通过一个或多个路由器转发,即间接交付。不论是直接交付,还是间接交付,若主机在不同的子网上,IP 数据报沿着从源地址到最终目的地址的一条路径通过互联网传输,中间可能会经过多个路由器。

图 6-35 所示为 4 个路由器互连 5 个物理网络而成的互联网,示例了未划分子网时 IP 数据报的转发情况。4 个路由器 R1、R2、R3 和 R4 的 IP 地址和其接口的对应关系列于表 6-6,每个接口是一个网卡,有一个 MAC 地址,对应一个 IP 地址。在表 6-7 中列出了 R1 的路由表。

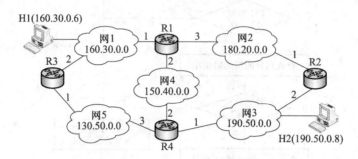

图 6-35　未划分子网时 IP 数据报的转发

表 6-6　路由器接口与 IP 地址的对应关系

| 路由器 | 接口 1 对应的 IP 地址 | 接口 2 对应的 IP 地址 | 接口 3 对应的 IP 地址 |
|---|---|---|---|
| R1 | 160. 30. 0. 1 | 150. 40. 0. 1 | 180. 20. 0. 1 |
| R2 | 180. 20. 0. 2 | 190. 50. 0. 1 | 无 |
| R3 | 130. 50. 0. 1 | 160. 30. 0. 2 | 无 |
| R4 | 190. 50. 0. 2 | 150. 40. 0. 2 | 130. 50. 0. 2 |

表 6-7　路由器 R1 的路由表

| 目的结点所在的网络 | 下一跳地址 | 转发端口 | 跳　数 |
|---|---|---|---|
| 160. 30. 0. 0 | 直接交付 | R1 接口 1 | 1 |
| 180. 20. 0. 0 | 直接交付 | R1 接口 3 | 1 |
| 190. 50. 0. 0 | 180. 20. 0. 2 | R2 接口 1 | 2 |
| 150. 40. 0. 0 | 直接交付 | R1 接口 2 | 1 |
| 130. 50. 0. 0 | 160. 30. 0. 2 | R3 接口 1 | 2 |

在图 6-35 中,当主机 H1 与主机 H2 通信时,可能要经历 3 个网络(网 1、网 2 和网 3)和两个路由器(R1 和 R2)(注:还有其他路径可选)。由路由器 R1 路由表的第 3 行(190. 50. 0. 0,180. 20. 0. 2)可知,经 R1 发往网络 190. 50. 0. 0 的数据报的下一跳 IP 地址可能为 180. 20. 0. 2,由表 6-6 可知,它通过 ARP 绑定的物理地址将是 R2 的接口 1;根据路由表,数据报封装后在物理帧中后,R1 要通过其接口 3 转发出去。

由此可见,路由表的每一表项应包含两个内容:即目的主机网络号和下一跳地址。下一跳地址指明下一步把数据报发往何处。当然,实际路由表的表项并非只有这两个内容,还会有其他一些内容,如标志、掩码、计数值、接口以及使用情况等。

尽管 Internet 中所有的数据报转发都是基于目的主机所在的网络,但作为特例,IP 协议也允许指定某个目的主机的路由,称为特定主机路由。采用特定主机路由既方便管理人员控制和测试网络,也可以在考虑某种安全问题时予以考虑采用。

如果一个网络只通过唯一的路由器接入 Internet,使用默认路由也非常方便,即用默认路由器来代替所有具有相同"下一跳地址"的表项。承担默认路由的路由器称为默认路由器。进行 TCP/IP 网络设置时,除了要配置主机的 IP 地址和子网掩码外,还要配置默认网关,就是指定默认路由器。

综上所述,对于未划分子网的情况,所执行的数据报转发算法如下:

从 IP 数据报的报头提取目的结点的 IP 地址,得出目的网络地址 D 及其网络标志号 ID

if(目的结点的网络号 ID = 某一个接口的网络号)

　　　then 经过那个接口,传送数据报到目的结点,即直接交付

　　　else if(路由表中有目的结点地址为 D 的特定主机路由)

　　　　　then 传送数据报到路由表所指明的下一跳路由器

　　　　　else if(路由表中有到达网络 D 的路由)

　　　　　　　then 传送数据报到路由表所指明的下一跳路由器

else if(路由表中有一个默认路由器)

then 传送数据报到默认路由器

报告转发数据报出错

**2. 划分子网的 IP 数据报转发**

在划分子网的情况下,从 IP 数据报报头提取目的主机的 IP 地址 D,还不能得到真正的目的主机所在的网络号,因为划分子网时用到了子网掩码的概念,而 IP 数据报报头中并没有子网掩码的信息。只有通过目的主机的 IP 地址与子网掩码的逐位"与"运算,才能得出目的主机所在的网络号和子网号。因此,划分子网的 IP 数据报转发需要把子网掩码考虑在内。路由表中的每一项都应包含 3 个内容:目的网络 IP 地址、子网掩码和转发接口(或称下一跳路由器的地址)。其中目的网络 IP 地址包含网络号 ID 和子网号 ID,主机号部分置为"0"。

图 6-36 表示划分子网时路由器的数据报转发,示例了 IP 数据报从外部网络 128.50.0.0 转发到网络 130.60.0.0 上主机 H2(130.60.1.6)。网络 130.60.0.0 划分了 3 个子网:130.60.1.0、130.60.2.0、130.60.3.0,子网号占 8 位。使用路由器 R1 和 R2 将这 3 个子网相连,其中,R1 还与外部其他网络相连。R0 和 R1 的路由表如表 6-8、表 6-9 所列。

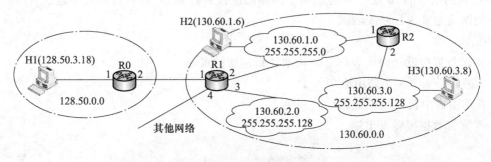

图 6-36　子网 IP 数据报转发

| 表 6-8    R0 的路由表 | |
| --- | --- |
| 目的网络号 | 下一跳地址 |
| 130.60.0.0 | R1 接口 1 |
| ... | ... |

| 表 6-9    R1 的路由表 | | |
| --- | --- | --- |
| 目的网络号 | 子网掩码 | 下一跳地址 |
| 130.60.1.0 | 255.255.255.0 | 直接交付(接口 2) |
| 130.60.2.0 | 255.255.255.128 | 直接交付(接口 3) |
| 130.60.3.0 | 255.255.255.128 | R2(接口 1) |
| ... | ... | ... |

主机 H2、H3 分别连接在相应的子网上。假设主机 H1 要与网络 130.60.0.0 中的某一台主机通信,则主机 H1 应先判明是直接交付还是间接交付。其方法是将数据报的 IP 目的地址与 H1 的子网掩码逐位"与"运算。若运算结果等于 H1 的网络地址说明目的主机与 H1 连接在同一个网络上,则可直接交付而不必经路由器转发。若运算结果不等于 H1 的网络地址,则表明应采用间接交付,需要经数据报传送给路由器进行转发。

为了理解掩码的用法,设想路由软件正要转发一个数据报。假设 IP 数据报包含了目的 IP 地址 D,路由软件必须在路由表中找到指明 D 的下一跳的那一项。为了做到这一点,软件检测路由表中的每一项,利用掩码提取 IP 地址 D 的前缀,并把结果与目的 IP 地址进行比较。如果相同,数据报就转发到表项中所指的下一跳。

位掩码表示法使得提取网络前缀的工作非常高效,软件将掩码与数据报目的地址 D 进行"与"运算。这样,检测路由表中第 $i$ 项的计算过程可以表述如下:

if(掩码[$i$] and D == 目的地[$i$]) then 转发到下一跳[$i$]

3. 统一的 IP 数据报转发算法

如果允许使用任意的子网掩码,划分子网的 IP 数据报转发算法就可以兼容未划分子网的 IP 数据报转发算法,得到统一形式的数据报转发算法。为此,对于子网掩码形式进一步进行规定:

(1)划分了子网的网络,子网掩码规定不变。

(2)不划分子网的网络,其子网掩码形式规定为 IP 地址的主机号 ID 部分对应的比特为"0",其余为"1"。

(3)特定主机路由,子网掩码规定为全"1"。

(4)默认路由,其 IP 地址记为 0.0.0.0,子网掩码规定为全"0"。

在这种规定下,使用子网掩码的 IP 数据报转发算法描述为:

for 每一个路由表的表项

do 把目的结点的 IP 地址 D 与该项子网掩码进行"与"运算,得到目的网络地址 N,将 N 和该表项中的网络地址进行匹配测试

if 匹配成功

then 把数据报发送到该表项下一跳地址指定的结点

else 循环进入下一个路由表项

if 在路由表中找不到匹配成功的表项

then 宣告数据报转发出错

## 6.5 IPv6

当前应用在 Internet 上的 IPv4 协议成功地连接着全球范围内的数亿台主机,但是,随着计算机网络规模的不断扩大,IPv4 的不足越来越明显,不但地址空间匮乏、路由表过于庞大,而且也不能很好地支持实时业务。针对这种情况,IETF 制定了用来取代 IPv4 的新一代 Internet 协议,即 IPv6。在此简要介绍 IPv6 的报头结构、地址空间、扩展头、选路以及 IPv4 到 IPv6 的过渡策略。

### 6.5.1 IPv6 编址

针对 IPv4 存在的不足,IPv6 大幅度提高了编址能力。RFC 2373 将 IPv6 寻址分成 128 位地址结构、命名及 IPv6 地址的不同类型(单播、组播和泛播)几个部分。

1. IPv6 地址表示方式

IPv6 地址长度为 128 位,4 倍于 IPv4 地址,表达的复杂程度也是 IPv4 地址的 4 倍。IPv6 的 128 位地址以 16 位为一分组,每个 16 位分组写成 4 个十六进制数,中间用冒号分隔,称为冒号分十六进制格式。下面试举一例,先看一个以二进制形式表示的 IPv6 地址:

0010000111011010000000001101001100000000000000000010111100111011
0000000101010101000000000111111111111111100010100010001110010011010

该 128 位地址以 16 位为一分组可表示为:

0010000111011010    0000000011010011    0000000000000000    0010111100111011
0000000101010101    0000000011111111    1111111000101000    1001110001011010

每个 16 位分组转换成十六进制并以冒号分隔:

21DA:00D3:0000:2F3B:02AA:00FF:FE28:9C5A

可见,比较标准的 IPv6 地址的基本表达方式是:

X:X:X:X:X:X:X:X

其中 X 是一个 4 位十六进制整数(16 位)。每一个数字包含 4 位,每个整数包含 4 个数字,每个地址包括 8 个整数,共计 128 位( $4 \times 4 \times 8 = 128$ )。下面是一些合法的 IPv6 地址:

ADBD:911A:2233:5678:8421:1111:3900:2020

1040:0:0:0:D9E5:DF24:48AB:1A2B

2004:0:0:0:0:0:0:1

地址中的每个整数都必须表示出来,但起始的 0 可以不必表示。此外,如果某些 IPv6 地址中可能包含一长串的 0(就像上面的第二和第三个例子一样)时,标准中允许用"空隙"来表示这一长串的 0。如地址 2004:0:0:0:0:0:0:1 可以表示为:

2004::1

其中的两个冒号表示该地址可以扩展到一个完整的 128 位地址(只有当 16 位组全部为 0 时才能用两个冒号取代,且两个冒号在地址中只能出现一次)。

在 IPv4 和 IPv6 的混合环境中采用的地址,可以按照一种混合方式表达:

X:X:X:X:X:X:d.d.d.d

其中 X 表示一个 4 位十六进制整数,d 表示一个十进制整数(0 ~ 255),即 IPv6 地址的低 32

位地址仍用 IPv4 的点分十进制数表示。例如：

0：0：0：0：0：0：10.0.0.1

就是一个合法的 IPv6 地址。该地址也可以表示为：

：：10.0.0.1

另外，一个 IPv6 结点地址还可以按照类似 CIDR 地址的方式表示成一个携带额外数值的地址，以指出地址中有多少位是掩码。例如：

1040：0：0：0：D9E5：DF24：48AB：1A2B/60

该 IPv6 结点地址指出子网前缀长度为 60 位，与 IPv6 地址之间以斜杠区分。

2. IPv6 寻址模型

IPv6 地址是独立接口的标识符，所有的 IPv6 地址都被分配到接口，而非结点。由于每个接口都属于某个特定结点，因此结点的任意一个接口地址都可用来标志一个结点。由此可见，一个拥有多个网络接口的结点可以具备多个 IPv6 地址，其中任何一个 IPv6 地址都可以代表该结点。尽管一个网络接口能与多个单播地址相关联，但一个单播地址只能与一个网络接口相关联。每个网络接口必须至少具备一个单播地址。

在 IPv6 中，如果点到点链路的任何一个端点都不需要从非邻居结点接收和发送数据的话，它们就可以不需要特殊的地址。也就是说，如果两个结点主要是传递业务流，则它们并不需要具备 IPv6 地址。这是与 IPv4 寻址模型非常重要的一个不同之处，也是 IPv6 提高地址空间效率的一大技术。在 IPv4 中，所有的网络接口，其中包括连接一个结点与路由器的点到点链路（用于许多拨号 Internet 连接中），都需要一个专用的 IP 地址，随着许多机构开始使用点到点链路来连接其分支机构，每条链路均需要其自己的子网，这样一来消耗了许多地址空间。

3. IPv6 地址空间分配

在 RFC 2373 中给出了一个 IPv6 地址空间图，显示了地址空间是如何分配的、地址分配的不同类型、前缀（地址分配中前面的位值）和作为整个地址空间一部分的地址分配长度。表 6-10 给出了 IPv6 地址空间的分配情况。

表 6-10　RFC 2373 定义的 IPv6 地址空间分配

| 分　　配 | 前缀（二进制） | 占地址空间的百分率 |
|---|---|---|
| 保留 | 0000 0000 | 1/256 |
| 未分配 | 0000 0001 | 1/256 |
| 为 NSAP 分配保留 | 0000 001 | 1/128 |
| 为 IPX 分配保留 | 0000 010 | 1/128 |
| 未分配 | 0000 011 | 1/128 |
| 未分配 | 0000 1 | 1/32 |
| 未分配 | 0001 | 1/16 |
| 可集聚全球单播地址 | 001 | 1/8 |
| 未分配 | 010 | 1/8 |

续表

| 分 配 | 前缀(二进制) | 占地址空间的百分率 |
|---|---|---|
| 未分配 | 011 | 1/8 |
| 未分配 | 100 | 1/8 |
| 未分配 | 101 | 1/8 |
| 未分配 | 110 | 1/8 |
| 未分配 | 1110 | 1/16 |
| 未分配 | 1111 0 | 1/32 |
| 未分配 | 1111 10 | 1/64 |
| 未分配 | 1111 110 | 1/128 |
| 未分配 | 1111 1110 0 | 1/512 |
| 链路本地单播地址 | 1111 1110 10 | 1/1024 |
| 站点本地单播地址 | 1111 1110 11 | 1/1024 |
| 组播地址 | 1111 1111 | 1/256 |

在 IPv6 中,地址的分配可以根据 ISP 或者用户所在网络的地理位置进行。基于 ISP 的单播地址,要求网络从 ISP 那里得到可聚合的 IP 地址。但是,这种方法对于具有距离较远的大型分支机构来说并不是一种最佳解决办法,因为其中许多分支机构可能会使用不同的 ISP;基于地理位置的地址分配方法与基于 ISP 的地址不同,它以一种非常类似 IPv4 的方法分配地址。这些地址与地理位置有关,且 ISP 将不得不保留额外的路由器来支持 IPv6 地址空间中可聚合部分外的这些网络,增加了 ISP 管理基于地理位置的寻址复杂性和费用。

4. IPv6 地址类型

IPv6 地址基本格式如图 6-37 所示。

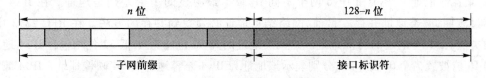

图 6-37　IPv6 地址基本格式

在 RFC 2373 中定义了单播、多播和泛播三种类型的 IPv6 地址,广播地址已不再有效。

(1) 单播(单点传送)地址

IPv6 单播(单点传送)地址用于识别一个单独的网络接口。IPv6 单播地址包括:可聚合全球地址、未指定地址或全 0 地址、回返地址、嵌有 IPv4 地址的 IPv6 地址、基于 ISP 和基于地理位置的地址、OSI 网络服务访问点(NSAP)地址和网络互连报文交换(IPX)地址几种类型。

在 IPv6 寻址体系结构中,任何 IPv6 单播地址都需要一个接口标识符。接口标识符基于 IEEE EUI-64 格式。该格式基于已存在的 MAC 地址来创建 64 位接口标识符,这些 64 位接口标识符能在全球范围内逐个编址,并唯一地标志每个网络接口。从理论上可有多达 $2^{64}$ 个不同的物理接口,大约有 $1.8 \times 10^{19}$ 个不同的地址(只用了 IPv6 地址空间的一半)。

① IPv6 可聚合全球单播地址　RFC 2373 定义的 IPv6 可聚合全球单播地址,包括地址格式的起始 3 位为 001 的所有地址(此格式可在将来用于当前尚未分配的其他单播前缀),地址格式如图 6-38 所示,各字段含义如下:

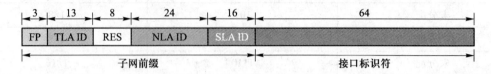

图 6-38　RFC 2373 定义的 IPv6 可聚合全球单播地址格式

FP 字段:3 位,格式前缀,标志该地址类型。001 标志可聚合全球单播地址。

TLA ID 字段:13 位,顶级聚合标识符,用来指定 Internet 顶级机构,这些机构是 Internet 服务提供者。所以本字段表示 ISP 的网络号,即最高级地址路由信息,最多可得到 $2^{13} = 8192$ 个不同的顶级路由。

RES 字段:8 位,保留为将来使用。最终可能会用于扩展顶级或下一级聚合标识符字段。

NLA ID 字段:24 位,下一级聚合标识符。由被指定 NLA ID 的 ISP 用来区分它的多个用户网络。

SLA ID·字段:16 位,站点级聚合标识符。用户用来构建用户网络的编址层次,并标志用户网络内的特定子网。

接口标识符字段:64 位,用于标志链路接口,一般就是接口的数据链路层地址,如 48 位 MAC 地址。

可以看出,IPv6 单播地址包括大量的组合,不论是站点级聚合标识符,还是下一级聚合标识符都提供了大量空间,以便某些 ISP 和机构通过分级结构再次划分这两个字段来增加附加的拓扑结构。

② 兼容性地址　IPv4 和 IPv6 两个不同 IP 版本最明显的一个差别是地址。在 IPv4 向 IPv6 的迁移过渡期,两类地址并存。目前,网络结点地址必须找到共存的方法。在 RFC 2373 中,IPv6 提供两类嵌有 IPv4 地址的特殊地址。这两类地址的高 80 位均为 0,低 32 位均包含 IPv4 地址。当中间的 16 位被置为全0/全 F 时,分别表示该地址为 IPv4 兼容地址/IPv4 映像地址。IPv4 兼容地址被结点用于通过 IPv4 路由器以隧道方式传送 IPv6 报文,这些结点既理解 IPv4 又理解 IPv6。IPv4 映像地址则被 IPv6 结点用于访问只支持 IPv4 的结点。图 6-39 描述了这两类地址结构。

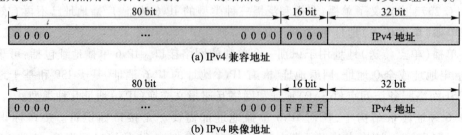

图 6-39　嵌有 IPv4 地址的 IPv6 两类地址结构

③ 本地单点传送地址 对于不愿意申请全球唯一 IPv4 地址的一些机构,作为一种选项,可通过采用链路本地地址和结点本地地址对 IPv4 网络地址进行翻译。图 6-40 给出了链路本地地址和结点本地地址的结构。链路本地地址用于单网络链路上给主机编号,其前缀的前 10 位标志链路本地地址,中间 54 位置成 0;低 64 位接口标识符同样用如前所述的 IEEE EUI-64 结构,这部分地址空间允许个别网络连接多达($2^{64}-1$)个主机。路由器在它们的源端和目的端对具有链路本地地址的报文不予处理,因为永远也不会转发这些报文。而结点本地地址可用于结点,即结点本地地址能用在 Intranet 中传送数据,但不允许从结点直接选路到全球 Internet。结点内的路由器只能在结点内转发报文,而不能把报文转发到结点之外。结点本地地址的 10 位前缀与链路本地地址类似,后面紧跟一连串 0。结点本地地址的子网标识符为 16 位,而接口标识符同样是 64 位。

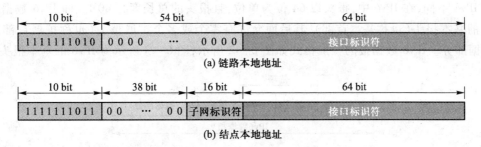

(a) 链路本地地址

(b) 结点本地地址

图 6-40 IPv6 链路本地地址和结点本地地址的结构

(2) 组播地址

组播(多点传送)地址用于识别一组网络接口,这些接口通常位于不同的位置。送往一个组播地址的分组将被传送至有该地址标志的所有网络接口上。

IPv6 组播地址的格式不同于单播地址,它采用图 6-41 所示更为严格的格式。组播地址只能用作目的地址,没有数据报把组播地址用作源地址。其地址格式为第 1 个字节为全 1,其余部分划分为三个字段:标志字段的第 4 位用来表示该地址是由 Internet 编号机构指定的(第 4 位为 0)还是特定场合使用的临时组播地址(第 4 位为 1),其他 3 个标志位保留未用;范围字段用来表示组播的范围,即组播组是仅包含同一本地网、同一结点、同一机构中的结点,还是包含 IPv6 全球地址空间中任何位置的结点,该 4 位的可能值为 0 ~ 15;组标识符字段用于标志组播组。

图 6-41 IPv6 组播地址格式

IPv6 使用一个"所有结点"组播地址来替代必须使用广播的情况;同时,对原来使用广播地址的场合,则使用一些更加有限的组播地址。通过这种方法,对于原来由广播携带的业务流感兴趣的结点可以加入一个组播地址,而其他对该信息不感兴趣的结点则可以忽略发往该地址的报文。广播从来不能解决信息穿越 Internet 的问题,如路由信息,组播则提供了一种更加可行的方法。

（3）泛播地址

泛播地址是 IPv6 新增加的一种地址。泛播地址与多播地址有些近似,也用来识别一组网络接口。送往一个泛播地址的分组将传送至该地址标志中的一个网络接口,该接口通常是最近的网络接口。

## 6.5.2　IPv6 数据报格式

IPv6 是对 Internet 协议 IPv4 的改进,最主要的变化是 IP 地址从 32 位变为 128 位。IPv6 数据报格式由 IPv6 基本报头、扩展报头(下一个头)和高层数据三部分组成。

1. IPv6 的基本报头(首部)结构

与 IPv4 不同,在 IPv6 中,报头以 64 位为单位,且报头的总长度是 40B。即 IPv6 数据报有一个 40B 的基本报头(也称基本首部),其后面允许有零个或多个扩展报头(也称扩展首部),再往后是数据部分。IPv6 数据报的一般格式如图 6-42 所示,图 6-43 所示为 IPv6 的基本报头格式。

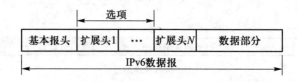

图 6-42　IPv6 数据报的一般格式

| 版本 | 业务流类别 | 流标签 | |
|---|---|---|---|
| 净荷长度 | | 下一个报头 | 跳数限制 |
| 源IP地址 (16 B) | | | |
| 目的IP地址 (16 B) | | | |
| 数据报的数据部分 | | | |
| 净荷 | | | |

图 6-43　IPv6 的基本报头的格式

IPv6 协议基本报头各字段的含义如下:

① 版本　长度为 4 位,对于 IPv6,该字段必须为 6。

② 业务流类别　长度为 8 位,指明为该报文提供某种区分服务,目前暂未定义类别值。该字段的默认值是全 0。

③ 流标签　长度为 20 位,用于标志属于同一业务流的报文。一个结点可以同时作为多个业务流的发送源。流标签和源结点地址唯一标志了一个业务流。IPv6 的流标签把单个报文作为一系列源地址和目的地址相同的报文流的一部分,同一个流中的所有报文具有相同的流标签。IPv6 中定义的流的概念将有助于解决把特定的业务流指定到较低代价的链路上的问题。

④ 净荷长度　长度为 16 位,其中包括报文净荷的字节长度,即 IPv6 报头后的报文中包含的字节数。这意味着在计算净荷长度时包含了 IPv6 扩展头的长度。

⑤ 下一个报头(首部)　长度为 8 位,这个字段指出 IPv6 报头后所跟的报头字段中的协议类型。下一个报头字段值指明是否有下一个扩展头及下一个扩展头是什么,因此,IPv6 报头可以链接起来,从基本的 IPv6 报头开始,逐个链接各扩展头。可见,与 IPv4 协议类型字段相似,下

一个报头字段既可以用来指出高层是 TCP 还是 UDP,也可以用来指明 IPv6 扩展头的存在。

注意:所有 IPv6 报头长度都一样,唯一区别在于下一个报头字段。在没有扩展头的 IPv6 报文中,此字段的值表示上一层协议:若 IP 报文中含有 TCP 段,则下一个报头字段的 8 位二进制值是 6(RFC 1700);若 IP 报文中含有 UDP 数据报,这个值就是 17。表 6-11 列举了下一个报头字段的某些值。

表 6-11  IPv6 的下一个报头字段的某些值

| 下一个报头字段值 | 描　述 |
| --- | --- |
| 0 | 逐跳头 |
| 43 | 选路头（RH） |
| 44 | 分段头（FH） |
| 51 | 身份验证头（AH） |
| 52 | 封装安全性净荷（ESP） |
| 59 | 没有下一个报头 |
| 60 | 目的地选项头 |

⑥ 跳数限制　长度为 8 位,用于限制报文在网络中的转发次数。每当一个结点对报文进行一次转发之后,这个字段值就会减 1。若该字段值达到 0,这个报文就将被丢弃。与 IPv4 中的生存时间字段类似,不同之处是不再由协议定义一个关于报文生存时间的上限,也就是说对过期报文进行超时判断的功能由高层协议完成。

⑦ 源 IP 地址　长度为 128 位,指出了 IPv6 报文的发送端地址。

⑧ 目的 IP 地址　长度为 128 位,指出了 IPv6 报文的接收端地址。这个地址可以是一个单播、组播或任意点播地址。如果使用了选项扩展头(其中定义了一个报文必须经过的特殊路由),其目的地址可以是其中某一个中间结点的地址而不必是最终目的地址。

2. IPv6 的扩展报头(扩展首部)

当一个传输的报文由于太长而无法沿着发送源到目的地的网络链路进行传输时,就需要进行报文分段。IPv6 的报文只能由源结点和目的结点进行分段,以简化报头并减少用于路由的开销。IPv6 通过其扩展报头来支持分段。在 IPv4 中,当在 Internet 中的某结点或离目的结点较近的某结点,出现某条网络链路无法处理一个大块的数据的情况,这时报文沿途的中间路由器会把该大块数据报分割成许多不超过下一个网络最大传输单元(MTU)的分段。进行分段的路由器根据需要修改报头,同时还将正确地设置分段标志和分段偏移值。当目的结点收到由此产生的分段报文之后,该系统必须根据每个分段报文 IPv4 报头后的分段数据重组最初的报文。报文分段技术可使 Internet 获得很好的扩展性,但它也影响了路由器的性能。例如:理解 IP 数据报标志、计算分段偏移值、把数据分段以及在目的地进行重装等都会带来额外开销。对 IP 报文进行分段会消耗沿途路由器、目的结点的处理能力和时间。

在 IPv6 中,MTU 值被设为 1280B;RFC 1981 定义了 IPv6 的路径 MTU 发现,由于 IPv6 报头中不支持分段,因此也就没有不能分段位。正在执行路径 MTU 发现的结点只是简单地在自己的网络链路上向目的结点发送允许的最长报文。如果一条中间链路无法处理该长度的报文,尝试转发路径 MTU 发现报文的路由器将向源结点回送一个 ICMPv6 出错报文,然后源结点将发送另一个较短的报文。这个过程一直重复,直到不再收到 ICMPv6 出错报文为止,然后源结点就可以使用最新的 MTU 作为路径 MTU。

IPv6 中实现的扩展头可以消除或大量减少选项带来的对性能的影响。通过把选项从 IP 报头移到净荷中,除了逐跳选项(规定必须由每个转发路由器进行处理)之外,IPv6 报文中的选项对于中间路由器而言是不可见的,路由器可以像转发无选项报文一样来转发包含选项的报文。IPv6 协议使得对新的扩展和选项的定义变得更加简单。RFC 1883 中为 IPv6 定义了如下选项扩展:

(1) 逐跳选项头

逐跳选项头包括报文所经路径上的每个结点都必须检查的选项数据,需要紧随在 IPv6 头之后。由于它需要每个中间路由器进行处理,逐跳选项只有在绝对必要的时候才会出现。标准定义了两种选项:巨型净荷选项和路由器提示选项。巨型净荷选项指明报文的净荷长度超过 IPv6 的 16 位净荷长度字段。只要报文的净荷超过 65535B(其中包括逐跳选项头),就必须包含该选项。如果结点不能转发该报文,则必须回送一个 ICMPv6 出错报文。路由器提示选项用来通知路由器,IPv6 数据报中的信息希望能够得到中间路由器的查看和处理,即使这个报文(例如,包含带宽预留协议信息的控制数据报)是发给其他某个结点的。

(2) 选路头

选路头用于指明报文在到达目的地途中将经过哪些结点,包括报文沿途经过的各结点地址列表。IPv6 头的最初目的地址是路由头的一系列地址中的第一个地址,而不是报文的最终目的地址。此地址对应的结点接收到该报文之后,对 IPv6 头和选路头进行处理,并把报文发送到选路头列表中的第二个地址。如此继续,直到报文到达其最终目的地。

(3) 分段头

分段头包含一个分段偏移值、一个更多段标志和一个标识符字段,用于源结点对长度超出源端和目的端路径 MTU 的报文进行分段。

(4) 目的地选项头

目的地选项头用于代替 IPv4 选项字段。目前,唯一定义的目的地选项是在需要时把选项填充为 64 位的整数倍。此扩展头可以用来携带由目的地结点检查的信息。

(5) 身份验证头(AH)

AH 提供了一种机制,对 IPv6 头、扩展头和净荷的某些部分进行加密的校验和的计算。在 RFC 1826(IP 身份验证头)中对 AH 头进行了描述。

(6) 封装安全性净荷(ESP)头

ESP 是最后一个扩展头,不进行加密。它指明剩余的净荷已经加密,并为已获得授权的目的结点提供足够的解密信息。在 RFC 1827(IP 封装安全性净荷 ESP)中对 ESP 头进行了描述。

### 6.5.3 从 IPv4 到 IPv6 的迁移

一旦 IPv6 付诸应用,目前在用的 IPv4 网络设备和主机都需要升级。保护现有网络和软件资源、实现渐进式的系统升级,是人们一直关心的重要课题。主要是期望提出有条理的、明智的 IPv4 向 IPv6 迁移方案及 IPv6 所支持的协议和机制,实现对 IPv4 系统渐进升级。

如何从 IPv4 向 IPv6 过渡目前有两大类策略。一类策略是依靠协议隧道方法:将来自 IPv6 孤岛的 IPv6 报文封装在 IPv4 报文中,然后在广泛分布的 IPv4 海洋中传输。这种策略可以在过渡的早期阶段使用,以使越来越多的 IPv4 网络和设备支持 IPv6。即使在过渡的后期,IPv6 封装技术仍将提供跨越只支持 IPv4 的骨干网和其他坚持使用 IPv4 的网络的连接能力。另一类策略是双栈方法:主机和路由器在同一网络接口上运行 IPv4 栈和 IPv6 栈,这样的双栈结点既可以接收和发送 IPv4 报文又可以接收和发送 IPv6 报文,因而两种协议可以在同一网络中共存。

隧道方法用于连接处于 IPv4 海洋中的各孤立的 IPv6 岛,如图 6-44 所示。此方法要求隧道两端的 IPv6 结点都是双栈结点(即也能够发送 IPv4 报文)。将 IPv6 封装在 IPv4 中的过程与其他协议封装相似:隧道一端的结点把 IPv6 数据报作为要发送给隧道另一端结点的 IPv4 报文中的净荷数据,这样就产生了包含 IPv6 数据报的 IPv4 数据报流。在图 6-44 中,主机 A 和 B 都是只支持 IPv6 的结点。如果主机 A 要向 B 发送报文,主机 A 只是简单地把 IPv6 头的目的地址设为主机 B 的 IPv6 地址,然后传递给路由器 X;由 X 对 IPv6 报文进行封装,并将 IPv4 头的目的地址设为路由器 Y 的 IPv4 地址;路由器 Y 收到此 IPv4 报文后首先拆报文,如果发现被封装的 IPv6 报文是发给主机 B 的,路由器 Y 就将此报文转发给主机 B。

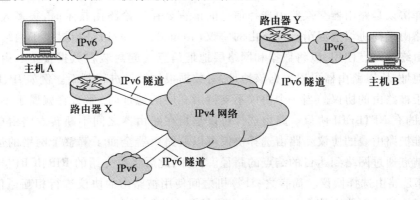

图 6-44　IPv6 隧道示意

如前所述,IPv6 地址可以包含 IPv4 兼容地址和 IPv4 映射地址两类 IPv4 地址。在隧道方式中双栈结点(路由器)将使用这些地址,对于 IPv4 报文和 IPv6 报文都使用相同的地址。只支持 IPv4 的结点向双栈结点发送报文时,使用双栈结点的 IPv4 地址;而只支持 IPv6 的结点则使用双栈结点的 IPv6 地址(将原 IPv4 地址填充 0 后成为 128 位)。总之,这类结点可以作为路由器链接 IPv6 网络,采用自动隧道方式穿越 IPv4 网络。该路由器从本地 IPv6 网络接收 IPv6 报文,将这些报文封装在 IPv4 报文中,然后使用 IPv4 兼容地址发送给 IPv4 网络另一端的另一个双栈路由器。如此继续,封装的报文将通过 IPv4 网络群转发,直至到达隧道另一端的双栈路由器,由该路由器对 IPv4 报文拆报文,释放出 IPv6 报文并转发给本地的 IPv6 主机。

协议隧道有配置隧道和自动隧道两种方法。它们之间的主要区别是:只有执行隧道功能的结点的 IPv6 地址是 IPv4 兼容地址时,自动隧道才是可行的,在为执行隧道功能的结点建立 IP 地址时,自动隧道方法无需进行配置;而配置隧道方法则要求隧道末端结点使用其他机制来获得其 IPv4 地址,例如采用 DHCP、人工配置或其他 IPv4 的配置机制。

从 IPv4 向 IPv6 迁移的主要技术规范包括:主机和路由器向 IPv6 过渡的机制(RFC 1933)、

向 IPv6 过渡的路由问题(RFC 2185)、网络重新编号概述［即为何需要及需要什么(RFC 2071)、路由器重新编号指导(RFC 2072)等］。这些文档中都涉及了向 IPv6 过渡的有关讨论。

# 6.6 路由选择技术

路由选择技术是网络互连技术中的一个重要问题。IP 层从上层接收数据,将其组装成 IP 分组,然后依据某些标准(这些标准有时称为权值或量度),比如距离、跳数和带宽等,选择最佳路由,之后 IP 分组经该路由到达目的地。当 IP 分组的目的主机与发送主机在同一个局域网内时,IP 分组一般直接由发送主机发送。为了传送目的地是远程网络某个主机的 IP 分组,需要使用专用的路由器。然而,在由多个路由器连接起来的互连网络中,可能存在许多不同的路径可供 IP 分组选择。如果网络层是基于无连接数据报服务时,互连网络上的每一条路由都可能被用到。那么,数据分组究竟应该怎样选择一条传输路径呢? 这就是路由选择所要解决的问题。

## 6.6.1 路由选择的概念

路由选择协议是路由器交换路由选择信息的语言。在讨论路由技术时,很多人经常把被路由的协议和路由选择协议搞混淆。被路由的协议(Routed Protocol)是指提供了网络层地址的协议。该协议由终端结点使用,以将数据和网络层地址信息一起封装在数据报中。由于数据报包含第三层的地址,所以路由器可以根据该地址,对数据报的转发进行判断。例如 IP、IPX 和 Apple Talk 等都属于被路由的协议。当一个协议不支持第三层的地址时,那么它就属于不可以被路由的协议,常见的有 NETBEUI 协议。路由选择协议是指在路由器之间不断转发路由更新信息,并用以建立和维护路由表的协议。路由选择协议可以使路由器全面了解整个网络的运行,为数据报确定从源结点通过网络到达目的结点的路径。例如,此后将要介绍的 RIP、IGRP、EIGRP、OSPF 和 BGP 等,都是路由选择协议。简言之,计算机之间使用被路由的协议进行相互通信,而路由器使用路由选择协议进行路由信息的更新,用来维护和生成路由表。

1. 什么是路由

地址、路由、路由选择和路由选择算法是网络层常用的重要术语。

地址标志着结点的位置。

路由是把 IP 分组从源结点穿过通信子网传递到目的结点的传输路径。在传输路径上,应至少有一个中间结点。若把路由与桥接来对比,在普通的人看来,它们似乎完成同样的工作。它们的本质区别在于桥接发生在数据链路层,而路由发生在网络层。这一区别使两者在传递信息的过程中使用不同的信息,从而以不同的方式来完成其任务。

路由选择是用来选择通过通信子网的最佳传输路径的。路由选择包含确定最佳路径和通过网络传输信息两个基本的动作。在路由选择的过程中,后者也称为(数据)交换。交换相对来说比较简单,而选择路径比较复杂。

路由选择算法为路由器产生和不断完善路由表提供了算法依据,有时简称为路由算法。路由算法是网络层的主要功能。

2. 路由选择协议

路由选择协议是网络协议的一个功能。例如,如果网络协议是 TCP/IP,那么 RIP、OSPF 就是可选的几个路由协议。大多数网络协议可以封装在 TCP/IP 里,并使用基于 TCP/IP 的路由选择协议进行选路。协议封装(Protocol Encapsulation)也称为隧道,是指将一种网络协议的数据分组以另一种网络协议的形式来包裹(Wrap)。这个被包裹的分组就可以利用包裹网络协议所支持的路由选择协议穿过网络。例如,通过把 Apple Talk 分组封装成 TCP/IP 分组,就可以使其穿越 Internet。隧道也可以用来跨越广域网传输不可路由的协议。例如,DEC 的 LAT 和 Microsoft 的 NetBEUI 协议不提供网络层服务,因此不能被路由。若把它们封装成可路由的协议,比如 IP 协议,就可以穿越 IP 网。因此,在 Internet 中经常使用 IP 隧道。隧道有效地解除了网络协议局限于某种特定网络的限制。路由选择协议完成两个主要功能:首先,确定一个分组从源结点到目的结点应该走的最佳路径;第二,维护包含网络拓扑信息的路由表。在 Internet 中,IP 协议基于路由表中的信息在 Internet 中传送分组。

路由选择协议依赖路由算法计算从源到目的地最小代价路径。路由算法是网络层软件的一部分,负责决定一个输入的分组应该输出到哪个输出端口。路由算法使用最小代价权值(Least Cost Metric)确定最佳路径。通常的代价权值有跳数(即一个分组在到达目的地的途中所经过的路由器到路由器的连接数)、传输时延、带宽、时间、链路利用率、错误率等方法。例如,对于如图 6-45 所示的网络及其子网,一种权值是跳数,另一种权值是带宽。如果分组通过路径 R1 - R2 传输,H1 和 H2 之间的跳数是 2。同样,如果分组走 R1 - R3 - R2 或者 R1 - R4 - R5 - R3 - R2,那么跳数分别是 3 和 5。显然,如果最佳路径或最小代价路径由跳数决定,那么从 H1 到 H2 的分组应该走的路径是 R1 - R2,因为这条路径具有最少的跳数。另一方面,如果用带宽作为权值,那么最佳路径应该是 R1 - R3 - R2 或 R1 - R5 - R3 - R2。跳数忽略了链路速率和时延,因此,在图 6-45 中,分组将总是走 R1 - R2(假如链路正常),即使它可能比 R1 - R3 - R2 或 R1 - R4 - R5 - R3 - R2 慢。

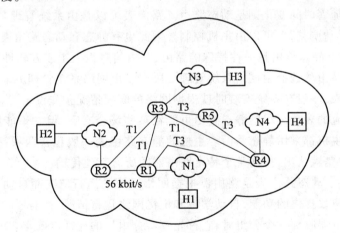

图 6-45　基于权值确定分组应该走的最佳路径

traceroute(在 Windows2003/XP 中是 tracert)是一个跟踪分组通过路径的 UNIX 程序,它能显示出所跟踪的 IP 分组从源结点到目的结点所经过的路由。例如,tracert 跟踪 www.163.com 到 www.sina.com 的分组所走路径的输出结果如下:

Tracing route to jupiter.sina.com.cn [61.172.201.194]

over a maximum of 30 hops：

| | | | | |
|---|---|---|---|---|
| 1 | 1 ms | 1 ms 1 ms | 129. 85. 226. 221. broad. nj. js. dynamic. 163data. com. cn[221. 226. 85. 129] |
| 2 | <1 ms | <1 ms | <1 ms | 218. 2. 119. 101 |
| 3 | <1 ms | <1 ms | <1 ms | 218. 2. 132. 69 |
| 4 | 1 ms | 1 ms | 1 ms | 221. 231. 206. 213 |
| 5 | 3 ms | 3 ms | 3 ms | 221. 231. 191. 193 |
| 6 | 7 ms | 6 ms | 6 ms | 61. 152. 81. 46 |
| 7 | 6 ms | 6 ms | 6 ms | 61. 152. 87. 122 |
| 8 | 6 ms | 6 ms | 5 ms | 222. 72. 243. 250 |
| 9 | 5 ms | 5 ms | 5 ms | 61. 172. 201. 194 |

Trace complete.

注意，路由器跳数是 8，最后一个条目是目的结点，不是路由器。每一行分别表示路由器的逻辑名字、IP 地址以及分组到达网关的往返时间（以毫秒计）。括号内的数字代表结点的 Internet 地址。

3. 路由表

路由器的主要工作就是为经过路由器的每个数据报寻找一条最佳传输路径，并将该数据报有效地传送到目的结点。由此可见，选择最佳路由的策略即路由算法是路由器的关键所在。为了完成这项工作，在路由器中有一张称为路由表的表，保存着各种传输路径的相关数据，供路由选择时使用。

（1）路由表的类型

IP 路由技术可以分为静态路由和动态路由两大类。若路径不变，就称之为静态路由；相反，若系统的路由信息随着时间变化则是动态路由。路由表可以是由系统管理员固定设置，也可以由系统动态修改、自动调整，也可以由主机控制。因此也有静态和动态路由表之分。

① 静态路由表　静态路由是一种特殊的路由，路由信息由人工或者软件配置程序输入路由器的路由表中。该路由的选择由网络系统管理员决定。由网络系统管理员事先设置好的固定路径表称为静态路由表，一般在系统安装时就根据网络的配置情况预先设定，当网络结构改变时需管理员手工改动相应的表项。尽管静态路由可能在某些场合有利，但它不能随网络拓扑的变化而动态改变。多数主机都采用静态路由。主机的静态路由表一般包含两项：一项指定该主机所连接的网络；另一项是默认项，指向某个特定路由器的所有其他传输。

② 动态路由表　动态路由表是路由器根据网络系统的运行情况而自动调整的路由表。路由器根据路由选择协议提供的功能，自动学习和记忆网络运行情况，在需要时自动计算数据传输的最佳路径。当路由器收到一个分组时，它首先查看分组目的地址以确定它的目的网络，然后搜索路由表找到与该目的网络相匹配的表项，之后通过该表项中的接口将分组转发给下一个路由器。

（2）路由表的格式及内容

路由表是保存子网标志信息、网上路由器的个数和下一个路由器的名字等内容的表。表的格式大体上是相同的。在每个路由表中，一般有目的地址、掩码、网关、标志以及接口等表项。

① 目的 IP 地址和掩码　目的 IP 地址既可以是一个完整的主机地址，也可以是一个网络地

址,由该表项中的标志字段来指定。主机地址有一个非 0 的主机号,以指定某一特定的主机,而网络地址中的主机号为 0,以指定网络中(如以太网,令牌环网)的所有主机。目的地址和掩码是整个表的关键字,唯一地确定到某目的地的路由。

② 网关 表示下一跳路由器的 IP 地址,或者有直接连接的网络 IP 地址。下一跳路由器是指一个在直接相连网络上的路由器(网关),通过它可以转发数据报。下一跳路由器不是最终的目的地,但它可以把传送给它的数据报转发到最终的目的地。

③ 标志(Flags) 在 Flags 栏中可以设置多个字符以说明不同的含义。例如:U 表示路由工作正常;G 表示分组必须通过至少一个路由器,如不设置 G 表示直接交付;H 表示该路由是到某个特定主机,如不设置 H 则表示该路由是到一个网络;D 表示路由是动态创建的。

④ 接口 接口是本地接口的名字,指出数据报应当从哪一个网络接口转发。

另外,一个实际的路由表还会有其他一些内容,如用参考计数(Rcf)表示该路由活动进程的个数,Use 表示使用该路由转发的分组数。

例如,表 6-12 给出了一个 UNIX 主机系统的路由表。

**表 6-12 UNIX 主机系统的路由表示例**

| 目 的 地 址 | 掩 码 | 网 关 | Flags | Rcf | Use | 接 口 |
|---|---|---|---|---|---|---|
| 127. 0. 0. 0 | 255. 0. 0. 0 | 0. 0. 0. 0 | UH | O | 36106 | lo0 |
| 189. 163. 1. 0 | 255. 255. 255. 0 | 0. 0. 0. 0 | U | 29 | 102 | eth0 |
| 189. 163. 1. 0 | 255. 255. 255. 0 | 189. 163. 1. 2 | UG | 116 | 18128 | eth0 |
| 0. 0. 0. 0 | 0. 0. 0. 0 | 189. 163. 1. 1 | UG | O | 2666304 | eth0 |

在表 6-15 中,给出了 4 条路由信息:其中表中的 lo0 表示虚拟的回送接口;eth0 表示第一块以太网卡。

第一条是到 127. 0. 0. 0 子网的路由。通常把类似 127. x. x. x 的 IP 地址称为回送地址。所以网络接口上发送的数据实际上都要交给本主机去处理。如果数据报的目的地址为 127. 0. 0. 1,则与该路由表项匹配,IP 协议因而把它交给虚拟的回送接口去处理。

第二条路由表项的目的子网实际上是与该主机直接相连的子网地址。目的地址为该子网的子网号,而掩码为该网络接口上的掩码。由于没有设置标志位 G,表示网关域并不是一台真正的路由器地址。此时数据报应该往以太网接口上发送,而下一跳地址应该是 IP 数据报中的目的主机的地址。

第三条路由表项是到以太网的路由。路由表项中的 G 标志位有效,表示到达该网络应该经过路由器 189. 163. 1. 2。

第四条路由项的目的地址和掩码全为 0,表示与任何目的地址都可以匹配。这样的路由称为默认路由,表示如果目的地址和路由表项中的网关域是有效的路由器地址,就作为下一个路由器的地址并通过 eth0 接口访问该路由器。

IP 路由选择是逐跳进行的。从这个路由表信息可以看出,IP 并不知道到达任何目的的完整路径(当然,除了那些与主机直接相连的目的结点之外)。所有的 IP 路由选择只为数据报传输提供下一跳路由器的 IP 地址。它假定下一跳路由器比发送数据报的主机更接近目的结点,而且下一跳路由器与该主机是直接相连的。

路由器与邻居路由器定期交换路由表信息。交换信息的方式及路由表更新的频率由路由协议决定。利用 netstat 命令可以向主机查询有关 TCP/IP 网络状态的信息,通常用于获取网络驱动器及其接口卡的状态信息,如发送分组、接收分组和错误分组的数量等。也可以用 netstat 检查主机中路由表的情况,并确认主机中哪些 TCP/IP 服务进程处于活动状态,以及哪些 TCP 连接是可用的。例如,利用 netstat 命令可以很清楚的显示有关 Interface List、Active Routes 等情况。

## 6. 6. 2　路由算法

路由选择协议的核心是路由算法,即需要用何种算法来获得路由表中的各个项目。若按路由表建立的方式,可将路由算法分为静态路由和动态路由算法。这是目前最普遍的分类方法。

静态路由选择算法几乎不能称作一种算法。静态路由表在开始选择路由之前由网络管理员建立,不随网络运行状态变化而变化,只能由网络管理员更改,所以只适于网络传输状态比较容易预见,以及网络设计较为简单的环境。动态路由选择算法则能根据网络运行环境的改变而适时地进行路由表的刷新,以适应环境的变化。典型的有距离向量算法和链路状态路由算法。

目前有许多路由选择算法用于路由选择,在此仅讨论介绍距离向量和链路状态两种分布式计算量度信息的路由算法。这两种算法的目的都是无环路地通过某些中间路由器将分组从网络的一个结点路由到另一个结点,环路指的是一个分组在同一条链路上转发若干次。距离向量算法和链路状态算法的主要区别在于它们收集和传播选路信息的方式不同。

### 1. 距离向量路由算法

距离向量路由(Distance Vector Routing)算法的核心思想是路由器根据距离选择使用哪条路由。在距离向量路由算法中,相邻路由器之间周期性地相互交换各自的路由表备份。当网络拓扑结构发生变化时,路由器之间也将及时地相互通知有关变更信息。距离向量路由算法是一种基于少量网关信息交换的路由分类算法,使用此算法的路由器要求保存系统内所有目的结点信息,通常每个自治系统(AS)被简化为一个单一的实体来代表,也就是被抽象为一个 IP 层地址来表示,在一个 AS 内的路由对另一个 AS 内的路由器是不可见的。在路由表里的每一个条目都含有一个数据报要转发的下一个网关地址,同时还包括了度量到目的结点的总距离数。这里的距离只是个概念,距离向量路由算法就是因为它是通过交换路由表中的距离信息来计算最优路由而得名的。同时,信息的交换只是在相邻的路由器间进行。采用该算法的路由器所持有的路由信息库的每一条目都由五个主要部分组成:① 主机或网络 IP 地址;② 沿着该路由遇到的第一个网关;③ 到第一个网关的物理接口;④ 到目的结点所需要的跳数;⑤ 保存有关路由最近被更新时间的计时器。

距离向量算法总是基于这样一个事实:路由数据库中的路由已是目前通过报文交换而得到的最优路由。同时,报文交换仅限于相邻的实体之间,也就是说,实体共享同一个网络。当然,要定义路由是否是最佳的,就必须有计算办法。在简单网络中,通常用可行路由所经的路由器数简单地计算权值。在复杂网络中,权值一般代表该路由传输数据报的时延或其他发送开销。

例如,Bellman - Ford 算法就是基于距离向量算法的一个典型示例,其原理很简单:如果某个结点在结点 A 和 B 之间的最短路径上,那么该结点到 A 或 B 的路径必定也是最短的。为了更好地理解 Bellman - Ford 算法,将通信网看作一个由一组结点(顶点)和一组链路(或边)构成的网络无向图,如图 6-46 所示。顶点 A、B、C、D、E 和 F 代表路由器或 AS 等,连接顶点的边表示通信链路,边上的数字表示使用这条链路的代价(或度量)。如果将路径的成本定义为此路径上链路成本的总和,那么一个结点对之间的最短路径是具有最小成本的路径。下面以跳数为选择标准计算从 A 到 D 的最短路径。

为清楚起见,如图 6-47 所示,逐跳考查从 A 到 D 的所有路径代价。

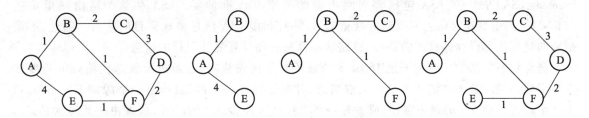

图 6-46  描述 Bellman – Ford        图 6-47   以跳数为选择标准计算从 A 到 D 的最短路径

算法的网络无向图

第一跳,路径 AB = 1,路径 AE = 4,选择路径 AB;

第二跳,路径 ABC = 1 + 2 = 3,路径 ABF = 1 + 1 = 2,选择路径 ABF;

在最后一步(第三跳),路径 ABCD = 1 + 2 + 3 = 6,路径 ABFD = 1 + 1 + 2 = 4,选择路径 ABFD。ABFD 代表基于跳数的从 A 到 D 的最小代价路径。

Bellman – Ford 算法最后的结果是生成一棵代表从源结点到网络的每个结点的最小代价路径的树。采用同样的方法可以为网络的每个结点产生一棵这样的树。在这个例子中结点 A 的最小代价树如图 6-48 所示。从结点 A 出发,到结点 B 的最小代价路径是 AB = 1,到结点 C 的最小代价路径是 ABC = 3,到结点 D 的最小代价路径是 ABFD = 4,到结点 E 的最小代价路径是 ABFE = 3,到结点 F 的最小代价路径是 ABF = 2。

现在把距离向量算法形式化。设:网络中所有结点的集合为 $N$;$D(i)$ 表示 $N$ 中任意结点 $i$ 到某一目的结点 $d$ 的距离;$L(i,j)$ 表示 $N$ 中两个结点 $i$ 和 $j$ 之间的距离,$i \neq j$,并有如下原始数据:当 $i$ 和 $j$ 直接相连接时,$L(i,j)$ 就是图 6-46 上所标注的距离;当 $i$ 和 $j$ 不直接相连接时,$L(i,j) = \infty$。那么,求各结点 $i$ 到目的结点 $d$ 的最短距离 $D(i)$ 的算法为:

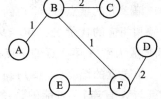

图 6-48  结点 A 的最小代价树

(1)初始化:$D(i) = \infty$,$i \in N$ 但 $i \neq d$;/除目的结点外,所有结点到目的结点的距离初始化为 $\infty$

$$D(d) = 0$$

(2)更新最小距离:对每个 $i \in N$ 但 $i \neq d$;/除目的结点外,更新每个结点 $i$ 到目的结点的距离 $D(i)$

$D(i) = \min_{j \in N 但 j \neq i} \{L(i,j) + D(j)\}$;/对于每个 $i$,求 $i$ 经过其他所有结点到目的结点的距离,取其中的最小者为 $D(i)$。

(3)重复步骤2),直至迭代所有 $D(i)$ 不再变化。

**2. 链路状态路由算法**

链路状态路由(Link State Routing, LSR)算法有时也称最短路径优先(Shortest Path First,

SPF)算法。这种算法需要每一个路由器都保存一份关于整个网络的最新网络拓扑结构数据库。因此,路由器不仅知道从本路由器出发能否到达某一指定网络,而且还能在保证到达的情况下,选择出其最短路径以及采用该路径将经过的路由器。

在链路状态算法里,网络的路由器并不向其他路由器发送它的路由表。相反,路由器相互发送关于它们与其他路由器之间建立的链路信息。这个信息通过链路状态通告(Link State Advertisement,LSA)来发送,LSA 包括邻居路由器的名字及代价量度。LSA 在整个路由域里扩散(Flood)。路由器还存储它们收到的最新 LSA,并且利用 LSA 信息来计算目的路由。因此,不像距离向量算法那样存储真正的路径,链路状态算法存储计算最佳路径的信息。

链路状态算法的一个例子是 Dijkstra 的最短路径优先算法,它通过反复迭代路径的长度来产生最短路径。这个算法使用最近结点概念,并基于这样一个准则:给定一个源结点 $n$,从 $n$ 到下一个最近的结点 $s$ 的最短路径,或者是一条直接从 $n$ 连接到 $s$ 的路径;或者由一条包含结点 $n$ 及任何前面已经找到的最近结点的路径和一条从该路径的最后一个结点到 $s$ 的直接连接组成。

为了说明 Dijkstra 算法,考虑如图 6-49 所示的网络无向图。顶点 A、B、C、D、E 和 F 可看作路由器,连接顶点的边代表通信链路,边上的数字表示它的代价。目的是找到一条基于距离的从 A 到 D 的最短路径。

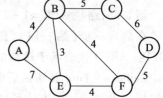

为了实现 Dijkstra 算法,需要维护一个依次到源结点最近的一系列结点的记录。用 $k$ 表示第 $n$ 条最近的结点。因此,A 结点的 $k = 0$。即,到 A 第 0 近的结点是它自己。这是算法的初始步骤。现在开始搜寻依次到 A 最近的结点。

图 6-49　描述 Dijkstra 算法的网络无向图

第 1 近的结点($k = 1$):到 A 最近的结点要么是 B 要么是 E,因为它们都与 A 直连。由于 AB 路径代价最小,选择 B 作为到 A 第 1 近的结点。

第 2 近的结点($k = 2$):到 A 第 2 近的结点要么与 A 直连,要么经由第 1 近的结点。可能的路径和相应的代价是:ABC = 9,ABF = 8,ABE = 7,AE = 7。有两条最短路径:ABE 和 AE。因此,E 成为到 A 第 2 近的结点。

第 3 近的结点($k = 3$):到 A 第 3 近的结点必须通过一条包含 B 或 E 的路径(因为没有其他结点与 A 直连)。可能的路径和相应的代价是:ABC = 9,ABF = 8,ABEF = 11,AEF = 11。最近的路径是 ABF。因此,F 成为到 A 第 3 近的结点。

第 4 近的结点($k = 4$):到 A 第 4 近的结点必须通过一条包含 B、E 或 F 的路径。可能的路径及相应的代价是:ABC = 9,ABFD = 13。最短的路径是 ABC。因此,C 成为到 A 第 4 近的结点。注:在算法的该阶段不用考虑 ABEF 或 AEF,因为 F 已经被列为第 3 近的结点了。

第 5 近的结点($k = 5$):到 A 第 5 近的结点必须通过一条包含 B、E、F 或 C 的路径。可能的路径及相应的代价是:ABCD = 15,ABFD = 13,ABEFD = 16,AEFD = 16。最短路径是 ABFD,因此 D 成为到 A 第 5 近的结点。

由于 D 是目的结点,因此,从 A 到 D 的最短路径是 ABFD。

现在把 Dijkstra 算法形式化。设:$D(i)$ 表示任意结点 $i$ 到源结点 $s$ 的距离,$i \neq s$;$L(i,j)$ 表示结点 $i$ 和 $j$ 之间的链路距离,$i \neq j$,当 $i$ 和 $j$ 直接相连接时,$L(i,j)$ 就是图 6-49 上所标注的距离;当 $i$ 和 $j$ 不直接相连接时,$L(i,j) = \infty$;$N$ 为一个集合,它包含了到 $s$ 的最短距离已得到的诸结点,$N^c$

为其补集;那么,Dijkstra 算法可按下述步骤进行:

(1) 始化:$N = \{s\}$;/初始化时,$N$ 只有源结点

$$D(i) = L(i,s), i \in N^c;/初始化 D(i)$$

(2) 迭代:寻找结点 $j \in N^c$ 使得 $D(j) = \min_{i \in n^c} D(i)$;将结点 $j$ 加入集合 $N$;/求不在 $N$ 中的、距离 $s$ 最近的结点,然后放入 $N$ 中

(3) 更新最小距离:对每个结点 $i \in N^c$,$D(i) = \min\{D(i), L(i,j) + D(j)\}$;/对每个不在 $N$ 中的每个结点 $i$,使用上一步得到的 $D(j)$,更新最小距离

(4) 重复步骤(2)。

3. 距离向量算法和链路状态算法的比较

距离向量算法和链路状态算法各有千秋,两种算法的差别归纳为表 6-13。

表 6-13　距离向量算法和链路状态算法比较

| 距离向量算法 | 链路状态算法 |
| --- | --- |
| 不知道整个网络拓扑结构 | 知道整个网络拓扑结构 |
| 在相邻路由器路由信息的基础上计算路由的向量距离 | 根据网络拓扑结构寻找和计算最短路径 |
| 收敛速度慢 | 收敛速度快 |
| 路由器的路由表只发送给相邻路由器 | 路由器的 LSA 发送给指定的一个或多个(所有)路由器 |

## 6.6.3　路由器

路由器是一种典型的网络层设备,对经过的分组进行处理,同时它还要运行路由协议,生成路由表,对每一个分组进行寻径,并转发到相应的输出端口。

1. 路由器的功能

一般说来,异构网络互连与多个子网互连都应采用路由器来完成,需要具备多项功能。

(1) 协议转换　能对网络层及其以下各层的协议进行转换。

(2) 路由选择　当分组从互连的网络到达路由器时,路由器能根据分组的目的地址按某种路由策略,选择最佳路由,将分组转发出去,并能随网络拓扑的变化,自动调整路由表。

(3) 能支持多种协议的路由选择　路由器与协议有关,不同的路由器有不同的路由器协议,支持不同的网络层协议。如果互联的局域网采用两种不同的协议,例如,一种是 TCP/IP 协议,另一种是 SPX/IPX 协议(即 Netware 的传输层/网络层协议),由于这两种协议有许多不同之处,分布在 Internet 中的 TCP/IP(或 SPX/IPX)主机上,只能通过 TCP/IP(或 SPX/IPX)路由器与其他 Internet 中的 TCP/IP(或 SPX/IPX)主机通信,但不能与同一局域网中的 SPX/IPX(或 TCP/IP)主机通信。多协议路由器能支持多种协议,如 IP、IPX 及 X.25 协议,能为不同类型的协议建立和维护不同的路由表。

(4) 流量控制　路由器不仅具有缓冲区,而且还能控制收发双方数据流量,使二者更加匹配。

(5) 分段和组装　当多个网络通过路由器互连时,各网络传输的数据分组大小可能不相同,这就需要路由器对分组进行分段或组装。即路由器能将接收的大分组分段并封装成小分组后转发,或将接收的小分组组装成大分组后转发。如果路由器没有分段组装功能,那么整个互联网就

只能按照所允许的某个最短分组进行传输,大大降低了其他网络的效能。

(6) 网络管理 路由器是连接多种网络的汇集点,网间分组都要通过它,在这里对网络中的分组、设备进行监视和管理是比较方便的。因此,高档路由器都配置了网络管理功能,以便提高网络的运行效率、可靠性和可维护性。

2. 路由器的体系结构

一个通用路由器体系结构可以划分为输入端口、交换结构、输出端口和选路处理器 4 个大的组成部分,如图 6-50 所示。

(1) 输入端口

输入端口需要具备多项功能。它要执行将一条输入物理链路端接到路由器的物理层功能,由图 6-50 所示的输入端口部分最左侧的方框实现(输出端口实现类似功能的为最右侧的方框)。它也要实现数据链路层功能,由输入端口部分中间方框实现(输出端口对应为中间方框)。它还要完成查找与转发功能,由输入端口部分最右侧的方框实现(输出端口对应为最左侧的方框),以便转发到路由器交换结构部分的分组能出现在适当的输出端口。控制性分组(如携带选路协议信息的分组)从输入端口转发到选路处理器。实际上,在路由器中,通常将多个端口集中到路由器中的一块线路卡上。一个比较详细的输入端口功能视图如图 6-51 所示。

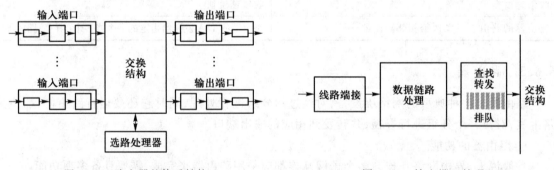

图 6-50 路由器的体系结构 　　　　　图 6-51 输入端口处理

① 线路端接 线路端接模块工作在物理层,负责比特流的接收。

② 数据链路处理(协议、拆封) 该模块工作在数据链路层,例如 Ethernet 帧的拆封。

③ 查找、转发、排队 查找是一种分散化的交换,按照给出的分组信宿,使用输入端口内存中存储的路由表,查找输出端口。转发是以“线路速度”完成输入端口的处理。排队是指假如分组到达的速度快于转发到交换网络(Switch Fabric)的速度时,要进行排队。

输入端口的查找、转发模块对于该路由器的转发功能至关重要。在许多路由器中,都在这里确定一个到达的分组经交换结构转发给哪个输出端口。输出端口的选择是通过使用转发表中包含的信息进行的。虽然转发表由选路处理器计算得出,但通常一份转发表副本存放在每个输入端口,而且会被更新,这也正是选路处理器所需要的。有了转发表的本地副本,就可使每个输入端口在本地做出转发决策,无需激活中央选路处理器。这种分散式的转发可避免在路由器中某个结点产生转发处理的瓶颈。

在输入端口处理能力受到限制的路由器中,输入端口也可能直接将分组转发给中央选路处理器,然后再执行转发表查找并将分组转发到适当的输出端口。这是当一个工作站或服务器作为一台路由器使用时所采用的方法。这时,选路处理器实际就是该工作站的 CPU,而输入端口实际就是一块网络接口卡(如一块以太网网卡)。

一旦通过查找确定了一个分组的输出端口,则将该分组转发进入交换结构。然而,一个分组可能在进入交换结构时会暂时阻塞,这是由于来自其他输入端口的分组当前正在使用该交换结构所造成的。因此,一个被阻塞的分组需要在输入端口排队,等待调度以通过交换结构。

(2) 交换结构

交换结构位于路由器的核心部位,它将路由器的输入端口连接到它的输出端口。交换结构完全包含在路由器中,即它是一个网络路由器中的网络。正是通过这种交换结构,分组才能从一个输入端口交换(即转发)到一个输出端口。目前,路由器交换结构的交换方式主要有内存交换、总线型交换及交叉开关型交换三种。

① 内存交换(Switching Via Memory)  最简单、最早的路由器就是一台计算机,输入端口与

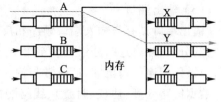

输出端口之间的交换在 CPU(选路处理器)的直接控制下完成,如图 6-52 所示。输入与输出端口就像在传统操作系统中的 I/O 设备一样。一个分组到达一个输入端口时,该端口先通过中断方式向选路处理器发出信号。于是,该分组从输入端口处被复制到处理器内存中。选路处理器从分组首部取出目的地址,在转发表中找出适当的输出端口,并将该分组复制到输出端口

图 6-52  内存交换

的缓存中。假若内存带宽为每秒可写进或读出 B 个分组,则总的转发吞吐量(分组从输入端口被传送到输出端口的总速率)必然小于 B/2。显然,速率受到内存带宽的限制,因为每个分组需 2 次穿越系统总线。

目前,许多现代路由器还是采用内存交换方式。然而,与早期路由器的主要区别是:由输入线路上的处理器来执行查找目的地址,并将分组存储(交换)到适当的存储位置。在某些方面,经内存交换的路由器看起来像一个共享内存的多处理机,但它是用一个线路卡上的处理器把分组交换到输出端口的内存中的。Cisco 的 Catalyst 8500 系列交换机和 Bay Networks Accelar 1200 系列的路由器都是经共享内存转发分组的。

② 总线交换(Switching Via Bus)  所谓总线交换是指通过一条共享的总线将分组从输入端口的内存传递到输出端口的内存,不需要选路处理器的操作。经内存交换时,分组进出内存必然经过系统总线,如图 6-53 所示。虽然选路处理器没有涉及总线传送,但由于总线是共享的,故一次只能有一个分组通过总线传送。某个分组到达一个输入端口,发现总线正忙于传输另一个分组,则它会被阻塞而不能通过交换结构,并在输入端口排队。因为每个分组必须跨过单一总线,所以路由器的交换速率受总线的带宽限制。

在目前的交换技术中,总线带宽已经达到 1Gbit/s,虽然对访问接入和企业级路由器来说已经足够,但还不能适应在区域或主干级线路上应用的需要。目前相当多的路由器产品采用基于总线交换方式,例如 Cisco 1900,它通过一个 1Gbit/s 的分组交换总线来交换分组。3Com 的 Core Builder 5000 系统将位于不同交换模块中的端口通过其 Packet Channel 数据总线互连起来,带宽为 2 Gbit/s。

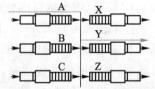

图 6-53  经一根总线的交换

③ 交叉开关型交换 当单一、共享式总线交换受到带宽限制时，可采用交叉开关型交换方式。交叉开关型交换方式又称 Crossbar Switch，它采用硬件交叉开关式的互连网络实现交换。Crossbar Switch 的交换控制主要由 Crossbar 交叉开关和控制逻辑实现。交叉开关负责提供从源端口到相应目的端口信息交换的物理链接，而控制逻辑则用以控制这些物理链接的建立和拆除。由于 Crossbar 结构是所有输出线卡之间的一个集中资源，因此需要一种性能较好的分组调度算法，以便保持它的高效率。譬如，一个纵横式交换机就是一个由 $2n$ 条总线组成的交叉开关，即内连网络，它将 $n$ 个输入端口与 $n$ 个输出端口连接，如图 6-54 所示。一个到达某个输入端口的分组沿着连到输入端口的水平总线穿行，直至该水平总线与连到所希望的输出端口的垂直总线的交叉点。如果该条连到输出端口的垂直总线是空闲的，则该分组传输到输出端口。如果该垂直总线正用于传输另一个输入端口的分组到同一个输出端口，则该到达的分组被阻塞，且在输入端口排队。显然，交叉开关型交换方式能够克服总线带宽的限制。

（3）输出端口

输出端口具有与输入端口顺序相反的数据链路层和物理层功能，它存储经过交换结构转发给它的分组，并将这些分组传输到输出链路。当一条链路是双向（承载两个方向的流量）链路时，与链路相连的输出端口，通常与输入端口在同一线路卡上成对出现。输出端口由排队缓存管理、数据链路处理（协议、封装）、线路端接模块组成，如图 6-55 所示。输出端口取出存放在输出端口内存中的分组并将其传输到输出链路上。数据链路协议处理与线路端接是发送端的数据链路层与物理层功能，这些功能的实现与输出链路另一端的输入端口交互进行。当交换结构将分组交付给输出端口的速率超过输出链路速率时，就需要排队与缓存管理功能。

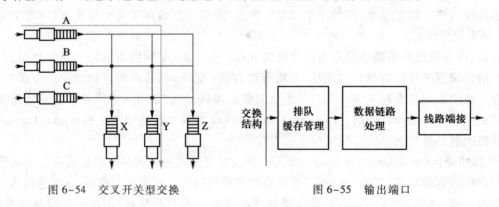

图 6-54 交叉开关型交换          图 6-55 输出端口

（4）选路处理器

选路处理器执行选路协议（例如路由协议），维护选路信息与转发表，并执行路由器中的网络管理功能。

3. 输入/输出端口的分组排队调度

如果仔细考察图 6-52、图 6-53 及图 6-54 中的输入和输出端口功能及其配置，会发现输入端口和输出端口处都能够形成分组队列。由于随着这些队列的增长，路由器的缓存空间将会最终耗尽，并将出现丢包现象，即分组在网络中丢失或在路由器中丢弃。分组丢失的实际位置（或者在输入端口队列，或者在输出端口队列）取决于网络流量负载、交换结构的相对速率和线路速率等几个因素。

假设输入线路速率与输出线路速率相同,有 $n$ 个输入端口和 $n$ 个输出端口。定义交换结构速率为交换结构能够从输入端口到输出端口移动分组的速率。如果交换结构的速率至少是输入线路速率的 $n$ 倍,则在输入端口处不会出现排队。这是因为即使在最坏情况下,所有 $n$ 条输入线路都在接收分组,交换结构也能在每个输入端口(同时)接收一个分组的时间内,将 $n$ 个分组从输入端口传送到输出端口。但是在输出端口处会发生什么呢?仍然假设交换结构的速率至少是线路速率的 $n$ 倍。在最坏情况下,到达 $n$ 个输入端口的分组要被发往同一个输出端口。在这种情况下,在它接收(发送)一个分组的时间内,将有 $n$ 个分组到达该输出端口。因为输出端口在一个单位时间(分组传输时间)内只能传输一个分组,$n$ 个到达的分组必须排队等待传输到输出链路上。于是,又有 $n$ 个分组可能在它刚传输队列中一个分组的时间内到达。依此类推,最终排队的分组数会增长得很快,足以耗尽输出端口的存储空间,在这种情况下,分组就被丢弃了。

输出端口的分组排队过程,如图 6-56 所示。在时刻 $t$,每个输入端口都到达了一个分组,每个分组都向最上侧的输出端口发送。假定线路速率相同,交换结构以三倍线路速率执行,一个时间单位 $t$ 以后(指接收或发送一个分组所需的时间),所有三个原始分组都被传送到输出端口,并排队等待传输。在下一个时间单位 $t$ 中,三个分组中的一个将通过输出链路传输出去。此时,又有两个新分组已到达交换机的输入端,其中的一个分组要发向最上侧的输出端口。

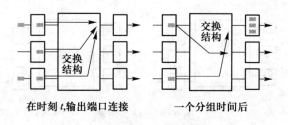

**在时刻 $t$,输出端口连接**     **一个分组时间后**

图 6-56 输出端口的分组排队

由于分组在输出端口排队等待传输,传输输出端口上的分组调度算法必须在这些排队的分组中选出一个来发送。一般来说,对分组调度算法的基本要求是高效、快速、稳定,不会出现队列空闲,并且易于硬件实现。调度算法可以分成输入排队调度算法和输出排队调度算法。可供选择使用的分组调度方法有很多,比较简单的调度算法如先来先服务(FCFS)调度;复杂一些的调度算法如加权公平排队(WFQ)等。分组调度算法在提供服务质量保证方面起着关键作用。

类似地,如果输出端口没有足够的内存来缓存一个输入分组,那么必须做出决定:要么丢弃到达的分组[一种称为弃尾(Drop Tail)的策略],要么删除一个或多个已排队的分组以便为新来的分组腾出空间。在某些情况下,在缓存填满前便丢弃(或在报头加标记)一个分组,以便向发送端提供一个拥塞信号。目前,已经提出许多分组丢弃与标记策略,这些策略统称为活动队列管理(Active Queue Management,AQM)算法。其中,随机早期检测(Random Early Detection,RED)算法是一种得到最广泛的研究和实现的 AQM 算法之一。在 RED 算法中,为输出队列长度维护着一个加权平均值。如果平均队列长度小于最小阈值 $\min_{th}$,则当一个分组到达时,该分组就被接纳进入队列。相反,如果队列满或平均队列长度大于最大阈值 $\max_{th}$,当一个分组到达时,该分组就被标记或丢弃。最后,如果一个分组到达,发现平均队列长度在 $[\,min_{th},\,max_{th}\,]$ 之间时,则该分组以某种概率值被标记或丢弃。这个概率值一般是与平均队列长度、$min_{th}$ 和 $max_{th}$ 有关的函数值。目前已提出了许多概率标记/丢弃函数,各种版本的 RED 也已被分析建模、模拟或实现。

如果采用单个 FIFO(First In First Out )的输入缓冲交换结构,而且该交换结构不能快得(相对于输入线路速率而言)使所有到达分组无迟延地通过它传送,则在输入端口也将出现分组排队,到达的分组必须加入输入端口队列,以等待通过交换结构传送到输出端口。例如,对于一个交叉式交换结构,假定:① 所有链路速率相同;② 一个分组能够以与一条输入链路接收一个分组相同的时间,从任意一个输入端口传送到给定的输出端口;③ 分组按 FCFS 方式,从一个指定输入队列移动到其要求的输出队列中。只要其输出端口不同,多个分组可以并行传送。然而,如果位于两个输入队列前端的两个分组是发往同一输出队列的,则其中的一个分组将被阻塞,且必须在输入队列中等待,因为交换结构一次只能传送一个分组到某指定端口。譬如,如图 6-57 所示,在输入队列前端的两个分组要发往同一个右上角输出端口。假定交换结构决定传输左上角队列前端的分组,那么,左下角队列中的分组就必须等待。不仅该分组要等待,左下角队列中排在该分组后面的分组也要等待,即使右中侧输出端口中无竞争。通常把这种在队列的排头上的分组挡住了其他分组前移的现象称为队头 (Head of the Line,HOL)阻塞。

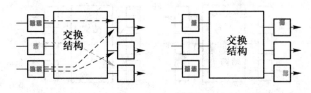

图 6-57　队头阻塞

从理论分析和计算机模拟研究可知,对于输入缓冲采用 FIFO 队列的 $N \cdot N$ 交换机,由于 HOL 阻塞的影响,在相同随机流量情况下,交换端口能达到的最大吞吐量被限制在 $(2 - \sqrt{2}) \times 100\% = 58.6\%$。

为克服 FIFO 输入队列所产生的影响,出现了许多旨在消除 HOL 阻塞现象、提高吞吐量的排队规则和调度算法。譬如在每个输入端口放置 $N$ 个 FIFO 缓冲队列,每个 FIFO 对应一个输出端口,通过调度算法将无冲突分组交换到输出端口,以消除 HOL。目前为提高交换系统吞吐量,设计开发高性能网络交换机或路由器内部交换结构的技术已趋成熟。但易于在硬件中实现的、高效的队列调度算法仍然是一项值得研究的重要技术,尤其是在 Crossbar 交换系统中更是如此。为了实现在 Crossbar 交换系统中分组的快速转发,避免 HOL 阻塞,我们在对输入排队调度算法 PIM 的特点进行分析的基础上,研究分析了滑动迭代匹配算法的基本原理、迭代仲裁步骤,并给出了它在硬件中的实现方案。对该问题感兴趣的读者可参阅相关参考文献。

## 6.7　Internet 路由协议

前几节讨论了 Internet 编址与 IP 协议,简单介绍了路由技术的基本理论,讨论了两种最为流行的算法类型:链路状态和距离向量算法。现在将注意力转移到 Internet 路由协议上来,讨论如何将路由算法理论付诸实践应用。

## 6.7.1 路由协议概述

整个 Internet 并不是采用全局性的一致路由算法。Internet 的规模非常之大,路由器数量达几百万个,路由的动态变化要及时反映到全局路由表中非常困难,一旦发送变化会使路由表在一段时间内丧失一致性;而且,这种全局性的路由更新也会占用很大的网络带宽。为解决这些问题,可将整个 Internet 划分为许多较小的单位,即自治系统(Autonomous System,AS)。一个 AS 是一个包含一定范围的互连网络,有一个全局管理的唯一的识别编号。在一个自治域内往往使用同一种路由策略。一般情况下,一个 AS 内部的所有网络属于某一行政单位或一个 ISP 来管辖,例如企业网、园区网和 ISP 网络。

AS 之间的路由称为域间路由,AS 内部的路由称为域内路由。AS 的经典定义是,在统一技术管理下的一系列路由器,在 AS 内部使用内部网关协议(Interior Gateway Protocol,IGP)和统一度量路由数据报,在 AS 外部使用外部网关协议(Exterior Gateway Protocol,EGP)路由数据报。该经典定义尚在发展,一些 AS 在其内部使用多种内部网关协议和度量。使用 AS 这个术语强调了以下事实,即使使用了多个 IGP 和度量,对别的 AS 而言,AS 的管理表现出一致的路由计划和一致的目的地可达。这样,Internet 中的路由协议被配置为一种分级的结构,涉及内部和外部两种类型。因此,Internet 把路由选择协议划分成了两大类,即:

(1)内部网关协议(IGP)  Internet 中自治系统内部网关协议用于确定一个 AS 内执行路由的方式,而且与在 Internet 中的其他自治系统选用什么路由协议无关。也就是说,IGP 是一个在自治系统内部使用的路由选择协议,用来在一个 AS 内交换 Internet 路由信息,有时简称为域内路由协议。目前这类路由协议使用得最多。常见的域内协议包括路由信息协议(Routing Information Protocol,RIP)、RIP – 2、开放最短路径优先(Open shortest Path Fist,OSPF)、IGRP 和增强性 IGRP(Cisco 系统的内部网关路由协议)等。

(2)外部网关协议(EGP)  若源结点和目的结点处在不同的自治系统 AS 中,而且这两个自治系统 AS 使用不同的内部网关协议,当数据报传输到一个自治系统的边界时,就需要使用一种协议将路由选择信息传递到另一个自治系统中。这样的协议就是外部网关协议(EGP),也称为自治系统边界网关协议。在外部网关协议中,目前使用最多的是 BGP(Border Gateway Protocol)。

图 6-58 是一个简单的 IGP 和 EGP 应用示例,由三个自治系统 AS1、AS2 和 AS3 组成一个互联网。在 AS1、AS2 和 AS3 内部使用 IGP,如 RIP 和 OSPF,而在 AS 之间使用 BGP。IGP 和 EGP 协同工作,使得全网范围可以实现相互访问。

在图 6-58 中,AS1 中 R11 ~ R14 运行内部网关协议 RIP,进行 AS1 内部的路由更新;AS2 中 R21 ~ R24 运行内部网关协议 OSPF,进行 AS2 内部的路由更新;在 AS3 中 R31 ~ R34 运行内部网关协议 OSPF,进行 AS3 内部的路由更新。R11、R21 和 R31 又是外部网关,它们又运行外部网关协议 BGP,在运行内部网关协议的基础上,交换 AS 之间访问的路由。

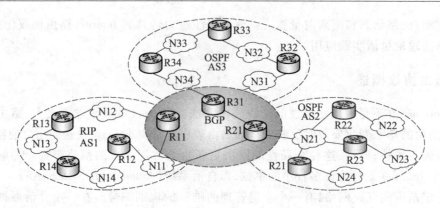

图 6-58 IGP 和 EGP 的应用示例

### 6.7.2 路由信息协议

路由信息协议(RIP)是最早的 AS 内部 Internet 路由协议之一,且目前仍在广泛使用。它的产生与命名来源于 Xerox 网络操作系统(XNS)体系结构。RIP 得到广泛应用的主要原因是在支持 TCP/IP 的 1982 年 UNIX 伯克利软件分布(BSD)中包含了它。RFC 1058 定义了 RIP 版本 1,在 RFC 2453 中定义了向后兼容的版本 2。

1. RIP 路由表建立与更新

RIP-1 和 RIP-2 是两个基于距离向量算法的路由协议。RIP 路由表的每个入口均含有一系列的信息,包括目的结点、到目的结点路径上的下一个结点,以及量度。在路由表中还有其他一些信息,如各种与路由有关的计时器等。表 6-14 给出了一个典型的路由表。

表 6-14　典型的 RIP 路由表

| 目 的 结 点 | 下 个 结 点 | 距　　　离 | 计 数 器 | 标　　　志 |
|---|---|---|---|---|
| 网络 A | 路由器 1 | 3 | $t1, t2, t3$ | x, y |
| 网络 B | 路由器 2 | 5 | $t1, t2, t3$ | x, y |
| 网络 C | 路由器 1 | 2 | $t1, t2, t3$ | x, y |

如图 6-59 所示,设有三个路由器 A、B 和 C。路由器 A 的两个网络接口 E0 和 S0 分别连接在 10.1.0.0 和 10.2.0.0 网段上;路由器 B 的两个网络接口 S0 和 S1 分别连接在 10.2.0.0 和 10.3.0.0 网段上;路由器 C 的网络接口 S0 和 E0 分别连接在 10.3.0.0 和 10.4.0.0 网段上。

在图 6-59 中,如每个路由器路由表的前两行所示,通过路由器的网络接口到与之直接相连的网段的网络连接,其向量距离设置为 0。这即是最初的路由表。

每个路由器要向它的邻结点周期性地发送路由更新信息:当路由器 B 和 A 以及 B 和 C 之间相互交换路由信息后,它们会更新各自的路由表。例如,路由器 B 通过网络端口 S1 收到路由器 C 的路由信息(10.3.0.0,S0,0)和(10.4.0.0,E0,0)后,在自己的路由表中增加一条(10.4.0.0,S1,1)路由信息。该信息表示:通过路由器 B 的网络接口 S1 可以访问到 10.4.0.0 网段,其向量距离为 1,该向量距离是在路由器 C 的基础上加 1 获得的。同样的道理,路由器 B 还会产生一条(10.1.0.0,S0,1)路由,这条路由是通过网络端口 S0 从路由器 A 获得的。如此反复,直到最终收敛,形成图 6-58 中所示的路由表。

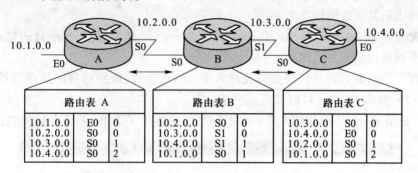

图 6-59 路由表建立范例

概括地说,距离向量算法要求每一个路由器把它的整个路由表发送给与它直接连接的其他路由器。路由表中的每一条记录都包括目标逻辑地址、相应的网络接口和该条路由的向量距离。当一个路由器从它的邻结点收到更新信息时,它会将新信息与本身的路由表相比较。如果该路由器比较出一条新路由或是找到一条比当前路由更好的路由时,就对路由表进行更新:从该路由器到邻结点之间的向量距离与新信息中的向量距离相加,作为新路由的向量距离。

按照规定,一个实现 RIP 的路由器每隔 30 s 与相邻路由器交换路由表。为了适应诸如链路故障等引起的拓扑结构变化,在最坏的情况下,路由器应在 180 s 内收到它的每个相邻结点的更新消息。选择大于 30 s 的值的原因是,RIP 使用了不可靠的 UDP 协议。因此,一些更新消息可能丢失并永远不会到达相邻结点。RIP-1 和 RIP-2 都只能支持最多 15 跳。因此,如果源结点和目的结点的路由跳数多于 15,目的结点所在的网络将被视为不可达。对路由器来说,到该目的网络的代价为无穷大。这限制了互联网的大小为 15 个依次相连的网络。

2. RIP 报文格式

RFC1058 规定的、实现 IP 路由的 RIP 报文格式,如图 6-60 所示。该格式包含一个命令字段、一个版本字段、必须被设置为零的字段和一个数量可变的路由信息消息,称为 RIP 表项(最多 25 个这样的表项)。RIP 报文中各字段的含义如下:

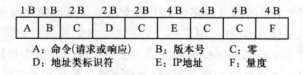

图 6-60 RIP 报文格式

(1)命令 表示该报文是一个请求或响应。数值 1 用于请求,数值 2 用于响应。请求命令向响应方要求发送全部或一部分路由表,响应方的目的结点列在该报文的后面;响应命令则是对请求的一个回答,在大多数情况下,是一个定性的路由更新信息。在响应报文中,响应系统可以包括路由表或路由表的一部分,而定期的路由更新信息则包括整个路由表。

(2)版本号 该字段规定实现的 RIP 版本。由于在 Internet 中可能有多种方法实现 RIP,因此,该字段可用于指明不同的 RIP 的实现版本。RIP-1 将该字段设为 1,RIP-2 将该字段设为 2。

（3）地址类标识符 该字段表明所用的地址类。在 Internet 中，地址类就是 IP（其值为 2），但该字段也可表示其他的网络类型。

（4）IP 地址 在 Internet 的 RIP 中，该字段包含一个 IP 地址，用于指示目的结点的 IP 地址。它可以是一个网络地址或主机地址。

（5）量度 表示欲到达目的结点需经过的中间结点个数，即到达目的结点的量度（Metric），其范围从 1 ～ 15，数值 16 表示目的结点不可达。

图 6-61 是用 Ethereal 捕获的 RIP - 1 请求报文，它给出了 RIP - 1 请求报文中各项参数。

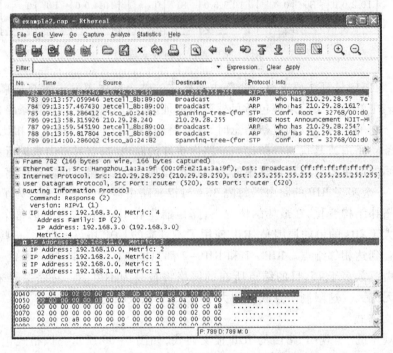

图 6-61　用 Ethereal 捕获的 RIP - 1 请求报文

注意，在单个 RIP 报文中，最多可以有 25 个地址类标识符、地址和量度。也就是说，在单个 RIP 报文中，最多可有 25 个目的结点。多个 RIP 报文用来从更大的路由表上传输信息。

同其他的路由协议一样，RIP 也采用了不少计时器。RIP 路由更新计时器通常设计为 30 s，以保证每个路由器在每 30 s 向其相邻路由器发送一次路由表。路由失效计时器则用于决定某个路由器在多长时间内没有收到特定的路由表时，该路由器应被认为失效。当某个路由器失效时，其相邻路由器将获得有关路由器的失效通知，该通知必须在路由监视计时器超时之时发出。若路由监视计时器超时，该路由将从路由表中删除。路由失效计时器一般设为 90 s，而路由监视计时器一般设为 270 s。

尽管简单是 RIP 的一个明显优点，但也存在一些局限性，包括有限的指标使用及结束速度较慢。由于使用跳数和在此指标中规定为一个小数值范围（1 ～ 15），该协议无法考虑网络负载条件。此外，RIP 不能区分高带宽链路和低带宽链路，该协议的执行性能也比较差。

RIP - 2 允许 RIP 报文携带更多的信息，如子网掩码、下一跳和路由域。它还提供了一个简单的认证过程。与 RIP - 1 不同，RIP - 2 可以同 CIDR 一起使用。

### 6.7.3 开放式最短路径优先协议

开放式最短路径优先(OSPF)是一种链路状态路由算法(RFC 1131/1247)的内部网关协议,它由 IETF 的内部网关协议(IGP)工作组于 1989 年推出。顾名思义,OSPF 有两个主要特性:一个是它的开放性,OSPF 协议是面向大众的;二是基于 SPF(Shortest Path First)算法的协议。SPF 算法有时也根据其发明人的姓名迪杰斯特拉(Dijkstra)命名,称为 Dijkstra 算法。

1. OSPF 的主要性能特征

由于 OSPF 是一种基于链路状态路由算法的内部网关协议,而 RIP 是基于距离向量算法的,许多 RIP 的限制问题在 OSPF 中得到了解决。例如,OSPF 是专门为大型异构网络设计的,OSPF 支持 16 位的选路量度,允许网络管理员基于流量负载、传输时延、链路速率,以及带宽来设计最小代价选路方案,而不只是基于跳数。其链路成本范围为 1~65535,更为灵活,成本可以基于任何标准。

OSPF 可以计算到一个特定目的结点的多条路由,每条路由针对一种 IP 服务类型。这一功能提供了在 RIP 中不具备的额外灵活性。

OSPF 的路由更新也非常有效并可以通过密码、数字签名等进行认证。认证机制可以确保路由器正在与受信任的相邻结点交换信息。

OSPF 还使用区域(Area)的概念。因此,更新并不占用太多带宽,因为除了区域总结更新(Summary Updates)外,更新都只发生在某个特定区域内。区域路由(Area Routing)将内部选路与外部选路问题隔离开来。

OSPF 还有其他一些特点,诸如:网络拓扑发生改变后的快速恢复,避免选路环路,以及独立地解析并重新分发 EGP 和 IGP 路由等。

2. OSPF 报文头格式

RFC 2328 描述了最新版本的 OSPF,所有的 OSPF 报文均有一个 24 B 的报文头,如图 6-62 所示。OSPF 报头的各字段含义如下:

| 1 B | 1 B | 2 B | 4 B | 4 B | 2 B | 2 B | 8 B | 可变 |
|-----|-----|-----|-----|-----|-----|-----|-----|-----|
| 版本号 | 类型 | 报文长度 | 路由器ID | 区域ID | 校验和 | 认证类型 | 认证 | 数据 |

图 6-62 OSPF 协议报文头格式

(1) 版本号  版本号字段标志所用 OSPF 的实现版本号。

(2) 类型  类型字段指明了 OSPF 报文类型,OSPF 报文分为以下 5 类。

问候(Hello)报文:周期性地发送该报文,以建立和维护与相邻路由器的关系,即用来发现相邻的路由器。

数据库描述报文:描述拓扑数据库的内容,在其相邻路由器正被初始化时交换此类报文。

链路状态请求报文:向其相邻结点的拓扑数据库发出请求。该报文是在路由器发现其拓扑数据库(通过检查数据库描述报文)的部分内容已经过期后发送的。

链路状态更新报文:对链路状态请求报文的响应。该类报文也被用于 LSA 的分发。在同一个报文中可以包括几个 LSA。在链路状态更新报文中的每个 LSA 均包含一个类型字段。LSA 有

4 种类型：

① 路由器链路公告（RLA）：描述路由器到某一特定区域的链路状态。路由器向其所需的每个区域发送一个 RLA。RLA 可在整个区域内传输，但不能越过该区域。② 网络链路公告（NLA）：由指定的路由器发送，用于描述连接到一个多路访问网络上的所有路由器，该类信息在包括多路访问网络的区域内传输。③ 汇总链路公告（SLA）：对某个区域外但在同一个 AS 内的目的结点路由进行汇总。它们由区域边界路由器产生，并在该区域内传输。在主干域中，仅发送区域内路由；而对于其他区域，区域内路由和区域间路由均需发送。④ AS 外部链路状态公告：描述 AS 外部目的结点路由。AS 外部链路公告由 AS 边界路由器产生。只有这种类型的公告可以在该 AS 中的任何地方传输，而所有其他类型的公告只能在特定的域中传输。

链路状态应答报文：链路状态更新报文的应答。对于每个链路状态更新报文均需给予明确的应答，以保证在某一区域中的链路状态数据能被可靠地传输。

（3）报文长度　规定报文的字节数，包括 OSPF 报文头本身，以字节计。

（4）路由器 ID　标志该报文的源路由器，该字段通常设为接口的 IP 地址。

（5）区域 ID　标志该报文所属的 OSPF 域。所有的 OSPF 报文都属于某一个特定的 OSPF 域。域 ID 0.0.0.0 被保留用于骨干域。

（6）校验和　用于检测报文中的差错。

（7）认证类型　指明了要求的认证类型。

（8）认证　包含认证信息。

（9）数据　包含封装的上层信息。

3. OSPF 域

为了提高可扩展性，OSPF 引入了两层分级结构，以允许一个 AS 被划分为多个称为区域的组，这些区域通过一个中心骨干域互连，如图 6-63 所示。一个区域由一个 32 位的数字来标志，称为区域 ID。骨干区域由区域 ID 0.0.0.0 来标志。一个区域中的路由器只知道该区域内的完整拓扑；不同的区域可以通过骨干域交换数据报。

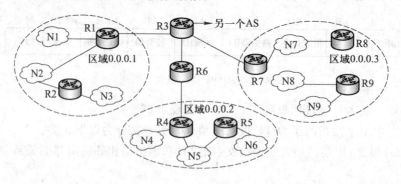

图 6-63　OSPF 域

也就是说，在 OSPF 域里，网络和主机的集合（即互联网）组合在一起形成区域。一个区域内的路由器，称为域内路由器，在域内的网络之间路由数据报。域内路由器维护同一个拓扑数据。OSPF 域通过区域边界路由器互连，这些路由器分别保存它们所连的区域的拓扑数据。这些区域可以互连以组成一个 AS。因此，在 OSPF 环境里，路由器互连形成网络，网络互连形成区域，区域互连形成 AS。为了进一步理解这个概念,继续考查图 6-63,它表示了由三个区域组成的OSPF环境。路由器 Rl 和 R2、R4 和 R5、R8 和 R9 分别是区域 0.0.0.1、0.0.0.2、0.0.0.3 的域内路由器。此外,R1 是区域 0.0.0.1 的边界路由器,R4 是区域 0.0.0.2 的边界路由器,R7 是区域 0.0.0.3 的边界路由器。每个区域是一个单独的自治系统,域内路由器只携带本域内网络的信息。例如,从网络 N1 到网络 N3 的数据报通过 R1 和 R2 内部路由;从网络 N1 到网络 N7 的数据报必须先路由到边界路由器 R1,然后转发给 R3 和 R7。

注意,有了区域的概念后,OSPF 的路由在两个层次上进行。低层是域内路由;高层是域间路由,由穿越骨干网的流量组成。图 6-63 中的骨干网由路由器 R3、R6 和 R7 组成。为了减少骨干网的路由更新,每个区域有一个指定路由器和一个备份指定路由器。在区域内,每个路由器与指定路由器交换链路状态信息。指定路由器负责(当它失效时由备份路由器负责)代表本网络产生链路状态通告(LSA)。

当一个新的路由器加入网络时,它给每个邻居发送 Hello 报文。所有的路由器也都周期发送 Hello 报文以告知相邻路由器它们在正常运行。OSPF 路由器使用链路状态算法如 Dijkstra 算法建立它们看到的网络拓扑数据库。然后通过链路状态公告(LSA)将其发送给相邻路由器。域内路由器只与同一域内的路由器交换 LSA,而区域边界路由器则与其他区域边界路由器交换 LSA。

**4. OSPF 的操作**

OSPF 的操作包括以下步骤。

(1) 发送 Hello 报文

通过传送 Hello 报文来发现相邻结点,并在多路访问网络中选举指定路由器。OSPF 协议运行后,首先试图与相邻的路由器建立毗邻关系。它周期性地向各个网络接口(包括虚拟网络接口)发送 Hello 报文,以便发现、建立和维护邻接关系。通常每隔 10 s 发送一次 Hello 报文,在 Hello 报文中,包含它自己的 ID(即某一接口的 IP 地址)、优先权(用于选择指定路由器 DR:Designated Router)、已知的 DR、BDR(备份指定路由器)和相邻路由器表。接收到 Hello 报文的路由器如果发现自己在对方相邻的路由器表中,则表明双方都收到了对方的 Hello 报文。

(2) 建立毗邻关系并同步链路状态数据库

OSPF 需要在 AS 中路由器的一个子集之间建立毗邻关系。只有建立毗邻关系的路由器才能参与 OSPF 的操作。建立了毗邻关系的两台路由器之间数据库同步过程如下:假设有两台路由器 A 和 B 刚建立起毗邻关系,路由器 A 和 B 将相互发送数据库描述报文。在数据库描述报文中包括多个 LSA 的报头。B 如果在 A 发送的报文中发现其中一些 LSA 头代表的 LSA 在自身的数据库中不存在,或者收到的 LSA 比它拥有的 LSA 更新,则把该 LSA 报头放入自己的 LSA 请求表中,然后向路由器 A 发送链路状态请求报文,要求得到 LSA 具体的信息。

(3) 与相邻路由器交换链路状态公告 LSA 并构建路由表

路由器 A 收到 B 的 LSA 请求报文后,将向 B 发送 LSA 更新报文。报文的数据部分是所请求的 LSA 的完整信息。B 对于收到的每一个更新报文,进行检查,把收到的新 LSA 从 LSA 请求表中删除,同时向路由器 A 发出 LSA 更新的确认报文。如果路由器 B 的 LSA 请求表为空,则表明两者的数据库达到一致,即同步成功。OSPF 对每个链路状态更新报文发送链路状态确认报文,保证数据库描述报文的可靠传输。

　　路由器在其链路状态发生变化或收到其他路由器发送的 LSA 更新报文后,路由器也要向毗邻的路由器主动发送 LSA 更新报文,以便其他路由器尽快更新其拓扑数据库。OSPF 要求 LSA 的所有发起者每隔 30 min 刷新 LSA 一次,这一规则可以防止路由器数据库发生意外错误。

　　OSPF 报头和链路状态更新报文,如图 6-64 所示。在中间的窗格内,可以看到 OSPF 报头的各个字段内容,以及一个汇总 LSA 的所有字段内容。需要指出的是,该 LSA 还描述了一条使用网络掩码 255.255.255.0、量度为 10、到网络 201.100.6.1 的路由。

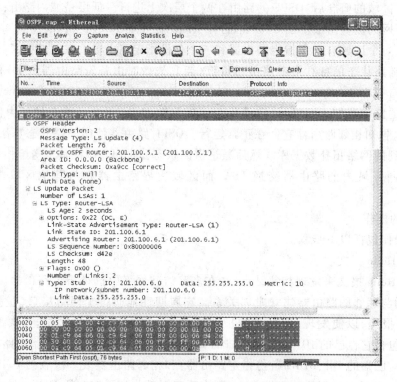

图 6-64　OSPF 报头和链路状态更新报文示例

## 6.7.4　边界网关协议

　　由 RFC 1771 - 1772 定义的边界网关协议(BGP)版本 4 是当今 Internet 中域间路由协议的草案标准,能在多个自治系统 AS 域内或域间对数据报传输的路由进行选择和域间路由信息交换。通常称为 BGP - 4 或简称为 BGP。

　　BGP 极其复杂,许多专著致力于研究该主题。作为设计者或较高层的 ISP 管理员,即使在阅读了这些专著和相关的 RFC 以后,如果不长时间实际操作 BGP 的话,也较难全面掌握。BGP 是 Internet 中极为重要的协议,从本质上讲,是这个协议把所有的知识融合在一起了,因此至少应当了解一些有关 BGP 协议的基本概念。

　　1. BGP 的主要性能特征

　　对于仅作为一个数据传输通道的自治系统 AS(既不是数据的发起端,也不是数据的接收端),BGP 必须与存在于这些 AS 内部的路由协议打交道,以使数据能正确通过它们。BGP 的路由刷新报文由"网络号:自主系统路径"所组成,每一个 AS 路径都是一系列自治系统 AS 的名字字符串,它记录了通向最终目标所经过的网络。BGP 的路由刷新报文通过传输控制协议 TCP 进行可靠传输。

与其他一些路由选择协议不同,BGP 不要求对整个路由表进行周期性刷新,运行 BGP 的路由器只保持每一个路由表的最新版本。尽管 BGP 保持通向特定目标的所有路由表,但在路由选择刷新报文中只说明最佳路由。

BGP 的路由度量方法可以是一个任意单位的数,它指明某一个特定路径可供参考的程度,通常由网络管理人员通过配置文件进行设置。可参考的程度可以基于任何数字准则,例如最终系统计数(计数越小路由越佳)、数据链路的性能(链路的稳定性、可靠性和传输速率等)等因素。

BGP 提供了一套新的机制支持无类域间路由。这些机制包括支持网络前缀的广播。BGP 也引入机制支持路由聚合,包括 AS 路径的聚合。

BGP 也可以用于自治系统 AS 内部,是一种双重路由选择协议,要求两个可以在自治系统 AS 之间进行通信的 BGP 相邻结点必须存在于同一个物理链路上。位于同一个自治系统 AS 内的 BGP 路由器可以互相通信,以确保它们对整个自治系统的所有信息都相同。而且通过信息交换后,它们将决定自治系统 AS 内哪个 BGP 路由器作为连接点负责接收来自自治系统外部的信息。也就是说,在配置 BGP 时,每一个自治系统的管理员要选择至少一个路由器作为该自治系统的"BGP 发言人"。所谓 BGP 发言人往往就是 BGP 边界路由器,该边界路由器可以代表整个自治系统和其他自治系统交换路由信息。

2. 路径属性

路径属性分为公认或任选的,必遵或自决的,可传递或非可传递的。这些属性的组合可分为:公认和必遵的,公认和自决的,任选和可传递的,任选和非可传递的。

AS 路径属性属于公认和必遵的。只要路由更新通过一个 AS,这个 AS 号就被添加到路由表中。因此,路径属性其实是路由更新达到目的结点所经过的每一个 AS 号汇总,然后路由更新的起始 AS 号被加入到路由表的末尾。

下一跳属性属于公认和必遵属性,它说明了用于去往目的结点的下一跳地址。

起源是公认和必遵属性,它定义路由信息的起源,起源属性主要是下列三种值之一:①IG,属于 AS 内部的路由信息,也就是由同一 AS 内部的路由器产生的路由信息,在 BGP 表中用 i 表示;②EGP,属于从外部 AS 学到的路由信息,在 BGP 表中用 e 表示;③不完全,表示路由的起源不知或者是由再发布学习到的。

本地优先属性属于公认和自决属性。对于 AS 内的路由器来说,根据每条路径的本地优先值来决定选择哪条路径作为该 AS 的出口,优先值高者优先。默认情况下属性值为 100。本地优先属性只能在同一 AS 内的路由器之间进行比较。

MED 值属性是属于任选和非可传递属性,也称为度量值(Metric),主要用于指示外部相邻选择进入 AS 的路径,Metric 值较低的路径优先选择。这种信息的交换是在不同 AS 间进行的,当更新被传送到下一个 AS 时,度量值被设置为默认值 0。

团体是任选和可传递属性,主要是用来过滤路由入和出的一种方法。BGP 团体允许路由器用一个指示符来标注路由,任一 BGP 路由器也可在入路由或者出路由中使用这一标注,任一 BGP 路由器都可以在入路由或者出路由更新中根据这一标注来过滤路由或者优先选择。

　　权重属性属于 Cisco 专用属性,它用于路径的选择过程,主要是在本地化的配置过程中使用,对于不同的邻居有不同的值,当某路由器到一目的地有两条路径,分别通过两个相邻路由器,在本地路由器上对应于哪条路径的相邻路由器的权值较高,选择哪条路径。

　　BGP 同步规则,主要是为了保证所有的 BGP 路由器能达到同步。

　　3. BGP 报文

　　所有 BGP 报文的开始都是一个用于标志报文类型的 19 B 的报头,主要包含标记、长度和类型三个字段。每个字段的含义为:

　　(1)标记(Marker)

　　标记字段为 16 B,用于认证进入的 BGP 报文或检测一对 BGP 对等实体之间丢失的同步。如果报文是一个 Open 报文,可以基于采用的某种认证机制来预测标记字段,很可能是报文摘要算法版本 5(MD - 5)。如果 Open 报文没有携带认证,标记字段必须设为全 1。

　　(2)长度(Length)

　　长度字段用于指示以字节为单位的 BGP 报文总长度,包括报头。长度字段的数值必须在 19 ~ 4096 B 之间。

　　(3)类型(Type)

　　类型字段用于标志 BGP 报文的类型,值为 1 ~ 4,分别对应打开(Open)、更新(Update)、保持存活(Keepalive)和通知(Notification)4 种类型的 BGP 报文。

　　① Open 报文　共有 6 个字段,它包含:版本、自治系统 AS 号、保持时间、BGP 标识符、可选的参数长度及可选的参数字段。Open 是在建立 TCP 连接之后,BGP 路由器发出的第一个报文,主要用来与相邻的另一个 BGP 发言人建立联系。

　　② Update 报文　共有 5 个字段,包含:不可行路由长度、撤销的路由、路径属性总长度、路径属性、网络层可达性信息(NLRI)。在 TCP 连接建立后,BGP 对等体通过使用 Update 报文发送某一路由信息,以及列出要撤销的多条路由。Update 报文用来构造一个 AS 连接图,是 BGP 协议的核心内容。

　　③ Keepalive 报文　只有 BGP 的 19 B 的报头,没有数据部分。BGP 发言人通过周期性地交换 Keepalive 报文来持续监视对等体的可达性。需要频繁交换 Keepalive 报文,以防止定时器超时。

　　④ Notification 报文　有 3 个字段,即差错代码、差错子代码和差错数据。当一个 BGP 发言人检测到一个错误或异常时,该 BGP 发言人发送一个 Notification 报文,然后关闭此 TCP 连接。

　　图 6-65 所示是两个 BGP 发言人之间交换的一系列 BGP 报文。中间的窗格描述了到前缀 1.0.0.0/8 的路径中一个 BGP 更新报文中的字段。该报文指示到此目的结点的下一跳路由器是 201.100.1.1。同时还可以看到 ORIGIN、AS_PATH 和 NEXT_HOP 等路径属性值。

　　总之,BGP 属域间路由协议,是高性能核心路由器上必须运行的一种路由协议,它主要应用于各主干网所在自治域系统之间的互连。为了使各互联网间的信息能相互通达,需要配置 BGP 的发布和接受路由策略。BGP 的配置是目前高速互联网中最复杂的部分,直接关系到全世界互联网的稳定运行,是使互连网络具有可扩展性和可持续发展的基础。

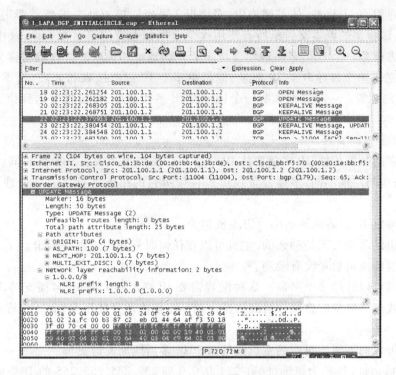

图 6-65　BGP 报文及更新报文示例

# 6.8　IP 多播和 IGMP

到目前为止,所介绍的路由机制都假定特定的源结点向单独的目的结点发送它的数据报。对一些应用,譬如远程(电话)会议,一个源端可能希望同时向多个目的端发送报文。这种要求需要采用称为广播路由和多播路由的路由方法。在广播路由中,网络层提供了从一个源结点到网络中的所有其他结点交付报文的服务,多播路由使单个源结点能够向其他网络结点的一个子集发送报文的副本。在此仅简单介绍有关 IP 多播技术,以及利用路由器进行多播的 Internet 组管理协议(Internet Group Management Protocol,IGMP)。

## 6.8.1　IP 多播

在多播通信中,需要解决两个问题,即怎样标志多播报文的接收端和怎样为发送到这些接收端的报文分组进行编址。在单播通信的情况下,接收端(目的地)的 IP 地址被携带在每个 IP 单播数据报中并标志单个接收端;在广播的情况下,所有结点需要接收广播报文,因此不需要目的地址。但在多播情况下,将面临多个接收端。显然,对于每个多播报文都携带所有多个接收端的 IP 地址是不可行的。虽然这种方法对少量的接收端可能是可以的,但它不能很好地扩展到数以百计或数以千计接收端的情况。在数据报中编址信息的数据量,将淹没该报文中有效载荷字段中实际可携带的数据量。此外,发送端要清楚地标志出接收端还需要知道所有接收端的身份与地址。因此,需要寻求一种新的 IP 编址机制。

由于这些原因,在 Internet 体系结构中,多播报文采用间接地址来编址。即用一个标志来表示一组接收端,该报文的副本交付给所有使用这个单一标志符的组。在 Internet 中,表示一组接收端的单一标志就是一个 D 类多播地址。与一个 D 类地址相关联的接收端组称为一个多播组。IP 多播流量发送到单个目标 D 类 IP 地址,但是由多个 IP 主机接收和处理,而不管这些主机在 Internet 上所处的位置。一个主机侦听一个特定的 IP 多播地址,并接收发送到该 IP 地址的所有数据报。

1. 实现 IP 多播的要素

对于一对多的数据传输,IP 多播要比 IP 单播和广播更为高效。与单播不同,多播仅发送数据的一个副本;也与广播不同,多播流量仅由正在侦听它的结点进行接收和处理。IP 多播的附加要素如下:

(1) 侦听特定 IP 多播地址的那一组主机称为一个主机组。

(2) 主机组的成员关系是动态的,主机可以在任何时候加入或离开该组。

(3) 主机组的成员数量没有限制。

(4) 主机组可以跨越多个网段。这种配置需要 IP 路由器上的 IP 多播支持,并要求主机能够将它们对接收多播流量的意愿注册到该路由器。主机注册是使用 Internet 组管理协议(IGMP)来完成的。

(5) 主机可以向不属于对应的主机组的某个 IP 多播地址发送流量。

(6) IP 多播地址(也称为组地址)在 224.0.0.0 到 239.255.255.255 的 D 类地址范围内,这是通过将前四个高序位设置为 1110 来定义的。在网络前缀或无类别域间路由(CIDR)表示法中,IP 多播地址缩写为 224.0.0.0/4。从 224.0.0.0 到 224.0.0.255(224.0.0.0/24)范围的多播地址保留用于本地子网,而 IP 报头中的生存时间(TTL)可忽略,它们都不会被 IP 路由器转发。下面是 IANA 分配的几个永久多播地址的例子:

224.0.0.1——本地网络上的所有主机。

224.0.0.2——本地网络上的所有路由器。

224.0.0.5——本地网络上的所有 OSPF 路由器。

224.0.0.9——本地网络所有 RIP - 2 路由器

2. 将 IP 多播映射到 MAC 层多播

为了支持 IP 多播,Internet 权威机构把 MAC 地址为 01:00:5E:00:00:00 ~ 01:00:5E:7F:FF:FF 的多播地址保留,用于以太网和光纤分布式数据接口(FDDI)介质访问控制(MAC)地址。为了将一个 IP 多播地址映射到一个 MAC 层多播地址,IP 多播地址的 23 个低序位被直接映射到 MAC 层多播地址 23 个低序位。根据 D 类地址约定,IP 多播地址的前 4 位是固定的,IP 多播地址中有 5 位没有映射到 MAC 层多播地址。因此,某个主机可以接收不是它所属组的 MAC 层多播数据报。然而,一旦确定了目标 IP 地址,这些数据报就会被 IP 丢弃。

例如,多播地址 224.192.16.1 将变成 01:00:5E:40:10:01。为了使用那 23 个低序位,第一个 9 位组将不会被使用,第二个 8 位组中仅有最后 7 位被使用。第三个和第四个 8 位组将直接转换为十六进制数字。对于第二个 8 位组,192 的二进制表示 11000000。如果丢弃高序位,它将变成 1000000 或 64(十进制)或 0x40(十六进制)。对于下一个 8 位组,16 的十六进制表示 0x10。对于最后一个 8 位组,1 的十六进制表示 0x01。因此,对应于 224.192.16.1 的 MAC 地址将变成

01:00:5E:40:10:01。

### 3. 支持 IP 多播的 Intranet

在支持 IP 多播的企业内联网(Intranet)中,任何主机都能够向任何组地址发送 IP 多播流量,并且任何主机都能够接收来自任何组地址的 IP 多播流量,而它们的位置可忽略。为了实现这个功能,Intranet 的主机和路由器都必须支持 IP 多播。

### 4. 主机的 IP 多播支持

为了使主机能够发送 IP 多播报文,它必须:

(1) 确定要使用的 IP 多播地址。

(2) 该 IP 多播地址可由应用程序硬编码,或者通过一种分配唯一多播地址的机制来获得。

(3) 将 IP 多播数据报放到传输介质上。

(4) 发送主机必须构造一个包含预期目标 IP 多播地址的 IP 数据报,并将它放到传输介质上。对于诸如以太网、FDDI 和令牌环网这样的共享访问技术,目标 MAC 地址是根据先前描述的 IP 多播地址来创建的。

为了使主机能够接收 IP 多播数据报,它必须:

(1) 通知 IP 接收多播流量。

(2) 为了确定要使用的 IP 多播地址,应用程序必须首先确定是创建一个新的主机组,还是使用某个现有的主机组。为了加入某个现有的组,应用程序可以使用硬编码的多播地址,或使用从某个统一资源定位符(URL)派生而来的地址。

(3) 在确定组地址之后,应用程序必须通知 IP 在某个指定的目标 IP 多播地址接收多播流量。例如,应用程序可以使用 Windows 套接字(Windows Socket)函数来通知 IP 关于所加入多播组的情况。如果多个应用程序使用相同的 IP 地址,那么 IP 必须向每个应用程序传递多播数据报的一个副本。当应用程序加入或离开某个主机组时,IP 必须跟踪哪个应用程序在使用哪个多播地址。此外,对于多宿主主机,IP 必须跟踪每个子网中主机组的应用程序成员关系。

### 5. 将多播 MAC 地址注册到网络适配器

如果所使用的网络技术支持基于硬件的多播,那么网络适配器会被告知将数据报传递给特定的多播地址。对于诸如以太网、FDDI 和令牌环网这样的共享访问技术,Windows 2000 Ndis Request 函数可用于通知网络适配器,响应某个 IP 多播地址的多播 MAC 地址。

### 6. 通知本地路由器

主机必须通知本地子网路由器关于它正在侦听某个特定组地址的多播流量情况。注册主机组信息的协议是 Internet 组管理协议。目前 IGMP 有两个版本:IGMP 第 1 版(IGMPv1)和 IGMP 第 2 版(IGMPv2)。Windows 2003 和 Windows XP TCP/IP 支持 IGMPv2。主机通过发送 IGMP 主机成员关系报告消息,在某个特定的主机组中注册成员关系。

## 6.8.2　Internet 组管理协议

通过对 IP 多播技术的介绍,了解了 D 类 IP 地址到以太网地址的映射方式,以及在单个物理网络中的多播过程,但当涉及多个网络并且多播数据必须通过路由器转发时,情况会复杂得多。为此,下面介绍用于支持主机和路由器进行多播的 Internet 组管理协议(IGMP, RFC 1112)。它让一个物理网络上的所有系统知道主机当前所在的多播组。多播路由器需要这些信息以便知道多播数据报应该向哪些接口转发。

### 1. IGMP 报文

正如 ICMP 一样,IGMP 也被当作 IP 层的一部分。IGMP 报文使用协议类型 2 通过 IP 数据报进行传输。但是通常认为 IGMP 是 IP 的一部分。图 6-66 所示为 IGMP 报文在 IP 数据报中的封装格式。

IGMP 报文格式很简单,长度为 8 B 的 IGMP 报文格式,如图 6-67 所示。各个字段含义为:

图 6-66　IGMP 报文在 IP
数据报中的封装格式

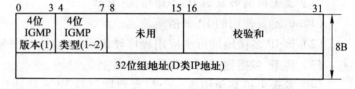

图 6-67　IGMP 报文格式

（1）版本　该字段标志版本号。

（2）类型　该字段标志报文类型,共有两种报文类型:类型 1 说明是由多播路由器发出的查询报文,类型 2 说明是主机发出的报告报文。

（3）未用　该字段必须设为 0。

（4）校验和　该字段包含了一个用于 IGMP 报文的所有 8 B 的校验和。

（5）组地址　该地址是 D 类 IPv4 地址。在查询报文中组地址设置为 0,在报告报文中组地址为要参加的组地址。

### 2. 加入一个多播组

多播是一个进程的概念,该进程在一个主机的给定接口上加入一个多播组。在一个给定接口上的多播组中的成员是动态的,随进程的加入和离开而变化。

这里所指的进程必须以某种方式在给定的接口上加入某个多播组,进程也能离开先前加入的多播组。这些是一个支持多播主机中任何 API 所必需的部分。使用限定词"接口"是因为多播组中的成员与接口相关联,一个进程可以在多个接口上加入同一多播组。这表明一个主机通过组地址和接口来识别一个多播组。主机必须保留一个表,此表中包含所有至少含有一个进程的多播组,以及多播组中的进程数量。

### 3. IGMP 报告和查询

多播路由器使用 IGMP 报文记录与该路由器相连网络中组成员的变化情况。使用规则为:

（1）当第一个进程加入一个组时,主机就发送一个 IGMP 报告。如果一个主机的多个进程加入同一组,只发送一个 IGMP 报告。这个报告将发送到进程加入组所在的同一接口上。

（2）进程离开一个组时,主机不发送 IGMP 报告,即便是组中的最后一个进程离开。主机知道在确定的组中已不再有组成员后,在随后收到的 IGMP 查询中就不再发送报告报文。

（3）多播路由器定时发送 IGMP 查询来了解是否还有任何主机包含属于多播组的进程。多播路由器必须向每个接口发送一个 IGMP 查询。因为路由器希望主机对它加入的每个多播组均发回一个报告,所以 IGMP 查询报文中的组地址设置为 0。

（4）主机通过发送 IGMP 报告来响应一个 IGMP 查询,对每个至少还包含一个进程的组均要发回 IGMP 报告。

使用这些查询和报告报文,多播路由器对每个接口保持一个表,表中记录接口上至少还包含一个主机的多播组。当路由器收到要转发的多播数据报时,它只将该数据报转发到(使用相应的多播链路层地址)还拥有属于那个组主机的接口上。

图 6-68 显示了两个 IGMP 报文,一个是主机发送的报告,另一个是路由器发送的查询。该路由器正在要求那个接口上的每个主机说明它所加入的每个多播组。

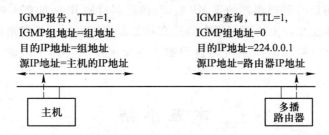

图 6-68 IGMP 的报告和查询

**4. 实现细节**

为改善 IGMP 协议的效率,需要考虑一些技术实现细节。

首先,当一个主机首次发送 IGMP 报告(当第一个进程加入一个多播组)时,并不保证该报告被可靠接收(因为使用的是 IP 交付服务)。下一个报告将在间隔一段时间后发送。这个时间间隔由主机在 $0 \sim 10\,s$ 的范围内随机选择。

其次,当一个主机收到一个从路由器发出的查询后,并不立即响应,而是经过一定的时间间隔后才发出一些响应(主机必须对它参加的每个组均发送一个响应)。既然参加同一多播组的多个主机均能发送一个报告,可将它们的发送间隔设置为随机时延。在一个物理网络中的所有主机将收到同组其他主机发送的所有报告,如图 6-68 所示报告中的目的地址是那个组地址。这意味着如果一个主机在等待发送报告的过程中,收到了发自其他主机的相同报告,则该主机的响应就可以不必发送了。因为多播路由器并不关心有多少主机属于该组,而只关心该组是否还至少拥有一个主机。

在没有任何多播路由器的单个物理网络中,仅有的 IGMP 通信量就是在主机加入一个新多播组时,支持 IP 多播主机所发出的报告。

**5. 生存时间**

在图 6-68 中,注意到 IGMP 报告和查询的生存时间(TTL)均设置为 1,这涉及 IP 报头中的 TTL 字段。一个初始 TTL 为 0 的多播数据报将被限制在同一主机。在默认情况下,待传多播数据报的 TTL 设置为 1,这将使多播数据报仅局限在同一子网内传送。更大的 TTL 值能被多播路由器转发。

对发往一个多播地址的数据报从不会产生 ICMP 差错。当 TTL 值为 0 时,多播路由器也不产生 ICMP 超时差错。

在正常情况下,用户进程并不关心传出数据报的 TTL。然而,一个例外是 traceroute 程序,它主要依据设置 TTL 值来完成。既然多播应用能够设置要传送数据报的 TTL 值,这意味着程序设计接口必须为用户进程提供这种能力。

通过增加 TTL 值的方法,一个应用程序可实现对一个特定服务器的扩展循环搜索。第一个多播数据报以 TTL 等于 1 发送。如果没有响应,就尝试将 TTL 设置为 2,然后设置为 3,等等。在这种方式下,该应用能找到以跳数来度量的最近服务器。

224.0.0.0～224.0.0.255 的特殊地址空间用于多播范围不超过 1 跳时的情况。不管 TTL 值是多少,多播路由器均不转发目的地址为这些地址中的任何一个地址的数据报。

6. 所有主机组

在图 6-68 中,可以看到路由器的 IGMP 查询,传送到目的 IP 地址 224.0.0.1,该地址称为所有主机组地址。它涉及在一个物理网络中的所有具备多播能力的主机和路由器。当接口初始化后,所有具备多播能力接口上的主机均自动加入这个多播组。这个组的成员无需发送 IGMP 报告。

# 本 章 小 结

本章讨论了计算机网络的核心内容,因此篇幅相应较大。网络层涉及网络中的每台主机与路由器,也正因为如此,网络层协议在协议栈中是最具有挑战性的协议。

在物理上,互联网是由称为路由器的设备互连起来的多个网络的集合。每个路由器是一台连接两个或多个网络的专用计算机。在逻辑上,互联网被看成是一个单一单元的无缝通信系统。互联网上的任何一对计算机可以互相进行通信,如同它们连接在单个网络上一样。也就是说,一台计算机可以发送一个数据分组给连接到互联网的任何其他计算机。

互联网使用统一的编址方案。在 TCP/IP 中,IP 协议把 IP 地址划分成两层:地址的前缀表示计算机所连接的网络,后缀标志这个网络中的一台特定计算机。IP 地址是一个 32 位长的二进制数。地址前缀和掩码实现了子网和无类编址方案。虽然用一个 IP 地址来指定一台计算机很方便,但要清楚,每个 IP 地址所标志的是一台计算机与一个网络的连接。一台连接多个网络的计算机,如路由器必须要对每个连接分配一个 IP 地址。

IP 协议是网络层的核心,它代表了 TCP/IP 的基础。IP 协议提供在任意位置的两台计算机之间传输数据分组(称 IP 数据报)的底层机制。IP 地址与 MAC 地址之间的映射过程称为地址解析。TCP/IP 提供了地址解析协议(ARP)。IP 的一个关键部分是 ICMP,它提供关于 Internet 连接性的状态信息。理解 IP 地址、路由表和路由器操作之间的交互作用是很重要的。IP 层必须执行分段和重组,以便向更高层提供具有与低层网络技术无关的独立性。

IPv6 是 IPv4 的替代协议,主要解决了 IPv4 的地址空间问题,并提供了满足诸如移动个人计算设备、连网娱乐等新兴应用需求的功能。

主机和路由器中都含有路由表。多数主机采用静态路由,在系统启动时就对路由表进行初始化。主机的路由表包含两项:一项指定该主机所连接的网络,另一项是默认项,指向某个特定路由器的所有其他传输。路由器和有些主机则采用动态路由,路由表被初始化之后就由路径传播软件对它进行不断的更新。

可将 Internet 划分成一个个自治系统。因此,也将路由问题分为域内路由和域间路由,域内路由和域间路由关心的问题是不同的。用于在自治系统之间传递路由消息的协议为外部网关协议。BGPv4 是外部网关协议,用于 Internet 中自治系统之间交换路由信息。路由器使用内部网关协议在自治系统内交换路由信息,用于域内路由的协议主要是 RIP 和 OSPF 协议。RIP 采用距离向量算法传播路由信息,OSPF 采用链路状态路由算法传播路由信息。由于 OSPF 允许管理员将自治系统内的路由器和网络划分成多个区域,所以它比起其他内部网关协议来说,能够应付更多数量的路由器。

Internet 组播的动态特性使组播路径传播问题变得很困难。虽然已经提出了许多协议,但目前 Internet 还是没有全网范围内的组播路由设施。

# 思考与练习

1. 简述构建互联网的技术方法。
2. TCP/IP 技术是如何对待互联网中的各个物理网络的?
3. IP 地址 223.1.3.27 的 32 位二进制等价形式是什么?
4. 简述 IP 地址的分类以及用途。考查你的主机 IP 地址,它是什么类地址? 你是用什么方法分辨出来的?
5. 简述子网掩码的作用和计算方法。试将 C 类网络地址 198.69.25.0 划分为 8 个子网。
6. 简述规定长度子网掩码和可变长度子网掩码的特点与应用。
7. 简述 IP 地址与 MAC 地址的转换。
8. 在主机上使用 ping 命令确定一个结点是否"活"着,以及在你的主机与目的结点之间传输数据报的往返时间。
9. 使用 UNIX 程序 traceroute 或 Windows 程序 tracert 确定你的结点与 Internet 上另一结点之间的跳数,并解释其输出。
10. 使用 UNIX 程序 netstat 加 - r 选项或 Windows 程序 route 加 print 选项产生你的机器的路由表,并解释其输出。
11. 简述如何从 IPv4 向 IPv6 迁移。
12. 比较 IPv4 与 IPv6 报头字段。它们有哪些字段是相同的?
13. 路由器有 IP 地址吗? 如果有,有多少个?
14. 简述路由技术在网络中的作用。
15. 简述路由选择协议的分类与应用。
16. 简述距离向量路由算法。
17. 简述链路状态路由算法。
18. 为什么在 Internet 中用到了不同类型的 AS 间与 AS 内协议?

# 第 7 章　端到端的传输服务

在实用参考模型中,传输层的任务是在两个不同系统的进程之间提供逻辑通信服务。由于传输层仅关心会话实体之间的数据传输,它的所有协议都具有端到端的意义。逻辑通信的意思就是尽管通信的应用进程之间不是物理连接的(实际上,它们可能分布在不同的地理位置,通过各种各样的路由器和各种连接类型连在一起),而从应用进程的角度来看,它们就像是物理连接的一样。应用进程通过使用传输层提供的逻辑通信互相传输信息,而不考虑用来传送这些信息的物理基础设施。

本章首先简单介绍传输层的功能与提供给高层的服务,重点讨论 TCP/IP 协议体系中面向连接的 TCP 协议和无连接的 UDP 协议。

## 7.1　传输层概述

位于应用层和网络层之间的传输层是分层网络体系结构的核心部分。这一层协议的作用是监管数据从一个应用进程传输到另一个进程。更重要的是,它们在高层(会话层、表示层和应用层)协议和低层(网络层、数据链路层和物理层)提供的服务之间担当联络工作。高层协议可以使用传输层所提供的服务和网络层交互,而不必直接和低层打交道,甚至不必关心低层是否存在。为了使这种分隔成为可能,传输层本身与实际的网络无关。任何用户进程或应用程序可以直接访问传输服务,而不必经过会话层和表示层。实际上,Internet 的传输层协议就是以这种方式工作的。

### 7.1.1　传输层的基本功能

由物理层、数据链路层和网络层组成的通信子网为网络环境中的主机提供了点对点的通信服务。传输层为网络环境中主机的应用进程提供从源端到目的端(端到端)的进程通信服务。设计传输层的目的是弥补通信子网服务的不足,提高传输服务的可靠性与保证服务质量(QoS)。

传输层负责整个报文端到端的传输过程。尽管网络层监管各个数据分组的端到端的传输,但并不了解这些数据分组之间的相互关系。网络层独立处理每个数据分组,就像每个数据分组都属于一个独立的报文一样,不管实际上是否是这样。传输层恰好相反,它保证整个报文按顺序到达目的端,并可进行差错控制和流量控制。传输层与网络层及应用层的关系,如图 7-1 所示。

传输层的主要作用之一是为高层协议屏蔽下层操作的细节。用户可以完全不了解支持用户活动的物理网络,因为有传输层在用户和网络之间提供透明的接口。传输层使得应用层协议不用操心如何去获得所需级别的网络服务。

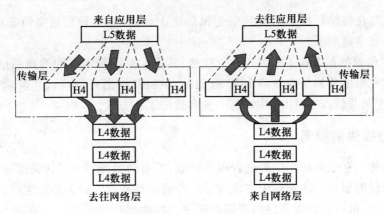

图 7-1  传输层与网络层及应用层的关系

为了更好地理解传输层的作用,考虑一个由各种不同的物理网络(如 LAN、MAN 和 WAN)所组成的互联网,如图 7-2 所示。这些网络连接在一起,就能将数据从一个网络的计算机上传输到另外一个网络的计算机上。在发送端,传输层将接收到的来自发送进程的报文转换成传输层分组,Internet 术语称其为传输层报文段(Segment)。然后,在发送端系统中,传输层将该报文段传递给网络层,网络层将其封装成网络层分组(一个数据报)并向目的端发送。在接收端,网络层从数据报中提取传输层报文段,并将该报文段向上交给传输层。传输层处理接收到的报文段,使得接收端进程可应用该报文段中的数据。

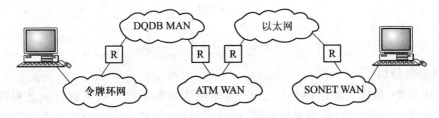

图 7-2  由不同的物理网络组成的互联网

当数据在网络之间进行传输时,可以用不同类型和长度的报文来封装。一个网络的网络层或数据链路层可以将报文分割成更小的段,以满足受限制的报文或帧的大小;而在另一个网络上的对等实体可以将若干个报文段连接在一起,构成一个大的报文。但是,不管在传输过程中经过了怎样的变换,数据都必须以原来的形式到达目的地。

传输层是面向应用进程的,应用进程多种多样,这样也就要求传输层能提供多种服务方式。其中最主要的有两种:一种是能提供可靠数据报、顺序提交;另一种是不要求可靠、顺序提交。相应地,传输层提供了两种服务协议:即面向连接的传输协议和无连接的传输协议。例如,TCP/IP协议体系中的传输控制协议(TCP)和用户数据报协议(UDP)。它们的基本功能就是将 IP 的两个终端系统之间的传输服务扩展为终端系统上运行的两个进程之间的传输服务。主机之间的传输服务扩展到进程之间的传输服务称为传输层的多路复用与多路分解。TCP、UDP 协议都能为其调用的应用程序提供一组不同的传输层服务。

TCP 协议提供面向连接的传输服务。在传送 TCP 报文段之前必须先建立连接,数据传送结束后要释放连接。TCP 协议是传输层的连接,这与网络层的虚电路(如 X.25 所使用的)完全不同。TCP 报文段是在传输层抽象的端到端逻辑信道中传送的,这种信道是可靠的全双工信道。TCP 不提供广播或多播服务。

　　UDP 协议在传输数据之前不需要先建立连接,其报文是在传输层的端到端抽象的逻辑信道中传送的。远程主机的传输层在收到 UDP 报文后,不需要给出任何确认。虽然 UDP 不提供可靠传输服务,但在某些情况下,UDP 协议是一种有效的工作方式。

## 7.1.2　传输层提供的服务

　　传输层的最终目标是向应用层的进程提供有效、可靠的服务。为了达到这一目标,传输层利用了网络层所提供的服务。传输层中完成这一工作的硬件或软件称为传输实体。传输实体可能在操作系统内核中,也可能包含在网络应用程序中。传输层提供的服务由在两个传输实体之间使用的传输协议来实现。传输层提供的服务类似于数据链路层。然而,数据链路层用以在单个网络中传输数据,传输层则由许多网络组成的互联网上提供这些服务,如图 7-3 所示。传输协议向应用层提供的服务内容包括:端到端的传输、服务点寻址、可靠数据传输和流量控制等。

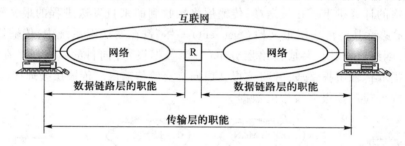

图 7-3　传输层与数据链路层的职能比较

　　1. 端到端的传输

　　在协议体系中,传输层位于网络层之上,传输层协议为不同主机上运行的进程提供逻辑通信,而网络层协议为不同主机提供逻辑通信。传输层协议是在端系统中而不是在网络中的路由器中实现的。为确保整个报文段(而不只是单报文段)完整地到达,传输层监管着整个报文段端到端(源端到目的端)的传输。

　　2. 服务点寻址

　　传输层和会话层的功能交互作用。但是,许多协议(或协议栈)将会话层、表示层和应用层的协议组合在一起,称为应用程序。在这些情况下,传递到会话层的功能实际上是传递给应用程序。使用传输服务的是传输服务用户,即应用层中的各种应用进程,或者是应用层实体,注意不是计算机的最终用户。传输层中两个对等传输实体之间的通信遵循传输层协议,传输层提供的服务也使用了网络层向上提供的服务。层与层之间交换信息的抽象接口分别是传输层服务访问点(TSAP),和网络层服务访问点(NSAP),如图 7-4 所示。在大多数情况下,通信将在多对多的实体之间进行。

　　传输层提供端到端的数据传输,也就是进程到进程的传输,实际上主要是把网络层的数据交付给正确的应用程序。需要注意的是:在一个计算机系统中,由于采用分时操作系统,所以同一时间内有大量的用户进程在运行,而传输层只有一个,这样就存在传输层如何把数据交付给应用程序的问题。显然,为了正确交付给应用程序,每一个应用程序必须有标志。同时,常常会有多个程序同时在一台计算机上运行。最常见的例证就是使用浏览器应用程序 IE 的时候,经常打开多个窗口,而传输层必须保证网络层提交的数据传送到正确的窗口。这意味着,源端到目的端的传输不仅是从一台计算机传输到另一台计算机,而且是从一台计算机上的一个特定进程(运行的程序)传输到另一台计算机上的一个特定进程(运行的程序)。但是,如何识别一台主机上的哪个服务访问点正与另一台主机上的哪个服务访问点通信呢?

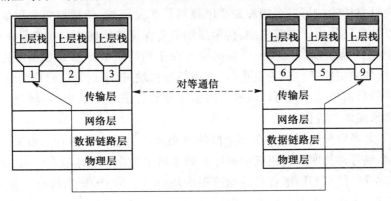

图 7-4 服务访问点示意图

为了保证从服务访问点到服务访问点的正确传输,除了数据链路层和网络层的寻址方式之外,显然需要另外一种寻址方式。解决这个问题的具体方案就是将服务与 TSAP 地址关联的编址方案。

3. 可靠数据传输

在传输层,可靠数据传输包括差错控制、顺序控制、丢失控制和重复控制四个方面。

(1) 差错控制

传输数据时,可靠性的主要目标是差错控制。就像前面所提到的,数据到达目的端必须与它们从源端发出的完全一样。在实际的数据传输中,保证百分之百无差错是不可能的,只能尽量做到无差错。

在传输层中,差错处理的机制是基于差错检测和重传。差错处理通常使用由软件实现的算法(如校验和)来实现。但是既然在数据链路层已经有了差错处理,为什么在传输层还需要进行差错处理呢?这是因为,数据链路层的功能是保证每条链路中结点到结点的无差错传送,然而,结点到结点的可靠性并不保证端到端的可靠性。图 7-5 所示为一种数据链路层差错控制机制无法发现差错的情况。

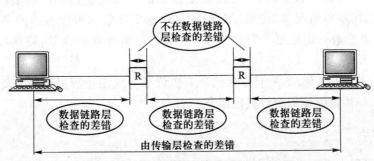

图 7-5 传输层和数据链路层的差错控制比较

在图 7-5 中,数据链路层虽然对在每个网络之间传输的帧进行了差错控制,但当帧在一个路由器内部处理时,还可能引入差错。这个差错不会被下一条链路中的数据链路差错控制机制发现。因为数据链路差错控制机制仅仅检查在链路起始和结束之间是否引入了差错。因此,传输层自己必须进行端到端检查,以保证报文段可以像源端所期望的那样正确到达。

（2）顺序控制

传输层实现可靠传输的第二个措施是顺序控制。在发送端,传输层负责保证从高层接收到的数据单元可以被低层使用。在接收端,传输层则负责保证传输的不同报文段正确地重新组装。

① 分段和连接　当从高层接收到的数据单元对于网络层数据报或数据链路层的帧来说太大而难以处理时,传输层能把它分为更小的、可用的数据块,这个划分过程称为分段。另一方面,当属于一个会话的数据单元小到可以将多个数据单元装配成单个数据报或帧时,传输层协议就将它们组合起来形成单个数据单元。

② 序列号　大多数传输层服务在每个段的结尾处增加一个序列号。如果一个大的数据单元被分段,则这个编号将指明重新组装的顺序。如果将多个小单元连接在一起,则这个编号指明了每个子单元的结尾,使它们能够在目的地被正确地分开。另外,每个段有一个字段,指明该段是传输中的最后段,还是一个有后续段的中间段。

从发送端和接收端的角度看,报文段的传输顺序并不重要。重要的是,它们必须能够在目的端正确重组。

（3）丢失控制

传输层所涵盖的可靠传输的第三个方面是丢失控制。传输层确保传输的所有片段都会到达目的端,而不只是其中的一部分到达目的端。当数据被分段传输时,有些段可能会在传输中丢失。序列号使接收端的传输层协议可以识别出丢失的段,并要求重传。

（4）重复控制

可靠传输的第四个措施是重复控制。传输层的功能必须保证没有重复的数据段到达接收端系统。正如允许识别丢失的报文段一样,序列号使接收端可以识别并丢弃重复的报文段。

4. 流量控制

与数据链路层一样,传输层有流量控制功能。但是,这一层的流量控制是端到端的,而不是作用在单条链路上。传输层的流量控制也使用滑动窗口协议,窗口的大小可以变化以适应缓冲区的占用。

由于窗口大小可变,因此,窗口实际可以容纳的数据量可以协商。通常,窗口的大小由接收端负责控制。接收端在确认报文段时,可以指定窗口的大小是递增的(或递减的,但是多数协议不允许递减)。在多数情况下,传输层的滑动窗口基于接收端可能容纳的字节数,而不是帧数。滑动窗口用来使数据传输更加有效,同时也用来控制数据的流量,使接收端不会变得过分拥挤。

除此之外,为了提高传输效率,传输层的所有协议都为应用进程提供多路复用、多路分解服务,以及带宽保证和传输时延保证等其他服务。

### 7.1.3　端的标志

传输层与网络层在功能上的最大区别就是传输层提供了进程通信能力,即端到端通信。因此,从进程通信的角度,网络通信的地址不仅有主机地址,而且还包含描述通信进程的标志符。显然这个标志符就是传输层协议服务访问点(TSAP),而在 TCP/IP 中则称为协议端口,简称端口。端口与 TSAP 是等价的。端口是一个非常重要的概念,因为应用层的各种进程都通过相应的端口与传输实体进行交互。通常,在一台主机上会有多个应用程序运行,它们都可以使用 TCP 或 UDP 协议进行通信。那么传输层接收到数据后,如何区分数据到底是发送给哪一个应用进程的呢?为此,在 TCP/IP 协议体系中引入了端口和套接字(Socket)的概念。

### 1. 端口的概念

网络地址的编址方法是网络通信中的一个基本问题。网络中的任何通信实体都需要用唯一的地址标志出来。网络中的每一层都需要解决通信实体的地址标志与寻址问题。从对计算机网络体系结构的讨论中可知:在物理层通信时需要使用通信线路号;数据链路层的地址在帧头之中,通信的两个数据链路层通过帧地址来确定通信关系,实现数据链路层之间的虚拟通信;网络层的主要任务是根据源结点与目的结点的网络层地址,通过路由选择,为报文分组穿过复杂的互连网络选择一条最佳的路径;传输层为计算机之间的进程通信提供服务,显然进程在通信过程中也需要分配进程地址,进程地址也称为端口号;而到了应用层,也同样需要为客户机与服务器分配名字。

所谓端口,就是用于标志传输层协议和应用进程之间的数据接口。端口的作用就是让应用层的各种进程都能将其数据通过端口向下交付给传输层,以及让传输层知道应当将其报文段中的数据向上通过端口交付给应用层相应的进程。从这个意义上讲,端口是用来标志应用层进程的。

每个端口用一个 16 位的无符号整数值进行标志,并称为端口号。可以简单地认为,在本地主机中,一个应用进程对应着唯一的一个端口号。对于不同的主机,端口的具体实现方法可能有很大差别,这取决于主机的操作系统。端口号由不同主机上的 TCP 或 UDP 协议独立分配,所以不可能全局唯一。因此,端口的基本概念是:应用层的源进程将报文发送给传输层的某个端口,而应用层的目的端口接收报文。端口只具有本地意义,即端口号只是为了标志本主机应用层中的各个进程。在 Internet 中不同主机的相同端口号是没有联系的。16 位的端口号可区分 64 K 个端口,这个数目对一个主机来说已足够使用。

关于端口号的分配有两种基本方式。一种是全局分配,由网络中具有端口分配功能的机构(如 Internet 指派名字和号码公司 ICANN)负责分配一些常用的应用层程序固定使用的熟知端口(Well Known Port)。0 号端口未使用;1~255 的端口号被标准服务保留,称为熟知保留端口(Reserved Ports for Well Known Services),由 RFC 1700 定义,后来在 1994 年扩展为 0~1023。同时,在网站 http://www.iana.org(RFC 3232)更新。当开发一个新应用程序时,必须为其分配一个端口号。譬如,Telnet 服务器使用 23 号端口,FTP 服务器使用 21 号端口,E-mail 服务器使用 25 号端口等。服务器程序运行之后,就在各自相应的端口上等待。如果希望使用某一台主机的相应服务,只要向该服务对应的套接字上发送数据就可以了。例如,如果希望远程登录到一台工作站上,则向该工作站的 23 号端口发送消息。工作站接收到数据后,TCP 协议根据端口号知道应该把数据发送到 Telnet 的服务器去处理。表 7-1 列出了常用熟知端口及其对应的服务。熟知端口为所有客户机进程所共知,应用层中各种不同的服务器进程不断地检测这些熟知端口,以便决定是否与客户机进程进行通信。

表 7-1　常用的熟知端口

| 应用程序 | FTP | Telnet | SMTP | DNS | TFTP | HTTP | POP3 | SNMP |
|---|---|---|---|---|---|---|---|---|
| 熟知端口 | 21 | 23 | 25 | 53 | 69 | 80 | 110 | 161 |

另一种是主机建立连接时为用户进程动态分配的端口(又称动态联编),称为一般端口(或临时端口),取值大于 255,即 256 ~ 1023 为其他保留端口号,1024 ~ 65535 为用户自定义服务端口号。当客户机进程需要传输服务时,可向本地操作系统动态申请,操作系统随即返回一个本地唯一的端口。

2. 网络环境中的进程通信需要解决的问题

实现网络环境中的进程通信需要解决的第一个问题是进程标志。在单台计算机中,不同的进程可以用端口号或进程标志唯一地标志出来。只要进程号分配不出现重复,则进程标志就不会出现二义性。譬如,在单台计算机环境中,"进程 6 与进程 9 通信"的语义非常明确,操作系统不会产生调度错误。但在网络环境中,各个主机独立分配的进程号不能作为进程标志。因为在网络环境中简单地说"进程 6 与进程 9 通信",就搞不清楚哪台主机的进程 6 希望与哪台主机的进程 9 通信。这时必须明确指出"主机 X 的进程 6 与主机 Y 的进程 9 通信"。因此,网络环境中完整的进程标志应该是:本地主机地址:本地进程标志,远程主机地址:远程进程标志。

实现网络环境中的进程通信需要解决的另一个问题是多重协议的识别。以 UNIX 操作系统为例,它采用的 TCP/IP 体系结构的传输层有 TCP 和 UDP 两种协议。同时,还有许多类似的传输层协议。如果网络环境中的两台主机要实现进程通信,它们必须约定好传输层协议类型。例如,两台主机必须在通信之前就确定都采用 TCP 协议,还是采用 UDP 协议。

因此,若考虑到进程标志和多重协议的识别,网络环境中一个进程的全网唯一的标志需要协议、本地地址、本地端口号三元组来表示。由于网络环境中的通信要涉及两个不同主机的进程,因此一个完整的进程通信标志需要协议、本地地址、本地端口号、远程地址、远程端口号五元组来表示。

3. 套接字地址

可以把使用 TCP、UDP 协议的应用程序分为两类:一类应用程序为其主机提供服务,称之为服务器程序。另一类应用程序使用服务器程序提供的服务,它们主动向服务器程序发送连接请求,称之为客户机程序。客户机程序可以任意选择其进行通信的端口号;而服务器程序则使用较固定的熟知端口号,例如,DNS 使用 53 号端口号、HTTP 使用 80 号端口等。在 TCP/IP 协议中,为了在通信时不致发生混乱,端口号必须与主机 IP 地址结合起来一起使用,称之为套接字或插口,以便唯一地标志一个连接端点(End Point)。在发送端和接收端分别创建一个套接字的连接端点即可获得 TCP、UDP 服务。

套接字由 IP 地址(32 位)与端口号(16 位)组成,即套接字地址用 IP 地址:端口号来表示。例如,端点 202. 112. 7. 12:80 表示 IP 地址为 202. 112. 7. 12 的主机上的 80 号 TCP 端口。

在 TCP 协议中,一个套接字可以被多个连接同时使用,这时一条连接需由两端的套接字来识别,即每条连接可以用套接字 1、套接字 2 来标志。即一个连接是由它两端的套接字地址唯一确定的,并把这对套接字地址称为套接字对(Socket Pair),表示为:

客户机的 IP 地址:客户机的端口号,服务器的 IP 地址:服务器的端口号例如,如图 7-6 所示,示例了一个 Web 客户机和一个 Web 服务器之间的连接。

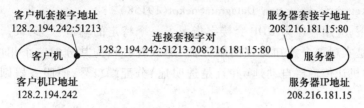

图 7-6 用套接字对标志 TCP 连接

在该示例中,Web 客户机的套接字地址是:128.2.194.242:51213,其中端口号 51213 是临时端口号;Web 服务器的套接字地址是:208.216.181.15:80,其中端口号 80 是与 Web 服务器相关的熟知端口号。给定这些客户机和服务器的套接字地址,客户机和服务器之间的连接就由下列套接字对唯一确定了:

128.2.194.242:51213,208.216.181.15:80

因此,一对连接两端的套接字可以唯一地标志这条连接。套接字的概念并不复杂,但非常重要,要清楚套接字、端口和 IP 地址之间的关系。例如,若一台 IP 地址为 130.8.16.13 的主机,端口号为 1200,则套接字为(130.8.16.13:1200);若该主机与另一台 IP 地址为 166.111.4.80 的机器之间建立 FTP 连接,则这一连接的套接字对可表示为(130.8.16.13:1200,166.111.4.80:21)。

需要强调的是,通信双方各自的 Socket 唯一地标志了本次双方的通信。Socket 中的 IP 地址唯一标志一台主机,而 Socket 中的端口号则唯一标志了该通信主机上的一个程序(或进程)。提供服务的 TCP 服务器 IP 地址及其端口号应该让客户机知道,否则客户机程序无法与服务器进行连接。

### 7.1.4 多路复用与多路分解服务

所谓多路复用是指,在源主机的不同套接字中收集数据块,并为每个数据块封装上报头信息从而生成报文段,然后将报文段传递到网络层。多路分解是指将传输层报文段中的数据交付到应用进程。

对于传输层的报文段,设有一些特殊的字段:如源端口号字段和目的端口号字段等,如图 7-7 所示。在每个报文段中都用这两个特殊字段指明该报文段所要交付的应用进程。

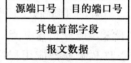

图 7-7 传输层报文段的特殊字段

由此可知,传输层实现多路分解服务的方法是:给主机上的每个套接字分配一个端口号,当报文段到达主机时,传输层检查报文段中的目的端口号,并将其定向到相应的套接字。然后报文段中的数据通过套接字进入其所连接的应用进程。

1. 无连接的多路复用与多路分解

为便于理解 UDP 多路复用与多路分解,先介绍 UDP 套接字的创建方法。可利用以下两种方式创建 UDP 套接字。在主机上运行一个 Java 程序,使用下面一行代码创建一个 UDP 套接字:

DatagramSocket mySocket = new DatagramSocket( );

当用这种方式创建一个 UDP 套接字时,传输层自动为该套接字分配一个端口号。特别是传输层从范围 1024 到 65535 内分配一个主机尚未使用的 UDP 端口号。Java 程序也可以使用下面一行代码来创建套接字：

　　DatagramSocket mySocket = new DatagramSocket(19158);

　　在这种情况下,应用程序为 UDP 套接字指派了一个特定的端口号 19158。如果应用程序开发者编写的代码是实现一个熟知协议的服务器,那么就必须为其分配一个相应的熟知端口号。典型情况是,客户机让传输层自动地(并且是透明地)分配端口号,而服务器则分配一个特定的端口号。

　　通过为 UDP 套接字分配端口号,可以准确地描述 UDP 的多路复用与多路分解的概念。

　　假定在主机 A 中,一个应用进程的 UDP 端口号为 19158,它要发送一个应用程序数据块给主机 B 中的另一应用进程,该应用进程的 UDP 端口号为 56528。主机 A 中的传输层创建一个传输层报文段,其中包括应用程序数据、源端口号(19158)、目的端口号(56528)和两个其他值。然后,传输层将生成的报文段传递到网络层。网络层将该报文段封装到一个 IP 数据报中,并尽力而为地将报文段交付给接收主机 B。如果该报文段到达接收主机 B,接收主机 B 就检查报文段中的目的端口号(56528)并将报文段传递到端口号 56528 所标志的套接字。注意到主机 B 能够运行多个应用进程,每个应用进程都有自己的 UDP 套接字及相应的端口号。当从网络中传来 UDP 报文段时,主机 B 通过检查该报文段中的目的端口号,将报文段定向(多路分解)到相应的套接字。

　　一个 UDP 套接字由一个包含目的 IP 地址和目的端口号组成的二元组来标志。因此,如果两个 UDP 报文段有不同的源 IP 地址和(或)源端口号,但具有相同的目的 IP 地址和目的端口号,那么这两个报文段将通过相同的目的套接字定向到相同的目的应用进程。

　　2. 面向连接的多路复用与多路分解

　　为了理解 TCP 多路复用与多路分解,需要更为仔细地讨论 TCP 套接字和 TCP 连接创建问题。TCP 套接字与 UDP 套接字相比,存在的差别是:TCP 套接字通过一个四元组(源 IP 地址、源端口号、目的 IP 地址、目的端口号)来标志。这样,当一个 TCP 报文段从网络到达一台主机时,主机使用 4 个值来将报文段定向(多路分解)到相应的套接字。因此,两个具有不同源 IP 地址或源端口号的 TCP 报文段将被定向到两个不同的套接字,除非 TCP 携带了初始创建连接的请求。为了深入地分析这一点,考虑一个 TCP 客户机/服务器编程的例子。

　　TCP 服务器应用程序有一个"welcomeSocket",它在 8080 号端口上等待 TCP 客户机的连接建立请求。

　　TCP 客户机使用下面一行代码产生一个建立连接报文段：

　　Socket clientSocket = new Socket("serverHostName",8080);

　　这一代码行还为客户机应用进程创建一个 TCP 套接字,通过该套接字客户机应用进程可以发送和接收数据。

　　当运行服务器应用进程的主机操作系统接收到具有目的端口号为 8080 的进入连接请求报文段后,它就定位服务器应用进程,该应用进程在端口号 8080 等待接受连接。服务器应用进程则创建一个连接：

　　Socket connectionSocket = welcomeSocket. accept();

　　该服务器还关注连接请求报文段中的下列 4 个值：① 报文段中的源端口号；② 源主机 IP 地址；③ 报文段中的目的端口号；④ 自身的 IP 地址。新创建的连接套接字通过这 4 个值来标志。

所有后续到达的报文段,如果它们的源端口号、源主机 IP 地址、目的端口号和目的 IP 地址都与这 4 个值匹配,则被多路分解到这个套接字。TCP 连接完成以后,客户机和服务器便可相互发送数据了。

服务器可同时支持许多 TCP 套接字,每一个套接字与一个进程相联系,并由其四元组来标志每个套接字。当一个 TCP 报文段到达服务器时,所有 4 个字段(源 IP 地址:源端口,目的 IP 地址:目的端口)用来定向(多路分解)报文段到相应的套接字。例如,两个客户机 A、C 使用相同的目的端口号,与一个 Web 服务器 B 应用进程通信的情况,如图 7-8 所示。图中主机 C 向服务器 B 发起了两个 HTTP 会话,主机 A 向服务器 B 发起了一个 HTTP 会话。主机 A 与主机 C 及服务器 B 都有自己的唯一 IP 地址,分别是 A、C、B。主机 C 为其两个 HTTP 连接分配了两个不同的源端口号(26145 和 7532)。因为主机 A 选择源端口号时与主机 C 互不相干,因此它也可以将源端口号 26145 分配给其 HTTP 连接。然而服务器 B 仍然能够正确地多路分解这两个具有相同源端口号的连接,因为这两个连接有不同的源 IP 地址。

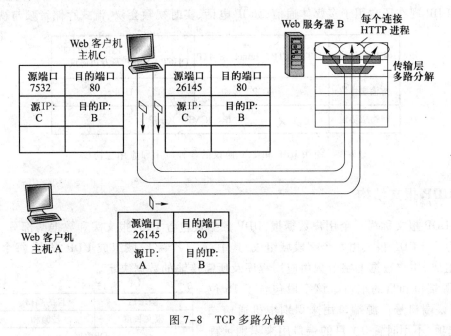

图 7-8   TCP 多路分解

## 7.2   用户数据报协议

用户数据报协议(UDP)是传输层的一个重要协议,它采取无连接方式提供高层协议间的事务处理服务。也就是说,UDP 是在计算机上规定用户以数据报方式进行通信的协议,提供了应用程序之间传送数据报的基本机制。UDP 必须在 IP 层上运行,即它是以 IP 协议作为基础的。

### 7.2.1   UDP 协议概述

UDP 协议的突出特点是简单,与 IP 协议相比仅增加了两项内容:一是端口概念,有了端口,传输层就能进行复用和解复用;另一个是校验和,提供了差错检测功能。虽然 UDP 只提供不可

靠的数据报交付,但在某些方面有其特殊优点,例如:

(1) UDP 向应用系统提供了一种发送封装原始 IP 数据报的方法,并且在发送时无需建立连接。这不仅避免了建立连接和释放连接的麻烦,而且也减少了开销和发送数据之前的时延。

(2) 利用协议端口,UDP 能够区分在同一台主机上运行的多个应用进程;使用校验和机制,UDP 协议在把数据向应用进程提交之前,先对数据做一些差错检查。

(3) UDP 用户数据报只有 8 B 的报头开销,比 TCP 的 20 B 报头要短得多。

(4) UDP 不使用拥塞控制,不提供端到端的确认和重传功能,也不保证数据报一定能到达目的端,因此称为不可靠协议。所以主机也不需要维持具有许多参数、复杂的连接状态表。

(5) 通过 UDP 协议,可以发送组播数据,所以使用组播服务的应用程序都建立在 UDP 协议之上。

(6) 不同的网络应用使用不同的协议,图 7-9 所示为 UDP 和 TCP 协议的各种应用和应用层协议。例如,HTTP 使用 TCP 协议,而普通文件传输协议(Trivial File Transfer Protocol,TFTP)则使用 UDP。UDP 现在还常用于多媒体通信,如 IP 电话、实时视频会议、流式存储音频与视频等。

| 应用层协议 | HTTP、FTP、Telnet、SMTP | DNS、TFTP、RIP、BOOTP、DHCP、SNMP及专用协议 |
|---|---|---|
| 传输层协议 | TCP | UDP |
| 网络层协议 | IP、ICMP、IGMP | |

图 7-9 使用 UDP 和 TCP 协议的各种应用和应用层协议

## 7.2.2 UDP 报文结构

每个 UDP 报文称为一个用户数据报,UDP 数据报包含 UDP 报文头和数据两部分,其格式如图 7-10 所示。UDP 报文由 5 个字段域组成,其中,前 4 个字段域组成 UDP 报头,每个字段域由 2 个字节组成;用户数据的字节数由应用程序及所需传输的数据决定。

(1) 源端口和目的端口 该字段包含了 16 位的 UDP 协议端口号。源端口用来识别本机通信端点,是可选项,不用时置 0。目的端口用来识别远程机器的通信端点。源端口和目的端口使得多个应用程序可以多路复用同一个传输层协议。UDP 协议仅通过不同的端口号来区分不同的应用进程。

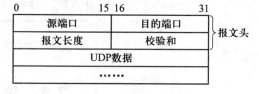

图 7-10 UDP 报文格式

(2) 报文长度 占 16 位,该字段记录了 UDP 数据报的总长度(以字节为单位),包括 8 B 的 UDP 报头和其后的数据部分。最小值是 8 B(即报头长度),最大值是 65535 B。

(3) 校验和 占 16 位,用来检测传输过程中是否出现了错误。

(4) UDP 数据 长度由应用程序及所需传输的数据决定。

理论上,IP 数据报的最大长度为 65535 B,这是由 IP 报头的 16 位总长度字段所决定的。减去 20 B 的 IP 报头,再减去 8 B 的 UDP 报头,可以很容易计算出 UDP 数据报中的用户数据的最大长度应为(65535 − 20 − 8)B = 65507 B。然而,大多数实现所提供的长度比这个最大值小。因此,

在实际应用中用户数据的最大长度可能会遇到两个限制因素:

一个是由于应用程序可能会受到其程序接口的限制,Socket API 提供了一个可供应用程序调用的函数,用于设置发送和接收缓冲区的大小。对于 UDP Socket 套接字,缓冲区大小与应用程序可读写的最大 UDP 数据报长度直接相关,目前大部分系统都默认提供可读写大于 8192 B 的 UDP 数据报。

另一个限制来自于 TCP/IP 的内核实现,可能存在一些实现特性(或差错),使 UDP 数据报的最大长度小于 65507 B。

由于 UDP 采用无差错控制机制,所以其发送过程与 IP 协议类似。UDP 数据报加上 IP 报头就成为 IP 数据报,通过采用 ARP 协议来解析物理地址,然后发送至目的端口。

### 7.2.3 UDP 校验和

UDP 校验和用于校验 UDP 报头、数据和概念上的 UDP 伪报头(Pseudo Header)之和。校验和的算法是将所有 16 位字以补码形式相加,然后再对其相加和取补。与 TCP 协议类似,UDP 协议也为计算校验和设置了 UDP 伪报头,如图 7-11 所示。伪报头包含 IP 报头一些字段,目的是让 UDP 两次检查数据是否已经正确到达目的端。使用 UDP 时,伪报头中的协议类型字段值为 17。

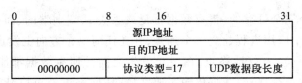

图 7-11 UDP 伪报头校验的部分

注意,称作伪报头是因为它并不是 UDP 报文的真正报头,而是仅在计算 UDP 校验和时,临时把一些额外的内容加在一起计算累加求和,把这些额外的内容合在一起称为伪报头。而且伪报头既不向下层协议进程传送,也不向上层协议进程递交。实际上,在发送 UDP 报文时,发送端也并不单独发送伪报头的内容。

校验和的详细计算可参考 RFC 1071,下面通过一个简单的例子来说明使用 UDP 校验和检测错误的原理。假设主机 1 的应用程序要以 UDP 协议来发送 word1、word2 和 word3 共 3 个 16 位的二进制数到主机 2,根据 UDP 协议,在发送前主机 1 需进行的校验和计算见表 7-2。

表 7-2 发送端 UDP 校验和计算

| 发 送 内 容 | | 校验和计算内容 | |
| --- | --- | --- | --- |
| 发送信息字 | 发送信息内容 | 信息和计算结果 | 校验和计算结果 |
| word1 | 0110011001100110 | | |
| word2 | 0101010101010101 | sum = word1 + word2 + word3 | 0011010100110101 |
| word3 | 0000111100001111 | = 1100101011001010 | (sum 的反码) |
| 校验和 | 0011010100110101 | | |

可以得出：在主机 1 端 word1、word2、word3 以及校验和共 4 个 16 位二进制数之和为 1111111111111111。为了能在接收端对所接收到的数据进行校验，UDP 要求主机 1 端除了发出的 word1、word2、word3 以外，还必须将其相应的校验和共计 4 个 16 位二进制数一起发出。如果主机 2 收到的这 4 个 16 位二进制数之和也是全 1，则表示传输过程中没有出差错，否则表示所接收的数据有错。

接下来的问题是，收发两端的两个进程是否有可能通过 UDP 提供可靠的数据传输？答案是可以的，但需要把确认和重发方案添加到应用程序中，由应用程序来模拟面向连接的部分功能。应用程序不能期望 UDP 来提供可靠的数据传输。

# 7.3　传输控制协议

传输控制协议（TCP）是由 Cerf 和 Kahn 首先提出的，在端主机上实现端到端通信。该协议由 RFC 793（TCP 协议定义）、RFC 1122（错误检测及其说明）、RFC 1323（TCP 功能扩展）、RFC 1700（通用端口的列表规范）、RFC 2018 和 RFC 2581 等文件定义。本节主要讨论 TCP 协议的基本概念、TCP 报文结构、连接管理、流量控制、定时管理及拥塞控制等内容。

## 7.3.1　TCP 操作与可靠数据传输

TCP 协议提供一个完全可靠的（没有数据重复或丢失）、端到端的、面向连接的、全双工的字节流传输服务，允许两个应用进程建立一个连接，并在任何一个方向上发送数据，然后终止连接。每个 TCP 连接可靠地建立，友好地终止，在终止发生之前的所有数据都能被可靠传输。TCP 使用三次握手的方式建立一个连接，数据传输完成之后，任何一方都可以断开该连接。也就是说，一个应用进程开始传送数据到另一个应用进程之前，它们之间必须建立连接，需要相互传送一些必要的参数，以确保数据的正确传输。

从应用进程的角度来看，TCP 提供的服务有以下几个主要特征。

1. TCP 协议提供可靠性服务

TCP 协议确保通过一个连接发送的数据能够被接收端正确无误地接收到，且不会发生数据丢失或乱序。TCP 使用了各种机制确保服务的可靠性。

（1）选择适合发送的数据块大小，赋予序列号

TCP 工作时可以灵活地决定缓存或发送时机。TCP 连接一旦建立，应用程序就不断地把数据先发送到 TCP 发送缓存（TCP Send Buffer），如图 7-12 所示。

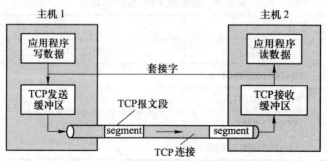

图 7-12　TCP 发送和接收缓冲区

接下来,TCP 就把数据流分成一块一块(Chunk)的,再装上 TCP 协议报头(TCP Header)形成 TCP 报文段,即将应用程序数据封装成 TPDU。这些报文段送到网络层,由 IP 协议封装成 IP 数据报之后发送到网络中。当对方接收到一个报文段之后就把它存放到 TCP 接收缓存(TCP Receive Buffer)中,应用程序不断地从这个缓存中读取数据流。

(2) 对发送的 TPDU 启动计时器,超时重传

当 TCP 发出一个报文段后,就启动一个计时器,等待目的端确认收到这个报文段。如果不能及时收到一个确认,将重传这个报文段。

(3) 对正确接收的 TPDU 进行确认

当 TCP 收到发自 TCP 连接另一端的报文段后,将发送一个确认。这个确认不是立即发送,通常要推迟几分之一秒。

(4) 对报头和数据计算校验和

TCP 将对接收的 TPDU 检错,目的是检测数据在传输过程中的任何变化。如果收到报文段的检验和有差错,TCP 将丢弃差错的 TPDU 和不确认收到此报文段,希望发送端超时并重传。

(5) 识别并丢弃重复的 TPDU

既然 TCP 报文段作为 IP 数据报来传输,而 IP 数据报的到达可能会失序,因此 TCP 报文段的到达也可能会失序。如果必要,TCP 将对收到的报文段进行重新排序,将收到的报文段以正确的顺序交给应用层。由于 IP 数据报会发生重复,因此 TCP 的接收端必须丢弃重复的 TPDU。

(6) 提供流量控制(实行缓冲区管理)

TCP 协议采用滑动窗口机制,实现流量控制。窗口大小表示在最近收到的确认号之后允许传送的数据长度。连接双方的主机都给 TCP 连接分配了一定数量的缓存。每当进行一次 TCP 连接时,接收端主机只允许发送端主机发送的数据不大于其缓存空间的大小。也就是说,数据传输的流量大小由接收端确定。如果没有流量控制,发送端主机就可能以比接收端主机快得多的速度发送数据,使得接收端的缓存出现溢出。

2. TCP 协议提供端到端的服务

TCP 协议被称为一种端对端(End to End)协议,这是因为它提供一个直接从一台计算机上的应用进程到另一台远程计算机上应用进程的连接。应用进程能请求 TCP 构造一个连接、发送和接收数据,以及关闭连接。

由 TCP 协议提供的连接称为虚连接(Virtual Connection),这是因为它们是由软件实现的。事实上,Internet 系统的底层并不对连接提供硬件或软件支持,只是两台机器上的 TCP 软件模块通过交换 TPDU 来实现连接,如图 7-13 所示。假设运行在某台主机上的一个应用进程想与另一

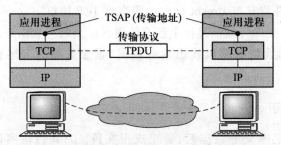

图 7-13 TCP 通过交换 TPDU 实现虚连接

台主机上的一个应用进程启动一个连接,一个 Java 客户程序通过发出如下命令来予以实现:

Socket clientSocket = new Socket("HostName", PortNumber);

其中,HostName 是服务器的名字,PortNumber 标志服务器上的应用进程。这样客户机上的传输层便开始与服务器上的传输层建立一个 TCP 连接。

**3. TCP 协议提供面向连接的服务**

TCP 协议提供的是面向连接的服务,一个应用进程必须首先请求一个到目的端的连接,然后使用这一连接来传输数据,如图 7-14 所示。

**4. TCP 协议提供字节流服务**

一旦建立起一个 TCP 连接,两个应用进程之间就可以相互发送数据了。两个应用进程通过 TCP 连接交换字节流,TCP 协议不在字节流中插入记录标识符。通常将其称为字节流服务(Byte Stream Service)。如图 7-15 所示,如果一方的应用进程先传 10 B,又传 50 B,再传 20 B,连接的另一方将无法了解发送端每次发送了多少字节;但接收端可以分 4 次接收这 80 B,每次接收 20 B。一端将字节流放到 TCP 连接上,同样的字节流将出现在 TCP 连接的另一端。

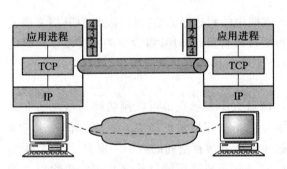
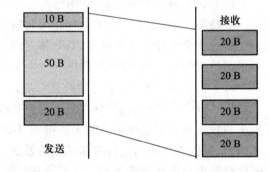

图 7-14  TCP 连接传输数据示意　　　　　图 7-15  TCP 协议提供的字节流服务

另外,TCP 对字节流的内容不作任何解释,它不知道传输的数据字节流是二进制数据,还是 ASCII 字符、EBCDIC 字符或者其他类型数据。对字节流的解释由 TCP 连接双方的应用层负责。

**5. TCP 连接支持全双工模式**

TCP 协议是全双工协议。全双工的意思是支持同时双向传输,如果在主机 1 和主机 2 之间建有连接,则主机 1 可以向主机 2 传送数据,而主机 2 也可向主机 1 传送数据。

另外,TCP 协议还允许用户发送紧急数据(Urgent Data),以便接收者优先处理。它是一种中断机制。当用户按下 Ctrl + C 键中断一个已经开始了的远程应用时,发送端应用程序在数据流中注入了一些控制信息并将其与 Urgent 标志一同交给 TCP 协议。这一事件将导致 TCP 立即停止为该连接积累数据,并立即传输该连接上已有的消息。当紧急数据到达目的端之后,接收端原应用程序被中断,而转向读取数据以找出紧急数据(紧急数据的末尾有标记),以便进行后续处理。

## 7.3.2　TCP 报文结构

TCP 协议收集应用层递交的数据后,要组成报文段。TCP 传输实体之间使用报文段交换数据。

1. TCP 协议数据单元

在 TCP 协议中,每个报文段包含一个 20 B 的报头(选项部分另加)和 0 个至多个字节的数据域(如果有数据的话)。数据字节最长不超过 65536 B − 20 B(IP 报头) − 20 B(TCP 报头) = 65496 B,其中,65536 B 为 IP 协议中数据报的总长。可见,报文段的大小必须首先满足 IP 数据报数据载荷长度限制,还要满足最大链路层帧长度的设置,即所谓最大传输单元(MTU)的限制。MTU 的常见值是 1460 B、536 B 或 512 B。把 TCP 报文段封装在一个 IP 数据报中的格式如图 7-16 所示。

图 7-16　TCP 报文段封装格式

2. TCP 报头

一个 TCP 报文段由 TCP 协议报头域(TCP Header Field)和存放应用程序数据的数据域(Data Fields)两部分组成,如图 7-17 所示。应当指出,TCP 协议的全部功能都体现在它的报头域各字段中。因此只有清楚 TCP 报头域各字段的作用才能掌握 TCP 的工作原理。

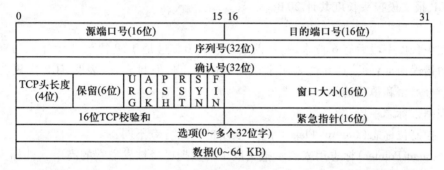

图 7-17　TCP 报文段报头格式

(1)源端口号和目的端口号字段

16 位的源端口号用来识别本机连接点,16 位的目的端口号用来识别远程主机的连接点。每个主机都可以自行决定如何分配自己的端口(从 256 号开始)。端口号加上其主机的 IP 地址构成一个 48 位的唯一的 TSAP,即 TSAP = 端口号(16 位) + IP 地址(32 位)。用源端和目的端主机的套接字序号一起来标志一个连接。

(2)序列号和确认号字段

序列号和确认号字段是 TCP 报文段报头中两个最重要的域之一。32 位的序列号字段用来指示当前数据块在整个消息中的位置;而 32 位的确认号域用来指示下一个数据块序列号,也可以间接表示最后接收到的数据块序列号。序列号字段和确认号字段由 TCP 收发两端主机在执行可靠数据传输时使用。

与序列号和确认号密切相关的是 TCP 最大报文段大小(Maximum Segment Size)的概念。在建立 TCP 连接期间,源端主机和目的端主机都可能宣告最大报文段大小和一个用于连接的最小报文段大小。如果一端没有宣告最大报文段大小,就使用预先约定的字节数(如 1500 B、536 B 或者 512 B)。当 TCP 发送长文件时,就把这个文件分割成许多按照特定结构组织的数据块,除了最后一个数据块小于 MSS 外,其余的数据块大小都等于最大报文段大小。在交互应用的情况下,报文段通常小于最大报文段大小,像 Telnet 那样的远程登录应用,TCP 报文段中的数据域通常仅有一个字节。在 TCP 数据流中的每个字节都编有号码。例如,一个 $10^6$ 字节长的文件,假设最大报文段大小为 $10^3$ B,则第一个字节的序列号定义为 0,每个报文段数据为 1000 B。如图 7-18 所示。

图 7-18　TCP 数据流中的字节编号

（3）头长度字段

4 位头长度字段用来说明 TCP 报文段报头的长度,单位为由 32 位组成的字的数目。由于 TCP 选项字段是可选项,所以 TCP 报文段报头的长度可变。通常这个字段为空,该字段的缺省值是 5。TCP 报文段报头长度共计 20 B。

（4）保留字段

紧接在头长度字段后有 6 位未用,目前必须置为 0。这是 TCP 协议在设计之初准备用于更正设计中的错误而准备的,这 6 位未用字段到目前为止仍原封未动,表明 TCP 协议在推出之前的设计是十分严密和慎重的。

（5）控制位标志字段

有 6 位控制位标志（Control Flags）字段,表示的意义各有不同:

URG（Urgent Pointer）标志用来表示报文段中的数据已经被发送端的高层软件标为紧急（Urgent）。如果 URG 为 1,则表示本报文段中包含紧急数据,此时紧急数据指针表示的值有效,它表示在紧急数据之后的第一个字节的偏移值（即紧急数据的总长度）。

ACK 标志用来表示确认号的值有效。如果 ACK 为 1,则表示报文段中的确认号有效。否则,报文段中的确认号无效,接收端可以忽略它。

PSH（Push）标志用来标志数据流中是否有紧急数据,若为 1 则表示此时接收端应该把数据立即送到高层,即使其接收缓冲区尚未填满。

RST（Reset）标志用于复位因主机崩溃或其他原因而出现错误的连接,它还可以用于拒绝非法的报文段或拒绝连接请求。RST 等于 1 时表示要重新建立 TCP 连接。

SYN（Synchronize）标志用于建立连接的过程。在连接请求中,若 SYN = 1、ACK = 0 表示该报文段没有使用捎带的确认域;若 SYN = 1、ACK = 1 则表示该连接响应报文段捎带了一个确认。（注:在计算机网络通信中,当主机收到远程主机的 TCP 报文段之后,通常不马上发送 ACK 报文段,而是等上一个短暂的时间,如果在这段时间内主机还有发送到远程主机的 TCP 报文段,那么就把这个 ACK 报文段"捎带"着发送出去,把本来两个 TCP 报文段整合成一个发送。一般这个时间是 200 ms。这种"将确认暂时延迟以便让下一个外发报文段捎带一起发送"的技术称为捎带确认。）

FIN 标志用于释放连接,等于 1 时表示发送端数据已发送完毕。

（6）窗口大小字段

16 位的窗口大小字段用于数据流量的控制。字段中的值表示接收端主机可接收多少个数据块。对每个 TCP 连接,主机都要设置一个接收缓存,当主机从 TCP 连接中接收到正确数据时就把它放在接收缓存中,相关的应用程序就从缓存中读出数据。但有可能当从 TCP 连接来的数据到达时操作系统正在执行其他任务,应用程序来不及读这些数据,这就很可能会使接收缓存溢出。因此,为了减少这种可能性的出现,接收端必须告诉发送端它有多少缓存空间可利用,TCP 借助它来提供数据流量的控制,这也就是设置 TCP 接收窗口大小的目的。收发双方的应用程序可以经常变更 TCP 接收缓存大小的设置,也可以简单地使用预先设定的数值,这个值通常是 2 ~ 64 KB。若该字段的值为 0 也是合法的,它表示已接收到了包括确认号减 1(即已发送的所有报文段)在内的所有报文段,但当前接收端急需暂停,不希望再有数据发送。之后通过发送一个带有相同确认号和滑动窗口字段非零的报文段不定期恢复原来的传输。

(7)校验和字段

校验和字段为确保高可靠性而设置,用于校验 TCP 报文段报头、数据和概念上的伪 TCP 报头之和。校验和算法是将所有 16 位字以补码形式相加,然后再对其相加和取补。操作时需将该字段置为 0。因此,当接收端对整个报文段(包括校验和字段)进行运算时,结果为 0 表示准确无误。

伪报头并不是 TCP 报文段真正的报头,而是仅在计算 TCP 校验和时,临时把它加在一起计算。在发送 TCP 报文段时,并不发送伪报头的内容。伪 TCP 报头内容包含一个数据报的 32 位源地址、目的地址、8 位 TCP 协议类型(值为 6)以及 TCP 报文段(包括 TCP 头)总长度,如图 7-19 所示。在校验和计算中包括了伪 TCP 报头,有助于检测传送的报文段是否正确,但由于参与运算的伪 TCP 报头中包含的源/目的地址均是 IP 地址,它们属于 IP 层而不属于传输层,即在传输层协议作校验和计算时用到了网络层的数据(IP 地址),所以这种机制违反了协议的分层规则。

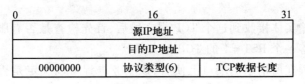

图 7-19 包含在校验和中的伪 TCP 报头

(8)选项字段

选项字段用于提供增加额外设置,且这种额外设置不包含在标准 TCP 报文段报头里。这些额外设置可以是设置主机接收最大 TCP 载荷能力、滑动窗口大小超过 64 KB,以及设置选择重发报文段等。

从数据传输的角度看,使用大报文段比小报文段更有效。因为 20 B 的 TCP 报文段头对于大量的数据来说可以忽略不计,但对于一些性能较差的主机可能不具备处理大报文段的能力。因此在建立连接时,通信双方需在选项字段中声明其最大载荷能力并以其中较小的载荷能力作为该连接的报文段传输标准。若某台主机未使用该选项声明其最大载荷能力,则使用缺省值 536 B。也就是说,具有接受长度为(536 + 20)B = 556 B 的 TCP 报文段的载荷能力是在 Internet 上必须达到的主机性能。

通常,滑动窗口设置为 64 KB,但在带宽高、时延长或者两者兼备的线路上应用时会出现线路利用率低的问题。例如,对于 T3 线路(44.736 Mbit/s),洲际通信介质其来回的传输时延的典型值为 50 ms,而在该线路上输出 64 KB 数据只需要 12 ms。也就是说,发送端大约 3/4 的时间在等待确认信息,通信效率很低。这种情况在卫星通信连接时更加糟糕。其解决方法是采用较大的发送窗口,在 RFC 1323 规范中规定了窗口比例选项,允许发送端和接收端协商一个适宜的窗口比例因子,该比例因子将允许滑动窗口最大设置到 $2^{32}$ B。

选择重传报文段而不是退回到报文段重传所有报文段,是选项的另一个广泛应用。若接收端接收了一个坏报文段且又接收了多个正确的报文段,通常 TCP 协议会因计时器超时而重传所有未被确认的报文段(也包括正确的报文段)。若在选项中加入 NAK(由 RFC 1106 定义),允许接收端请求发送指定的一个或多个报文段(而不是所有的报文段)。接收端在收到重传的报文段后,与其缓冲区中原来正确的报文段一起确认,可以减少重传的数据量。

### 7.3.3　TCP 的连接管理

关于对等层建立连接问题可归纳为:连接是虚拟的,对等实体同意交换数据,确定交换的必要参数,实体相互交换数据单元,进行差错控制、流量控制、响应确认,以达到数据单元正确、流畅、及时的交换,而将传输细节及如何传输的任务留给更低层。因此,从对等层观察,数据单元好像是直接传输的。这样就出现了连接的概念。传输连接管理就是使连接的建立和释放都能正常进行。

1. 建立连接和释放连接

在发送任何数据之前,必须先建立一条连接。TCP 协议建立连接通常采用三次握手的方法,握手过程按照以下步骤进行。

(1) 服务器方执行 Listen 和 Accept,被动侦听。

(2) 客户机执行 Connect,产生一个 SYN = 1 和 ACK = 0 的 TCP 报文段到达服务器,表示连接请求。

(3) 服务器的传输实体接收到这个 TCP 报文段后,首先检查是否有服务进程在所请求的端口上侦听,若没有,回答一个 RST = 1 的 TCP 报文段。

(4) 若有服务进程在所请求的端口上侦听,该服务进程可以决定是否接受该请求。在服务器方接受后,发出一个 SYN = 1 和 ACK = 1 的 TCP 报文段表示连接确认,并请求与对方的连接。在一般情况下,TCP 报文段的发送顺序如图 7-20(a) 所示。

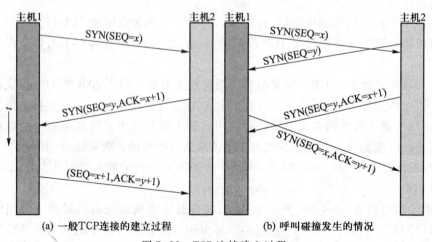

(a) 一般TCP连接的建立过程　　　　(b) 呼叫碰撞发生的情况

图 7-20　TCP 连接建立过程

（5）客户机收到确认后，发出一个 SYN = 0 和 ACK = 1 的 TCP 报文段表示给对方的连接确认。

（6）若两个主机同时试图在相同的两个套接字之间建立一个连接，事件的发生顺序如图 7-20（b）所示，发生呼叫碰撞而最终只能建立一条连接。进行连接的 TCP 双方通过交换 3 个报文段来同步序列号，基于三次握手的 TCP 连接同步过程见表 7-3。

**表 7-3　基于三次握手的 TCP 连接同步**

| | 主机 1 | | 主机 2 |
|---|---|---|---|
| 1 | Closed | | Listen |
| 2 | SYN – Sent　→ | < SEQ = 100 > < CTL = SYN > | →SYN – Received |
| 3 | Established← | < SEQ = 300 > < ACK = 101 > < CTL = SYN , ACK > | ←SYN – Received |
| 4 | Established→ | < SEQ = 101 > < ACK = 301 > < CTL = ACK > | →Established |
| 5 | Established→ | < SEQ = 101 > < ACK = 301 > < CTL = ACK > < Data > | →Established |

TCP 连接虽是全双工方式，但在释放连接时则可以单向连接释放。释放连接时，任何一方均可以发出一个 FIN = 1 的 TCP 报文段（表明自己一方已无数据可发送）并启动计时器。这时可能出现两种释放连接的情况。当 FIN 报文段被确认后就关闭了该方向的连接。当然另一个方向仍可以发送数据，只有当两个方向的连接都关闭后该连接才被完全释放。另一种情况是无确认并且超时，也关闭连接。因此，TCP 连接释放模式相当于一种双单工连接而不是全双工连接。通常，完全释放一个连接需要 4 个 TCP 报文段，也就是每个方向均有一个 FIN 报文段和一个 ACK 报文段，若将第一个 ACK 报文段与第二个 FIN 报文段合并为同一报文段（只需将 TCP 报文段报头的相关位置 1），则完全释放一个连接就只需要 3 个 TCP 报文段。

在 TCP 协议中，建立连接和释放连接所需要的状态多达 11 种，见表 7-4。

**表 7-4　TCP 协议中建立连接和释放连接所需要的状态**

| 状　　态 | 概　　述 |
|---|---|
| Closed | 服务器、客户机的 TCP 状态开始 |
| Listen | 服务器在等待接收来自客户机的请求 |
| SYN Received | 收到连接请求 |
| SYN Sent | 已发送连接请求，等待应答 |
| Established | 连接已经建立 |
| FIN Wait 1 | 应用程序已请求释放连接 |
| FIN Wait 2 | 另一方已接受释放连接请求 |
| TIME Wait | 自动计时器开始计时，等待所有重传的报文段消失 |
| Closing | 两端都已决定同时释放连接 |
| Close Wait | 服务器等待应用进程释放连接 |
| Last ACK | 服务器等待最后的应答 |

在 TCP 协议中,每个连接均开始于 Closed 状态;若一方执行了被动连接原语 Listen 或主动原语 Connect 时,它便脱离 Closed 状态;若另一方也执行了相应的连接原语,则状态变为 Established,连接建立成功;若任何一方提出释放连接,则连接释放后又回到 Closed 状态。

2. TCP 的状态变迁

TCP 的连接过程实际上是 TCP 状态的变化,可用如图 7-21 所示的有限状态机,来描述 TCP 连接状态以及各状态可能发生的变迁。这是一个在典型的客户机/服务器模式下建立连接、传输数据和释放连接的有限状态机。其中粗实线表示客户端的正常路径,粗虚线表示服务器端的正常路径,细实线表示不常见的事件;每条线上均按事件/动作方式标注其相应的事件和动作。这里的事件是指用户执行的服务原语、一个报文段的到达或者是定时器超时等,而动作则是指控制报文段(FIN、STN 或 RST)的发送或者为空(用"–"表示);括号中的文字为注释内容。

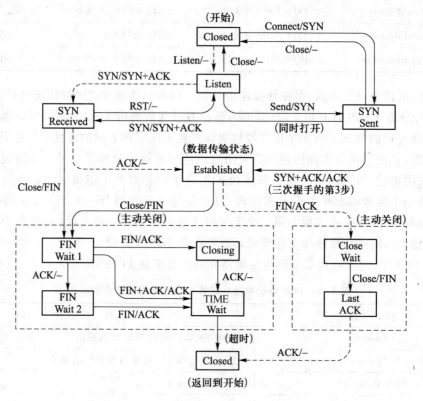

图 7-21 TCP 连接管理有限状态机

为了便于理解 TCP 连接管理有限状态机,下面分别从客户机、服务器两个角度,对建立连接和释放连接主要进程进行分析。

(1)建立连接

客户机开始状态均为 Closed。当客户机端的应用程序发出连接请求(调用 Connect)后,即通过该机的传输实体创建一个连接记录,沿粗实线进入 SYN Sent 状态,并向远端的服务器发送一个 SYN 报文段。当接收到来自服务器端的 SYN + ACK 报文段(SYN = 1,ACK = 1)后,客户机的 TCP 实体执行三次握手的第 3 步发出最后一个 ACK 报文段,客户机端转换为 Established 状态,客户机与服务器之间的连接建立成功,其应用程序可以发送和接收数据。

从服务器的角度来分析连接管理,同样地,服务器开始也处于 Closed 状态,当服务器执行了 Listen 服务原语后进入 Listen 状态,等待客户端的连接请求的到来。当一个 SYN 报文段(来自客户端)到达后,服务器发出 SYN + ACK 报文段以确认客户端请求并进入到 SYN Received 状态。当服务器接收到客户端的 ACK 确认报文段后,三次握手便完成了,服务器进入 Established 状态。连接建立成功。

(2)释放连接

当客户端的应用程序完成了数据收发任务后,它的 TCP 实体执行 Closed 原语,发出一个 FIN 报文段以实现主动关闭,进入 FIN Wait1 状态等待相应的 ACK 报文段。当接收到来自服务器的 ACK 报文段后,其状态转入 FIN Wait2 状态,此时连接在一个方向被断开。当服务器也发一个 FIN 报文段以断开连接并获得确认时,双方均断开连接。

从服务器的角度分析,当客户端应用程序完成数据发送任务后,因执行 Closed 原语而传送一个 FIN 报文段到达服务器端,服务器将进入被动关闭状态。服务器接收到该 FIN 报文段后,进入 Close Wait 状态;并执行 Closed 原语,向客户端发送一个 FIN 报文段,进入 Last ACK 状态。服务器在收到了客户端的确认后才释放该连接。

现在双方均已断开连接,必须强调的是,为了防止确认数据丢失的情况出现,客户端 TCP 实体要等待一个最大的数据报生命期,进入 TIME Wait 状态。当计时器的最大数据报生命期超时,并确保该连接的所有数据报全部消失后,客户端 TCP 才删除该连接记录,回到最初的 Closed 状态。

3. TCP 三次握手建立连接的示例

如图 7-22 所示是利用 Ethereal 捕获的执行 TCP 三次握手的报文段示例。

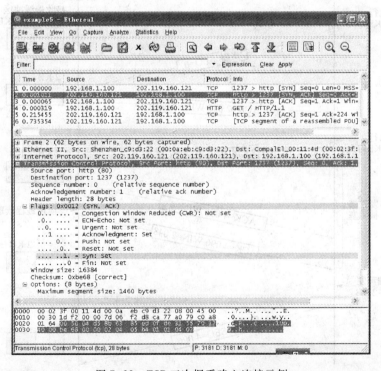

图 7-22 TCP 三次握手建立连接示例

在第一个窗格中,帧 1 是 IP 地址为 192.168.1.100 源主机从 80 端口发送的连接请求报文段,在这个 TCP 报头中含有 SYN(同步)标志位,请求与目的主机(IP 地址为 202.119.160.121)的 1237 端口进行连接。该报文的初始序号为 0。帧 2 是目的主机同意进行通信返回的一个确认报文段,其报头中的 ACK 置 1、SYN 置 1,用来表示对连接的确认。帧 3 是源主机收到确认后,给目的主机(202.119.160.121)发出的一个 SEQ = 1、ACK = 1 的连接确认报文段。至此完成了三次握手,源主机和目的主机之间就可以开始进行通信了。

在中间的窗格中,给出了三次握手中的帧 2 的详细内容。该报文段通过设置位 ACK 来确认了第一 SYN 报文段以及 ACK。该报文段还将 SYN 设置为 1,以便在相反的方向使用初始序号 0 来请求连接。最后,该报文段表明窗口尺寸为 16 384 B,并且还指示了它的最大报文段长度为 1 460 B。

## 7.3.4　TCP 流量控制

TCP 给应用程序提供了流量控制服务,以消除发送端使接收端缓存溢出的可能性。因此可以说流量控制是一个速度匹配服务,即匹配发送端的发送速率与接收端应用程序的读取速率。

TCP 的流量控制策略包括 TCP 的滑动窗口管理机制、根据接收缓冲区及来自应用的数据确定策略。

TCP 的滑动窗口管理机制采用的是基于确认和可变窗口大小策略。它通过让发送端保留一个称为接收窗口的变量来提供流量控制。也就是说,接收窗口用于告诉发送端,该接收端还有多少可用的缓存空间。譬如,如图 7-23 所示,接收端有 4 KB 的缓冲区,若发送端发送了一个 2 KB

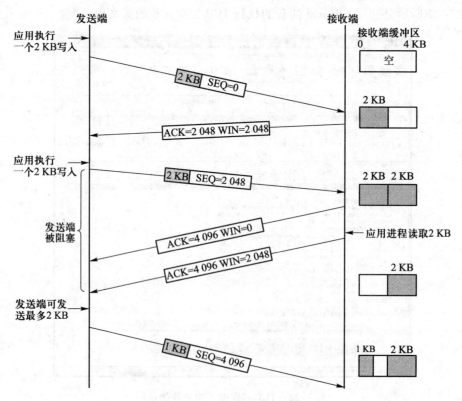

图 7-23　TCP 的滑动窗口管理

字节的报文段并被正确接收,则接收端必须发回一个确认以示所发报文段正确收到,且同时声明一个 2 KB 的窗口(剩余的缓冲区容量);若发送端再次发送 2 KB 的报文段后,由于前面的报文段到达接收端时,接收端的应用程序还没有读完数据,那么接收缓冲区满,因此,接收端通知发送端确认 2 KB,且声明滑动窗口大小为 0。此时,发送端因滑动窗口为 0 不能再发送数据(被阻塞),直到接收端应用程序将其缓冲区中的数据取走一些(如 2 KB)。接收端在其缓冲区腾空了部分区域后立即再次发确认并声明目前的滑动窗口大小(如 2 KB),而发送端最多可发 2 KB 的报文段(如剩余的 1 KB)。

　　窗口和窗口通告可以有效控制 TCP 的数据传输流量,使接收端的缓冲空间不会产生溢出现象。

　　由图 7-23 可以看出,正常情况下,当窗口大小为 0 时,发送端被阻塞不能再发送 TCP 报文段,但有两个例外:

　　(1)紧急数据可以发送。例如,允许用户终止在远端机上的运行进程。

　　(2)为防止死锁,发送端可以发送 1B 的 TCP 段,以便让接收端重新声明确认号和窗口大小。

　　由于在数据传输过程中因窗口大小为 0 出现阻塞而等待,会降低传输层协议性能。如何改进传输层的性能呢? TCP 协议采取了如下策略:

　　策略 1　发送端缓存应用程序的数据,等到形成一个比较大的报文段再发出。例如,在图 7-23 中,当发送端应用程序的第一个 2 KB 数据到达传输实体后,由于未达到约定 4 KB 容量的滑动窗口大小,TCP 可先将该数据缓存起来,等到另外的 2 KB 数据来到后,才一次发出,即一次传输 4 KB 的报文段(为便于理解,可认为在收发双方宣告的最大报文段大小与最小报文段大小之间)。用这种策略可以提高 TCP 的性能。

　　策略 2　在某些情况下,接收端延迟发送确认段。可将确认信息和窗口大小的修正信息延迟 500 ms 发送,希望在这些数据报上能捎带一些数据。例如,有一个 Telent 连接,Telent 编辑器对每次击键均做出响应。在发送端,每当用户键入一个字符,TCP 就创建一个 21 B 的报文段(20 B 的 TCP 报头 +1 个字符),并将它送到 IP 层再加上 IP 头(20 B)形成一个 41 B 的 IP 数据报发送出去。在接收端,TCP 立即发回一个 40 B 的确认(IP 报头和 TCP 报头);当编辑器读走了该字节后,TCP 发送一个窗口更新信息(这个数据报也是 40 B)并将窗口向右移动 1B。最后,当编辑器处理完该字符后,双方用一个 41 B 的数据报发回处理结果。这说明在 Telent 连接中,对输入的每个字符,共需要发送 4 个报文段,并占用 162 B 的带宽。当带宽有限时,这种处理方式一般是不可取的。

　　策略 3　使用 Nagle 算法。当应用程序每次向传输实体发出 1B 时,传输实体发出第一个字节并缓存所有其后的字节直至收到对第一个字节的确认;然后将已缓存的所有字节组段发出,并对再收到的字节缓存,直至收到下一个确认。采用这种算法可以大幅度减少所占用的带宽,而且还允许当数据积蓄到滑动窗口的一半或达到最大报文段时发送一个数据报。

　　策略 4　使用 Clark 算法解决傻窗口综合症(Silly Window Syndrome)。所谓傻窗口综合症是指,若 TCP 发送的报文段只包含 1B 的数据,则意味着发送 41B 的数据报才传送 1B 的数据,网络传输的有效数据和开销之比为 1:40,即网络的有效利用率为 1/40。也就是说,当应用程序一次从传输实体读出 1B 时,传输实体就会产生一个 1B 的窗口更新段,使得发送端只能发送 1B。

解决傻窗口综合症的办法是采用 Clark 方法,即限制接收端发送 1B 的窗口大小修正报文段。只有在具备一半的空缓存或最大段长的空缓存时,才产生一个窗口更新报文段。

Nagle 和 Clark 算法用于解决傻窗口现象是互补的。Nagle 算法用于解决由于发送端应用程序每次向 TCP 实体传送 1B 数据所引起的问题,而 Clark 算法用于解决接收端应用程序每次从 TCP 读取 1B 数据所引起的问题。

## 7.3.5　TCP 定时管理

为提供可靠的端到端的传输服务,当 TCP 发送数据时,发送端需要采用一种重发方案来补偿数据报的丢失,且通信的双方都要参与。当接收端 TCP 收到数据报时,它要返回给发送端一个确认 ACK。在计时器到点之前,如果没有收到一个确认,则发送端重发数据。显然,重要的是确认另一端收到数据报文,但数据和确认报文都有可能丢失。TCP 通过在发送端设置一个计时器来解决这种问题。如果计时器溢出时还没有收到确认,就重发该数据报文。对任何实现而言,关键之处就在于超时和重发的策略,即怎样决定超时间隔、如何确定重发的频率。对每个连接,TCP 使用以下四个不同的计时器来辅助完成该项工作。

(1) 重传(Retransmission)计时器　用于希望收到另一端的确认。下面将讨论这个计时器以及一些相关问题,如拥塞避免。

(2) 持续(Persist)计时器　使窗口大小信息保持不断流动,即使另一端关闭了其接收窗口。持续计时器用于防止死锁。

(3) 保活(Keepalive)计时器　在某些程序实现中还需要使用保活计时器,用于检测一个空闲连接的另一端何时崩溃或重启。

(4) MSL 计时器　用于测量一个连接处于 TIME Wait 状态的时间。TIME Wait 状态也称为 MSL 等待状态。每个具体 TCP 实现必须选择一个报文段最大生存时间 MSL(Maximum Segment Lifetime)。它是任何报文段被丢弃前在网络内的最长时间。这个时间是有限的,因为 TCP 报文段封装成 IP 数据报在网络内传输,而 IP 数据报则有限制其生存时间的 TTL 字段。

其中,重传计时器是最重要的。在发送一个报文段的同时,启动一个数据重传计时器。如果在重传计时器超时前,该报文段被确认,则关闭该计时器;相反,如果在确认到达之前计时器超时,则需要重传该报文段,并且该计时器重新开始计时。

超时设置问题在 Internet 的传输层比数据链路层更难解决。因为对于传输层来说,其往返时延的方差很大。若将超时时间设置太短,将出现不必要的数据重传,从而导致无用数据报拥塞 Internet 的后果。如果设置超时时间太长,每当数据报丢失时由于数据重传的时延过长,势必会造成网络性能下降。解决的办法是根据对网络性能不断的测定,采用一种不断调整超时时间间隔的动态算法。

TCP 协议采用了一种由 Jacobson 在 1988 年提出的自适应重传算法。TCP 通过测量收到一个应答所需的时间来为每一活动的连接估计一个往返时延。当发送一个报文段时,TCP 协议记录发送时间。当应答到来时,TCP 从当前时间减去记录的发送时间。这两个时间之差就是报文段的往返时延($RTT$)。将各个报文段的往返时延样本加权平均,得出报文段的平均往返时延。每测量到一个新的往返时延样本,根据下述公式重新计算一次平均往返时延 $RTT$

平均往返时延 $RTT = \alpha \cdot (旧的\ RTT) + (1 - \alpha) \cdot (新的往返时延样本\ M)$

其中,$0 \leqslant \alpha < 1$,是修正因子,决定之前的 $RTT$ 值的权值(即所占比例)。若 $\alpha$ 很接近于 1,表示新计算出的平均往返时延 $RTT$ 和原来的值相比变化不大,而新的往返时延样本 $M$ 的影响较小($RTT$ 值更新较慢)。若选择 $\alpha$ 值接近于零,则表示加权计算的平均往返时延 $RTT$ 受新的往返时延样本 $M$ 的影响较大($RTT$ 值更新较快)。一般取 $\alpha = 7/8$。

在给定这个随 $RTT$ 变化而变化的修正因子 $\alpha$ 的条件下,RFC 793 推荐的设置计时器的超时重传时间(Retransmission Time Out,RTO)应略大于平均往返时延 $RTT$,即 $RTO = \beta \cdot RTT$,其中 $\beta$ 是个大于 1(推荐值为 2)的时延离散因子。

Jacobson 在 1988 年详细分析了当 $RTT$ 变化范围很大时,使用这个方法无法适应这种变化,从而引起不必要的重传。当网络已经处于饱和状态时,不必要的重传会增加网络负载,对网络而言这就像在火上浇油一样。

除了被修正的 $RTT$,所需要做的还有跟踪 $RTT$ 的方差。在往返时延变化起伏很大时,基于均值和方差来计算 $RTO$,将比作为均值的常数倍数来计算 $RTO$ 能提供更好的响应。均值偏差是对标准偏差的一种好的逼近,但更不容易进行计算(计算标准偏差需要一个平方根)。假定往返时延样本为 $M$,则超时重传时间 $RTO$ 的计算过程如下

$$Err = M - A$$
$$A \leftarrow A + g \cdot Err$$
$$D \leftarrow D + h \cdot (|Err| - D)$$
$$RTO = A + 4 \cdot D$$

其中,$A$ 是被修正的 $RTT$(均值的估计值),而 $D$ 则是被修正的均值偏差,$Err$ 是刚得到的测量结果 $M$ 与当前的 $RTT$ 估计值之差。$A$ 和 $D$ 均被用于计算下一个重传时间($RTO$)。增量 $g$ 起平均作用,取值为 $1/8$。偏差的增益是 $h$,取值为 0.25。当 $RTT$ 变化时,较大的偏差增益将使 $RTO$ 快速上升。

随着动态估计 $RTT$ 方法的使用,在重传一个报文段时会产生这样一个问题:假定一个报文段当传输超时被重传后,而确认又到达时怎么办? 因它不清楚这个 ACK 是针对第一个报文段的还是针对第二个报文段的,这就是所谓的重传多义性问题。猜测错误将导致 $RTT$ 的估计值遭到严重破坏。

Karn and Partridge 提出了一个简单建议:当一个超时和重传发生时,在重传报文段的确认最后到达之前,不能更新 $RTT$ 估计值,因为并不知道 ACK 对应哪次传输,也许第一次传输被延迟而并没有被丢弃,也有可能第一次传输的 ACK 被延迟。并且,由于报文段被重传,$RTO$ 已经得到了一个指数退避,在下一次传输时使用这个退避后的 $RTO$。对一个没有被重传的报文段而言,除非收到了一个确认,否则不计算新的 $RTO$。这一补充称为 Karn 算法。多数 TCP 程序实现都采用了这种算法,实践证明,这种策略较为合理。

## 7.4　TCP 拥塞控制原理

加载到某个网络上的载荷超过该网络处理能力的现象,称为拥塞现象。网络拥塞通常会引起许多报文段丢失。在大多数计算机网络中,由网络拥塞所造成的报文丢失(或极长的时延),好像要比硬件故障所造成的情况更为严重。解决拥塞问题的大部分工作由传输层协议来承担,

通过降低数据传输速率来避免拥塞是最现实的方法。

## 7.4.1　拥塞原因与开销

有许多情况会使网络传输出现拥塞,但归纳起来主要集中在这样几个方面:一是快速网络向小缓存主机或者交换结点传输数据,接收端的处理能力不足;二是慢速网络向大缓存网络交换结点传输数据,网络链路带宽不够或网络交换结点队列溢出;三是由于某种原因造成的死锁。不管哪种情况,网络产生拥塞的根本原因在于用户提供给网络的负载超过了网络的存储和处理能力,表现为无效数据包增加、报文时延增加与丢失、服务质量降低等。如果此时不能采取有效的检测和控制手段,就会导致拥塞逐渐加重,甚至造成系统崩溃。在一般情况下,形成网络拥塞的几个直接原因如下。

1. 主机或者网络交换结点缓存空间不足

当计算机网络中的主机或者交换结点(如路由器)的缓存不能满足网络需求时,就会造成拥塞。譬如,当几个输入数据流需要同一个输出端口时,如果入口速率之和大于出口速率,就会在这个端口上建立队列。如果没有足够的缓存空间,数据包就会被丢弃,对突发数据流更是如此。当然,可以通过增加内存,或者提高处理机的运算速度等方法来改变这种情况。但是,缓存空间在表面上似乎能解决这个矛盾,但根据 Nagel 的研究,如果交换结点有无限存储量时,会使拥塞现象变得更加严重。

2. 处理器处理能力较弱

如果路由器的 CPU 在执行排队缓存、更新路由表等操作时,处理速度跟不上高速链路,会产生拥塞。同理,低速链路对高速处理器也会产生拥塞。

3. 带宽容量相对不足

直观地说,当数据总的输入带宽大于输出带宽时,在网络低速链路处就会形成带宽瓶颈,网络就会发生拥塞。香农信息理论给出了相应证明。

4. 由死锁引起网络性能下降

在计算机网络中,死锁主要有直接死锁、间接死锁和重装配死锁三种情况。直接死锁是指通信的双方互相占用了对方需要的资源而造成的死锁。间接死锁是指通信的三方或者三方以上相互占用了传输需要的资源而造成的死锁。重装配死锁通常是由于路由器缓存的拥塞而引起的死锁。

以上这几种情况是早期 Internet 网络发生拥塞的主要原因。对此,TCP 拥塞控制已经给出了比较好的解决方案。在实际应用中,如果所有的端用户均遵守或兼容 TCP 拥塞控制机制,网络的拥塞能得到很好的控制。但是,随着计算机网络技术的快速发展和普及应用,出现了导致网络拥塞的许多新的复杂现象,例如分布式拒绝服务(Distributed Denial of Service,DDoS)攻击。DDoS 攻击能够从分布在不同地理位置的主机同时攻击一个目标,从而导致目标主机瘫痪。

## 7.4.2　TCP 拥塞控制算法

拥塞对网络的危害非常大,因此网络设计者必须考虑加上适当的拥塞控制,减少网络出现拥塞和死锁现象。为了实现 TCP 对拥塞的控制,首先必须检测到拥塞,然后再针对拥塞造成的原因采用相应的控制策略。

随着光纤在通信主干网络的广泛应用,由于传输错误造成数据报丢失的情况大大减少,通信网络的可靠性得到了极大提高,而相应的数据报传输时延成为网络拥塞的主要原因。因此,TCP的所有拥塞控制算法都是针对因数据报传输时延引起的网络拥塞而设计的。检测网络是否拥塞则可以通过监控计时器超时来判断。至于引起拥塞的另一个原因——接收能力,则是在建立连接时已经协商确定了的滑动窗口大小。至此,导致网络拥塞的两个主要因素均可以检测出来。

接下来的任务是确定拥塞控制算法。TCP 是通过动态控制滑动窗口的大小来实现拥塞控制的,窗口大小的单位是字节。TCP 协议中滑动窗口的含义是指发送端在未收到接收端返回的确认信息的情况下,最多能发送多少字节的数据。实际上,在每个 TCP 报文头中的窗口字段的值就是当前设定的接收窗口的大小。因此,滑动窗口大小已在建立连接时确定好了,发送端按此窗口大小发送数据就不会由于缓冲区溢出而引起拥塞。如图 7-24 所示,表示发送端需要发送的数据总共有 800 B,分为 8 个报文段。假设事先约定窗口大小为 500 B,即允许发送端在未收到确认之前最多可以连续发送 500 B 的数据。在该图中,发送窗口当前的位置表示前两个报文段(其字节序号为 1~200)已经发送过,并收到了接收端的确认。假如发送端又发送了两个报文段但未收到确认,则现在它最多还能发送 3 个报文段。发送端在收到接收端返回的确认后,就可以将发送窗口向前滑动。

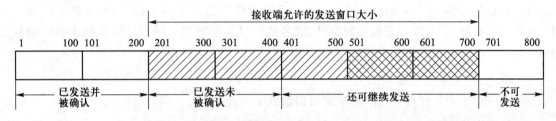

图 7-24 TCP 协议中的滑动窗口机制

实际上,发送窗口在建立连接时由通信双方商定,更重要的是,在通信过程中,接收端可以根据本地资源的情况动态地调整自己的接收窗口的大小,并通知对方,使对方的发送窗口和自己的接收窗口一致。但是,由于网络的内部拥塞而引起的问题还是可能出现的。单靠连接之初协商的固定窗口大小不能解决拥塞问题。为此,TCP 协议提出了以下拥塞控制策略,以求根据网络运行情况,实现动态滑动窗口大小控制模式。

第一种 TCP 拥塞控制策略,其核心是:①在连接建立时声明最大可接收报文段长度;②利用可变滑动窗口协议防止出现拥塞。

首先,在建立连接时,发送端按接收端最大的数据缓冲区大小来设置滑动窗口。然后,发送端在网络正常时按最大可接收报文段长度发送数据,并同时监测网络传输时延;当网络的内部出现拥塞时,通过发送端执行可变滑动窗口协议来调整报文段的发送长度。例如,若约定的最大可接收报文段长度为 8 KB,而某时刻发送端检测到超过 4 KB 的数据会使网络阻塞后,发送端将只发送 4 KB 数据。

第二种 TCP 拥塞控制策略,即双窗口策略,其核心是:①发送端维护两个窗口:接收端设定的可发送窗口和拥塞窗口,按两个窗口的最小值发送;②拥塞窗口依照慢启动(Slow Start)算法和拥塞避免(Congestion Avoidance)算法变化。

所谓拥塞窗口是指一个由发送端根据网络阻塞的情况而确定的最大可传输字节数,它根据网络阻塞情况而变化。也就是说,双窗口方案中的每个窗口都反映了发送端可以传输的字节数,而该策略规定是取两个窗口中的最小值作为可以连接当时发送的字节数。例如,若接收端承认的可发送窗口的大小为 8 KB,发送端此时检测网络后得知其拥塞窗口为 4 KB,则发送端只发送 4 KB 数据;若发送端此时检测网络后得知其拥塞窗口为 32 KB,发送端只能按 8 KB 发送数据。

### 1. 慢启动算法

双窗口策略还规定,当建立连接时,发送端将拥塞窗口大小初始化为该连接所用的最大报文段的长度值,并随后发送一个最大长度的报文段。若该报文段在计时器超时之前被接收端接收且其确认被发送端接收,则发送端的下一次发送字节数在原来拥塞窗口的基础上再加一个报文段的字节数(即按两倍最大报文段的大小发送),依次类推。换句话说,收到确认后,拥塞窗口按指数规律($2^n$)增大,直到数据传输超时或达到接收端设定的窗口大小。这种确定拥塞窗口大小的算法称为慢启动算法,其实它是以指数规律增加的,并不慢。慢启动算法有如下三大要素:

(1) 连接建立时拥塞窗口初始值为该连接允许的最大段长,阈值为 64 K。

(2) 接收端窗口大小。

(3) 拥塞窗口大小。

其算法是:发送端开始发送一个最大段长的 TCP 报文段,若正确确认,拥塞窗口变为两个最大段长;若超时,则发送"拥塞窗口/最大段长"个最大长度的 TCP 报文段,并修改拥塞窗口的大小;重复上述步骤,直至发生丢包超时事件,或拥塞窗口大于阈值。用程序语言描述慢启动算法如下:

```
/* Congwin 表示拥塞窗口的大小 */
/* threshold 表示连接建立时拥塞窗口初始值 */
initialize: Congwin = 1
for ( each segment ACKed )
Congwin ++
until ( loss event OR Congwin ≥ threshold )
```

### 2. 拥塞避免算法

拥塞避免算法主要用于当拥塞窗口大于阈值时的处理。即:

(1) 若拥塞窗口大于阈值,从此时开始,拥塞窗口线性增长,一个 RTT 周期增加一个最大段长,直至发生丢包超时事件。

(2) 当超时事件发生后,阈值设置为当前拥塞窗口大小的一半,拥塞窗口重新设置为一个最大段长。

(3) 其他情况则执行慢启动算法。

用程序语言描述拥塞避免算法如下:

```
/* 慢启动算法结束 */
/* Congwin > threshold */
Until ( loss event ) {
    every w segments ACKed:
        Congwin ++
```

}
threshold = Congwin/2
Congwin = 1
perform slowstart

其中,w 为拥塞窗口的当前值且 w 大于 threshold。当 w 确认到达后,TCP 用 w + 1 替换 w。

3. 双窗口拥塞控制策略

将慢启动算法和拥塞避免算法综合起来即为双窗口拥塞控制策略,也就是目前 TCP 协议的拥塞控制算法。图 7-25 所示为 TCP 拥塞控制算法的工作过程。

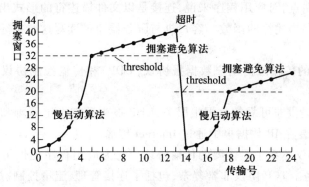

图 7-25　TCP 拥塞控制算法示意

图 7-25 中设定的最大报文段长度为 1 KB,开始时拥塞窗口为 64 KB。但此时出现了超时,所以阈值置为 32 KB。设传输号 0 的拥塞窗口为 1 KB,采用慢启动算法,前 5 个传输号(0 ~ 4)正确确认,拥塞窗口按指数规律增大直到阈值(32 KB)。随后 TCP 采用拥塞避免算法,传输号 5 ~ 13 的拥塞窗口按线性规律增大(每次增加设定的最大报文段长度 1 KB);若再出现超时(传输号 13 处),则阈值被设置为当前窗口的 1/2(当前窗口为 40 KB,则当前阈值为 20 KB),并采用慢启动算法又从头开始,当拥塞窗口按指数规律增大直到传输号 18(当前阈值为 20 KB)时,又采用拥塞避免算法使传输号 19 ~ 24 的拥塞窗口按线性规律增大。

若一直不出现超时,则拥塞窗口会一直增大到接收端窗口的大小后才停止。只要不出现超时和接收端窗口不发生变化,拥塞窗口会保持不变。

对于网络中的拥塞控制算法,RFC 2581 共定义了慢启动、拥塞避免、快速重传和快速恢复四种基于拥塞窗口的拥塞控制方法。有兴趣的读者可以进一步参见 RFC 2581。

在网络中,拥塞是相互关联的。当某一处出现拥塞后,通过提高处理机的速度或者增加缓存等可以缓解拥塞现象,但是拥塞往往又会转移到其他地方,形成新的瓶颈。需要注意的是,由某些恶意攻击如 DDoS 攻击等原因所造成的网络拥塞不同于上面所分析的普通拥塞情况,它们之间存在着本质差异。当 DDoS 攻击造成网络拥塞时,TCP 基于窗口的拥塞控制机制对此无能为力。原因是攻击带来的拥塞是由大量恶意主机发送数据所造成的,这些主机不但不会完成 TCP 拥塞控制机制所规定的配合工作,甚至本身就可能包含了伪造源地址、加大数据发送量、增加连接数等攻击方式。

# 本 章 小 结

本章讨论了端到端的传输控制问题。传输层实现了许多与数据链路层相同的功能,但数据链路层工作在单个网络上,而传输层的操作则跨越互联网。

传输层需要端口和服务访问点。端口地址,也称为熟知端口或周知端口,它标志了一个用户访问的主机上的特定进程或应用。典型的熟知端口包括 23(Telnet)、25(SMTP)、80(HTTP)和 110(POP)等。TCP 或 UDP 报头中都包含端口号。客户机与服务器通过使用套接字接口建立连接。套接字是连接的端点,对应用程序来说,连接是以文件描述符的形式出现的。套接字接口提供了打开和关闭套接字描述符的函数。客户机与服务器通过读写这些描述符来实现彼此之间的通信。

TCP/IP 协议体系的传输层由用户数据报协议(UDP)和传输控制协议(TCP)两个主要协议组成。

UDP 是无连接地提供非可靠的数据报服务,UDP 报头没有指定源端和目的端的 IP 地址,而是将每个 UDP 报文封装在 IP 数据报中通过 Internet 传输。

TCP 是 TCP/IP 协议体系中最主要的传输协议。它为应用程序提供可靠的、面向连接的、全双工的字节流传输服务。TCP 协议非常复杂,包括了连接管理、流量控制、拥塞控制、往返时延以及可靠的数据传输。TCP 使用三次握手建立连接:客户机发起连接请求到服务器,服务器确认该请求,然后客户机确认服务器的确认。在请求 TCP 建立一个连接之后,应用程序即可使用这一连接发送和接收数据;TCP 能确保数据按序传递而无重复。最后,当两个应用进程完成使用一个连接时,需要释放该连接。

两台计算机上的 TCP 通过交换报文来进行通信。所使用的报文都要采用统一的 TCP 报文段格式,包括载荷数据、确认和窗口通告报文段,或用于建立和释放连接的报文。每个报文段都被封装成 IP 数据报进行传输。

TCP 协议使用了各种机制,如确认、定时器、重传,以及序号来确保可靠的服务。除了在每个报文段中提供校验和之外,TCP 还重传任何被丢失的报文段。为了适应互联网中随时间变化的时延,TCP 协议的重传超时需具有自适应性。

拥塞控制对于网络良好运行是必不可少的。没有拥塞控制,网络很容易出现死锁,使得端到端之间很少或没有数据能够正常传输。TCP 协议实现了这样一种端到端的拥塞控制,即当 TCP 连接的路径上判断为不拥塞时,其传输速率就增加;当出现丢包时,传输速率就降低。

## 思 考 与 练 习

1. 传输层的许多功能,如流量控制、可靠传输也由数据链路层处理。这是否是重复? 为什么?

2. 简述 Socket 的定义,及其功能和用途。

3. UDP 协议的特点有哪些?

4. 能够装进一个以太网帧的最大 UDP 报文长度是多少?

5. 试计算出最大可能的 UDP 报文长度(整个 UDP 报文必须能被装进一个 IP 数据报中)。

6. 如果一个应用程序要利用 UDP 在以太网上发送一个 8 KB 的报文,那么会有多少帧在网络上传输?

7. TCP 协议的特点是什么? 它为什么能够支持多种高层协议?

8. TCP 协议用什么技术来建立可靠的连接?

9. TCP 校验和是必要的吗? 或者 TCP 协议能否让 IP 来对数据进行校验和?

10. 简述 TCP 协议建立连接的三次握手方案。

11. 简述 TCP 连接管理步骤。

12. TCP 协议采用了哪些流量控制策略?

13. 什么是拥塞? 造成拥塞的原因有哪些? 简述 TCP 协议拥塞控制策略。

14. 简述 TCP 和 UDP 协议通信的各自特点。在什么情况下使用 TCP 通信? 在什么情况下使用 UDP 通信? 请提出个人见解。

15. 使用一个网络分析器捕获 TCP 连接中的一系列帧,分析用于打开和关闭此 TCP 连接的报文段的内容。通过查看帧时间和 TCP 序号来估算传输数据信息的速率。在此连接过程中,通知窗口是否发生变化?

# 第8章 网络应用

虽然计算机网络通信需要底层物理网络和通信协议的支持,但最直接有用的网络功能却是软件提供的。网络的应用系统为用户提供高层服务,并决定用户对底层计算机网络能力的认知。用户的实际网络应用所涉及的信息处理由应用层承担。应用层是网络体系结构的最高层,也存在着许多应用功能及协议,譬如电子邮件、计算机远程访问、文件传输、新闻组、万维网等。Internet 技术的发展极大地丰富了应用层的内容,譬如视频聊天、IP 电话、视频会议、博客(Blog)、网络即时通信、网络电视和 P2P(Peer to Peer)文件共享等新的服务。

由于 Internet 发展迅速,应用广泛,几乎每天都有新的应用公布问世,不能也无法全面涉及 Internet 应用。因此在本章只能以不同的详细程度选择讨论一些比较典型的应用层协议,如 Web、文件传输、电子邮件(E - mail)、域名系统(Domain Name System,DNS),以及多媒体传输协议(RTP、RTCP、RTSP、H. 323)等进行简单讨论。通过对协议执行过程的讨论,以进一步理解网络体系结构、基本工作原理与实现技术。

## 8.1 应用层概述

计算机应用技术的发展已进入以网络计算(Network Computing)为特色的信息处理时代,尤其是以 Internet 为虚拟处理环境的网络计算模式,使得各种科学计算、事务信息处理、突发性事件的模拟等能在 Internet 环境里充分利用各种信息资源,大大提高了数据计算与处理能力,其应用领域非常广阔。计算机网络的各种应用层协议就是为了解决某一类应用问题而设计的,因此应用层的具体内容就是规定应用进程在通信时所遵循的协议。

### 8.1.1 网络应用模式

网络应用是计算机网络产生与发展的根本原因。应用层使得用户(不管是人还是软件)可以访问网络。它为用户提供了接口和服务支持,如电子邮件、远程文件访问和传输以及其他分布式信息服务等。图 8-1 所示为应用层与用户、传输层的关系。对于许多现有的应用服务,图中只显示了 FTP(File Transfer Protocol)、HTTP(Hypertext Transfer Protocol)、SMTP(Simple Mail Transfer Protocol)服务,图中用户正在使用 SMTP 发送电子邮件。

当构建一种网络应用时,首先要决定该应用程序的体系结构。在选择应用程序体系结构时,目前有客户机/服务器、基于 Web 的客户机/服务器以及 P2P 网络 3 种主流模式可供使用。

1. 客户机/服务器模式

在分布式计算中,通常将一个应用进程被动地等待另一个应用进程来启动通信过程的工作模式称之为客户机/服务器模式。

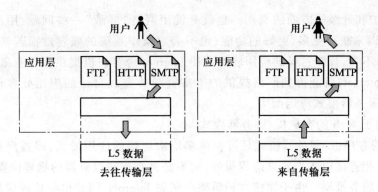

图 8-1 应用层与用户和传输层的关系

（1）客户机/服务器模式的组成

客户机/服务器模式的框架由客户机、服务器和中间件（Middleware）三部分组成。

① 客户机的主要功能是执行用户一方的应用程序，供用户与数据进行交互。

② 服务器的功能主要是进行共享资源管理。

③ 中间件是支持客户机/服务器进行对话、实施分布式应用的各种软件的总称。中间件主要具有连接和管理两方面的功能。这些功能具体体现在分布式服务、应用服务及管理服务方面，大致可分成传输栈、远程过程调用、分布式计算环境、面向消息、屏幕转换、数据库互访，以及系统管理等几类。

（2）客户机/服务器模式的实现技术

目前，广泛应用的客户机/服务器模式是面向文件系统和面向数据库系统的，进一步发展将面向分布式对象应用。促使客户机/服务器实现和使用的基本技术有：

① 用户应用处理　一般采用基于图形用户界面的应用开发工具处理用户应用。这类工具支持用户直接参与应用软件开发，只需少量编程，就可方便地把现有实用程序适当地组成新的应用软件。

② 操作系统（OS）　目前客户机和服务器使用分开的操作系统，并向支持分布式对象应用的综合型操作系统发展。

③ 数据库　目前使用的是关系型数据库管理（包括对异机型应用互操作的支持）系统（DBMS），并正向建立数据仓库、支持分布式、面向对象的数据库管理系统发展。

与其他计算机应用模式相比，客户机/服务器模式能提供较高性能，因为客户机和服务器将应用处理要求进行合理划分，同时又协同实现其处理要求。服务器为多个客户机管理数据库，而客户机发送、请求和分析从服务器接收的数据。在一个客户机/服务器应用系统中，客户机应用程序是针对小的特定数据集合建立的，它封锁和返回一个客户机请求的数据，因此保证了并发性，使网络上的信息流减到最少，因而可以改善系统的性能。

2. 基于 Web 的客户机/服务器模式

客户机/服务器模式是基于特定的 OS 和 DBM 开发应用的。当客户机运行多种不同 OS 时，就要针对它们开发应用系统，且维护作业也要个别进行。另外，系统一旦建成，要修改就要投入大量的人力和物力。因此，当 Internet 技术迅速发展时，人们开始想到，为何不把应用放到网上（在服务器侧）去执行。这样，就可把常驻在 PC 机上的许多功能转移到网络上，对用户而言可减轻负担、降低维护和升级等方面的费用。也就是说用网络"屏蔽"一些问题：用户不必经常将自己的 PC 机升级以来获得更多、更好的功能；也不必为操作系统的兼容性而苦恼；更不必经常去购买或开发层出不穷、日新月异的应用软件。让 Internet 为客户机提供大量有效的应用服务，用户只要能连入 Internet，就能得到网络提供的丰富资源并完成自己的应用处理任务。于是基于 Web 的客户机/服务器模式应运而生。

（1）何谓基于 Web 的客户机/服务器模式

基于 Web 的客户机/服务器模式是可提供多层次连接的应用模式，即客户机可与相互配合的多个服务器组相连接以支持各种应用服务，而不必关心这些服务器的物理位置，即由服务器策略转移到了网络服务策略。由于实施这种策略要依靠 Internet，因此也将这种应用模式称为全球网络客户机/服务器模式或客户机/网络模式。这种新应用模式的本质在于可以将 Internet 提供的整个应用服务连接到一起，让用户所需的所有应用服务都集成在一个客户机/网络环境之中。由于客户机/网络模式既能对高度分散的信息实现资源共享，又可使管理高度集中而降低成本，因此可以兼顾主机集中式和客户机/服务器分布式两种应用模式的优点。

简单说来，Web 包含了前端的 Web 浏览器、支持 HTTP 协议的 Web 服务器、基于 HTML 格式的 Web 页（文档）及相关的计算机硬件及辅助设备。从客户机的角度来看，用户 Web 浏览器可以访问 Internet 上各个 Web 站点，在每一个站点都有一个主页，它是作为进入一个 Web 站点入口点的一种 Web 页。在这个 Web 页里，除了有一些信息外，最主要的是它含有超文本链接（Hyper Text Links）。当使用者以鼠标点击这个链接后，它可以引导用户到另外一个 Web 站点或是其他的 Web 页。因此，通过一个图形化、易于使用的浏览器，用户可以坐在 PC 机前面畅游 Internet 上的 Web 站点及浏览其所含的信息。从服务器的角度来看，每一个 Web 站点由一台主机、Web 服务器及许多 Web 页组成；以一个主页为首，其他的 Web 页为支点形成一个结构。每一个 Web 页都是以 HTML 的格式编写的，包含各种文字、图形图像、声音、动画及超文本文件链接所组成的信息，例如股票行情、报纸、杂志、体育新闻等。每个 Web 页的设计及 Web 站点的结构，完全取决于发布者如何发挥自己的想象力及审美观来表达自己想公诸于世的信息资料。

Web 的迅猛发展促进了 Internet 的普及，许多公司纷纷建立 Web Server，把公司的简介、新闻、产品、文件档案等都放在主页上，提供给公众；还有一些公司利用 Internet 开展客户服务、网上销售等业务，并将它视为重要的对外联系窗口。同样，Web 也可应用于企业内部，随着 Internet 技术的成熟，企业逐渐认识到其优越性，将其引进企业内部作业环境，建立企业内部使用的 Web Server，这就是目前流行的 Intranet。Intranet 的迅速崛起，除了技术成熟、简单易用外，重要的一点就是浏览器已成为通用信息检索工具。

（2）组成

基于 Web 的客户机/服务器模式由以下几个部分组成：①Web 服务器，它可把 HTML 页面和 Java 小应用程序传送到客户机；②应用软件服务器，在它之上驻有可供客户机访问的应用软件或对象；③可由 Java 小应用程序访问的数据库、文件、电子邮件、目录服务以及其他专用功能的服务器；④客户机；⑤把上述组成部分连接在一起的网络。

（3）技术特点

基于 Web 的客户机/服务器模式涉及 Web 信息服务、Java 语言、NC（用来访问网络资源的设备）三项新技术。

① Web 信息服务　这是由 Web 浏览器/服务器的组合来实现的页面信息服务。Web 服务器按一定的信息组织方式存储由超文本标记语言 HTML 书写的页面信息。客户机依靠 TCP/IP 协议和超文本传输协议 HTTP 的支持,通过检索工具、浏览器漫游网络以得到所需要的信息。

② Java 语言　Java 是一种编程语言平台,提供可移植、可解释的面向对象的编程语言,具有简单易用、方便移植、简短、健壮、多线程、安全、可扩充等基本特征。其中,有两个最重要的特征:一是允许软件开发人员将应用分布到前端客户机上和多个服务器上,这样不仅可传送页面的静态数据,而且还可传送 Java 小应用程序;二是通用的可移植代码使其成为一种 Java 虚拟机,即不管是什么样的计算机硬件、哪种操作系统,Java 应用程序可在没有任何改变和不进行重新编译的情况下在任何平台上运行,其范围包括从智能蜂窝电话、TV 膝上型机到基于 Windows、Windows NT、OS/2 或 UNIX 等的台式机、工作站和服务器。

③ NC　用户用来访问网络资源的设备称为用户机,可分为两类:一类是厚用户机,即通常的 PC 机,可接入网络,但在离线情况下能完全独立工作;另一类是薄用户机,即 NC,其能力依赖于网络。NC 是 1995 年 Oracle、IBM、SUN 公司先后提出的网络个人机(Internet PC)的概念。不同的公司曾提出一些不同的叫法,如 Net PC、NC、Net Station、Java Station 等,但现在一般认为它们之间没有本质区别。NC 采用专用芯片,其购置、管理、维护的总费用比普通 PC 机低得多,但它却具备强大的连网、多媒体通信以及文字处理和电子邮件等诸多功能,而不必配置复杂的操作系统和大容量存储器。由于 NC 依赖网络,因此是一个开放系统,可在局域网、广域网等多种网络环境下运行,支持 TCP/IP 协议、HTTP、Java、Browser、SQL、CORBA 等标准。

### 3. P2P 网络模式

大多数人最初是从 Napster 的品牌中了解 P2P 网络模式的。在这种网络应用模式中,P2P 网络概念用于共享文件。但是,P2P 不仅仅是用于文件共享,它还包括建立基于 P2P 形式的通信网络、P2P 计算或其他资源的共享等很多方面。P2P 最根本的思想,同时也是它与客户机/服务器模式最显著的区别,在于 P2P 网络中的结点既可以获取其他结点的资源或服务,同时又是资源或服务的提供者,即兼具客户机和服务器的双重身份。一般说来,P2P 网络中每一个结点所拥有的权利和义务都是对等的,包括通信、服务和资源消费。

可以将 P2P 分为纯(Pure)P2P 和混合(Hybrid)P2P 两种模式。纯 P2P 网络中不存在中心实体或服务器,从网络中移去任何一个单独的、任意的终端实体,都不会给网络中的服务带来大的损失。而混合 P2P 网络中则需要有中心实体来提供部分必要的网络服务,如保存元信息、提供索引或路由、提供安全检验等。

P2P 就是使网上用户可以直接连接到其他用户的计算机,进行文件共享与交换,而不是像过去那样连接到服务器去浏览或下载。

P2P 是一种技术,但更多的是一种思想,改变整个 Internet 基础的潜能思想。单纯从技术角度而言,P2P 并没有激发出任何重大的技术创新,但它改变了人们对 Internet 的理解和认识。

(1) P2P 网络模式的形成

从网络角度讲,P2P 并不是一个新概念,甚至可以说它是 Internet 整体架构的基础。实质上,Internet 最基本的协议 TCP/IP 协议并没有客户机和服务器的概念,所有的设备都处于平等通信的一端。十几年前,Internet 上的所有系统都同时具有服务器和客户机的功能。然而,由于受早期计算机性能、资源等因素的限制,随着 Internet 规模的迅速扩大,大多数连接到 Internet 上的普通用户并没有能力提供网络服务,从而逐步形成了以少数服务器为中心的客户机/服务器架构。WWW 的风靡,正是这一应用潮流的体现。在客户机/服务器架构下,对客户机的资源要求非常少,因而可以使用户以非常低廉的成本接入 Internet,推动了 Internet 的快速普及。

但是,随着 Internet 对人们生活的联系日益密切和深入,人们需要更直接、更广泛的信息交流。普通用户希望能够更全面地参与到 Internet 的信息交互中,而计算机和网络性能的提升也使其具有了实现的可能性。在此背景下,P2P 再一次受到了广泛的关注。

将 P2P 带入网络世界的一个典型事例是 Napster。该公司成立于 1999 年,它主要提供允许音乐迷们交流 MP3 文件的服务。Napster 与提供免费音乐下载 MP3. com 的不同就是在它的服务器上并没有一首歌曲,只提供了一个新的软件供音乐迷在自己的硬盘上就可以共享歌曲文件,搜索其他用户共享的歌曲文件,并到其他也使用 Napster 服务的用户硬盘上下载歌曲。因此在短时间内,Napster 就吸引了 5 000 多万个用户。也正因为如此,它被五大唱片商以侵犯版权推上了被告席而成为世界关注的焦点。Napster 的成功促使人们认识到把 P2P 拓展到整个 Internet 范围的可能性。

事实上,网络上现有的许多服务都可以归入 P2P 行列,即时通信工具如 ICQ、Yahoo Messenger、MSN 以及腾讯 QQ 等都是最流行的 P2P 应用。它们允许用户互相沟通和交换信息、交换文件。但这些即时通信工具缺少对于大量信息搜索的一些功能。这可能正是为什么即时通信出现很久但没有能够产生如 Napster 这样大影响的原因之一。

(2) P2P 网络模式的特点

与其他网络应用模式相比,P2P 具有以下几个特点。

① 分散化　网络中的资源和服务分散在所有结点上,信息的传输和服务的实现都直接在结点之间进行,可以无需中间环节和服务器的介入,避免了可能的瓶颈。即便是在混合 P2P 中,虽然在查找资源、定位服务或安全检验等环节需要集中式服务器的参与,但主要的信息交换仍然在结点之间直接完成。这样就大大降低了对集中式服务器资源和性能的要求。分散化是 P2P 的基本特点,由此带来了它在可扩展性、健壮性等方面的优势。

② 可扩展性　在传统的客户机/服务器架构中,系统能够容纳的用户数量和提供服务的能力主要受服务器的资源限制。为支持 Internet 上的大量用户,需要在服务器端使用大量高性能的计算机,铺设高带宽的网络。为此,机群、cluster 等技术纷纷上阵。在此结构下,集中式服务器之间的同步、协同处理等产生了大量开销,限制了网络系统规模的扩展。而在 P2P 网络中,随着用户的加入,不仅服务的需求增加了,系统整体的资源和服务能力也在同步扩充,始终能较容易地满足用户的需要。即使在诸如 Napster 等混合型架构中,由于大部分处理直接在结点之间进行,大大减少了对服务器的依赖,因而能够方便地扩展到数百万个以上的用户。而对于纯 P2P 来说,整个体系是全分布式的,不存在瓶颈。理论上其可扩展性几乎可以认为是无限的。P2P 可扩展性好这一优点已经在一些应用实例中得以证明,如 Napster、Gnutella、Freenet 等。

③ 健壮性　在 Internet 上随时可能出现异常情况,网络中断、网络拥塞、结点失效等各种异常事件都会给系统的稳定性和服务持续性带来影响。在传统的集中式服务模式中,集中式服务器成为整个系统的要害所在,一旦发生异常就会影响到所有用户的使用;而 P2P 架构则天生具有耐攻击、高容错的优点。由于服务是分散在各个结点之间进行的,部分结点或网络遭到破坏对其他部分的影响很小,而且 P2P 模式一般在部分结点失效时能够自动调整整体拓扑,保持其他

结点的连通性。事实上,P2P 网络通常都是以自组织的方式建立起来的,并允许结点自由地加入和离开。一些 P2P 网络还能够根据网络带宽、结点数、负载等变化不断地做自适应式的调整。

④ 隐私性  随着 Internet 的普及和计算/存储能力飞速增长,收集隐私信息正在变得越来越容易。隐私的保护作为网络安全性的一个方面越来越被大家关注。目前的 Internet 通用协议不支持隐藏通信端地址的功能。攻击者可以窃听用户流量特征,获得 IP 地址,甚至可以使用一些跟踪软件直接从 IP 地址追踪到个人用户。在 P2P 网络中,由于信息的传输分散在各结点之间进行而无需经过某个集中环节,用户的隐私信息被窃听和泄露的可能性大大缩小。此外,目前解决 Internet 隐私问题主要采用中继转发的技术方法,从而将通信的参与者隐藏在众多的网络实体之中。在传统的一些匿名通信系统中,实现这一机制依赖于某些中继服务器结点。而在 P2P 中,所有参与者都可以提供中继转发功能,因而大大提高了匿名通信的灵活性和可靠性,能够为用户提供更好的隐私保护。

⑤ 高性能  性能优势是 P2P 被广泛关注的一个重要原因。随着硬件技术的发展,个人计算机的计算和存储能力以及网络带宽等性能依照摩尔定理高速增长。而在目前的 Internet 上,这些普通用户拥有的结点只是以客户机的方式连接到网络中,仅仅作为信息和服务的消费者,游离于 Internet 的边缘。就这些边缘结点的能力而言,存在极大的浪费。采用 P2P 架构可以有效地利用 Internet 中散布的大量普通结点,将计算任务或存储信息分布到所有结点上。利用其中闲置的计算能力或存储空间,达到高性能计算和海量存储的目的。这与当前高性能计算机中普遍采用的分布式计算思想是一致的。通过利用网络中的大量空闲资源,可以用更低的成本提供更高的计算和存储能力。

(3) P2P 网络的技术类型

P2P 是一个相对底层的技术,一些共性的问题如结点表示、资源路由、可扩展性、安全性等受到人们的普遍关注。从应用角度来看,目前 P2P 技术研究主要涉及以下几个领域:

① 提供文件和其他内容共享的 P2P 网络,例如 Napster、Gnutella、CAN、eDonkey、BitTorrent 等。

② 挖掘 P2P 对等计算能力和存储共享能力,例如 SETI@ home、Avaki、Popular Power 等。

③ 基于 P2P 方式的协同处理与服务共享平台,例如 JXTA、Magi、Groove、NET My Service 等。

④ 即时通信交流,包括 ICQ、OICQ、Yahoo Messenger 等。

⑤ 安全的 P2P 通信与信息共享,例如 CliqueNet、Crowds、Onion Routing 等。

P2P 网络技术自从出现以来一直受到广泛的关注。最近几年,P2P 技术更是迅速发展。目前,在文件共享、分布式计算、网络安全、在线交流甚至是企业计算与电子商务等应用领域,P2P 都显露出很强的技术优势。

## 8.1.2  应用层协议

应用层协议定义了运行在不同端系统上的应用进程如何相互传递报文,主要包括:①交换的数据类型,如请求报文和响应报文;②各种报文类型的语法,如报文中的各个字段及其详细描述;③字段的语义,即包含在字段中信息的含义;④进程何时、如何发送报文以及对报文进行响应。

在 TCP/IP 协议体系中,传输层的上面是应用层,它包括了所有的高层协议。最早引入 TCP/IP 协议体系应用层协议的是远程登录协议(Telnet)、文件传输协议(FTP)和简单邮件传输协议

（SMTP）等。近年来,随着计算机网络技术的迅速发展,又增加了许多新协议。例如,域名系统（DNS）用于把主机域名映射到网络 IP 地址、HTTP 协议用于万维网上获取网页、P2P 服务共享、多用户网络游戏、IP 电话、实时视频会议等。TCP/IP 协议体系中各层协议之间的对应关系如图8-2 所示。

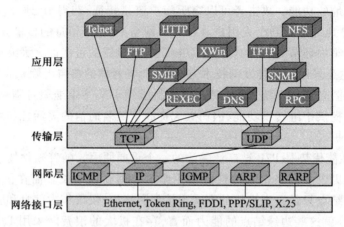

图 8-2　TCP/IP 协议体系中的应用层协议

应用层协议可以分为 3 种类型:一类是依赖于面向连接的 TCP 协议,如 Telnet、SMTP、FTP、HTTP 等;一类依赖于面向无连接的 UDP 协议,如 SNMP、TFTP 等;另一类既依赖 TCP 协议又依赖于 UDP 协议,如 DNS。当开发一个网络应用程序时,必须选择一种所依赖的传输层协议,不但要确定是选用 TCP 还是 UDP,还应选择一个能为应用提供最恰当服务的协议。

大多数协议是由 RFC 文档定义的,因此它们位于公共领域。例如 Web 的应用层协议 HTTP（超文本传输协议 RFC 2616）就作为一个 RFC 供大家使用,它定义了在浏览器程序和 Web 服务器程序间传输的报文格式和序列。如果应用程序开发者遵从 HTTP RFC 规则,所开发的浏览器就能访问任何遵从该文档标准的 Web 服务器并获取相应 Web 页面。也有一些应用层协议是专用的,不能用于公共领域,例如很多现有的 P2P 文件共享系统使用的是专用应用层协议。

## 8.2　Web　应　用

Internet、超文本和多媒体这三个 20 世纪 90 年代领先技术的互相结合,导致了万维网（World Wide Web,WWW）的诞生。万维网并非是某种特殊的计算机网络,而是一个大规模、联机式的信息存储场所,英文简称为 Web。首先讨论 Web 应用不仅因为它是最为流行的网络应用,而且也因为它使用的应用层协议 HTTP 相对比较简单并且容易理解掌握。Web 通过 Internet将位于全世界不同地点的相关信息资源有机地编织在一起,以超文本方式提供多媒体信息服务。它使人们获取信息的手段发生了本质的改善。用户只要操纵计算机的鼠标,就可以通过 Internet从全世界的任何地方获取所希望得到的文本、图形图像、音频和视频等信息。

### 8.2.1　Web 简介

何谓 Web? 有人认为它是一种计算机程序,有人认为它是一类信息检索工具,也有人认为它是一种 Internet 网络协议。这些说法都是从某个侧面描述的,仅仅反映了 Web 某一方面的特征。至于将 Web 定义为 Internet 的一种使用界面,虽然比较准确地反映了 Web 的基本特征,但仍然不够全面。在 Internet 上,Web 不但提供了信息检索的多种使用界面,还形成了一种信息资源的组织与管理方式;它既包含计算机硬件,又包含计算机软件;它既涉及电子信息出版,又涉及网络通信技术。Web 使用的客户机/服务器技术,代表了当代先进的分布式信息处理技术。

就其组成和工作方式而言,Web 是由分布在 Internet 的成千上万个超文本文档链接而成的一种网状多媒体信息服务系统。它基于客户机/服务器模式,整个系统由 Web 服务器、浏览器和通信协议等部分组成。其中,通信协议采用的是超文本传输协议(HTTP)。HTTP 是为分布式超媒体信息系统而设计的一种网络协议,主要用于名字服务器和分布式对象管理,它能够传送任意类型数据对象,以满足 Web 服务器与客户机之间多媒体通信的需要,从而成为 Internet 中发布多媒体信息的主要协议。

Web 是日内瓦的欧洲原子核研究中心(The European Center for Nuclear Research,CERN)的 Tim Berners Lee 于 1989 年 3 月提出的。开发 Web 的最初动机是为了在参与核物理实验的分布在不同国家的科学家交流研究报告、装置蓝图、图画、照片和其他文档而设计的一种网络通信工具。1993 年 2 月,第一个图形界面的浏览器开发成功,名字为 Mosaic。1995 年著名的 Netscape Navigator 浏览器上市。目前,最受用户欢迎的浏览器是微软公司的 Internet Explorer。Web 是一个引起公众注意的 Internet 应用,它戏剧性地改变了人们与工作环境内外交流的方式。正是由于 Web 的出现,使 Internet 从仅由少数计算机专家使用变成了普通百姓也能使用的信息资源。因此,Web 的出现是 Internet 发展中非常重要的里程碑。

对于大多数用户来说,最具有吸引力的是 Web 的按需操作。当用户需要某种信息时,就能得到他所要的内容。Web 上的信息不仅是超文本文件,还可以是语音、图形、图像、动画等。就像通常的多媒体信息一样,这里有一个对应的名称即超媒体(Hypermedia)。超媒体包括了超文本,也可以用超链接连接起来,形成超媒体文档。超媒体文档的显示、检索、传输功能全部由浏览器实现。Web 除了可以按需操作之外,还有很多让人喜爱的特性。在 Web 上发布信息非常简单,只需要很少的代价就能成为信息发布者。表单、Java 小程序等可以使用户与 Web 站点、Web 页面进行交互。因此,Web 是一个分布式的超媒体系统。

Web 以客户机/服务器模式工作。运行 Web 浏览器的计算机要直接连接或者通过拨号线路连接到 Internet 主机上。Web 浏览器是在用户计算机上的 Web 客户机程序;驻留 Web 文档的计算机则运行服务器程序,因此,这个计算机也称为 Web 服务器。客户机向服务器发出请求,服务器向客户机送回客户机所要的 Web 文档。在一个客户机主窗口上显示出来的 Web 文档称为页面(Page)。因为浏览器要取得用户要求的页面必须先与页面所在的服务器建立 TCP 连接。Web 服务器的专用端口(80)时刻侦听连接请求,建立连接后用超文本传输协议 HTTP 与客户机进行交互。一个简单的 Web 模型如图 8-3 所示。

显然,要实现 Web 服务,必须解决这样几个问题:

(1)怎样标志分布在整个 Internet 上的 Web 文档?

(2)用什么样的协议实现 Web 上的各种超链接?

(3)怎样使不同的作者创作的各式各样的页面都能够在 Internet 上的各种计算机上显示出来,同时使用户清楚地知道在什么地方存在着超链接?

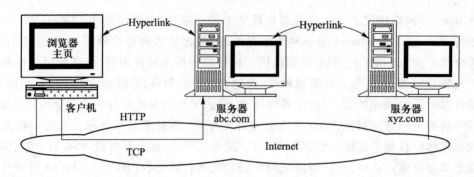

图 8-3　一个简单的 Web 模型

（4）怎样使用户很方便地检索到所需要的信息？

为了解决第一个问题，Web 使用统一资源定位器（Uniform Resource Locators，URL）来标志 Web 上的各种文档，并使用一个文档在整个 Internet 的范围内唯一的标识符（Universal Resource Identifier，URI）。使用超文本传输协议（HTTP）则解决了第二个问题。为解决第三个问题，Web 引入了超文本标记语言（Hyper Text Markup Language，HTML），使得 Web 页面设计者可以很方便地用一个超链接从本页面的某处链接到 Internet 上的任何一个 Web 页面，并能够在自己的计算机屏幕上将这些页面内容显示出来。最后，为了在 Web 上方便地检索信息，用户可以使用各种各样的搜索引擎工具。

## 8.2.2　统一资源定位器

在 Web 系统中，使用统一资源定位器（URL）来唯一地标志和定位 Internet 中的资源。RFC 1738 和 RFC 1808 对 URL 的定义是：URL 是对可以从 Internet 上得到的资源的位置和访问方法的一种简洁表示。URL 给资源的位置提供一种抽象的识别方法，并用这种方法给资源定位。只要能够对资源定位，系统就可以对资源进行各种操作，如存取、更新、替换和查找等。其中，资源是指 Internet 上可以被访问的任何对象，包括文件目录、文档、图像、声音等，以及与 Internet 相连的任何形式的数据。资源还包括电子邮件地址和 USENET 新闻组，或 USENET 新闻组中的报文。

URL 相当于一个文件名在网络范围内的扩展，因此 URL 是与 Internet 相连接的机器上的任何可访问对象的一个指针。在 Internet 上寻找资源、获取文件，首先要知道访问的资源域名或 IP 地址。由于对不同对象的访问方式不同，如通过 Web、FTP 等，所以，URL 不仅要给出访问的资源类型和地址，还需指出读取某个对象时所使用的访问方式。因此，一个典型 URL 由三个部分组成：①访问方式，即客户与服务器之间所使用的通信协议；②存放信息资源的服务器域名；③存放信息资源的路径和文件名。其格式为：

　　＜URL 访问方式＞://＜服务器域名＞[:＜端口＞]/＜路径＞/＜文档名＞

（1）URL 访问方式　URL 的第一项定义了"访问方式"所使用的关键字，说明如何访问文档，即采用什么协议，例如：

http：检索 Web 服务器上的文档；

ftp：检索匿名 FTP 服务器上的文档；

mailto：检索某个人的电子邮件地址；

news：读最新 USENET 新闻；

telnet：远程登录到某服务器。

（2）服务器域名［：端口］ URL 中冒号后面的部分是希望到达的 Internet 主机域名。冒号后的两条斜杠"//"指示一个主机域名和一个端口，这个主机是文档所在的服务器。若不指定端口，则用与访问方式关联的默认端口，如 HTTP 的默认 TCP 端口是 80。

（3）路径和文档名 URL 的最后一部分斜杠"/"指示所要访问的路径和文档名，路径可以是层次型的，用"/"代表层次型结构，指明信息保存在主机的什么地方，即哪个子目录中。路径和文档名是可选项。

例如：http://www. w3. org/somedir/welcome. html 是一个 URL。其中：

http://是协议名称，表示使用超文本传输协议，通知 Web 服务器显示 Web 页，客户机可不输入；

www 代表一个 Web 服务器；

w3. org/表示 Web 服务器的域名，或站点服务器的名称；

somedir/ 表示 Web 服务器上的子目录，类似机器中的文件夹；

welcome. html 表示 Web 服务器上 somedir 子目录中的一个网页文件，即 Web 服务器传送给客户机浏览器的文件。

一旦知道了某个特定的 URL，就可以用 Web 浏览器来访问它，这种情况是直接使用 URL。当用户在 Web 文档中单击超链接时，也是在使用 URL。在 URL 中常常只需指定 Web 服务器域名，而忽略路径和文档名，例如 http://www. njit. edu. cn/。

以上介绍的是绝对 URL，还有所谓相对 URL，用于指向在同一服务器甚至同一目录下的信息资源。相对 URL 指示目标 URL 相对于当前 URL 的位置，其前提是目标 URL 与当前 URL 使用同样的访问和服务器域名。

## 8.2.3　Web 页及其设计

在 Web 上可获得的超媒体文档称为网页（Web Page），也称为文档；而称一个单位或者个人的 Web 页为主页（Home Page）。在服务器上，主要以 Web 页的形式向用户发布多媒体信息。Web 页是由对象（Object）组成的。简单来说对象就是文件，如 HTML 文件、JPEG 图形文件、GIF 图形文件、Java 小应用程序、声音剪辑文件等。这些文件可通过一个 URL 地址寻址。多数 Web 页含有一个基本的 HTML 文件以及几个引用对象。例如，如果一个 Web 页包含 HTML 文本和 5 个 JPEG 图形文件，那么这个 Web 页有 6 个对象：一个基本的 HTML 文件加 5 个图形。在基本的 HTML 文件中通过对象的 URL 地址引用对象。

浏览器是 Web 应用的用户代理，用于显示所请求的 Web 页，并且提供了大量导航功能和配置属性。因为 Web 浏览器也实现了 HTTP 协议的客户机端，所以根据不同的上下文环境，经常交替使用浏览器和客户机来称呼它。流行的 Web 浏览器包括 Netscape Communicator，Microsoft Internet Explorer。Web 服务器（Web Server）用于存储 Web 对象，每个对象由 URL 寻址。Web 服务器实现了 HTTP 的服务器端，流行的 Web 服务器程序有 Apache 和 Microsoft Internet Information Server。

Web 页是一种采用超文本标记语言（HTML）描述的超文本文件，其文件后缀为 html 或 htm。

HTML 是一种标准的 Web 页制作基础语言，就像编辑程序一样，HTML 可以编辑出图文并茂、色彩丰富的 Web 页。但严格说来，HTML 并不是一种编程语言，只是一些能让浏览器看懂的标记。当浏览器从服务器读取某个页面的 HTML 文档后，就按照 HTML 文档中的各种标签，根据浏览器所使用显示器的尺寸和分辨率大小，重新进行排版并恢复出所读取的页面。虽然现在有许多可视化的 Web 页制作工具，但说到底，不管是开发制作静态 Web 页，还是动态交互式活动 Web 页，都有必要了解一些 HTML 的文档结构及语法。这样可以更精确地控制页面的排版，实现更多、更强的功能。

1. HTML 文档结构

元素（Element）是 HTML 文档结构的基本组成部分。一个 HTML 文档本身就是一个元素。每个 HTML 文档由报头（Head）和主体（Body）两个主要元素组成，主体紧接在报头的后面。报头包含文档的标题（Title），以及系统用来标志文档的一些其他信息。标题相当于文件名。主体部分常由若干更小的元素组成，如段落（Paragraph）、表格（Table）和列表（List）等。

在 HTML 中，标记用来界定各种元素，如标题、段落、列表等。HTML 元素由起始标记、元素内容、结束标记组成。起始标记由"＜"和"＞"来界定，结束标记由"＜／"和"＞"来界定，元素名称和属性由起始标记给出。下面是 HTML 文档的基本结构示意。

＜HTML＞

＜HEAD＞

报头元素

＜TITLE＞页面标题＜/TITLE＞

＜/HEAD＞

＜BODY＞

文档主题内容

＜/BODY＞

＜/HTML＞

显然，HTML 是由英文单词或字母和 ＜、＞、／等组成的。英文单词或字母称为元素；＜、＞、／等称为标识符。有些元素是成对出现的，即 ＜元素＞……＜/元素＞。前面一个表示元素开始起作用，后面一个表示这种元素的作用结束。也有些元素是单个的。就好比在英语单词里，有些只有一般现在时，表示一个瞬间的动作；有些则是现在进行时，表示一个可以持续的动作。有些元素具有的某些属性类似于自变量，需要赋值。表 8-1 给出了一些常用的 HTML 标记以及简要的说明，语句写法不分大小写，可以混写。

表 8-1 一些常用的 HTML 标记

| 标　　记 | 说　　明 |
|---|---|
| ＜html＞…＜/html＞ | html 元素用在文档的开头和结尾，用来标志 HTML 文档 |
| ＜head＞…＜/head＞ | 定界文档的报头 |
| ＜title＞…＜/title＞ | 定界主页的标题，此标题之间的内容出现在浏览器的顶部标题栏中 |
| ＜body＞…＜/body＞ | 定界 HTML 文档的主体内容。 |

续表

| 标　　记 | 说　　明 |
|---|---|
| < Hn > … </Hn > | 定界一个 n 级标题头,从 < h1 > 到 < h6 >,字号逐渐减小 |
| < b > … </ b > | 设置黑体字 |
| < i > … </ i > | 设置斜体字 |
| < ul > … </ ul > | 设置无序列表,列表中每一个项目前面出现一个圆圈 |
| < ol > … </ ol > | 设置编号列表 |
| < menu > … </ menu > | 设置菜单 |
| < li > … </ li > | 开始一个列表项目, </li > 结束标记可以省略 |
| < br > | 强制换行 |
| < p > … </ p > | 分段标志,开始一个新的文本段落,</p >结束标记可以省略 |
| < hr > | 强制换行,同时插入一条水平线,不需要结束标记 |
| < pre > … </ pre > | 设置已排版的文本,浏览器显示时不再进行排版 |
| < img src = "…" > | 插入一张图像 |
| < a href = "…" > X </ a > | 定义一个超级链接 |

2. Web 文档的类型

在 Internet 上的 Web 文档,一般有静态 Web 文档(Static Web Document)、动态 Web 文档(Dynamic Web Document)和活动 Web 文档(Active Web Document)三种基本形式。

(1) 静态 Web 文档是指它的内容在写作的时候就已经确定,未经修改不会变化。该 Web 页创作完毕后存放在 Web 服务器中,对静态文档的每次访问都返回相同结果。静态 Web 文档的优点是简单、可靠、访问速度快;缺点是不灵活,一旦内容需要变化,其文档就必须由人工修改,不适合内容频繁变化的应用场合。

(2) 动态 Web 文档是指文档的内容在浏览器访问 Web 服务器时,由服务器中的应用程序动态创建。当浏览器的请求到达时,Web 服务器运行一个应用程序创建动态文档,并把创建的文档传送给浏览器。由于每次访问服务器都要创建新文档,所以文档的内容是变化的,能向用户提供最新信息。

从浏览器的角度来看,动态文档和静态文档并无区别,它们都采用 HTML 所规定的基本格式编写,采用同样的方法进行访问。浏览器不知道服务器是从磁盘文件还是从计算机程序取得文档的。

(3) 活动 Web 文档提供了一种屏幕连续更新技术。这种技术是将所有的工作都转移给浏览器。每当浏览器请求一个活动 Web 文档时,服务器就返回一段程序副本,使该程序副本在浏览器上运行。这时,活动 Web 文档程序就可与用户直接交互,并可连续地改变屏幕的显示。只要用户运行活动 Web 文档程序,活动 Web 文档的内容就可以连续地改变。

静态 Web 文档、动态 Web 文档和活动 Web 文档涉及不同的 Web 开发技术。通常静态 Web 页的开发技术包括直接使用 HTML 语言和使用可视化的网页开发工具;动态活动网页的开发技术包括客户端的编程技术和服务器端的编程技术。当浏览器软件连接到 Web 服务器并获取网页后,通过对网页 HTML 文档的解释执行,将网页所包含的信息显示在用户的显示器上。由 SUN 公司开发的 Java 语言是一项用于创建和运行活动 Web 文档的新技术。在 Java 技术中使用小应用程序来描述活动 Web 文档程序。

3. 活动 Web 文档的创建

将网页动态化的方法很多,通常分为客户端技术和服务器端技术。

客户端技术包括使用 DHTML 技术。DHTML 是一种通过各种技术的综合发展而得以实现的概念,这些技术包括 Java Script 、Visual Basic Script、Document Object Model(文件目标模块)、Layers 和 Cascading Style Sheets(CSS 样式表)等。使用 DHTML 技术,网页内容的更新通常由客户端的浏览器来完成,当网页从 Web 服务器下载后由浏览器直接动态地更新网页的内容、排版样式。比如,当鼠标移至文章段落中,段落能够变成蓝色,或者当点击一个超链接后会自动生成一个下拉式的子超链接目录。在客户端技术中,客户端的浏览器完成 Web 页内容的更新,所以要求浏览器自身包括一些能为用户提供更高级功能的程序逻辑,如 Java Script 和 Visual Basic Script 及嵌入式的软件组件 Plug – ins( 如 Java Applet、Java Beans 和 ActiveX Controls 等)。目前存在的不足是两大商用浏览器(网景公司的 Netscape 和 Microsoft 公司的 IE 浏览器)尚未形成对 DHTML 支持的统一标准。如网景公司开发的 Java Script 和微软公司开发的 Visual Basic Script 均可用来撰写浏览器端脚本,IE 和 Netscape 均支持 Java Script,但 Visual Basic Script 只有 IE 支持。

虽然 DHTML 技术可以使 Web 页栩栩如生,动感十足,但对于建立商业网站的企业而言,仅仅拥有 DHTML 是远远不够的。因为发生在客户浏览器的动态效果是无法满足商业网站大量信息检索、咨询、资源交互共享等动态需求的,如用户需要通过浏览器查询 Web 数据库的资料,甚至输入、更新和删除 Web 服务器上的资料等,这些功能的实现必须使用服务器端的动态编程技术。Java 语言有力地支持了 Web 数据库技术的发展,它通过标准的接口规范 JDBC 可以实现 Internet 三层体系结构的数据库应用系统。而且,在 Java 语言中,有一种称为小应用程序(Applet)的程序,可以被 HTML 页面引用,并可以在支持 Java 的浏览器中执行。可以说,Applet 具有激活 Internet 的强大功能。

一个最简单的 Java Applet 范例程序 MyFirstApplet. java 如下:

```
import java. awt. * ;
import javax. swing. * ;
public class MyFirstApplet extends JApplet{
    public void init( ) {
    JPanel panel = ( JPanel)getContentPane( );
    JLabel label = new JLabel( "我的第一个 Java !" ,SwingConstants. CENTER) ;
    panel. add( label) ;
    }
    }
```

在该程序中,首先用 import 语句引入构建 GUI 程序所需要的包,使得该程序可以使用包中所定义的类,然后声明一个公共类 MyFirstApplet,用 extends 指明它是 JApplet 的子类。因此,从这里可以看出这个程序是 Java 小应用程序,而不是 Java 应用程序。由于代码行没有涉及动态显示相关内容的命令行,当然还不具备动态显示 Web 内容的功能。由于在 Applet 中没有 main 方法作为 Java 解释器的入口,必须编写 HTML 文件,把 Applet 嵌入其中,然后用 appletviewer 来运行,或在支持 Java 的浏览器上运行。目前流行的浏览器都引入了 Java 虚拟机以及 Java 插件,支持具有 Java 最新特性的 Applet。其 HTML 文件格式为:

```
< HTML >
< HEAD > < TITLE > MyFirstApplet 程序示例 </TITLE > </HEAD >
< BODY >
< APPLET
code = " MyFirstApplet. class"
width = "300"
height = "150"
>
</APPLET >
</BODY >
</HTML >
```

这是在标准的 HTML 页面中嵌入了 Java Applet 后的一个 HTML 文件。按照 HTML 约定,< APPLET > 与 </APPLET > 符号之间的内容,表示开始调用一个 applet 程序。其中,code 指明字节代码所在的文件;width 和 height 指明 applet 所占的大小。将这个 HTML 文件保存为 TestAppletCom. htm(当然也可以用其他的名字),并放在与 java 程序代码相同的目录下。该 applet 实例通过编译后,在 IE 浏览器中就可看到相应的浏览结果。

### 8.2.4 超文本传输协议

超文本传输协议(HTTP)是一种用于从 Web 服务器端传输 HTML 文件到用户端浏览器的传输协议,由 RFC 1945 和 RFC 2616 定义。它是 Internet 上最常见的协议之一。通常访问的 Web 页,就是通过 HTTP 协议进行传输的。1997 年之前,基本上是采用 RFC 1945 定义的 HTTP/1.0 协议实现浏览器和服务器。从 1998 年开始,一些 Web 服务器和浏览器开始实现在 RFC 2616 中定义的 HTTP/1.1 协议。HTTP/1.1 协议向后兼容 HTTP/1.0 协议,运行 1.1 版本的服务器可以与运行 1.0 版本的浏览器进行会话,运行 1.1 版本的浏览器也能与运行 1.0 版本的服务器进行会话。由于 HTTP/1.1 目前占主导地位,因此当讲 HTTP 时其实是指 HTTP/1.1 协议。

从网络协议的角度看,HTTP 协议处于 TCP/IP 协议体系的应用层,是对 TCP/IP 协议体系的扩展。HTTP 协议由客户机程序和服务器程序两部分实现,它们运行在不同的端系统中,通过交换 HTTP 报文进行会话。HTTP 协议定义了这些报文的格式以及客户机和服务器是如何进行报文交换的。HTTP 是基于客户机/服务器模式且是面向连接的。

1. HTTP 的事务处理规则

HTTP 协议定义了 Web 客户机(如浏览器)向 Web 站点请求 Web 页以及服务器将 Web 页传送给客户机的规则。当用户请求一个 Web 页(如点击一个超链接),浏览器向 Web 服务器发出对该 Web 页中所包含对象的 HTTP 请求报文,Web 服务器接受请求并用包含这些对象的 HTTP 响应报文进行响应。客户机和 Web 服务器之间的交互过程,如图 8-4 所示。

HTTP 使用 TCP(而不是 UDP)作为底层传输协议。当用户在一个 HTML 文档中定义了一个超文本链接后,客户机将通过 TCP 协议与指定的服务器建立连接。一旦连接建立,客户机和服务器进程就可以通过套接字访问 TCP。从技术上讲,客户机只要在一个特定的 TCP 端口(端口号为 80)上打开一个套接字即可。如果该服务器一直在这个熟知的端口上侦听连接请求,则该连接便会建立起来。然后,客户机通过该连接发送一个包含请求方法的请求报文。

图 8-4 HTTP 的请求与响应

典型的 HTTP 事务处理过程由连接(Connection)、请求(Request)、响应(Response)和断开(Disconnection)4 个阶段组成。

(1)连接 HTTP 以 TCP 协议作为传输协议,HTTP 的客户机在地址栏中给定了一个地址和端口(缺省时端口是 80),与目标资源的服务器进行 TCP 连接。

(2)请求 服务器侦听并接受连接,客户机向服务器提出请求消息。消息中含有资源在服务器上的位置。

(3)响应 服务器响应客户机的请求,并根据请求返回相应的状态码,表示请求是否完成,并在消息标题中进一步描述响应和请求的对象(一般为 HTML 文件)。

(4)断开 一旦响应消息发出,服务器将关闭 TCP 会话,释放连接,完成事务处理全过程。

2. 非持久连接和持久连接

HTTP 协议支持非持久连接和持久连接。在默认方式下,HTTP/1.1 协议使用持久连接,HTTP 客户机和服务器也能配置成使用非持久连接。

(1)非持久连接

客户机与服务器之间的 HTTP 连接一般是一种一次性连接,即限制每次连接只处理一个请求,当服务器返回本次请求的响应后便立即释放连接,下次请求再重新建立连接。这种一次性连接主要是考虑 Web 服务器面向 Internet 中成千上万个用户,只能提供有限个连接,故服务器不会让一个连接处于等待状态,及时地释放连接可以提高服务器的执行效率。例如,某 Web 页含有一个基本的 HTML 文件和 10 个 JPEG 图形,并且这 11 个对象位于同一个服务器上。该文件的 URL 为:http://www.njit.edu.cn/cecDepartment/home.index。在非持久连接情况下,从服务器向客户机传送一个 Web 页的步骤如下。

① HTTP 客户机启动 TCP 连接到 www.njit.edu.cn 上的 HTTP 服务器(进程)。www.njit.edu.cn 的 HTTP 服务器在端口 80 等待 TCP 的连接请求。接受连接并通知客户机。

② HTTP 客户机发送 HTTP 请求报文(包括 URL)进入 TCP 连接插口(Socket)。请求报文中包含了路径名/cecDepartment/home.index。

③ HTTP 服务器接收到请求报文,形成响应报文(包含了所请求的对象,HTTP 服务器/cecDepartment/home.index),将报文送入插口。

④ HTTP 服务器进程通知 TCP 关闭该 TCP 连接(但是直到 TCP 确认客户机已经收到响应报

文为止,它才会真正中断连接)。

⑤ HTTP 客户机接收到了包含 HTML 文件的响应报文。TCP 连接关闭。报文指出封装的对象是一个 HTML 文件,客户机从响应报文中提取出该文件,检查该文件,得到对 10 个 JPEG 图形的引用。

⑥ 对 10 个引用的 JPEG 图形对象重复①～⑤步。

当浏览器收到 Web 页后,把它显示给用户。不同的浏览器也许会以某种不同的方式解释(即向用户显示)该页面。HTTP 协议并不管客户机如何解释一个 Web 页。

上述步骤说明,每个 TCP 连接在服务器返回对象后就关闭,即该连接并不为其他的对象而持续下来。每个 TCP 连接只传输一个请求报文和一个响应报文。显然,在本例中客户机请求该 Web 页需要建立 11 个 TCP 连接。

需要注意的是,在上面描述的步骤中,没有涉及客户机获得这 10 个 JPEG 图形对象时是使用 10 个串行的 TCP 连接还是使用并行的 TCP 连接问题。事实上,用户可以设置浏览器的相关属性以控制并行度。在默认方式下,大部分浏览器可以打开 5 到 10 个并行的 TCP 连接,而每个连接处理一个请求/响应事务。如果用户愿意,也可以把最大并行连接数设置为 1,这时,10 个连接就会以串行方式建立。使用并行连接可以缩短响应时间。

(2) 持久连接

非持久连接的优点是能提高服务器的执行效率,但存在两个缺点。一是必须为每一个请求对象建立和维护一个全新的连接。每一个这样的连接,客户机和服务器都要为其分配 TCP 的缓冲区和变量,这给服务器带来了沉重的负担,因为一个 Web 服务器可能同时服务于数以千计的不同的客户机请求。二是每一个对象的传输时延要承受两个往返时间(RTT),即一个 RTT 用于 TCP 建立,另一个用于请求和接收一个对象。

所谓持久连接,就是服务器在发送响应后保持该 TCP 连接,在相同的客户机与服务器之间的后续请求和响应报文可通过相同的 TCP 连接进行传送。特别是对于一个完整的 Web 页(如上例中的 HTML 文件加上 10 个图形)可以用单个持久 TCP 连接进行传送。更有甚者,位于同一个服务器的多个 Web 页在从该服务器发送给同一个客户机时,也可以在单个持久 TCP 连接上进行。一般说来,如果一个连接经过一定时间间隔(一个可配置的超时间隔)仍未被使用,HTTP 服务器就关闭该连接。

持久连接有两种方式:非流水线方式(Without Pipelining)和流水线方式(With Pipelining)。在非流水线方式下,客户机只能在前一个响应接收到之后才能发出新的请求。在这种情况下,客户机每一个引用对象的请求和接收(如上例中的 10 个图形)都要用去一个 RTT。尽管这与非持久连接时每个对象要花费两个 RTT 有所改进,但在流水线方式下,可以进一步缩减 RTT。非流水线方式的另一个缺陷是,在服务器发送完一个对象后,连接处于空闲状态,等待下一个请求的到来。这种空闲浪费了服务器资源。

HTTP 的默认模式使用流水线方式的持久连接,HTTP 客户机一遇到引用就会立即产生一个请求。这样,HTTP 客户机就为引用对象产生一个接一个的连续请求。也就是说,在前一个请求的响应未接收到之前就产生了新的请求。当服务器接收一个接一个的请求时,它也以一个接一个的方式发送这些对象。采用流水线形式,所有的引用对象可能只花费一个 RTT(不同于非流水线形式下,每一个引用对象都要用去一个 RTT)。此外,流水线方式的 TCP 连接处于空闲状态的时间段也较小。

同时还应注意到,Web 使用客户机/服务器模式,Web 服务器总是打开的,具有一个固定的 IP 地址,它服务于数以百万计的不同浏览器。

3. HTTP 报文格式

HTTP 协议定义了多种请求方法,每种请求方法规定了客户机和服务器之间不同的信息交换方式。服务器将根据客户机请求完成相应操作,并以响应报文形式返回给客户机,最后释放连接。在 HTTP 中,通过下列两种报文结构来实现客户机与服务器之间的数据交换。

(1) HTTP 请求报文

一个典型的 HTTP 请求报文示例如下:

GET/somedir/page. html HTTP/1. 1

Host:www. someschool. edu

Connection:close

User – agent:Mozilla/4. 0

Accept – language:fr

观察这个简单的请求报文,可以发现:首先,该报文是用普通的 ASCII 文本书写的;其次,该报文含有 5 行,每行用一个回车换行符结束,最后一行后跟有附加的回车换行符。该报文只有 5 行,而实际的请求报文可以有更多行或者仅有一行。HTTP 的请求报文的第一行称为请求行(Request Line)或描述行,后继的行称为报头行(Header Line)。

① 请求行  有方法字段、URL 字段和 HTTP 协议版本字段 3 个字段。请求报文中的各个字段可根据不同的请求方法任选。

方法字段定义在该资源上应执行的操作。HTTP 协议通过不同的请求方法可实现不同的功能,表 8–2 列出了常见 HTTP 请求方法。每个 HTTP 请求都包含两个部分。第一部分是 HTTP 请求行,绝大部分 HTTP 请求报文使用 GET 和 POST 方法。GET 方法通常只是用于请求指定服务器上的资源。这种资源可以是静态的 HTML 页面或其他文件,也可以是由 CGI 程序生成的结果数据。POST 方法一般用于传递用户输入的数据。第二部分为 HTTP 请求中的可选消息头,这些消息头会由于使用的 HTTP 客户机浏览器或客户机浏览器配置选项的不同而不同。

表 8–2  常见 HTTP 请求方法

| 请 求 方 法 | 功 能 描 述 |
|---|---|
| GET | 向 Web 服务器请求一个文件 |
| POST | 向 Web 服务器发送数据让 Web 服务器进行处理 |
| PUT | 向 Web 服务器发送数据并存储在 Web 服务器内部 |
| HEAD | 检查一个对象是否存在 |
| DELETE | 从 Web 服务器上删除一个文件 |
| CONNECT | 对通道提供支持 |
| TRACE | 跟踪到服务器的路径 |
| OPTIONS | 查询 Web 服务器的性能 |

在 URL 字段中填写该对象的 URL 地址。在本例中,浏览器请求对象/somedir/page. html。版本字段是自说明的,在本例中,浏览器实现的是 HTTP/1. 1 版本协议。

② 报头行 本例的报头行 Host:www. someschool. edu 定义了目标所在的主机。有人也许认为该报头行是多余的,因为在该主机中已经有一条 TCP 链接存在了。但是,该报头行提供的信息是 Web 缓存所要求的。通过包含 Connection:close 报头行,浏览器告诉服务器不希望使用持久连接,它要求服务器在发送完被请求的对象后就关闭连接。User – agent:报头行用来定义用户代理,即向服务器发送请求的浏览器类型。这里的浏览器类型是 Mozilla/4. 0,即 Netscape 浏览器。这个报头行是有用的,因为服务器可以正确地为不同类型的用户代理发送相同对象的不同版本(每个版本都由相同的 URL 处理)。最后,Accept – language:报头行表示:如果服务器中有这样的对象的话,用户想得到该对象的法语版本;否则使用服务器的默认版本。Accept – language:报头行仅是 HTTP 中众多可选内容协商报头之一。

基于对该示例的讨论,在 HTTP 中客户请求报文的通用格式可按图 8-5 所示结构组织。RFC 2068 中规定的最小 HTTP/1. 1 请求报文必须由请求行和 Host 标题报头字段组成。例如:

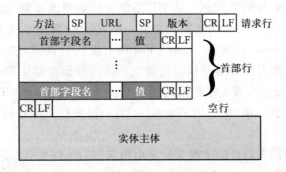

图 8-5 HTTP 请求报文的通用格式

GET/index. htm HTTP/1. 1

Host:10. 11. 111. 119

不难注意到,该通用格式在最后有一个实体主体。实体主体是客户机进行 POST 请求时的 FORM 内容,提供给服务器的 CGI 程序作进一步处理。使用 GET 方法时实体主体为空,当使用 POST 方法时才使用。HTTP 客户机常常在用户提交表单时使用 POST 方法,例如用户向搜索引擎提供搜索关键词。在使用 POST 方法的报文中,用户仍可以向服务器请求一个 Web 页,但 Web 页的特定内容依赖于用户在表单字段中输入的内容。当方法字段的值为 POST 时,实体主体中包含的就是用户在表单字段中的输入值。另外,HTML 表单也经常使用 GET 方法,将数据(在表单字段中)传送到正确的 URL。

(2) HTTP 响应报文

HTTP 响应报文是服务器对于客户机请求返回的结果。譬如,对刚刚讨论的请求报文的 HTTP 响应报文如下:

HTTP/1. 1 200 OK

Connection:close

Date:Thu,03 Jul 2006 12:00:15 GMT

Server:Apache/1. 3. 9( UNIX)

Last – Modified:Sun,5 May 2006 09:23:24 GMT

Content – Length:6821

Content – Type:text/html

( data data data data data…)

可以看出,HTTP 响应报文分成三个部分:一个状态行(Status Line),六个报头行(Header Line),最后是实体主体(Entity Body)。实体主体部分是报文的主体,它包含了所请求的对象本身(表示为 data data data data data…),可以是任何格式的超媒体文件。

状态行处于响应报文的第一行,由协议版本号、状态编码和相应的状态信息 3 个字段组成,中间使用空格相隔。在该示例中,状态行表示服务器使用的协议是 HTTP/1.1,并且一切正常,即服务器已经找到并正在发送所请求的对象。

在报头行中,服务器用 Connection:close 报头行告诉客户机在报文发送完后关闭了该 TCP 连接。Date:报头行表示服务器产生并发送响应报文的日期和时间。注意,这个时间不是指对象创建或者最后修改的时间,而是服务器从它的文件系统中检索到该对象、插入到响应报文并发送该响应报文的时间。Server:报头行表明该报文是由一个 Apache Web 服务器产生的,它类似于 HTTP 请求报文中的 User – agent:报头行。Last – Modified:报头行表明对象创建或者最后修改的日期和时间,这个报头行对既可能在客户机又可能在网络缓存服务器上缓存的对象来说是非常重要的。Content – Length:报头行表明了被发送对象的字节数。Content – Type:报头行表明实体中的对象是 HTML 文本,也就是说,应使用 Content – Type:报头行而不是用文件扩展名来指明对象类型。

通过该示例,可以给出 HTTP 响应报文的通用格式,如图 8-6 所示。该通用格式中状态行、报头行等与前面例子中响应报文的含义相同,状态编码和所对应的短语表明了请求的结果。一些常见的状态编码和短语有:

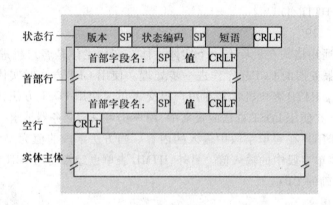

图 8-6　HTTP 响应报文的通用格式

200 OK:请求成功,被请求的对象在返回的响应报文中。

301 Moved Permanently:被请求的对象被移动过,新的位置在报文中有说明 (Location:)。

400 Bad Request:一个通用差错代码,表示该请求不能被服务器解读。

404 Not Found:被请求的对象不在该服务器上。

505 HTTP Version Not Supported：服务器不支持请求报文使用的 HTTP 协议版本。

总之，HTTP 是为分布式超文本信息系统设计的一个协议。对于非持久性连接，HTTP 协议的特点是建立一次连接，只处理一个请求，发回一个应答，然后就释放连接，所以被认为是无状态的协议，即不能记录以前的操作状态，因而也不能根据以前操作的结果连续操作。这样大大减轻了服务器的存储负担，从而保持了较快的响应速度。HTTP 是一种面向对象的协议，允许传输任意类型的数据对象。它通过数据类型和长度来标志所传输的数据内容和大小，并允许对数据进行压缩传输。在 HTTP 协议中定义了很多可以被浏览器、Web 服务器和 Web 缓存服务器插入的报头行，在此只讨论了 HTTP 协议请求报文和响应报文的一小部分报头行。

HTTP 协议简单有效而且功能强大。HTTP 响应报文中携带的数据不仅仅是 Web 页面中包含的对象，即 HTML 文件、GIF 文件、JPEG 文件、Java 小应用程序等多媒体信息；它也常用于传输其他类型的文件。例如，HTTP 协议常用于从一台机器到另一台机器传输 XML 电子商务文件、VoiceXML、WML(WAP 标记语言)以及其他的 XML 文档。另外，在 P2P 文件共享应用中，HTTP 协议也常常被当作文件传送协议使用，有时也常用于流式存储的音频和视频。

4. Cookie

在 HTTP 协议下，Cookie(RFC 2109)是一种通过服务器或脚本得到客户机状态信息的手段。Cookie 技术有 4 个组成部分：①在 HTTP 响应报文中有一个 Cookie 报头行；②在 HTTP 请求报文中含有一个 Cookie 报头行；③在用户端系统中保留有一个 Cookie 文件，由用户的浏览器管理；④在 Web 站点有一个后端数据库。

Cookie 用来记录访问者曾经访问过的网站及其主要信息。尽管并不是所有站点都使用 Cookie，但大多数主要的门户网站(如 Yahoo)、电子商务网站和广告网站等都广泛地使用 Cookie。譬如，某用户 Jun 在他的 PC 机上使用 Internet Explorer 上网，Jun 第一次访问一个使用了 Cookie 的电子商务网站。当请求报文到达该 Web 服务器时，该 Web 站点将产生一个唯一识别码，并以此作为索引在它的后端数据库中产生一个项。接下来，用一个包含 Set - cookie：报头行的 HTTP 响应报文对 Jun 的浏览器作出响应，其中 Set - cookie：报头行含有的识别码可能是：

Set - cookie：1381392

当 Jun 的浏览器收到了该 HTTP 响应报文时，它会看到该 Set - cookie：报头行。该浏览器在它管理的特定 Cookie 文件中添加一行，其中包含该服务器的主机名和 Set - cookie：报头行中的识别码。当 Jun 继续浏览这个电子商务网站时，每请求一个 Web 页，它的浏览器就会从它的 Cookie 文件中获取这个网站的识别码，并放到请求报文的 Cookie 报头行中。确切地说，每个发往该电子商务网站的 HTTP 请求报文都含有报头行：

Cookie：1381392

在这种方式下，该 Web 站点可以跟踪 Jun 在该站点的活动。该 Web 站点并不需要知道 Jun 的名字，但它确切地知道用户 1381392 按照什么顺序、在什么时间访问了哪些页面。如果一段时间后 Jun 再次访问该站点，他的浏览器会在其请求报文中继续使用报头行 Cookie：1381392。该电子商务网站根据 Jun 过去的访问记录向他推荐商品。如果 Jun 在该站点注册过，即提供了他的姓名、电子邮件地址、邮政地址和信用卡账号等，该电子商务网站在其数据库中就会记录这些信息，并将他的姓名与识别码(以及过去访问过的所有页面)相关联。这就解释了一些电子商务网站如何实现"一点就成购物方式"(One - Click Shopping)的原因。

由此可见,Cookie 可以用于验证用户。用户第一次访问时,可能需要提供一个用户标志。在后继的访问中,浏览器产生的请求报文均携带一个 Cookie 报头,供服务器识别该用户。另外,Cookie 可以在无状态的 HTTP 上建立一个用户会话层。例如,当用户登录一个基于 Web 的电子邮件系统时,浏览器向服务器发送 Cookie 信息,允许该服务器通过用户与应用程序之间的会话对用户进行验证。

### 5. Web 缓存器

浏览器使用缓存(Cache)来改善对文档的访问性能。Web 缓存器(Web Cache)也称为代理服务器(Proxy Server),它将所取回的每个页面内容都放入本地磁盘的存储空间。也就是说,Web 缓存器有自己的磁盘存储空间,并在该存储空间中保存最近请求对象的副本。当用户选择了某个页面,浏览器在索取新的副本之前先检查磁盘缓存。如果缓存包含了该页面,那么浏览器就从缓存中获得副本;如果在缓存中不能找到页面,再去跟原始服务器(即拥有该页面的服务器)建立连接。

用户可以配置自己的浏览器,使得所有 HTTP 请求首先指向 Web 缓存器。一旦配置了浏览器,每个浏览器对一个对象的请求首先被定向到该 Web 缓存器。例如,假设浏览器正在请求对象 http://www.edu.cn/fruit/campus.gif,将会发生如下情况:

(1)浏览器建立一个到该 Web 缓存器的 TCP 连接,并向 Web 缓存器中的对象发送一个 HTTP请求。

(2)该 Web 缓存器检查本地是否存储了该对象副本。如果有,Web 缓存器就向客户机浏览器用 HTTP 响应报文转发该对象。

(3)如果该 Web 缓存器没有该对象,就与该对象的原始服务器(如 www.njit.edu.cn)打开一个 TCP 连接。该 Web 缓存器则在 TCP 连接上发送获取该对象的请求。在收到请求后,原始服务器向该 Web 缓存器发送具有该对象的 HTTP 响应。

(4)当 Web 缓存器接收该对象时,它在本地磁盘存储空间存储一份副本并向客户机浏览器在一个 HTTP 响应报文中转发该对象(通过已经建立在客户机浏览器和该 Web 缓存器之间的 TCP 连接)。

注意,这时 Web 缓存器既是服务器又是客户机。当它接收浏览器的请求并发回响应时,它是服务器;当它向原始服务器发出请求并接收响应时,它是客户机。

在 Web 缓存器中保存已访问过内容的做法,可以显著地改善运行性能,减少对客户机请求的响应时间,特别是当客户机与原始服务器之间的瓶颈带宽远低于客户机与 Web 缓存器之间的瓶颈带宽时更是如此。但在缓存中长期保留内容项可能会花费大量的磁盘空间。另外,访问性能的改善只是当用户再次查看该 Web 页面时才会起作用。为帮助用户控制浏览器处理缓存,可以通过设置缓存时间的方法,删除缓存中的一些页面。

### 6. 条件 GET 方法

通过 Web 缓存能够改善访问性能,由此也引入了一个新问题,即存放在缓存器中的对象副本可能是陈旧的。换句话说,保存在服务器中的副本可能已经被更新了。这可使用条件 GET(Conditional GET)方法让缓存器证实它的对象是最新的,即在请求报文中包含一个 If – Modified Since:报头行,就可使这个 HTTP 请求报文成为一个条件 GET 请求报文,执行更新检查。条件 GET 方法具体操作方法如下。

(1)一个代理缓存器代表一个请求浏览器,向某 Web 服务器发送一个请求报文:

GET/fruit/campus. gif HTTP/1. 1

Host：www. edu. cn

（2）该 Web 服务器向该缓存器发送具有被请求对象的响应报文：

HTTP/1. 1 200 OK

Date：Mon. 7 Jul 2006 15：39：29

Server：Apache/1. 3. 0( UNIX)

Last – Modified：wed. 2 Jul 2006 09：23：24

Content – Type：image/gif

（data data data data…）

缓存器在将对象转发到请求它的浏览器的同时，也将该对象保存到本地缓存器中。重要的是，该缓存器在存储该对象时也存储了最后修改时间。

（3）一个星期后，另一个用户经过该缓存器请求同一个对象，该对象仍在这个缓存器中。由于在过去的一个星期中位于 Web 服务器上的该对象可能已经被更新修改了，该缓存器通过发送一个条件 GET，执行更新检查。具体说，该缓存器发送：

GET /fruit/campus. gif HTTP/1. 1

Host：www. njit. edu. cn

If – modified – since：wed. 2 Jul 2006 09：23：24

注意到 If – modified – since：报头行的值正好等于一星期前服务器响应报文中的 Last Modified：报头行的值。该条件 GET 报文告诉服务器，仅当自指定日期之后修改过该对象后才发送该对象。假设该对象自 2006 年 7 月 2 日 09：23：24 后没有被修改过，则 Web 服务器向该缓存器发送一个响应报文：

HTTP/1. 1 304 Not Modified

Date：Mon，14 Jul 2006 15：39：29

Server：Apache/1. 3. 0( UNIX)

（实体主体为空）

可以看到，作为对该条件 GET 方法的响应，Web 服务器发送一个响应报文，但并没有包含所请求的对象。在最后的响应报文中，状态行中状态码和相应状态信息的值为 304 Not Modified，它告诉缓存器可以使用该对象，向请求的浏览器转发该对象的缓存副本。

# 8.3　文件传输与远程文件访问

文件是对长期存储实体的基本抽象。随着计算机网络的出现，如何将任意文件的副本从一台计算机上转移到另外一台计算机上呢？由于在计算机文件命名和存储方式方面存在差别，而 Internet 又能够将异构的计算机系统连接起来，使得文件传输问题变得更为复杂。因此，计算机网络环境中的一项基本应用就是如何有效地把文件从一台计算机传送到另一台计算机中。

## 8.3.1　文件传输协议

TCP/IP 协议体系的应用层提供了文件传输协议（FTP）用以实现在两台计算机之间传送文

件,它使用 TCP 可靠的传输服务。FTP 是 Internet 中仍然在使用的最古老的协议之一,而且当用户请求文件下载的时候还能与浏览器一起使用。最初是把 FTP 定义为 ARPNet 协议组的一个组成部分,它的出现要早于 TCP 和 IP。在有了 TCP/IP 之后,又开发了一个新版本的 FTP 加入到新的 Internet 协议组一起使用。FTP 主要具有如下一些特性:

(1) 通用性　FTP 隐含了各种计算机系统的细节,可在不同计算机系统之间复制任意文件。

(2) 文件内容任意　FTP 允许传输任意数据。

(3) 验证与权限　FTP 包含允许文件具有拥有权和访问权限的机制。

(4) 容纳异构特性　FTP 的主要功能是减少或消除了在不同操作系统下处理文件的不兼容性。

FTP 是 Internet 上广泛使用的一种通信协议。它是由支持 Internet 文件传输的各种规则所组成的集合,这些规则使 Internet 用户可以把文件从一个主机复制到另一个主机上,因而为用户提供了极大的方便和收益。然而,并非 Internet 上的所有计算机都允许或适合使用文件传输协议(FTP)。首先,计算机必须运行 FTP 服务器。此服务器用于对希望获取或发送文件的客户机进行连接管理。实际上,FTP 服务器就像远程计算机硬盘驱动器上的一个窗口。设置了 FTP 服务器的用户可以控制硬盘上的哪些区域可见,什么文件可读或可写,以及谁可以进行访问。如果一台计算机上没有设置 FTP 服务器,就不能通过 FTP 读取该计算机上的文件。

1. FTP 命令和回答

通常,把 FTP 设计成用户应用程序来运行,或者直接按交互方式使用,从而获取所需的信息资料。目前,已有很多为用户提供图形化、指向/点击界面的 FTP 应用程序;大多数 Web 浏览器也支持以 FTP 方式下载文件。

FTP 和其他 Internet 服务一样,也采用客户机/服务器模式。使用方法很简单,启动 FTP 客户机程序先与远程主机建立连接,然后向远程主机发出传输命令,远程主机在收到命令后就给予响应,并执行正确的命令。例如:ftp. lib. pku. edu. cn。FTP 有一个根本的限制,那就是,如果用户未被某一 FTP 主机授权,就不能访问该主机,实际上用户不能远程登录(Remote Login)进入该主机。也就是说,如果用户在某个主机上没有注册获得授权,没有用户名和口令,就不能与该主机进行文件的传输。而匿名 FTP(Anonymous FTP)则取消了这种限制。

随着不断变化的用户界面,有许多程序可用于 FTP,其中最基本的是一个称为"ftp"的程序。该程序提供一个命令行界面,某些方面类似于 DOS 或 UNIX 外壳,可以用于浏览远程计算机的目录树和传输文件。该程序的一个主要优点在于:它是标准的,并且是为大多数计算机平台编写的。FTP 命令是 Internet 用户使用最频繁的命令之一, 从客户机到服务器的命令和从服务器到客户机的回答,都是按照 7 位 ASCII 格式在控制连接上传送。因此,与 HTTP 协议的命令一样,FTP 协议的命令是可读的。为了区分连续出现的命令,每个命令后跟回车换行符。每个命令由4 个大写字母组成,有些还具有可选参数。一些常见命令如下:

USER username:用于向服务器传送用户标志。

PASS password:用于向服务器传送口令。

LIST:用于请服务器返回远程主机当前目录的文件列表。文件列表是在数据连接(新建的非持久连接)上传送,而不是在控制 TCP 连接上传送。

RETR filename:用于从远程主机的当前目录检索(Get)文件。触发远程主机发起数据连接,并在该数据连接上发送所请求的文件。

STOR filename:用于向远程主机的当前目录存放(Put)文件。

FTP 的命令行格式为:ftp −v−d−i−n−g[主机名]

−v 显示远程服务器的所有响应信息;

−d 使用调试方式;

−n 限制 ftp 的自动登录,即不使用.netrc 文件;

−g 取消全局文件名。

在用户发出的命令与 FTP 协议在控制连接上传送的命令之间,一般有一一对应关系。每个命令都对应着一个从服务器返回到客户机的回答,回答是一个 3 位数字,后跟一个可选信息。这与 HTTP 响应报文状态行的状态码和状态信息的结构相同。HTTP 协议特意在 HTTP 响应报文中包含了这种相似性。一些典型的回答以及它们可能的报文如下所示:

331 username OK,password

125 Data connection already open; transfer starting

425 Cant open data connection

452 Error writing file

下面以一个命令行文件传输协议 FTP 会话为例,介绍一些基本命令的使用。

首先发出 FTP 命令。在命令提示符下输入 ftp,后面跟上一个 FTP 站点,例如:ftp. sun. com。也可以在命令行输入 ftp,然后用 open 命令打开相应的 FTP 站点。

确认 FTP 站点地址为 ftp. sun. com,这时同一台计算机既被当作 Telnet 服务器也被当作 FTP 服务器。计算机则发出下述响应消息:

(1)在"username:"(用户名:)处输入"anonymous"(匿名)。

(2)在"Password:"(密码:)处输入完整的 E−mail 地址。

(3)输入"dir"命令查看在该目录下的文件,此时将出现一个类似于"FTP DIR 命令"的屏幕图。

在所显示文件列表的第一部分显示了一系列的字母和短画线。如果第一个系列是一个"−",表示该项是一个文件;如果是一个"d",表示是一个目录。例如使用"cd pub"命令可以改变当前目录,这时目录将变成 pub 目录。然后输入"dir",就会出现 pub 目录列表。

在所显示文件列表中,给出了文件名或目录名、日期以及文件的大小。

(4)输入"get 文件名"命令即可通过命令行方式获取该文件。

通过 Web 浏览器方式也可以进入文件传输协议(FTP)站点。

2. 控制连接和数据连接

通过对 FTP 命令的讨论可知,在一个典型的 FTP 会话中,若用户在一台主机(本地主机)上,向另一台远程主机上传或者下载文件,为使用户能访问远程主机的账户,必须提供一个用户标志和口令。在提供了授权信息后,用户就能从本地文件系统向远程主机文件系统传送文件,反之亦然。如图 8-7 所示,用户通过一个 FTP 用户代理与 FTP 交互。该用户首先提供远程主机的主机名,使本地主机的 FTP 客户机进程建立一个到远程主机 FTP 服务器进程的 TCP 连接。该用户接着提供用户标志和口令,作为 FTP 命令的一部分在该 TCP 连接上传送。一旦服务器识别了该用户,用户就可以向远程文件系统复制存放在本地文件系统中的一个或者多个文件;反之亦然。

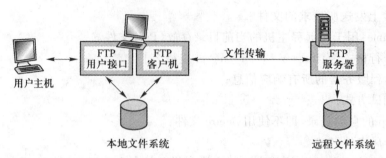

图 8-7　应用 FTP 协议在本地和远程文件系统中传输文件

显然,一个 FTP 服务器进程可同时为多个客户机进程提供服务。FTP 的服务器进程由两大部分组成:一个主进程,负责接受新的请求;另外有若干个从属进程,负责处理单个请求。在进行文件传输时,FTP 的客户机和服务器之间要建立两个并行的 TCP 连接来传输文件,一个是控制连接(Control Connection),另一个是数据连接(Data Connection)。控制连接用于在两台主机之间传输控制信息,譬如用户标志、口令、改变远程目录的命令以及发往"PUT"和"GET"文件的命令。数据连接用于准确地传输一个文件。FTP 协议的控制连接和数据连接如图 8-8 所示。

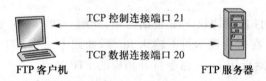

图 8-8　控制连接和数据连接

FTP 在发送命令并接收响应时使用控制连接。当用户主机与远程主机开始一个 FTP 会话前,FTP 的客户机(用户)首先在 21 号端口上发起一个用于控制的与服务器(远程主机)的 TCP 连接。FTP 客户机通过该控制连接发送用户标志和口令,也在其上发送改变远程目录的命令。当 FTP 服务器从该连接上收到一个文件传输的命令后(无论是从远程主机上读或写),就建立一个到客户机的数据连接。FTP 在该数据连接上准确地传输一个文件并关闭该连接。如果在同一个会话期间,用户还需要传输另一个文件,FTP 则打开另一个数据连接。因而对 FTP 传输而言,控制连接贯穿了整个用户会话过程,但是针对会话中的每一次文件传输都需要建立一个新的数据连接,即数据连接是非持久的。为了避免在控制与数据连接之间发生冲突,FTP 对这两个连接分别使用不同的协议端口号。

虽然数据连接频繁地出现并消失,但在整个会话过程中却一直保持控制连接。另外,FTP 服务器还必须在整个会话期间保留用户的状态信息。特别是服务器必须把指定的用户账户与控制连接联系起来,追踪用户在远程目录树上的当前位置,以便限制 FTP 的会话总数。

### 8.3.2　简单文件传输协议

简单文件传输协议(Trivial File Transfer Protocol,TFTP)是一种用来传输文件的简单协议。TFTP 与 FTP 在几个方面存在差异。第一,TFTP 客户机与服务器之间的通信使用 UDP 协议而不是 TCP 协议。第二,TFTP 只支持文件传输。也就是说,TFTP 不支持交互命令操作而且没有强大的命令集。最重要的是,TFTP 只能从远程服务器上读、写文件(邮件)或者读、写文件传输给远程服务器,它不能列出目录内容或者与服务器协商来确定可使用的文件名。第三,TFTP没有授权认证。客户机不需要发送登录名或者口令,文件仅当其权限允许全局访问时才能被传输。虽然TFTP的能力比FTP的小,但它有两个优点:一是TFTP基于UDP协议,数据是直接发送的,对方能否收到完全不知,是不可靠传输,适于传送小文件;二是TFTP代码所占的内存比FTP的小。

TFTP有3种传输模式:①NET ASCII模式即8位ASCII;②八位组模式(替代了以前版本的二进制模式),即以字节为单位;③邮件模式,在这种模式中,传输给用户的不是文件而是字符。主机双方也可以自己定义其他模式。

在TFTP协议中,任何一个传输进程都以请求读写文件开始,同时建立一个连接。如果服务器同意请求,则连接成功,文件就以固定的512B的长度进行传输。每个数据包都包含一个数据块,在发送下一个包之前,数据块必须得到确认响应包的确认。少于512B的数据包说明了传输的结束。如果包在网络中丢失,接收端就会超时并重新发送其最后的包(可能是数据也可能是确认响应),这就导致丢失包的发送者重新发送丢失包。发送者需要保留一个包用于重新发送,因为确认响应保证所有过去的包都已经收到。注意,传输的双方都可以看作发送者和接收者,一方发送数据并接收确认响应,另一方发送确认响应并接收数据。

### 8.3.3 网络文件系统

为了适应只需读/写文件部分内容的需要,TCP/IP协议提供了一个文件访问(File Access)服务。它与文件传输服务不同,文件访问服务允许远程客户机只复制或者改变文件的某一部分,而不用复制整个文件。与TCP/IP协议一起使用的这种文件访问机制,称为网络文件系统(Network File System,NFS)。

1. 网络文件系统的工作原理

NFS是一种在网络上的主机之间共享文件的方法,它被设计为适合于不同的机器、不同的操作系统、不同的网络体系以及不同的传输协议。这种广泛的适应性是通过使用建立在外部数据描述(XDR)之上的远程过程调用(Remote Procedure Call,RPC)原语得到的。当使用者需要远端文件时只要用"Mountd"命令就可把远端文件系统挂接在自己的文件系统之下,文件就如同位于用户主机的本地硬盘驱动器上一样。

NFS至少包括NFS客户机、NFS服务器两个主要部分,即采用客户机/服务器模式,客户机远程访问保存在服务器上的数据。其中客户机主要负责处理用户对远程文件的操作请求,并把请求的内容按一定的包格式从网络发给文件所在的服务器。而服务器则接受客户机的请求,调用本机的VFS函数进行文件的实际操作,并把结果按一定格式返回给客户机。而客户机得到服务器的返回结果,把它返回给用户。要让这一切运转起来,需要配置并运行几个程序。

(1) 服务器必须运行的命令见表8-3。

表8-3 NFS服务器运行的命令

| 命　令 | 描　　述 |
| --- | --- |
| nfsd | NFS为来自NFS客户机的请求服务 |
| Mountd | NFS挂载服务,处理nfsd递交过来的请求 |
| Rpcbind | 此服务允许NFS客户机程序查询正在被NFS服务器使用的端口 |

（2）客户机同样运行一些进程，比如 nfsiod。nfsiod 处理来自 NFS 的请求。

2. NFS 的功能及特点

NFS 的主要功能是允许一个系统在网络上与他人共享目录和文件。NFS 的界面与 FTP 不同。NFS 被集成在一个计算机文件系统中，因而允许任何应用程序对远程文件进行诸如 open、read 与 write 等常规操作。每当应用程序要执行文件操作时，NFS 客户机程序通过跟远程计算机通信来执行这些操作。

NFS 对在同一网络上的多个用户间共享目录很有用途。譬如，一组致力于同一工程项目的用户可以通过使用 NFS 文件系统（通常被称为 NFS 共享）中的一个挂载为 /myproject 的共享目录来存取该工程项目的文件。要存取共享的文件，用户进入各自机器上的/myproject 目录。这种方法既不用输入口令又不用记忆特殊命令，就仿佛该目录位于用户的本地机器上一样。

NFS 最显而易见的一些优点如下：

（1）本地客户机使用很少的磁盘空间，因为通常的数据可以存放在一台机器上而且可以通过网络访问。

（2）在大型网络中，可配置一台中心 NFS 服务器用于放置所有用户的 Home 目录。这些目录能被输出到网络，以便用户不管在哪台工作站上登录，总能得到相同的 Home 目录。

（3）多个机器共享一台 CD-ROM 或者其他设备。这对于在多台机器中安装软件来说非常便利。

# 8.4　电子邮件及其传输

电子邮件（E-mail）指的是以电子形式创建、发送、接收及存储消息或文档的概念。它已经成为 Internet 上使用最广泛和最受用户欢迎的一种网络应用。自从有了 Internet，电子邮件就在 Internet 上流行起来。当 Internet 还在襁褓之中时，电子邮件已经成为最为流行的应用程序。目前，几乎所有的计算机系统都有一个作为电子邮件服务界面的应用程序。与普通邮件一样，电子邮件是一种异步通信媒体，当人们方便时就可以收发邮件，不必与他人的计划进行协调。电子邮件与普通邮件相比，它更为快速并且易于分发，而且价格便宜。随着时间的推移，电子邮件变得越来越精细，越来越强大，并且还在一直迅速发展进步。现代电子邮件又增添了许多新的功能特性。譬如，使用邮件列表，一封邮件报文可以一次发送给数以千计的接收者。另外，现代电子邮件常常包含附件、超链接、HTML 格式文本和图片。在许多情况下电子邮件是以文本为中心的，但它也能够作为异步语音和视频报文传送的平台使用。

本节针对电子邮件通过 Internet 传输时所产生的客户机与服务器之间的交互操作，讨论电子邮件表示、传输、转发以及邮箱访问等主要问题。

## 8.4.1　电子邮件系统

电子邮件系统使用了许多传统办公室中的术语和概念。在深入讨论电子邮件协议之前，先从总体上简单介绍 Internet 电子邮件系统及其关键构件。

1. 电子邮箱与地址

在电子邮件发送给个人之前,每个人必须要分配一个电子邮箱(Electronic Mailbox)。通常,一个电子邮箱就是一个被动存储区(例如磁盘上的一个文件)。电子邮箱与一个计算机账户相关联,因此拥有多个账户的人可以拥有多个电子邮箱。每个电子邮箱被分配一个唯一的电子邮件地址。一个完整的电子邮件地址由两部分组成,第一部分标志用户邮箱名,第二部分标志邮箱所在的一台计算机。TCP/IP 协议体系的电子邮件系统规定电子邮件地址由一个字符串组成,其格式为:

用户名@邮箱所在的主机域名

主机域名用来区分那些可以发送和接收邮件的主机。用户名区分使用这一域名的计算机上的不同邮箱。在发送电子邮件时,邮件服务器只使用电子邮件地址中的第二部分,即目的主机的域名。收信人的电子邮件软件使用第一部分(用户名)来选择指定邮箱。

2. 电子邮件

一个电子邮件一般由三部分组成:①邮件的报头(Header):包括发送端地址、接收端地址(允许多个)、抄送方地址(允许多个)、主题等。最重要的关键字是:To 和 Subject。"To:"后面填入一个或多个收信人的电子邮件地址。"Subject:"是邮件的主题,它反映了邮件的主要内容。邮件报头还有一项是抄送"Cc:",这两个字符来自 Carbon Copy,意思是留下一个复写副本,表示应给某人发送一个邮件副本。②邮件的正文(Body):即信的内容。③附件:邮件的附件可以包含一组文件,文件类型任意。

3. 电子邮件系统

一个电子邮件系统包含用户代理(User Agent,UA)、邮件服务器(Mail Server)和简单邮件传输协议(SMTP)三个主要组成部件,如图 8-9 所示。

(1) 用户代理

用户代理(UA)就是用户与电子邮件系统的接口,在大多数情况下它是指在用户 PC 机中运行的程序。电子邮件的用户代理有时也称为邮件阅读器。UA 至少应当具有撰写、阅读和管理(删除、排序等)3 个功能,以便用户阅读、回复、转发、保存和撰写报文。当发信人完成邮件撰写时,他的邮件 UA 向其邮件服务器发送邮件,并且将该邮件放在邮件服务器发送队列中。当收信人想读取一条报文时,其邮件 UA 从他所在的邮件服务器邮箱中获取该报文。20 世纪 90 年代末,具有 GUI(图形用户界面)的 UA 开始流行,它允许用户

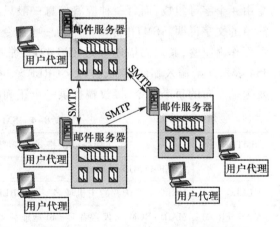

图 8-9　Internet 电子邮件系统基本部件

阅读和编写多媒体电子邮件。当前,Eudora、Microsoft 的 Outlook 和 Netscape 的 Messenger 都是流行的具有 GUI 的电子邮件 UA。同时,还有很多免费的基于文本的电子邮件 UA。

(2) 邮件服务器

邮件服务器是电子邮件系统的核心构件。所谓邮件服务器,就是指用户所在的通信子网中专门用来存放邮箱的计算机。邮件服务器需要使用两个不同的协议。一个协议用于发送邮件,即

SMTP 协议;而另一个协议用于接收邮件,即邮局协议(Post Office Protocol,POP)。一个典型的邮件发送过程是:从发信人的 UA 开始,传输到发信人的邮件服务器,再传输到收信人的邮件服务器,并放在其收信人的邮箱中;收信人可随时上网到邮件服务器进行读取。当收信人在他的邮箱中访问该报文时,存有他的邮箱的邮件服务器对收信人的身份进行识别(用户名和口令)。如果发信人的服务器不能将邮件投递到收信人的邮箱服务器,发信人的邮件服务器在一个报文队列中保持该报文并在以后尝试再次发送。通常每 30 min 左右进行一次尝试;如果几天后仍不能成功,服务器删除该报文并以电子邮件的形式通知发信人。因此,常将邮件服务器软件称为报文传输代理(Message Transfer Agent,MTA)。用 TCP 协议进行的邮件交换是由报文传输代理(MTA)完成的。最普通的 UNIX 系统中的 MTA 是 Sendmail。用户通常不与 MTA 打交道,由系统管理员负责本地的 MTA。在此主要讨论在两个 MTA 之间如何用 TCP 协议交换邮件,不考虑 UA 的运行或实现。

(3) 简单邮件传输协议

由 RFC 821、RFC2 821 定义的简单邮件传输协议(SMTP)是 Internet 电子邮件中的主要协议。SMTP 的最大特点是简单,其力量也来自它的简单。SMTP 只定义了邮件如何从一个"邮局"传递给另一个"邮局",即邮件如何在 MTA 之间通过 TCP 连接进行传输。它不规定 MTA 如何存储邮件,也不规定 MTA 隔多长时间发送一次邮件。

SMTP 使用 TCP 可靠数据传输服务在 MTA 之间传递邮件,即从发信人的邮件服务器向收信人的邮件服务器发送邮件。用户代理向 MTA 发送邮件也使用 SMTP。在两台主机之间通过 SMTP 传输电子邮件是使用协议规定的专门命令集合来完成的。SMTP 使用 TCP 协议的 25 号端口发送邮件,接收端在 TCP 的 25 号端口等待接收邮件。SMTP 协议的实际操作以发起主机(SMTP 发送端)建立一条到目的主机(SMTP 接收端)的 TCP 连接开始。一旦连接成功,SMTP 发送端和接收端进行一系列命令和响应的会话。SMTP 规定了 14 条命令和 21 种应答信息,每条命令由 4 个字母组成,而每一种应答信息一般只有一行,由一个 3 位数字的代码开始,后面附上很简单的文字说明。SMTP 协议常用的一些命令和响应见表 8-4 和表 8-5。接收端为响应每个命令而作出应答,其代码描述参见 RFC 821。常用的应答代码为:250 表示请求命令完成;应答代码 354 表示开始输入邮件信息,并以 < CRLF > . < CRLF > 结束。邮件传递结束后释放连接。对于发送端发布的每个命令,接收端提供一个正确的应答。

**表 8-4 SMTP 协议常用命令**

| SMTP 命令 | 命令语法格式 | 命令功能 |
|---|---|---|
| HELP | HELP < CRLF > | 要求接收者给出有关帮助信息 |
| HELLO | HELO < 发送者的主机域名 > < CRLF > | 开始会话,指出发送者 E-mail 主机域名 |
| MAIL FROM | MAIL FROM: < 发送者 E-mail 地址 > < CRLF > | 开始一个邮递处理,指出发送端的 E-mail 地址 |
| RCPT TO | RCPT TO: < 接收者 E-mail 地址 > < CRLF > | 指出邮件接收者 E-mail 地址 |
| DATA | DATA < CRLF > <br> … <br> < CRLF > . < CRLF > | 用来传递邮件数据,用第一列为"."且只有一个"."的一行结束 |
| QUIT | QUIT < CRLF > | 结束邮件传递,连接关闭 |

注:HELO 是 HELLO 的缩写;CR 和 LF 分别表示回车和换行。

表 8-5　SMTP 协议常用响应

| 代码 | 功能描述 | 代码 | 功能描述 |
|------|----------|------|----------|
| 220 | 服务就绪 | 450 | 邮箱不可用 |
| 221 | 服务关闭传输信道 | 451 | 命令异常终止:本地差错 |
| 250 | 请求命令完成 | 452 | 命令异常终止:存储器不足 |
| 251 | 用户不是本地的;报文将被转发 | 500 | 语法错误,不能识别的命令 |
| 354 | 开始输入邮件信息 | 502 | 命令未实现 |

## 8.4.2　电子邮件报文格式和 MIME

通过 SMTP 传输的电子邮件遵从 RFC 822 定义的统一格式。该格式由报头行、空白行和邮件报文主体组成。

1. 电子邮件报文格式

每个报头行都包含了可读的文本,由关键词后跟冒号,然后是与该关键词有关的特定信息组成。有些关键词是必需的,有些是可选的,但每个报头必须含有一个关键词 From:报头行和一个 To:报头行,一个报头可以包含一个 Subject:报头行或者其他可选的报头行。例如:一个典型的电子邮件报头如下:

From:liuhuajun07@ sina. com

To:wangzhiming@ njit. edu. cn

Subject:Searching for the meaning of life

与关键词 From:有关的特定信息 liuhuajun07@ sina. com,表示发送端的电子邮件地址;与关键词 To:有关的特定信息 wangzhiming@ njit. edu. cn,表示接收端的电子邮件地址。

在报头行之后,紧接着是一个空白行,即在报头行和报文主体之间用空行(即回车换行)进行分隔。然后是以 ASCII 格式表示的报文主体。

2. ASCII 码数据的 MIME 扩展

在 RFC 822 中描述的报头格式虽然适合于传输普通 ASCII 文件,但也限制了它的功能。在今天的多媒体信息世界里,除简单文本文件之外,用户还需要交换非文本文件,如图形、音频、视频等。为发送非 ASCII 文本内容,人们设计了多用途 Internet 邮件扩展(Multipurpose Internet Mail Extension,MIME),并在 RFC 2045 和 RFC 2046 中进行了定义。注意,MIME 只是目前基于 SMTP 邮件系统的一个扩展,而不是一个替代。具体地说,MIME 通过提供对不同数据类型及复杂报文主体的支持扩展了电子邮件系统的功能。

MIME 格式包括了新的报头行、内容格式和传输编码的定义。

新的报头行提供关于报文主体的信息,其中,有两个关键 MIME 报头 Content – Type:和 Content – Transfer – Encoding:用于支持多媒体信息。Content – Type:报头允许接收用户代理对该报文采取适当的操作,表 8-6 给出了一些常用的 MIME 类型。例如,通过指出该报文主体包含一个 JPEG 图形,接收用户代理能为该报文启用一个 JPEG 图形的解压缩程序。为了不扰乱 SMTP 的正常工作,必须将非 ASCII 报文编码成 ASCII 格式,Content – Transfer – Encoding:报头行为此而设计。Content – Transfer – Encoding：报头行提示接收用户代理，该报文主体是使用 ASCII 编码的，并指出所用的编码类型。因此，当用户代理接收到包含这两个报头行的报文时，就会根据 Content – Transfer – Encoding：的值将报文主体还原成非 ASCII 的格式，然后根据 Content – Type：报头行决定它应当采取何种操作来处理报文主体。

表 8-6 常用 MIME 类型示例

| MIME 类型 | 描 述 |
| --- | --- |
| text/html | HTML 页面 |
| text/plain | 无格式文本 |
| application/postscript | PS 文档 |
| image/gif | GIF 格式编码的二进制图像 |
| image/jpeg | JPEG 格式编码的二进制图像 |

例如，假设发送端 A 想发送一个 JPEG 图形给接收端 B。为此，发送端 A 调用他的邮件用户代理，指定接收端 B 的邮件地址，定义该报文的主题，并在该报文的报文主体中插入该 JPEG 图形（具体操作取决于所使用的用户代理，也可能将该图形作为一个附件插入）。写完邮件报文后，发送端 A 点击"发送"，发送端 A 的用户代理则产生一个 MIME 报文。该报文的格式如下：

From：liuhuajun2010@hotmail.com

To：tongxin@njit.edu.cn

Subject：E-mail Address

Date：Sun, 28 Jan 2007 13：31：14 +0800

MIME – Version：1.0

Content – Type：image/jpeg

Content – Transfer – Encoding：base64

（base64 encoded data

…

base64 encoded data）

由这个 MIME 报文可以看到，发送端 A 的用户代理使用 base64 编码对该 JPEG 图形进行了编码。这种编码技术用于转换为可接受的 7 位 ASCII 码格式。另外一个流行的编码技术是引用可打印内容转换编码（Quoted Printablecontent Transfer Encoding），该编码常用于将一个 8 位 ASCII 报文（可能包含非英文字符）转换成 7 位 ASCII 格式。

当接收端 B 用其用户代理程序阅读该邮件时，B 的用户代理对 MIME 报文进行相同的操作。当 B 的用户代理程序发现了 Content – Transfer – Encoding：base64 报头行时，会对 base64 编码的报文主体执行解码操作。该报文所包含的 Content – Type：image/jpeg 报头行，提示 B 的用户代理程序应当进行 JPEG 文件解压缩。最后，该报文中还包含用于指出 MIME 的版本号的 MIME – Version：报头行。注意，该报文在其他方面都遵从 RFC 822 定义的 SMTP 格式。特别是，在报头后有一个空白行，接下来便是报文主体。

3. 接收的电子邮件报文格式

接收的电子邮件报文格式与所发送出的报文格式略有不同。接收邮件服务器一旦接收到具有 RFC 822 所定义的格式和 MIME 报头行的报文之后,会在该报文的顶部添加一个 Received:报头行。该报头行定义了发送该报文的 SMTP 服务器的名称(From)、接收该报文的 SMTP 服务器的名称(By),以及接收服务器接收到的时间。因此,邮件接收端 B 看到的邮件格式如下:

Received:from sina. com by njit. edu. cn;Sun, 28 Jan 2007 13:31:14 +0800

From:liuhuajun2010@ hotmail. com

To:tongxin@ njit. edu. cn

Subject:Picture pattern

MIME – Version:1. 0

Content – Type:image/jpeg

Content – Transfer – Encoding:base64


(base64 encoded data

…

base64 encoded data)

几乎每个使用过电子邮件的用户都在电子邮件报文的前面看到过 Received:报头行(连同其他报头行)。该行通常在屏幕上(或者通过打印机)可以直接看到。可以注意到,一个邮件有时有多个 Received:行和一个更为复杂的 Return – Path:报头行。这是因为有的邮件在发送端和接收端之间的路径上要经过不止一个 SMTP 服务器转发。

### 8.4.3 SMTP 邮件传输

SMTP 电子邮件报文在发送端和接收端之间通过 TCP 连接进行传输。在 TCP 连接上进行的邮件传输包括连接建立、邮件报文传送和连接关闭 3 个阶段。

1. 连接建立

连接建立阶段负责为可靠的数据传输建立一个 TCP 连接。在该阶段使用传统的 3 次握手方式初始化 TCP 连接。这个阶段也包括一些基本信息的交换,用来确保在邮件传输时,发送端 SMTP 与接收端 SMTP 彼此能够接收。

具体地说,使用 SMTP 把一封邮件报文从发送邮件服务器传送到接收邮件服务器的过程,与人类面对面交往的行为方式有些类似。首先,SMTP 客户机(运行在发送端邮件服务器上)在 25 号端口建立一个到 SMTP 服务器(运行在接收端邮件服务器上)的 TCP 连接。如果服务器没有开机,客户机会在稍后继续尝试连接。一旦连接建立,服务器和客户机执行 3 次握手,就像人们在互相交流前先进行自我介绍一样。SMTP 的客户机和服务器在传输报文前先相互介绍。在 SMTP 握手阶段,SMTP 客户机指明发送端的邮件地址和接收端的邮件地址。一旦该 SMTP 客户机和服务器彼此介绍之后,客户机发送该报文。SMTP 能利用 TCP 提供的可靠数据传输无差错地将邮件传送到接收服务器。该客户机如果有另外的报文要发送到该服务器,就在该相同的 TCP 连接上重复这种处理;否则,它指示 TCP 关闭连接。

为便于理解,用连接建立阶段的信息交换代码来说明在连接建立阶段进行的信息交换。在 TCP 连接建立以后,接收端(R:)SMTP 发送一个 220 连接 ACK 来识别自己的身份。发送端(S:)SMTP 使用 HELO 命令向接收端确认自己的身份。接收端 SMTP 使用标准的 250 成功响应表示发送端的身份。

 S：< TCP Connection Request >

 R：< TCP Connection Confirm >

 R：< 220 163. com Service Ready >

 S：< HELO sina. com >

 R：< 250 163. com >

2. 邮件报文传送

 在邮件报文传送阶段,涉及向一个或多个远程主机上的邮箱传输邮件消息。为详细起见,通过 SMTP 客户机(C：)和 SMTP 服务器(S：)之间交换报文脚本的一个例子来分析邮件报文的传送。假设客户机的主机名为 163. com,服务器的主机名为 sina. com。以 C：开头的 ASCII 码文本行是客户机交给其 TCP 套接字的那些行,以 S：开头的 ASCII 码则是服务器发送给其 TCP 套接字的那些行。一旦 TCP 连接建立起来,发送端与接收端就开始下述交互过程。

 S：220 smtp. sina. com. cn ESMTP SINAMAIL (Postfix Rules!)

 C：HELO smtp. sina. com

 S：250 smtp. sina. com. cn

 C：MAIL FROM：< liuhuajun07@ sina. com >

 S：250 Ok

 C：RCPT TO：< liuhuajun003@ 163. com >

 S：250 Ok

 C：DATA

 S：354 Enter mail,end with". "on a line by itself

 C：Do you like ketchup?

 C：How about pickles?

 C：.

 S：250 Message accepted for delivery

 在该示例中,客户机程序从邮件服务器 sina. com 向邮件服务器 163. com 发送了一个报文(Do you like ketchup? How about pickles?)。整个对话过程为:①客户机用"MAIL FROM：< liuhuajun07@ sina. com >"向服务器报告发信人的邮箱地址;②服务器向客户机发送"250 Ok"的响应;③客户机用"RCPT TO：< liuhuajun003@ 163. com >"命令向服务器报告收信人的邮箱地址;④服务器向客户机发送"250 Ok"的响应;⑤客户机用"DATA"命令对报文的传送进行初始化;客户机通过发送一个只包含一个句点的行,告诉服务器该报文结束了(按照 ASCII 码的表示方法,每个报文用 CRLF. CRLF 结束);⑥服务器向客户机发送"354"的响应;⑦服务器向客户机发送"250"的响应。

 由于 SMTP 使用持久连接,如果发送邮件服务器有几个报文发往同一个接收邮件服务器,它可以通过同一个 TCP 连接发送所有的报文。但对每一个报文,客户机都要用一个新的 MAIL FROM：开始,用一个独立的句点指示该邮件的结束。注意,最好使用 Telnet 与 SMTP 服务器进行直接对话,命令格式为:

Telnct serverName 25

其中 serverName 是远程邮件服务器的名称。只要这样做就可以在本地主机与邮件服务器之间建立一个 TCP 连接。输入上述命令之后，立即会从该服务器收到"220"应答。接下来，在适当的时机发出 HELO、MAIL FROM、RCPT TO、DATA、CRLF. CRLF 以及 QUIT 等 SMTP 命令。

3. 连接关闭

客户机在完成一次邮件报文的传送过程中，始终起着控制作用。报文发送完毕后，要发出一个结束(QUIT)命令，来终止这个 TCP 连接。在连接关闭阶段交换信息的步骤如下：

S：QUIT

R：221 smtp. 163. com Service Closing transmission Channel

R：< TCP Close Request >

S：< TCP Close Confirm >

当然，目前所有的邮件都是采用 E-mail 应用软件进行收发，已经没有使用这种命令方式进行信息交换的了。若这些应用软件是建立在 SMTP 之上的，则仍然采用这些技术细节。假若用户 A 想给 B 发送一封简单的 ASCII 报文，作为 SMTP 的基本操作过程，如图 8-10 所示。

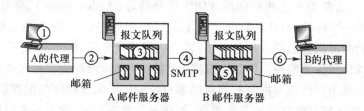

图 8-10　用户 A 向 B 发送一条邮件报文的操作过程

（1）A 启动用户代理程序并提供 B 的邮件地址，撰写邮件，通过用户代理发送该邮件。

（2）A 的用户代理把邮件报文发给 A 的邮件服务器，并存放在报文发送队列中。

（3）运行在 A 邮件服务器上的 SMTP 客户机发现报文队列中的报文之后，创建一个到运行在 B 的邮件服务器上的 SMTP 服务器的 TCP 连接。

（4）在经过一些初始 SMTP 握手后，SMTP 客户机通过该 TCP 连接发送 A 的邮件报文。

（5）在 B 的邮件服务器上，SMTP 的服务器接收该邮件报文；然后，B 的邮件服务器将该报文放入 B 的邮箱中。

（6）B 调用用户代理阅读该邮件报文。

## 8.4.4　邮件读取协议

在 Internet 的早期，邮件报文存储在位于集中式主机的用户邮箱中。通常，这些主机都运行 UNIX 操作系统，访问电子邮件意味着登录到电子邮件服务器上。对于许多用户来说，与服务器的邮件工具交互并不是一件容易的工作，不但存在操作界面问题，还有邮件存储问题。随着桌面计算机的普及，越来越多的用户开始使用 Telnet 从桌面 PC 机访问电子邮件服务器，即通过登录到电子邮件服务器主机并直接在该主机上运行一个邮件阅读程序来阅读邮件。直到 20 世纪 90 年代早期，这种方式一直是一种标准方式。但是，这种方式存在两种不便。第一，当与邮件程序交互时用户不能够利用本地 PC 机操作系统的特性，处理电子邮件时，用户的 PC 机不得不只作为一台哑巴终端使用。第二，用户的邮件文件存储在远程邮件服务器上而非直接存在本地 PC

机上。然而,用户需要的功能却是把邮箱的内容从邮件服务器传送到本地 PC 机上,并能够充分利用本地 PC 机操作系统的特性与电子邮件交互。显然,其关键问题是接收端如何通过运行本地 PC 机上的用户代理,获得存储于某 ISP 邮件服务器上的邮件? 由于取邮件是一个拉操作,而 SMTP 协议是一个推协议,因此,接收端的用户代理不能使用 SMTP 取回邮件。显然,需要引入一个特殊的邮件读取协议来解决这个难题。目前有多个流行的邮件读取协议可供使用,主要有第三版的邮局协议(Post Office Protocol Version 3,POP3)、Internet 邮件访问协议(Internet Mail Access Protocol,IMAP)以及 HTTP 协议。这些邮件读取协议采用客户机/服务器模式,通过在自己的端系统上运行一个用户代理来阅读电子邮件。这里的端系统可能是办公室的 PC 机、便携机或者是 PDA。通过运行本地主机上的用户代理,用户就可以享受一系列的功能特性,包括查看多媒体报文和附件等。

### 1. POP3

由 RFC 1939 定义的 POP3 是一个非常简单的邮件读取协议。由于该协议比较简单,因而其功能也有限。当用户代理(客户机)打开一个到邮件服务器(服务器)端口 110 上的 TCP 连接后,POP3 就开始工作。随着 TCP 连接的创建,POP3 按照特许(Authorization)、事务处理和更新三个步骤进行工作。第一个阶段,即特许阶段。当 TCP 连接建立完成时,服务器发送标志 POP3 进程的问候消息。然后当前的会话进入授权状态:客户机用户代理发送(以明文形式)服务器上的邮件用户名及口令以供服务器鉴别。第二个阶段,即事务处理阶段。假定授权成功,该会话进入事务处理状态。客户机用户代理指挥服务器根据客户机的电子邮件程序的配置取回用户邮件。在这个阶段,用户代理还能对邮件进行其他操作,如作报文删除标记、取消报文删除标记,以及获取邮件的统计信息等。第三个阶段,即更新阶段。它出现在客户机发出了 QUIT 命令之后,目的是结束该 POP3 会话。这时,邮件服务器删除那些已经被标记为删除的邮件报文。

与 SMTP 一样,客户机发出的每个命令都由服务器返回一个响应。因此,客户机与 POP3 服务器分别交换命令和响应,直到连接关闭或者异常退出。在 POP3 中,只定义了 + OK 与 − ERR 两种响应类型。表 8−7 列出了一些常用的 POP3 命令。

**表 8−7 常用的 POP3 命令**

| POP3 命令 | 命 令 格 式 | 命 令 功 能 |
|---|---|---|
| USER | USER ＜ user name ＞ ＜ CRLF ＞ | 指定用户在邮件服务器上的账户名 |
| PASS | PASS ＜ password ＞ ＜ CRLF ＞ | 指定邮件服务器上的用户密码 |
| LIST | LIST ＜ 邮件编号 ＞ ＜ CRLF ＞ | 给出指定的全部邮件的报头信息 |
| DELE | DELE ＜ 邮件编号 ＞ ＜ CRLF ＞ | 删除指定的邮件 |
| RETR | RETR ＜ 邮件编号 ＞ ＜ CRLF ＞ | 把指定的邮件从服务器传输到服务器 |
| QUIT | QUIT ＜ CRLF ＞ | 退出 POP3 连接 |

### 2. IMAP

使用 POP3 读取邮件时,用户将邮件下载到本地主机后,建立一个邮件文件夹,并且将下载的邮件放入该文件夹中。这样,用户可以随意删除邮件报文,在文件夹间移动邮件报文,也可以查询邮件报文(通过发送端的名字或报文主题)。但是,这种通过文件夹把邮件报文存放在本地机上的方法,不利于移动办公用户。因为移动办公最好使用一个在远程服务器上的层次文件夹,以便从任何一台机器上对所有邮件报文进行读取;然而,POP3 协议并没有给用户提供任何操作远程文件的方法。为了解决这个以及其他一些问题,由 RFC 2060 定义了 Internet 邮件访问协议 IMAP。与 POP3 协议一样,IMAP 也是一个邮件读取协议,但比 POP3 具有更多的特色,不过也比 POP3 复杂得多。

在使用 IMAP 时,所有收到的邮件同样是先送到 ISP 邮件服务器的 IMAP 服务器。在用户的 PC 机上运行 IMAP 客户机程序,然后与 ISP 的邮件服务器上的 IMAP 服务器程序建立 TCP 连接。用户在自己的 PC 机上操作 ISP 邮件服务器的邮箱,就像操作本地机一样。因此 IMAP 是一个联机协议,为用户提供了创建文件夹以及在文件夹之间移动邮件的命令。IMAP 服务器把每个邮件报文与一个文件夹联系起来。当邮件报文第一次到达邮件服务器时,它把邮件报文放在收件人的收件箱文件夹里。IMAP 协议收件人也可以把邮件移到一个新的、用户创建的文件夹内,或阅读邮件、删除邮件等。

此外,IMAP 还为用户提供了在远程文件夹中查询邮件的命令,按指定条件去查询匹配的邮件。注意与 POP3 不同的是,IMAP 服务器维护了 IMAP 会话的用户状态信息。例如,文件夹的名字以及哪个邮件报文与哪个文件夹相联系。

IMAP 的另一个重要特性是它具有允许用户代理读取报文组件的命令。例如,用户代理可以只读取一个邮件报文的报头,或只是 MIME 报文的一部分。当用户代理和其邮件服务器之间使用低带宽连接时(如无线连接,或通过低速调制解调器链路进行的连接),这个特性非常有用。例如,在低带宽连接的情况下,用户可能并不想取回其邮箱中的所有邮件,或要避免可能包含音频或视频内容的大邮件等。

注意不要将邮件读取协议 POP3、IMAP 与邮件传输协议 SMTP 相混淆。发信人的用户代理向源邮件服务器发送邮件,以及源邮件服务器向目的邮件服务器发送邮件,使用 SMTP 协议。而 POP3 和 IMAP 则是用户从目的邮件服务器上读取邮件所使用的协议。

3. 基于 Web 的电子邮件

20 世纪 90 年代中期,Hotmail 引入了基于 Web 的接入。目前,每个门户网站以及重要的大学或者公司都提供了基于 Web 的电子邮件系统,已经有许多用户使用 Web 浏览器收发电子邮件。使用这种电子邮件服务方式,用户代理就是普通的浏览器,用户和其远程邮箱之间的通信是通过 HTTP 进行的。当一个收信人想从自己的邮箱中取一个邮件报文时,该邮件报文从收信人的邮件服务器发送到所使用的浏览器时,使用 HTTP 而不是 POP3 或者 IMAP 协议。当发信人要发送一封邮件报文时,该邮件报文从发信人的浏览器发送到他的邮件服务器,使用的也是 HTTP 而不是 SMTP。然而,发信人的邮件服务器在与其他的邮件服务器之间发送和接收邮件时,仍然使用 SMTP。

基于 Web 的电子邮件读取方式对于工作繁忙的用户而言极为方便。用户收发邮件报文只需要使用浏览器就可以了,而浏览器可以在 Internet 网吧、朋友家里、PDA 上以及有 Web TV 的场所找到。如同 IMAP 一样,用户可以在远程服务器上以层次文件夹方式组织报文。事实上,很多基于 Web 的电子邮件系统使用 IMAP 服务器来提供文件夹的功能。这时,对文件夹和邮件的读取是通过运行在 HTTP 服务器上的脚本提供的,这些脚本使用 IMAP 协议与一个 IMAP 服务器进行通信。

# 8.5 域 名 系 统

域名系统(DNS)是通过客户机/服务器模式提供的重要的网络服务功能。与 HTTP、FTP 和 SMTP 一样,DNS 是应用层协议。其原因有两个,一是使用客户机/服务器模式在通信的端系统之间运行;二是在通信的端系统之间通过端到端传输层协议来传送 DNS 报文。然而在某种意义上, DNS 的作用又不同于 Web、文件传输以及电子邮件应用,因为它的应用并不直接与用户打交道。

Internet 上的主机用 32 位 IP 地址来标志。显然,用 210.29.16.200 这样的数字来代表某一物理网络上的某一台主机,对用户来说是很不容易记忆的。若是能以单位的简写名称来代表园区网络上的主机地址,例如,210.29.25.11 对应为符号域名 library.njit.edu.cn 就方便多了。符号域名对人方便,但对计算机就不方便了。由 RFC1034 和 RFC1035 定义的域名系统提供了主机域名与 IP 地址之间的转换服务,也称域名服务或名字服务。Internet 的应用服务,如电子邮件系统、远程登录、文件传输、WWW 等都需要 DNS 提供的服务。

## 8.5.1 域名结构

任何一个连接在 Internet 上的主机或路由器,都有一个唯一的层次结构名字,称为域名。域 (domain)是指域名空间中一个可被管理的子空间,还可以进一步划分为子域。域名是个逻辑概念,与主机所在的物理位置没有必然的联系。

在 ARPANet 时代,主机域名采用无结构的符号串。网上主机名与地址之间的映射保存在一个文本文件 hosts.txt 之中,由设在 SRI(Stanford Research Institute)的网络信息中心(Network Information Center,NIC)的一个主机来集中维护,通过直接或间接文件传输分发给网上所有主机。但是随着 Internet 规模的扩大,主机数量的猛增,重名问题很难解决。而且域名和地址的映射文件变得越来越大,分发 hosts.txt 所需网络带宽正比于网上主机数的平方,根本不可能集中管理。为了解决这些问题,迫切需要一个分布式、分散管理的域名系统,于是研发了 DNS。

根据服务与传输层服务访问点 TSAP 地址的关联结构,DNS 为主机提供了一种层次型命名方案。也就是说域名就像每个家庭住宅有一个国家 – 城市 – 街道 – 门牌号的地址一样。即层次结构的域名分为若干等级,各等级之间用小数点连接:

……. 三级域名. 二级域名. 顶级域名

每一级域名均由英文字母和阿拉伯数字组成,不超过 63 个字符,不区分字母大小写。各级域名自左向右级别越来越高,顶级域名(Top Level Domain,TLD)在最右边。一个完整的域名总字符数不能超过 255 个。域名系统不规定一个域名必须包含多少个级别。可见,域名系统是一个多层次的、基于域的命名系统,可使用分布式数据库实现这种命名机制。DNS 的域名空间就是域名的集合。DNS 将整个 Internet 视为一个域名空间。

在 DNS 中,一个域代表该网络中要命名资源的集合。这些资源通常代表工作站、PC 机、路由器等,在理论上可以标志任何东西。管理一个又大又经常变化的域名空间是一个很复杂的问题。若域名单纯由一串符号组成,没有任何附加结构,如 oar、helm 等,域名空间就是一种平面型域名空间(Flat Name Space)。这种命名方案简单、方便,但域名空间很难管理。因此,DNS 将 Internet 分成几百个顶级域,每个域包括多个主机;每个域被划分为子域,依次还有更详细的划分,即让 DNS 中域名有层次型结构,域名的层次大致上对应网络的管理层次,所有这些域如图 8-11 的 Internet 域名空间树所示。这是一棵倒挂的树,表示了 DNS 数据库的结构。每个结点有一个标号,不过这里的标号与树的通常标号略有不同,虽然这里兄弟结点不能有同样的标号,但非兄弟结点却可以使用相同的标号。树的根使用空标号,用".."表示;这个域只用来定位,并不包含任何信息。在根域之下是顶级域名,如 com、edu、gov、org、mil、net、cn 等。所有的域都是根域的子域。树叶代表没有子域的域(当然包含主机)。一个树叶域可以包含一台主机,也可以代表一个公司,并包含数千台主机。

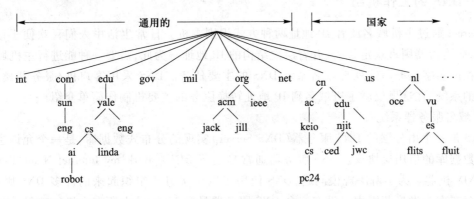

图 8-11  Internet 域名空间树

顶级域名(TLD)主要有两大类:

(1) 国家顶级域名   国家的顶级域名是一个国家,由 ISO 3166 定义,国家顶级域名有 247 个。一般国家域名由两个字符的国别码构成,如 cn 代表中国、us 代表美国、ca 代表加拿大、uk 代表英国、jp 代表日本、nl 代表荷兰等。国家顶级域名的二级域名由该国家自行确定。中国将二级域名划分为"类别域名"和"行政区域名"两大类。其中类别域名 6 个,如 com 表示工、商、金融企业等;行政区域名 34 个,分别对应我国的省、自治区和直辖市,例如,bj 为北京市,js 为江苏省等。

(2) 通用顶级域名   最早的通用顶级域名供 7 个,即 com(公司企业)、edu(教育系统)、net (网络服务机构)、gov(政府机构)、org(非营利性组织)、int(国际性组织)和 mail(军事部门)。

由于 Internet 的用户数量急剧增大,现在又提议新增了 7 个通用顶级域名,即 biz(商业)、info (网络信息服务组织)、firm(公司企业)、shop(销售公司和企业)、web(表示突出万维活动的单位)、arts(文化娱乐活动单位)、pro(有证书的专业人员)等。

另外,还有一个基础结构域名(即 arpa)作为顶级域名,用于反向域名解析,又称反向域名。

例如,www.njit.edu.cn 的最顶层域名是 cn,代表中国;下一层域名是 edu,代表教育系统。edu.cn 是 cn 的子域,njit.edu.cn. 是 edu.cn 的子域,也是 cn 的子域。

管理上将 Internet 的主机按其所属部门分类。例如,某大学校园网的主机以所属处、院、系、所分类,教务处的主机域名以 jwc.njit.edu.cn 为后缀,通信工程学院的主机域名以 ced.njit.edu.cn 为后缀。这样教务处和通信工程学院可以独立地命名和管理其主机,可以随意增加和淘汰上网的主机,不会有重名,不会互相干扰。至于这两个域在物理上可能位于同一网络,也可能位于不同网络,那无关紧要。域的划分是一种管理上的划分。当然域的划分也可以反映地域上的划分,如 cn 代表 Internet 在中国的网络,njit.edu.cn 代表南京工程学院范围的校园网,

pku. edu. cn 代表北京大学范围的校园网等。但域主要是为了管理,是逻辑上的一种划分,可以独立于物理网络和拓扑。任何一个组织要加入 Internet 的 DNS 时,必须在管理域名的 Internet 机构申请注册某个域名。

域名树的层次型结构也是权限的划分方式,一般说来各个域(如 edu. cn)只包含下一级子域(如 njit. edu. cn,pku. edu. cn、…)的信息,而无需知道其更下一级的子域(ced. njit. edu. cn)的信息,所以这是一种层次型、分布式的管理。

## 8.5.2 DNS 的工作机制

Internet 通过主机域名或者 IP 地址两种方式识别主机。日常生活中人们喜欢便于记忆的主机域名,而路由器则喜欢定长的、有着层次结构的 IP 地址。为此,需要一种能进行主机域名到 IP 地址转换的名字服务。这就是域名系统 DNS 的主要任务。DNS 采用客户机/服务器模式,是一个复杂的系统,在这里仅就主机域名到 IP 地址转换服务的主要机制作简单介绍。

1. 域名服务器系统

DNS 是一个由分层的 DNS 服务器(DNS Server)实现的分布式数据库,是一个允许主机查询分布式数据库的应用层协议。DNS 服务器通常是运行 BIND(Berkeley Internet Name Domain)软件的 UNIX 机器。为了解决规模问题,DNS 使用了以层次方式组织起来的许多 DNS 服务器,并且将其分布在全世界范围内。没有一台 DNS 服务器具有 Interent 上所有主机的映射;相反,该映射却分布在所有的 DNS 服务器上。Interent 上所有的域名服务器相互联络和协作形成一个统一的域名服务器系统,负责进行域名解析。简单说来,DNS 服务器系统有根域名服务器(Root Name Server,RNS)、顶级域名服务器(TLD Name Server,TNS)和授权域名服务器(Authoritative Name Server,ANS),以及本地域名服务器(Local Name Server,LNS)之分,这些服务器的部分层次结构,如图 8-12 中所示。

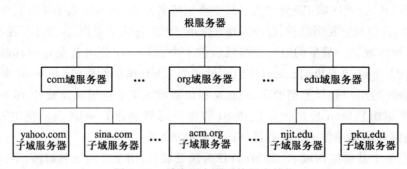

图 8-12　域名服务器系统层次结构

(1) 根域名服务器(RNS)

RNS 是用于管理顶级域名的服务器。在 Internet 上共有 13 个根域名服务器(标号为 A 到 M),其中大部分位于北美洲,均由 ICANN 统一管理。其中 10 个放置在美国,欧洲有 2 个,分别位于英国和瑞典,亚洲有 1 个,位于日本。13 个 RNS 却不止 13 台计算机,现已安装有 123 台分布在世界各地,用于就近进行域名解析。

(2) 顶级域名服务器(TNS)

在 Internet 域名空间的每一个顶级域,不管是国家顶级域还是通用顶级域,都有自己的域名服务器。顶级域名服务器负责管理存放主机域名(如 com、org、net、edu 和 gov)、所有国家的顶级域名(如 cn、uk、fr、ca、jp 等)、IP 地址的数据库文件,以及域中的主机域名和 IP 地址映射。顶级域名服务器分布在不同的地方,它们之间通过特定的方式进行联络,这样保证用户可以通过本地的域名服务器查找到 Internet 上所有的域名信息。所有顶级域名服务器中的数据库文件中的主机和 IP 地址的集合组成 DNS 域名空间。

一个域名服务器支持一个或多个 DNS 区段。每个区段的信息至少由两个域名服务器提供,即一个主服务器(Primary Server)以及至少一个辅服务器(Secondary Server),以保证在某主机或通信链路出现故障时仍可获得区段信息。一个辅服务器可以支持任何数目的区段,区段的辅服务器不一定是该区段的结点。

(3) 授权域名服务器(Authoritative Name Server,ANS)

对每个管辖区内的所有主机来说,必须在 ANS 处注册登记,ANS 的 DNS 数据库中记录了辖区内主机域名和 IP 地址的映射表,负责对本辖区内主机进行域名转换工作。组织机构可以选择实现它自己的域名服务器来保持这些记录,还有一种方法是支付费用将这些记录存储在某个服务提供商的域名服务器中。多数大学和大公司实现和维护它们自己的基本和辅助(备份)域名服务器。

RNS、TNS 和 ANS 都处在 DNS 服务器的层次结构中。还有另一类重要的域名服务器,称为本地域名服务器(LNS)。一个 LNS 严格地说并不属于该服务器的层次结构,但无论如何它对 DNS 层次结构也是很重要的。每个 ISP(如大学、系或公司的 ISP)都有一个 LNS(也称为默认名字服务器),当主机与某个 ISP 连接时,该 ISP 提供一台主机的 IP 地址,该主机具有一台或多台其 LNS 的 IP 地址。通过访问 Windows 或 UNIX 的网络状态窗口,可以很容易地决定 LNS 的 IP 地址。主机的 LNS 通常"邻近"该主机。对机构 ISP 而言,LNS 可能与主机在同一个局域网中;对于居民区 ISP 来说,LNS 通常与主机相隔不超过几个路由器。当主机发出 DNS 请求时,该请求发往 LNS,它起着代理的作用,并将该请求转发到域名服务器层次结构中。

2. 域名解析

DNS 域名服务在 Internet 中起着至关重要的作用,其他任何服务都依赖于域名服务。因为任何服务都需要进行域名到 IP 地址,或 IP 地址到域名的转换,也就是所谓的域名解析。域名解析通常发生在用户输入一些命令之后,比如输入命令:ftp ftp. cdrom. com,这时客户机首先要从 DNS 服务器获得 ftp. cdrom. com 对应的 IP 地址,才能与远程服务器建立连接。

(1) 域名解析器

在 DNS 中,客户机程序称为域名解析器,服务器程序称为域名服务器。域名解析器为应用程序向域名服务器查询域名,域名服务器利用它的域名数据库信息,将域名对应的 IP 地址返回给解析器。

域名解析器应用户的请求从域名服务器检索域名树数据库。从用户看来,域名树数据库是一个单一的信息空间,域名解析器为用户隐藏了域名树数据库在域名服务器间分布的事实。从域名服务器的观点来看,域名树数据库分布在多个域名服务器中,不同部分存储在不同的域名服务器里,特定的区段还重复存放在两个或多个域名服务器中。域名解析器开始至少知道一个域名服务器,并将用户的查询提交给服务器。

域名解析器是如何找到一个可以开始检索的域名服务器的呢?

若域名解析器运行在 UNIX 工作站,解析器的配置文件为/etc/resolv. conf,在该文件中指定

解析器所在的本地域名和域名服务器的 IP 地址。例如,/etc/resolv.conf 文件可能配置如下:

| | | |
|---|---|---|
| domain | www.njit.edu.cn | ;指定域名 |
| nameserver | 127.0.0.1 | ; |
| nameserver | 210.29.16.202 | ;指定域名解析器的 IP 地址 |
| nameserver | 210.29.16.211 | ;指定域名解析器的 IP 地址 |

主机 210.29.16.202 若配置成 www.njit.edu.cn 域的主域名服务器,则主机 202.29.16.211 应配置成 www.njit.edu.cn 域的辅域名服务器。

在一些操作系统中,解析器程序是可以调用的库程序,库程序的参数是待查的域名字符串,应用程序可以调用这个库程序来进行域名解析。

解析器进程将待查的域名放在一个 DNS 查询报文中,并发给本地域名服务器,域名服务器返回一个 DNS 应答报文,其中包含应答查询的 DNS 资源记录。解析器进程和域名服务器之间使用 UDP 进行通信。

(2) 域名解析算法

解析器将用户的查询提交给本地域的域名服务器。这时会有几种情况出现,第一种情况是被查询的域名在该域名服务器被授权的区段内。域名服务器可以用区段内的资源记录把域名翻译成地址,把结果送回给解析器。第二种情况是查询的域名不在该域名服务器被授权的区段内。这时域名服务器查看它的缓存器,若该域名已解析过,答案还保存在缓存器中,则服务器将缓存的信息报告给解析器,并加上未授权标志。这两种情况属于该域名服务器能应答查询。第三种情况是这个查询只能由其他域名服务器来应答,对这种情况的处理有递归和反复两种解析算法。

① 递归解析(Recursive Resolution)  指由本地域名服务器(LNS)向其他域名服务器追踪查询,并将结果返回给解析器。一次域名服务请求就可自动完成域名—地址转换。

② 反复解析(Iterative Resolution)  也称为迭代解析,其思想是由本地域的域名服务器(LNS)向解析器指出应查询的另一域名服务器,由解析器追踪查询,需要向不同域名服务器依次发出请求。

对域名服务器来说,反复解析方式最简单,因为它只需用本地信息回答查询。对解析器来说递归方式最简单,在递归解析方式中域名服务器实际上又起解析器的作用。DNS 要求域名服务器至少实现反复解析,而递归解析方式是可选的。域名服务器和解析器之间必须协商,只有双方同意才能使用递归方式。如图 8-13 说明了递归解析和反复解析的算法。从理论上讲,任何 DNS 查询既可以是反复的也能是递归的。

(3) 域名解析的实现

一般采用以下两个步骤实现域名解析。

第一步:本地域名服务器进行域名解析。①当一主机的某个应用需要进行域名解析时,主机的解析器首先访问 LNS;此时解析者一般都是要求 LNS 进行递归解析。②LNS 查询本地服务器的 DNS 数据库,如果能找到对应的 IP 地址,就放在应答报文中返回;如果无结果,转第二步,LNS 变为解析器,代替主机继续解析过程。

第二步:从根服务器自顶向下查询。当应用程序需要进行域名解析时,它先成为域名系统的一个客户机,向本地域名服务器(LNS)发出请求(调用 Resolver),请求以 UDP 数据报格式发出,域名服务器找到对应的 IP 地址后,给出响应。当 LNS 无法完成域名解析时,它临时变成其上级域名服务器的客户机,递归解析,直到该域名解析完成。

　　例如,某一台主机域名为 ced. njit. edu. cn 的计算机上的用户要访问耶鲁大学计算机系的某一台主机域名为 li. cs. yale. edu 的计算机,一种域名解析过程如图 8-14 中实线①~⑧所示。

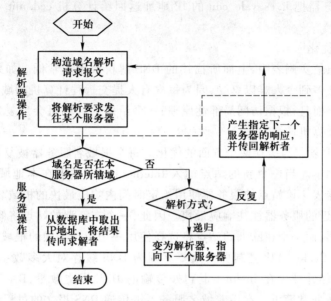

图 8-13　域名解析算法

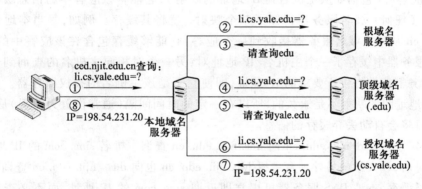

图 8-14　域名服务的解析过程示例

　　① 计算机 ced. njit. edu. cn 首先将访问请求提交给本地域名服务器(LNS),即 njit. edu. cn 域名服务器,由 LNS 判断欲访问的计算机是否是本地计算机。这是一个递归解析。

　　② 如果是,则将欲访问的计算机的 IP 地址直接返回给计算机 ced. njit. edu. cn;否则本地域名服务器(LNS)中没有欲解析的 IP 地址,LNS 成为解析器,此后通过反复解析方式,首先向根域名服务器(RNS)发出解析请求报文。

　　③ 如果根域名服务器(RNS)中也没有欲解析的 IP 地址,RNS 将顶级域名服务器(edu)的 IP 地址告诉 LNS。由于根域名服务器是该根域的授权域名服务器,所以它回应给本地域名服务器的是 . edu 顶级域内域名服务器的 IP 地址。

　　④ 本地域名服务器发送 li. cs. yale. edu 的请求报文到顶级域名服务器(. edu)上。

　　⑤ edu 顶级域名服务器把 li. cs. yale. edu 域的 IP 地址反映给本地域名服务器。

⑥ 本地域名服务器发送 li. cs. yale. edu 的请求报文到 cs. yale. edu 域的授权域名服务器上。

⑦ cs. yale. edu 域的授权域名服务器把 li. cs. yale. edu 的 IP 地址反映给本地域名服务器。

⑧ 本地域名服务器把 li. cs. yale. edu 的 IP 地址返回给计算机 ced. njit. edu. cn。至此,整个域名解析工作完成。

### 3. DNS 性能的优化

对计算机网络通信实测表明,上面所描述的 DNS 解析效率非常低。如果不进行优化,根域名服务器的业务量会多到令人难以忍受,因为每次有人提交远程计算机的域名时,根域名服务器都会收到一个请求。而且,根据访问局部性原理,一台给定的计算机会反复发出同样的请求,多次要求解析同一个计算机域名。

对 DNS 主要采取复制与缓存两个方面的优化。每个根域名服务器被复制,世界上存在着根域名服务器的许多副本。当一个新的站点加入 Internet 时,该站点在本地域名服务器中就配置了一个根域名服务器表。该站点的服务器使用给定时间内响应最快的根域名服务器。在实际应用中,地理位置上最近的服务器往往响应最快。因此,一个在亚洲的站点将倾向于使用一个位于亚洲的根域名服务器,而一个在欧洲的站点将选择使用一个位于美国的根域名服务器。

DNS 缓存(DNS Caching)比复制更为重要。因为 DNS 缓存对大多数系统都有影响。实际上,为了改善时延性能并减少在 Internet 上到处传输的 DNS 报文数量,DNS 广泛使用了缓存技术。DNS 缓存的想法非常简单。在沿着域名服务器链传递 DNS 报文的过程中,当一个域名服务器接收 DNS 应答时(包括如从主机名到 IP 地址的映射),它能将该应答中的信息缓存在本地存储器,即一旦(任何)域名服务器得知了某个映射,就将其缓存。例如,每当本地域名服务器 dns. njit. edu. cn 从某个域名服务器接收到一个应答,它能够缓存包含在该应答中的任何信息。如果在域名服务器中缓存了一个主机名/IP 地址对,另一个对相同主机名的查询到达该域名服务器时,该服务器能够提供所要求的 IP 地址,即使它不是该主机名的授权服务器。由于主机和主机名与 IP 地址间的映射不是永久的,所以在一定的时间间隔(通常设置为两天)后,域名服务器缓存的条目将会自动丢弃缓存的信息。

例如,假定主机 ced. njit. edu. cn 向 dns. njit. edu. cn 查询主机名 sina. com 的 IP 地址。此后,假定几个小时后,该大学的另外一台主机 jwc. njit. edu. cn 也向 dns. njit. edu. cn 查询相同的主机名。因为有了缓存,本地 DNS 服务器可以立即返回 sina. com 的 IP 地址,而不必查询任何其他 DNS 服务器。本地 DNS 服务器也可以缓存 TLD 服务器的 IP 地址,因而允许本地 DNS 绕过查询链中的根 DNS 服务器。

## 8.6　动态主机配置协议

把主机连接到 Internet,需要 IP 地址、子网掩码和邻近路由器(网关)地址三个要素。每当一个用户加入、移动或重新部署时,这三个要素必须经过重新配置。有两种方法为一台主机配置这些参数。一是手工配置,即由系统管理员手工为一台主机配置 IP 地址。二是利用动态主机配置协议(Dynamic Host Configuration Protocol,DHCP)。DHCP 是用来自动给客户机分配 TCP/IP 信息的网络协议,它被广泛应用于公司、大学和家庭网络等 LAN 中,以便动态地为主机分配 IP 地址。

### 8.6.1 DHCP 概述

早期的协议,如自举协议(BOOTP)允许无盘工作站在网络中远程启动。然而,BOOTP 没有彻底解决配置问题,因为 BOOTP 是一个静态配置协议而不是动态配置的。DHCP 构建于 BOOTP 之上,它提供了一种向主机分配临时 IP 地址的机制,最大化地利用了 IP 地址空间。

1. 动态主机配置协议

动态主机配置协议(DHCP)提供了一种在局域网内为主机动态指定 IP 地址的方法,称为即插即用联网(Plug and Play Networking)。系统管理员指定一定范围的 IP 地址,客户机则通过相应的 TCP/IP 软件从 DHCP 服务器获得 TCP/IP 配置信息,这一过程称为租用。用户租用 IP 地址是有时间限制的,但并没有具体规定租用期(Lease Period)应取多长或至少多长,这个数值由 DHCP 服务器自己决定。例如,一个校园网的 DHCP 服务器可将租用期设定为 1 h。DHCP 服务器在给 DHCP 发送的提供报文的选项中给出租用期的数值。按照 RFC 1533 的规定,租用期用 4B 的二进制数字表示,单位是 s。因此可供选择的租用期范围从 1s 到 136 年。DHCP 客户也可以在自己发送的报文(例如发现报文)中提出租用期要求。

在安装 TCP/IP 协议和使用 TCP/IP 协议进行通信时,有三个参数必须配置:IP 地址、子网掩码、缺省网关。这三个参数可以手工配置,也可以使用 DHCP 自动配置。DHCP 在快速发送用户主机网络配置方面很有用。当配置用户主机系统时,可以选择 DHCP,并不必输入 IP 地址、子网掩码、网关或 DNS 服务器。用户主机从 DHCP 服务器中检索这些信息。在批量改变系统的 IP 地址配置时,DHCP 也很有用途。如需重新配置所有系统,只需编辑服务器上的一个 DHCP 配置文件即可获得新 IP 地址集合。如果某机构的 DNS 服务器变化了,这种改变只需在 DHCP 服务器上而不必在用户主机上进行。一旦用户主机的网络被重新启动(或重新引导系统),改变就会生效。

DHCP 使用客户机/服务器工作模式。需要 IP 地址的主机在启动时就向 DHCP 服务器广播发送发现报文(DHCP Discover)(将报文的目的 IP 地址配置为全 1,即 255.255.255.255)。这时该主机就成为 DHCP 客户机,发送广播报文是因为现在还不知道 DHCP 服务器在什么地方,因此还要发现 DHCP 服务器的 IP 地址。由于这个主机目前还不知道自己属于哪个网络,即还没有自己的 IP 地址,因此它将 IP 数据报的源 IP 地址设为全 0。这样,在本地网络上的所有主机都能够收到这个广播报文,但只有 DHCP 服务器才对此广播报文进行应答。DHCP 服务器先在其数据库中查找该计算机的配置信息。若找到,则返回找到的信息。若找不到,则从服务器的 IP 地址池(Address Pool)中取一个地址分配给该计算机。DHCP 服务器的应答报文称为提供报文(DHCP Offer),表示提供了 IP 地址等配置信息。

2. DHCP 的分配形式

DHCP 分为两个部分:一个是服务器端,另一个是客户机端。所有的 IP 网络配置参数都由 DHCP 服务器集中管理,并负责处理客户机的 DHCP 要求;而客户机则会使用从服务器分配下来的 IP 环境参数。

首先必须至少有一台 DHCP 服务器工作在网络上面,侦听 DHCP 客户机请求,并与客户机协商 TCP/IP 协议的环境配置参数,DHCP 提供两种 IP 分配方式:

(1) 自动分配(Automatic Allocation) 指一旦 DHCP 客户机第一次成功地从 DHCP 服务器租用到 IP 地址之后,就永远使用这个地址。

（2）动态分配（Dynamic Allocation）　　当客户机第一次从 DHCP 服务器租用到 IP 地址之后，并非永久使用该地址，只要租约到期，客户机就释放这个 IP 地址，以便其他机器使用。当然，客户机可以比其他用户主机更优先延续租约，或租用其他的 IP 地址。

动态分配显然比自动分配更加灵活，尤其是当实际 IP 地址不足时，例如：某一 ISP 只能提供 200 个 IP 地址用来给拨号客户机，但并不意味着 ISP 的客户机最多只能有 200 个。因为，ISP 的客户机不可能全部在同一时间内上网。这样，ISP 就可以将这 200 个地址轮流租用给拨号接入的客户机使用。这也是为什么当查看 IP 地址时，会因每次拨号接入而有不同 IP 地址的原因了（除非申请的是一个固定 IP，通常的 ISP 都可以满足这样的要求，需要另外收费）。当然，ISP 不一定使用 DHCP 来分配地址，但这个概念与使用 IP Pool 的原理是一样的。

DHCP 除了能动态地设定 IP 地址之外，还可以将一些 IP 地址保留下来供一些特殊用途的机器使用，DHCP 也可以帮助客户机指定路由器、子网掩码、DNS 服务器、WINS 服务器等项目。配置时只需在客户机上面将 DHCP 选项打钩，几乎无需做任何 IP 环境设定。

## 8.6.2　DHCP 工作原理

DHCP 的详细工作过程视客户机是否是第一次登录网络，其工作形式会有所不同。如图 8–15 所示，以第一次登录为例介绍如下。

### 1. 寻找 DHCP 服务器

当 DHCP 客户机第一次登录网络的时候，也就是当客户机发现所在主机没有任何 IP 参数设定时，就用一个 UDP 报文以端口 67 向网络发出一个 DHCP Discover 报文。该 UDP 报文被封装在一个 IP 数据报中。但由于客户机这时还不知道自己属于哪一个网络，所以报文的源地址是 0.0.0.0，目的地址为广播地址 255.255.255.255，然后再附上 DHCP Discover 的信息，向网络进行广播。在 Windows 的预设

图 8–15　DHCP 的工作过程

情形下，DHCP Discover 的等待时间预设为 1s。也就是当客户机将第一个 DHCP Discover 报文发送出去之后，在 1s 之内没有得到应答，就会进行第二次 DHCP Discover 广播。客户机一共有四次 DHCP Discover 广播（包括第一次在内），除了第一次会等待 1s 之外，其余三次的等待时间分别是 9s、13s、16s。若一直得不到 DHCP 服务器的应答，客户机则显示错误信息，宣告 DHCP Discover 的失败。之后，基于使用者的选择，系统会继续在 5min 之后再重复一次 DHCP Discover 的过程。

### 2. 提供 IP 租用地址

当 DHCP 服务器侦听到客户机发出的 DHCP Discover 广播之后，会从那些还没有租出的地址范围内，选择最前面的空置 IP 地址，连同其他 TCP/IP 协议设定，回应给客户机一个 DHCP Offer 报文。

由于客户机在开始的时候还没有 IP 地址，所以在其 DHCP Discover 报文内会带有其 MAC 地址信息，并且有一个 XID 编号来辨别该报文，DHCP 服务器应答的 DHCP Offer 报文则会根据这些信息传递给要求租约的客户机。根据服务器的设定，DHCP Offer 报文会包含一个租约期限的信息。

### 3. 接受 IP 租约

如果客户机收到网络上多台 DHCP 服务器的应答,只会挑选其中一个 DHCP Offer(通常是最先到达的那个),并且向网络发送一个 DHCP Request 广播报文,告诉所有 DHCP 服务器它将接受哪一台服务器提供的 IP 地址。

同时,客户机还会向网络发送一个 ARP 报文,查询网络上面有没有其他机器使用该 IP 地址;如果发现该 IP 已经被占用,客户机则会送出一个 DHCP Decline 报文给 DHCP 服务器,拒绝接受其 DHCP Offer 报文,并重新发送 DHCP Discover 报文信息。

事实上,并不是所有 DHCP 客户机都会无条件接受 DHCP 服务器的 Offer,尤其是主机安装有其他与 TCP/IP 协议相关的客户软件时。客户机也可以用 DHCP Request 向服务器提出 DHCP 选择,而这些选择会以不同的号码填写在 DHCP Optionfield 里面。换一句话说,在 DHCP 服务器上的设定,客户机未必全部接受,也可以保留自己的一些 TCP/IP 协议设定。

### 4. 租约确认

当 DHCP 服务器接收到客户机的 DHCP Request 之后,会向客户机发出一个 DHCP ACK 应答,以确认 IP 地址租约正式生效,也就结束了一个完整的 DHCP 工作过程。

DHCP 非常适合于经常移动位置的计算机。如果便携计算机或任何类型的可移动计算机使用 Windows 操作系统,点击控制面板的网络图标就可以添加 TCP/IP 协议。然后点击"属性"按钮,在"IP 地址"项目下面有两种方法供选择,一种是"自动获得一个 IP 地址",另一种是"指定IP 地址"。若选择前一种,则表示配置使用 DHCP 协议。只要每个办公室都有一个允许它连网的 DHCP 服务器,就可以不必重新配置而在办公室之间自由移动。

### 5. 跨网络的 DHCP 运作

从前面的过程描述中,不难发现 DHCP Discover 是以广播方式进行的,其情形只能在同一网络内进行,因为路由器是不会将广播传送出去的。如果 DHCP 服务器安装在其他网络上,由于 DHCP 客户机还没有 IP 环境设定,所以也无法知道路由器地址。而且有些路由器也不会将 DH-CP 广播报文传送出去。因此在这种情形下 DHCP Discover 是永远没办法抵达 DHCP 服务器一端的,当然也不会发生 Offer 及其他动作了。其实,在每一个网络上都设置一个 DHCP 服务器并不可取,因为这样会使 DHCP 服务器的数量增多。解决这个问题的方法是用 DHCP Agent(或 DH-CP Proxy)主机来接管客户机的 DHCP 请求,并将此请求传送给真正的 DHCP 服务器,然后将服务器的应答传送给客户机。这里,Proxy 机自己必须具有路由能力,且能将双方的报文互传对方。

实际上,DHCP 报文只是 UDP 用户数据报的数据,还要加上 UDP 报头、IP 数据报报头,以及以太网的 MAC 帧的报头和报尾后,才能在链路上传输,其格式如图 8-16 所示。

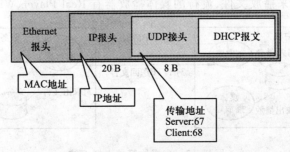

图 8-16　DHCP 报文封装格式

显然,若不使用 Proxy,就需要在每一个网路中安装 DHCP 服务器。但这样一来设备成本会增加,而且管理也比较分散。当然,在大型网路中,这样的均衡式架构还是可取的。

# 8.7　多媒体通信

目前,在 Internet 上已经开发了很多应用,归纳起来大致可分成两类:一类是以文本为主的数据通信,包括文件传输、电子邮件、远程登录、网络新闻和 Web 等;另一类是以声音和图像为主的通信。通常把任何一种声音通信和图像通信的网络应用称为网络多媒体通信应用。网络上的多媒体通信应用和数据通信应用相比有较大的差别:多媒体通信要求在客户端播放声音和图像时要流畅,声音和图像要同步,因此对网络的时延和带宽要求很高。而数据通信应用则把可靠性放在第一位,对网络的时延和带宽的要求不那么苛刻。多媒体通信技术的广泛应用不仅极大地提高了人们的工作效率,而且也改变了人们工作、生活、娱乐和教育方式。多媒体通信技术已广泛应用于社会的各个行业、各个领域,影响着人类的生活方式和生活质量。

## 8.7.1　何谓多媒体通信

媒体是指人与人之间实现信息交流的载体,也简称为介质。多媒体就是多重媒体的意思,可以理解为直接作用于人感官的文字、图形、图像、动画、声音和视频等各种媒体的统称,即多种信息载体的表现形式和传递方式。多媒体通信是指能同时提供多种媒体信息(如文本、图形、图像、音频、视频和动画等)的一种通信方式。它是多媒体技术、通信技术和计算机技术相结合的产物。也就是说,在多媒体通信过程中所传输和交换的是一个既有声音,又有图像,也可能还有文字、符号等多种信息的综合体,而且这些不同的媒体信息是相互联系、相互协调的。多媒体通信技术应具有良好的人机界面,并可以在时间轴上和空间域内进行随意加工处理,给人们提供综合的信息服务。

多媒体通信系统具有集成性、交互性和同步性 3 个主要特征。多媒体的集成性表现在多种信息媒体的集成和处理媒体的设备及系统的集成。交互性包括人机接口及用户终端与系统之间的应用层通信协议。同步性是指多媒体通信中传输过程及终端播放过程对多媒体信息能平滑同步。音频/视频点播是 Internet 上多媒体信息通信的一个典型示例。如图 8-17 所示是一种简单的多媒体音频/视频点播系统,用户通过浏览器请求存放在 Web 服务器上的压缩音频/视频文件。由于音频/视频文件并没有集成到客户端浏览器中,要通过一个称为媒体播放器(Media Player)的辅助应用程序来播放文件,流行的媒体播放器有 Real Player、Windows Media Player 等。

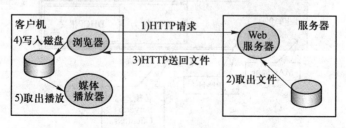

图 8-17　多媒体简单点播系统

如图 8-17 所示音频/视频点播系统的点播过程为：

（1）Web 浏览器建立到 Web 服务器的 TCP 连接，并发出请求音频/视频文件的 HTTP 请求报文。

（2）Web 服务器从本地磁盘取出音频/视频文件。

（3）Web 服务器向浏览器发送带有音频/视频文件的 HTTP 响应报文。

（4）浏览器将音频/视频文件存入本地磁盘。

（5）HTTP 响应报文的内容类型报头行声明了音频/视频文件的编码方式，客户机调用相应的媒体播放器，媒体播放器逐块取出文件并播放。媒体播放器是一个独立于浏览器而执行的程序，它在播放时对文件解压缩。

显然，这是一个比较简单的点播方案，存在的主要缺点是：媒体播放器必须通过一个中间 Web 浏览器才能与服务器实现交互，整个文件完全下载后媒体播放器才能进行播放，对于较长的文件来说，播放前的等待较长。一种改进的办法是直接建立播放器和 Web 服务器的连接并使用元文件（Meta File）。元文件提供音频/视频文件的信息，如 URL、编码类型等。当浏览器知道文件内容类型时，它就可以调用适当的媒体播放器。然后，媒体播放器直接与 Web 服务器通信，Web 服务器通过 HTTP 向媒体播放器传送文件，HTTP 使用传输层的 TCP 进行传送。在这种方式下，媒体播放器可以边接收边播放，但要通过 HTTP 和 TCP，传输可以准确无误但却不能及时，而且也不适用于多播环境。

为避开 HTTP 和 TCP，可以使用称为媒体服务器的专门服务器，将可存储的音频/视频文件传送到媒体播放器。媒体服务器使用适合音频/视频文件传输要求的多媒体传输协议，包括实时传输协议（Realtime Transport Protocol，RTP）、实时传输控制协议（Realtime Transport Control Protocol，RTCP）和实时流式协议（Real–Time Streaming Protocol，RTSP），可更好地得到边接收边播放的效果。

使用媒体服务器进行音频/视频播放需要两个服务器，如图 8-18 所示，一个是 Web 服务器，用于管理 Web 页面，包括元文件。另一个是媒体服务器，用于管理音频/视频文件。两个服务器可以运行于一个计算机系统中，也可以运行在两个独立的计算机系统中。在这种结构中，媒体播放器向媒体服务器而不是向 Web 服务器请求数据，它们之间不再采用 HTTP 和 TCP 协议，而是采用 RTP、RTCP 和 RTSP。另外，为了消除网络传输引起的抖动，常在客户机中使用一个缓存来暂存音频/视频流。

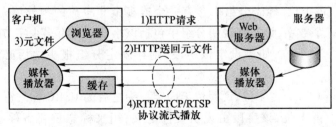

图 8-18　使用媒体服务器的多媒体点播系统

## 8.7.2　多媒体传输协议

早期设计的计算机网络是用来传送非实时信息的，如远程登录、电子邮件和文件传输等，采用的协议主要有 TCP/IP、SNA、DNA 等。这些传统网络协议，特别是 TCP/IP 协议在长期的应用过程中已形成了比较成熟和完善的体系结构,为计算机网络技术的发展起到了巨大的推动作用。但随着网络技术的不断发展,特别是多媒体通信业务需求的急剧增加,传统网络协议显得越来越力不从心,甚至成为网络应用技术向更高层次发展的障碍。与传统网络应用相比,多媒体通信网络最主要的新需求有:高带宽、实时传输、QoS保证和多播传送等。传统网络协议的推出比较早,在当时它们也无法预见到这些需求。在现有条件下,多媒体通信对音频/视频都采用了比较高效的压缩算法,能够以非常低的数据率传送较高质量的音频/视频信息,并且目前网络带宽也已得到很大提高。因而可以认为目前高带宽需求这个难题已基本解决,但传统网络协议很难满足多媒体通信对服务质量(QoS)、实时传输以及多点传送等要求。为了尽可能提高现有条件下多媒体数据的传输质量,需在传统TCP/IP协议的基础上引入新的网络传输协议。

1. 实时传输协议

为解决传统协议在处理分组交换网中的固有缺陷,如分组的时延、丢包和分组的无序或重复传送等,由IETF RFC 1889发布、后来被RFC 3550取代的实时传输协议(RTP),为在Internet上实时传送多媒体数据流提供了端到端的传输功能。RTP协议常用于流媒体系统(配合RTSP协议)、视频会议(Video Conferencing)和一键通(Push to Talk)系统,使之成为网络语音Voice over IP产业的技术基础。

RTP分组报头格式如图8-19所示。RTP分组报头通常为12个字节(前三行),而第4行(CSRC)仅在混合器处理净荷信息时使用。

图8-19　RTP分组报头格式

RTP分组报头各字段具体信息含义如下:

(1)版本(V)　占2位,标志RTP的版本。目前的版本号是2。

(2)填充(P)　占1位,标志分组中含有一个或多个非净荷的额外填充字节。填充字节的最后一个字节含有一个数字,该数字说明分组中包括该字节在内有多少字节需要忽略。

(3)扩展(X)　占1位,如果设定该字段,则在固定分组报头之后必须附加一个扩展的报头。

(4)CSRC计数(CC)　占4位,说明位于固定报头之后的CSRC标志符的个数。

(5)标志(M)　占1位,该字段由说明文件定义,用来标志重要事件,比如分组流中帧的边界。

(6)净荷类型(PT)　占7位,标志RTP净荷的格式,由具体的应用来决定。对于音频流,RTP净荷类型字段用于指示所使用的音频编码类型(如PCM、自适应增量调制、线性预测编码)。对于视频流,RTP净荷类型字段用于指示视频编码类型(如JPEG、MPEG1、MPEG2、H.261)。

(7)序号　字段长为16位。每发送一个RTP分组,该序号加1,而且接收方可用该序号来检测分组丢失和恢复分组顺序。序号初始值为一个随机数。

（8）时间戳 字段长为 32 位,用于标志 RTP 分组中第一个字节的采样时刻。采样时刻由时钟产生,并单调线性增加,因此可以根据时间戳的值来进行同步和计算抖动。时间戳初始值为一随机数。

（9）同步源标识符(SSRC) 字段长为 32 位,用于标志 RTP 流的源。随机选取 SSRC 的值,用来区分相同 RTP 会话中的各个同步源。SSRC 说明了数据在何处被合并,如果只有一个数据源,则用来标志该数据源。

（10）参与源标识符(CSRC) 字段长为 32 位,含有 0~15 个 CSRC 选项,用于说明分组中净荷的参与源。该标志的值由 CC 字段决定。

2. 实时传输控制协议

RFC 1889 同时定义了实时传输控制协议(RTCP),用来与 RTP 一起提供流量控制和拥塞控制服务,负责监视业务流传输情况,在当前应用进程之间交换控制信息,把传输情况发送给所有与会者。RTCP 用于管理传输质量和提供 QoS 信息。在 RTP 会话期间,各参与者周期性地传送 RTCP 分组,RTCP 分组中含有已发送的数据分组的数量、丢失的数据分组的数量等统计资料。因此,服务器可以利用这些信息动态地改变传输速率,甚至改变有效载荷类型。当应用程序开始一个 RTP 会话时将使用两个端口:一个给 RTP,一个给 RTCP。RTCP 和 RTP 一起提供流量控制和拥塞控制服务,能以有效的反馈和最小的开销优化传输性能,故特别适合在网络中传输实时数据。

RTCP 协议定义了几种不同类型的分组,用来传送不同类型的控制信息。RTCP 的分组类型包括:

（1）发送者报告(Sender Report,SR) 用于分发当前活动发送者的发送和接收活动的统计。发送者报告 SR 分组可能含有一个发送者报告或多个接收者报告。发送者报告包含的信息有背景时钟时间,该时间由网络定时协议的时间戳来决定。时间戳是从 1960 年 1 月 1 日 0 时起所经过的秒数,这是与 RTP 时间戳相同的时刻。利用这种一致性可以实现内部和外部传输媒体的同步。发送者报告中给出了传送 RTP 分组的个数,以及从传送开始,发送者总共传送的净荷字节数。

（2）接收者报告(Receiver Report,RR) 用于分发非活动发送者接收统计。每个接收者报告 RR 包含了单个同步源的统计信息,主要有:从发送上一个 SR 或 RR 分组开始,RTP 数据分组丢失的个数;从接收数据开始,RTP 分组累积丢失的个数;所接收的扩展字段的最大序列号;抖动间隔;最后的 SR 时间戳,以及最后一个 SR 发送后的延时。

（3）数据源描述(Source Description,SDES) 提供数据源描述项,它包含参加者的规范名称,如 CNAME、电子邮件、名称、电话号码和应用工具/版本等。

（4）结束 BYE 表示发送者结束会话,关闭一个数据流。

（5）应用程序自定义的分组(Application Specific,APP) 使应用程序能够定义新的分组类型。

会话中的所有参与者都发送 RTCP 分组,不同的 RTCP 分组组合在一起形成一个综合分组再发送。一个综合分组至少包括两个分组,一个报告分组(Report Packet)和一个数据源描述(SDES)分组。

### 3. 实时流式协议

实时流式协议(RTSP)是由 RealNetworks 和 Netscape 公司共同提出的 RFC 2326。该协议定义了一对多应用程序如何有效地通过 IP 网络传送多媒体数据。RTSP 在体系结构上位于 RTP 和 RTCP 之上,用来控制和传送实时内容。RTSP 提供了一个可扩展框架,使实时数据(如音频与视频)的受控、点播成为可能。基于 RTSP 播放的数据流被分成许多数据包,数据包的大小很适用于客户机和服务器之间的带宽。当客户机已经接收到足够多的数据包之后,用户软件就可开始播放一个数据包,同时对另一个数据包解压缩和接收第三个数据包。RTSP 能够与资源保留协议一起使用,用来设置和管理保留带宽的流式会话或者广播。

RFC 2326 指出,RTSP 是应用级的实时流式协议,主要目标是为单目标广播和多目标广播上的流式多媒体应用提供稳定的播放性能,以及支持不同厂家提供的客户机和服务机之间的协同工作。RTSP 信道有点像 FTP 的控制信道,而语法操作与 HTTP 协议相似。RFC 2326 还规定,RTSP 控制分组既可在 TCP 上传送,也可在 UDP 上传送。

HTTP 与 RTSP 相比,HTTP 传送 HTML,而 RTSP 传送的是多媒体数据。HTTP 请求由客户机发出,服务器作出响应。使用 RTSP 时,客户机和服务器都可以发出请求,即 RTSP 可以是双向的。RTP 不像 HTTP 和 FTP 那样可完整下载整个影视文件,而是以固定的数据传输速率在网络上发送数据,客户机也是按照这种数据传输速率播放影视文件。当影视画面播放过后,就不可以再重复播放,除非重新向服务器要求数据。而 RTSP 是一种双向实时数据传输协议,它允许客户机向服务器发送请求,如回放、快进、倒退等操作。RTSP 可基于 RTP 来传送数据,还可以选择 TCP、UDP、多播 UDP 等通道来发送数据,具有很好的扩展性。它是一种类似 HTTP 协议的网络应用层协议。

### 4. 实时传输协议的网络应用程序设计

RTP 与 RTCP 协议是 Internet 上针对多媒体数据流的一种传输协议。通常,RTP 使用 UDP 来传送数据,但也可以在 TCP 协议或 ATM 等其他协议之上工作。在发送端,RTP 从上层接收多媒体信息编码数据,并附加上 RTP 报头信息(包括净荷类型、序号和时间戳)组装成 RTP 数据分组,然后把 RTP 分组封装在 UDP 数据报中,再将 UDP 数据报递交给 IP 层。在接收端,从 UDP 数据报中提取出这个 RTP 分组,然后从 RTP 分组中提取出多媒体信息编码数据,并将这个编码数据传递给媒体播放器解码和显示。RTP 分组没有长度限制,它的最大分组长只受下层协议的限制。

假设应用是多方语音会议。语音的端到端分组传输涉及许多方面,如编解码、分组传输、缓冲、同步和控制等。在这类应用中,RTP 需要完成的任务有:打包媒体数据,通过下层协议的服务传输到目的端;设置编码方式字段,用于编解码算法的协商;设置会话标识符字段,将在开放网络上传输的多个会议的报文逻辑隔离;设置报文序号字段,用于接收端重构语音;设置时间戳字段,用于语音的同步。RTCP 需要执行的操作包括:控制信息的载体,周期性地向会议组内成员发送反馈信息,携带会议成员的身份信息。

一般有两种方法用于设计 RTP 的网络应用。一是程序设计者手工加入 RTP,也就是自行编写出在发送端完成 RTP 封装、在接收端完成 RTP 解封装的程序代码。二是应用现有的 RTP 库(C 语言)或 Java RTP 类来完成封装和解封装工作。若使用 Java RTP 类来实现 RTP 操作,可设想在应用层和传输层之间有一个 RTP/UDP API,向 API 发送多媒体信息编码数据包即可。而且,在 Java 语言中有多种处理多媒体的途径,其中专门提供了一个开发多媒体应用框架(Java Media Framework,JMF),它包括了完整的 RTP 操作实现。

### 8.7.3 IP 电话

IP 电话就是指在 IP 网络上打电话,它的出现时间虽然较短,但其发展态势却不可低估。最早推出 IP 电话服务的是美国的 IDT 通信公司,该业务自 1997 年开通以来已经吸引了上百万用户,已扩大到全美 55 个城市,并开始拓展到世界各地。目前,IP 电话业务在世界各地都呈现出蓬勃发展之势。

1. IP 电话简介

IP 电话是传统电信网与计算机网络结合的产物。所谓 IP 电话,又称网络电话,是指以 Internet 作为传输媒体的电话系统。IP 电话最早是以客户机软件形式出现的。1995 年 2 月,Vocal Tec 公司首次推出了在 LAN 上使用的 IP 电话客户机软件。在此后几年时间内,IP 电话飞速发展,先后经历了 PC 机到 PC 机、PC 机到电话、电话到电话几个阶段,以及目前正在研究的基于 IP 电话平台的多种增值业务。IP 电话以数字为媒体,占用资源少,成本和价格低廉。利用 IP 电话打国际长途电话的费用是传统电话的 $1/5 \sim 1/10$。同时,IP 电话与图片、视频等结合在一起,可以开通传真、广播、电视等业务。因此,IP 电话的市场前景极为广阔。IP 电话最初吸引人是由于使用 Internet 平台传递实时语音信息,由于 Internet 的特性,决定了这种应用费用低廉。但随着技术的发展和新兴 IP 电话业务提供商(ITSP)、厂商的推动,IP 电话越来越向提供多种增值业务的方向发展,如使用统一平台提供 Web 800 Web Call Center、Call Waiting 等。

根据 IP 电话连接方式的不同,有 PC 机到 PC 机、PC 机到电话、电话到 PC 机和电话到电话等实现方式。目前,用于 IP 电话的协议有两套,一套是 ITU – T 提出的 H.323 协议,另一套是 IETF 的会话发起协议(Session Initiation Protocol,SIP)。H.323 协议应用广泛,但比较复杂;SIP 简单,比较有发展前途。

2. H.323 协议

ITU – T 从 1995 年 5 月开始制订多媒体会议业务的信令协议标准,1996 年 12 月,负责多媒体信令的第 16 研究组(SG16)通过了第一版 H.323v1。尽管 H.323v1 原本是为分组局域网上的多媒体会议系统而设计,但人们从一开始就将 H.323 用于广域网,结果 H.323 取得了成功并马上受到广泛重视。H.323 标准从一开始就重视与传统公共电话 PSTN 网互连互通,其中 H.225 中呼叫控制部分和 H.245 借用了已有的 ITU 的窄带视频 H.320、H.324 协议群的 H.221 和 H.242。

1998 年 1 月发布的 H.323v2 克服并完善了 H.323v1 的一些不足,增加了快速连接机制 FAST – CONNECT 和 H.245 的隧道机制,提出了补充业务架构 H.450 系列协议和安全架构 H.235 协议。1999 年 9 月发布的 H.323v3 增加了支持 UDP 和一些 H.323/H.245 的附件以及 H.450.4 ~ H.450.7 协议。2000 年 11 月发布的 H.323v4 增加了一系列电信运营所要求的重要功能,包括 H.323 系统的可靠性、可扩展性和灵活性。2003 年 9 月发布的 H.323v5 的目标是追求协议稳定和通用扩展的平衡,采用通用扩展架构 GEF 模型来扩充新的功能,H.460 系列标准正是这种通用扩充能力的体现。

(1) H.323 系统组成

　　H. 323 定义了在局域网上进行视听通信所必需的设备、规程和协议,适用于各种网络,包括局域网、城域网、广域网以及 Internet。H. 323 协议标准主要描述了由终端、网关、关守、多点控制单元组成的多媒体网络的系统架构。如图 8-20 所示是 H. 323 IP 电话系统结构示意。

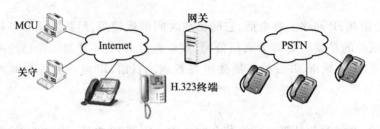

图 8-20　H. 323 IP 电话系统结构

　　① H. 323 终端(Terminal)指遵守 H. 323 协议,能提供实时性、双向通信的多媒体通信设备,可以是一个 PC 机,也可以是运行 H. 323 程序的单个设备。制订 H. 323 的主要目的是要建立与其他类型终端的互通性。H. 323 终端类型包括:窄带综合业务数字网的 H. 320 终端、宽带综合业务数字网的 H. 321 终端、Ethernet 的 H. 322 终端、公共交换电话网(PSTN)的 H. 324 终端和异步传输模式(ATM)的 H. 310 终端。

　　② 网关(Gateway)是实现异种终端之间互通性所必需的网络与信令的翻译设备。它将 IP 电话系统与 PSTN 进行互连,提供 H. 323 会议结点设备与其他 ITU 标准相兼容的终端之间的转换功能,包括传输格式的转换(例如 H. 225.0 和 H. 221)和通信规程的转换(例如 H. 245 和 H. 242)。虽然网关不提供局域网上可视电话业务质量的保障机制,然而它却提供一些评价和控制业务质量的手段。H. 323 规定,控制信道和数据信道使用可靠的传输服务,如 TCP;而音频和视频的实时信道则使用更有效的传输服务,如 UDP。信号的不稳定、包丢失、网络拥塞都对这些不可靠信道造成很大影响,从而降低了业务质量。

　　③ 关守(Gatekeeper)也称为守门人,相当于整个 H. 323 网络的大脑,提供定位和信令功能,并负责协调与 PSTN 连接的网关操作。在 H. 323 系统中,关守是一个可选项,向 H. 323 终端和网关提供呼叫控制服务,主要有两项重要功能。一是地址翻译,如将终端和网关的别名翻译成 IP 或 IPX 地址。二是带宽管理,如网络管理员可定义同时参加会议用户数的门限值。这将使整个会议所占有的带宽限制在网络总带宽的某一可行范围内,剩余部分则留给 E-mail、文件传输和其他协议。关守的其他功能包括访问控制、呼叫验证、网关定位等。虽然从逻辑上,关守和 H. 323 结点设备是分离的,但是生产商可以将关守的功能融入 H. 323 终端、网关和多点控制单元等物理设备中。

　　④ 多点控制单元(MCU)提供多个 H. 323 终端的音频视频会议业务。在 H. 323 系统中,一个 MCU 由一个多点控制器(MC)和一个或多个多点处理器(MP)组成,但也可以不包含 MP。MC 处理终端间的 H. 245 控制信息,从而在终端间交换视频和音频处理能力。在必要情况下,MC 还可以通过判断哪些视频流和音频流需要多点广播来控制会议资源。MC 并不直接处理任何媒体信息流,而是将它留给 MP 来处理。MP 对音频、视频或数据信息进行混合、切换和处理。MC 和 MP 可能存在于一台专用设备中或作为其他 H. 323 组件的一部分。

　　(2) H. 323 协议体系结构

H. 323 系列标准是 ITU–T 专门为分组交换网络设计的多媒体会议标准,它使用 TCP/IP、RTP/RTCP 以及 RSVP 等协议来支持视频、音频和数据在分组交换网络中的实时编码和传输。例如,在使用 TCP 传输数据的过程中,可以利用 UDP 来传送音频。H. 323 协议体系的分层结构如图 8-21 所示,主要包括以下四类协议。

① 系统控制与管理协议,包括 H. 323、H. 245 和 H. 225.0。Q. 931 和 RTP/RTCP 是 H. 225.0 的主要组成部分,系统控制是 H. 323 的核心。

② 音频编解码协议,包括 G. 711(必选)、G. 722、G. 728、G. 723、G. 729 等协议。编码器使用的音频标准必须由 H. 245 协议协商确定。

③ 视频编解码协议,主要包括 H. 261 协议(必选)和 H. 263 协议。H. 323 系统中视频功能是可选的。

④ 数据会议,其标准是多媒体会议数据协议 T. 120。

| 音/视频应用 | 终端控制与管理 | | | | 数据 |
|---|---|---|---|---|---|
| G.nnn、H.261、H.263 | RTCP | H.225.0 (RAS) | H.225.0 呼叫信令 | H.245逻辑信道信令 | T.120 |
| RTP | | | | | |
| UDP | | TCP | | | |
| 网络层 | | | | | |
| 数据链路层 | | | | | |
| 物理层 | | | | | |

图 8-21　H. 323 协议体系结构

H. 323 协议体系是一种兼顾传统 PSTN 呼叫流程和 IP 网络特点发展成熟的开放标准体制,代表着电信多媒体业务的大潮流。它的特别之处是吸取了许多电信网的组网、互连和运营经验,能与 PSTN 网、窄带视频业务以及其他数据业务网互连互通。这正是自 1996 年以来,H. 323 多媒体业务被广泛应用的一个重要原因。

(3) H. 323 系统的通信

H. 323 系统的通信呼叫信令过程主要分为以下几个步骤:

① 呼叫建立　呼叫的建立过程使用 H. 225.0 所定义的呼叫控制信息进行,它涉及三条信令信道:RAS 信令信道(端点注册、准许控制和状态查询)、H. 225 呼叫信令信道和 H. 245 信令信道。通过三条信道的协调才使得 H. 323 的呼叫得以进行,呼叫建立过程和媒体参数的协商过程是分开进行的,呼叫建立过程较长。呼叫的发起可以是 H. 323 域中的任意一个端点设备。首先,由呼叫方向关守发出呼叫请求信息,请求的数据包含一个序列号、呼叫类型、目的信息等,经过关守同意呼叫后,主叫方通过关守返回消息中提供的 H. 225 信令信道地址与对方建立 H. 225 信令连接,H. 225 信令交换完毕后,呼叫建立。根据 H. 225 交换过程中得到的 H. 245 信道地址,与对方进行 H. 245 控制信令通信,通过媒体协商,建立多信道的媒体传输。

② 初始通信和能力交换　一旦双方完成呼叫建立过程,端点设备将首先建立 H. 245 控制信道,然后再按照 H. 245 建议,在控制信道上进行能力交换,决定双方的主从关系,继而打开媒体信道(如视频、音频或数据信道)。

③ 视听通信的建立　视听逻辑信道建立之后,就可以开始通过它们进行正常的视频、音频通信了。

④ 呼叫服务(带宽变化、状态变化等)　在通信过程中,关守还负责一系列的呼叫服务,如带宽的改变、状态的改变、会议的扩展等。

⑤ 呼叫终止　任意一个终端设备都可以按照规定的程序进行终止呼叫,但终止呼叫并不

等于终止一个会议。

采用 H. 323 技术体制,VoIP 运营商可以基本上继承传统运营商的管理和运行维护模式,这对中国、东南亚等国家组建 VoIP 网络特别重要。在中国,运营商组建的 H. 323 VoIP 和视频业务网都是全国性网络,对网络的扩展性和稳定性要求极高,组网必须多层多域,覆盖城市多达数百个,每个月的话务量在几亿分钟以上。对于组建这样的大型网络,H. 323 协议体系是适合和成功的。

3. 会话起始协议

会话起始协议(SIP),是由 IETF 组织于 1999 年提出的一个基于 IP 网络中实现实时通信应用的一种信令控制协议。而所谓会话(Session)就是指在应用层面用户之间的数据交换,SIP 是会话的操作协议。在基于 SIP 协议的应用中,会话数据的类型多种多样,可以是普通的文本数据,也可以是经过数字化处理的音频、视频数据,还可以是诸如游戏和多媒体会议等应用的数据。因此,SIP 的应用具有巨大的灵活性和潜力空间。SIP 定义了对多媒体会话进行控制的信令过程,包括会话的建立、拆除和修改等,可以用来构建 IP 电话系统。目前已成为 IP 多媒体通信系统最有发展潜力的会话控制协议。3GPP 已决定使用 SIP 作为第三代移动通信系统多媒体域的控制协议。Microsoft 也在其新版本的 MSN 中集成了对 SIP 协议的支持,逐渐抛弃了使用 H. 323 协议的 Netmeeting 系统。

(1) SIP 的基本结构

SIP 是 IETF 标准进程的一部分,是在诸如 SMTP 和 HTTP 基础之上建立起来的。SIP 是一种基于客户机/服务器模式的协议,用来建立、改变和终止基于 IP 网络的用户间的呼叫,这一点与 HTTP 协议相似。其中客户机是指为了向服务器构建、发送 SIP 请求而建立信令关系的逻辑实体(应用程序),服务器是用于处理由客户机发出的 SIP 请求提供服务并回送应答的逻辑实体(应用程序)。

在 SIP 中有用户代理和 SIP 服务器两个要素。

① SIP 用户代理  SIP 通信的基本元素是用户代理(UA)。UA 是呼叫的终端系统元素。SIP 多媒体通信的主体是用户,其实践的逻辑实体是用户代理。UA 的物理体现是用户的终端设备或应用,它可以是用户的 IP 电话、PC 机、手机,还可以是 PC 机中的一个应用软件。显然,在 SIP 通信中,一个用户可以拥有多个 UA。UA 是 SIP 通信中的必有逻辑实体。SIP 通信机制采用客户机/服务器模式。UA 既要代表用户发送 SIP 请求也要响应其他 SIP 网元的 SIP 请求。所以,UA 既含客户机也含服务器,它们分别称为 UAC 和 UAS。UAC 和 UAS 是 SIP 协议机制和通信模型的最小逻辑实体,所有 SIP 消息的交互过程都是基于成对的 UAC 和 UAS 而完成的。

② SIP 服务器  SIP 服务器是处理与多个呼叫相关联信令的网络设备。SIP 有 SIP 代理服务器、SIP 重定向服务器和 SIP 注册服务器 3 类可选用,用来强化 SIP 通信在网络中的功能。但 SIP 通信模型并不依赖它们,它们只是在 SIP 组网时可选用的服务器。

SIP 代理服务器(SIP Proxy Server)  SIP 代理服务器是一个中间元素,它既是一个客户机又是一个服务器,能够代理前面的客户机向下一跳服务器发出呼叫请求。SIP 代理服务器主要用于 SIP 报文的路由控制,它自身并不主动发起请求,只是代表其他客户机转发请求,当接到 SIP 请求时联系 UA,并代表其返回响应。SIP 代理服务器除了路由能力外,也可以集成防火墙、Radius(AAA)等功能。

SIP 重定向服务器(SIP Redirect Server)  与 SIP 代理服务器不同,SIP 重定向服务器是一个规划 SIP 呼叫路径的服务器,在获得了下一跳的地址后,立刻告诉前面的客户机,让该客户机直接向下一跳地址发出请求而自己则退出对这个呼叫的控制。SIP 重定向服务器只是一个 UAS，接收 SIP 请求后，把请求中的原地址映射成零个或多个新地址，返回给客户机。

　　SIP 注册服务器（SIP Registrar Server）SIP 注册服务器用来完成对 UAS 的登录，在 SIP 系统的网元中，所有 UAS 都要在某个注册服务器中登录，以便客户机通过服务器能找到它们。注册服务并不做请求身份认证的判定。在 SIP 中授权和认证可以通过建立在基于请求/应答模式上的上下文相关的请求来实现，也可以使用更底层的方式来实现。

　　（2）SIP 报文格式

　　SIP 报文包括请求报文和响应报文，两者具有相同的报文格式。SIP 报文是 UAC 和 UAS 之间通信的基本信息单元，采用的是基于 UTF - 8 的文本编码格式，语法信息以扩展 Backus - Naur 形式（EBNF）描述，报文格式遵循 RFC 2822。

　　① 请求　从客户机到服务器的请求。SIP 请求报文包含三个元素：请求行、头、消息体。

　　② 响应　从服务器到客户机的响应。SIP 响应报文包含三个元素：状态行、头、消息体。

　　其中，SIP 报文头用于 SIP 呼叫的建立（信令），SIP 报文体用于呼叫的描述。SIP 报文头和 SIP 报文体相对独立，以保证 SIP 呼叫建立和呼叫描述的独立性。SIP 报文的通用格式是：

Generic - message ＝ start - line

　* message - header

CRLF

[ message - body ]

start - line：SIP 报文起始行。

　* message - header：多个头域。

其中，CRLF：空行，表示报文头域的结束

message - body：报文体部分。

　　SIP 的报头行则描述了 SIP 交互的内容。请求行和头域根据业务、地址和协议特征定义了呼叫的本质，报文体独立于 SIP 协议并且可包含任何内容。

　　（3）SIP 方法

　　SIP 的方法是 SIP 请求命令的类别及方法。SIP 的方法是 SIP 机制的基本概念，它定义了 SIP 交互的类型和形式。SIP 协议定义了六个基本的管理类型和 7 种扩展。基本的管理类型被称为方法（Methods），表 8-8 列出了 6 个基本的 SIP 方法，其中 INVITE 和 ACK 是最基本的方法，用于发起呼叫。

表 8-8　基本的 SIP 方法

| 方　　法 | 用　　　　途 |
|---|---|
| INVITE | 呼叫建立：邀请某个用户参与呼叫 |
| ACK | 确认客户机已经接收到对 INVITE 的最终响应 |
| BYE | 终止呼叫，通话结束 |
| CANCEL | 未应答请求取消（若请求已完成，则本方法无效） |
| REGISTER | 提供地址解析的映射，让服务器知道其他用户的位置 |
| OPTIONS | 请求关于服务器能力的信息 |

由于 Internet 的飞速发展,在最近两年内,SIP 已经开始被 ITU – T SG16、ETSI TIPON(欧洲标准化组织)、IMTE 等各种标准化组织所接受,并在这些组织中成立了与 SIP 相关的工作组。在 3GPP 中使用 SIP 标准来支持语音和数据是 SIP 协议得以发展的一个重要原因,SIP 可以对语音进行很好的优化,并且由于它的可编程性,使移动业务可以很好地应付灵活性和多样性的变化。SIP 能够对手机、PDA 等移动设备提供良好的支持,对于在线即时交流、语音和视频数据传输等多媒体应用也能够很好地完成。

## 8.8　进程间的网络通信

应用进程间的网络通信指的是位于两台计算机上两个应用进程通过网络交换信息的过程。应用进程通过应用程序编程接口(Application Programming Interface,API)访问操作系统内核。各种应用程序(包括系统的和用户的)一般都是程序员在 API 上编程实现的。作为目前 Internet 上最为流行的编程语言,Java 语言对 TCP/IP 协议提供了全面的支持,并且由于 Java 语言的网络特性,使得编写网络通信应用程序非常简单和便捷。

### 8.8.1　系统调用和应用编程接口

客户机/服务器模式是网络应用程序通过计算机网络进行通信时所采用的基本模式。在构建网络应用程序前应考虑应用程序如何使用协议软件来进行通信。在操作系统的术语中,进行通信的是进程(Process)而不是程序。当然,进程可以被认为是运行在端系统中的程序。当通信进程运行在相同的端系统中时,它们使用进程间的通信机制进行相互通信。进程之间的通信规则由端系统上的操作系统确定。在计算机网络通信中,主要关注运行在不同端系统(可能具有不同的操作系统)上的通信。不同端系统上的进程通过跨计算机网络交换报文(Message)而相互通信。发送进程创建并向网络中发送报文,接收进程接收这些报文并可能负责回送报文,即运行在不同主机上的进程使用应用层协议进行通信。

1. 系统调用

所谓系统调用是指调用操作系统内核中子程序的操作。在操作系统内核中通常设有一组用于实现各种系统功能的子程序,用户可以通过系统调用命令在自己的应用程序中调用这些子程序。因此,系统调用是应用程序与操作系统之间交换控制权的一种机制。从某种程度上来看,系统调用与普通的函数调用类似,区别仅在于系统调用由操作系统内核提供,运行于核心态;而普通函数调用是由函数库或用户自己提供的,运行于用户态。图 8–22 说明了应用进程使用系统调用的机制。

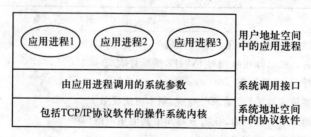

图 8–22　多个应用进程使用系统调用的机制

由图8-22可知,当某个应用进程启动系统调用时,控制权就从应用进程传递给了系统调用接口。此接口再将控制权传递给计算机的操作系统。操作系统将此调用传给某个内部过程,并执行所请求的操作。内部过程一旦执行完毕,控制权就通过系统调用接口返回给应用进程。总之,只要应用进程需要从操作系统获得服务,就将控制权传递给操作系统,操作系统在执行必要的操作之后将控制权返回给应用进程。因此,系统调用接口实际上就是应用进程的控制权和操作系统的控制权进行转换的一个接口。

实际上,许多习以为常的C语言标准函数,在操作系统平台上的实现都是靠系统调用来完成的。要想深入了解系统底层的工作原理,基本要求是掌握各种操作系统调用;若要想成为编程高手,则需要熟悉对各种操作系统的调用。

2. 应用编程接口

一般情况下,应用进程在使用系统调用之前需要编写一些程序,特别是需要设置系统调用中的许多参数,因此,常把系统调用接口称之为应用编程接口(API)。从程序设计的角度,API定义了许多标准的系统调用函数,应用进程只要调用这些标准的系统调用函数就可以得到操作系统的服务。

由于TCP/IP协议被设计成能运行在多种操作系统的环境中,因而已有几种可供应用程序选择使用TCP/IP的应用编程接口。其中,最著名的是美国加利福尼亚大学伯克利分校为Berkeley UNIX操作系统定义的一种API,称为套接字接口(Socket Interface);Microsoft公司在其操作系统中采用的API,称为Windows Socket。

Berkeley UNIX操作系统定义的套接字接口是一组用来结合UNIX I/O函数创建网络应用的函数,如表8-9所列,大多数现代系统都能实现它,包括所有的UNIX变种、Windows和Macintosh系统。

表8-9 **Berkeley UNIX定义的套接字接口**

| 原 语 | 功 能 |
|---|---|
| socket( ) | 客户机和服务器使用socket( )创建一个套接字描述符 |
| bind( ) | 为套接字设置本主机的IP地址和端口号 |
| listen( ) | 表示该套接字愿意接收连接请求,并设置等待队列的长度 |
| accept( ) | 服务器通过调用accept( )函数等待来自客户机的连接请求 |
| connect( ) | 客户机通过调用connect( )函数来建立与服务器的连接 |
| send( ) | 在建立好的连接上发送数据 |
| receive( ) | 从建立好的连接上接收数据 |
| close( ) | 释放一个连接 |

3. 基于套接字的通信

应用进程之间是通过端口与传输层进行交互的。为了能让一台主机上的进程向另一台主机上的进程发送报文,发送进程必须能够识别接收进程。为了识别接收进程,通常要定义两种信息:一是该主机的名称或地址,二是用来指定目的主机上接收进程的标志。因此,在编写网络通信程序时,常把套接字作为应用进程与传输层协议的接口。图 8-23 表示应用进程通过套接字相互通信的情况。图中,套接字以上的进程受应用程序控制,而套接字以下的传输层协议软件则受操作系统的控制。也就是说,程序设计者对套接字以上的应用进程有完全的控制权,如选择传输层的协议(TCP 或 UDP)及一些参数,如最大存储空间、最大报文长度等。

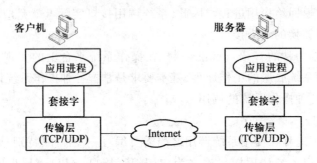

图 8-23　应用进程通过套接字相互通信示意

　　当应用进程需要使用网络进行通信时,就发出一个系统调用,请求操作系统为其创建一个"套接字",其效果是请求操作系统把网络通信所需要的一些系统资源(如存储空间、CPU 时间和网络带宽等)分配给应用进程。操作系统将这些资源的总和用一个描述符来表示,然后把这个描述符返回给应用进程。此后,应用进程所进行的网络操作(建立连接、收发数据、调整网络通信参数等)都必须使用这个套接字描述符。所以,几乎所有的网络系统调用都把这个套接字描述符作为套接字参数的第一个参数。当通信完毕后,应用进程通过关闭套接字的 close 系统调用,通知操作系统回收与该套接字描述符相关的所有资源。由此可见,套接字是应用进程为获得网络通信服务与操作系统进行交互时使用的一种机制。

　　根据网络通信的特性,套接字可以分为流套接字、数据报套接字和原始套接字 3 种类型。

　　(1)流套接字　它是面向连接的,主要用于 TCP 协议,它提供了双向、有序、无重复且无记录边界的数据流传输服务。

　　(2)数据报套接字　它是无连接的,主要用于 UDP 协议,它虽然支持双向的数据流但不保证数据传输的可靠性、有序性和无重复性。

　　(3)原始套接字　它主要用于访问底层协议,例如 IP、ICMP 与 IGMP 等协议。原始套接字可以保存 IP 包中的完整 IP 报头;流套接字、数据报套接字不保留 IP 包中的 IP 报头,而只是将接收的 IP 包存储或转发出去。

## 8.8.2　网络通信程序设计实例

　　在 Internet 应用中,通信双方相互作用的主要形式是客户机/服务器模式,即客户机向服务器发出服务请求,服务器收到请求后,提供相应的服务。客户机和服务器并不特指计算机,而是计算机中的应用进程。因此,把通信的双方表示为客户机和服务器应用进程,意味着进行网络通信的前提是必须有服务器和客户机程序同时在执行。

　　在进行网络通信的时候,通信的双方使用所谓的套接字进行通信。也就是说,在网络通信编程时,通信双方采用套接字的概念。套接字已经成为当前流行的网络通信应用程序接口之一。在诞生于 Internet 时代的 Java 语言中,TCP/IP Socket 连接是用 java.net 包中的类来实现的。在此简要介绍用 Java 语言编写简单网络通信程序的方法,以深化对 TCP/IP 协议的理解。之所以选择 Java 语言作为网络编程语言,是因为用 Java 编写的网络通信程序结构清晰简洁、代码量少、容易理解,而且用 Java 语言开发网络应用程序变得越来越流行,将来甚至可能变成标准。

### 1. 基于 URL 通信编程示例

Java 语言用 java. net. URL 类来表示以及描述 URL。在 URL 类中使用 String 类型描述网络的 URL,用以指向网络主机上的文件名字。创建 URL 对象之后,可以通过它来访问指定的 Web 资源。这可通过调用 URL 类的 openStream( ) 方法与指定的 URL 建立连接并返回一个 InputStream 类的对象,把访问网络资源的操作变成 I/O 操作。

例如,通过 URL 对象访问 Web 资源的程序代码如下。

```
import java. io. * ;
import java. net. * ;
public class URL1 {
    public static void main( String[ ] args) throws IOException {
        URL url1 = new URL( "http://www. njit. edu. cn") ;
        InputStreamReader isr = new;
InputStreamReader( url1. openStream( ) ) ;
        BufferedReader br = new BufferedReader( isr) ;
        String s;
    while ( ( s = br. readLine( ) )! = null)
        System. out . print( s) ;
    br. close( ) ;
}
}
```

该例程的输出是 URL 指定的 HTML 页面的源代码。由于代码比较简单,不再解释。

### 2. TCP 套接字编程

网络应用程序由成对的进程组成,这些进程通过网络相互发送报文。例如在 Web 应用程序中,一个客户机浏览器进程与一个 Web 服务器进程交换报文。对于每对通信进程,通常将之称为客户机/服务器。在给定的一对进程之间的通信会话中,主动启动通信的应用进程称为客户机(Client),而被动等待通信的应用进程称为服务器(Server)。例如,在 Web 中,一个浏览器向某 Web 服务器进程发起连接,因此该浏览器是一个客户机,而该 Web 服务器进程是一个服务器。

套接字在客户机/服务器应用程序中起到了核心作用,因此客户机/服务器应用程序的开发设计也称为套接字编程。在进行网络通信的时候,通过创建套接字来建立进程之间的连接。首先,在服务器端创建侦听套接字,用来等待客户机请求。客户机创建套接字向服务器发送请求。其次,服务器接收请求后,创建连接套接字与客户机通信。最后,当通信结束时,需要双方都关闭 Socket。

当进程通过网络进行通信时,Java 使用流模式。所谓流(Stream)是指流入和流出进程的字符序列。对一个进程来说,每条流或者是输入流(Input Stream),或者是输出流(Output Stream)。如果流是一条输入流,则它与该进程的某个输入源相连,例如标准输入(键盘)或一个套接字(来自 Internet 的数据流入该套接字)。如果该流是一条输出流,则它与该进程的某个输出源相连,例如标准输出(监视器)或者一个套接字(数据可以通过套接字流入 Internet)。因此,一个 Socket 包括两个流:一个输入流和一个输出流。如果一个进程要通过网络向另一个进程发送数据,只需简单地写入与 Socket 相关联的输出流。一个进程通过从与 Socket 相关联的输入流来读取另一个进程所写的数据。在建立网络连接之后,使用与 Socket 相关联的流和使用其他流是非常相似的。

　　在 Java 语言中,TCP 套接字编程模型是典型的客户机/服务器模式,通信双方的通信模型如图 8-24 所示。

　　当服务器运行时,客户机进程可以向服务器发起一个 TCP 连接。在客户机中,这可以通过创建一个套接字来完成。当客户机程序创建套接字时,它需要指定服务器进程的地址,即该服务器的 IP 地址和该进程的端口号。一旦在客户机中生成套接字,客户机中的 TCP 和服务器的 TCP 发起三次握手并建立一个 TCP 连接。这个三次握手过程发生在传输层,对于客户机和服务器是完全透明的。

　　从应用程序的观点来看,TCP 连接是客户机套接字和服务器套接字之间的一个直接的虚拟管道。客户机进程可以向它的套接字发送任意比特的数据,TCP 保证服务器进程能够按发送的顺序接收到(通过连接套接字)每一个比特

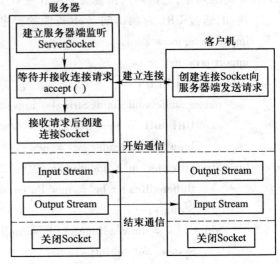

图 8-24　TCP 套接字编程模型

数据。因此 TCP 在客户机和服务器进程之间提供了可靠的字节流服务。此外,客户机进程也可以从它的套接字中接收数据,服务器进程也能向它的连接套接字发送数据。

　　下面通过使用 TCP 套接字编写一个实现如下功能的 Java 客户机/服务器应用程序的例子来具体加以说明。

　　(1)一客户机从其标准输入(键盘)读取一行字符,并通过其套接字将该行字符向服务器发送。

　　(2)服务器从其连接套接字读取一行字符数据。

　　(3)服务器将该行字符转换成大写。

　　(4)服务器将修改后的行通过其连接套接字再发回给客户机。

　　(5)客户机从其套接字中读取修改后的行,然后将该行再输出到监视器上。

　　Java 语言用 java. net. Socket 和 java. net. ServerSocket 两个套接字类,可以很好地支持 TCP 套接字。将客户机称为 TCPClient. java,服务器称为 TCPServer. java。

　　(1)创建 TCP 客户机

　　在了解了套接字类功能基础上,先讨论创建一个 TCP 客户机。建立套接字连接并从该套接字中读取数据的过程相当简单,需要的源代码也很少。

　　① TCPClient. java 源代码:

```java
import    java. io. * ;
import    java. net. * ;
class TCPClient
{
public static final int SERVICE_PORT = 8000 ;
public static void main( String args[ ] ) throws Exception
{
String sentence ;
String modifiedSentence ;
//Check for hostname parameter
    if ( args. length !  = 1 )
    {
  System. out. println( "Syntax  – TCPClient host" ) ;
    return ;
    }
    //Get the hostname of server
    String hostname  =  args[ 0 ] ;
    try
        {
    BufferedReader inFromUser =
            new BufferedReader( new InputStreamReader( System. in ) ) ;
    Socket CSocket = new Socket( hostname , SERVICE_PORT ) ;
    //read and write from the server
    DataOutputStream outToServer = new
DataOutputStream( CSocket. getOutputStream( ) ) ;
    BufferedReader inFromServer =
            new BufferedReader( new InputStreamReader(
                    CSocket. getInputStream( ) ) ) ;
    sentence = inFromUser. readLine( ) ;
    System. out. println( "The Sended Words Are :" + sentence ) ;
    outToServer. writeBytes( sentence + " \n" ) ;
    modifiedSentence = inFromServer. readLine( ) ;
    System. out. println ( "From Server:" + modifiedSentence ) ;
    CSocket. close( ) ;
    }
    catch ( IOException ioe)
        {
            System. err. println ( "Error " + ioe ) ;
```

```
        }

      }

    }
```

② TCPClient. java 程序结构及主要代码说明。程序开始的两个代码行是 Java 程序的标准部分,是 java 包。

在 java. io 包中包含输入流类和输出流类,特别是包含了 BufferedReader 类和 DataOutput-Stream 类。在 TCPClient 源代码中,使用这些类创建了 3 条流和一个套接字,并称这个套接字为 clientSocket。inFromUser 流是程序的输入流,连接到标准输入(即键盘)。当用户在键盘上输入字符时,这些字符流入 inFromUser 流中。inFromServer 流是程序的另一个输入流,它连接到套接字。从网络来的字符流入 inFromServer 流。最后,outToServer 是程序的输出流,它也连接到套接字。客户机程序发送到网络的字符流入到 outToServer 流中。

java. net 包提供了支持网络功能的类,包含了 Socket 类和 ServerSocket 类。TCPClient 程序的 clientSocket 对象衍生于 Socket 类。

第 3 行代码是一个类定义块的开始。

```
class TCPClient

{

public static final int SERVICE_PORT = 8000;

public static void main(String args[ ]) throws Exception

{……}

}
```

其中,关键词 class 表明名为 TCPClient 类的类定义的开始。类包含了变量和方法。花括号将类定义的变量和方法括起来,该花括号表明类定义块的开始和结束。当 Java 解释器执行一个应用程序时(通过调用应用程序的控制类),从类的 main( )方法开始执行。该 main 方法再调用运行该应用程序所需的所有其他方法。作为用 Java 进行套接字编程的入门介绍,忽略 public、static、void、main 和 throws Exceptions 等关键字,以及部分代码含义,虽然在代码中包含了它们。

```
String sentence;

String modifiedSentence;
```

这两行代码声明了两个 String 类型的对象。sentence 对象包括用户输入和送到服务器的字符。modifiedSentence 对象是从服务器得到并送到用户标准输出的字符串。

```
BufferedReader inFromUser = new BufferedReader(new InputStreamReader(System. in));
```

这一行创建一个类型为 BufferedReader 的 inFromUser 流对象,输入流用 System. in 初始化,System. in 将流连接到标准输入。该命令允许客户机从其键盘读入文本。

以下是编写客户机程序的关键步骤。

a. 创建 Socket 对象,向服务器发送请求:

```
Socket CSocket = new Socket(hostname, SERVICE_PORT);
```

这一行代码创建与主机标志、端口号连接的套接字,发起客户机和服务器之间的 TCP 连接。按 Java 语言的术语讲,它创建了一个类型为 Socket 的 CSocket 对象。创建套接字最容易的方法是指定机器的主机域名和端口号,也就是说,字符串"hostname"需用服务器的主机域名代替(例如:www. njit. edu. cn)。在 TCP 连接实际发起之前,客户机必须先进行一次 DNS 查询,通过 host-name 获得主机的 IP 地址。在默认情况下,使用熟知端口 80。当然也可以使用不同的端口号,例如 8000,但必须确认所使用的这个端口号与服务器应用程序所使用的一致。如前所述,主机 IP 地址连同该应用程序的端口号标志了该服务器进程。

b. 生成输入、输出流。具体地说,就是获取 Socket 的 InputStream 输入流、OutputStream 输出流,即开始通信。一旦创建了套接字,TCP 就建立了连接,而且准备就绪,则可利用套接字输入流、输出流进行读写操作。这些流由 Socket. getInputStream( )和 Socket. getOutputStream( )方法提供。下面代码创建两个连接到套接字的流对象。

DataOutputStream outToServer = new
DataOutputStream( CSocket. getOutputStream( ) );
BufferedReader inFromServer =
　　 new BufferedReader( new InputStreamReader(
　　　　　　 CSocket. getInputStream( ) ) );

其中,outToServer 流为进程提供到套接字的输出;inFromServer 流为进程提供来自套接字的输入。

c. 处理输入输出流。通过输入流可以读取服务器发来的信息,通过输出流可以向服务器发送信息。这里所要考虑的是何时读取信息以及何时发送信息。

sentence = inFromUser. readLine( );

这一行将用户输入的一行读到 sentence 字符串中。该 sentence 一直收集字符,直到用户敲回车键终止这一行为。它将来自标准输入的内容通过 inFromUser 流传递到 sentence 字符串中。

outToServer. writeBytes( sentence + " \n" );

这一行将增加了回车符的 sentence 字符串发送到 outToServer 流中。该 sentence 字符串经过客户机套接字并进入 TCP 管道。然后,客户机等待接收来自服务器的字符。

modifiedSentence = inFromServer. readLine( );

当字符到达服务器时,它们流过 inFromServer 流,并进入 modifiedSentence 字符串中。modifiedSentence 中的字符不断累积,遇到回车符后结束。

System. out. println ( " From Server:" + modifiedSentence );

这一行将服务器返回来的 modifiedSentence 字符串输出到监视器上。

d. 关闭 Socket,结束通信。

CSocket. close( );

最后这一行代码关闭套接字,客户机和服务器之间的 TCP 连接也同时被关闭,并引起客户机的 TCP 向服务器的 TCP 发送一个 TCP 报文。

③ 运行 TCPClient. java。

该 TCPClient. java 应用程序很简单。它先创建套接字,获得输入流;关闭套接字连接后,客户机终止运行。运行时只需把运行服务器的主机域名指定为命令行参数即可。例如,要在运行服务器的本地主机上运行该客户机,可以使用如下命令:

java TCPClient localhost

注意:TCPServer 必须正在运行中,否则客户机将不能建立连接。

（2）创建 TCP 服务器

在 TCP 套接字编程中，一个很有趣味的工作是编写服务器。

① TCPServer. java 源代码：

```
import   java. io. * ;
import   java. net. * ;
class TCPServer
{
    public static final int SERVICE_PORT = 8000;
    public static void main( String args[ ] ) throws Exception
      {
          String clientSentence;
          String capitalizedSentence;
              ServerSocket SSocket = new ServerSocket( SERVICE_PORT );
              System. out. println ( "Daytime service started" );
              for ( ; ; )
                {
                Socket connectionSocket = SSocket. accept( );
                BufferedReader inFromClient =
                    new BufferedReader( new InputStreamReader(
                        connectionSocket. getInputStream( ) ) );
                DataOutputStream outToClient = new DataOutputStream(
                        connectionSocket. getOutputStream( ) );
                clientSentence = inFromClient. readLine( );
                System. out. println( clientSentence );
                capitalizedSentence = clientSentence. toUpperCase( )  + " \n";
                outToClient. writeBytes( capitalizedSentence );
                }
      }
}
```

② TCPServer. java 程序结构及主要代码说明。作为服务器，这个应用程序是简单得不能再简单了。TCPServer. java 和 TCPClient. java 有很多相似之处，下面不再对与 TCPClient. java 中相同或相似的代码行进行解释说明。

a. 建立服务器侦听。建立服务器侦听即创建 ServerSocket 对象：

ServerSocket SSocket = new ServerSocket( SERVICE_PORT );

这一行代码创建一个类型为 ServerSocket 的 SSocket 对象。SSocket 在 SERVICE_PORT 端口上侦听。如果这个端口已经绑定，则抛出 BindException 异常，因为两个服务器不能共享一个端口。否则，就创建服务器套接字，下一步就是等待连接。

b. 等待并接收客户机连接请求，接受连接请求后创建连接 Socket。为简单起见，在此使用的是单线程服务器。通常在简单的 TCP 服务器中,可使用无限循环的 for 循环,或者表达式的值总为真的 while 循环。在循环内的第一行代码是:

Socket connectionSocket = SSocket. accept( );

当某些客户机与 SSocket 连接时,这一行创建一个新套接字,称为 connectionSocket。这个套接字也使用 SERVICE_PORT 端口(为什么两个套接字有同样的端口号?)。之后,TCP 在客户机的 CSocket 和服务器的 connectionSocket 之间建立一条直接的虚拟管道。客户机和服务器可以通过该管道彼此发送字节,并且发送的所有字节将按顺序到达对方。随着 connectionSocket 的建立,该服务器能继续使用 SSocket 侦听来自应用程序其他客户机的连接请求(使用多线程时就可以做到)。

c. 生成输入输出流。具体说来,就是获取 Socket 的 InputStream 输入流、OutputStream 输出流,即开始通信。与在 CSocket 中创建流对象类似,该程序创建了几个流对象。

BufferedReader inFromClient =

    new BufferedReader( new InputStreamReader(

    connectionSocket. getInputStream( ) ) );

DataOutputStream outToClient = new DataOutputStream(

    connectionSocket. getOutputStream( ) );

d. 处理输入输出流。通过输入流可以读取客户机发来的信息,通过输出流可以向客户机发送信息。这里所要考虑的仍然是何时读取信息以及何时发送信息。例如代码行:

capitalizedSentence = clientSentence. toUpperCase( ) + "\n";

使用 toUpperCase( )方法,将客户机发送过来的字符转换为大写,然后加上回车符后发送回去。

该程序中的所有其他指令都是用来与客户机通信的。

③ 运行 TCPServer。运行此服务器程序很简单。该服务器程序没有任何命令行参数。要在本地机器上运行此服务器,可以键入如下命令:

java TCPServer

注意:为了测试客户机、服务器程序,可在一台主机上安装并编译 TCPClient. java,在另一台主机上安装并编译 TCPServer. java,需要确认在 TCPClient. java 中包括了服务器的适当主机名。然后,在服务器上运行编译好的服务器程序 TCPServer. class。这将在服务器端创建一个进程,它处于空闲状态,直到某个客户机与之连接。接下来,在客户机上运行编译好的客户机程序 TCPClient. class。这将在客户机创建一个进程,并在客户机进程和服务器进程之间建立一条 TCP 连接。最后,用这个程序输入一行字符并按回车键。

一旦这两个程序在各自的主机上编译通过之后,需要服务器程序先在主机上运行,生成一个进程,等待由客户机进程发起连接。当执行客户机程序时,在客户机上创建一个进程,该进程与服务器联系并与它建立一个 TCP 连接。客户机上的用户使用应用程序发送一行字符,然后,接收经过大写转换的字符。

3. UDP 套接字编程

UDP 协议是很多应用程序常用的传输协议,它允许运行在不同机器上的两个(或多个)进程之间彼此通信。然而,UDP 和 TCP 在许多方面有不同之处,它是一种面向无连接的不可靠的基于报文的传输服务。目的地址由二元组组成:目的主机的 IP 地址和目的进程的端口号。UDP 套接字编程模型也是典型的客户机/服务器模式,在 Java 语言中,UDP 套接字编程模型如图 8-25 所示。

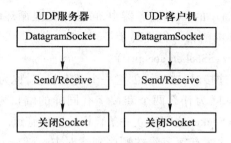

图 8-25 UDP 套接字编程模型

在此,用 UDP 套接字重新编写与上述具有相同功能的程序 TCPServer. java、TCPClient. java,以说明在 UDP 之上的套接字编程方法。其中,特别要注意 UDP 套接字编程的特点。

① 两个进程之间不进行初始握手。

② 没有流与套接字相联系。

③ 发送主机通过将目的 IP 地址和端口号与它发送的每批字节相联系,生成数据报文。

④ 接收进程必须拆开所接收到的每个数据报,获得该数据报的信息字节。

(1) 创建 UDP 客户机

Java 通过 DatagramSocket 类和 DatagramPacket 类支持 UDP 协议。为了发送和接收数据报文,需使用 DatagramSocket 把应用程序绑定到某个本地端口。应用程序创建缓冲空间足够大的 DatagramPacket 来存储传入和传出的数据报,而且按要求发送和接收数据报文。

① UDPClient. java 源代码:

```java
import    java. io. * ;
import    java. net. * ;
class UDPClient
{
    public static final int SERVICE_PORT = 8080;
    public static void main( String args[ ] ) throws Exception
    {
        BufferedReader inFromUser =
        new BufferedReader( new InputStreamReader( System. in) );
        DatagramSocket CSocket  =  new DatagramSocket( );
        InetAddress IPAddress = InetAddress. getByName( null);
        byte[ ] sendData = new byte[ 1024 ];
        byte[ ] receiveData = new byte[ 1024 ];
        System. out. println( "Please Input Words:" );
        String sentence = inFromUser. readLine( );
        sendData = sentence. getBytes( );
        DatagramPacket sendPacket = new DatagramPacket(
                sendData, sendData. length, IPAddress,  SERVICE_PORT);
```

```
CSocket. send(sendPacket);
DatagramPacket receivePacket =
        new DatagramPacket(receiveData, receiveData. length);
CSocket. receive(receivePacket);
String modifiedSentence = new String(receivePacket. getData());
System. out. println("Send Words:" + sentence);
System. out. println("From Server:" + modifiedSentence);
CSocket. close();
    }

}
```

② UDPClient. java 程序结构及主要代码说明。UDPClient. java 程序构造了一个套接字和一个流。该套接字称为 CSocket,类型为 DatagramSocket。注意在客户机上 UDP 使用与 TCP 不同类型的套接字。UDP 客户机使用 DatagramSocket,而 TCP 客户机使用的是 Socket。inFromUser 流是该程序的一个输入流,它与标准输入(键盘)相联系。在前面的 TCP 程序中也有一个等价的流。当用户从键盘输入字符时,这些字符进入 inFromUser 流中。但与 TCP 不同,没有流(输入或输出)与套接字相联系。相反,UDP 不是将字节送入与 Socket 对象相联系的流,而是将一个一个数据报通过 DatagramSocket 对象直接发送出去。

为节省篇幅,下面分析解释 UDPClient. java 与 TCPClient. java 不同的主要代码行。

a. 创建套接字 CSocket。

```
DatagramSocket CSocket = new DatagramSocket();
```

这一行创建一个 DatagramSocket 类型的 CSocket 对象。与 TCPClient. java 不同,该行并不请求一条 TCP 连接。尤其是在执行这一行代码的时候,客户机并没有与服务器联系。也正是由于这个原因,构造函数 DatagramSocket()并没有把服务器主机名或端口号作为参数。

b. 获取目的进程的 IP 地址。为了向目的进程发送数据,需要获得目的进程的地址。该地址的一部分是目的主机的 IP 地址。

```
InetAddress IPAddress = InetAddress. getByName(null);
```

上面这一行代码调用 DNS 查询,将主机域名(由开发人员在代码中提供)转换成 IP 地址。TCPClient. java 中也调用了 DNS 查询,但是隐式而不是显式完成的。getByName()方法将服务器的主机域名作为参数,返回该服务器的 IP 地址,并将该地址的值赋予类型为 InetAddress 的 IPAddress 对象。

c. 使用 CSocket 发送/接收数据报。构造用于存放客户机发送数据的 sendData 字节数组和接收数据的 receiveData 字节数组。

```
byte[]sendData = new byte[1024];
byte[]receiveData = new byte[1024];
```

获取字符串内容并将它重命名为 sendData

```
sendData = sentence. getBytes();
```

这一行的本质是进行一次类型转换。

DatagramPacket sendPacket = new DatagramPacket(
                        sendData,sendData. length,IPAddress,SERVICE_PORT);

　　该行构造一个数据报 sendPacket,客户机通过套接字将它发送到网络。这个数据报包含 sendData 数据报中的数据、数据的长度、服务器的 IP 地址和该应用程序的端口号(SERVICE_PORT)。注意 sendPacket 的类型是 DatagramPacket。

CSocket. send(sendPacket);

　　在这一行中,对象 CSocket 的 send()方法得到了刚构造的数据报,再通过 CSocket 向网络发送。可见,UDP 发送一行字符的方式与 TCP 有很大区别。TCP 直接将字符串插到流中,该流与服务器之间有一条直接的逻辑连接;而 UDP 创建一个包含服务器地址的数据报。发送完该数据报后,客户机等待接收来自服务器的数据报。

DatagramPacket receivePacket =
                new DatagramPacket(receiveData,receiveData. length);

　　这一行代码的作用是:在等待来自服务器的数据报时,该客户机创建放置数据报的位置,即 receivePacket 对象。该对象的类型为 DatagramPacket。

CSocket. receive(receivePacket);

　　在接收到一个数据报之前客户机一直空闲;当它接收到一个数据报时,将其放到 receivePacket 中。

String modifiedSentence = new String(receivePacket. getData());

　　这一行从 receivePacket 中提取数据,并进行类型转换,将字节数组转换成 modifiedSentence 字符串。

System. out. println("Send Words:" + sentence);
System. out. println("From Server:" + modifiedSentence);

　　这两行将 sentence、modifiedSentence 中的内容输出到客户机的监视器。
　　d. 关闭套接字 CSocket。

CSocket. close();

　　这一行关闭套接字。由于 UDP 是无连接的,这一行并不引起客户机向服务器发送传输层报文。
　　(2) 创建 UDP 服务器
　　① UDPServe. java 源代码:

```
import java. io. * ;
import java. net. * ;
class UDPServer
{
```

```
public static final int SERVICE_PORT = 8080;
public static    void main(String args[])throws IOException
    {
    try{
    DatagramSocket SSocket = new DatagramSocket(SERVICE_PORT);
    byte[]receiveData = new byte[1024];
    byte[]sendData = new byte[1024];
    for(;;)
    {
    DatagramPacket receivePacket =
            new DatagramPacket(receiveData, receiveData. length);
    SSocket. receive(receivePacket);
    String sentence = new String(receivePacket. getData());
    InetAddress IPAddress = receivePacket. getAddress();
    int port = receivePacket. getPort();
    System. out. println(sentence);
    String capitalizedSentence = sentence. toUpperCase();
    sendData = capitalizedSentence. getBytes();
    DatagramPacket sendPacket =
    new DatagramPacket(sendData, sendData. length, IPAddress, port);
    SSocket. send(sendPacket);
     }
    }
    catch(IOException e)
    {
    e. printStackTrace();
    }
    }
}
```

② UDPServer. java 程序结构及主要代码说明：

a. 对客户机请求创建套接字 SSocket。UDPServer. java 构造了一个 SSocket 套接字,类型为 DatagramSocket 的对象。

DatagramSocket SSocket = new DatagramSocket(SERVICE_PORT);

这一行代码在端口 SERVICE_PORT 构造了 DatagramSocket serverSocket,所有发送和接收的数据都将通过这个套接字。由于 UDP 是无连接的,因此当接收时,没有必要像 TCPServer. java 那样产生一个新的套接字并继续侦听新的请求。当有多个客户机同时访问该服务器时,都将向这个 SSocket 发送数据报。

b. 发送/接收数据报：

```
String sentence = new String( receivePacket. getData( ) );
InetAddress IPAddress = receivePacket. getAddress( );
int port = receivePacket. getPort( );
```

这三行代码对来自客户机的数据报进行拆分。其中,第一行从数据报中提取出数据,并将这些数据放入 String sentence 中;第二行提取 IP 地址;第三行提取客户机端口号,该端口号由客户机选择,注意它与服务器端口 SERVICE_PORT 不同。对于服务器来说,获得客户机地址(IP 地址和端口号)是很有必要的,只有这样才能将转换为大写的内容行返送回客户机。

(3) 运行测试

若在同一台主机上测试该应用程序,经编译 UDPClient. java 和 UDPServer. java 后,在一个窗口内运行 UDPServer. class,在另一个窗口运行 UDPServer. class。与 TCP 不同,可以先运行客户机,然后再运行服务器。原因是当执行 UDPClient 时,客户机进程并没有试图和服务器发起连接。当客户机和服务器都运行后,可以使用该应用程序在客户机上输入一行字符,并接收、显示来自服务器转换为大写的字符。

在此,仅简单介绍了基于 Java. net 包进行 TCP、UDP 套接字编程的方法。重要的是理解 TCP/UDP 套接字编程模型,这是网络通信程序的基本编程结构。

# 本 章 小 结

本章介绍了网络应用原理和实现方面的知识,主要包括 Web 应用技术、FTP、电子邮件、DNS 和 DHCP,以及网络编程等。

首先介绍了在 Internet 中普遍采用的客户机/服务器模式、日益流行的 P2P 体系结构以及它在 P2P 文件共享方面的应用。目前,每一个网络应用都是基于客户机/服务器模式的。根据这个模式,一个应用是由一个服务器和一个或多个客户机组成的。

在客户机/服务器模式中,客户机运行一个程序来请求服务,而服务器运行一个程序来提供服务。这两个程序彼此通信。一个服务器程序可以给多个客户机程序提供服务。服务器程序一直在运行,而客户机程序只在需要时才运行。客户机是一个运行在本地机器上的有限程序,请求来自服务器的服务;服务器是一个运行在远程主机上的无限程序,给客户机提供服务。

万维网是遍布全球并连接在一起的信息资源存储库。超文本传输协议(HTTP)是在万维网上访问数据的主要协议。超文本和超媒体是指通过指针彼此连接的文档。浏览器解释并显示 Web 文档。Web 文档可以分为静态文档、动态文档或活动文档。超文本标记语言(HTML)是一种用来创建静态网页的语言。动态 Web 文档仅在浏览器请求时由服务器创建。活动文档是由客户机检索并在客户机运行的一个程序副本。

文件传输协议(FTP)是一个客户机/服务器应用程序,用于将文件从一台主机复制到另一台主机。数据传输时,FTP 要求有控制连接和数据连接两个连接。

支持传输电子邮件协议称为简单邮件传输协议(SMTP)。SMTP 的客户机和服务器都要求一个用户代理和一个邮件传输代理。邮件地址由用户名和主机域名两部分组成,其基本形式为:用户名@邮箱所在的主机域名。邮局协议(POP3)是邮件服务器使用的一个协议,与 SMTP 一起,为主机接收并保存邮件。多用途 Internet 邮件扩展(MIME)是 SMTP 的扩展,允许传送多媒体信息。

域名系统(DNS)是一个客户机/服务器应用程序,用唯一的、对用户友好的名字来标志 Internet 上的每一台主机。对于一个给定的 IP 地址,域名系统提供 IP 地址到等效域名之间的映射,称之为地址到名字的解析。

计算机网络的本质是实现分布在不同地理位置的联网主机之间的进程通信,传输层的主要作用就是实现分布式进程通信。为了更深入地理解 TCP/IP 协议体系,本章讨论了跨网络进程间的通信。在进行网络通信的时候,通信的双方使用套接字(Socket)进行通信。为了具体描述两个应用进程之间的交互过程,介绍了如何使用套接字编写网络通信应用程序,并给出了基于 Java 语言编写面向连接的 TCP 和无连接的 UDP 套接字编程示例。

# 思考与练习

1. 什么是应用进程? 应用进程与用户的应用程序有何关系?

2. Internet 主要提供哪些网络应用服务? 你使用过 Internet 应用层提供的哪些服务?

3. 什么是基于 Web 的客户机/服务器模式? 为什么要采用这种模式?

4. 利用 HTML 语言创建一个包含标题的静态文档。浏览器是怎样利用这个标题的?

5. 什么是 URL? 它由哪几部分组成?

6. HTTP 协议有哪几种报文,简要说明其通用报文格式。

7. 简述条件 GET 方法是如何显著提高信息索取速度的。

8. 查看你的浏览器使用了多大的缓存空间? 做一个实验,查看 3 个 Web 页,将计算机从网络上断开,然后回到你所查看的其中一个 Web 页。

9. 什么是 FTP? 什么是匿名 FTP? 试从你周围的匿名 FTP 服务器上下载一些文档。

10. FTP 主要有哪些功能? 简述其主要工作过程。

11. 试说明一封电子邮件的格式及各部分的特点。

12. 查看你最近接收到的电子邮件报头,其中 Received:报头行有多少行? 解释分析该报头行中的每一行的含义。

13. 试说明 SMTP 的工作原理和工作过程。

14. 结合校园网 Web 服务器的域名,分析域名的层次结构。有哪些顶级域名?

15. 如果你使用的计算机连在 Internet 上,能知道它的域名和上一级域名吗?

16. 试举例说明域名解析的过程。

17. 当为网上的 PC 机配置 TCP/IP 协议时,需要作 DNS 配置,即指定域名服务器,为什么?

18. 用一个网络协议分析器来监视当浏览器索取一个文本信息 Web 页时的通信情况,试问形成了多少次 TCP 连接?

19. 解释名词:WWW、URL、HTTP、HTML、浏览器、域名系统、超文本、超媒体、超链接、主页、活动 Web 文档、Web 缓存、P2P。

20. 试用 Java 语言编程:创建一个 Web 服务器,用它请求用户输入密码;创建一个同该服务器连接的客户机(浏览器),向服务器请求登录,如果密码输入正确,则服务器返回"Pass!"信息,否则返回"Wrong Password!"信息,并将返回信息显示在客户机的控制台上。在机器上调试这两个应用程序。

# 第9章 网络安全与管理

计算机网络技术是一把双刃剑。一方面它在计算机用户之间架起了通信的桥梁,另一方面也为某些窃取机密数据的非法之徒洞开方便之门。在计算机网络应用日益广泛的今天,掌握一些网络安全(Network Security)与管理基本知识,熟悉抵御网络入侵的基本技术,无疑具有十分重要的现实意义。

本章作为对网络安全与管理的概述,先介绍与网络安全相关的一些基本概念、安全技术、网络通信安全访问模型、信息网络安全标准;然后讨论数据加密通信模型、密钥密码体制、网络安全策略等问题,接着介绍防火墙技术、互联网的安全协议,以及网络管理等基本知识。

## 9.1 网络安全概述

信息与信息网络系统安全现在已经成为一个新兴的学科,而且是一门边缘交叉性学科,涉及了通信技术、计算机科学、计算机网络、信息论、数论、密码学、人工智能及社会工程学,既有安全理论、安全应用技术,也包括安全管理,还有社会、教育、法律等问题,只有多个方面相互补充,才能有效地保障网络系统的安全性。

### 9.1.1 网络所面临的安全威胁

互联网对人类社会的工作和生活将会越来越重要,全世界对这个巨大的信息宝藏正进行不断的发掘和利用,人们在获得巨大利益的同时,也面临着各种各样的安全威胁。所谓安全威胁是指某个人、物、事或概念对某个资源的机密性、完整性、可用性或合法性所造成的危害。譬如,网页篡改、计算机病毒、黑客入侵、信息泄露、网站欺骗、服务拒绝、非法利用漏洞等安全事件。

归纳起来,计算机网络通信面临着4种安全性威胁:① 截获:攻击者通过监控或搭线窃听等手段截获网络上传输的信息;② 篡改:攻击者截获传输的信息并篡改其内容后再进行传输,破坏数据的完整性;③ 伪造:攻击者假冒合法用户伪造信息在网络上传送;④ 中断:使系统中断,不正常工作甚至瘫痪,如破坏通信设备,切断通信线路,破坏文件系统等,攻击者也可以通过发送大量信息流,使目标超载乃至瘫痪,不能正常提供网络服务。

通常,可将安全威胁分为故意的和偶然的两类。故意威胁又可分为主动和被动攻击两种。被动攻击试图从系统中获取或使用信息,不影响系统资源;主动攻击则试图改变系统资源或者影响系统的操作。

1. 主动攻击

主动攻击是指攻击者访问他所需信息的故意行为。比如远程登录到指定主机的端口 25 找出某邮件服务器的信息;伪造无效 IP 地址去连接服务器,使接收到错误 IP 地址的系统浪费时间去连接某个非法地址。也就是说,攻击者在主动地做一些不利于网络系统安全运行的事情。主动攻击包括服务拒绝攻击、信息篡改、资源使用、欺骗等攻击方法,它涉及对数据流的某些篡改,或者生成假的数据流。主动攻击有伪装、重放、修改报文和服务拒绝4种类型。

（1）伪装

伪装是一个实体假装成另外一个实体,从而获得更多的特权。伪装攻击往往连同另一类主动攻击一起进行。譬如,身份鉴别序列可能被捕获,并在有效的身份鉴别发生时重放,这样通过伪装一个具有很少特权的实体得到额外的特权。

（2）重放（回答）

重放攻击是捕获某个数据单元,然后通过重新传输这些数据,来达到未经授权的效果。

（3）修改报文

修改报文攻击是对原始报文中的某些报文内容进行修改,或者将报文延迟或重新排序,以达到未授权的效果。

（4）服务拒绝

服务拒绝攻击是指阻止或禁止正常用户访问或者破坏整个网络,或使网络瘫痪,或使网络超载,从而达到降低网络性能的目的。

还有一种特殊的主动攻击是恶意程序的攻击。恶意程序攻击实现的威胁可分为两个方面:一是渗入威胁,如假冒、旁路控制、授权侵犯;二是植入威胁,如特洛伊木马、逻辑炸弹、蠕虫、陷门等。计算机病毒就是对网络安全威胁较大的一种恶意程序。

2. 被动攻击

被动攻击是指对传输的数据进行窃听、窃取或监视,即观察和分析协议数据单元 PDU 的内容,目的是获得正在传送的信息。被动攻击有泄露报文内容和通信流量分析两种类型。

泄露报文内容就是通信双方传送的报文中的敏感或机密信息被攻击者截获,并从中获知了报文的真实内容。

通信流量分析是指攻击者通过观察协议数据单元 PDU 判断通信主机的位置及身份,观察被交换报文的频率及长度,对其进行猜测,从而分析正在进行通信的种类及特点。被动攻击主要是收集信息而不是进行访问,数据的合法用户对这种活动觉察不到。防止被动攻击的方法是加密,然而即使采用加密技术,攻击者仍有可能观察到所传输的报文内容。

## 9.1.2　网络安全的含义

网络安全从其本质上来说就是网络上的信息安全,这是一个非常复杂的综合性问题,涉及诸多因素,包括安全技术、产品和管理。网络安全主要研究信息网络的安全理论、安全应用和安全管理技术,确保网络免受各种威胁和攻击,以便能够正常工作。

1. 何谓网络安全

网络安全是研究与计算机网络相关的安全问题,具体地说,网络安全研究安全地储存、处理或传输信息资源的技术、体制和服务的发展、实现和应用。它涉及网络的可用性、机密性、完整性、可靠性、访问控制、不可否认及匿名性。网络安全除了以上技术问题之外,还涉及组织和法律方面的问题。显然,网络安全涵盖的内容很多,并不像初次接触网络安全技术的人想象的那样简单。

假若 A 和 B 要应用网络进行通信,并希望该网络及其通信过程是"安全"的。在这里,A 和

B 可以是两台需要安全交换路由表的路由器,也可以是希望建立一个安全传输连接的客户机和服务器,或者是交换安全电子邮件的应用程序,因此可把 A 和 B 看作是两个网络通信实体即应用进程。A 和 B 要进行网络通信并希望做到"安全",那么,此处的安全意味着什么呢? 显然,这个"安全"的内涵是丰富多彩的,涉及多个方面。譬如,A 和 B 希望存储在客户机或服务器中的数据不被破坏、篡改、泄露;它们之间的通信内容对于窃听者是保密的,而且在通信时,的确是在与真实的对方进行;它们还希望所传输的内容即使被窃听者窃取了也不能理解其报文的含义;还要确保它们的通信内容在传输过程中没有被篡改;即使被篡改了,应能够检测到该信息已经被篡改、破坏。由此归纳起来,对网络安全的定义可以做如下表述。

所谓网络安全就是在分布式网络环境中,对信息载体(处理载体、存储载体、传输载体)和信息的处理、传输、存储、访问提供安全保护,以防止数据、信息内容遭到破坏、更改、泄露,或网络服务中断或服务拒绝或被非授权使用和篡改。网络安全具有信息安全的基本属性。从广义来说,凡是涉及网络上信息的机密性、完整性、认证、可用性、可靠性和不可否认性的相关理论和技术都属于网络安全所要研究的范畴。网络的安全性包括网络安全目标、资产风险评估、安全策略和用户安全意识等多个方面。

实际中,对网络安全内涵的理解会随着"角色"的变化而有所不同,而且在不断地延伸和丰富。比如:从用户(个人、企业等)的角度来说,他们希望涉及个人隐私或商业利益的信息在网络上传输时受到机密性、完整性和真实性的保护,避免他人利用窃听、假冒、篡改、抵赖等手段侵犯用户利益。

从网络运行和管理者角度说,他们希望对本地网络信息的访问、读写等操作受到保护和控制,避免出现陷门、病毒、非法存取、服务拒绝、网络资源非法占用和非法控制等威胁,制止和防御网络黑客的攻击。

对安全保密部门来说,他们希望对非法的、有害的或涉及国家机密的信息进行过滤和防堵,避免机要信息泄露,避免对社会产生危害,对国家造成巨大损失。

从社会教育和意识形态角度来讲,网络上不健康的内容,会对社会的稳定和人类的发展造成阻碍,必须对其进行控制。

可见,网络安全的内涵与其保护的信息对象有关,但本质都是在信息的安全期内保证在网络上传输或静态存放时允许授权用户访问,而不被未授权用户非法访问。

2. 网络安全的属性

网络安全与信息安全的研究领域是相互交错与关联的,网络安全具有信息安全的基本属性。从其本质上来讲,网络安全就是要保证网络上信息存储和传输的安全性。根据网络安全的定义,网络安全具有四个最基本的属性。

(1) 机密性

机密性是指网络通信中的信息不被非授权者所获取与使用。在网络系统的不同层次上有不同的机密性及相应的防范措施。在物理层上,主要是采取电磁屏蔽技术、干扰及跳频技术来防止电磁辐射造成的信息外泄。在网络层、传输层及应用层主要采取加密、访问控制、审计等方法来保障信息的机密性。

(2) 完整性

完整性是指信息不被偶然或蓄意地删除、修改、伪造、乱序、重放、插入等破坏的特性。只有得到允许的人才能修改实体或进程,并且能够判别出实体或进程是否已被篡改。即信息的内容不能被未授权的第三方修改;数据在存储或传输的过程中不被修改、破坏,不出现数据包的丢失、乱序等。

（3）认证

认证是指发送者和接收者都应该能证实网络通信过程中所涉及的另一方,确信通信的另一方确实具有他们自己所声称的身份。人类面对面通信可以通过视觉很轻松地解决这个问题,但当通信实体在不能看到对方的媒体上交换信息时,认证就比较复杂了。例如,你如果收到一封电子邮件,其中所包含的信息称这封邮件是你的朋友发送的或者是你的上级领导的通知或函件,如何确信该邮件的真实性呢? 这需要认证技术帮助解决,认证是网络通信系统安全的基础。

（4）不可否认性

不可否认性也称作不可抵赖性。不可否认性是面向通信双方(人、实体或进程)信息真实统一的安全要求,它包括收、发双方均不可抵赖。一是源结点发送证明,它是提供给信息接收者的证据,使发送者谎称未发送过这些信息或者否认它的内容的企图不能得逞;二是交付证明,它是提供给信息发送者的证据,使接收者谎称未接收过这些信息或者否认它的内容的企图不能得逞。

3. 网络安全防护技术

随着网络技术的发展,网络安全也就成为当今网络社会焦点中的焦点,几乎没有人不谈论网络安全问题,病毒、黑客程序、邮件炸弹、远程侦听等这一切都无不让人胆战心惊。病毒、黑客的猖獗使身处今日网络社会的人们感觉到谈网色变,无所适从。因此,如何有效地保护重要的数据信息、提高网络系统的安全性,已经成为网络系统安全必须解决的重要问题之一。

网络攻击与防护是“矛”和“盾”的关系,网络攻击技术越来越复杂,而且常常超前于网络防护技术。为了应对不断更新的网络攻击手段,网络安全技术经历了从被动防护到主动检测的发展过程,目前已经具有了一些有效的防护技术,大体上可以将其划分为加密/解密技术、访问控制技术、检测技术、监控技术、审计技术 5 大类,如图 9-1 所示。综合运用这些防护技术,可以有效地抵御网络攻击;这些研究成果也已经成为众多网络安全产品的研发基础。

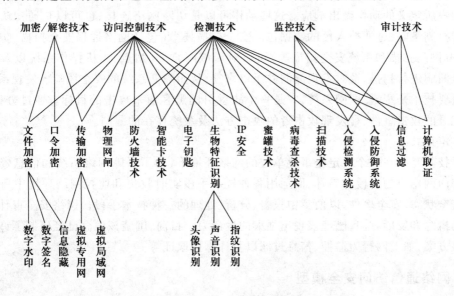

图 9-1　网络安全防护技术

（1）加密/解密技术

密码学以研究数据机密性为目的，对存储或传输的数据采取秘密交换以防止第三者窃取。加密/解密技术包含了文件加密、口令加密和传输加密及其解密技术等。完成加密和解密的算法称为密码体制。密码体制是指一个加密系统所采用的基本工作方式。若按照加密密钥是否可以公开，可以把密码体制划分为对称密钥密码体制和非对称密钥密码体制两大类；常称之为单钥体制和双钥体制。密码学的一项基本原则是必须假定密码分析员掌握编码技术原理和方法，并且能够获得一定数量的明文密文对。密码的安全性必须把这条准则作为衡量的前提。如果不论信息截获者得到多少密文，都无法通过密文中的信息来唯一地确定出明文，则称该密码体制为无条件安全的，或称为理论上不可破译的。但是绝对安全的密码是不存在的，当前几乎所有实用的密码体制都是可破译的，因此人们关心的是在计算上不可破译的密码体制。如果一个密码体制中的密码不能被可以使用的计算机资源所破译，则认为这一密码体制在计算上是安全的。

（2）访问控制技术

网络访问控制是网络安全防御和保护的核心策略。它规定了主体对客体访问的限制，并在身份识别的基础上，根据身份对提出资源访问的请求加以限制。访问控制技术是对网络信息系统资源进行保护的重要措施，也是计算机系统中最重要和最基础的安全机制。实现访问控制的技术、方法虽然比较多，但主要的还是身份识别及防火墙技术。身份识别是用户接入访问网络的关键环节。采用用户名（或用户账号）、口令是所有计算机系统进行访问控制的基本形式。防火墙技术是建立在现代网络通信技术和信息安全技术基础上的安全检测、监控技术。一般情况下，计算机网络系统与互联网连接的第一道防线就是防火墙。

（3）检测与监控技术

检测技术主要包括实时安全监控技术和安全扫描技术。实时安全监控技术通过硬件或软件实时检测网络数据流并将其与系统入侵特征数据库的数据相比较，一旦发现有被攻击的迹象，立即根据用户所定义的动作做出响应。这些动作可以是切断网络连接，也可以是通知防火墙系统调整访问控制策略，过滤掉入侵的数据包。安全扫描技术（包括网络远程安全扫描、防火墙系统扫描、Web 网站扫描和系统安全扫描等）可以对局域网、Web 站点、主机操作系统以及防火墙系统的安全漏洞进行扫描，及时发现漏洞并予以修复，从而降低系统的安全风险。发现系统漏洞的另一种重要技术是蜜罐/蜜网系统，它是一个故意引诱黑客前来攻击的目标。通过分析蜜罐/蜜网系统记录的攻击事件，可发现攻击者的攻击方法及系统存在的漏洞。

（4）审计技术

审计技术是指在一个特定企事业单位的网络环境下，为了保障网络系统和信息资源不受来自外网和内网用户的入侵和破坏，而运用各种技术手段实时收集和监控网络环境中每一个组成部分的安全状态、安全事件，以便集中报警、分析、处理的一种技术手段。网络安全审计作为一个新提出的概念和发展方向，已经表现出强大的生命力。目前，围绕该概念已经研制了许多新产品以及解决方案，如上网行为监控、信息过滤以及计算机取证等。

### 9.1.3　网络通信访问安全模型

当需要保护数据传输以防攻击者危害数据的机密性、完整性、真实性时，就会涉及网络安全访问的问题。假设,所讨论的网络通信访问模型如图9-2所示,通信的某一方若要通过互联网将消息传送给另一方,那么通信双方必须协同处理这个消息的交换。

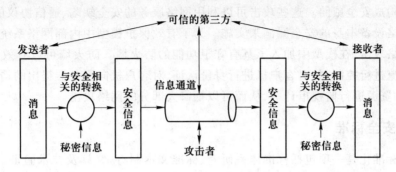

图9-2　网络通信访问安全模型

在这个网络通信访问安全模型中,用来保证安全的方法包含两个方面:一是与收发相关的安全转换,如对消息加密。这种安全转换使得攻击者不能读懂消息,或者将基于消息的编码附于消息后,用于验证发送者的身份。二是双方共享的某些秘密信息,并希望这些信息不为攻击者所获知。

为了实现安全传输,还需要有可信的第三方。例如,由第三方负责将秘密信息(密钥)分配给通信双方,或者当通信双方对于数据传输的真实性发生争执时,由第三方来仲裁。

归纳起来,由图9-2所示的通信访问安全模型可知,在设计网络安全系统时,应完成下述四个方面的基本任务:

(1)设计一个用来执行与安全相关的安全转换算法,而且该算法是攻击者无法破译的;

(2)产生一个用于该算法的秘密信息(密钥);

(3)设计一个分配和共享秘密信息(密钥)的方法;

(4)指明通信双方使用的协议,该协议利用安全算法和秘密信息实现特定的安全服务。

图9-2所示的网络通信访问安全模型是一个提供一般安全机制和服务的通用安全模型。然而,并非所有与安全相关的情形都可以用这个安全模型来描述。比如,万维网(WWW)的安全模型就应另加别论。就其通信方式而言,万维网大多是采用客户机/服务器模式来实现的,由客户机向服务器发送连接请求,然后服务器对客户机进行身份认证,服务器根据客户机的权限来为客户机提供特定的服务。因此,其访问安全模型可以采用如图9-3所示的模型来描述。该模型的特点在于如何有效地避免恶意访问。

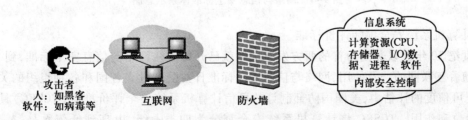

图9-3　网络通信访问安全模型

如图9-3所示的网络通信访问安全模型与现实中的黑客攻击、病毒与蠕虫等非授权访问入侵相吻合。在此,作为客户机的攻击者,可以利用许多网络攻击技术通过互联网来对内部网络中的服务器系统构成安全威胁。这些攻击可以利用网络服务的安全缺陷、通信协议的安全缺陷、应用程序或者网络设备本身的安全漏洞来实施。为了有效保护模型中内部网络系统的各种资源以及应对各种网络攻击,在模型中加入了具有守卫功能的防火墙。防火墙可以有效地利用安全防护技术对数据流进行控制,如对客户机进行身份认证、对客户机向服务器提出的请求信息进行过滤、对服务器的资源进行监视审计等,从而可以抵御大部分的网络攻击。

## 9.1.4　网络安全标准

网络安全标准化是一项包括标准体系研究、标准文本制订/修订及技术验证、标准的产业化应用等多个环节及其相关组织运作的集合。网络与信息安全标准化工作对于解决安全问题具有重要的支撑作用。网络与信息安全标准体系的作用主要体现在两个方面。一是确保有关产品、设施的技术先进性、可靠性和一致性,确保信息化系统可用、互连互通互操作;二是按国际规则实行信息技术产品市场准入制,为相关产品的安全性提供评测依据,以强化和保证信息化安全产品、工程、服务的自主可控。

近20多年来,人们一直在努力研究安全标准,并将安全功能与安全保障分离,制订了许多复杂而又详细的条款。遵循"科学、合理、系统、适用"的原则,归纳总结国内外网络与信息安全标准、安全技术和方法,以及发展趋势,一个网络与信息安全标准体系框架,如图9-4所示。

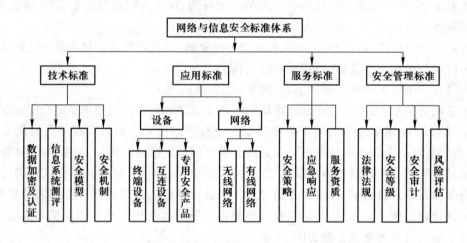

图9-4　网络与信息安全标准体系示意图

### 1. 计算机系统安全国际评价标准

20世纪70年代以美国为首的西方发达国家就已开始关注网络与信息安全标准,到20世纪90年代随着互联网的普及使用,网络与信息安全标准日益受到世界各国和各种组织的关注。在网络系统可信度的评估中,美国国防部制订的可信计算机系统安全评价准则(TCSEC)具有重要的历史地位和作用。TCSEC将计算机系统安全划分为四类七级,由高到低依次是:A、B3、B2、B1、C2、C1和D,其中A级为最高,见表9-1所列。

表 9-1 TCSEC 安全级别分类

| 类 别 | 级 别 | 名 称 | 主 要 特 征 |
|---|---|---|---|
| D | D | 安全保护欠缺级 | 没有安全保护 |
| C | C1 | 自主安全保护级 | 自主存取控制 |
| | C2 | 受控存取保护级 | 单独的可查性,安全标记 |
| B | B1 | 标记安全保护级 | 强制存取控制,安全标记 |
| | B2 | 结构化保护级 | 面向安全的体系结构,有较好的抗渗透能力 |
| | B3 | 安全域保护级 | 存取监控,有高抗渗透能力 |
| A | A | 验证设计级 | 形式化的最高级描述和验证 |

由表 9-1 可知,计算机系统的安全性实际上是指某种程度的安全,具体的安全程度是根据实际需要和所具备的条件而定的。目前,常见的网络安全产品大多数处于 C1、C2 和 B1 级。TCSEC 的安全概念仅限于信息的"保密性",没有超出计算机系统安全的范畴。20 世纪 90 年代初,英、法、德、荷四国针对 TCSEC 准则存在的这种局限性,联合提出了包含机密性、完整性、可用性概念的"信息技术安全评价准则(IT SEC)",俗称白皮书。1993 年,在六国七方(美国国家安全局和国家技术标准研究所、加、英、法、德、荷)的合作下,提出了"信息技术安全评价通用准则(CC for IT SEC,CC)"。CC 综合国际上已有评测准则和技术标准的精华,给出了框架和原则要求,并于 1999 年 7 月通过国际标准化组织认定,确立为国际标准,编号为 ISO/IEC 15408。ISO/IEC 15408 标准对信息安全内容和级别给予了更完整的规范,为用户对安全需求的选取提供了充分的灵活性。

CC 通过对安全保证的评估而划分安全等级,每一等级对保证功能的要求各不相同。安全等级增强,对保证组建的数目或者同一保证的强度要求会增加。借鉴 IT SEC 安全等级的划分,CC 安全等级共分 7 级,由 EAL1 到 EAL7 级逐渐提高,分别为 EAL1 功能测试,EAL2 结构测试,EAL3 系统的测试与检查,EAL4 系统的设计、测试和评审,EAL5 半形式化设计和验证,EAL6 半形式化验证的设计和测试,EAL7 形式化验证的设计和测试。

2. 我国计算机系统安全评价标准

我国一直高度关注网络与信息安全标准化工作,从 20 世纪 80 年代就已经开始网络与信息安全标准的研究,现在已正式发布相关国家标准 60 多个。另外,原信息产业部、公安部、安全部、国家保密局等也相继制订、颁布了一批网络与信息安全的行业标准,为推动网络与信息安全技术在各行业的应用发挥了积极的作用。1999 年 10 月,经过国家质量技术监督局批准,发布了《计算机信息系统安全保护等级划分准则》(GB 17859 – 1999),将我国计算机系统安全保护划分为 5 个等级。GB 17859 – 1999 与 CC 存在大致的安全级别对照关系,分别将它的 5 个等级对应到 CC 中的 5 个等级。

第一级为用户自主保护级(L1):L1 的安全保护机制使用户具备自主安全保护的能力,保护用户信息免受非法读写破坏。

第二级为系统审计保护级(L2):L2 除具备 L1 所有的安全保护功能外,要求创建和维护访问的审计跟踪记录,使所有的用户对自己行为的合法性负责。

第三级为安全标记保护级(L3):L3 除继承前一个级别的安全功能外,还要求以访问对象标记的安全级别限制访问者的访问权限,实现对访问对象的强制保护。

第四级为结构化保护级(L4):L4 在继承前面安全级别安全功能的基础上,将安全保护机制划分为关键部分和非关键部分;关键部分直接控制访问者对访问对象的存取,从而加强系统的抗渗透能力。

第五级为访问验证保护级(L5):L5 特别增设了访问认证功能,负责仲裁访问者对访问对象的所有访问活动。

GB 17859 – 1999 提出的安全要求可归纳为 10 个安全要素:自主访问控制、强制访问控制、标记、身份鉴别、客体重用、审计、数据完整性、隐蔽通道分析、可信路径、可信恢复。该准则为安全产品的研制提供了技术支持,也为安全系统的建设和管理提供了技术指导。此外,针对不同的技术领域还有其他一些安全标准。如"信息处理系统 开放系统互连基本参考模型 第 2 部分 安全体系结构"(GB/T 9387.2 1995)、"信息处理 数据加密实体鉴别机制 第 1 部分 一般模型"(GB 15834.1 – 1995)、"信息技术设备的安全"(GB 4943 – 1995)等。

为切实履行通信网络安全管理职责,提高通信网络安全防护水平,依据《中华人民共和国电信条例》,工业和信息化部于 2009 年 9 月起草了《通信网络安全防护监督管理办法》,拟对通信网络安全实行五级分级保护。

## 9.2　密码学应用基础

网络安全主要依赖于两种技术。一是传统意义上的存取控制和授权,如存取访问控制列表、口令验证技术等;二是利用密码技术对数据进行加密、身份认证、信息隐藏等。前者从理论和技术上是完全可以破解的,而后者是有条件的。所以,网络安全的核心仍将建立在密码学理论与技术基础之上。密码技术包括密码算法设计、密码分析、安全协议、身份认证、消息确认、数字签名、密钥管理等,可以说,密码技术是保障网络与信息安全的基础与核心手段。网络与信息安全所要求的机密性、完整性、可控性等,都可以利用密码技术得到满意解决。

### 9.2.1　数据加密通信模型

加密作为保障数据安全的一种方式,产生的历史相当久远。它的起源要追溯于公元前 2000 年,当时虽然不是现在所讲的加密技术(甚至不叫加密),但作为一种加密的概念,确实早在几个世纪前就诞生了。当时埃及人是最先使用特别的象形文字作为信息编码的,随着时间推移,巴比伦、美索不达米亚和希腊文明都开始使用一些方法来保护他们的书面信息。

早期加密技术主要应用于军事领域,如美国独立战争、美国内战和两次世界大战。最广为人知的编码机器是 German Enigma 机,在第二次世界大战中德国人利用它创建了加密信息。此后,由于 Alan Turing 和 Ultra 计划以及其他人的努力,终于对德国人的密码进行了破解。当初,计算机的研究就是为了破解德国人的密码。随着计算机技术的发展与应用,运算能力的增强,过去的密码已变得十分简单,于是人们又不断地研究出了新的数据加密方式。

数据加密的基本思想是伪装需要保护的信息以隐藏它的真实内容。采用密码方法可以隐藏和保护机密消息,使未授权者不能提取信息。被隐藏的消息称作明文(Plaintext),密码可将明文变换成另一种隐蔽形式,称作密文(Ciphertext)。这种由明文到密文的变换就称为加密(Enciphering)。由密文恢复出明文的过程称为解密(Deciphering)。非法接收者试图从密文分析出明文的过程称为破译。对明文进行加密时所采用的规则称为加密算法;对密文解密时所采用的规则称为解密算法。加密算法和解密算法是在一组仅有合法用户知道的密钥(Key)的控制下进行的。加密和解密过程中使用的密钥分别称为加密密钥和解密密钥。加密算法、解密算法实际上就是明文与密文之间的一种变化法则,其表现形式一般是数学问题的求解公式,或者是相应的程序。

数据加密的基本过程就是对原来为明文的文件或数据按某种算法进行处理,使其成为不可读的密文,使其只能在输入相应的密钥之后才能显示出本来内容,通过这样的途径来达到保护数据不被非法窃取、阅读的目的。该过程的逆过程为解密,即将该编码信息转化为其原来数据的过程。一个加密通信系统定义为一对数据变换,其中一个变换对应于明文的数据项,变换后产生密文;另一个变换应用于密文,变换后的结果为明文。典型数据加密通信系统的一般模型如图9-5所示,它包含以下几个组成部分。

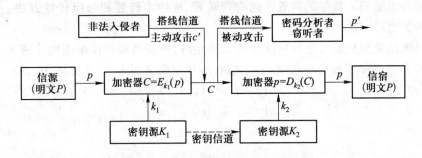

图9-5 数据加密通信系统的一般模型

(1) 明文消息空间 $P$,是可能明文的有限集;密文消息空间 $C$,是可能密文的有限集。

(2) 密钥空间 $K_1$ 和 $K_2$,是一切可能的密钥构成的有限集。在单钥体制下,$K_1 = K_2 = K$,此时密钥 $K$ 需经安全的密钥信道由发送方传递给接收方。

(3) 加密变换。对于密钥空间的任一密钥有一个加密算法,即加密函数 $E_{k_1} : P \rightarrow C$,其中 $k_1 \in K_1$,由加密器完成。

(4) 解密变换。对于密钥空间的任一密钥有一个解密算法,即解密函数 $D_{k_2} : C \rightarrow P$,其中,$k_2 \in K_2$;且满足 $D_K(E_K(P)) = P$;由解密器实现。解密算法是加密算法的逆运算。

(5) 称总体 $(P, C, K_1, K_2, E_{k_1}, D_{k_2})$ 为保密通信系统。对于给定明文消息 $m \in M$,密钥 $k_1 \in K_1$,加密变换将明文 $P$ 变换成密文 $C$,即:$C = f(p, k_1) = E_{k_1}(p)$,$p \in P$,$k_1 \in K_1$。

(6) 合法接收者利用通过安全信道送来的密钥 $k$(在单钥体制下)或用本地密钥发生器产生的解密密钥 $k_2 \in K_2$(在双钥体制下)控制解密操作 $D$,对收到的密文进行解密变换,恢复出明文消息:$p = D_{k_2}(C)$,$p \in P$,$k_2 \in K_2$。

(7) 密码分析者(窃听攻击者)可利用其选择的变换函数 $h$,对截获的密文 $C$ 进行变换,得到的明文是明文空间的某个元素:$p' = h(C)$,$p' \in P$。一般 $p' \neq p$;如果 $p' = p$,则密码分析破译成功。

可见,加密的思想非常简单:发送者在原始明文 $P$ 上应用一个加密函数,将形成的密文 $C$ 通过网络发送出去;接收者在密文上应用一个逆函数(即解密函数)恢复出明文 $P$。加密/解密一般会依赖发送者和接收者之间共享的秘密密钥。如果密钥和加密算法很好地配合,那么窃听者很难破译密文,并且通信双方可以确保他们的通信是安全的。例如,口令加密就可以防止被人偷看,文件加密用于防止文件在网络传输时被窃听和篡改。

## 9.2.2　对称密钥密码体制

对称密钥密码体制指加密和解密采用同一密钥的密码体制,也称为常规密码体制或私钥系统。这种加密技术目前被广泛采用,如美国政府所采用的 DES 加密标准就是一种典型的"对称式"加密方式。

1. 典型加密方法

早期对称密钥密码体制的加密方法很多,本质上可分为转置密码和替代密码两大类。

(1) 转置密码

转置密码是一种不改变明文字符,仅按某种模式将其重新排列构成密文的加密方法。这是目前已知的最古老密码。典型的转置密码有列转置、按样本转置和分组转置方法。在此以列转置为例介绍转置密码方法。

转置密码方法就是把明文按行顺序写入二维矩阵,再按列顺序读出来构成密文。例如,用列转置方法将明文 computer 加密成密文,首先按行顺序把明文写入 3×3 矩阵中,得:

| 行/列 | 1 | 2 | 3 |
|---|---|---|---|
| 1 | c | o | m |
| 2 | p | u | t |
| 3 | e | r | |

然后把它按列顺序读出,即得到密文:cpeourmt。

为了增加破译的难度,可在按列读出时采用人为规定的顺序,例如按 1-3-2 的列顺序读出,则得到密文 cpemtour。但是,人为规定的顺序不易记忆,于是进一步发展成借用一个不包含重复字母的词或词组,以其各字母在字母表中的顺序来标志列的顺序。例如,若取 SECURITY 作为密钥,用转置密码方法将明文 we are discovered save yourself 加密成密文,方法是先将明文以密钥的次序按行写入,得:

```
密钥:S E C U R I T Y
顺序:5 2 1 7 4 3 6 8
明文:w e a r e d i s
     s c o v e r e d
     s a v e y o u r
     s e l f a b c d
```

最后一行末的 4 位 abcd 是无意义的虚码,用于迷惑破译者。然后把它按列顺序读出,得到密文:aovlecaedrobeeyawsssieucrvefsdrd。

该密码的密钥是一个不含任何重复字母的单词或短语。在该示例中,密钥为 SECURITY,密钥长度为 8,密钥的目的是对列编号。列 1 在密钥中最靠近字母开头的那个字母之下(在该示例中为 C),依次类推。明文按行(水平方向)书写。从列 1 开始按列生成加密文。

容易看出,转置密钥加密的方法是,先将一段明文按照某一维数(该示例维数为 8)的矩阵进行排列,然后按列读取该矩阵中的文字就可以得到密文,如果接收方知道密钥(加密矩阵的维数),它可以轻而易举地得到明文。为了增加破译的难度,可以进行多次置换。同样,转置密码也只是作为复杂加密过程中的一个中间步骤。

(2) 替代密码

替代密码有简单替代、多名替代、多表替代和区位替代 4 种方式。简单替代是把明文中的每个字符都用相应的字符替代,解密过程就是明文与密文字符集之间的一对一的映射。多名替代与简单替代类似,差别仅在于明文的字符的同一字符可由密文中多个不同字符替代,即明文与密文的字符之间的映射是一对多的关系。多表替代的明文与密文的字符集之间存在多个映射关系,但每个映射关系却是一对一的。区位替代是一次加密一个明文区位,而生成相应的密文区位。例如,对于简单替代而言,就是把明文中的所有字母均用它右边第 $k$ 个字母替代,并认为 $Z$ 后面又是 $A$。这种映射关系可表示如下

$$f(a) = (a + k) \bmod n$$

式中,$n$ 为字符集中字母的个数。循环移位密码又称凯撒码,由于古罗马皇帝 Julius Caesar 首先使用过,且取 $k = 3$,此时凯撒码的映射关系为:

明文字符集 $P$:abcdefghijklmnopqrstuvwxyz

密文字符集 $C$:defghijklmnopqrstuvwxyzabc

所以用凯撒码对 computer 一词加密,所得到的密文是 frpsxwhu。凯撒码的优点是密码简单易于记忆,但明文与明文之间的映射关系过于简单,安全性较差。

2. 数据加密标准

对称密钥密码体制的加密算法有多种,但在通信领域应用最早、最著名的是由 IBM 公司在 20 世纪 70 年代开发的对称密钥加密标准 (Data Encryption Standard,DES)算法。经政府的加密标准筛选后,DES 于 1976 年 11 月被美国政府采用,随后被美国国家标准局和美国国家标准协会承认。DES 是一种块密码算法,使用 56 位密钥对 64 位的数据块进行加密,并对 64 位的数据块进行 16 轮编码。每轮编码时,一个 48 位的"每轮"密钥值由 56 位的完整密钥得出来。DES 用软件进行解码需用很长时间,而用硬件解码速度非常快。幸运的是,当时大多数攻击者并没有足够的设备制造出这种硬件设备。在 1977 年,人们估计要耗资两千万美元才能建成一个专门用于 DES 的解密的计算机,而且需要 12 个小时的破解才能得到结果。当时 DES 被认为是一种十分强大的加密方法。

在 DES 之后又出现了国际数据加密算法 (International Data Encryption Algorithm,IDEA)。IDEA 使用 128 位密钥,因而更不容易被破译。IDEA 与 DES 相似,也是先将明文划分为一个个 64 位的数据块,然后经过 8 次迭代和一次变换,得出 64 位的密文。计算指出,当密钥长度为 128 位时,若每微秒搜索一百万次,则破译 IDEA 密码需要花费 $5.4 \times 10^{18}$ 年。显然这是比较安全的。

## 9.2.3 公开密钥密码体制

公开密钥密码体制(也称非对称密钥密码)的概念是由 Stanford 大学的 Diffie 和 Hellmann 于 1976 年提出的。目前,公钥算法有很多种,但在所有公开密钥密码体制中,RSA 是其中最著名的一种,它不但用于加密也能用于数字签名。

### 1. 公开密钥算法的概念

所谓公开密钥算法就是使用不同的加密密钥和解密密钥,用来加密的公钥与解密的密钥是数学相关的,并且成对出现。它的产生来自两个方面的需求:一是私有密钥密码体制的密钥分配太复杂;二是数字签名的需要。公开密钥密码体制提出不久,出现了三种公开密钥密码体制,分别是基于 NP 完全问题(Non-deterministic Polynomial,即指多项式复杂程度的非确定性问题)的 Merkel-Hellmann 背包体制、基于编码理论的 McEliede 体制和基于数论中大数分解问题的 RSA 体制。背包体制容易被破解,McEliede 体制需要几百万比特的数据来作为密钥。另外,它与背包体制在结构上非常相似,没有得到广泛承认。RSA 公开密钥密码体制是由 MIT 的 R. Rivest、A. Shamir 和 L. Adleman 三位教授于 1976 年提出并于 1978 年正式公布的。RSA 的取名也是来自于这三位发明者姓名的第一个字母。在公开密钥密码体制中,采用两个相关密钥将加密、解密分开,其中一个密钥是公开的称为公开密钥,简称公钥,用于加密;另一个密钥为用户专用,因而是保密的,称为秘密密钥,简称私钥,用于解密。因此公开密钥密码体制也称为双钥密码体制。

公钥算法比传统密钥算法计算复杂度高,用于对大量数据加密时比传统加密算法的速度要慢许多,因此,常用于对少量关键数据进行加密,或者用于数字签名。即用公共密钥技术在通信双方之间传送私钥,而用私钥来对实际传输的数据加密、解密。

RSA(Rivest Shamir Adleman)就是一种非常著名的公钥加密算法,它是基于大数不可能被质因数分解假设的公钥体制。简单地说就是找两个很大的质数,一个对外公开的为“公钥”,另一个不告诉任何人,称为“私钥”。这两个密钥是互补的,也就是说用公钥加密的密文可以用私钥解密,反之亦然。

### 2. 公钥密码体制的加密/解密过程

公钥密码体制加密/解密有如下一些特点:

(1) 加密算法 E 和解密算法 D 都是公开的。由密钥对产生器为接收者 B 产生一对密钥:加密密钥 $PK_B$ 和解密密钥 $SK_B$。其中,$PK_B$ 是公开的,而 $SK_B$ 是接收者 B 的私钥。只要妥善保管好 $SK_B$,即使 $PK_B$ 和加密算法公开,也能保证该密码体制的安全性。

(2) 虽然成对密钥 $PK_B$ 和 $SK_B$ 在计算机上易于产生,但实际上不可能从已知加密密钥 $PK_B$ 推导出解密密钥 $SK_B$。也就是说从 $PK_B$ 求解 $SK_B$ 在计算上是不可行的。

(3) 发送者可用加密密钥 $PK_B$ 对明文 $P$ 加密,接收者用解密密钥 $SK_B$ 解密可以恢复出明文 $P$,即 $D_e(E_d(P)) = P$。此外,加密与解密的运算可以对调,即 $E_e(D_d(P)) = P$。

(4) 加密密钥是公开的,但不能用来解密。

采用公开密钥密码体制的加密/解密的步骤为:

(1) 发送端用加密算法 $E$ 和加密密钥 $PK_B$ 对明文 $P$ 加密成密文 $C$,即

$$C = E_{PK_B}(P)$$

(2) 接收端则利用与 $PK_B$ 不同的解密密钥 $SK_B$ 和解密算法 $D$ 将密文 $C$ 破解为明文 $P$,即

$$D_{SK_B}(C) = D_{SK_B}(E_{PK_B}(P)) = P$$

图 9-6 表示了公钥密码体制加密/解密过程。

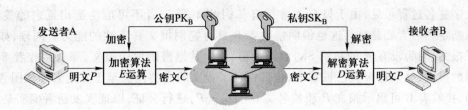

图 9-6　公钥密码体制加密/解密过程

　　假设发送者 A 要寄信给接收者 B,他们互相知道对方的公钥。A 就用 B 的公钥加密邮件寄出,B 收到后就可以用自己的私钥解密出甲的原文。由于别人不知道 B 的私钥,所以即使是 A 本人也无法解密那封信,这就解决了信件保密的问题。另一方面,由于每个人都知道 B 的公钥,他们都可以给 B 发信,那么 B 怎么确信是不是 A 的来信呢? 那就要用到基于加密技术的数字签名了。

　　A 用自己的私钥将签名内容加密,附加在邮件后,再用 B 的公钥将整个邮件加密(注意这里的次序,如果先加密再签名的话,别人可以将签名去掉后签上自己的名,从而篡改了签名)。这样这份密文被 B 收到以后,B 用自己的私钥将邮件解密,得到 A 的原文和数字签名,然后用 A 的公钥解密签名,这样一来就可以确保两方面的安全了。

　　3. 数字签名

　　数字签名是解决电子文件传送过程中真实性问题的一种有效方法。它由公钥密码发展而来,在网络安全,包括身份认证、数据完整性、不可否认性以及匿名性等方面有重要应用。如果在网络上传输一份数据,却存在着种种不安全的因素,使用户对数据能否原封不动到达目的端而心存疑惑,这时就可以给数据加上数字签名,以使对方可以通过认证签名来检查所传输的数据是否已被他人修改。因此,数字签名必须保证能够实现如下 3 项功能。

　　(1) 接收者能鉴别报文的真实性,确认报文是由发送者而不是其他人所发送的。这称之为报文鉴别。

　　(2) 接收者能确认收到的报文与发送者发送的报文完全一致,未被篡改。这称之为报文的完整性。

　　(3) 发送者无法否认自己对该报文的签名。这称之为不可否认性。

　　现在,已有多种实现数字签名的方法,但采用公钥加密体制要比采用对称密钥算法较为容易实现。对于采用公钥加密体制的数字签名的基本过程如图 9-7 所示。发送者 A 先用自己的私钥 $SK_A$ 对报文 P 进行 D 运算,变换成签名文 $C = D_{SK_A}(P)$ 传送给接收者 B。B 收到签名文之后,用 A 的公钥 $PK_A$ 对其进行 E 运算还原成原报文,即 $E_{PK_A}(C) = E_{PK_A}(D_{SK_A}(P)) = P$。值得注意的是,数字签名过程中的 D 运算只是为了得到某种不可读的密文,起到签名的作用,而接收者对密文的 E 运算则是为了核实签名。

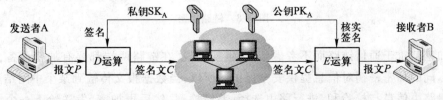

图 9-7　数字签名的基本过程

由数字签名过程可见,由于只有 A 才持有私钥 $SK_A$,第三者不可能伪造出正宗的签名文 $C$,从而可以断定签名者必是 A。这也说明接收者 B 具有鉴别报文真实性的能力。同理,如果第三者篡改了报文,因为没有 A 的私钥 $SK_A$ 对其加密,而用其他密钥发送报文,那么接收者 B 得到的是不可读的报文,就知道报文已被篡改,这就保证了报文的完整性。至于发送者若试图否认报文发送行为,接收者 B 可出示报文 $P$ 和签名文 $C = D_{SK_A}(P)$ 进行公证,以证实发送者确实是 A,因为只有 A 才持有私钥 $SK_A$,因此,A 无法否认自己的发送行为。

以上仅是对报文直接进行了数字签名。实际上,这种直接数字签名的报文是以公开信的形式出现的,对报文 $P$ 本身未保密。因为 A 的公钥 $PK_A$ 是公开的,其他接收者可以查询到,同样也可以解读出签名文。因此,对签名文再加密,才能实现秘密通信和数字签名的双重功能。

## 9.2.4 网络安全策略

网络安全风险永远不可能完全消除,因而必须加强防护与管理。网络安全策略涉及的内容比较多,一般将其分为三大类:即逻辑上的、物理上的和政策上的策略。面对安全的种种威胁,仅仅依靠物理上和政策(法律)上的手段来防止网络犯罪显得十分有限和困难,因此必须研究使用逻辑上的安全策略,如安全协议、密码技术、数字签名、防火墙、安全审计等。显然,网络安全策略不仅包括对各种网络服务的安全层次、用户权限进行分类,确定管理员的安全职责;还包括如何实施安全故障处理,规划设计网络拓扑结构,入侵和攻击的防御与检测,数据备份和灾难恢复等。在此主要讨论网络系统的一些实用性安全策略,诸如网络加密策略、认证与鉴别策略、密钥管理与分配策略等;防火墙当然是网络安全的一项重要措施,将另行专门讨论。

### 1. 网络加密策略

针对网络中保密业务易受攻击的薄弱环节,提高安全性的最有效且常用的方法就是加密。一般常用链路加密和端到端加密两种方式。

### (1) 链路加密

链路加密是指对网络传输的数据报文的每一位进行加密,不但对数据报文正文加密,而且把路由信息与校验和等控制信息也全部加密。常把这种加密方式称作"链 – 链"加密,如图 9–8 所示。

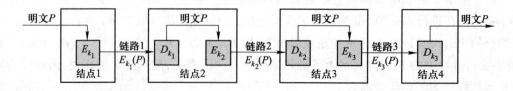

图 9–8 链路加密

链路加密侧重于通信链路而不考虑结点,也就是说,在链路两端都要有加密设备,通过在各链路采用不同的加密密钥对信息提供安全保护。所以,当数据报文传输到某个中间结点时,必须解密以获得路由信息与校验和,进行路由选择、差错检测,然后再加密,发送给下一个结点,直到数据报文到达目的结点为止。因此,每一链路两端的一对结点共享一个密钥,不同结点对共享不同的密钥,显然需提供很多密钥。由于不需传送额外的数据,采用这种方法不会减少网络带宽。链路加密的缺点是数据报每进入一个中间结点都需要一次解密,因此在网络互连的情况下,仅采用链路加密不能实现安全通信。链路加密通常适用于对局部数据的保护。

(2)端到端加密

端到端加密方式是指在一对用户的通信线路两端(即源端点和目的端点)进行加密,数据在发送端进行加密,然后作为不可识别的信息穿过互联网,当这些信息到达目的端后,将自动重组、解密,成为可读数据。在这种加密方式中,数据是以加密的形式由源端点传送到目的端点的,目的端点用与源端点共享的密钥对数据解密,如图 9-9 所示。

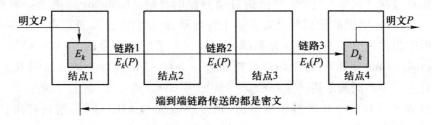

图 9-9 端到端加密

端到端加密方式还能提供一定程度的认证,因为源端点和目的端点共享同一密钥,所以目的端点相信自己收到的数据报的确是由源端点发来的。链路加密方式不具备这种认证功能。

端到端加密面向网络高层,可在传输层或其应用层实现。若选择在传输层加密,那么安全措施对用户是透明的,但容易受到传输层以上的攻击。如果在应用层实现加密,用户可以根据需要来选择不同的加密算法。用户数据在中间结点不需解密,因此报文的安全性不会因为中间结点的不可靠而受到影响。端到端加密的方法不对下层协议信息进行加密,协议信息(源、目的结点地址和路由信息等)以明文形式传输,否则中间结点不能正确选择路由,但这种方法容易受到通信流量分析的攻击。虽然可以通过发送一些虚假的 PDU 来掩盖有意义的报文传输,但要牺牲一些网络性能。

为提高网络安全性,可将链路加密和端到端加密两种方式结合使用。链路加密用来对相关的协议信息进行加密,而端到端加密则用来为端到端的数据传输提供保护。

2. 认证与鉴别策略

在网络应用中,身份认证与鉴别是网络安全的又一重要问题。身份认证是基于加密技术的一种网络防范行为,它的作用就是用来确定用户是否是真实的。简单的例子就是电子邮件,当用户收到一封电子邮件时,邮件中标有的发信人姓名和信箱地址,很多人可能会简单地认为发信人就是信上说明的那个人,但实际上伪造一封电子邮件是极为容易的事。问题就是,如何确定正在访问服务器的人是合法用户。采用身份认证可以解决这个问题。

报文摘要(Message Digest,MD)是进行报文鉴别的简单方法。报文摘要算法是精心选择的一种单向散列函数。这种散列函数也叫做密码编码的校验和。目前存在多种单向散列算法,最著名的当属 MD5。从数学上讲,消息摘要算法更像 DES 而不是 RSA。也就是说,它没有一个严格的数学基础,只是依赖于算法的复杂性来计算一个随机的输出。

### 3. 密钥管理与分配策略

一般说来,密码算法是公开的,于是网络的安全性就与密钥管理密切相关。密钥管理是信息安全保密的重要环节,其内容包括密钥的产生、存储、恢复、分配、注入、保护、更新、丢失、吊销、销毁、验证和使用等。在此仅介绍密钥的分配问题。

密钥分配(或称密钥分发)是密钥管理中的最大问题。密钥必须通过最安全的通路进行分配。从输送密钥的渠道来看,密钥分配有网外分配和网内分配两种方式。网外分配是指密钥分配不通过网络渠道传输,如派遣可靠的信使携带密钥分配给需要通信的用户。随着网络用户的增多和通信量的增大,密钥更换频繁,使其难度增加。网外分配不是一种理想的分配方式。网内分配是指密钥通过网络内部传送,达到密钥自动分配的目的。Kerberos 提供了一种解决密钥网内分配的方案,使保密密钥的管理和分发变得十分容易,但这种方法本身还存在一定的缺点。为了能在互联网上提供一个实用的解决方案,Kerberos 建立了一个安全的、可信任的密钥分发中心(Key Distribution Center, KDC),每个用户只要知道一个和 KDC 进行会话的密钥就可以了,而不需要知道成百上千个不同的密钥。

假设用户 A 想要和用户 B 进行秘密通信,则用户 A 先与 KDC 通信,用只有用户 A 和 KDC 知道的密钥进行加密,用户 A 告诉 KDC 他想与用户 B 进行通信,KDC 就为用户 A 和用户 B 之间的会话随机选择一个会话密钥,并生成一个标签,这个标签由 KDC 和用户 B 之间的密钥进行加密,并在用户 A 启动和用户 B 会话时,用户 A 把这个标签交给用户 B。这个标签的作用是让用户 A 确信和他会话的是用户 B,而不是冒充者。因为这个标签是由只有用户 B 和 KDC 知道的密钥进行加密的,所以即使冒充者得到用户 A 发出的标签也不可能进行解密,只有用户 B 收到后才能够进行解密,从而确定了与用户 A 会话的人就是用户 B。

当 KDC 生成标签和随机会话密码,就会把它们用只有用户 A 和 KDC 知道的密钥进行加密,然后把标签和会话密钥传给用户 A,加密的结果可以确保只有用户 A 能得到这个信息,只有用户 A 能利用这个会话密钥与用户 B 进行会话。同理,KDC 会把会话密码用只有 KDC 和用户 B 知道的密钥加密,并把会话密钥传给用户 B。

用户 A 会启动一个和用户 B 的会话,并用得到的会话密钥加密自己和用户 B 的会话,还要把 KDC 传给它的标签传给用户 B 以确定用户 B 的身份,然后用户 A 和用户 B 之间就可以用会话密钥进行安全的会话了。为了保证安全,这个会话密钥是一次性的,这样,攻击者就更难进行破解了。同时由于密钥是一次性由系统自动产生的,用户也不必费心记忆密钥。

在公钥密码体制中,如果每个用户都具有其他用户的公钥,就可实现安全通信。在 IE 浏览器中,选择"工具/Internet 选项/内容/证书"就可查看有关证书发行机构的信息。用户可以从证书发行机构获得自己的安全证书。

## 9.3　防火墙技术

防火墙技术是建立在网络通信技术和信息安全技术基础之上的应用型安全技术,越来越多地应用于专用网络与公用网络的互连环境之中。防火墙技术,最初是针对互联网不安全因素所采取的一种保护措施。互联网的迅猛发展,使得防火墙产品在短短的几年内异军突起,很快形成了一个产业。

### 9.3.1 防火墙概述

防火墙是一种综合性较强的网络防护工具,涉及计算机网络技术、密码技术、软件技术、安全协议、安全标准、安全操作系统等多个方面。

1. 防火墙的基本概念

防火墙是一个形象的称呼。以前,人们经常在木屋和其他建筑物之间修筑一道砖墙,以便防止在发生火灾时阻止火势蔓延到其他的建筑物,这种砖墙被人们称为防火墙。后来,将防火墙的这种保护机制作为扼守本地网络安全的中介系统或者说是关卡,引入到计算机网络安全技术中,以保护网络免受外部入侵者的攻击。由此把这种中介系统称为防火墙或防火墙系统。

所谓防火墙是指设置在不同网络或网络安全域之间的一系列部件的组合。它是不同网络或网络安全域之间信息的唯一出入口,能根据部门的安全策略控制(允许、拒绝、监测)出入网络的数据流,且本身具有较强的抗攻击能力。防火墙是提供信息安全服务,实现网络和信息安全的基础设施。

在物理组成上,防火墙系统可以是路由器,也可以是个人计算机、主机系统,或一批向网络提供安全保障的软硬件系统。在逻辑上,防火墙是一个分离器、一个限制器,也可以是一个分析器。广义地说,防火墙是一种获取安全性的措施与方法,它有助于实施一个比较广泛的安全策略,以确定是否允许提供服务和访问。一般说来,防火墙位于用户所在的可信网络(内部局域网)和不可信网络(公共互联网,也称为外部网)之间,提供一种保护机制,其目的是保护一个网络不受来自另一个不可信任网络的非法侵入。防火墙在网络系统中的位置如图 9-10 所示。防火墙通过跟踪流经它的所有数据信息,强制实施统一的安全策略,对两个网络之间的通信进行控制,以防止不可预测的、潜在的非法入侵。

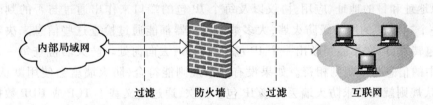

图 9-10 防火墙在网络系统中的位置

从实现方式上来看,防火墙可以分为硬件防火墙和软件防火墙两大类。硬件防火墙是通过硬件和软件的结合来隔离内、外网络的。通常,防火墙硬件平台有 X86 架构防火墙、ASIC(Applicaion Specific Integrated Circuit)架构防火墙和网络处理器(Network Processor,NP)架构防火墙等类型。X86 架构防火墙采用 CPU 和 PCI 总线接口,其功能主要由软件实现,具有很高的灵活性和可扩展性;最初的千兆防火墙就是基于 X86 架构的,典型产品代表是 Cisco 系统防火墙。ASIC 架构防火墙通过专门设计的 ASIC 芯片进行硬件加速处理,它将指令或计算逻辑固化到芯片中,具有良好的数据处理能力,提升了防火墙的性能;其典型产品以 Juniper 公司的 NetScreen 产品为代表。NP 架构防火墙的关键技术是采用了专门为网络设备处理网络流量而设计的处理器,它通过专门的指令集合、配套的软件开发系统,提供了强大的编程能力,便于开发应用,支持可扩展的服务;这类架构的防火墙主要以国内厂商的产品为代表。软件防火墙则是通过纯软件方式实现的。目前的软件防火墙有很多种,如天网的个人版及企业版、诺顿的个人版及企业版防火墙等。

2. 防火墙的主要功能

防火墙是在两个网络之间基于信息流强制执行网络边界安全访问控制策略的一个或一组软硬件系统。在设置了防火墙以后,可以对网络数据的流动实现有效管理,使网络规划更加清晰明了,可以识别并屏蔽非法的访问请求,有效防止跨越权限的网络访问。防火墙通过服务控制、方向控制、用户控制和行为控制来控制访问和执行站点的安全策略。

防火墙具有"阻止"和"允许"两个基本功能。阻止是防火墙的最主要的功能,意即阻止某种类型的通信流量通过防火墙,防止非法的外部用户侵入网络访问资源和窃取数据。"允许"的功能恰好与"阻止"相反,即允许合法的外部用户以指定的权限访问规定的网络资源。因此,防火墙必须具有识别各种类型通信流量的本领。一个有效的防火墙应该能够确保所有从互联网流出或流入的数据都将经过防火墙,所有流经防火墙的数据都应接受检查。不过,要绝对阻止不希望的通信是难以做到的,但只要正确地使用防火墙可将风险降低到可接受的程度。

## 9.3.2 防火墙类型

如今市场上的防火墙林林总总,形式多样。有以软件形式运行在普通计算机之上的,也有以固件形式设计在路由器之中的。若按照防火墙的实现技术,可将防火墙分为四大类:网络级防火墙(也叫包过滤型防火墙)、应用级防火墙、电路级防火墙和状态检测防火墙。它们之间各有所长,具体使用哪一种或是否混合使用,要看具体需要。

1. 网络级防火墙

网络级防火墙主要用来防止外来非法入侵。有包过滤和授权服务器两种。网络级防火墙一般是基于源地址和目的地址、应用、协议以及每个 IP 包的端口来作出通过与否的判断。一个路由器便是一个"传统"的网络级防火墙,大多数的路由器都能通过检查这些信息来决定是否将所收到的 IP 包转发,但它不能判断出一个 IP 包来自何方,去向何处。防火墙检查每一条规则直至发现 IP 包中的信息与某规则相符。如果没有一条规则能符合,防火墙就会使用默认规则,一般情况下,默认规则就是要求防火墙丢弃该 IP 包。其次,通过定义基于 TCP 或 UDP 数据包的端口号,防火墙能够判断是否允许建立特定的连接,如 Telnet、FTP 连接。

2. 应用级防火墙

应用级防火墙工作在 OSI 参考模型的应用层,因此又称为应用层网关,可使网络管理实现比网络级防火墙更为严格的安全策略。应用级防火墙不是用包过滤工具来对通过防火墙的服务进行管理,而是在网关上对每个想要的应用程序安装通过专用的目的代码(代理服务)来对互联网服务进行管理,因此又常称之为代理服务器防火墙,而且是广泛应用的一种防火墙。由于它是受到特别保护的指定系统,还常称之为堡垒主机。

应用级防火墙能够检查进出的数据包,通过网关复制传递数据,防止在受信任服务器和客户机与不受信任的主机间直接建立联系。应用级防火墙能够理解应用层上的协议,能够做复杂一些的访问控制,并做精细的注册和稽核。在实际工作中,应用级防火墙一般由专用主机系统来完成,但每一种协议需要相应的代理软件,使用时工作量大,效率不如网络级防火墙。应用级防火墙具有较好的访问控制,是目前最安全的防火墙,但实现困难,而且有的应用级防火墙缺乏"透明度"。在实际使用中,用户在受信任的网络上通过防火墙访问互联网时,经常会发现存在延迟并且必须进行多次登录才能访问互联网。

3. 电路级防火墙

电路级防火墙也称为电路层网关,通常在传输层上实施访问策略,在内、外网络主机之间建立一个虚拟电路进行通信,相当于在防火墙上直接开了个口子进行传输,不像应用级防火墙那样能严密控制应用层的数据。电路级防火墙用来监控受信任的客户机或服务器与不受信任主机之间的 TCP 握手信息,从而判断该会话是否合法。一旦会话连接有效,该电路层防火墙仅复制、传递数据。电路层防火墙不允许进行端点到端点的 TCP 连接,而是建立两个 TCP 连接:一个是在电路级防火墙本身和内部主机上的一个 TCP 用户进程之间,另一个是在电路级防火墙和外部主机的 TCP 用户进程之间。一旦这两个连接建立起来,电路级防火墙直接从一个连接转发 TCP 报文段到另一个连接中,而不检验其中的内容,其安全功能体现在确定哪些连接是允许的。

实际上,电路级防火墙并非作为一个独立产品存在,通常是与其他的应用层网关结合在一起使用。它在 IP 层代理各种高层会话,具有隐藏内部网络信息的能力,且透明性高;但由于工作在会话层,无法检查应用层的数据包,安全性稍低一些。

4. 状态检测防火墙

状态检测防火墙综合了网络级防火墙、应用级防火墙和电路级防火墙的技术特点,它采用一种基于连接的状态检测机制,将属于同一连接的所有数据包作为一个整体看待,构成连接状态表,通过规则表与状态表的共同配合,对表中的各个连接状态因素加以识别,因而比应用代理防火墙更有效。状态检测防火墙与网络级防火墙一样,能够在 OSI 网络层上通过 IP 地址和端口号,过滤进出的数据包。它也像电路级防火墙网关一样,能够检查 SYN 和 ACK 标记和序列数字是否逻辑有序。当然它也像应用级网关一样,可以在 OSI 应用层上检查数据包的内容,查看这些内容是否能符合企业网络的安全规则。状态检测防火墙虽然集成前三者的特点,但不同于应用级网关,并不打破客户机/服务器模式来分析应用层的数据,它允许受信任的客户机和不受信任的主机建立直接连接。状态检测防火墙不依靠与应用层有关的代理,而是依靠某种算法来识别进出的应用层数据,这些算法通过已知合法数据包的模式来比较进出数据包,这样从理论上能比应用级代理在过滤数据包上更有效。

### 9.3.3 防火墙的应用配置

目前,防火墙的应用配置主要有屏蔽路由器、双穴主机网关、屏蔽主机网关和屏蔽子网 4 种体系结构。

1. 屏蔽路由器方式

屏蔽路由器方式是防火墙的最基本配置,它可以由厂家专门生产的路由器实现,也可以用主机来实现。屏蔽路由器是一个多端口的 IP 路由器,它依据组规则通过对每一个到来的 IP 包进行检查来判断是否对之进行转发。屏蔽路由器从包头取得信息,例如协议号、收发报文的 IP 地址和端口号、连接标志以至另外一些 IP 选项,对 IP 包进行过滤。屏蔽路由器作为内外连接的唯一通道,要求所有的报文都必须在此通过检查。路由器上可以装基于 IP 层的报文过滤软件,实现报文过滤功能。许多路由器本身带有报文过滤配置选项,但一般比较简单。

屏蔽路由器的最大优点就是架构简单且硬件成本较低,缺点则是建立包过滤规则比较困难,一旦被攻陷后很难发现,而且不能识别不同的用户。

### 2. 双穴主机网关方式

双穴主机网关是用一台装有两块网卡的堡垒主机做防火墙。两块网卡各自与受保护网和外部网相连。堡垒主机上运行防火墙软件,可以转发应用程序,提供服务等。与屏蔽路由器相比,双穴主机网关堡垒主机的系统软件可用于维护系统日志、硬件拷贝日志或远程日志;但缺点也比较突出,一旦入侵者侵入堡垒主机并使其只具有路由功能,则任何网上用户均可以随便访问内部网。

### 3. 屏蔽主机网关方式

屏蔽主机网关易于实现也最为安全,因此应用广泛。例如,一个包过滤路由器连接外部网络,同时一个堡垒主机安装在内部网络上,通常在路由器上设立过滤规则,并使这个堡垒主机成为从外部网络唯一可直接到达的主机,这确保了内部网络不受未被授权的外部用户的攻击。如果受保护网是一个虚拟扩展的本地网,即没有子网和路由器,那么内部网的变化不影响堡垒主机和屏蔽路由器的配置。

这种方式易于实现,也较为安全,危险带限制在堡垒主机和屏蔽路由器之间。网关的基本控制策略由安装在堡垒主机上的软件决定。但这种结构依赖屏蔽路由器和堡垒主机,只要有一个失效,整个网络就暴露无余,这与双穴主机网关受攻击时的情形类似。

### 4. 屏蔽子网方式

屏蔽子网就是在内部网络和外部网络之间建立一个被隔离的子网,用两台 IP 包过滤路由器将这一子网分别将内部网络和外部网络分开。在很多实现中,两个 IP 包过滤路由器放在子网的两端,在子网内构成一个隔离网,称之为非军事区(DNZ),内部网络和外部网络均可访问屏蔽子网,但禁止它们穿过屏蔽子网通信。有的屏蔽子网中还设有一堡垒主机作为唯一可访问点,支持终端交互或作为应用网关代理。这种配置的危险带仅包括堡垒主机、子网主机及所有连接内网、外网和屏蔽子网的路由器。如果攻击者试图完全破坏防火墙,必须重新配置连接三个网的路由器,既不切断连接又不能把自己锁在外面,同时还要不被发现,尽管这样也还是有可能实现的。但若禁止网络访问路由器或只允许内网中的某些主机访问它,则攻击会变得更加困难。在这种情况下,攻击者需要先侵入堡垒主机,然后进入内网主机,再返回来破坏屏蔽路由器,且整个过程中不能引发警报。

架构防火墙时,一般很少采用单一技术,通常是多种安全技术的组合。譬如,通常将屏蔽路由器和代理服务器组合在一起构成混合系统,其中屏蔽路由器主要用来防止 IP 欺骗攻击。目前采用最广泛的配置是 Dualhomed 防火墙、被屏蔽主机型防火墙以及被屏蔽子网型防火墙。采取什么样的组合主要取决于网管中心向用户所提供的服务,以及网管中心能接受什么等级的风险。采用哪种技术主要取决于经费,投资的大小或技术人员的技术水平、时间等因素。

防火墙具有很好的保护作用。入侵者必须首先穿越防火墙的安全防线,才能接触目标计算机。在具体应用防火墙技术时,还要考虑到两个方面:一是防火墙是不能防病毒的,尽管有不少的防火墙产品声称其具有这个功能。二是在防火墙之间的数据更新是一个难题,如果延迟太大将无法支持实时服务请求。并且,防火墙采用包过滤技术,包过滤通常使网络性能降低 50% 以上,如果为了改善网络性能而购置高速路由器,则会提高经济预算额度。

总之,防火墙是企业网安全问题的常用解决方案,即把公共数据和服务置于防火墙之外,使其对防火墙内部资源的访问受到限制。作为一种网络安全技术,防火墙具有简单实用的特点,并且透明度较高,可以在不修改原有网络应用系统的情况下达到一定的安全要求。

# 9.4 网络安全协议

Internet 体系结构委员会(IAB)于 1994 年发布了一篇名为《Internet 体系结构中的安全问题》的报告,在该报告中阐述了互联网的安全性和安全机制。特别要求保证网络基础设施安全不受未授权的监视和未授权的网络通信量控制,以保证使用了鉴别和加密机制的端到端用户通信量的安全性。这些安全性的功能体现在互联网不同层次的相应协议当中。

## 9.4.1 网络层安全协议

关于互联网网络层安全最重要的请求评论是描述 IP 安全体系结构的 RFC 2401 和提供 IPSec 协议族概述的 RFC 2411。IPSec 是 IP 安全协议的缩写。

IPSec 是基于 IP 通信环境的一种端到端的数据安全保障机制,相当复杂,它由一系列的 RFC 文档组成,其中最重要的是认证头(Authentication Header, AH)、封装安全载荷(Encapsulating Security Payload, ESP)两个安全协议。

1. 安全关联

在互联网的安全机制中一个非常关键的概念是安全关联。所谓安全关联(Security Associations, SA)是指在发送端与接收端之间存在的单向关系,它向所承载的通信量提供安全服务。SA 提供的安全服务取决于所选择的安全协议(AH 或 ESP)、操作模式(传输模式或隧道模式),以及有关通信结点之间的安全要求(如验证算法、加密算法、加密密钥等)。可以说,SA 是构成 IPSec 的基础。在使用 AH 和 ESP 之前,安全关联必须事先建立。

一个安全关联需要以下三个参数来唯一标志:

<安全参数索引,源/目的 IP 地址,安全协议标识符>

这样,IPSec 就可以将互联网中无连接的网络层转换为具有逻辑连接的层了。其中:

(1)安全参数索引(Security Parameters Index, SPI) SPI 是一个 32 位的标识符,其位置在 AH 和 ESP 报头中,作用是使接收系统对收到的数据报能够选择在哪个 SA 下进行处理,所以 SPI 只具有本地意义。

(2)源/目的 IP 地址 即 SA 中发送端/接收端的 IP 地址。该地址可以是终端用户系统或防火墙、路由器等网络互连设备的地址。目前,SA 管理机制只支持单目标传送地址,即仅指定一个用户或网络互连设备的地址。

(3)安全协议标识符 用以标志 SA 使用的协议是 AH 协议还是 ESP 协议。

所以,对任何 IP 数据报,通过 IPv4 或 IPv6 报头中的源/目的 IP 地址以及封装扩展报头(AH 或 ESP)中的 SPI,可以对 SA 唯一地识别。

IPSec 的安全关联可以采用两种方式建立:一是通过手工方式建立,即 SA 的内容由人工指定、人工维护;但当网络中结点较多时,人工配置将非常困难,而且难以保证安全性。二是采用 IKE 自动进行安全关联,建立密钥交换过程。为了进行 SA 的管理,要求用户应用程序的一个接口同 IPSec 内核通信,以便对 SA 数据库进行管理。

## 2. 认证头协议

认证头(AH)协议为 IP 数据报提供了无连接的数据完整性验证、数据源身份认证和防重放攻击 3 种服务。数据完整性验证通过一个带密钥的哈希函数(如 MD5、SHA1)产生的校验值来保证。数据源身份认证通过在计算验证时加入一个共享密钥来实现,它能保护通信免受篡改,但不能防止窃听,适合于传输非机密性数据。用 AH 报头中的序列号防止重放攻击。

AH 认证报头位置在原始 IP 报头和传输层协议报头之间,如图 9-11 所示,同时将 IP 报头中的协议字段置"51"。AH 可以单独使用,也可以与 ESP 协议结合使用。AH 报头部分包括以下字段:

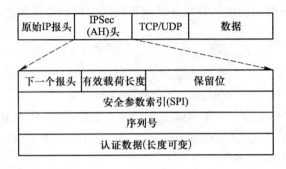

图 9-11　AH 报头格式

(1) 下一个报头(8 位)　标志紧接着本报头的下一个报头的类型(如 TCP 或 UDP)。例如,Next Header 值等于"6",表示紧接其后的是 TCP 报头。

(2) 有效载荷长度(8 位)　即鉴别数据字段的长度,以 32 位为单位。

(3) 安全参数索引(32 位)　表示一个安全关联。若置 0,表明"没有安全关联存在"。

(4) 序列号(32 位)　表示一个计数值。

(5) 认证数据(长度可变)　这是一个可变长度的字段,但必须是 32 位字的整数倍,包含完整性检查和。接收端接收数据报后,首先执行 Hash 计算,再与发送端所计算的该字段值比较。若两者相等,表示数据完整;若在传输过程中数据被修改,两个计算结果不一致,则丢弃该数据报。

## 3. 封装安全载荷协议

封装安全载荷(ESP)协议除了为 IP 数据报提供 AH 协议已有的 3 种服务之外,还提供数据包加密以及通过防止数据流分析来提供有限的数据流加密保护服务。数据包加密是指对一个 IP 包进行加密,可以是整个 IP 包,也可以是加密 IP 包的载荷部分,一般用于客户端的计算机。数据流加密一般用于支持 IPSec 的路由器。加密是 ESP 的基本功能,而数据完整性验证、数据源身份认证和防重放攻击都是可选性服务。如果启用了加密,也就同时选择了数据完整性验证和数据源身份认证。

IP 封装安全载荷的组织结构与别的 IP 有效载荷有很大不同。ESP 有效载荷的第一部分是有效载荷的未加密域,第二部分是加密的数据。未加密 ESP 报头的域通知预期的接收者怎样合适地解密和处理加密的数据。被加密的数据部分包括用于安全协议的受保护域以及加密封装的 IP 数据包。ESP 数据报组成如图 9-12 所示。

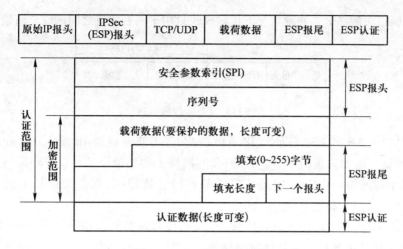

图 9-12　ESP 数据报格式

（1）ESP 报头字段

ESP 报头字段包括以下字段：

① 安全参数索引（Security Parameters Index，SPI）（32 位）　用于为数据包标志一个安全关联。

② 序列号（Sequence Number）　从 1 开始的 32 位单增序列号，不允许重复，唯一地标志每一个发送数据包，为安全关联提供反重播保护。接收端校验序列号为该字段值的数据包是否已经被接收过，若是 ESP 报头字段，则拒收该数据包。

（2）ESP 报尾字段

ESP 认证报尾包括以下字段：

① 填充（Padding）字节（0 ~ 255 个字节）　DH 算法要求数据长度（以位为单位）模 512 为 448，若应用数据长度不足，则需要填充位填充。

② 填充长度（Padding Length）（8 位）　指出填充字段所填字节的数量。

③ 下一个报头（Next Header）（8 位）　识别下一个使用 IP 协议号的报头，如 TCP 或 UDP。

（3）ESP 认证数据

认证数据（Authentication Data，AD）是一个可变长字段，但必须是 32 位字的整数倍。它包含有一个完整性检查值。完整性检查部分包括 ESP 报头、有效载荷（应用程序数据）和 ESP 报尾。

ESP 报头插在 IP 报头之后，TCP 或 UDP 等传输层协议报头之前。ESP 由 IP 协议号"50"标志。如果已经有其他 IPSec 协议使用，则 ESP 报头应插在其他任何 IPSec 协议报头之前。ESP 认证的完整性检查部分包括 ESP 报头、传输层协议报头，应用数据和 ESP 报尾，但不包括 IP 报头，因此 ESP 不能保证 IP 报头不被篡改。ESP 加密部分包括上层传输协议信息、数据和 ESP 报尾。

4. 两种使用方式

根据用户的需求，IPSec 支持传输模式和隧道模式两种使用方式。

（1）IPSec 传输模式

传输模式为上层协议提供安全保护，保护的是 IP 数据报的有效载荷（如 TCP、UDP 和 ICMP），如图 9-13 所示。IPv4 的有效载荷通常是指跟在 IPv4 报文头后面的数据，IPv6 的有效载荷是 IPv6

基本报头和扩展报头的部分。通常情况下传输模式只用于两台主机之间的安全通信。

图 9-13　IPSec 传输模式

在传输模式中,AH 和 ESP 只处理 IP 有效载荷,并不修改原始 IP 报头。这种模式的优点在于每个 IP 数据报只增加少量的字节。另外,公共网络上的其他设备可以看到最终的源和目的 IP 地址。这使得中间网络可以根据 IP 报头进行某些特定处理(如服务质量),不过第四层的报头是加密的,无法对其进行检查。

传输模式的 IP 报头是以明文方式传输的,因此很容易遭到某些通信量分析攻击;但攻击者无法确定传输的是电子邮件还是其他应用程序。

(2) IPSec 隧道模式

隧道模式为整个 IP 数据报提供安全保护,如图 9-14 所示。隧道模式首先为原始 IP 数据报增加 IPSec 报头(AH 或 ESP 字段),然后再在外部增加一个新的 IP 报头,这样原有的 IP 数据报就被有效地隐藏起来了。所有原始的或内部数据包通过这个隧道从 IP 网的一端传递到另一端,沿途的路由器只检查最外面的 IP 报头,不检查内部原始 IP 报头。由于增加了一个新 IP 报头,因此新 IP 报文的目的地址可能与原来的不一致。隧道模式通常用在至少一端有安全网关的情况,如防火墙和路由器。使用隧道模式后,防火墙后面的主机可以使用内部地址进行通信,而且不需要实现 IPSec。

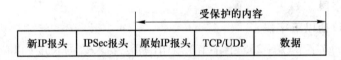

图 9-14　IPSec 隧道模式

隧道模式的优点在于不用修改任何端系统就可以获得 IP 安全性能。隧道模式同样还可以防止通信量分析攻击。在隧道模式中,因为内外 IP 报头的地址可以不一样,攻击者只能确定隧道的端点,而不是真正的数据包源和目的结点。

AH 和 ESP 都支持传输模式和隧道模式,因此有四种可能的组合:AH 传输模式、AH 隧道模式、ESP 传输模式、ESP 隧道模式。

## 9.4.2　传输层安全协议

Web 在金融交易方面的应用,如信用卡购物、在线银行和电子股票交易等,都迫切需要安全的连接。安全套接字层(Security Socket Layer,SSL)协议就是由 Netscape 公司提出的基于 Web 应用的安全协议。SSL 协议很好地解决了互联网上信息的安全传输,弥补了 TCP/IP 协议的不足,使得在网络上传送数据得到安全保障。IETF 对 SSL 进行了标准化,即 RFC 2246,并将其称为传输层安全(Transport Layer Security, TLS)。TLS 的第一个发布版本 TLS 1.0,在一定程度上可认为等同于 SSL3.0。从技术上讲,二者的差别非常小,并且 TLS1.0 对 SSL3.0 向后兼容。下面仅对 SSL 协议作一介绍。

1. SSL 协议的组成

SSL 协议位于 TCP/IP 协议与各种应用层协议之间,为数据通信提供安全支持。SSL 协议可视为由 SSL 握手协议(SSL Handshake Protocol)和 SSL 记录协议(SSL Record Protocol)两个子层组成,握手协议建立在记录协议之上。此外,还有报警协议、密码更新协议和应用数据协议等对话协议和管理提供支持的子协议。SSL 协议的组成及其 TCP/IP 中的位置如图9-15所示。

| SSL握手协议 | SSL密码<br>更新协议 | SSL报警协议 | HTTP |
|---|---|---|---|
| SSL记录协议 | | | |
| TCP | | | |
| IP | | | |

图 9 - 15   SSL 协议组成结构

其中,SSL 记录协议建立在可靠的传输协议(如 TCP)之上,为高层协议提供数据封装、压缩、加密等基本功能的支持。SSL 握手协议建立在 SSL 记录协议之上,用于在实际的数据传输开始前,通信双方进行身份认证、协商加密算法、交换加密密钥等,建立起安全通信机制。SSL 协议提供的服务主要有:

(1)认证用户和服务器,确保数据发送到正确的客户机和服务器;

(2)加密数据以防止数据中途被窃取;

(3)维护数据的完整性,确保数据在传输过程中不被改变。

注意:SSL 协议在应用层可使用安全超文本传输协议(Secure HTTP,HTTPS),其端口号是443,而不是标准的熟知端口号80。

2. SSL 握手协议建立安全连接的过程

SSL 握手协议用于客户机与服务器之间会话的安全参数,这些参数包括要采用的协议版本、加密算法和密钥。当一个 SSL 客户机与服务器第一次开始通信时,首先在一个协议版本上达成一致,选择加密算法和认证方式,并使用公钥技术来生成共享密钥。SSL 握手协议建立安全连接的过程如图9-16所示。

① 用户 A 向用户 B 发送建立连接请求,其中包括 SSL 版本、诸选项(如压缩算法、加密算法),以及一个随机数 $R_A$。

② 用户 B 收到请求后给出应答,其中包括选定的 SSL 版本和算法,还给出用户 B 的一个随机数 $R_B$。

③ 用户 B 再发送一个证书,其中包含 B 的公

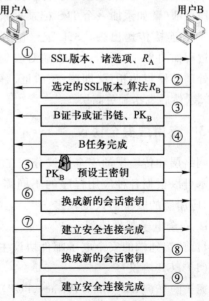

用户A          用户B

① SSL版本、诸选项、$R_A$
② 选定的SSL版本、算法$R_B$
③ B证书或证书链、$PK_B$
④ B任务完成
⑤ $PK_B$   预设主密钥
⑥ 换成新的会话密钥
⑦ 建立安全连接完成
⑧ 换成新的会话密钥
⑨ 建立安全连接完成

图 9-16   SSL 握手协议建立安全连接的过程

钥 $PK_B$。如果 A 发送的证书未被证书颁发机构(CA)签过名,那么 A 也发送一证书链,可以追溯到某一个由根证书颁发机构(CA)签过名的证书。

④ 用户 B 应答,以示达成了握手协议,即双方握手接通。

⑤ 用户 A 选择一个随机预设主密钥,并用用户 B 的公钥 $PK_B$ 加密后发送给 B。后面用到的用于加密数据的实际会话密钥就是从这个预设主密钥和两个临时的随机数($R_A$、$R_B$)推导出来的。A 和 B 都可计算出会话密钥。

⑥ 用户 A 告诉用户 B 将切换到新的会话密钥。

⑦ 用户 A 告诉用户 B 建立安全连接已完成。

⑧ 用户 B 告诉用户 A 切换到新的会话密钥。

⑨ 用户 B 告诉用户 A 建立安全连接已完成。

握手协议完成后,用户 A 即可与用户 B 传输应用加密数据,应用数据加密一般是用第⑤步密钥协商时确定的对称加密/解密密钥,如 DES、3DE 等。目前,商用加密强度为 128 位,非对称密钥一般为 RAS,商用强度为 1024 位,用于证书的验证。

3. SSL 记录协议的执行过程

SSL 握手协议建立起安全连接后,SSL 记录协议使用安全连接封装高层协议的数据。它把上层数据(比如来自浏览器的消息)分割成最大长度为 16 KB 的分段或更小长度的记录块,每个分段用当前连接中约定的压缩算法进行压缩,计算报文认证码(MAC)并放在压缩后的分段尾部,然后再用双方约定的对称加密算法对压缩后的分段和报文认证码(MAC)进行加密。最后,给每个分段附上一个分段首部(譬如添加一个 TLS 记录头),再通过 TCP 连接传送出去。SSL 记录协议的执行过程如图 9-17 所示。接收端对收到的数据处理过程与此相反,即解密、验证、解压缩、拼装,然后发送到更高层。

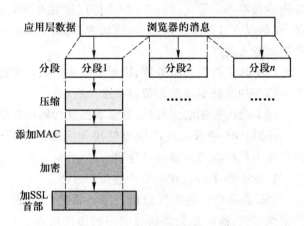

图 9-17　SSL 记录协议的执行过程

### 9.4.3　应用层安全协议

网络层和传输层的安全协议分别在主机之间和进程之间建立起安全数据通道。应用层的安全技术可以根据各种应用程序的不同需求给出相应的安全策略,以实现更加细化的安全服务。因此,应用层的安全协议也较多。

1. 安全电子邮件协议

目前,端到端的安全电子邮件协议主要有 PGP、S/MIME 以及 PEM 协议等。

(1) PGP 协议

完美隐私(Pretty Good Privacy,PGP)是一个基于公开密钥加密算法的加密软件,用户可以使用它在不安全的通信链路上创建安全的消息和通信。例如可以用来对电子邮件加密防止非授权者阅读,还能对邮件加上数字签名从而使收信人可以确认邮件的发送者,并能确信邮件没有被篡改。同时,通过使用公钥密码算法,可以提供一种事先并不需要任何保密的渠道来传递密钥。PGP 的功能非常强大,有很快的速度,而且其源代码是免费的。

PGP 使用各种形式的加密方法,其中最为常见的是采用国际数据加密标准(IDEA)的块密码算法来加密数据。该算法使用 128 位密钥。从概念上讲,IDEA 与 DES、AES 非常类似,只是所用的混合函数不同。下面以用户 A 向用户 B 发送一个明文为例来说明 PGP 的工作原理。假设用户 A 的公钥为 $PK_A$,私钥为 $SK_A$,自己生成的一次一密钥为 $K_M$。用户 B 的公钥为 $MK_B$,私钥为 $SK_B$。

在发送端,PGP 对邮件的加密操作过程如图 9-18 所示。

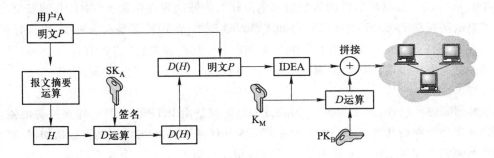

图 9-18 PGP 对邮件的加密操作过程

① 发送端用户 A 先对邮件明文 $P$ 使用 MD5 报文摘要算法运算,得到报文摘要 $H$。再用 A 的私钥 $SK_A$ 对 $H$ 进行数字签名,得到签了名的报文摘要 $D(H)$,把它拼接在明文 $P$ 的后面,得到报文($P + D(H)$)。

② 再使用 A 自己生产的一次一密钥 $K_M$ 对报文($P + D(H)$)进行加密。

③ 使用 B 的公钥 $PK_B$ 对 $K_M$ 进行加密。

④ 把上述②、③两个步骤得到的结果拼接起来,发送至互联网。

如果所传送的明文过长,可采用压缩技术将其压缩,也可以采用内容传送编码技术(如 Base64 编码)对传送上网的邮件信息进行编码。

在接收端,其操作步骤为:

① 将被加密的报文($P + D(H)$)和 $K_M$ 分开。

② 使用 B 的私钥 $SK_B$ 解出 A 的一次一密钥 $K_M$。

③ 用解出的一次一密钥 $K_M$ 对被加密的($P + D(H)$)进行解密,得出报文摘要 $H$。

④ 用 A 的公钥 $PK_A$ 对 $D(H)$ 进行签名核实,得出报文摘要 $H$。

⑤ 对明文 $P$ 重新进行 MD5 运算,得出报文摘要 $H'$。将 $H$ 与 $H'$ 相比较,如若一致,则此邮件就通过了鉴别,并承认了 完整性。

目前,PGP 发布的支持 Windows 的最新简体中文版本是 PGP 9.12,可到中文官方网站(http://www.pgp.com.cn/)下载;解开压缩包,运行安装文件,系统就自动进入安装向导,按照提示安装即可。PGP 9.12 主要更新的功能有:① 支持 Windows 7;② 改进了 PGP 网络共享功能;③ 增强了完整磁盘加密功能等。使用它可以简捷而高效地实现邮件或者报文文件的加密、数字签名。

(2) S/MIME 协议

安全/多用途 Internet 邮件扩展(Secure/Multipurpose Internet Mail Extensions, S/MIME)是 RSA 数据安全公司开发的软件,它由 PEM 和 MIME 发展而来。

　　S/MIME 提供的安全服务有:报文完整性、数字签名和数据加密。S/MIME 可以添加在邮件系统的用户代理中,用于提供安全的电子邮件传输服务,也可以加入到其他的传输机制(例如HTTP),安全的传输任何 MIME 报文,甚至可以添加在自动报文传输代理中,在互联网中安全地传输由软件生成的 FAX 报文。

　　同 PGP 一样,S/MIME 也采用了单向散列算法和公钥与私钥的加密体制,主要有两点与 PGP不同:一是认证机制依赖于层次结构的证书认证机构,所有下一级的组织和个人的证书由上一级的组织负责认证,最顶级的组织(根证书)之间相互认证。整个信任关系基本是树状的,这就是所谓的 Tree of Trust。二是将信件内容加密签名后作为特殊的附件传送。S/MIME 的安全功能基于加密信息语法标准 PKCS#7(RFC 2315)和 X.509v3 证书,密钥长度是动态可变的,具有很高的灵活性。在国外,Verisign 免费向个人提供 S/MIME 电子邮件证书;国内也有许多公司提供支持该标准的产品。在客户端,Netscape Messenger 和 Microsoft Outlook 都支持 S/MIME。

　　(3) PEM 协议

　　私密性增强邮件(Privacy Enhanced Mail,PEM)协议是由 IETF 设计的邮件保护与增强规范,它的实现基于公开密钥基础设施(PKI)并遵循 X.509 认证协议。PEM 提供了数据加密、鉴别、消息完整性及密钥管理等功能。对于每个电子邮件报文可以在报文头中规定特定的加密算法、数字鉴别算法、Hash 函数等安全措施。目前,基于 PEM 的具体实现有 PEM、RIPEM、MSP 等多种软件模型。有关它的详细内容可参阅 Internet 工程任务组公布的 RFC1421、RFC1422、RFC1423 和RFC1424 等 4 个文件。PEM 有可能被 S/MIME 和 PEM/MIME 规范所取代。

　　除了 PGP、S/MIME、PEM 协议之外,目前常用的一些 E-mail 安全标准(包括官方的标准和事实上的标准)还有 MOSS、PGP/MIME 等。PGP 既是一个特定的安全 E-mail 应用,又是一个安全 E-mail 标准。尽管标准委员会并没有规定它是安全 E-mail 的标准,但 PGP 在全球的广泛应用已经使它成为一个事实上的标准。S/MIME 是在 PEM 的基础上建立起来的一个官方标准,已被许多软件厂商使用。它选择 RSA 的 PKCS#7 标准与 MIME 一起用来加密所有的 InternetE-mail信息。MOSS 和 PEM 是没有被广泛实现的标准。

　　2. 超文本安全传输协议

　　超文本安全传输协议(HTTPS)是由 Netscape 公司提出的 WWW 安全标准,它基于 SSL,实际上是 HTTP over SSL。目前流行的 WWW 服务,Netscape Navigator 和 Internet Explorer 等浏览器都支持 HTTPS。WWW 的统一资源定位器已经增加了访问形式:https://…这是目前应用最为广泛的 WWW 安全服务。HTTPS 提供了基于 X.509 证书的公钥身份认证和加密传输。使用这种安全通道的方法很简单,打开 Web 浏览器,在地址栏中输入站点地址:https://Web 服务器地址/index.htm 即可。例如,要访问 Web 站点 192.168.11.2,那么在 IE 地址栏中输入 https://192.168.11.2;浏览器就将使用 HTTPS 来建立加密连接。如果服务器的 SSL 端口不是默认的443 端口,则需要在访问时指明 SSL 端口。在浏览器与 Web 服务器建立安全连接后,该服务器将自动向浏览器发送站点证书并开始以加密形式传输数据。这时,Web 浏览器将在状态栏上显示一个黄色的锁形图标,表示已经建立 SSL 加密连接。

　　3. 通用安全服务接口

　　安全电子邮件协议、超文本安全传输协议等应用层安全措施是为每个应用加入安全功能,它们都存在一个问题,即每个应用程序都要单独进行相应的修改,这是所不希望的。为此,人们引入了一种应用层安全化的方式,即通过中间件(Middleware)来实现所有的身份认证、数据加密和访问控制等安全功能,并通过一个通用的安全服务应用程序接口向应用程序提供这些安全服务,使得应用程序不作任何修改就可以使用不同的安全服务。通用安全服务 API 位于中间件之上,位于应用程序之下,形成一个安全的应用层。IETF 致力于制订标准化的通用安全服务 API,称为通用安全服务程序接口(Generic Security Service API,GSS – API)(RFC 2078、RFC 2743,建议标准)。

# 9.5 计算机网络管理

随着计算机网络技术的快速发展和普及应用,以及网络规模的迅速扩大,其复杂性在不断增加,异构性也越来越高。如果没有一个高效的网络管理系统对网络实施管理,则很难提供令人满意的服务。因此,计算机网络管理(简称网管)已被列为"未来网络结构"的三大关键技术(高速交换技术、虚拟网络技术和网络管理技术)之一。网络管理是保证网络正常运行的重要措施。

## 9.5.1 网络管理概念

目前,对网络管理尚未有一个准确的定义。一般说来,网络管理不是指对网络进行行政上的管理,而是以提高整个网络系统的效率、管理和维护水平为目标,在合理的费用支持下对一个网络系统的资源和活动进行的监视、测试、配置、分析、协调、评估和控制。

1. 网络管理的一般模型

网络管理技术是指监督、组织和控制网络通信服务以及信息处理所必需的各种技术手段和措施的总称。其目标是确保计算机网络的持续正常运行,并在计算机网络运行出现异常时能及时响应和排除故障。

网络管理则是指网络管理员通过网络管理程序对网络上的资源进行集中化管理的操作,包括配置管理、性能和记账管理、问题管理、操作管理和变化管理等。一台设备所支持的管理程度反映了该设备的可管理性及可操作性。在网络管理中,网络管理的一般模型如图 9-19 所示。

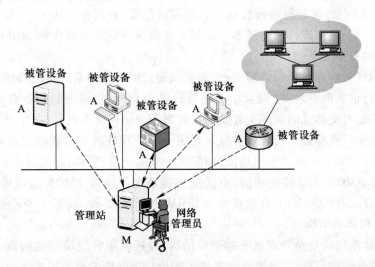

图 9-19 网络管理的一般模型

在这个管理模型中,网络管理工作站(Network Management Station,NMS),简称管理站有时也称为控制台,是整个网络管理系统的核心。在物理上 NMS 通常是具有高速 CPU、大内存、大硬盘的主机系统,由网络管理员直接操作和控制。作为网络管理工作站管理网络的界面,在每个管理环境中至少需要一台 NMS。管理站所在部门常称为网络运行中心(或信息中心)。管理站的关键构件是管理程序(在图 9-19 中以字母 M 表示)。管理站(硬件)或管理程序(软件)统称为管理者或管理器。因此,管理者指的是机器或软件,网络管理员才是指人。向被管理设备发送的所有网络管理命令均是由管理站发出的。大型网络往往实行多级管理,因而有多个管理者,一般一个管理者只管理本地网络。

在被管理的网络中,可能有许多被管设备(包括软件),例如主机、路由器、交换机、打印机、网桥、集线器或调制解调器等。有时将被管设备称为网络元素或网元。在一个网元中可能有许多被管对象。被管对象可以是被管设备中的某个硬件(如网络适配器),也可以是某些硬件或软件(如路由选择协议)的配置参数的集合。例如,特定的主机之间的一系列现有活动的 TCP 线路就是一个管理对象。管理对象不同于变量,变量只是管理对象的实例。当然,在被管设备中也会有一些不能被管理的对象。

在每一个被管设备中都要运行一个网络管理代理程序,简称代理(在图 9-19 中以字母 A 表示)。代理是驻留在网络元素中的软件模块,它们收集并存储管理信息(如网络元素收到的错误包的数量等)。管理程序和代理程序按客户机/服务器模式工作。管理程序是运行的客户机程序,代理程序是运行的服务器程序。管理程序与代理程序之间进行通信的规则就是网络管理协议,简称网管协议。SNMP 就是在互联网环境中的一个标准管理协议。网络管理员利用网管协议通过管理站对网络中的被管设备进行管理。

管理工作站和被管代理通过信息交换来进行工作,这种信息交换通过一种网络管理协议来实现,真正的管理功能通过对管理信息库中的变量操作来实现,而管理应用程序则提供一个用户界面,使得操作者可以激活一个管理功能用于监控网络元素的状态或分析从网络元素中得到的数据。管理工作站通过要求网络元素的代理向其报告存放于元素管理信息库(Management Information Base,MIB)中的状态与运行数据来监测网络元素,存放在 MIB 中的典型参数有物理网络接口的数量与类型、流量统计和路径表等。另外管理程序到管理程序的 MIB 中还定义了什么信息该由这些管理程序共享。

由此可见,网络管理通常采用管理站/代理模式通过网络管理系统实现管理功能。每次网管活动都是通过网管请求的申请者(网管中心的管理进程)与网管请求的接收者之间的交互式对话来实现的。譬如,对交换机的管理主要是如何控制用户访问交换机,以及用户对交换机的可视程度。通常,交换机厂商都提供管理软件或满足第三方管理软件远程管理交换机。一般的交换机满足 SNMP、MIB I/MIB II 统计管理功能;而复杂一些的交换机会增加通过内置 RMON 组(mini-RMON)来支持 RMON 主动监视功能;有的交换机还允许外接 RMON 监视可选端口的状况。常见的网络管理方式有:① SNMP 管理技术 ;② RMON 管理技术;③ 基于 Web 的网络管理。

2. 网络管理的体系结构

网络管理的体系结构是指管理系统的逻辑结构,包括网络管理模型的构成、管理者/代理模式、网络管理协议及管理信息库(MIB),它是决定网络管理性能的重要因素之一。网络管理的体系结构可以从不同的角度进行分析,若从管理者的个数、管理功能与管理者之间的分布关系来分析,有集中式网管结构和非集中式网管结构两种类型。

集中式网管体系结构通常采用以平台为中心的工作模式,该工作模式把单一的管理者分成管理平台和管理应用两部分。管理平台主要关心收集信息并进行简单的计算,而管理应用则利用管理平台提供的信息进行决策和执行更高级的功能。

非集中式网管体系结构又可分为层次方式和分布式。层次方式采用管理者(Manager of Manager,MOM)的概念,以域为单位,每个域有一个管理者,它们之间的通信通过上层的 MOM,而不直接通信。相对来说层次方式具有一定的伸缩性,通过增加一级 MOM,层次可进一步加深。分布式是端对端(P2P)的体系结构,整个系统有多个管理方,几个对等的管理者同时运行于网络中,每个管理者负责管理系统中一个特定部分"域",管理者之间可以相互通信或通过高级管理者进行协调。

实际应用中,选择集中式还是非集中式网管体系结构,要根据实际场合的需要来决定。而介于两者之间的部分分布式网管体系结构,则是近年发展起来的兼顾两者优点的一种新型网管体系结构。

## 9.5.2　OSI 的网络管理功能

网络管理标准化是网络管理的关键所在。国际标准化组织在 ISO – 7498 – 4 标准中定义和描述了 OSI 管理的术语及概念,提出了一个 OSI 管理体系结构,描述了 OSI 管理应有的活动,并定义了网络故障管理、计费管理、配置管理、性能管理和安全管理 5 项基本功能,简称为 FCAPS。

### 1. 故障管理

故障管理是网络管理中最基本的功能之一。用户都希望有一个可靠的计算机网络。当网络中某个组成部分失效时,网络管理器必须迅速查找到故障并及时排除。通常不大可能迅速隔离某个故障,因为网络故障的产生原因往往相当复杂,特别是当故障是由多个网络组成共同引起的。在此情况下,一般先将网络修复,然后再分析网络故障发生的原因。分析故障原因对于防止类似故障的再发生相当重要。网络故障管理包括故障检测、隔离和恢复三个方面。故障检测是依靠对网络组成部分状态的监测来进行的。而较严重的故障则需"报警"通知网络管理器,由网络管理器根据故障信息对其进行处理。当故障较为复杂时,网络管理器应能执行相应的诊断程序来判断故障所在的位置。最后,采取适当的恢复措施,使网络恢复正常运行。概括起来,故障管理归纳为以下几项典型功能。

(1) 故障监测　一般性的简单故障被记录在差错日志中,不做特殊处理;对其中的关键部分保持跟踪,生成网络故障事件记录。

(2) 故障报警　接收故障监测模块传来的报警信息,根据报警策略驱动不同的报警程序,以报警窗口/振铃(通知一线网络管理人员)或电子邮件(通知决策管理人员)发出网络严重故障警报。

(3) 故障信息管理　依靠对事件记录的分析,定义网络故障并生成故障卡片,记录排除故障的步骤和与故障相关的值班员日志,构造排错行动记录,将事件 – 故障 – 日志构成逻辑上相互关联的整体,以反映故障产生、变化、消除的整个过程的各个方面。

(4) 排错支持工具　向管理人员提供一系列的实时检测工具,对被管设备的状况进行测试并记录下测试结果以供技术人员分析和排错;根据已有的排错经验和管理员对故障状态的描述给出排错提示。

（5）检索/分析故障信息　浏览并且以关键字检索查询故障管理系统中所有的数据库记录，定期收集故障记录数据，在此基础上给出被管网络系统、被管线路设备的可靠性参数。

（6）进行差错恢复，包括资源的更换、维修或其他恢复措施，使资源得以重新利用。

2. 计费管理

计费管理主要是管理电信资费标准，以及用户对资源的使用情况并核收费用等。这对一些公共商业网络来说尤为重要。计费管理可以估算出用户使用网络资源可能需要的费用和代价，以及已经使用的资源。网络管理员还可规定用户可使用的最大费用，从而控制用户过多占用和使用网络资源。另外，当用户为了一个通信目的需要使用多个网络资源时，计费管理应可计算总计费用。计费管理主要包括以下几项功能。

（1）计费数据采集　它是整个计费系统的基础，但计费数据采集往往受到采集设备硬件与软件的制约，而且也与进行计费的网络资源有关。

（2）数据管理与维护　计费管理人工交互性很强，虽然有很多数据维护系统自动完成，但仍然需要人为管理，包括交纳费用的输入、连网单位信息维护，以及账单样式等。

（3）计费政策制订　由于计费政策经常变化，因此实现自由制订、输入计费政策尤其重要。这样需要一个制订计费政策的友好人机界面和完善的实现计费政策的数据模型。

（4）政策比较与决策支持　计费管理应该提供多套计费政策的数据比较，为政策制订提供决策依据。

（5）数据分析与费用计算　利用采集的网络资源使用数据，连网用户的详细信息以及计费政策，计算网络用户资源的使用情况，并计算出应交纳的费用。

（6）数据查询　提供给每个网络用户关于自身使用网络资源情况的详细信息，网络用户根据这些信息可以计算、核对收费情况。

3. 配置管理

配置管理同样相当重要，它是定义、识别、控制和监视组成一个通信网络的被管对象所必需的相关功能的集合。配置管理的目的是为了实现某个特定功能或使网络性能达到最优。配置管理包括如下一些具体功能。

（1）配置信息的自动获取　在一个大型网络中，需要管理的设备是比较多的，如果每个设备的配置信息都完全依靠管理人员的手工输入，工作量是相当大的，而且还存在出错的可能性。对于不熟悉网络结构的人员，难以完成这项工作。因此，一个先进的网络管理系统应该具有配置信息自动获取功能。即使在管理人员不很熟悉网络结构和配置状况的情况下，也能通过有关技术手段完成对网络的配置和管理。网络设备的配置信息大致可以分为 3 类：一是网络管理协议标准的 MIB 中定义的配置信息（包括 SNMP 协议和 CMIP 协议）；二是不在网络管理协议标准中定义，但对设备运行比较重要的配置信息；三是用于管理的一些辅助信息。

（2）自动配置、自动备份及相关技术　配置信息自动获取功能相当于从网络设备中"读"信息，相应的，在网络管理应用中也有大量"写"信息的需求。根据设置手段对网络配置信息进行分类也可以分为 3 类：第一类是通过网络管理协议标准定义的方法（如 SNMP 中的 set 服务）进行设置的配置信息；第二类是可以通过自动登录到设备进行配置的信息；第三类是需要修改的管理性配置信息。

（3）配置一致性检查　在一个大型网络中，由于网络设备众多，而且由于管理的原因，这些设备很可能不是由同一个管理人员进行配置的。实际上即使是同一个管理员对设备进行配置，也会因各种原因导致配置存在不一致的问题。因此，必须对整个网络的配置情况进行一致性检查。在网络配置中，对网络正常运行影响最大的是路由器端口配置和路由信息配置，因此，进行一致性检查的重点也是这两类信息。

（4）用户操作记录功能　配置系统的安全性是整个网络管理系统安全的核心。在配置管理中，需要对用户的操作进行记录，并予以保存。管理人员可以随时查看特定用户在特定时间内进行的特定配置操作。

### 4. 性能管理

性能管理通过监视和分析被管网络及所提供服务的性能机制，来评估系统资源的运行状况及通信效率等性能。性能管理收集分析有关被管网络当前状况的数据信息，并维持和分析性能日志。性能管理包括如下一些典型功能。

（1）性能监控　由用户定义被管对象及其属性。被管对象类型包括线路和路由器；被管对象属性包括流量、延迟、丢包率、CPU 利用率、温度、内存余量。对于每个被管对象，应定时采集性能数据，自动生成性能报告。

（2）阈值控制　可对每一个被管对象的每一条属性设置阈值，对于特定被管对象的特定属性，可以针对不同的时间段和性能指标进行阈值设置。可通过设置阈值检查开关控制阈值检查和告警，提供相应的阈值管理和溢出告警机制。

（3）性能分析　历史数据进行分析、统计和整理，计算性能指标，对性能状况作出判断，为网络规划提供参考。

（4）可视化的性能报告　对数据进行扫描和处理，生成性能趋势曲线，以直观的图形反映性能分析结果。

（5）实时性能监控　提供一系列实时数据采集、分析和可视化工具，用以对流量、负载、丢包、温度、内存、延迟等网络设备和线路的性能指标进行实时检测。

（6）网络对象性能查询　通过列表或按关键字检索被管网络对象及其属性的性能记录。

### 5. 安全管理

安全性一直是网络的薄弱环节之一，而用户对网络安全的要求又相当高，因此网络安全管理非常重要。网络中存在的主要安全问题是：①网络数据的私有性（保护网络数据不被入侵者非法获取）；②授权（防止入侵者在网络上发送错误信息）；③访问控制（控制对网络资源的访问）。相应的，网络安全管理也应包括对授权机制、访问控制、加密和解密关键字的管理，另外还要维护和检查安全日志。

对网络管理本身的安全由以下机制来保证：

（1）管理员身份认证　采用基于公开密钥的证书认证机制；为提高系统效率，对于信任域内（如局域网）的用户，可以使用简单口令认证。

（2）管理信息存储和传输的加密与完整性　Web 浏览器和网络管理服务器之间采用安全套接字层传输协议，对管理信息加密传输并保证其完整性；内部存储的机密信息，如登录口令等，也是经过加密的。

（3）用户分组管理与访问控制　网络管理系统的用户（即管理员）按任务的不同分成若干

用户组,不同的用户组中有不同的权限范围,对用户的操作由访问控制检查,保证用户不能越权使用网络管理系统。

(4) 系统日志分析　记录用户所有的操作,使系统的操作和对网络对象的修改有据可查,同时也有助于故障的跟踪与恢复。

网络对象的安全管理主要包括以下功能:

(1) 网络资源的访问控制　通过管理路由器的访问控制列表,完成防火墙的管理功能,即从网络层(IP)和传输层(TCP)控制对网络资源的访问,保护网络内部的设备和应用服务,防止外来的攻击。

(2) 告警事件分析　接收网络对象所发出的告警事件,分析与安全相关的信息(如路由器登录信息、SNMP 认证失败信息),实时地向管理员告警,并提供历史安全事件的检索与分析机制,及时发现正在进行的攻击或可疑的攻击迹象。

(3) 主机系统的安全漏洞检测　实时的监测主机系统的重要服务(如 WWW、DNS 等)的状态,提供安全监测工具,以检测系统可能存在的安全漏洞或安全隐患,并给出弥补措施。

### 9.5.3　网络管理协议

网络管理协议定义了网络管理器与被管代理之间的通信方法、管理信息库 MIB 的储存结构、MIB 中关键字的含义,以及各种事件的处理方法。它是现代计算机网络管理系统的重要组成部分之一。

1. 典型网络管理协议简介

随着网络规模的增大和复杂性的增加,简单的网络管理技术已不能适应网络迅速发展的要求。以往的网络管理系统往往是厂商在自己的网络系统中开发的专用系统,很难对其他厂商的网络系统、通信设备软件等进行管理,这种状况很不适应网络异构互联的发展。20 世纪 80 年代初期互联网的出现和发展,使人们进一步意识到了这一点。研究开发者们迅速展开了对网络管理的研究,并提出了多种网络管理协议及方案。

(1) 简单网络管理协议

简单网络管理协议(SNMP)的前身是 1987 年发布的简单网关监控协议(SGMP)。SGMP 给出了监控网关(OSI 第三层路由器)的直接手段,SNMP 则在其基础上进行了完善与发展。最初,SNMP 作为一种可提供最小网络管理功能的临时方法而开发的,主要具有以下两个优点:

① 与 SNMP 相关的管理信息结构(SMI)以及管理信息库(MIB)非常简单,能够迅速、简便地实现;

② SNMP 建立在 SGMP 基础之上,对于 SGMP,人们已积累了大量的操作经验。

在 SNMP 之后,1996 年又发布了 SNMPv2,更新的版本是 SNMPv3。在前两个版本中 SNMP 功能得到了增强,SNMPv3 在安全性方面有了很大改善,已经成为互联网的正式标准,已不再"简单"了。

(2) 公共管理信息服务/公共管理信息协议

公共管理信息服务/公共管理信息协议(CMIS/CMIP)是 OSI 提供的网络管理协议族。CMIS 定义了每个网络组成部分提供的网络管理服务,这些服务在本质上是很普通的,CMIP 则是实现 CMIS 服务的协议。

OSI 网络协议旨在为所有设备在 ISO 参考模型的每一层提供一个公共网络结构,而 CMIS/CMIP 正是这样一个用于所有网络设备的完整网络管理协议族。

鉴于通用性的考虑,CMIS/CMIP 的功能与结构具有自己的特点。SNMP 是按照简单和易于实现的原则设计的,而 CMIS/CMIP 则能够提供支持一个完整网络管理方案所需的功能。

CMIS/CMIP 的整体结构建立在使用 ISO 参考模型的基础之上,网络管理应用进程使用 ISO 参考模型中的应用层。在这一层上,公共管理信息服务单元(CMISE)提供了应用程序使用 CMIP 协议的接口。同时该层还包括了两个 ISO 应用协议:联系控制服务元素(ACSE)和远程操作服务元素(ROSE),其中 ACSE 在应用程序之间建立和关闭联系,而 ROSE 则处理应用之间的请求/响应交互。另外,值得注意的是 OSI 没有在应用层之下特别为网络管理定义协议。

(3) 公共管理信息服务与协议

公共管理信息服务与协议(CMOT)是在 TCP/IP 协议族上实现 CMIS 服务,这是一种过渡性的解决方案,直到 OSI 网络管理协议被广泛采用。

(4) 局域网个人管理协议

局域网个人管理协议(LMMP)试图为 LAN 环境提供一个网络管理方案。LMMP 曾被称为 IEEE 802 逻辑链路控制上的公共管理信息服务与协议(CMOL)。由于该协议直接位于 IEEE 802 逻辑链路层(LLC),它可以不依赖于任何特定的网络层协议进行网络传输。

由于不要求任何网络层协议,LMMP 比 CMIS/CMIP 或 CMOL 都易于实现,然而没有网络层提供路由信息,LMMP 信息不能跨越路由器,从而限制了它只能在局域网中发展。但是,跨越局域网传输局限的 LMMP 信息转换代理可能会克服这一问题。

2. 简单网络管理协议

简单网络管理协议(SNMP)是最早提出的网络管理协议之一,推出后很快就得到了数百家厂商的支持,其中包括 IBM、HP、SUN 等大公司和厂商。目前 SNMP 已成为网络管理领域中事实上的工业标准,并被广泛应用,大多数网络管理系统和平台都基于 SNMP。

(1) SNMP 概述

SNMP 是英文"Simple Network Management Protocol"的缩写,中文意思是"简单网络管理协议"。SNMP 首先是由 Internet 工程任务组织(Internet Engineering Task Force,IETF)的研究小组为了解决互联网上的路由器管理问题而提出的。SNMP 的目标是管理互联网上众多厂家生产的软硬件平台。

SNMP 的体系结构是围绕着以下 4 个概念和目标进行设计的:①保持管理代理的软件成本尽可能低;②最大限度地保持远程管理的功能,以便充分利用互联网的网络资源;③体系结构必须有扩充的余地;④保持 SNMP 的独立性,不依赖于具体的计算机、网关和网络传输协议。在 SNMPv3 中,加入了保证 SNMP 体系本身安全性的目标。

(2) SNMP 管理模型

SNMP 采用轮询监控方式,主要对 ISO/OSI 七层参考模型中较低层次进行管理。SNMP 管理模型的结构如图 9-20 所示,它包含管理进程、代理和管理信息库(MIB)3 个组成部分。

① 管理进程  管理进程是一个或一组软件程序,一般运行在网络管理站的主机上,负责完成网络管理的各项功能,排除网络故障,配置网络等。管理进程包含与代理进行通信的模块,搜集管理设备的信息,同时为网络管理者提供管理界面。

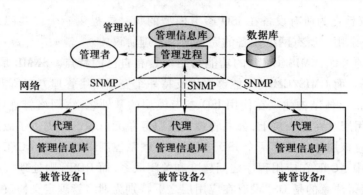

图 9-20　SNMP 管理模型结构

② 代理　管理代理是一种在被管网络设备中运行的软件,它负责执行管理进程的管理操作。管理代理直接操作本地管理信息库,可以根据要求改变本地管理信息库,或者是将数据传送到管理进程。

③ 管理信息库(MIB)　MIB 是所有可能的被管对象的结构化集合,但它并不是一个物理上的数据库,可以看成是虚拟信息储存[RFC 1156]。每个管理代理的 MIB 只包含本地的被管理对象,管理器的 MIB 则要包含它管理的所有网络设备的被管理对象。另外,管理站还需要一个MIB,用于维护它所管理的数据,即各管理代理控制的管理对象共同构成全网的管理信息库,这是一个物理的数据库。

(3) SNMP 操作命令

SNMP 协议最重要的特性就是简洁清晰,从而使系统的负载可以减至最低限度。SNMP 没有一大堆命令,只使用存(存储数据到变量)和取(从变量中取数据)两种操作。在 SNMP 中,所有操作都可以看作是由这两种操作派生出来的。SNMP 提供了以下 4 类管理操作。

① 取(get)操作　get 用来从代理那里提取特定的网络管理信息;

② 取(get-next)下一个　get-next 操作用来从代理那里取得下一个指定的管理信息;

③ 设置(set)　set 操作用来进行控制(修改、设置)管理信息库的变量值;

④ 报警(trap)　trap 操作用来向管理进程报告发生的重要事件。

# 本 章 小 结

本章首先讨论了计算机网络面临的几种安全性威胁、网络安全的定义,然后介绍了一般的数据加密通信模型。在讨论两类密码体制后,介绍了数字签名、认证和鉴别、密钥分配等问题,接着介绍了防火墙技术、互联网的安全协议,以及网络管理等基本知识。

密码技术是对储存或者传输的信息采取秘密交换以防止第三者窃取信息的技术。常用密码技术包括私钥密码技术和公钥密码技术。私钥密码技术使用相同的密钥加密和解密信息;公钥密码技术有一对密钥,用于保密通信和数字签名。

防火墙是一道介于开放的不安全公共网络与信息、资源汇集的内部网络之间的安全屏障。网络级防火墙用来防止整个网络出现外来的非法入侵;应用级防火墙用来进行访问控制。现代防火墙技术已经逐步走向网络层之外的其他安全层次,不仅能完成传统防火墙的过滤任务,还能为各种网络应用提供相应的安全服务。

网络协议的安全性是互联网安全的一个关键问题。随着 TCP/IP 协议体系的不断完善和发展，新的标准和规范已在不断地制订及应用，并已取得了显著的成效。针对 TCP/IP 协议体系不同层次的安全性要求，给出了提高安全性的方法，譬如，IPSec、SSL、PGP，以及正在试验推进实施的 IPv6 协议等。

网络管理技术是伴随着计算机、网络和通信技术的发展而发展的。网络管理是指对网络应用系统的管理，它包括故障管理、计费管理、配置管理、性能管理和安全管理。从网络管理范畴来分类，可分为对网"路"的管理。即针对交换机、路由器等主干网络进行管理；对接入设备的管理，即对内部 PC、服务器、交换机等进行管理；对行为的管理，即针对用户的使用进行管理；对资产的管理，即统计 IT 软硬件的信息等。目前，几乎所有的网络设备生产厂家都实现了对 SNMP的支持。

网络安全与管理是一项十分复杂的系统工程，它致力于解决诸如如何有效进行接入控制，如何保证数据传输的安全性，包括了物理安全技术，网络安全体系，系统平台安全、网络攻击与防护技术、密码学在网络安全领域的应用，以及网络的安全应用等。网络攻击与防护是一对矛盾的两个方面，总是不断地交互向上攀升。因此，网络安全技术也将是一个随着新技术发展而不断发展的领域。

本章内容属于概述性质的，所有问题都只作了简单介绍。目的是了解网络安全的重要性和复杂性，以及目前常用的一些网络安全措施，例如加密/解密、数字签名、认证与鉴别、密钥分配、防火墙技术，以及网络管理的要素、功能等。

# 思考与练习

1. 计算机网络安全性有哪些需求？对计算机网络安全性构成威胁的因素有哪些？
2. 简述计算机网络安全的定义。
3. 主动攻击与被动攻击之间主要有哪些区别？列出并简要定义主动攻击和被动攻击的类别。
4. 为什么要研究网络安全？日常有哪些网络安全措施可以加固网络系统？
5. 有哪些网络安全体系模型？各模型的特点如何？
6. 通过调研及查阅资料，总结近期常见的网络安全攻击事件，分析所采用的攻击手段。
7. 简述公钥加密技术原理。
8. 防火墙提供了哪些主要功能？防火墙技术有哪些类型？
9. IPSec 是什么意思？它包含哪些主要协议？什么是安全关联？
10. IPSec 支持哪两种使用方式？它们有何区别？
11. 简述安全电子邮件协议 PGP 的工作原理。
12. 网络管理的含义是什么？为什么说网络管理是当今网络领域中的热门研究课题？
13. 根据 OSI 网络管理标准，网络管理主要包括哪些内容？

# 第10章　网络通信实验

计算机网络与通信不仅是一门理论性很强的课程,同时也是一门实践性很强的课程。只有理论学习与实践环节紧密结合,才能真正掌握和深入理解计算机网络通信的基本理论、协议和算法。为了加强对计算机网络通信的基本概念、网络组成、网络功能和原理的理解,特列专题讨论网络与通信实验技术。因此在这一章,首先立足于网络通信硬件环境下的网络环境的组建,由简单到复杂设置了诸如以太网局域网组网、Windows 网络配置和测试命令的使用、Windows Server 2003 应用服务器配置、路由器基本路由协议配置等实验内容。为加深对网络协议的理解,设置了运用网络协议分析器 Ethereal 进行网络协议分析的实验内容,如 TCP 报文传输分析、无线局域网协议分析等。为满足网络与通信课程设计的需要,从培养读者编程能力的角度出发,提供了综合性比较强的网络通信程序设计课题,以达到深入理解网络基本工作原理与实现方法的目的。

## 10.1　网络环境组建实验

计算机网络与通信实验与其他实验有很大的不同。网络与通信实验的对象和环境是一个计算机网络。这个网络至少是由若干台主机通过接口电路(如网卡)、调制解调器、网络传输介质和互连设备(如集线器、交换机、路由器)构成硬件环境,由运行在各主机上的网络操作系统、网络通信应用软件等构成软件环境,才能实现计算机网络的功能。考虑到计算机网络通信实验环境的复杂性以及实验前后的继承性,要特别重视网络环境的组建。因此首先要进行网络环境组建实验,然后循序渐进地进行网络操作系统的安装、配置、网络协议分析,以及网络通信编程等实验。

### 实验1　以太网局域网组网

以太网是目前最具有影响力的局域网。由于其组网简单,建设费用低廉,因此被广泛应用于办公自动化等各个领域。通过组装以太网可以熟悉局域网所使用的基本设备和器件,掌握 UTP 电缆的制作技术和网卡的配置方法,熟悉网卡驱动程序的安装步骤,掌握以太网的连通性测试方法。

1. 实验目的

(1) 掌握 Ethernet LAN 的组建方法和过程。

(2) 掌握网络协议、IP 地址的配置方法,掌握网络共享的设置方法。

(3) 熟悉组建 LAN 的常用设备。

(4) 学会用双绞线制作网线及 RJ – 45 接头。

2. 实验任务

(1) 熟悉 LAN 中常用的几种网线、连接器及各自的特点。

（2）独立制作一根合格的双绞线网线。

（3）完成网卡的硬件安装。

（4）熟悉 Hub、交换机的端口及接线、使用方法,清楚各指示灯的含义。

（5）将若干台计算机连网。

3. 实验设备及环境

组装不同的类型的局域网需要不同的器件和设备。一般说来,在动手组装以太网之前,需要准备计算机、网卡、集线器和其他网络器件。作为练习,可以将局域网组装成 100 Mbit/s 的以太网,也可以组装成 1 000 Mbit/s 的以太网。具体实验设备及环境如下:

（1）每 4~6 台计算机组成一个小型局域网。

（2）网卡、5 类双绞线、集线器/交换机、RJ – 45 接头,以及常用网络工具。

（3）Windows Server 2003 网络操作系统。

4. 实验方法与操作

（1）硬件连接和安装

① 网卡的安装

网络的硬件安装是组建网络的第一步,即首先完成网络中各有关网络设备和计算机的物理连接。Ethernet LAN 比较简单,网络设备比较少,主要包括 5 类双绞线、RJ – 45 接头、网卡、集线器/交换机等,因此硬件安装主要包括:网卡的硬件安装,双绞线和 RJ – 45 接头的安装连接。安装这些硬件时需要的常用工具有:RJ – 45 压线钳、螺丝刀等。具体步骤为:a. 打开计算机的机箱,在主板上空余的扩展槽中寻找一个与所装网卡相匹配的扩展槽(PCI 槽);b. 将网卡插入合适的扩展槽,保证网卡插牢,无松动;c. 用螺钉将网卡固定到机箱架上,最后盖上机箱即可。另外,有些网卡在硬件安装时可能涉及 IRQ 中断号、I/O 端口地址等参数的设置,这些参数在网卡出厂时设置了默认值,配置这些参数可按照网卡说明书的提示完成。目前较新种类的网卡,因为采用了即插即用技术,不再需要复杂的手工配置。

② 5 类双绞线电缆的制作

5 类双绞线电缆和 RJ – 45 接头买回来之后,还需要适当加工才能满足安装需要。具体方法为:a. 将 5 类双绞线电缆剪切到适当长度(长度以能够连接计算机和集线器/交换机为宜);b. 用压线钳将电缆两端剥除适当长度的塑料外皮,注意:剥除外皮时不要损伤双绞线对的绝缘塑料外皮;c. 将双绞线电缆中四对双绞线按照 ANSI/TIA/EIA 568 B(568 A)插入 RJ – 45 接头,并用压线钳压牢。按照以上步骤制作双绞线电缆的另一端接头。注意:同一根电缆的 RJ – 45 接头要按照同一种芯线分配方法制作。

通常情况下,RJ – 45 接头按照 ANSI/TIA/EIA 568 B 制作。但在只有两台计算机通过网卡直接相连时,必须将网线制作成交叉线。

③ 连接网卡和集线器/交换机

电缆制作完毕,便可用于将个人计算机上的网卡连接到网络中。连接时将电缆的一端插入网卡,另一端插入集线器/交换机中的一个端口。

④ 集线器、交换机、路由器的设置和连接(略)。

（2）网络软件的安装和配置

完成网络硬件安装使网络中各计算机建立物理连接之后,便可进一步完成各计算机上的软件安装,包括安装操作系统、必要网络软件的安装和设置,使网络中的计算机能够相互访问、共享资源。

① Windows Server 2003 的安装和配置(略)。

② 网络适配器(网卡)的软件安装

打开"控制面板"窗口,双击"添加/删除硬件"图标,即可打开"添加/删除硬件向导",单击"下一步"按钮,按照向导提示完成安装任务。

③ 添加网络协议设置

本地连接就是与本地服务器的连接,如果正确地安装了计算机的网卡,要想在局域网中正常工作,还需要对网络属性进行设置。单击"开始"/"设置"/"网络和拨号连接"命令,即可打开"网络和拨号连接"窗口,在"本地连接"图标上单击鼠标右键,在弹出的快捷菜单中选择"属性"选项,进行相应的设置操作。

④ TCP/IP 属性设置

在添加协议后,即可对协议进行相应协议的设置。具体设置方法为:打开"本地连接的属性"对话框,在"此连接使用下列项目"列表框中,选择"Internet 协议(TCP/IP)"选项,然后单击"确定"按钮,打开"Internet 协议(TCP/IP)属性"对话框。在此对话框中,用户可设置 IP 地址、子网掩码、网关和 DNS 服务器的地址。

在设置 TCP/IP 属性后,单击"确定"按钮两次,返回到"网络和拨号连接"窗口中,双击"本地连接"图标,可打开"本地连接状态"对话框。在此对话框中,显示了本地连接的持续时间、网络的速度以及当前网络连接的活动状态。通过此对话框,用户可方便地控制本机与其他计算机的连接,若要断开连接,单击"禁用"按钮即可。

5. 网络连通性测试

完成计算机与集线器或交换机的连接之后,需要测试网络的连通性,以保证网络通信的畅通。网络连通性测试可以采用以下方法。

(1) 观察集线器和网卡状态指示灯的变化情况。大多数集线器和网卡都具有状态指示灯,通过这些指示灯可以了解网络的连通情况。

(2) 通过网卡自带的测试和诊断软件进行测试。通常情况下,网卡带有测试和诊断软件。这种软件通常在 DOS 下运行,不需要安装复杂的操作系统就可以对安装配置后的网卡及网络的连通性进行测试和诊断。

(3) 用 ping 命令测试网络的连通性。在网络软件安装和配置后,例如在 Windows 操作系统中安装和配置网卡驱动程序及 TCP/IP 协议后,就可以使用有关的命令测试网络的连通性。ping 命令是测试网络连通性最常用的命令之一。如果测试成功,命令将给出测试包从发出到回收所用的时间。在以太网中,这个时间通常小于 10ms。如果网络不同,ping 命令将给出超时提示。这时需要重新检查网络的硬件和软件,直到 ping 通为止。

6. 实验报告内容

(1) 根据实验过程,总结心得体会,包括实验中遇到的问题、解决的办法。

(2) 分析计算机上网卡的中断号、端口号的功能。

(3) 给出用 ping 命令测试网络连通性的测试结果。

(4) 在实验报告中完成讨论与思考题的问答。

7. 讨论与思考

（1）你了解 ANSI/TIA/EIA 568 B 及 ANSI/TIA/EIA 568 A 标准吗？它们有何区别？

（2）在制作网线时，只需要将一根网线两端芯线一一对应连接即可，而芯线的排列顺序是无所谓的，这种说法对吗？为什么？

（3）为什么两台计算机直接相连接时的连线和通过集线器相连的连线顺序不一样？

### 实验 2　Windows 网络配置和测试命令的使用

通常操作系统都提供了一些网络实用程序，供用户访问网络，进行网络参数设置、网络性能监视、状态查看、故障检测等。本实验以 Windows Server 2003/XP 操作系统为例，介绍其网络配置，以及所提供的网络相关命令和使用方法。

1. 实验目的

本实验的目的是进一步熟悉计算机网络配置的基本操作，掌握计算机网络配置的基本监测技术。

2. 实验任务

（1）掌握在 Windows 系统中进行网络配置的方法。

（2）学会用 ipconfig/winipcfg 命令工具来进行网络测试，使用 tracert 路由跟踪命令、netstat、arp、nslookup 命令查看网络状态信息。

3. 实验设备及环境

安装有 Windows Server 2003/XP 的计算机系统，并连入 Internet。

4. 实验方法与操作

（1）Windows 的网络配置

① 进入网络配置

单击"开始"按钮，打开"开始"菜单，依次选择"设置"和"控制面板"，打开"控制面板"对话框。双击"网络"图标就直接进入"网络"对话框，如图 10-1 所示。在该对话框中，一般包括"配置"、"标识"和"访问控制"在内的三个标签选项，当用户计算机尚未配置任何网络组件时，则仅显示"配置"一个标签选项。其中，"配置"标签用于添加和删除各种网络组件及配置已有网络组件的各种属性；"标识"标签用于赋予或修改用户计算机的名称，包括计算机名、工作组和计算机说明等描述特性；"访问控制"标签用于设定共享资源的访问权限。网络的配置工作就是在"配置"标签里完成的。配置标签里列出了已安装了的网络组件清单。这些组件可分成以下四类：客户端、适配卡、协议和服务。其中，"客户端"是网络客户机软件，它使用户的计算机可以访问网络中其他服务器提供的共享资源；"适配卡"即网络接口卡；"协议"指网络通信协议；"服务"组件使用户的计算机可以扮演服务器的角色，可以向网络中的其他计算机提供共享资源。

② 添加客户组件并设定属性

在"配置"标签中单击"添加"按钮，选择"客户"组件类型，然后单击"确定"，或双击"客户"组件类型即可进入如图 10-2 所示的"选择网络客户机"对话框。对话框的左边是网络厂商，右边是由厂商提供的网络客户组件，选择所需条目按确定即可。

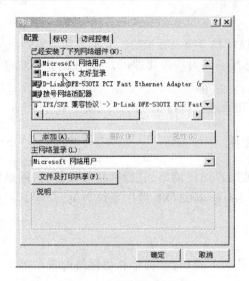

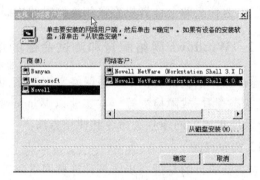

　　图 10-1　网络配置对话框　　　　　　　图 10-2　添加客户组件

　　在网络组件列表中单击相应的客户组件,单击"属性"命令按钮,即可激活相应的"网络客户特性"对话框,该对话框有两个活页卡片可选择:"高级"和"通用",可根据需要选择或输入设定的内容。

　　③ 配置主网络登录、文件及打印共享

　　配置主网络登录,在"网络"属性对话框中的"基本网络登录方式(L)"处,有"Windows 登录"及"Microsoft 网络客户",选"Microsoft 网络客户"。配置文件及打印共享,按下"文件及打印共享(F)"按钮,出现"文件及打印共享"对话框,将对话框中的两项都选取,再选"确定"。

　　④ 配置主标识登录、访问控制

　　配置主标识,在"网络"对话框中,选"标识"标签选项,在对话框中键入主机名、此计算机所属的工作组和说明。配置"访问控制"标签选项,选择"访问控制"标签。暂时选取"共享级访问控制",然后选"确定","系统设置改变"对话框出现,选"是(Y)"按钮,当 Windows 重新启动时,要你输入密码的对话框出现,键入密码,然后按回车键。这台计算机的网络驱动程序设置完成。

　　(2) Windows TCP/IP 协议配置

　　网络通信协议是网络中不同计算机进行相互"交谈"的"语言",网络中通信双方的计算机应采用相同的网络通信协议。

　　第一步添加协议。单击"配置"标签选项中的"添加"按钮,选择"协议"组件类型;单击"添加"或直接双击"协议"组件类型即可进入如图 10-3 所示的"选择网络协议"对话框;配置协议,在"配置"标签选项中的网络组件列表中单击需要进行配置的网络协议使其高亮度显示,单击"属性"按钮,即出现针对协议的相应网络属性设置面板。

　　针对不同的网络协议,面板包含不同的标签,但一般都包含两个相同的标签:"绑定"和"高级"。任何协议都需要绑定到网络驱动程序上,也需要绑定到客户和服务组件上。

　　在网络属性对话框中,选择"TCP/IP"并单击"属性"按钮,出现 TCP/IP 属性的对话框,如图10-4 所示。

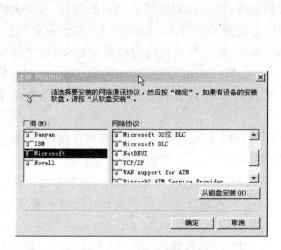

图 10-3　协议配置对话框　　　　　图 10-4　TCP/IP 属性的对话框

第二步配置 TCP/IP 协议,配置 IP 地址标签和缺省网关。在"TCP/IP 属性"对话框中,单击"IP 地址"选项卡。IP 地址的获得有两种方式,一个是自动从 DHCP 服务器中获得 IP 地址,则选"自动获取 IP 地址";另一种是指定 IP 地址,在"IP 地址"一栏中输入主机的 IP 地址,在"子网掩码"一栏输入子网掩码即可。在"TCP/IP 属性"对话框中,单击"网关"选项卡。在"新增网关"一栏中输入网关的 IP 地址,如"90.0.0.8",然后单击"添加"按钮,重复多次,用户可指定多个网关。

第三步配置 DNS 和 WINS。DNS 是域名服务系统,DNS 服务器是用来进行域名解析,用户如要连上 Internet,就必须配置 DNS;有了 WINS,则不需要配置 DNS,用户可在 WINS 服务器和 DNS 服务器任选一个。在"TCP/IP 属性"对话框中,单击"DNS 配置"选项卡,选择启用"DNS"。

在"主机（H）"填入相应的主机名,如 nangong,在"域（Q）"中填入相应的域名,如 comp. njit. edu. cn,两者的组合就构成主机的 Internet 地址。在"DNS 服务器搜索顺序"一栏中输入 DNS 的 IP 地址"168.90.0.1",然后单击"添加"按钮,重复多次,用户可指定多个 DNS 服务器。若要配置 WINS,首先在"TCP/IP 属性"对话框中,单击"WINS 配置"选项卡,选择"启用WINS"。在"基本 WINS 服务器(P)"填入相应的 WINS 服务器的 IP 地址"90.0.0.1",然后单击"添加"按钮,重复多次,用户可指定多个 WINS 服务器。另外注意,当用户启用 WINS 时,必须在"DNS 配置"选项卡中选"禁用 DNS"。用户启用 DNS 时,也要在"WINS 配置"选项卡中选"禁用WINS"。

（3）TCP/IP 的诊断

① ipconfig　ipconfig 实用程序用于显示当前 TCP/IP 网络配置是否正确。如果用户计算机所在的局域网使用了动态主机配置协议 DHCP,该程序所显示的信息可能更加实用。此时 ipconfig 可以让用户了解自己的计算机是否是成功地租用到了一个 IP 地址。如果租用到,则可以看到目前分配到的是什么地址。了解计算机当前的 IP 地址、子网掩码和默认网关是进行测试和故障分析的必要步骤。记录下使用 ipconfig 后得到的相关信息。

② tracert　使用 tracert 实用程序可以用来跟踪数据包经过的路径。该实用程序跟踪的路径

是源端计算机到目的端的路径之一,不能保证或认证数据包总遵循这个路径。如果用户及计算机配置了 DNS,那么用户会从所产生的应答中得到城市、地址和常见通信公司的域名,从而大致了解数据包的实际路径。例如,用 tracert 测试用户主机到 www. sohu. com 所经过的路由数,记录下相关信息。注意,如果指定的目标地址比较远,tracert 是一个运行得比较慢的命令,每个路由器返回响应大约要 15s 左右,用户也可以在命令后加参数 – w 改变响应时间。tracert 一般用来检测故障的位置,用户可以用 tracert IP 来查找从本地计算机到远程主机路径中哪个环节出了问题。

③ netstat 命令　netstat 命令用于显示与 IP、TCP、UDP 和 ICMP 协议相关的统计数据,一般用于检验本机各端口的网络连接情况。记录下使用 netstat 命令后得到的相关信息。

④ arp 命令　arp 用于确定用户计算机所在局域网中对应 IP 地址的网卡物理地址。使用 arp 命令,能够查看本地计算机或另一台计算机的 arp 高速缓存中当前的内容。记录下使用 arp 命令后得到的相关信息。

⑤ nslookup 命令　nslookup 是命令行管理工具,用于测试或解决 DNS 服务器问题。此工具与 TCP/IP 协议一起安装,在 TCP/IP 属性页的 DNS 选项卡的"DNS 服务器搜索顺序"字段中必须至少指定一个 DNS 服务器。nslookup 可以在交互式和非交互式两种模式下运行,若需要返回单项数据时,要使用非交互式模式。使用 nslookup 工具,记录下相关信息。

5. 实验报告内容

(1) 简要说明实验的目的、任务与设备。

(2) 以书面形式将整个实验操作过程、实验结果记录下来,并对有关操作项目作解释。

(3) 总结实验过程中遇到的问题及解决方法;回答讨论与思考题。

6. 讨论与思考

(1) Windows XP 采用哪些方式对用户进行管理? 为什么要划分域和工作组?

(2) 当你的计算机访问 Internet(使用 IE、FTP 等)中某一域名时,必然要将此域名解析成 IP 地址,请问在此解析过程中,你的计算机采用的是递归解析,还是反复解析? 你是如何证明的?

(3) 给出网络测试命令,解释测试结果的含义。

## 实验 3　Windows Server 2003 应用服务器配置

Windows Server 2003 应用服务器能够为网络提供各种服务。本实验主要讨论 Windows Server 2003 中几种常见的应用服务,如 Web 服务、FTP 服务、DNS 服务、DHCP 服务和电子邮件服务的安装与配置方法。其中 Web 服务是互联网中最重要的服务之一,Web 服务器的正确配置和管理能够保证信息的畅通和安全。因此,配置和管理 Web 服务器也是网络管理员的基本任务之一。通过配置 Web 服务器实验,学习和掌握 Web 服务器的基本管理方法,了解配置 Web 服务器需要注意的主要事项。

1. 实验目的

(1) 掌握 Web、DNS 服务器安装与配置方法,熟悉利用"Internet 信息服务"创建一个 Web 站点过程。

(2) 掌握 FTP 服务、DHCP 服务和电子邮件服务器的设置方法。

2. 实验任务

（1）在 Windows Server 2003（或 Windows XP）上安装 IIS 服务。

（2）创建、配置 Web 服务器，并在其他计算机上访问个人主页。

（3）创建 FTP 服务器，配置 FTP 站点，并在客户端访问 FTP 站点。

（4）配置 E-mail 邮件服务器。

3. 实验设备及环境

目前，运行于 Windows 操作系统上的 Internet Information Server、运行于 Linux 上的 Apache Web Serevr 等都是非常优秀的 Web 服务器软件。本实验简单介绍 Internet Information Server 的配置和管理方法。

（1）由 4 台计算机组成一个小型局域网。

（2）Windows Server 2003/Windows XP 中文版网络操作系统。

4. 实验方法与操作

（1）安装 Internet 信息服务

IIS（Internet Information Server）是 Microsoft 公司的 Web 服务器软件。Windows Server 2003 使用的是 IIS 6.0 版，目前最新的版本是 Windows Server 2008 中包含的 IIS 7.0 版。第一次启动 Windows Server 2003 时，将弹出一个"Windows 2003 配置服务器"对话框，在该对话框中可以进行各种服务器的配置。例如：对话框中的"Web/媒体服务器"选项即可用于 Web 服务器以及流式媒体服务器的设置。

注意：在安装 Windows 2003 Professional 时，如果用户没有选择自定义安装，或者选择自定义安装而没有安装 Internet 信息服务，则 IIS 6.0 也没有被安装到系统中。这时，用户要组建 Internet 信息服务器，就必须使用"控制面板"中的"添加/删除程序"来安装此组件。

在安装 IIS 6.0 时，最好不要中途停止，因为中途停止 IIS 6.0 的安装将导致 IIS 6.0 不能被完全删除。如果打算删除已经开始安装的 IIS，那么也要等到完全安装之后再进行删除。

安装 IIS 6.0 服务的步骤如下：

① 打开"添加和删除程序"对话框。单击"开始"/"设置"/"控制面板"命令，打开"控制面板"窗口。双击"控制面板"窗口中的"添加/删除程序"图标，打开"添加/删除程序"窗口。

② 启动"Windows 组件向导"。在"添加/删除程序"对话框左侧单击"添加/删除 Windows 组件"按钮，然后单击"组件"按钮，安装程序开始启动，启动之后打开"Windows 组件向导"。

③ 制订安装选项。在该对话框中，选择"应用程序服务器"选项，然后单击"详细信息"按钮。打开"应用程序服务器"对话框。在"应用程序服务器"对话框中选择应用程序完全的子组件"Internet 信息服务（IIS）"，在单击"详细信息"按钮，弹出"Internet 信息服务（IIS）"对话框。在"Internet 信息服务（IIS）"对话框中选中 Internet 信息服务（IIS）的子组件"万维网服务"，单击确定按钮开始安装。在各个选项的后面都显示了安装该选项所需的硬盘空间。

注意：如果要使用 Web 和 FTP 服务，必须选中"Internet 服务管理器"、"World Wide Web（WWW）服务器"和"文件传输协议（FTP）服务器"三个复选框。

设置完成后，单击"确定"按钮，系统就开始安装 Internet 信息服务组件。安装时间视机器的性能而定。

注意：在 Windows Server 2003 中安装了 IIS 后，系统会自动创建一个 HTTP 站点供用户使用。

安装完成后,单击"开始"/"程序"/"管理工具"/"Internet 管理服务器"命令,打开"Internet 信息服务"控制台,在此可以进行各项服务的设置。在左侧选中计算机名,依据安装时所选择组件的多少,在右侧的列表框中将显示不同的服务种类。其中,"说明"栏显示当前安装的服务名称;"状态"栏显示当前服务的运行状态,即是"停止"还是"正在运行";"IP 地址"栏显示相应的 IP 地址;"端口"栏显示当前服务启用的端口。

注意:在右侧列表框选中一种服务,然后单击鼠标右键,利用弹出的快捷菜单可以对该项服务进行各种设置。

（2）FTP 服务器配置与管理

FTP 服务就是利用文件传输协议在网络中传输文件,它是 Internet 和 TCP/IP 网络中最快的文件传输方法。

① 设置计算机的 IP 地址。在 Internet 网络中,对计算机的访问是基于 IP 地址的,所以在建立 FTP 、Web 或其他站点之前必须首先设定计算机的 IP 地址。IP 地址是由相应的网络管理机构分配的,如果计算机没有连接到 Internet 上,IP 地址可以随便指定一个。

a. 打开设置 IP 地址的对话框。在"控制面板"窗口中双击"网络和拨号连接"图标,然后在弹出窗口中的"本地连接"图标上单击鼠标右键,选择快捷菜单中"属性"选项,在打开的"本地连接属性"对话框中,选择"Internet 协议（TCP/IP）"选项,然后单击"属性"按钮。这时,会弹出一个"Internet 协议（TCP/IP）属性"对话框。在该对话框中可以设置计算机的 IP 地址、网关和 DNS 等信息。这些信息可以从网络管理员那里得到。

b. 设置 IP 地址。在"Internet 协议（TCP/IP）属性"对话框中默认的设置为"自动获得 IP 地址"和"自动获得 DNS 服务器地址"。如果要设置 IP 地址,选择"使用下面的 IP 地址"单选按钮,然后在"IP 地址"文本框中输入计算机的 IP 地址,例如 166.111.142.73;在"子网掩码"文本框中输入本网络的子网掩码,例如:255.255.255.0;在"默认网关"文本框中输入本网络的网关,例如:166.111.142.1。然后选中"使用下面的 DNS 服务器地址"单选按钮,在"首选 DNS 服务器"文本框中输入本计算机的 DNS 服务器地址,例如 166.111.8.28。该项在网络访问时用于域名解析,即将 Internet 域名解析成 IP 地址。DNS 服务器应当选择访问速度最快的一个,可以向网络管理员咨询。设置完成后,单击"确定"按钮,使设置生效。

② 创建 FTP 站点。指定计算机的 IP 地址以后,就可以创建 FTP 站点了。首先设置 FTP 服务器的 IP 地址,如果不指定 IP 地址,将无法访问该 FTP 服务器。

a. 设定站点的 IP 地址。单击"开始"/"程序"/"管理工具"/"Internet 服务管理"命令,打开"Internet 信息服务"控制台。在窗口左侧选中计算机名,然后在右侧的列表框中的"默认 FTP 站点"上单击鼠标右键,在弹出的快捷菜单中选择"属性"选项。在弹出的"默认 FTP 站点属性"对话框中,在"说明"文本框中可以更改站点的名称。例如可以将站点名称由"默认的 FTP 站点"改为"刘枫的个人 FTP 站点"。在"IP 地址"下拉列表框中选择前面指定的 IP 地址。

b. 指定 FTP 站点的主目录。下面为建好的 FTP 站点指定一个主目录,该目录为连接到该 FTP 服务器时默认的首选目录。一旦连接到该 FTP 服务器,该目录的内容即被列出。单击"主目录"选项卡,选中"此计算机上的目录"单选按钮,然后单击"浏览"按钮,选择本地计算机上的一个目录作为 FTP 服务器的主目录。设置该目录的权限为"读取"和"日志访问",这样该目录只能被浏览,不能写入,并且所有用户对该目录的访问都将被记入访问日志。然后设置"目录列表风格"为 UNIX,这主要是出于兼容性考虑,因为一些 FTP 客户端软件不支持 MS‐DOS 列表风格。

③ 启动与停止 FTP 服务。在"Internet 信息服务"窗口中可随时停止或者启动 FTP 服务,方法如下:

首先打开"Internet 信息服务"窗口,然后选中 FTP 服务,这时工具栏中相应的按钮为可用。例如,如果服务正在运行,选中 FTP 服务后,"停止"按钮将被激活。这时使用该按钮,就可以停止 FTP 服务;如果要启动 FTP 服务,选中 FTP 服务后单击"启动"按钮即可。

注意:在建立 FTP 站点的过程中,最重要的问题是安全性。一定要参照前面的相关步骤,设置好各个安全选项。

(3) Web 站点管理

现在,网络的发展日新月异,不论是企业还是个人,都希望拥有一个自己的网站。IIS 6.0 可以帮用户轻松实现这一愿望。利用"Internet 信息服务"管理器可以十分方便地创建一个 Web 站点,而且各种设置十分简单。

如同前面建立 FTP 服务器的过程,首先要建立一个 Web 站点,在安装 IIS 6.0 过程中,系统已经安装了一个名为"默认 Web 站点"的站点。接下来的工作只需要对该站点进行各种定制,使其符合需要即可。

① 指定站点的 IP 地址。如果计算机已经连入 Internet,并且设置了 IP 地址或者 DHCP 服务,这时 Windows Server 2003 将自动获取 IP 地址,并将设置为默认的 Web 服务器的 IP 地址。如果该计算机没有连网,这时可以设置一个保留的 IP 地址"127.0.0.1"。首先打开"Internet 信息服务"窗口,然后在"默认 Web 站点"上单击鼠标右键,在弹出的快捷菜单中选择"属性"选项,打开"默认 Web 站点属性"对话框。该对话框中修改站点名称,然后在 IP 地址下拉列表框中,选择 IP 地址。

注意:如果计算机没有连接到网络上,可以在该下拉列表框中输入一个系统保留的 IP 地址,如:127.0.0.1。

② 设置主目录。WWW 服务要求每个 Web 站点必须有一个主目录,并把主目录作为信息发布和站点访问者的起点。如果通过主目录发布信息,将信息文件置于主目录中,或者将信息文件组织到主目录的子目录中即可,主目录及其子目录中的所有文件自动对站点访问者开放。如果访问者知道所需访问文件的正确路径和文件名,只要主页中有指向这些文件的连接,访问者就也可查看该文件。因此,应将那些只给访问者查看的文件保存到主目录或子目录中,如果需发布的所有文件已经位于一个目录中,可以将默认主目录更改为文件目前所在目录,而不要移动文件。一般来说,主目录中包含一个主页或欢迎访问者的索引文件,并包含指向 Web 站点中其他网页的连接,以方便访问者对信息的访问。对多 Web 站点的访问实际上是对站点主目录的访问。

IIS 6.0 的默认主目录是 System/Inetpub/wwwroot,如果将文件复制到该目录下,可快速、轻松地发布个人信息,但是,如果现存站点上的网页中有指向硬盘上其他文件的路径链接,用户会发现更改默认主页目录更加方便。下面介绍主目录的设置方法:

单击"开始"/"程序"/"管理工具"/"配置服务器"命令,打开"Windows Server 2003 配置服务器"对话框。在左侧单击"Web/媒体服务器"超链接,然后再单击"Web 服务器"超链接,右侧窗格中会显示 Web 服务器的内容。

单击"打开"超链接,打开"Internet 服务管理器"窗口,在控制台目录树中,通过双击展开"Internet 信息服务"结点,再通过双击展开服务器结点。用鼠标右键单击前面设置好的站点名称,从弹出的快捷菜单中,选择"属性"命令,打开"默认 Web 站点属性"对话框后,打开"主目录"选项卡。在"主目录"选项卡中,可通过三个单选按钮选择主目录内容的位置:

此计算机上的目录:选择该单选按钮,用户可以用本地计算机上的内容作为主目录的内容。

另一计算机上的共享位置:选择该单选按钮,用户可以从网络上的其他计算机上查找目录内容作为主目录的内容。

重定向到 URL:选择该单选按钮,用户可以将主目录的目录内容重定向到 Internet 上的某个 Web 站点。

为了便于说明,这里选择"此计算机上的目录"单选按钮,并在"本地路径"文本框中输入主目录在本地计算机上的路径。如果用户不知道目录的确切路径,可单击"浏览"按钮,打开"浏览文件夹"对话框进行选择。

③ 设置主目录访问权限。在"主目录"选项卡中,通过"启用"和"禁用"复选框来设置主目录的访问权限,例如,取消"索引此资源"复选框,则不允许其他访问者对该目录进行资源索引。

在"应用程序设置"选项区中,单击"删除"按钮,可删除目录中的默认应用程序,禁止客户对默认应用程序的访问。

如果没有删除应用程序,可在"执行许可"下拉列表框中选择执行许可权限,其中包括"无"、"纯脚本"和"脚本和程序执行程序"三项。在"应用程序保护"下拉列表框中选择应用程序保护级别。

目录路径、权限及应用程序设置好之后,单击"确定"按钮即可完成主目录的设置。

注意:主目录之所以能被其他访问者访问并称为访问的起点,是因为它被映射到站点的域名,当访问者在自己的浏览器地址中输入用户的域名地址时,浏览器就会打开该地址下的主目录,并通过主目录去访问其他相关子目录。例如,如果用户站点的 Internet 域名是 www. wzm. com,而主目录是 C:/Website/wang,则客户浏览器使用 URL http://www. wzm. com 可访问 C:/Website wang 目录中的文件。

④ 设置默认文档。仅仅进行以上设置还是不够的,还需要设置浏览该站点为默认的启动文档(即 Web 站点的首页)。

默认主页通常是 HTML 格式的文档,访问者如果没有请求指定文件名,服务器将向站点访问者提供该文档。如果在浏览器的地址栏中键入 http://www. microsoft. com/,即使未键入文件名也可以访问 Microsoft 公司主页。这是因为 Web 服务器用默认文档(Microsoft 主页)响应所有没有包括文件名的请求。如果选择不使用默认文档,访问者通过在用户站点地址的末尾键入其请求的文件名,仍可以访问用户的站点。不过,访问者必须事先知道精确的文件名。

如果访问者将主目录下的子目录添加到其请求中,但是没有添加文件名,会怎样呢?如果在浏览器地址栏中键入 http://www. microsoft. com/iis/,将访问为 Microsoft 主目录的 Internet Information Serve 子目录指定的默认网页。不管其键入路径指向哪里,将默认网页置于每个发布目录,就可确保访问者找到用户站点上的主页。

IIS 6.0 支持使用多个默认文档名。没有文件名的请求到达时,IIS 6.0 搜索第一个默认的文档名。如果在请求中指定的目录中没有搜索到第一个文件名的文档,将监测第二个默认文档,直到找到某个文件或用完这些文件名。这意味着可以在目录结构的某个地方存某一个文件名的默认文档,而在目录结构的其他地方存另一个文件名的默认文档。用户也可以在每个目录中使用同一文件名,因其所在目录不同内容也应不同。

只要操作系统支持,默认文档名可以是任何所需的文件名。更改默认文档的操作为:在"默认 Web 站点属性"对话框中,打开"文档"选项卡。在该选项卡中可以设置站点打开时默认启动的文档。

在默认情况下,系统已经设置了几个可能名称的页面,如果用户的站点名称恰好在该列表中,可以选中该名称,然后单击列表左侧向上的箭头按钮,将该文档移到最前面。如果没有,可以单击"添加"按钮,打开"添加默认文档"对话框,在该对话框中输入首页名称。

注意:将文档添加后,必须将该文档设置到最前面,否则不能访问。另外,应当首先将网站的所有页面复制到主目录中才能正常访问。

当主目录和默认文档设置完成后,这个站点已经可以被正常访问了。打开浏览器(例如 Internet Explorer),然后在地址栏中输入该计算机的 IP 地址,就可以浏览该网站。

如果要删除不必要的文档,在列表中选择该文档,然后单击"删除"按钮即可。另外,如果用户选择了多个默认文档,还可以调整默认文档的应用次序。要调整某个默认文档的先后次序,首先在列表中选择该文档,然后单击列表左边的向上或向下按钮即可上调或下调默认文档的应用次序。

注意:要确认已经选择"启用默认文档"复选框。

经过以上设置后,该站点仅仅是能够访问而已。要提供更加强大的功能和保证站点安全可靠地运行,需要进行更多更细致的设置。

(4) E-Mail 邮件服务器配置

① 添加 SMTP 服务

单击"开始"/"程序"/"管理工具"/"Internet 信息服务器"命令,打开"Internet 信息服务"窗口。在控制台目录树中,双击展开"Internet 信息服务"结点,再通过双击展开服务器结点。如果没有该项服务,可以打开 Windows2003"添加/删除程序"对话框,单击"添加/删除 Windows 组件"按钮,打开"Windows 组件向导",在该对话框中,选中"Internet 信息服务"复选框,单击"详细信息"按钮,在弹出的对话框中选中 SMTP Service 选项,单击"确定"按钮即可添加该项服务。

② 运行新建 SMTP 虚拟服务器向导

用鼠标右键单击"默认 SMTP 虚拟服务器"或者其他 SMTP 虚拟服务器子结点,从弹出的快捷菜单中选择"新建"/"虚拟服务器"命令,打开"新建 SMTP 虚拟服务器向导"对话框,在"SMTP 虚拟服务器描述"文本框中输入一段相关描述,以便在 Internet 服务器中加以标志(例如:输入 LHJ),单击"下一步"按钮,在弹出的对话框中选择用于 SMTP 虚拟服务器的 IP 地址,选择完成后,单击"下一步"按钮,在弹出的对话框中单击"浏览"按钮选择用于 SMTP 服务的主目录。然后单击"下一步"按钮,输入这台 SMTP 虚拟服务器的默认域(例如 LHJ),设置完毕后,单击"完成"按钮,即可完成虚拟服务器的创建。这时,在"Internet 信息服务"窗口中就出现了一个名为 LHJ 的 SMTP 服务器。

③ 为 SMTP 虚拟服务器创建新域

SMTP 虚拟服务器主要用于特殊的邮件服务,因此需对邮件服务的对象进行限制,否则将因大量用户的使用而导致服务器正常服务功能下降。在 IIS 6.0 中,对服务对象的限制是通过设置域来完成的。客户计算机要想对虚拟服务器上的信息进行访问,必须处在服务器指定的域中。

　　使用"新建 SMTP 域向导"可以在 SMTP 虚拟服务器上创建一个新域,它可以是本地的域,也可以是远程的。本地域表示这台邮件服务器发送的终点,远程域表示这台邮件服务器将邮件发送到另一台服务器,同另一台服务器共同完成信息传送服务。要创建新域,可参照下面的步骤:

　　a. 打开"Internet 信息服务"控制台。单击"开始"/"程序"/"管理工具"/"Internet 信息服务器"命令,打开"Internet 信息服务"窗口。在控制台目录树中,双击展开"Internet 信息服务"结点,再双击展开服务器结点。

　　b. 新建域。用鼠标右键单击"默认 SMTP 虚拟服务器"或者其他新建的虚拟服务器的"域"子结点,从弹出的快捷菜单中选择"新建"/"域"命令,打开"新建域向导"对话框。单击"下一步"按钮,进入下一步,在"名称"文本框中输入新建域的域名(例如 263. net),域名设置完毕,单击"完成"按钮,完成新域的创建。这时在"Internet 信息服务"窗口中将出现 263. net 这个新建的域。

　　④ 配置 SMTP 虚拟服务器

　　下面对这个 SMTP 虚拟服务器进行配置,使它可以正常工作:

　　a. 设置中继限制。在"默认 SMTP 虚拟服务器属性"对话框中,单击"中继限制"选项区的"中继"按钮,打开"中继限制"对话框。选中"仅以下列表除外"单选按钮。

　　注意:这一步非常重要,否则无法将邮件发送到本机账号以外的地址上,表现为在使用 Outlook Express 发信时得到错误信息:"由于服务器拒绝收件人之一,无法发送邮件"。

　　b. 设置传递选项。打开"传递"选项卡,在该选项卡中可以根据自己的需要设置各次重试的时间间隔。为了使信件发送的速度快些,可以将前几次重试的时间改得短一些。

　　一般情况下,邮件都可以顺利地依次发出。至此就完成了 SMTP 服务器的设置,该服务器成为一个邮件发送的中继服务器。所有使用该服务器的用户发信时首先将信发送到电子邮件的目标邮箱。

　　⑤ 设置邮件客户端软件

　　下面以 Outlook Express 为例说明在客户端如何设置。首先打开"Outlook Express 连接向导",在"外发邮件服务器(SMTP)"文本框中输入该 SMTP 虚拟服务器的 IP 地址。

　　设置完成后,发送邮件时,会发现邮件发送速度快了许多。

　　(5) DNS 服务器的安装与配置

　　DNS 服务器的安装与配置主要是在 Windows Server 2003 系统下实际安装、配置 DNS 服务器,以提供局域网内域名解析服务。假设在运行 Windows Server 2003 的服务器环境,其 IP 地址设置为 10. 13. 8. * ,进行 DNS 服务组件的安装、DNS 服务器的配置、DNS 服务器的测试。

　　(6) DHCP 服务器的安装与配置

　　该实验项目主要是在 Windows Server 2003 系统下实际安装、配置 DHCP 服务器。假设在运行 Windows Server 2003 的服务器环境,其 IP 地址设置为 10. 13. 8. * ,进行 DHCP 服务组件的安装、DHCP 服务器的配置、DHCP 服务器的测试。

　　5. 实验报告内容

　　(1) 根据实验过程,总结心得体会,包括实验中遇到的问题、解决的办法。

（2）比较详细地说明在 Windows Server 2003 计算机上安装 IIS 6.0 服务、创建 Web 服务器、配置 Web 服务器、创建 FTP 服务器的过程。

（3）回答讨论与思考题。

6. 讨论与思考

（1）为什么利用 SMTP 服务器发送邮件的速度快？

（2）说明建立一个网站需要哪些条件？在一台计算机上能否建立多个网站？

（3）通常企业网站采用的是托管方式，这种方式是怎么运行的？企业如何管理托管在远程服务器上的网站？

### 实验 4  路由器基本路由协议配置

路由器是计算机网络中的桥梁，是连接计算机网络的核心设备。路由的配置和维护是网络管理员的一项重要工作任务。路由配置的正确与否是保证互连网络畅通的首要条件。同时，掌握路由的配置过程和方法对理解互连网络的工作原理也是非常有益的。路由器的类型较多，配置比较复杂，本实验主要以 Cisco 路由器为例介绍路由器路由协议的基本配置。

1. 实验目的

（1）了解 Cisco 路由器的基本结构、功能、应用环境。

（2）了解 Cisco 路由器配置方式，熟悉 IOS 命令行的使用。

（3）能够对 Cisco 路由器进行基本参数配置，实现路由转发。

2. 实验任务

对路由器配置内容如下：

（1）配置路由器的 Ethernet0 和 Ethernet1 两个接口的 IP 地址。

（2）设置动态 NAT 转换。

（3）设置静态路由。

（4）配置常用路由选择协议 RIP 和 OSPF。

（5）设置 IP 扩展访问列表。

3. 实验设备及环境

（1）Cisco 1700 系列路由器 2 台，Cisco 2600 系列路由器 1 台。

（2）背靠背 DCE/DTE 线缆 2 对，测试终端 2 台，5 类双绞线 2 根。

（3）EASYACS1.0 软件。

4. 实验方法与操作

（1）Cisco 路由器配置方式

可以通过以下几种方式对 Cisco 路由器进行配置。

① 控制台  将 PC 机的串口直接通过 Rollover 线与路由器控制台 Console 相连，在 PC 机上运行超级终端仿真软件，与路由器进行通信，完成路由器的配置。也可以将 PC 机与路由器辅助端口 AUX 直接相连，进行路由器的配置。

② Telnet  如果路由器已经有一些基本配置（IP 地址信息），且至少有一个端口有效（如 Ethernet 口），就可通过运行 Telnet 程序的计算机作为路由器的虚拟终端与路由器建立通信，完成路由器的配置。

③ 网络管理工作站　路由器可通过运行网络管理软件的工作站,采用 SNMP 完成路由器的配置。常用的网管软件如 Cisco 的 Cisco Works、HP 的 OpenView 等。

④ Cisco ConfigMaker　Cisco ConfigMaker 是一个由 Cisco 开发的免费的路由器配置工具。Cisco ConfigMaker 采用图形化的方式对路由器进行配置,然后将所做的配置通过网络下载到路由器上。Cisco ConfigMaker 要求路由器运行在 IOS 11.2 以上版本。

⑤ TFTP 服务器　TFTP 是基于 TCP/IP 的简单文件传输协议,可以将配置文件从路由器传送到 TFTP 服务器上,也可以将配置文件从 TFTP 服务器传送到路由器上。TFTP 不需要用户名和口令,使用非常简单。

(2) 访问控制台

用一台 Cisco 2600 作为 router3,按照图 10-5 所示结构连接。

用户通过控制台,使用超级终端仿真程序来访问路由器。将控制台专用线一端接至计算机的 COM 口,另一端接至路由器的 Console 端口。运行 Windows 中的超级终端应用程序,单击"开始"→"程序"→"附件"→"通信"→"超级终端",双击 Hypertrn. exe 图标;任意输入一名称,如 Cisco 2600,任选一图标,单击"确定";之后选择 COM 口,设置 COM 口的属性,波特率选默认值 96000 bit/s,

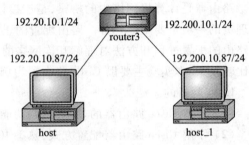

图 10-5　路由器的连接

数据位选"8",奇偶校验选"无",停止位选"1",流量控制选"硬件",单击"确定",即可连通路由器。

连通路由器后,按下回车键,屏幕提示"Router > ",路由器等待用户在控制台键盘输入命令。其中,Router 是所有 Cisco 路由器的默认主机名,大于号 > 说明正处于用户 EXEC 模式(用户模式)。在 EXEC 模式下,仅允许用户查看大部分路由器的可配置组件的状态,不能改变路由器的配置。

对路由器的最高级访问是特权 EXEC 模式,用于进入这个模式的命令是 enable。当进入特权模式时,将在路由器控制台上显示如下内容:

Router > enable

Password:

Router#

其中,提示符#表示路由器正处于特权 EXEC 模式。在这个级别上,可以完全访问路由器。用户 EXEC 模式和特权 EXEC 模式是路由器主要的模式。一旦处于特权 EXEC 模式,就可以进入全局配置模式。在全局配置模式下,可以完成如命名路由器、配置用户登录进入路由器时的标题信息和使用不同的路由器协议等任务。任何可以影响整个路由器运行的命令都必须在全局配置模式中输入。

使用命令 configure terminal 可以进入全局配置模式。

Router# configure terminal(注:configure terminal 可简写为 conf t)

Enter configuration commands, one per line. End with CNTL/Z.

Router( config)#

注意提示符的变化,这个提示符告诉用户,路由器已经处于全局配置模式。

(3) 配置路由器的 Ethernet0 和 Ethernet1 两个接口的 IP 地址

① 配置 Ethernet0 接口

Ethernet0 接口 IP 地址是 192.20.10.1,子网掩码是 255.255.255.0。在全局配置模式下,键入 interface fastethernet 0/0,进入 Ethernet0 接口配置模式。输入命令如下:

Router(config)# interface fastethernet 0/0

Router(config – if)#

Router(config – if)# ip address 192.20.10.1 255.255.255.0

② 配置 Ethernet1 接口

Ethernet1 接口 IP 地址是 192.200.10.1,子网掩码是 255.255.255.0。首先键入 exit,退出 Ethernet0 接口配置模式。然后在全局配置模式 Router(config)#后,键入 interface fastethernet 0/1,进入 Ethernet1 接口配置模式。输入命令如下:

Router(config)# interface fastethernet 0/1

Router(config – if)#

Router(config – if)# ip address 192.200.10.1 255.255.255.0

(4) 配置 NAT

下面给图 10-5 中的 2600 路由器配置 NAT。路由器的 Ethernet 0 端口为 inside 端口,即此端口连接内部网络,并且此端口所连接的网络应该被翻译,Ethernet 1 端口为 outside 端口,其拥有合法 IP 地址(由 NIC 或服务提供商所分配的合法的 IP 地址),来自网络 192.20.10.87/24 的主机将从 IP 地址池 c2501 中选择一个地址作为自己的合法地址,经由 Ethernet 1 口访问另一台终端。Router3 配置相关内容:

ip nat pool c2501 192.20.10.1 192.20.10.255 netmask 255.255.255.0

interface Ethernet 0

ip address 192.20.10.1 255.255.255.0

ip nat inside

!

interface Ethernet 1

ip address 192.200.10.1 255.255.255.0

ip nat outside

!

ip route 0.0.0.0 0.0.0.0 ethernet 1

access – list 2 permit 192.20.10.0 0.0.0.255

! Dynamic NAT

ip nat inside source list 2 pool c2501 overload

(5) 配置静态路由

用两台 Cisco 1751 分别作为 router1 和 router2,用一台 Cisco 2611 作为 router3,按照图 10-6 所示拓扑结构连接。路由器间电缆的连接可以采用如下顺序:连接 router1 串口 1/1 的 DTE 与连接 router3 串口 0/1 的 DCE 相连,连接 router3 串口 0/0 的 DCE 与连接 router2 串口 1/1 的 DTE 相连。

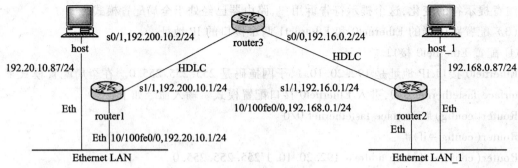

图 10-6　静态路由配置实例图

Router1 接口配置相关内容：

interface FastEthernet0/0

ip address 192. 20. 10. 1 255. 255. 255. 0

!

interface Serial1/1

ip address 192. 200. 10. 1 255. 255. 255. 0

no cdp enable

!

Router2 接口配置相关内容：

interface FastEthernet0/0

ip address 192. 168. 0. 1 255. 255. 255. 0

!

interface Serial1/1

ip address 192. 16. 0. 1 255. 255. 255. 0

!

Router3 接口配置相关内容：

interface Serial0/0

ip address 192. 16. 0. 2 255. 255. 255. 0

clockrate 2000000

!

interface Serial0/1

ip address 192. 200. 10. 2 255. 255. 255. 0

clockrate 2000000

!

注意：设置路由器前需要启动 ip routing。

Router1 中相关内容：

ip route 192. 168. 0. 0 255. 255. 255. 0 192. 200. 10. 2

Router2 中相关内容：

ip route 192. 20. 10. 0 255. 255. 255. 0 192. 16. 0. 2

Router3 中相关内容:

ip route 192. 20. 10. 0 255. 255. 255. 0 192. 200. 10. 1

ip route 192. 168. 0. 0 255. 255. 255. 0 192. 16. 0. 1

(6)配置 RIP

按照图 10-6 所示连接各种设备。为了更好地理解 RIP 的配置过程,请在配置 RIP 前将已配置好的静态路由信息从路由表中删除,在配置命令前加 no 可以删除原来的配置内容。

Router1 中相关内容:

Router rip

network 192. 20. 10. 0

network 192. 200. 10. 0

!

Router2 中相关内容:

Router rip

network 192. 168. 0. 0

network 192. 16. 0. 0

!

Router3 中相关内容:

Router rip

network 192. 16. 0. 0

network 192. 200. 10. 0

!

(7)配置 OSPF

用两台 Cisco 1751 分别作为 router1 和 router2,用一台 Cisco 2611 作为 router3,按照图 10-7 所示拓扑结构连接。路由器间电缆的连接可以采用如下顺序:连接 router1 串口 1/1 的 DTE 与连接 router3 串口 0/1 的 DCE 相连,连接 router3 串口 0/0 的 DCE 与连接 router2 串口 1/1 的 DTE 相连。

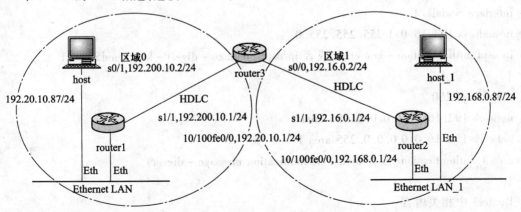

图 10-7　OSPF 协议配置实例图

router1 中相关内容:

router ospf 100

# 参 考 文 献

［1］Andrew S. Tanenbaum. Computer Networks. 4th ed. 影印版. 北京:清华大学出版社,2008.

［2］Behrouz A. Forouzam. TCP/IP Suite. 3rd ed. 谢希仁,译. 北京:清华大学出版社,2009.

［3］James F,Kurose Keith W. Ross. 计算机网络. 陈鸣,等译. 北京:机械工业出版社, 2006.

［4］Alberto Leon－Garcia Indra Widjaja. 通信网. 王海涛,等译. 北京:清华大学出版社,2005.

［5］Douglas E. Come. 计算机网络与因特网. 林生,译. 北京:机械工业出版社, 2005.

［6］刘化君,等. 计算机网络原理与技术. 北京:电子工业出版社,2005.

［7］刘化君,等. 综合布线系统. 北京:机械工业出版社,2011.

［8］刘化君,等. 网络编程与计算技术. 北京:机械工业出版社,2009.

［9］刘化君,等. 网络安全技术. 北京:机械工业出版社,2010.

［10］吴功宜,等. 计算机网络. 北京:清华大学出版社,2007.

［11］张增科,等. 计算机网络与通信. 北京:机械工业出版社,2009.

［12］高阳,等. 计算机网络原理与实用技术. 北京:清华大学出版社,2009.

［13］吴功宜,吴英. 计算机网络技术教程. 北京:机械工业出版社,2010.

［14］谢希仁. 计算机网络. 北京:电子工业出版社,2008.

［15］张尧学,等. 计算机网络与 Internet 教程. 北京:清华大学出版社,2006.

［16］刘冰. 计算机网络技术与应用. 北京:机械工业出版社,2009.

［17］鲁士文. 计算机网络协议和实现技术. 北京:清华大学出版社,2000.

［18］杨心强,陈国友. 数据通信与计算机网络. 3 版. 北京:电子工业出版社,2007.

［19］徐恪,吴建平,徐明伟. 高等计算机网络. 北京:机械工业出版社,2003.

［20］William Stallings. Data and Computer Communications. 5th ed. New York: Prentice Hall,1997.

［21］遏昭义. 计算机网络体系结构. 北京:北方交通大学出版社,清华大学出版社,2003.

［22］陈明. 网络协议教程. 北京:清华大学出版社,2004.

［23］刘化君,刘斌. 支持多优先级分组交换调度算法研究及其调度器设计. 小型微型计算机系统,2002(14).

［24］刘化君,刘斌. iSLIP 调度算法研究及其实现. 小型微型计算机系统,2003,24(9).

［25］刘化君,刘斌. 高速路由器中一种实现 QoS 保证的分组转发方案. 清华大学学报(自然科学版),2003(1).

［26］杨庚,等. 计算机通信与网络. 北京:清华大学出版社,2009.

［27］Jeanna Matthew. 计算机网络实验教程. 李毅超,等译. 北京:人民邮电出版社,2006.

［28］佟震亚,马巧梅. 计算机网络与通信. 北京:人民邮电出版社,2010.

［29］Randal E. Bryant,David O Hallaro. 深入理解计算机系统. 修订版. 龚奕利,等译. 北京:中国电力出版社,2004.

［30］陈伟,刘会衡. 计算机网络与通信. 北京:电子工业出版社,2010.